W0015604

Ian Bray, geboren 1954, ist das Pseudonym eines deutschen Krimiautors. Wenn er sich nicht gerade spannende Mordfälle ausdenkt, ist er als freiberuflicher Journalist im Einsatz. Cornwall wurde vor vielen Jahren zu seinem liebsten Reiseziel, und Cadgwith hat es ihm ganz besonders angetan. Daher verbringt er dort nicht nur regelmäßig seinen Urlaub, sondern verlegt neuerdings auch seine Kriminalfälle in das beschauliche Fischerdorf.

Ian Bray

Klippen Tod

Ein Cornwall-Krimi

PENGUIN VERLAG

Penguin Random House Verlagsgruppe FSC® N001967

1. Auflage 2021

Umschlag: Bürosüd, München
Umschlagmotiv: Mauritius Images/Mandy Stegen;
www.buerosued.de
Redaktion: Ralf Reiter
Satz: GGP Media GmbH, Pößneck
Druck und Bindung: GGP Media GmbH, Pößneck
Printed in Germany
ISBN 978-3-328-10399-8
www.penguin-verlag.de

Dieses Buch ist auch als E-Book erhältlich.

Wenn das Herz nicht mitmacht,
kommt man nie an
– Ray Davies

It's good to touch
– John Lennon

Figuren und Handlung sind frei erfunden. Ähnlichkeiten mit lebenden oder verstorbenen Personen wären damit rein zufällig. Die im Buch beschriebenen Handlungsorte entsprechen weitgehend den tatsächlichen Gegebenheiten. Abweichungen sind allein der Fantasie des Autors geschuldet.

Prolog

Es war einer jener Tage, an denen die See überraschend ruhig und wie glattes Leinen vor der Küste lag. Eine Erinnerung an den Sommer und eine unerwartete Gelegenheit, bevor die Herbsttage das Meer rau und erste Stürme die Fahrt unmöglich machten. Die winzige Bugwelle unterstrich die Leichtigkeit, mit der das Boot durch das grau schimmernde Wasser schnitt. Das gleichmäßige Tuckern des Außenborders hatte ausreichend Platz in der Stille. Selbst die Möwen, die für gewöhnlich alles und jeden lautstark kommentierten, blieben stumm. Auf einer Felsnase saßen aufgereiht fünf Kormorane und spreizten ihr Gefieder, als bewachten sie als schwarze Wächter den Eingang.

Der Motor erstarb, während der Rumpf zwischen die Felsen glitt. Die Wände der domartigen Höhle verstärkten das Schmatzen der eintauchenden Ruderblätter. Geradezu andächtig musterte der Mann das mächtige Deckengewölbe aus aufgefalteten Felsen. Immer wieder schön.

Den Erzählungen nach hatten Piraten von hier aus einen langen Stollen bis hinüber zur Kirche St. John ins Gestein getrieben. Jedenfalls waren in regelmäßigen Abständen Nischen für Fackeln oder Talglichter in den Felsen gemeißelt worden. Zudem bot die Höhle angeblich

Seehunden Schutz. Die Touristen hörten gerne solche Geschichten.

Er hatte wenig Mühe, das Boot festzumachen. Es schaukelte, als er das schwere Bündel über die Bordwand auf den felsigen Boden zog. Das untere Teil landete platschend im Wasser, aber das kümmerte ihn nicht. Ohne zu zögern, zerrte er seine Fracht tiefer in die Dunkelheit hinein. Weiter hinten gab es ein natürliches, gut hüfthohes Plateau, das ausreichend Platz bot für das, was er vorhatte.

Er legte sie dort ab wie auf einem Altar. Eine Weile blieb er neben dem reglosen Körper hocken, sah in ihr Gesicht und dachte an nichts.

Dann stand er auf und stieg in sein Boot.

Auf dem Rückweg reckte er den Kopf in den Fahrtwind, schloss die Augen und schmeckte die salzige Luft. Der Wind frischte auf. Bald würde die Flut einsetzen.

I.

Das leise Fauchen eines Feuerzeugs.

»Hi, ich bin's.« Die Stimme am anderen Ende der Leitung klang verhalten.

»Ja? Bitte?«

Im Hintergrund plärrte ein Fernseher. Eine überdrehte Moderatorin pries begeistert ein Produkt an.

»Ich ... ich möchte zu Ihnen kommen. Wenn es keine Umstände macht.« Ein tiefes Inhalieren von Zigarettenrauch.

Die Stimme ließ kaum Rückschlüsse auf das Alter oder das soziale Umfeld zu. Jung oder jung geblieben, wohl keine sonderlich gute Schulbildung. Dem Akzent nach stammte sie aus der Gegend. Die Frau machte ungewöhnliche Pausen und verschleppte die Endungen, als sei sie beim Sprechen noch mit anderen Dingen beschäftigt. Vielleicht war sie auch nicht mehr ganz nüchtern. Oder sie legte einfach keinen Wert auf eine deutliche Aussprache.

»Wollen Sie etwas kaufen? Ich fürchte, im Augenblick kann ich Ihnen nichts anbieten.«

»Was Sie so machen, ist … ehrlich, nicht so mein Ding. Ich … nun … ich muss Sie sprechen.«

Die kratzige Stimme hatte unversehens eine andere Färbung angenommen. Der präzise ausgesprochene letzte Satz duldete keinen Widerspruch.

»Wer sind Sie, bitte?«

Die Frau hatte gerade mal ein halbes Dutzend Sätze gesprochen, und schon nervte sie. Er stellte sich vor, wie sie beim Telefonieren durch eine Illustrierte blätterte oder den Lack auf ihren Fingernägeln begutachtete.

Statt einer Antwort hörte er ein tiefes Inhalieren und ein Ausatmen. Der Fernsehton verstummte mit einem Mal.

»Sie kennen sich doch aus … wenn jemand verschwunden ist, meine ich. Plötzlich, sozusagen auf Nimmerwiedersehen. Das ist doch richtig, oder?«

»Hören Sie, ich weiß wirklich nicht, was ich für Sie tun könnte. Ich kenne nicht mal Ihren Namen.«

»Vic«, antwortete die Frau ungehalten, als sei das Wissen um ihren Vornamen Allgemeingut. »Kann ich kommen? Jetzt gleich? Ist echt … dringend.«

Natürlich, nun erkannte er die Stimme. Sie gehörte der Enkeltochter des alten Bowdery. Er sah sie hin und wieder im Dorf, meist stand sie dann am Hafen und schäkerte mit den Fischern, immer mit einer Kippe im Mund. Eine lebensbejahende Frau, der es auch nichts auszumachen schien, allein im Pub zu sitzen und Bier zu trinken. Er kannte sie nur flüchtig und hatte erst wenige Worte mit ihr gewechselt.

»Das ist keine gute Idee«, er räusperte sich, »Vic. Ich bin im Augenblick sehr beschäftigt.« Er spürte den dringenden Impuls aufzulegen.

»Ich habe Sie schon ... öfters gesehen ... ich meine, im Pub. Sie waren doch mal Polizist? Also, da müssen Sie doch wissen, was zu tun ist.« Sie zog wieder an ihrer Zigarette, als wollte sie ihm ausreichend Raum lassen für die Bestätigung ihrer Feststellung. Als die jedoch nicht kam, sprach sie weiter. »Ich kann das nur mit Ihnen besprechen. Echt. Alles. Wirklich. Davon hängt viel für mich ab. Sie müssen mir ... zuhören. Bitte.«

»Wenn Sie Hilfe suchen, Victoria, ist die Devon and Cornwall Police in Helston die richtige Adresse. Rufen Sie die Nummer 101 an, wenn es kein Notfall ist. Oder sonst 999. Am Telefon sitzen Experten, die wissen, was zu tun ist. Nette Menschen, die Ihnen gerne zuhören. Die Telefonnummern sind Tag und Nacht besetzt. Geht es denn um einen akuten Notfall?« Sollte sie doch endlich sagen, was sie wollte, oder auflegen.

»Ein ... Notfall?« Da war wieder das nachlässige Verschlucken der Wort- und Satzenden. Hatte sie womöglich zu viele Tabletten geschluckt? »Ein Notfall?«, wiederholte sie. Ihr Auflachen war rau und dick ausgepolstert mit Lebenserfahrung. »Das ganze verdammte Leben ist ein einziger Notfall.«

»Victoria, ich weiß jetzt wirklich nicht …«

»Bitte, bitte, es ist wichtig.« Sie klang jetzt wie ein bettelndes und zappeliges Kind.

»Ich glaube, wir sollten das Gespräch besser …«

»Ich komm schnell ins Atelier, ja? Dauert nicht lang. Es geht um meine Mum.«

»Ihre Mutter?«

»Ich habe Bilder gesehen. *Solche* Bilder. Meine Mutter und … O Gott.«

Stille, die sich aufschaukelte. Er wünschte, der Fernseher würde wieder plärren.

»Jetzt … habe ich Angst. Bitte.«

»Vic …« Wenn es denn sein musste, sollte sie halt vorbeikommen.

Es klickte in der Leitung.

Nun gut, dann eben nicht, Victoria, dachte er. Die Welt war voll von Spinnern, die es darauf anlegten, ihre Probleme zu denen anderer zu machen, eine Bühne zur Selbstdarstellung suchten, verrückt waren, gewalttätig oder einfach nur aus Boshaftigkeit Zeit stahlen. Offenbar war man selbst hier nicht vor ihnen sicher.

Achselzuckend sah er auf die Uhr. Es wurde Zeit, hinunter in die Bucht zu gehen.

II.

Der Gehstock kippte um, rutschte die Bordwand entlang und fiel klappernd auf den nassen Kies.

Die eine Hand an der Reling, angelte er mit dem Fuß nach dem Stock. Der Schmerz ergoss sich wie flüssiges Blei vom Hals das Rückgrat entlang über den Rücken bis tief hinein in die Beine.

Zentimeter für Zentimeter zwang er sich nach unten, bis die Finger den Stock zu fassen bekamen und er ihn aufheben konnte.

Das Wasser hatte sich weit aus dem kleinen Naturhafen zurückgezogen, die Ebbe stand fast auf dem Höhepunkt. Die See war ruhig, die Dünung träge. Am Horizont fuhr ein Containerschiff von einem der großen Häfen entlang der Südküste Richtung offene See.

»Die *Scorpio* wird gleich einlaufen.«

Simon Jenkins stützte sich auf seinen Stock und wandte sich um. »Bestes Wetter für Seehecht, Barsch und Makrele. Und Tintenfisch.«

»Hm.« Der schmale Küchenhelfer des Pubs stand kaum zwei Meter entfernt. Er kippte den Plastikkorb um und ließ die Fischabfälle mit einem Platschen auf den Boden fallen.

Und als hätten sie den Tag über nur auf diesen einen Moment gelauert, stürzten sich die Möwen von den umliegenden Felsen auf die Gräten, Fischköpfe, Innereien und die aufgebrochenen Schalenreste langbeiniger Krabben und Hummer. Im Nu entbrannte ein kreischender

Streit um die besten Happen, aufmerksam beobachtet von einigen Dohlen, die das Gezeter gewohnt waren und wie unschlüssig in der Nähe umherstolzierten.

»Hoffe, sie haben ausreichend Hummer und Krabben an Bord.« Der junge Mann verzog das sommersprossige Gesicht und strich die Schürze glatt, die von seiner fettigen, blutigen Arbeit zeugte. Die Geste hätte missbilligender nicht sein können. »Alle wollen immer nur Schellfisch.« Er hob den Kopf und blinzelte in die Sonne. Sein schwarz gemustertes Halstuch trug er als Stirnband.

»Ein paar John Dory wären aber auch nicht schlecht«, bemerkte Jenkins.

»Hm.«

Ohne weiter nachzufragen, was es denn mit den hässlichen *Heringskönigen* auf sich habe, stapfte der Rotschopf in seinen für die dünnen Beine viel zu großen Gummistiefeln zum Cadgwith Cove Inn zurück, das nur einen Steinwurf entfernt vom Hafen lag.

Das hell gestrichene Haus war bei Weitem das markanteste Gebäude an der winzigen Dorfstraße. Schon wenige Meter hinter dem Pub drängte sich das mit Büschen und Bäumen dicht bewachsene Tal Richtung Wasser.

Die Bucht war an der schmalsten Stelle keine hundert Meter breit. Sie wurde von Felswänden flankiert, die aufgefaltet oder wie von mächtiger Hand aufgeschichtet aussahen. Über ihre gezackten, scharfkantigen Verwerfungen hatten Flechten und Moose über die Jahre eine fleckige Leinwand aus verschieden starken Grün-, Ocker-, Kupfer- und Brauntönen gespannt.

Je nachdem, wie das Licht stand, waren die Möwen, die

auf den Vorsprüngen hockten, mal hingetupftes Deckweiß, mal dicke Flecken.

Auf der einen Seite der Bucht markierte das bereits vor langer Zeit nutzlos gewordene, schwarz geteerte Wachhäuschen der Sardinen-Späher das Ende der Felsen. Auf der anderen Seite thronten zwei Holzbänke auf der natürlichen Hafenbegrenzung.

Simon Jenkins ging bis ans Wasser, warf einen Blick aufs Meer und sah sich um. Er liebte mittlerweile diesen kleinen Hafen, der kaum Platz bot für das knappe halbe Dutzend Boote der Berufsfischer. Die wenigen Freizeitboote drängten sich in eine Nische am Rand, unterhalb einer ehemaligen Fischerkate, die als Ferienhaus genutzt wurde.

Der Hafen bot stets ein unaufgeräumtes Bild: An einer Wand stapelten sich ausrangierte Hummerkörbe, Reusen, daneben standen große blaue Kunststoffwannen, in denen Netze oder Taue gelagert wurden, auf dem Boden lagen schwere, rostige Ketten, die Führungsrollen für die Winde hatten hier ebenfalls ihren Platz, hier und da auch ein wenig Unrat. Aber schließlich war es der Arbeitsplatz der Fischer und keine pittoreske Kulisse, die allein für das Vergnügen der Touristen da war. Im Sommer wanderten viele von ihnen über den Küstenpfad die Hügel hinunter ins Dorf, flanierten neugierig auf der schmalen Straße, die großspurig New Road hieß, kauften Souvenirs, machten Fotos oder setzten sich in eines der beiden Lokale.

Jenkins genoss den immer gleichen Rhythmus: Die bunten Fischerboote, die kaum die Bezeichnung Kutter verdienten, liefen in der Regel am frühen Nachmittag mit ihrem Fang unter Vollgas auf den Strand auf. Mit einem Stahlseil wurden sie dann unter Knirschen und Ächzen über den groben Kies zu ihren Liegeplätzen gezogen. Die elektrisch betriebene Winde war in einem Gebäude aus Bruchsteinen untergebracht, das die Bezeichnung Maschinenhaus gewiss nicht verdiente und eher einem aufgegebenen Bootsschuppen glich.

Oben vom Küstenpfad oder den Bänken aus betrachtet sah das Spektakel aus wie ein Puppenspiel, das eigens für die Touristen, die die Aufführung zufällig genossen oder eigens dafür hergekommen waren, einstudiert worden war.

Nur einen Teil ihres Fangs verkauften die Fischer direkt vor Ort. Der Rest ging, gewogen und in Transportkisten auf Eis gepackt, in großen Lieferwagen auf die Reise, bis hin zu den teuren Feinschmeckerlokalen im fernen London.

Gerade schoben sich ein paar dünne Schleierwolken vor die Sonne. Jenkins suchte mit den Augen den Horizont ab. Die Linie zwischen dem dunkelblauen Wasser und dem Hellblau des Himmels verschwamm im Dunst.

Die *Scorpio* ließ doch noch auf sich warten. Aber er hatte keine Eile.

Längst nicht mehr.

Jenkins fasste den Gehstock fester. Der rutschige Kies machte ihm das Gehen nicht eben leicht. Ein Pint Ale wäre jetzt nicht schlecht. Im Vorübergehen klopfte er mit dem Stock wie zum Abschied gegen die Bordwand seines Bootes. Er würde die *Kraken* vorerst doch noch nicht verkaufen.

III.

»Ist ein Paket für mich angekommen?«

»Ein Paket?« Mary Morgan zog die Nase ein wenig kraus.

Simon Jenkins nickte und trat bis dicht vor die Theke. »Müsste längst da sein.«

Er gab Zeiten, zu denen er oft den Tag über nicht zu Hause war, jedenfalls soweit seine Gesundheit das zuließ. Daher hatte er recht bald nach seiner Ankunft in Cadgwith mit der Besitzerin des kleinen Dorfladens vereinbart, dass der Bote seine Post bei ihr deponierte.

Jenkins lächelte Mary erwartungsvoll an. Sie half mittlerweile fast täglich im Laden ihrer Tante aus, der neben Postkarten, den üblichen Souvenirs wie Schneekugeln mit Leuchttürmen, kunsthandwerklich einigermaßen geschickt zusammengebauten Fischkuttern und Segelbooten aus Treibholz, Tageszeitungen, Broschüren zur Geschichte der Gegend und Wanderkarten auch selbst gemachte Cornish Pasties anbot.

»Ich seh mal nach.« Mit einem kurzen Nicken verschwand sie im angrenzenden Raum.

Im Shop, über dessen Eingang das blaue Holzschild mit dem weißen Schriftzug *The Watch House* hing, roch es nach der für diese kleinen Läden so typischen Mischung aus Papier, Druckerschwärze und diversen Süßigkeiten. Jenkins überflog gerade die Schlagzeilen von *Daily Mail, Sun* und *Daily Telegraph*, als er ein Rumoren und leises Fluchen hörte. Etwas Hartes fiel polternd zu Boden.

»Tut mir leid.« Mary Morgan versuchte auf dem Weg zur Ladentheke vergeblich eine störrische Locke aus der Stirn zu pusten. »Eilt es sehr? Die Post ist für heute nämlich noch nicht durch.« Sie sah auf ihre Uhr. »Wesley ist normalerweise die Pünktlichkeit in Person. Eigentlich müsste er längst hier sein.«

»Ich schaue morgen wieder vorbei.« Er wandte sich ab. Auf einen Tag mehr oder weniger kam es nicht an.

»Warten Sie«, hielt sie ihn zurück. »Ich kann Wesley auch zu Ihnen schicken. Wenn Sie also nachher daheim sind?«

»Danke, nicht nötig.« Simon Jenkins legte zwei Finger an die Stirn. »Schönen Tag noch.«

Mary versuchte erneut die widerspenstige Locke aus der Stirn zu pusten. »Bevor ich es vergesse: Hat meine Tante Sie erreicht?« Erwartungsvoll lächelnd stützte sie sich mit den Händen auf der Theke ab.

»Ihre Tante?« Er wusste den plötzlichen Themenwechsel nicht einzuordnen.

»Margaret Bishop. Meine Tante.« Sie sah ihn an, als erwarte sie irgendeine Art von Gegenwehr. »Wegen der Ausstellung.«

Richtig, Morgans Tante war zugleich auch die Vorsitzende des örtlichen Verschönerungsvereins. »Äh, nein …«

Mary krempelte die Ärmel ihres Flanellhemdes hoch, als gelte es eine gehörige Fuhre Postpakete abzuladen. »Die jährliche Gartensafari. Tante Margaret meint, dass eine Ausstellung Ihrer Bilder sehr gut ins Programm passen würde. Ein Anlass für kultivierte Diskussionen. Und? Sind Sie dabei?«

Die Frage klang wie die Bestätigung einer längst beschlossenen Sache. »Ich glaube, dass das keine gute Idee ist.«

»Schade.«

»Ich weiß nicht recht ...«

»Die Leute finden es schön, dass nun ein weiterer Künstler im Dorf wohnt. Und für Sie wäre die Gartensafari eine gute Gelegenheit, die Menschen besser kennenzulernen. Das gibt es ja hier nicht allzu oft.« Sie ließ den Blick ihrer dunkelblauen Augen ungeniert über ihn gleiten, verweilte aber nicht länger als nötig auf seinem Gehstock.

»Ich glaube nicht, dass ich genug gutes Material habe, um eine ansprechende Ausstellung zu gestalten.« Er klang etwas hölzern, aber das war ihm recht. Der Gedanke an eine Schau seiner Arbeiten behagte ihm nicht. Und was die angeblichen »Künstler« betraf, war er nicht sicher, ob er sie überhaupt kannte und welche Art Kunst sie tatsächlich fabrizierten. Schlimmstenfalls ging es um das Herstellen von historisch anmutenden Stickereien, Trockenblumenkränzen oder Fensterbildern. Er hatte an sich nichts gegen Kunstinteressierte, aber sich von aus der Zeit gefallenen Komiteemitgliedern anhören zu müssen, dass seine Bilder das kulturelle Leben Cadgwiths »insgesamt doch durchaus« bereicherten? Lieber nicht.

»Die Leute freuen sich.« Mary Morgan begann einen Stapel Flyer und ein paar Wanderführer von der einen Seite der Theke auf die andere zu räumen, als wollte sie ein Ausrufezeichen setzen. Außerdem rückte sie den Behälter zurecht, in dem üblicherweise der Eisportionierer aufbewahrt wurde.

Jenkins wandte sich zum Gehen. »Guten Tag.« Mag sein, dass er ihr unrecht tat, aber er fühlte sich von Mary Morgan und besonders ihrer Tante vereinnahmt.

In den Moment flog bimmelnd die Ladentür auf.

»Victoria. Vic ...« Der irische Küchenhelfer des Pubs stand abgehetzt und schwer atmend in der Tür. Sein Gesicht war noch blasser als sonst. Seine Sommersprossen leuchteten wie Sprenkel frischen Blutes. In den Augen standen Aufregung und Schrecken.

»Sie haben sie gerade gefunden. Die Enkelin vom alten Bowdery. An den Klippen. Abgestürzt. Bei der Teufelspfanne.«

Den letzten Satz rief er bereits über die Schulter in den Laden. Er wollte die Nachricht offenbar schnellstens im Ort verbreiten.

»Vic. Um Gottes willen.« Mary band eilig ihre Schürze ab, warf Jenkins einen irritierten Blick zu. »Ich muss da hin.«

Jenkins spürte, wie sich seine Rückenmuskeln Stück für Stück zusammenzogen und der Schmerz langsam wuchs. Der frömmelnde Kalenderspruch bewahrheitete sich einmal mehr: *Der Tod macht nie Pause und ist überall.* Wie töricht anzunehmen, dass das Leben hier im winzigen Cadgwith andere Schicksale gebar als im Moloch London.

Erst im Juli war ein Junge beim übermütigen Klettern auf den Felsen in der Bucht tödlich abgestürzt. Auch jetzt noch trauerten alle im Dorf mit den Angehörigen des Sechzehnjährigen. Auf den Stufen zum steinigen Strand stand eine Saftflasche als provisorische Vase, in der stets frische Blumen steckten. Jenkins hatte im Pub gehört, dass demnächst eine Bank auf dem schmalen Felsstück aufgestellt werden sollte, das die Bucht in zwei Hälften trennte – mit einer Inschrift, die an das Unfallopfer Toby erinnerte.

Und nun Victoria. Die Nachricht ließ die Unruhe auflodern, die ihr Anruf schwelend in ihm zurückgelassen hatte. Sie hatte am Telefon unbeholfen geklungen, vor allem aber lästig. Warum hatte sie ihn angerufen? Worüber hatte sie mit ihm reden wollen? Er hatte entschieden, dass es nichts Dramatisches gewesen sein konnte, sonst hätte sie nicht so abrupt aufgelegt. Er war erleichtert gewesen, sie losgeworden zu sein. Dann aber war er zunehmend nachdenklich geworden.

In Cadgwith wusste sicher mittlerweile jeder, dass er Polizist gewesen war. Und natürlich ahnte er, dass es auch hier hinter den Fassaden Dinge gab, über die man besser nur hinter vorgehaltener Hand sprach. So galt Victoria Bowdery nicht gerade als Vorbild von Tugend und Anstand. Sie setzte ihre grünen Augen gerne und bewusst ein, um den Männern den Kopf zu verdrehen. Es gab einige im Dorf, die ihr Verhalten als übergriffig bezeichneten.

Jenkins gab nicht viel auf das Geschwätz. Das war auch nicht der Grund, warum er sie abgewimmelt hatte. Er wollte einfach nichts mehr an sich heranlassen, was auch nur im Entferntesten nach Polizeiarbeit aussah.

Und nun war Victoria Bowdery tödlich abgestürzt, ohne dass er sich um sie und ihre Not gekümmert hatte.

»Ich begleite Sie.«

Sein Unmut darüber, dass ihn der Verschönerungsverein wie selbstverständlich zu vereinnahmen suchte, war mit einem Mal verflogen. Er hätte jetzt einfach nach Hause gehen können. Seine aktive Zeit als Polizist war längst vorbei, es war nicht sein Fall. Punkt. Die Einsatzkräfte waren sicher längst vor Ort. Die Nachricht vom Tod einer Dorfbewohnerin ging ihn nichts an.

Wenn es nicht ausgerechnet Victoria gewesen wäre.

Ihr Anruf erschien ihm nun in einem völlig anderen Licht. Zudem war etwas in Mary Morgans Blick, das ihn beunruhigte, ein kurzes Aufblitzen, das er nicht einordnen konnte.

Auf dem Weg zur Unglücksstelle sortierte er seine Gedanken. Sein Gehirn hatte auf »Ermittlung« umgeschaltet, ohne dass er sich dagegen hätte wehren können. Weit mehr als zwanzig Jahre Polizeiroutine hatten sich in das Denken eingebrannt und brachen sich nun unvermittelt Bahn. Es war, als habe sich in seinem Kopf eine Tür, die er schon lange verschlossen wähnte, einen Spalt weit geöffnet.

»An der Teufelspfanne« konnte nur bedeuten, dass ein Fischer die Leiche entdeckt hatte. Hobbyboote waren um diese Jahreszeit kaum noch unterwegs, und vom Küstenpfad aus gab es keinen Zugang hinunter zum Fuß der Klippen. Die Felsen fielen steil zum Meer hin ab. Es war Flut. Das Geräusch der anrollenden Brandung klang dunkel bis hinauf zu ihnen.

Es hatte in der Nacht heftig geregnet, und der schmale Pfad oberhalb der Klippen war an einigen Stellen schlüpfrig. Die Luft roch nach feuchter Erde und nassem Gras. Jenkins setzte seinen Stock sorgsam und gezielt ein. Die beiden kamen nur langsam voran.

Sosehr Simon Jenkins auch in seinem Gedächtnis kramte, er wusste in der Tat nicht viel über Victoria Bowdery. Er wusste nur, dass sie dazugehörte. Und sicher hatte sie es mit ihrem zweifelhaften Ruf nicht leicht gehabt.

Er lebte erst knapp ein Jahr in Cadgwith und hatte sich vom Dorfleben in der ersten Zeit weitgehend ferngehalten. Die Arbeit am Haus und das Herrichten des Ateliers hatten seine ganze Aufmerksamkeit und Kraft erfordert. Vor allem aber hatte er ungestört über sein Leben nachdenken wollen.

Jenkins wusste auch, dass Victoria bei ihrem Großvater William Bowdery wohnte und dass der als Sonderling galt. Ein verbitterter Fischer auf dem Altenteil.

Das Geschwätz über Victoria Bowdery begann im Pub immer dann, wenn der Alte das Cove Inn nach einem seiner ohnehin seltenen Besuche verlassen hatte. Dann wurde einmal mehr kolportiert, dass Victoria nach ihrer Mutter kam. Dass ihr Vater ein notorischer Säufer gewesen war und »seine Tochter im Suff gemacht« hatte. Und dass sie als Kind besser in einem Heim aufgehoben gewesen wäre.

Wenn das Ale oder der Whisky an solchen Abenden besonders ausgiebig floss, erzählten sie sich an der Theke mit wohligem Unterton, dass »der alte Bowdery die kleine Victoria nach dem Tod seines versoffenen Sohnes und dem Verschwinden seiner männergeilen Schwiegertochter« bei sich aufgenommen hatte, »weil er an dem Kind etwas gutmachen« wollte.

Welche Bilder mochte sie gesehen haben, von denen sie am Telefon gesprochen hatte? Welche Rolle spielte ihr Großvater? Und warum hatte sie so abrupt aufgelegt?

Jenkins und Mary erreichten endlich den Unglücksort und blieben in einiger Entfernung zur Absperrung stehen. Die Absturzstelle lag tatsächlich nicht weit von der Teufelspfanne entfernt. Dort hatten sich bereits ein paar Schaulustige aus dem Dorf eingefunden und reckten neugierig die Hälse. Sie sogen jede Bewegung, jeden Blick der Polizisten und jedes Zusammenstecken der Köpfe gierig auf. Sie würden später sicher viel zu erzählen haben. *Schau mal einer an*, dachte Jenkins beim Anblick der bunt zusammengewürfelten Gruppe, *wer an einem Dienstag doch alles Zeit findet, der Polizei bei der Arbeit zuzusehen.* Und dabei auf ein paar Informationen, Gerüchte oder Zusammengereimtes hoffte, das man anschließend im Dorf als Neuigkeiten weitergeben, diskutieren und ausschmücken konnte.

»Wir sollten besser wieder umkehren. Hier können wir doch nichts mehr tun.« Er berührte Mary leicht am Arm. Das Gehen den Pfad hinauf hatte ihm sichtlich Mühe bereitet.

Das blau-weiße Absperrband, das im Wind knatterte, die Uniformen, die Gruppe Schaulustiger und die Polizeifahrzeuge im Hintergrund lösten in ihm ein unerwartet beklemmendes Gefühl aus, das ihm zusätzlich den Atem zu nehmen drohte. Er wollte weg von diesem Ort, so schnell es ging. Vor seinem inneren Auge erschienen plötzlich grelle Farben: rote Blitze, dicke schwarze Wolken, pulsierendes blaues Licht. Jenkins schloss die Augen, um den Druck im Kopf abzumildern.

»Ich muss es wissen.« Mary bemerkte seine Berührung gar nicht, sondern hielt den Blick unverwandt auf die

Absturzstelle gerichtet, an der sich ein Polizist postiert hatte. Wie durch einen Tunnel ging sie ohne zu zögern weiter. Die Umstehenden bildeten zu Jenkins' Erstaunen wie selbstverständlich eine Gasse.

»Victoria Bowdery?« Mehr brachte sie nicht heraus.

»Wir können zum gegenwärtigen Zeitpunkt keine Angaben machen. Bitte gehen Sie zurück, Madam.« Der junge Constable nickte ernst, aber nicht unfreundlich.

»Es heißt, dass sie es ist. Es gibt keinen Zweifel.«

Mary blickte sich um. Ausgerechnet Holder. Kein Wunder, dass der Frührentner bei den Schaulustigen stand. Holder, der ganz in der Nähe der Absturzstelle an der Steilküste in einem reichlich vernachlässigten Cottage lebte, an dessen Gartenpforte der Name Whiff Cottage prangte, galt im Dorf als Tratsch- und Lästermaul. Außerdem stellte er jedem Rock nach, vor allem wenn seine Trägerin jung war.

»Ein guter Ort, um sich den Hals zu brechen.«

»Das kann nicht sein. Victoria ist nie gerne hier oben gewesen. Schon als Kind nicht. Vic hatte Angst vor dem Ort, vor dem Donnern, wenn die Wellen bei schlechtem Wetter gegen die Felsen schlagen. Das war ihr unheimlich. Die Tote muss jemand anderes sein.« Mary schüttelte in verzweifelter Hoffnung den Kopf. »Es muss eine Touristin sein. Jemand, der sich nicht auskennt und die Gefahr unterschätzt hat.«

Holder trug sein schütteres, ehemals blondes, nun nahezu graues Haar zu einem dünnen Zopf gebunden. Spielerisch ließ er ihn durch eine Hand laufen. »Sie wird ausgerutscht sein. Bei dem Boden.« Er machte ein bekümmertes Gesicht und sah zum Himmel hinauf. »Das Wetter wird schlechter. Du warst doch mit ihr befreundet ...« Holder zupfte ein paar lose Blätter und Ästchen aus den Büschen, die den Rand der Klippen markierten, und behielt sie in der Hand. Als sei es seine Aufgabe, auf dem Küstenpfad für Ordnung zu sorgen. »Jan und Jocelyn haben sie gefunden«, setzte er ungefragt hinzu. »Als sie ihre Hummerkörbe kontrolliert haben.«

Mary ignorierte Holder, der sichtlich enttäuscht war, dass sie nicht auf seine Bemerkungen einging, und wandte sich noch einmal an den Constable. »Sie wissen doch sicher mehr. Bitte. Ist es Victoria Bowdery?«

»Sind Sie Angehörige? Madam, Sir?« Der Polizist blieb bestimmt, aber freundlich und sah Jenkins an, der Mary gefolgt war.

»Nein. Aber ich kenne Victoria, seit wir klein waren.« Tränen standen in ihren Augen.

»Tut mir leid, Madam.« Der Polizist drehte sich zu den übrigen Schaulustigen um und breitete die Arme aus. »Gehen Sie doch bitte. Es gibt hier wirklich nichts zu sehen. Sie vergeuden nur Ihre Zeit.«

Ohne viel Murren folgten die Umstehenden zögernd der Anordnung. Was sie gesehen hatten, würde auf jeden Fall für eine ausführliche Erörterung bei einer Tasse Tee oder einem Ale reichen. Jenkins hörte eine Frau beim Weggehen zu ihrer Nachbarin sagen: »Jetzt hat die arme Seele endlich Ruhe.« Sie bekreuzigte sich.

Jenkins sah Holder hinterher, der sich inzwischen leutselig bei einer Frau mittleren Alters eingehakt hatte. Er hatte sie schon ein paarmal im Dorf und im nahen Mullion gesehen. Wenn er sich recht erinnerte, betrieb sie mit ihrem Mann eine Farm etwas oberhalb der Steilküste.

Auf dem Weg zurück ins Dorf blieb Mary Morgan immer wieder stehen. Als müsste ihre Freundin auf einem der Boote heimkehren, starrte sie auf das Meer hinaus, dessen Farbe seit dem Morgen von Dunkelblau in trübes Bleigrau gewechselt war. Ein paar Möwen ließen sich vom stärker aufkommenden Wind tragen.

»Es kann nicht Victoria sein. Sie wäre niemals so nahe an die Klippen herangegangen. Sie hatte eine irrsinnige Angst vor dem Wasser. Früher haben die alten Leute den Kindern Schauergeschichten über die Teufelspfanne erzählt«, bekräftigte Mary noch einmal, als sie an der Stelle stehen blieb, wo der Weg in steile Stufen mündete, die hinunter zur Dorfmitte führten. Sie sah auf die offene See hinaus, als würden mit der Flut die alten Geschichten zurückkehren.

»Unfälle passieren. Und immer dann, wenn man es am allerwenigsten erwartet.« Jenkins stützte sich auf seinen Stock. Er dachte an das Telefongespräch vom Vortag. »Sie müssen damit rechnen, dass es doch Victoria ist.« *Aus Verzweiflung gesprungen*, führte er den Gedanken stumm weiter.

Aber Verzweiflung worüber? Jenkins kniff die Augen zusammen. Er mochte seine These selbst nicht. Ein Selbstmord wäre zwar möglich, warum dann aber erst so lange Zeit nach den damaligen Ereignissen? Nach allem, was er wusste, hatte Vics Mutter ihre Tochter verlassen, als sie noch ein Kind gewesen war. Aber manche Erlebnisse waren derart traumatisch, dass die Erinnerung daran lange im Innersten verschüttet blieb und es unter Umständen viele Jahre brauchte bis zu einer Reaktion des Unterbewusstseins.

Jenkins atmete schwer. Die Anstrengung tat ihm nicht gut, und er erinnerte sich an jene Einsätze, bei denen er schlechte Nachrichten hatte überbringen müssen. Hilflos mit anzusehen, wie Eltern oder Freunde verzweifelt versuchten, das Unabänderliche so lange wie möglich von sich fernzuhalten ...

Und wieder hatte er diese grellen gelben und roten Farben vor Augen, das Blaulicht, das Gefühl der Ohnmacht. Die Knöchel der Hand, mit der er den Stock umfasste, wurden weiß.

»Wenn es wirklich Victoria ist, dann war es kein Unfall.«

»Was?« Jenkins steckte zu tief in seinen Gedanken, um Marys Äußerung auf Anhieb zu verstehen.

»Wenn Victoria tot ist, war es kein Unfall.«

»Sie wissen, was das bedeutet? Warten wir besser ab, was die Polizei am Ende dazu sagt.«

»Noch mal: Victoria hatte Angst vor der Teufelspfanne.«

»Das mag ja sein ...«

»Aber?«, kam es so verzweifelt wie angriffslustig zurück.

Jenkins blieb die Antwort schuldig. In seiner Erinnerung suchte er längst nach dem Punkt, an dem er Victorias Anruf hätte ernst nehmen müssen. Aber da war nichts gewesen. Er hätte nichts bemerken können.

Oder doch?

Er hatte es vergeigt. Ein Mensch könnte vielleicht noch leben, wenn er sich nur gekümmert hätte.

IV.

Wie fast immer zur Folk Night am Dienstagabend war das rund 300 Jahre alte Pub voll. In dem dunklen Holzboden hielt sich der Geruch verschütteten Ales, an der Theke drängten sich die Gäste, zwischen den Hockern und niedrigen Tischen war kaum ein Durchkommen. Selbst auf dem Hof standen die Zuhörer, um durch das offene Fenster den Musikern zuhören zu können. Die Geräuschkulisse war beachtlich für den niedrigen, etwas klein geratenen Gastraum. Jemand stimmte gerade seine Gitarre, eine junge Frau übte ein paar Bogenstriche auf der Violine. Dazwischen hin und her geworfene Bemerkungen. Lachen. Ein Bodhran-Spieler aus St. Ives packte seine irische Trommel aus und probierte ein paar Schläge.

Jenkins drückte sich mit einigem Geschick an den Tischen und niedrigen Hockern vorbei, ehe er die Bank erreichte, die gegenüber der Theke an der Wand verlief.

»Ein Pint?«

Jenkins schüttelte den Kopf und hob dankend die Hand. »Lieber ein Wasser. Erst mal.«

»Bist doch sonst nicht so trinkfaul«, neckte Graeme Mathieson, schlug ihm auf die Schulter und stand auf. »Bist schon ein seltsamer Vogel. Hängst den ganzen Tag am Hafen rum, malst, starrst aufs Wasser. Wenigstens spielst du passabel Mundharmonika. Ein Ex-Bulle aus London! Spezialeinheit, heißt es. Und dass keiner so richtig schlau aus dir wird.« Er grinste nun breit. »Hauptsache, du bist dienstagabends dabei. Aber ein komischer

Kauz bist du schon ein bisschen. Na ja.« Mathiesons Gesicht wurde plötzlich ernst. »Schrecklich, der Unfall. Fällt einfach von den Klippen. Arme Victoria.«

»Das Leben ist manchmal grausam.« Was hätte Jenkins auch sagen sollen? Ihm wollte zwar die Abfolge der Ereignisse nicht aus dem Kopf gehen – erst Victorias mysteriöser Anruf, dann der Absturz, der nach Marys Überzeugung kein Unfall sein konnte –, aber alle anderen Überlegungen und Schlussfolgerungen versuchte er weit von sich zu schieben. Die Antwort auf die Frage *Unfall oder Freitod oder gar mehr?* war Polizeiarbeit und nicht mehr seine Angelegenheit. Schon lange nicht mehr.

»Hm.« Mathieson gab sich mit der kurzen Antwort zufrieden und setzte seinen Weg zur Theke fort.

Jenkins beobachtete amüsiert, wie der gebürtige Schotte und Angestellte einer Sicherheitsfirma eine der Seilschlaufen als Halt nutzte, die wie in der U-Bahn in regelmäßigen Abständen von der Decke hingen.

Als Jenkins und Mary nach ihrer Rückkehr von der Absturzstelle um die Ecke des Hauses gebogen waren, in dem unten der winzige Shop Cadgwith Cove Crab unter anderem frisches Krabbenfleisch und oben eine winzige Galerie Kunsthandwerk anbot, hatten gerade ein paar Männer Victorias Leiche auf den Betonplatz am Hafen gelegt und mit einem Stück Segeltuch abgedeckt. Für ihre Bergung war eigens eines der langen Ruderboote aus dem Schuppen des Pilot Gig Club geholt worden, der sich neben dem Dorfladen befand.

Mary hatte Victoria natürlich sofort erkannt. Mit starrem Blick hatte sie in das bleiche Gesicht geschaut, in dem

Strähnen nassen Haars und Seegrasreste klebten. Die Augen der Toten waren nur halb geschlossen, und so sahen sie aus, als seien sie auf etwas jenseits der Wasserlinie gerichtet.

Jenkins hatte Marys Zittern bemerkt, als ihre Jugendfreundin in das gemeinschaftliche Kühlhaus der Fischer getragen wurde. Dort sollte der Körper so lange bleiben, bis der Leichenbestatter ihn abholen würde.

Jenkins hatte den Leichnam unbewusst nach ungewöhnlichen Wunden abgesucht, soweit dies auf die Distanz möglich war. Für den ehemaligen Polizisten war schnell klar, dass der leblose Körper nur Verletzungen aufwies, wie sie bei einem Sturz aus dieser Höhe zu erwarten waren. Abschürfungen, Platzwunden, vermutlich massive innere Verletzungen, Quetschungen und Knochenbrüche. Es hatte ihn daher auch nicht gewundert, dass lediglich ein Detective Constable die Bergung der Toten beaufsichtigt hatte. Demnach bestand für die Polizei kein Zweifel, dass es sich um einen Unglücksfall handelte. Derartige Fälle kamen immer wieder vor, die meisten ereigneten sich in der Touristensaison – diesmal mit dem Unterschied, dass die Rettungsstaffel der nahe gelegenen *Royal Naval Air Station Culdrose* nicht gerufen worden war.

Um ganz sicherzugehen, hatte Jenkins sich vorgestellt und den Detective nach seinem Eindruck gefragt. Der DC hatte den ehemaligen Kollegen mit einer Mischung aus professioneller Distanz und gehörigem Misstrauen beäugt und ihm nicht mehr als eine hochgezogene Augenbraue gegönnt.

Jenkins wiederum hatte dem DC angesehen, was der dachte: Der bärtige Typ, der am Stock ging und in seinen abgetragenen Klamotten und mit dem Haar, das deutlich über den Kragen wuchs, eher wie ein Lebenskünstler aussah, dieser Typ sollte einmal ein Kollege gewesen sein?

Erst als er merkte, dass sein Gegenüber den Polizeijargon beherrschte, war er aufgeschlossener geworden. »Kein Zweifel«, hatte er gesagt, »der Fall ist klar und für uns abgeschlossen. Die Bedauernswerte ist im Dunkeln vom Weg abgekommen und abgestürzt. Haben Sie ihre dünnen Schühchen gesehen? Hätte sich der Körper nicht zwischen zwei Felsen im Wasser verfangen, wäre sie vermutlich von der Ebbe fortgespült und von den Schrauben eines Kreuzfahrt- oder Containerschiffes geschreddert worden.«

Mary Morgan hatte die Einschätzung des Detective Constable schweigend mit angehört und Jenkins wortlos stehen gelassen, um in Richtung ihres Cottages zu verschwinden.

Das Stühlerücken, um für Mathiesons Rückkehr Platz zu machen, brachte Jenkins in die Gegenwart der Folk Night zurück.

»Dein Wasser.« Graeme reichte ihm das Glas, als sei er froh, eine verdammt üble Brühe loszuwerden.

Jenkins musste lachen. Wenn jemand ein schräger Vogel war, dann Graeme Mathieson. Wenn er nicht gerade damit beschäftigt war, ein frisches Pint zu ordern oder sein Glas mit Genuss auszutrinken, saß er meist schweigend da, hatte den Kopf gegen seine Gitarre geneigt, lächelte in die Saiten hinein und wartete, bis er an der

Reihe war. Er sang oft Beatles-Klassiker. Diesmal stimmte er *Yesterday* an, und seine weiche Stimme ließ viele der Gäste mitsummen.

Neben Graeme saß Dan. Der sprach nicht viel, jedenfalls nicht in seiner Freizeit, und vor allem nicht, wenn er Musik hören konnte. Er ließ selten eine Folk Night aus. Dan betrieb von Mullion aus ein winziges mobiles Friseurgeschäft und war damit die fahrende Klatschzentrale der Region. Da er seinen Kunden stets das Gefühl gab, verschwiegen zu sein, bekam er bei der Arbeit mit Schere, Kamm und Bürste immer den neuesten Tratsch mit, ohne dass die Gefahr bestand, dass jemand mithörte. Die Kunden schworen auf seine Verschwiegenheit und vernahmen mit Vergnügen und manchmal auch mit wohligem Schauer die neuesten Gerüchte – und merkten nicht, dass sie bei dieser Gelegenheit selbst zu Lieferanten für den Klatsch wurden, den Dan für den nächsten Kunden bereithielt.

»Auch eins? Geht auf mich«, meinte er, als Graeme geendet hatte und der Applaus verebbte. Dan hob sein Glas, das schon halb leer war, und schlug sich auf den Bauch. »Ist äußerst nahrhaft. Könntest ein paar Kilos gebrauchen. Du siehst aus wie eine halbe Makrele.« Er lachte dröhnend.

»Na gut.« Jenkins lehnte sich zurück und beobachtete Dan, der sich bis zum Tresen durchkämpfte und bei der Bestellung ein paar Worte mit Bekannten wechselte, unter ihnen Barbara Thompson, von der Jenkins wusste, dass sie im nahen Lizard einen kleinen Antikshop betrieb. Außerdem bemerkte er Tim Hurst, BBC-Journalist im

Ruhestand, und seine Frau. Ein Pärchen – der Funktionskleidung nach Touristen – wartete in der Tür zum Flur auf den Beginn der Musik. Um diese Jahreszeit kamen nur noch wenige Fremde in die Gegend.

Dan jonglierte geschickt zwei Pints an den übrigen Gästen vorbei zu ihrem Platz. »Cheers.« Er trank bereits. Nach einem satten »Ah« wischte er sich mit dem Handrücken über den Mund.

»Kanntest du Victoria gut?«, fragte Jenkins.

»Alle kannten sie.« Dan zwinkerte Barbara Thompson zu, die ihr Weinglas lächelnd in seine Richtung hob. »Ab und an hab ich ihr die Haare gemacht. Warum fragst du?«

»Und stimmt es, was die Leute sagen?«

»Keine Ahnung, was du meinst.«

»Dass sie gerne geflirtet hat und so.«

»Man soll über Tote nicht schlecht reden.« Der Friseur unterdrückte einen Rülpser. »Vor allem, wenn es um einen solchen Fall geht.«

»Also stimmt es?«

»Einmal Bulle, immer Bulle, was?«

Den Spruch kannte er zur Genüge und wollte ihn nicht kommentieren. »Das war nicht die Antwort auf meine Frage, Dan.«

Mathieson stupste Jenkins an und deutete auf Dave J. Hearn, den alle nur Dave Windows nannten. »Es geht weiter.« Der gelegentliche Fensterputzer war der inoffizielle Chef der Folk Nights und sah gerade auffordernd in die Runde.

Jenkins hatte den Eindruck, dass Dan froh war, nicht antworten zu müssen.

Wie stets an solchen Abenden spielten sie abwechselnd und in unterschiedlichen Besetzungen, vor allem Blues und Folk, aber auch ein paar Popsongs. Mal war es das Banjo, das markant hervortrat, dann wieder die Fiddle, die eine oder andere Gitarre oder auch Tims Gesang.

Bei seinen ersten Folk Nights hatte Jenkins die Bluesharp nur zögerlich eingesetzt, aber mittlerweile fand er zu fast jedem Song die passende Begleitung oder spielte gar ein kleines Solo. Seine Spielfreude hatte ihm bei den Musikern schnell Anerkennung und Respekt eingebracht.

Er verzichtete an diesem Abend darauf, Dan noch einmal auf Victoria anzusprechen. Er würde schon noch eine andere Gelegenheit finden, um mehr über sie und ihr Leben im Dorf zu erfahren. Er wollte Mary Morgans Schmerz verstehen und sie in ihrem Zweifel nicht allein lassen. Die beiden Frauen verband offenbar eine gemeinsame Geschichte, die tiefer ging als das normale Miteinander in einem Dorf.

Nachdem der Wirt Last Order ausgegeben hatte, packte Jenkins seine Harps zusammen. Statt den direkten Weg nach Hause zu wählen, machte er einen Umweg über den Todden. So wurde die Felsnase genannt, die die beiden natürlichen Buchten Cadgwiths voneinander trennte. Der Nachthimmel war wolkenlos, und der Mond übergoss die Küste mit einem silbrigen Licht, das mit der ruhigen See zu einem glänzenden Spiegel ineinanderfloss. Irgendwo hinter dem Horizont lag Frankreichs Küste und noch weiter, jenseits des Atlantiks, Amerika.

Am Ende des Todden zog Jenkins spontan eine Harp hervor und spielte seine Version von *Fields of Athenry*, das Lied über die irische Hungersnot von 1848 und die Deportation eines verzweifelten Getreidediebs runter nach Australien.

Der Song traf ziemlich genau das Gefühl aus Wehmut, Stolz, Sehnsucht und Heimat, das er mit Cadgwith verband.

Der Wind schlief, und die Töne wehten weit über das Wasser. Es schien, als lausche die See und auch die Natur ringsum der sanften, melancholischen Melodie.

Danach schaute der ehemalige Polizist und praktizierende Künstler Simon Jenkins noch lange aufs Wasser. Das Bild stimmte, beschied er: das Meer als Quell allen Lebens und als feindliches Element. Die See als Symbol und Symbiose von Sehnsucht und Tod.

Er wäre gerne noch länger geblieben, aber die zunehmende Kühle trieb ihn heim. Außerdem wartete in seiner Küche die Medizin für die Nacht.

V.

Jenkins war vom Atelier hinüber in die Küche gewechselt. Er brauchte dringend eine Pause und einen Tee. Sein Rücken schmerzte vom langen Stehen an der Staffelei.

Er wollte gerade das heiße Wasser über den Teebeutel im Becher gießen, als es klopfte. Verwundert hob er den Kopf. Er bekam so gut wie nie Besuch, schon gar nicht um diese Uhrzeit. Er stellte den Wasserkocher auf die Anrichte zurück und griff nach dem Stock. Normalerweise kam er im Haus ohne Gehhilfe zurecht, aber seit er Mary Morgan auf die Klippen begleitet hatte, war der Schmerz im rechten Bein stark.

Er hatte den Türknauf kaum in der Hand, als es das zweite Mal klopfte, diesmal ungeduldiger.

»Oh, hallo, ich vermute mal, Ihre neuen Farben. Ich habe mir gedacht –« Es war Mary Morgan. Kaum hatte er die Tür geöffnet, hielt sie ihm ein großes Paket entgegen.

»Hm.« Unerwarteter Besuch machte ihn stets erst einmal wortkarg.

»Ich bin dann wieder weg.« Die Ankündigung widersprach ihrer abwartenden Haltung.

»Danke.« Er versuchte mit dem unhandlichen Paket zurechtzukommen. Der Stock war im Weg. »Sie hätten sich die Mühe nicht machen müssen. Aber danke.«

»Oh, keine Ursache.« Ihre Mundwinkel zuckten verräterisch, und in ihre Augen hatte sich etwas Aufmunterndes geschlichen. »Ich glaube, Sie könnten ein wenig Hilfe gebrauchen. Soll ich nicht …?«

»Geht schon, danke.« Jenkins ärgerte sich, dass er eine so unbeholfene Figur machte.

Mary wippte leicht auf den Fußballen und steckte die Hände in die Gesäßtaschen ihrer Jeans. »Dann einen schönen Abend noch.« Und als wollte sie den Abschied hinauszögern, deutete sie hinter sich. »Schönen Garten haben Sie.«

Jenkins ahnte längst, dass das Paket nur ein Vorwand war. »Ich wollte mir gerade einen Tee machen.« Er wies mit dem Kopf Richtung Küche. »Wenn Sie wollen …«

Sie nickte freudig und wirkte doch verlegen wie ein junges Mädchen.

Nachdem er das Paket neben dem Küchentisch auf den Boden gestellt hatte, schaltete er erneut den Wasserkocher ein. Er wollte die Farben nicht hinüber ins Atelier tragen, sonst hätte sie das vielleicht als Aufforderung verstanden, ihm zu folgen. Seine Werkstatt war für Fremde tabu. Niemand durfte seine Arbeiten sehen, bevor sie fertig waren. Vor allem nicht diese eine, an der er schon seit Monaten arbeitete, ohne wirklich voranzukommen. Das Motiv wehrte sich mit aller Macht gegen seine Vollendung.

Mary blieb an der Küchentür stehen. »Echt schön haben Sie es.«

Jenkins sah sich um, als nehme er den Raum zum ersten Mal bewusst wahr. Ein alter Tisch vom Trödler, vier Stühle. Das Buffet stammte aus der gleichen Epoche. Eine Küchenzeile, ein altes Regal mit Tellern und Bechern. Bilder, zum Teil eigene Arbeiten, andere vom Flohmarkt oder aus einem der Charity Shops in Helston.

»Setzen Sie sich doch.« Er nahm eine Teekanne aus dem Regal und maß die nötige Menge Blätter ab. Teebeutel mochte er ihr dann doch nicht anbieten.

»Der Stuhl könnte ein bisschen Leim vertragen.« Mary hatte sich an den Küchentisch gesetzt und war gleich wieder aufgestanden. Mit einer Hand bewegte sie die Lehne prüfend hin und her.

»Ist mir bisher nicht aufgefallen.« Jenkins klang ungewollt etwas schnippisch, als er heißes Wasser auf die Blätter goss.

»Oh, tut mir leid. Alte Angewohnheit von mir.« Sie setzte sich wieder.

Jenkins kam mit der Kanne und zwei Bechern an den Tisch. »So war das nicht gemeint. Ich habe völlig vergessen, dass Sie sich ja auskennen.« Er hatte Mary bisher zwar nur als Verkäuferin im Dorfladen kennengelernt, wusste aber von seinem Kumpel Luke, dass sie nach einer Schreinerlehre und einem Studium der Kunstgeschichte eine Zeit lang als Restauratorin in Deutschland gearbeitet hatte. Und dass sie seit ihrer Rückkehr nach Cadgwith im Haus ihrer verstorbenen Eltern eine kleine Frühstückspension betrieb.

»Einmal Schreinerin, immer Schreinerin. Aber im Ernst, ein bisschen Leim und ein paar Schraubzwingen, und das gute Stück ist wieder wie neu.« Sie klopfte dem Stuhl aufmunternd auf die Lehne wie ein Arzt einem Patienten auf die Schulter.

Unversehens waren die beiden in ein Gespräch vertieft über die Möbelepochen im Vereinigten Königreich und im übrigen Europa.

»Stühle sind die schönsten und wichtigsten Möbel im Leben eines Menschen.« Sie drehte den Becher in ihrer Hand.

Jenkins hob die Kanne. »Noch Tee?« Er hatte glatt die Zeit vergessen.

Mary war bei näherer Betrachtung eine überaus bemerkenswerte Frau. Ihr Blick war offen, das Gesicht fein geschnitten und gleichmäßig. Ihm gefielen die Leidenschaft, mit der sie über ihre Arbeit als Restauratorin sprach, und der Humor, mit dem sie von ihren Erlebnissen in Deutschland erzählte oder von den Begegnungen mit Pensionsgästen. Sie lachten besonders über die Dummheit eines deutschen Pärchens, das in Marys Nachbarschaft ein Ferienhäuschen gemietet und den elektrischen Wasserkocher auf den Gasherd gestellt hatte, um Teewasser zuzubereiten.

Eine selbstbewusste und bodenständige Frau, die ihre ganz eigenen Ansichten über das Leben hatte und sich nicht scheute, Dinge klar und deutlich auszusprechen. Sie war niemand, den man allzu leicht auf seine Seite ziehen konnte.

Mary wechselte abrupt das Thema. »Das war kein Unfall. Victoria ist niemals ausgerutscht.« Sie schüttelte heftig den Kopf und nickte, als er ihr nachgoss.

»Was macht Sie so sicher?« Er stellte die Kanne ab.

Sie umfasste den Becher mit ihren schlanken Händen, als suche sie Halt bei der Formulierung einer Antwort. Ihr Blick war nach innen gerichtet. »Sie konnte nicht schwimmen. Auch so'n Ding. Am Meer groß geworden und sich nicht ins Wasser trauen. Die Jungs aus dem Dorf haben sie damals gehänselt: ›Dumme Kuh, stell dich nicht so an.‹ Als sie älter war, hat sie jedes Mal ihr T-Shirt hochgezogen, wenn die Sprüche kamen, und es herrschte Ruhe. Dann konnten sie nicht schnell genug aus dem Wasser kommen und sich neben sie legen.«

Jenkins betrachtete sie, während sie sprach. Ihm fiel erneut ihr kräftiges, fast schwarzes Haar auf, das sie nachlässig zu einem lockeren Zopf gewunden hatte. Das betonte ihre hohen Wangenknochen, die gerade Nase und die schön geschwungenen Lippen. Die hellen Karos ihres Flanellhemdes, das sie lässig über der ausgeblichenen Jeans trug, brachten nicht nur ihre schlanke Figur zur

Geltung, sie unterstrichen auch das tiefe Dunkelblau der Augen.

»Wie gut haben Sie sie gekannt?«

»Wann immer es nur ging, waren wir als Kinder im Dorf unterwegs, eine regelrechte Bande. Wir sind über die Felder gerannt, haben uns in der alten Kirche versteckt, im Heu getobt, Höhlen gebaut, am Strand nach Schätzen gesucht. Wir haben nichts ausgelassen, was Kinder so tun, die auf dem Dorf groß werden. Einmal ist Vic in den Turm von St. John gestiegen und hat wie wild die Glocke geläutet. Das hat vielleicht einen Aufruhr gegeben.« Ein Lächeln huschte über ihr Gesicht. »Sie hat besonders gerne die Vögel beobachtet. Vic wollte so schwerelos sein wie die Möwen. Wir haben viel gelacht und uns stundenlang Geschichten von guten Feen und Meerjungfrauen erzählt.« Sie seufzte. »Nur die eingestürzte Höhle hat ihr Angst gemacht. Ich weiß noch, dass ihre Mutter sie oft als Dummkopf gescholten und dann gelacht hat. Die eingefallene Höhle heiße doch bloß Teufelspfanne, weil in dem kreisrunden Loch die Gischt manchmal so aussieht, als würde das Wasser kochen. Und dass sie keine Angst zu haben brauche, weil es gar keinen Teufel gibt.«

»Sie waren bestimmt sehr glücklich.« Er musste an seine eigene Kinder- und Jugendzeit denken. Er war in einer Kleinstadt in Devon aufgewachsen und konnte sich nur an wenig erinnern. Daran, dass die Häuser grau und viele Männer ohne Arbeit gewesen waren. An die sonntäglichen Ausflüge an die Küste, bei denen sein Vater regelmäßig davon erzählt hatte, wie von dort aus die Maschinen gestartet waren, vor allem nachts, um die Nazis zu bombardieren. Ein schwermütiger Mann, besonders nach reichlich Bier. Und er konnte sich an den Bolzplatz erinnern, auf dem er mit seinen Freunden abgehangen hatte. Alles in allem nichts, woran es sich wirklich zu erinnern lohnte.

»Das stimmt. Vic und ich waren für eine gewisse Zeit unzertrennlich wie Schwestern.«

»War Victoria beliebt im Dorf?«

»Ob sie von den anderen Kindern gemocht wurde?« Sie zog die Stirn in Falten. »Sagen wir mal so: Meist wurde sie in Ruhe gelassen.« Sie musste erneut lächeln. »Und wenn es mal Probleme gab, haben sich die anderen blutige Nasen geholt.«

Jenkins konnte sich gut vorstellen, wie Mary sich mit erhobenen Fäusten schützend vor Victoria gestellt hatte.

»Und zu Hause?«

»Ihre Familie?« Marys Gesichtszüge wurden unvermittelt hart. »Victoria hat eine Menge Dreck erlebt. Der Vater säuft sich tot, die Mutter ist verantwortungslos, treibt sich mit Männern rum und ist irgendwann nicht mehr da. Sie kennen sicher die Geschichten, die man sich im Dorf über die Familie erzählt. Einzig ihr Großvater hat sich um sie gekümmert. Seit sie neun war, hat sie bei ihm gelebt.«

»Dann stimmt es also, was die Leute sagen.«

»Alle haben sie mit dem Finger auf die Bowderys gezeigt, mit Genuss die ›Verhältnisse‹ kommentiert. Die Familie hat ja auch ständig neuen Stoff für ein schnelles Gespräch bei einer Tasse Tee unter Freundinnen geliefert.« Sie schnaubte verächtlich bei dem Gedanken. »Dabei waren die meisten selbst nicht viel besser.«

Er sah sie fragend an.

»In der Vergangenheit muss es hier ziemlich heftig zur Sache gegangen sein. Sodom und Gomorra. Hört man immer wieder mal. Na ja, auch so ein Gerücht.«

Die Vorstellung eines farbenprächtigen Sittengemäldes des idyllischen Fischerdorfes amüsierte ihn, aber er blieb ernst. »Was ist Ihrer Meinung nach passiert?« Jenkins goss sich ebenfalls nach. »Sie glauben immer noch, dass sie gewaltsam zu Tode gekommen ist, oder?«

Mary antwortete, ohne zu zögern. »Ja, das glaube ich.«

»Wer sollte so etwas tun?« Das Telefongespräch lastete zunehmend schwerer auf ihm. Er hatte nicht verstanden, dass es ein Hilferuf gewesen war. Zu seiner aktiven Zeit wäre ihm dieser Fehler nicht unterlaufen.

Sie zuckte mit den Schultern. »Sie waren doch Polizist. Finden Sie es heraus.«

Eine einfache Feststellung, eine ebenso einfache Aufforderung. Er antwortete zögernd. »Wie soll das gehen? Nein. Ich bin ich schon lange nicht mehr im Dienst. Nein.« Er schüttelte den Kopf. »Ich habe mit meinem früheren Leben abgeschlossen. Die Polizei geht von einem Unfall aus. Wir sollten es dabei belassen. Es gibt demnach keinen Hinweis auf ein Fremdverschulden.«

»Es war *kein* Unfall.« Sie stellte ihren Becher eine Spur zu hart ab.

»Menschen tun manchmal Dinge, die für andere nicht nachvollziehbar sind.« Seine ohnehin weiche Stimme klang noch eine Spur sanfter, und sein Blick suchte in ihren Augen nach Zustimmung. »Vielleicht …«

Mary unterbrach ihn unwirsch. »Sie meinen, sie hat

sich umgebracht? Mit einem Sprung von den Klippen? Niemals. Warum sollte sie das tun, um Gottes willen?« Mary schob ihren Becher heftig von sich.

»Solche Dinge passieren.« Seine Argumentation bröckelte zusehends.

Sie fing seinen Blick auf. »Victoria ist in den vergangenen Jahren vielleicht ein wenig eigenbrötlerisch geworden, aber das war sie als Kind schon. Sie hat gerne oben auf dem Todden gesessen und aufs Dorf geschaut. Die Menschen sehen von hier aus wie Marionetten in einem Puppenspiel, hat sie mir gesagt. In ihrem Zimmer unter dem Dach hat sie gerne die Puppen so aufgebaut, wie die Leute im Dorf gestanden und sich unterhalten haben. Sie mochte die Vorstellung, wie die Menschen hin und her gegangen, in ihre Autos gestiegen sind oder auch nur in der Bucht aufs Wasser geschaut haben. Sie mag ein wenig seltsam gewesen sein und – was Männer anging – auch kein Kind von Traurigkeit, aber ich bleibe dabei: Victorias Tod ist kein Unfall.« Sie stand entschieden auf und sah auf ihn hinab. Jenkins hätte sich nicht gewundert, wenn er ihre Hand auf seiner Schulter gespürt hätte. »Bitte, helfen Sie mir, die Wahrheit zu finden.« Sie machte eine Pause. »Bitte.«

»Vielleicht war sie an einem Punkt angekommen, an dem sie nicht mehr weiterwusste.« Er wollte sie nicht verletzen, aber noch vorsichtiger konnte er sich nicht ausdrücken.

»Selbstmord? Niemals. Es gab nicht den geringsten Grund.« Sie rückte entschieden den Teebecher zur Seite, blieb aber stehen.

»Depressionen verhindern oft den klaren Blick.«

»Warum sollte Vic depressiv gewesen sein?«

»Bei ihrer Lebensgeschichte, so wie Sie sie schildern, nicht ungewöhnlich.« Er wollte ihr nicht von Vics Anruf erzählen. Die Begebenheit gab noch nicht genug her, noch nicht. Stattdessen fuhr er fort. »Nur mal angenommen ... Depressionen sind eine furchtbare Sache. Viele denken, dass ein Selbstmord egoistisch ist, dass sich der Kranke keinen Deut um die Hinterbliebenen schert. Dabei bin ich mir sicher, dass ein Mensch, der an diesem Punkt angelangt ist, denkt, seine Lieben seien ohne ihn besser dran. Diese seelische Krankheit hat nichts mit Egoismus zu tun.«

»Sie wollte ihrem Großvater nicht länger zur Last fallen? Gut. Dass eine erwachsene, gut aussehende Frau es vorzieht, mit ihrem Großvater zu leben, ist schon ungewöhnlich. Aber das reicht mir nicht als Erklärung. Dass Victoria ihren geliebten Großvater durch ihren Tod ›entlasten‹ wollte – nein, das ist Unsinn. Absolut.« Ihre Augen wurden eine Spur dunkler.

Er rieb sich mit der Hand über die Stirn. »Ich will den Gedanken nur zu Ende bringen: Depressionen sind unerbittlich, und aus meiner Zeit als Polizist weiß ich, dass es viele gibt, die der Krankheit sehr, sehr nahekommen. Vielleicht weil ein Familienmitglied daran erkrankt ist, sie Freunde oder geliebte Menschen verloren haben.«

»Ich will das nicht glauben.«

»Es gibt noch eine andere Möglichkeit.« Jenkins war nicht sicher, ob er diesen Punkt ansprechen sollte. Andererseits steckten sie schon zu tief in der Diskussion.

»Was meinen Sie?« Sie fuhr sich übers Haar und setzte sich doch wieder.

»Ich will niemanden verdächtigen.« Er freute sich, dass sie wohl doch noch nicht gehen wollte, zögerte aber, bevor er weitersprach. »Und es klingt nach Kaffeesatzleserei, aber es wäre eine Hypothese, eine, die nicht leichtfertig beiseitezuschieben ist: Was, wenn es Victorias Großvater ist, der unter Depressionen leidet, und er das Gefühl hat, sie nicht länger beschützen zu können? Er sie aus ... Verzweiflung über die Klippen gestürzt hat?«

Mary schüttelte heftig den Kopf. »Mord? Opa Bowdery ist mit der Zeit immer verbitterter geworden, was ich so mitbekommen habe. Ein wahrer Fischer, jede Faser. Er war viel lieber auf dem Meer als eine einzige Stunde zu Hause. Die Tiefe des Meeres hat er nie als Gefahr gesehen. Für ihn war die See der Schoß der Natur.« Sie nickte wie zur Bestätigung. »Depressionen? Ich habe davon nichts bemerkt. Aber ich habe ihn zugegebenermaßen in letzter Zeit nicht oft gesehen. Und das Geschwätz der Leute hat mich auch nicht interessiert. Was in der Zeit passiert sein mag, in der ich nicht in Cadgwith war, darüber weiß ich nicht wirklich etwas. Aber Mord? Bowdery bringt seine Enkelin um? Niemals.«

Jenkins spürte, dass sie an dieser Stelle nicht weiterkamen, deshalb wechselte er das Thema. »In den vergangenen Tagen und Nächten hat es viel geregnet. Der Küstenpfad ist so glitschig wie Schmierseife. Wie schnell rutscht man da aus. Ein unbedachter Schritt, und schon verliert man unweigerlich den Halt. Holder hat so unrecht nicht.«

»Holder, pah. Was weiß der schon? Säuft und macht den Frauen schöne Augen, der alte Gockel.« Sie schüttelte sich.

»Er könnte in der Nacht etwas gehört haben. Sein Garten grenzt doch unmittelbar an den Küstenpfad.«

»Helfen Sie mir, Victorias Tod aufzuklären?«

Jenkins sah den hoffnungsvollen Blick und die Anspannung in Marys Augen. Und er musste sich eingestehen, dass sie recht hatte. Er beschäftigte sich längst mit dem Fall.

»Ja?« Die kurze Frage bot kaum Raum für den geballten Schmerz über den Verlust ihrer Jugendfreundin.

»Ich denke darüber nach.«

»Und ich entschuldige mich dafür, dass ich Sie einfach stehen gelassen habe im Hafen. Das ist nicht meine Art.«

Er wollte antworten »Ich weiß«, aber er schwieg.

Obwohl in diesem Augenblick ein leichter Nieselregen einsetzte, blieb Mary auf dem Heimweg einen Augenblick stehen, wo der kleine Hafen unmittelbar an die Dorfstraße grenzte.

Simon Jenkins. Sie konnte nur schwer einschätzen, wie alt er war. Anfang, Mitte vierzig vielleicht. Ein klassisch schöner Kopf mit vollem Haar, kräftigem Kinn und dunklen, nahezu schwarzen Augen. Schlank, hochgewachsen, eine leicht gebückte Haltung. Und das Humpeln natürlich. Er hatte etwas Jungenhaftes an sich, wenn er – selten genug – lächelte. Und auch etwas Schüchternes, das sie ihm nicht zugetraut hätte als ehemaligem Polizisten. Und doch strahlte er etwas Solides und Zuverlässiges aus.

Mary fühlte sich in seiner Gegenwart angenehm sicher. Nicht, dass sie sich in Cadgwith unsicher fühlte. Im Gegenteil. Es war bloß dieses überraschende Gefühl, an das sie nicht gewöhnt war. Sie fragte sich, ob ihm seine Behinderung peinlich war oder ob sie der Grund dafür war, warum er so schüchtern, aber auch ein wenig hilflos und, ja, ungeschickt erschien.

Den Kopf voller Gedanken, setzte sie den Weg fort. Zum Schluss lief sie, denn der Regen wurde plötzlich stärker. Zu Hause machte sie Tee und rief Barbara Thompson an. Die Antiquitätenhändlerin hatte ihr einen Sekretär aus der Zeit Edward VII. angeboten. Zunächst hatte sie Bedenken gehabt, aber dann beschlossen, dass er doch einen Platz in ihrem B&B finden würde – vorausgesetzt, der Preis stimmte. Vielleicht konnten sie schon für den nächsten Tag einen Termin zur Besichtigung des Jugenstilmöbels vereinbaren.

»Der Sekretär ist ein echtes Schnäppchen.«

»Auf dem Foto sieht er gut aus.« Eine Zierleiste fehlte. Das Furnier würde sie an einigen Stellen ausbessern müssen, den Rest gründlich überarbeiten. Insgesamt überschaubar.

»Übermorgen bei Mrs. Brown? Zum Tee?«

»Müsste ich schaffen.«

»Die alte Dame macht umwerfend gute Scones«, lockte Barbara. »Vielleicht trennt sie sich auch von dem einen oder anderen Stück Silber.«

»Warum nicht.«

»Du klingst nicht sonderlich begeistert. Geht es dir nicht gut?«

Mary kannte Barbara von früher. Vor vielen Jahre hatten sie sich aus den Augen verloren und erst wiedergetroffen, als sie in ihrem Shop nach Einrichtungsdingen für das B&B gestöbert hatte. Sie waren schnell miteinander ins Gespräch gekommen. Beide verband ihre Liebe zu alten Möbeln der Jahrhundertwende. Außerdem war Barbara jemand, der einen offenen Blick auf das Leben und die Menschen hatte. Das hatte Mary sofort gefallen. Seither kam sie regelmäßig in den kleinen Antiquitätenladen. Ihr B&B war zwar weitgehend komplett eingerichtet, aber für die eine oder andere Vase, eine Decke, Silberbesteck oder diesmal eben den Sekretär ließ sich allemal ein Plätzchen finden. Außerdem schätzte sie die ungezwungenen, kreativen Begegnungen mit Barbara als kleine Auszeit vom Alltag zwischen B&B und der Arbeit im Shop.

»Du sagst ja nichts. So schlimm?«

»Was? Ja … nein … ich … mir geht Victorias Tod nicht aus dem Kopf. Ich bin davon überzeugt, dass sie ermordet wurde.«

»O mein Gott, Mary. Sag so was nicht. Wie kommst du darauf? Das ist ja furchtbar.«

Mary erzählte ihr, dass sie mit Simon Jenkins an der Absturzstelle gewesen war. Und auch, was er über den Fall dachte.

»Siehst du, er hat sicher recht mit seiner Einschätzung. Er war Polizist.«

»Er hat mir jedenfalls versprochen, sich umzuhören.«

»Das ist doch nett von ihm. Er ist sowieso ein attraktiver Mann, trotz seiner Gehbehinderung.«

»Es geht um den Mord an Vic.« Mary wusste auch nicht so recht, warum sie das so ausdrücklich betonte.

»Habe ich etwas anderes gesagt?«, neckte Barbara.

»Wenn, dann findet er es heraus.« Sie überhörte Barbaras Versuch, das Gespräch in eine andere Richtung zu lenken.

»Hast du mit der Polizei über deinen Verdacht gesprochen?«

»Ich habe das den Beamten schon am Unglückstag gesagt. Und ich habe noch einmal die Kripo angerufen. Sie sehen keinen Ermittlungsbedarf. Es gibt keinen Hinweis auf ein Fremdverschulden. Entsprechende Spuren oder Hinweise gäbe es keine, bis auf die Verletzungen durch den Sturz. Vic hat die ganze Nacht zwischen den Felsen im Wasser gelegen. Da ist nicht viel übrig geblieben. Sie haben sich zwar im Dorf umgehört und mit ihrem Großvater gesprochen, aber auch das hat nichts ergeben.«

»Merkwürdige Geschichte. Je länger ich darüber nachdenke, umso mehr kann ich mir vorstellen, dass du recht haben könntest. Ein Mord in Cadgwith – wie spannend. Wo es ansonsten doch nur tote Fische und Hummer zu beklagen gibt.«

»Ich kann darüber nicht lachen, Barbara.«

»Oh, ich wollte dich nicht verletzen.« Barbaras Ton wurde sachlich.

»Schon gut.« Mary schloss für einen Moment die Augen. Sie war müde.

Nachdem sie noch einmal die Besichtigung des Möbels und den Nachmittagstee bei Mrs. Brown bestätigt hatte, beendeten sie das Gespräch. Mary überlegte kurz, ob sie noch die fälligen Abrechnungen erledigen sollte, verschob die lästige Arbeit aber auf einen anderen Abend.

Der Regen hielt die ganze Nacht über an. Außerdem kam Wind auf, der erst gegen Morgen nachließ.

VI.

Jenkins lag auf dem Sofa und bewegte sich so wenig wie möglich. Er war zu lange unterwegs gewesen, und zu allem Übel hatte er am Morgen vergessen, seine Medizin einzunehmen. Wenn er ehrlich zu sich war, hatte er sie nicht einfach nur vergessen. Er hatte sie nicht einnehmen wollen. Er hasste das Sortiment Pillen und Tabletten, das auf der Anrichte stand. Es erinnerte ihn jeden Tag daran, dass er für den Rest seines Lebens von ihnen abhängig sein würde.

Drogen waren ihm verhasst. Der Bruder seines Vaters war als Alkoholiker jämmerlich verreckt. Als Kind hatte er die düsteren Begegnungen mit ihm nie verstanden. Später war er in London in halbdunklen Gassen, die nach Müll und Pisse stanken, in Absteigen und Hinterhöfen, aber auch in luxuriösen Lofts auf tote Junkies gestoßen. Sie hatten mit der tödlichen Dosis ihre Würde verloren, die sie auch im kalten Licht der Obduktionssäle nicht zurückbekamen. Das Einzige, was er für sie hatte tun können, war, bei der Sektion an ihrer Seite zu sein.

Und nun war er selbst abhängig. Zu Beginn der Reha hatte er kurz mit dem Gedanken an eine Überdosis gespielt, aber er hatte nicht den Mut dazu aufgebracht.

Jenkins schloss die Augen. Der Schmerz würde dank der Pillen bald abebben und eine Zeit lang verschwinden.

Luke hatte ihn besucht, kaum dass er aus dem Hafen in sein Cottage zurückgekehrt war. Den Kopf hatte er geschüttelt über so viel »Unvernunft eines erwachsenen Menschen«. Eine gehörige Gardinenpredigt hatte ihm sein Freund gehalten, in der mehr als einmal die Worte »Leichtsinn«, »Lebensgefahr«, und »Dankbarkeit über die Kunst der Ärzte« vorkamen. Luke hatte ja recht, Jenkins wusste, dass er mit seiner Gesundheit spielte. Die Ärzte hatten ihn gewarnt, dass seine Halswirbel seit dem Unfall nachhaltig geschädigt waren. Eine unachtsame oder abrupte Bewegung konnte fatale Folgen haben.

Obwohl er sich gemaßregelt fühlte wie ein ungezogener Junge, war er froh, dass Luke sich um ihn und seine Gesundheit Sorgen machte. Er wusste ja selbst, was auf dem Spiel stand. Schließlich hatte Luke ihm die Hand auf den Arm gelegt und gemeint, dass er eigentlich wegen was anderem gekommen war und kurz zum Auto müsse.

»Übrigens, schickes Mädchen, die Mary. Die ist richtig.« Mit diesen Worten hatte er drei Makrelen auf die Anrichte gelegt und ihn erwartungsvoll angesehen. »Ist mir sozusagen frisch vor die Angel geschwommen.«

»Wen meinst du?« Jenkins lehnte sich an den Küchentisch und verschränkte die Arme.

»Na, wen schon? Mary Morgan.« Luke grinste.

»Was?« Jenkins fühlte sich überrumpelt und zog die Augenbrauen zusammen.

»Ich meine ja nur. Ich habe sie eben im Laden getroffen. Ich find's gut, dass sie das Haus ihrer Eltern nicht verkommen lässt. Tut dem Andenken an die Eltern und dem Dorf gut, dass sie das B&B betreibt. Wirklich ausgesprochen nettes Mädel.«

Luke verzog anerkennend das Gesicht und grinste noch ein Stück breiter. Er zog dann mit dem Hinweis ab, mit ein paar Kumpels das Wetter für die nächsten Tage besprechen zu wollen. Es sollte Sturm geben.

Jenkins sah ihm kopfschüttelnd hinterher. Typisch Luke Hollis. Tauchte unvermutet auf und war ebenso schnell wieder verschwunden. Unerschütterlich – und eine Seele von Mensch. Ein echter Charakter: das Haar kurz geschnitten, stämmig und untersetzt, dabei nicht dick, sondern von der harten Arbeit auf See zum Kraftpaket geworden. Am liebsten trug er seinen braunen Pullover, der wie eine zweite Haut saß.

Er traf Luke meist am Hafen. Dann sprachen sie über das Meer, das Fischen und die Menschen an der Küste. Er mochte an ihm besonders, dass Luke kein Aufhebens machte, einfach nur er selbst war – und vor allem keine neugierigen Fragen stellte. Sozusagen – auch wenn der Vergleich ein wenig hinkte – ein in sich ruhender südenglischer Buddha, dem neben seiner Familie nichts wichtiger war als ein nettes Feierabendgespräch im Pub, geschmeidig gemacht mit einem Pint Doom. Luke diskutierte dann auf schlichte Art Ideen, Theorien und Mutmaßungen über die Welt, und das in einer Frische, die manchem der alten Philosophen gut zu Gesicht gestanden hätte.

Jenkins hatte die unverhofften Makrelen gleich ausgenommen und in den Kühlschrank gelegt.

Der Gedanke an den Fisch brachte ihn in die Wirklichkeit seines Wohnzimmers zurück. Die Wirkung der Medizin ließ diesmal länger auf sich warten. Er spürte, dass ihm das klamme Klima des frühen Herbstes zusätzlich zu schaffen machte. Er öffnete die Augen und sah hinauf zur Decke. Cadgwith. Er war in das Dorf gekommen, um zu vergessen und einen Neubeginn zu wagen. Natürlich steckten die Leute hinter seinem Rücken die Köpfe zusammen und tuschelten über den »seltsamen Kauz im Cove Cottage«. Er konnte es ihnen nicht einmal verdenken. Er war in Cadgwith, ja, das Wort traf den Kern, gestrandet. Das Dorf, in dem er als Kind wohlbehütet seine Ferien verbracht hatte.

Fast ein Jahr lag der Umzug nun schon zurück. Es hatte sich seither viel geändert – und doch erst so wenig. Die Ärzte hatten ihm gesagt, er würde viel Zeit brauchen. Die Wohnung in London aufzugeben, war ihm nicht schwergefallen, seine wenige Habe hatte in ein paar Kartons gepasst. Vieles hatte er verschenkt oder weggeworfen. Wenn er es recht bedachte, besaß er immer noch viel zu viel Kram, Dinge, die ihn an sein früheres Leben erinnerten. Auch davon würde er sich noch trennen.

Das Cottage hatte er über einen Makler gefunden, der in Zeitungsanzeigen und im Internet vollmundig mit besten Kontakten nach Cornwall warb. In Wahrheit hatte der Typ nicht viel anzubieten. Auf den Fotos im Internet hatte das Haus einen leicht vernachlässigten Eindruck gemacht, aber gerade das hatte ihn auf den ersten Blick für sein neues Zuhause eingenommen. Ein Cottage, das eine helfende Hand brauchte.

Jenkins war schließlich mit kleinem Handgepäck über Redruth mit Bahn und Bus nach Cadgwith gekommen.

Seine Kisten hatte ihm ein Umzugsunternehmen in die südlichste Ecke Englands nachgebracht.

Dass er nicht mehr selbst Auto fahren konnte, machte ihm nichts aus. Was er brauchte, konnte er unten im Laden kaufen. Die Wege waren kurz. Oder Luke nahm ihn mit zu einem der Supermärkte in Helston. Und wenn er einmal wegen der Schmerzen nicht laufen konnte, blieb er einfach im Cottage. Er hatte gelernt, für eine gewisse Zeit mit wenig auszukommen. An guten Tagen dagegen, an *sehr* guten, schaffte er es zu Fuß sogar bis zum Housel Bay Hotel, deutlich langsamer als alle anderen Wanderer zwar, aber am Ende war er stolz wie ein kleiner Junge, der es zum ersten Mal allein zum Milchladen um die Ecke geschafft hat.

Diese Gelegenheiten waren äußerst selten und ihm daher umso kostbarer. Die Erinnerungen an sein früheres Leben, an die Zeit vor dem Unfall, schmerzten ebenso wie die verletzten Hals- und Rückenwirbel. Sie kamen und gingen wie die Schmerzen in seinem Körper, mit dem Unterschied, dass er dagegen keine Medizin einnehmen wollte. Über Stunden konnte er dann zum Beispiel auf der Terrasse des Hotels sitzen und der See dabei zusehen, wie sie ihr Gesicht im Laufe des Nachmittags änderte.

Für den Rückweg ließ er sich stets von Luke abholen. Der konnte sehen, wie schlecht es ihm ging, fragte aber nie nach, sondern ließ ihn wortlos in seinen Pick-up steigen und wartete darauf, dass er, Simon, den ersten Satz sagte.

Jenkins hatte sich die Abhängigkeit von einem Transportmittel schlimmer vorgestellt. In London hatte die Stadt das Tempo vorgegeben – und sein Dienstplan. In manchen Wochen rund um die Uhr. Und dann hatte es ihn ohne Vorankündigung mitten aus diesem Leben gerissen, das er damals in keinem Moment anders hätte führen können oder wollen.

Nun war er auf einen Krückstock angewiesen – und auf die betäubende Wirkung der Medikamente. Ab und an gelang es ihm, diese Einschränkungen wenigstens ein bisschen auch als Chance zu sehen: sich auf sich selbst besinnen, mit sich ins Reine kommen.

Jenkins stöhnte auf, als er sich vorsichtig von der Couch erhob. Er fand auf dem Sofa doch keine Ruhe. Ein Blick aus dem Fenster sagte ihm, dass es die nächsten Stunden trocken bleiben würde.

Seine Entscheidung stand fest.

Er würde Mary Morgan helfen.

Jason Holder ließ nicht erkennen, ob ihm der Besuch passte oder ihn auch nur erstaunte.

»Der Künstler. Oha. Was verschafft mir die seltene Ehre?« Er wies übertrieben einladend auf sein Grundstück. »Mein Heim steht Ihnen offen. Der Garten bereitet sich so langsam auf den Winterschlaf vor. Also gehen wir hinein.« Ohne auf Jenkins zu warten, ging er voran.

Nachdem er seinem Gast die Tür zum Wohnzimmer geöffnet hatte, verschwand Holder behände in die Küche, nur um wenige Augenblicke später auf einem abgenutzten Tablett Kaffeegeschirr hereinzutragen, als habe er mit Besuch gerechnet.

»War die Polizei bei Ihnen?« Jenkins wollte sich nicht unnötig mit Vorgeplänkel aufhalten und kam direkt zur Sache.

»Warum sollte sie bei mir anklopfen? Ich habe in letzter Zeit keine Ruhestörung verursacht. Und wie Sie sich gerne überzeugen können, baue ich kein Marihuana an. Wobei«, er beugte sich vertrauensselig zu Jenkins, »ich das eine oder andere Pflänzchen sicher durch den Winter bekommen würde. Ich darf Ihnen das ja ruhig anvertrauen, es hat Jahre gegeben ... Sie sind ja nicht mehr im Dienst.« Er goss Jenkins ein. »Eben frisch aufgebrüht. Eine vorzügliche Alternative zum Tee, beste Bohne. Von einer lieben Freundin aus Guatemala. Wir haben vor Jahren bei einigen Projekten zusammengearbeitet. Seither sind wir befreundet.« Er schloss für einen Augenblick affektiert die Augen. »Eine wunderbare, hinreißende und schöne Frau, dazu mit einem exquisiten Geschmack. Was kann ich nun für Sie tun? Warum fragen Sie nach der Polizei?«

»Der Unfall auf dem Küstenpfad ...« Jenkins hätte gerne gewusst, welche Art ›Projekte‹ Holder im Sinn hatte, aber er verkniff sich die Frage.

»Schlimme Sache, nicht? Fällt das arme Ding doch mir nichts, dir nichts von den Klippen. Wie bedauerlich für die Kleine.« Holder klang, als kommentiere er den unerwarteten Riss eines Doppeloxers beim Springreiten. »Wir stehen alle immer noch unter Schock.«

»Sie soll zwischen dreiundzwanzig Uhr und Mitternacht abgestürzt sein, heißt es. Sind Ihnen zu der Zeit ungewöhnliche Dinge aufgefallen? Ein Streit vielleicht? Oder ein Schrei?«

»Wissen Sie, Verehrtester, um diese Jahreszeit pflege ich meine Fenster geschlossen zu halten.« Holder überlegte kurz. »In jener Nacht habe ich gearbeitet. Wenn ich an meinen Versen arbeite, vergesse ich Zeit und Raum.« Er sah Jenkins von oben herab an. »Das kennen Sie als Maler sicher, wenn sich ein Augenblick lang das Universum in seiner ganzen Vielfalt ausschließlich für Sie öffnet. Diesen kostbaren Moment dürfen Sie auf keinen Fall verpassen. Ansonsten bleibt Ihre Kunst nichts mehr als ein bedauerlicher Irrtum.«

Jenkins sah Holder abwartend an. Ein Freizeitdichter also. Dazu ein eitler Pfau, der jede sich bietende Gelegenheit nutzte, um sein Rad zu schlagen.

Jason Holder schien Jenkins' Ablehnung zu spüren. »Darf ich fragen, warum Sie das Schicksal der Kleinen interessiert? Wir sollten die Toten ruhen lassen. Sie trinken Ihren Kaffee ja gar nicht.« Der letzte Satz war nicht mehr als der kaum verborgene Hinweis, dass Holder die Audienz für beendet hielt.

»Wie meinen Sie das?«

»Nun, junger Mann«, Holder spreizte sein Gefieder ein weiteres Mal, »diese bedauernswerte Kreatur hat ein schweres Leben gehabt. Kein rechtes Elternhaus, diese vielen verpassten Chancen, ein erfülltes Leben zu führen. Sehr tragisch. Wenn ich recht überlege, der passende Stoff für eine dramatische Dichtung. Ich werde nachher ein paar Skizzen dazu aufs Papier bringen.« Er schlürfte genießerisch von seinem Kaffee.

»Wir sollten nicht vorschnell über andere Menschen urteilen.«

Jenkins' gallige Bemerkung prallte wirkungslos an Holder ab. »Seit ich nicht mehr für die Stadtverwaltung arbeite, habe ich mein Interesse ohnehin nur der literarischen Kunst und meinem Cornwall gewidmet. Sehen Sie«, er wies zum Fenster hinaus, »es gilt in der Dichtung diese Reinheit der Natur abzubilden. Und nichts sonst.«

Jenkins hatte genug.

Auf dem Weg zurück ins Dorf entschloss er sich, einen kleinen Umweg zu machen und William Bowdery einen Besuch abzustatten. Ein neuerlicher Blick zum Himmel hatte ihn überzeugt, dass das auf BBC Radio 2 angekündigte schlechte Wetter noch auf sich warten ließ. Er würde trockenen Fußes heimkommen.

Das Haus des alten Bowdery lag ungefähr dort, wo der Taleinschnitt begann, der sich ein gutes Stück tiefer zur Bucht mit dem Naturhafen weitete. Eine mächtige Pinie markierte mit ihrer breiten Krone den Zuweg zu dem Steinhaus.

William Bowdery sah aus, als käme er geradewegs aus dem Bett: das Haar ungekämmt, ein kragenloses Hemd hing halb aus seiner fleckigen Hose, die von breiten Hosenträgern gehalten wurde. Die letzte Rasur lag Tage zurück. Aus dem Flur schlug Jenkins der Geruch von Wäsche entgegen, die zu lange feucht in der Waschmaschine gelegen hat.

»Was wollen Sie?« Bowderys Augen waren kaum mehr als schmale Schlitze. Der Atem des Fischers roch nach ungeputzten Zähnen, Fish 'n' Chips und Alkohol.

»Simon Jenkins. Ich wohne im Dorf, nicht weit von Ihnen.«

»Und?« Bowdery kratzte sich ungeniert den Bauch.

»Es geht um Ihre Enkelin.« Jenkins wechselte den Stock von der einen in die andere Hand. Er konnte sich kaum vorstellen, dass Victoria hier im Haus ihres Großvaters glücklich gewesen war.

»Meinetwegen.« William Bowdery trat zur Seite, ohne weiter nachzufragen. »Ich habe heute eh nichts mehr vor. Im Briefkasten lag immer noch keine Einladung zum Tee bei der Queen. Nicht dass ich Sausage zugesagt hätte.« Er lachte meckernd über den Witz mit dem Spitznamen der Queen.

Im Flur hatte sich der Geruch von altem Schweiß und Essen in der Tapete und im Bodenbelag festgesetzt. Der Teppich mochte einmal hell gewesen sein, jetzt ähnelte er mehr einer Leinwand voller Flecken unterschiedlicher Farbe, Herkunft und Größe. Die abgestandene Luft nahm Jenkins fast den Atem. Im Hintergrund führte eine Treppe in das obere Stockwerk. Links von ihm stand eine Tür offen.

»Tee? Ich bin nicht auf Besucher eingerichtet.« Bowdery ließ ihn ins Wohnzimmer eintreten und blieb in der Tür stehen.

»Danke, nein.«

Der Alte nickte zufrieden, als habe er keine andere Antwort erwartet.

Jenkins ließ sich in einem der beiden Sessel nieder. Sie waren so abgewetzt wie das Sofa und zusammen mit einem Couchtisch und einem Schrank die einzigen Möbelstücke im Raum. Keine Blumen, natürlich auch keine Gardinen. Über dem Kaminsims zeigte ein billiger Druck eine Hafenszene: Mousehole. In der ehemaligen Esse des

Kamins flackerten in einem Elektroofen künstliche Flammen.

»Ich dachte schon, Sie sind der Bestatter. Victoria muss unter die Erde.« Bowdery sah ihn fragend an und setzte sich auf das Sofa. »Hatte mir erst vorgenommen, ich verstreu ihre Asche im Meer. Aber Vic war kein Seemädchen. Und es ist meine Pflicht, ihr Leben nicht durch etwas zu entwerten, das nicht zu ihr passt. Mein Mädchen hat genug gelitten.« In seinen Worten klangen alle verpassten Gelegenheiten mit, seiner Enkelin mehr zu bieten als nur eine unzuverlässige Mutter und einen Alkoholiker als Vater.

Jenkins war überrascht. Hinter der Fassade des unwirsch und verwahrlost daherkommenden Rentners verbarg sich ein einfühlsames Herz. Dennoch ruhte Bowderys Blick mit einer unbestimmten Kälte auf ihm.

»Sie tun bestimmt das Richtige.« Jenkins musste an seine Panik und die schlaflosen Nächte nach dem Tod seiner Mutter denken. Wenn Moira mit ihrer besonnenen Art nicht gewesen wäre, hätte er selbst die einfachsten Dinge nicht regeln können, von den Angelegenheiten rund um die Beerdigung ganz zu schweigen. Das hatte ihn damals am meisten beunruhigt: dass er sich als Polizist, abgehärtet durch die Gewalt und die Irren auf der Straße, derart hilflos gefühlt hatte.

Moira. Der plötzliche Gedanke an sie brannte wie Feuer.

»Warum sind Sie wirklich gekommen? Kannten Sie Vic?« Die Frage hatte etwas Lauerndes, als verbinde Bowdery mit »Kannten Sie Vic?« das Anrüchige, das im Dorf über Schwiegertochter und Enkelin die Runde machte wie eine Seuche, die immer wieder ausbrach und mit jedem Mal schlimmer wütete.

Was sollte er sagen? Dass es ihm in erster Linie nicht um Bowderys Enkelin ging, sondern er Mary Morgan einen Gefallen tun wollte? »Es ist warm bei Ihnen. Darf ich meine Jacke ablegen?«

William Bowdery nickte und beobachtete stumm, wie Jenkins die Jacke aus grobem Stoff auszog, die er für ein paar Pfund in Helston in einem Charity-Shop gekauft hatte. Sie musste einem Seemann gehört haben.

»Ich bin hier, um Ihnen mein Beileid auszusprechen, Mr. Bowdery. Und ich möchte Sie fragen, ob Victoria in letzter Zeit anders war als sonst, verängstigt oder bedrückt. Hat sie von jemandem gesprochen, den sie getroffen hat? War sie nervös, abwesend, aufgekratzt?«

»Sie klingen wie ein verdammter Bulle. Oder sind Sie Privatdetektiv? Dann verschwinden Sie besser. Vic ist tot, mehr gibt es dazu nicht zu sagen.«

»In der Tat, ich habe einmal als Polizist gearbeitet.« Er bemerkte Bowderys fragenden Blick auf den Gehstock. »Aber das ist lange her. Ich habe mich lediglich gefragt, ob die Kollegen alle wichtigen Fragen gestellt haben. Okay, ich kann es nicht leugnen, alte Berufskrankheit.« Sein Versuch zu lächeln misslang.

William Bowdery stand auf. »Nicht doch Tee? Oder besser einen Gin?« Er wartete Jenkins' Antwort nicht ab. »Gin.« Bowdery verschwand in die Küche und kehrte mit zwei Gläsern und einer halb vollen Flasche zurück. »Vics Tod war ein Unfall. Ein bedauerlicher Unfall. So was kommt vor.« Als er die fleckigen Gläser füllte, glitzerte es in seinen Augen. Ohne mit Jenkins anzustoßen, kippte er im Stehen den Gin hinunter und schenkte sich nach. Dann ließ er sich in einen Sessel fallen.

»Das hat die Polizei festgestellt.« Jenkins nickte, hob das Glas Richtung Bowdery und trank einen kleinen Schluck.

»Dann ist doch alles gesagt. Ein Unfall. Vic ist ausgerutscht und dann …« Bowdery leerte auch das zweite Glas in einem Zug, als würde ihn der Gin vor der Wahrheit schützen.

»Ist das Ihre wahre Überzeugung?« So verzweifelt, wie er den Alten vor sich sitzen sah, hatte der seine Enkelin sicher nicht über die Klippe gestoßen. Dazu hätte er nicht einmal die Kraft gehabt.

»Was soll ich anderes denken, wenn die Bullen ihr Urteil schon abgegeben haben?«

Jenkins wusste, dass die Menschen in Cadgwith nichts und niemandem mehr Misstrauen und Verachtung entgegenbrachten als der Polizei. Bowdery war da keine Ausnahme. Probleme löste man im Dorf ohne die staatliche Ordnungsmacht. Die Menschen hatten immer schon eine unsichtbare Grenzlinie um ihr Dorf gezogen und gingen wie selbstverständlich davon aus, dass sich die Polizei daran hielt. Verirrte sich doch einmal die Polizei nach Cadgwith, wurde sie unmissverständlich aufgefordert, anderswo Streife zu fahren. Pubbesucher konnten sich betrunken ins Auto setzen, ohne unmittelbar Gefahr zu laufen, angehalten zu werden. Das Selbstbewusstsein der Menschen rund um die kleine Bucht hatte etwas von modernem Freibeutertum im 21. Jahrhundert. *London ist weit weg*, lautete das Credo.

»Was meinen Sie wirklich?« Er zögerte. »Könnte es Selbstmord gewesen sein?« Er wartete auf Bowderys Reaktion. Kein Aufblitzen der Augen, keine nervöse Geste, nur der Blick auf die Flasche Gin.

Bowdery füllte sein Glas erneut. »Warum sollte sie das tun? Vic war ein feines Mädchen. Sie haben ihr manches Mal übel mitgespielt mit ihren Gesten, ihrem Geschwätz, aber sie wäre deswegen niemals gesprungen. Ich habe immer versucht, meine Kleine zu beschützen vor der Meute da draußen.«

»Haben Sie sich in der Nacht nicht gewundert, dass sie nicht im Haus war?«

Der Alte trank, bevor er sprach. »Vic war oft spätabends noch unterwegs. Nein, ich hab mir keine Sorgen gemacht, auch nicht, als sie nicht zum Frühstück herunterkam. Sie war eine erwachsene Frau, die tun und lassen konnte, was sie wollte. Warum hätte ich mir also Sorgen machen sollen? Ich hatte ihr am Vorabend das Frühstücksgeschirr hingestellt. Das mache ich immer.« Er hielt inne, als ob ihn das Sprechen anstrenge.

»Ich höre Ihnen zu.« Simon beugte sich ein wenig vor.

Bowdery schwieg eine Weile. »Ich habe viel Zeit zum Nachdenken. Es gibt niemanden, der mich oder Vic besucht. Ich halte mich am liebsten von den Leuten fern.« Er griff erneut zur Flasche. »Da kommt man auf Ideen.«

»Was meinen Sie?« Jenkins lehnte ab, als der Alte ihm nachschenken wollte.

»Vor allem im Sommer und um diese Zeit treiben sich viele Touristen in der Gegend rum.« Bowdery wartete die Wirkung seiner Worte nicht ab und goss sich ein.

Ein Gedanke, der ihm noch nicht gekommen war und der zumindest eine Überlegung wert war, das musste Jenkins zugeben. »Wollen Sie damit sagen …?«

»Vielleicht hat einer der Touristen sie ermordet. Bei den Massen, die sich jedes Jahr hier herumtreiben, ist sicher manch einer darunter, der keine reine Weste hat. Bei all den Fremden fällt es nicht weiter auf, wenn sich einer von denen sonderbar verhält. Als Wanderer getarnt oder Segler. In der Gegend um Helston hat vor Jahren schon mal ein Frauenmörder sein Unwesen getrieben.« Bowdery nickte nachdenklich. »Oder war das doch weiter weg? Ich war damals auf See. Panama und der ganze Kram. Da gab's erst wenige Containerschiffe. Und ich bin erst ein halbes Jahr später zurückgekommen. Da hatten sie ihn schon.« Er bemerkte, dass er sich in seinen Erinnerungen zu verlieren drohte, und dachte einen Augenblick nach. »Das hat mir Juliet damals gleich zur Begrüßung erzählt …« Er hielt erneut inne. »Meine Frau. Patentes Mädchen. Auch schon lange tot.« Er hob die Flasche. »Noch einen?« Als Jenkins erneut ablehnte, stellte er sie ab, ohne sich diesmal nachzuschenken.

Der Gedanke erschien Jenkins dann doch eher abwegig. Gewaltdelikte waren meist Beziehungstaten.

»Je länger ich darüber nachdenke, umso sicherer bin ich mir: Einer der Touristen hat sich meine Vic gegriffen und über die Klippe gestoßen. Aber die Scheißbullen wollen das ja nicht hören.«

»Die Statistiken zu Gewaltverbrechen sprechen eine andere Sprache«, wandte Jenkins vorsichtig ein.

»Statistik? Ich scheiß auf Statistik.« Bowderys Stimme

bekam einen verwaschenen Klang. »Meine kleine, große, unschuldige Vic wurde von keiner Statistik umgebracht. Was für'n Scheiß ist das? Ihr Bullen kommt immer mit dem Scheiß. Statistik! Knoten, Bruttoregistertonne, Windrichtung, Heuer – das ist Statistik! Der Rest ist nur Dreck! Einer der Touristen hat sie auf dem Gewissen. Einer, der anders nicht zum Zuge gekommen ist. Aus'm Dorf kommt der Mörder jedenfalls nich'. Dafür leg ich meine Hand in das verdammte Feuer da.« Er starrte auf das Sichtfenster des Ofens, in dem die Holzscheite aus Plastik unbeteiligt flackerten.

Jenkins räusperte sich. »Ihre Enkelin hat mich am Tag ihres Todes angerufen. Haben Sie eine Ahnung, warum?«

Bowdery schien ihn nicht zu hören.

»Vic. Sie hat mich angerufen.«

Der alte Mann sah auf. In seinen Augen standen Tränen. »Angerufen? Sie? Zum Teufel ... Was weiß ich.«

»Bitte denken Sie nach. Es kann wichtig sein. Vic wollte mich im Atelier besuchen, um etwas zu besprechen.«

Bowdery senkte den Kopf. Er war mit seinen Gedanken weit weg.

»Es hatte angeblich etwas mit ihrer Mutter zu tun. Es ging um Bilder, Fotos offenbar ...«

Der Kopf des Alten ruckte hoch. »Die Schlampe hat sich, was weiß ich«, er fuhr mit der Hand durch die Luft, »dreißig Jahre«, er setzte neu an, »dreißig verschissene Jahre, oder wie lange, nicht gemeldet.« Seine Stimme fiel in sich zusammen. »Was sollte Victoria mit Ihnen bereden wollen?« Er schniefte. »Kann nich' sein.«

»Vielleicht suchte sie jemanden zum Reden.«

»Sie hatte mich und brauchte niemanden sonst.«

»Vielleicht hat sich Ihre Schwiegertochter bei Vic gemeldet?«

»Die Schlampe hat Vic allein gelassen, als das Kind seine Mutter am meisten gebraucht hätte. Warum sollte sie sich mit einem Mal auf ihre Tochter besinnen?« Bowdery warf einen Blick zur Ginflasche, rührte sie jedoch nicht an.

»Das ist genau die Frage.« Vielleicht hatte Vic ihre Mutter gesucht und nicht umgekehrt. Weil sie Gewissheit haben wollte. Hatte sie das nicht gesagt? Gewissheit. Worüber? Was war so wichtig nach all den Jahren, dass Victoria Bowdery ausdrücklich mit ihm hatte sprechen wollen? Welche Fragen gab es zu klären, welches Geheimnis zu lüften? War Victoria gar auf ein Familiengeheimnis gestoßen? Oder wollte sie die Wahrheit über die Umstände damals unbedingt aus dem Mund ihrer Mutter selbst hören, um endlich den Typen im Dorf das Maul zu stopfen?

»Und? Hat Vic mit Ihnen geredet?« Bowdery unterbrach Jenkins' Gedanken.

Der schüttelte den Kopf.

»Wenn sie Hilfe gebraucht hat, warum haben Sie ihr dann nicht geholfen?« Bowdery schrie beinahe. »Sie sind mit schuld an ihrem Tod! Verschwinden Sie! Wahrscheinlich haben Sie sie von den Klippen gestoßen und versuchen jetzt Spuren zu verwischen! Hauen Sie bloß ab!« Bowdery versuchte aufzustehen. Er schwankte und sank in den Sessel zurück. Seine Hände umklammerten die Lehnen wie eine Reling.

Es hatte keinen Sinn, länger zu bleiben. Zu viel Schnaps, zu viel Verzweiflung. Bowderys Blick wurde zunehmend glasig. Am besten, er würde in den nächsten Tagen noch einmal vorbeischauen. Auch wenn er es für unwahrscheinlich hielt, wollte er dennoch darüber nachdenken, ob ein Tourist als Täter infrage kam.

Wäre nur Moira noch bei ihm, kam es ihm in den Sinn. Sie hätte wie stets die richtigen Gedanken gehabt und Argumente gefunden, Bowderys Theorie unvoreingenommen zu bewerten.

Victorias Großvater stand schwerfällig auf und schaltete mit unsicheren Bewegungen das künstliche Feuer eine Stufe niedriger. Dann setzte er sich wieder und streckte mit einem unbestimmten Grunzen die Beine aus.

»Wissen Sie, was die Leute über meine kleine Vic gesagt haben, dieses Dreckspack? Vic sei eine«, er lachte auf, »Nymphomanin gewesen, die allen schöne Augen gemacht und für jeden die Beine breit gemacht hat. Können Sie das glauben? Das stimmt nicht! Victoria war immer freundlich und hatte keine Vorurteile. Eine naive Frau, aber im guten Sinn. Das Pack im Dorf kann sehr grausam sein. Bloß weil Vic nicht in eine ihrer Schubladen passte.«

Jenkins schüttelte den Kopf. »Es gibt offenbar keine Anzeichen von Gewalt. Sonst wäre ihr Leichnam noch nicht freigegeben worden. Es spricht immer noch alles dafür, dass Vic tatsächlich abgerutscht ist.«

Aber das nahm Bowdery nicht mehr wahr. Er saß auf seinem Sofa, die grünen Augen blickten ins Nichts, und Tränen liefen über sein Gesicht. »Sie hatte das Lächeln ihrer Mutter, aber sie konnte nichts dafür.«

Jenkins hörte das Schluchzen noch, als er draußen am Erkerfenster des einsamen Kapitäns vorbeiging.

Auf halbem Weg zu seinem Cottage klatschten erste dicke Tropfen auf die Büsche und den asphaltierten Weg, im Nu wurde daraus ein heftiger Regen. Es wurde mit einem Schlag spürbar kälter. Dennoch ging Jenkins nicht schneller. In gewisser Weise genoss er das Wetter. Er hatte das Gefühl, dass der Geruch aus Bowderys Haus ebenso zäh in seinen Kleidern hing, wie das lebenslange Scheitern an dem alten Seemann klebte. Dabei hatten sie noch nicht einmal über William Bowderys Sohn und die Rolle seiner Schwiegertochter gesprochen. Ihm kam ein Gedanke, der ihm zunächst alles andere als absurd erschien: Was, wenn Vics Mutter aufgetaucht war, irgendwo in der Nähe? Wenn die beiden bei einem Spaziergang in Streit geraten waren, Victoria vor ihrer Mutter auf den Küstenpfad geflüchtet war und den Halt verloren hatte?

Eine Möglichkeit, die Jenkins aber wieder verwarf. Reine Spekulation. Wenn Vics Mutter so etwas hätte tun wollen, dann wäre es möglicherweise viel früher zu diesem Drama gekommen. Dagegen verfestigte sich in seinen Gedanken die Idee, die der alte Bowdery aufgebracht hatte. Was, wenn tatsächlich ein Mörder als Tourist getarnt seine Opfer ausgerechnet im südlichsten Zipfel Englands suchte? Jenkins musste sich eingestehen, dass es keine bessere Tarnung gab als Wanderschuhe und Rucksack.

Am nächsten Tag machte Jenkins sich auf den Weg hinauf zur Teufelspfanne. Er wollte sich den Ort, den er immer noch nicht als Tatort akzeptieren wollte, noch einmal genauer ansehen. Was er zu finden hoffte, wusste er nicht zu benennen. Aber er hatte das drängende Gefühl, hinaus zu müssen.

Seit er mit Mary Morgan gesprochen hatte, spürte er diese innere Unruhe. Er wollte es nicht zulassen, aber er kannte dieses Gefühl nur zu gut aus seinem früheren Leben. Diese Unruhe, die ihn nicht still sitzen, ungeduldig mit sich und seinen Kollegen werden ließ, war der Antrieb für seine Arbeit gewesen. Er hatte sie immer dann als besonders stark empfunden, wenn er und sein Team zu Beginn der Ermittlungen erste kleine Erfolge verbuchen konnten.

Es hatte die ganze Nacht über geregnet. Der Himmel war immer noch grau. Der Wind hatte am Morgen endgültig damit begonnen, seine karge Ernte einzufahren und die Blätter von den wenigen Bäumen im Tal und in den Gärten sowie aus den Büschen und Hecken am Wegrand zu wehen. Aus der feuchten Erde stieg der Geruch nach Moder und Verfall empor und ließ den nahen Winter erahnen. Auf der schmalen Dorfstraße stand in der Senke eine Pfütze. In ihr spiegelten sich die Fassaden des Ladens für Kunstgewerbe The Crow's Nest und des Cadgwith Fish Seller. Vor dem Dorfladen gegenüber blieb Jenkins stehen und sog tief die Luft ein. Von See her wehte salzige Luft in die Bucht.

Eine plötzliche Lust überkam ihn. Wie gerne würde er weiter wandern als nur bis zur Teufelspfanne. An der Küste entlang bis zum Lizard, zum Leuchtturm mit den beiden großen Nebelhörnern und weiter darüber hinaus, dem Weg um die Landspitze herum bis nach Mullion folgen, auf dem Küstenpfad die Aussicht auf den Atlantik genießen. Und wenigstens für diese Zeit das Gefühl haben, immer noch jeden Punkt auf der Erde auf den eigenen Beinen erreichen zu können.

In Wahrheit wollte er sich herausfordern, denn er hatte am Morgen bewusst erneut einen Teil seiner Arzneien weggelassen. Die schweren Schmerzmittel. Er wollte sich vergewissern, ob nicht doch über Nacht ein Wunder geschehen war und er ohne die verordnete Dosis auskommen konnte. Aber sein Verstand wusste nur zu gut, dass dies nicht mehr als der billige Selbstbetrug eines Junkies war. Schon jetzt schmerzte sein Rücken.

Am Hafen vorbei stieg er bedächtig den steilen Weg hinauf, der ihn weiter oben auf den Küstenpfad führte und den er erst vor wenigen Tagen mit Mary Morgan gegangen war. Wenn er es nur einen Kilometer über die Teufelspfanne hinaus schaffte, wäre er schon sehr zufrieden.

Der Weg war schmal und uneben. Die auch zu dieser Jahreszeit noch üppige Mischung aus filzigem Buschwerk, gestutzten Gräsern, Hartriegelgewächsen, Stechginster, Farnen und welken Blumen wie die überall wuchernden Montbretien überwältigte ihn stets aufs Neue. Seit jenen Sommern, in denen er mit seinen Eltern unbeschwert rund um Cadgwith unterwegs gewesen war, hatte sich der Charakter der Landschaft nicht verändert. Auch wenn es zu einer Seite über Dutzende Meter steil hinabging und die See unter ihm mit ihrem Farbenspiel trügerisch lockte, hatte er sich auf dem engen Pfad, der auch heute wieder rutschig und schlecht passierbar war, stets sicher gefühlt.

Wenn er sich vorbeugte, konnte er die zerklüftete Küste sehen, um deren Felsen die ruhige See einen weißen Saum aus Gischt gelegt hatte. Rechts von ihm erstreckten sich hinter Natursteinwällen die Wiesen und Felder der Bauernhöfe. Am Bildrand erhob sich der gedrungene Kirchturm von St. John.

An der Teufelspfanne blieb er stehen. Im Augenblick war Ebbe. Auf der Wasserfläche, die mit der See durch eine Art Torbogen verbunden war, kräuselten sich die Wellen und bildeten weiße Kämme.

Jenkins stöhnte auf und musste sich auf den Stock stützen. Er war schon zu weit gegangen für seine heutige Verfassung. Mit der Wissbegierde eines Forschers spürte er nach, wie der Schmerz in Rücken und Becken stetig wuchs und sich in die Beine hinein auszubreiten begann. Außerdem fing der Nacken an zu schmerzen. Seine Muskeln versteiften sich mehr und mehr.

Er setzte sich auf die Bank am Wegrand und nahm den Gehstock zwischen die Beine. Ein kräftiges Holz, gebogen wie ein simpler Spazierstock, zuverlässig seit seiner Reha.

Er legte die Hände auf den Stock, so konnte er die Muskeln ein wenig entlasten. Sein Ausflug war an diesem Punkt definitiv zu Ende. Er würde so gerade eben noch den Rückweg schaffen. Jenkins atmete in regelmäßigen Atemzügen ein und aus. Das half ein wenig.

Er ließ den Blick der Weite der See folgen. Was hatte Victoria an dieser Stelle gewollt, die sie ansonsten tunlichst gemieden hatte? Was oder wer hatte sie hergelockt? War sie tatsächlich allein gewesen? War es eine Art späte Mutprobe gewesen, allein hier hinaufzukommen? Hatte sie den inneren Teufel besiegen wollen? Wollte sie an dieser Stelle schlicht das offene Meer beobachten, sich an die alten Geschichten erinnern, die man sich an Winterabenden oder den Touristen im Pub erzählte? Die Legenden von den Höhlen entlang der Küste, gefährlich und geheimnisumwittert, von sagenhaften Schätzen, vergraben und längst vergessen. Sie kannte sicher die Geschichte um den berühmten Roman *Die Schatzinsel*, dessen Autor damals in der Gegend um Cadgwith unterwegs gewesen sein soll.

Oder war es doch Mord, so wie Mary Morgan vermutete?

Nach allem, was er mittlerweile wusste, war Victoria jemand gewesen, der das Leben liebte. In ihrer gewiss naiven Art war das Leben eine Schatulle mit unerwarteten Kostbarkeiten, die sie jeden Tag neu öffnete.

Ihm kam der alte Kinks-Titel in den Sinn: Victoria. *Long ago, life was clean / Sex was bad, called obscene / And the rich were so mean / Stately homes for the Lords / Croquet lawns, village greens / Victoria was my queen.*

Was hatte Victoria in den letzten Tagen oder Wochen ihres Lebens erlebt? Oder reichten die Wurzeln des Verbrechens viel weiter zurück?

Jenkins schloss die Augen. Ein Fischerdorf, dessen Bewohner seit Jahrhunderten vom Fischfang lebten. Die goldenen Zeiten waren längst vorbei, in denen gigantische Sardinenschwärme an der Küste vorbeigezogen waren. Im kollektiven Gedächtnis der Einwohner war fest verankert, dass damals der Rekordfang eines Tages bei 1,3 Millionen Sardinen gelegen hatte.

Die Fischer führten ein hartes Leben, damals wie heute. Und es spielte sich in weiten Teilen im Privaten ab. William Bowderys Familie war durch die Umstände an die Oberfläche des öffentlichen Bewusstseins gespült worden und zum Spielball auf den Wellen aus Vorurteilen und Scheinheiligkeiten geworden.

Er versuchte sich vorzustellen, wie es für die Fischer früher gewesen sein musste, wenn einer im Ausguck über der Bucht die Ankunft der Sardinen angekündigt hatte. Wie sich das Wasser veränderte, sich die Fische mit ihren glänzenden Leibern wie Silberbarren dicht an dicht drängten, die See brodelte und kochte. Reine Natur und unbarmherzige Menschenhände.

Jetzt schimmerte das Wasser wie Blei. Es war kein straff gezogenes Tuch, sondern aus verschiedenen großen Flecken und Flicken zusammengesetzt, als sei flächig ausgegossenes Blei nicht von reiner Qualität gewesen. Er würde irgendwann dieses besondere Farbenspiel auf eines seiner Bilder bannen. Er hatte das schon in einigen Studien an seinem Arbeitstisch und an der Staffelei in Angriff genommen, aber immer hatte sich die See seinen Ideen entzogen.

Am Ende hatte er alle Versuche vernichtet – an einem jener nasskalten Novembertage nicht lange nach seiner Ankunft im Dorf, als das Holz in der Eisentonne zu feucht war, um sofort Feuer zu fangen, und der beißende Qualm lange in seinem Garten gestanden hatte.

Die See hatte ihn mühsam gelehrt, dass die Natur und das Leben niemals glatt und einfarbig verliefen.

Seinen ersten Winter in Cadgwith hatte er als eisig und bedrohlich empfunden und gleichzeitig als faszinierend schön. Im Februar hatten die Südost-Stürme die See bis auf die schmale Dorfstraße gedrückt, und das Wasser hatte wild schäumend gegen die Häuserwände gepeitscht. Gebannt hatte er sich oberhalb der Bucht gegen die Lehne einer Bank gestemmt und dem Schauspiel zugesehen, bis er die Kälte und die Schmerzen nicht länger ertragen hatte.

Er drückte vorsichtig den Rücken durch und zuckte zusammen. Mit dem Schmerz kamen die Erinnerungen an das Grauen zurück, wie jedes Mal. Die Verletzungen sorgten dafür, dass er den einen Tag im Winter vor knapp drei Jahren niemals vergessen würde. Es gab Momente, da brachten ihn die Gedanken fast um den Verstand, und an anderen suchte er verzweifelt Halt in seinem Schmerz. Er war dann das Einzige, was er überhaupt spürte. Diese Tage endeten in aller Regel im Nebel.

Zu viele Bilder, zu viel Gin.

Dann saß er entweder bei lauter Musik im Wohnzimmer und stierte stumpfsinnig gegen die Wand oder warf in seinem Atelier wütend Farbe auf die Leinwände. Manchmal zog es ihn mitten in der Nacht in den Hafen oder auf die Spitze der schmalen Felsenwand des Todden, die den kleinen Hafen von dem ebenso winzigen Badestrand trennte. Dann schrie er seine Trauer in den Wind oder schleuderte sie gegen die Brandung. In solchen Momenten war es ihm einerlei, ja geradezu recht, dass die Mischung aus Medikamenten und Alkohol eine lebensgefährliche Kombination darstellte.

Jenkins rollte den Kopf hin und her, als könnte er damit die Gedanken verjagen. Aber sie blieben dort oben hocken, verkrallten sich, genauso wie die Schmerzen, die nur noch stärker wurden.

Er legte den Kopf auf die Hände. Er hatte damals weit weg von London gewollt. Und doch hatte er bisher nicht den Frieden gefunden, den er sich von Cadgwith ersehnt hatte. Alle, seine Freunde und die Ärzte, hatten ihm prophezeit, dass er in seinem neuen dem alten Leben nicht würde entkommen können.

Es ging um Moira.

Jenkins warf einen letzten Blick auf die See. Sie hatte die Farbe gewechselt und lag nun dunkel vor ihm. Würde er in seinen Bildern je das nahezu stündlich wechselnde Farbenspiel festhalten können, die Wucht, mit der sich ihm auch die Vegetation entgegendrängte? Ein Sturm aus Grüntönen, der sich wild mit dem Grau und Gelb der fleckigen Steinwälle mischte und einen Strudel Bilder in ihm auslöste.

Er sah Moiras Gesicht.

Ihr blondes Haar.

Die blauen Augen.

Ihren Blick – eingerahmt von hellgrellem Gelb, blutroten Schlieren, orangefarbenen leckenden Zungen, umgeben von Schwarz.

Als er sich erhob, zuckte der Schmerz durch seinen Rücken und nahm ihm den Atem. Er rang nach Luft. Er wollte weg. Hier konnte er nichts mehr für Victoria tun. Und er wollte nicht länger aufs Wasser starren und dabei doch immer nur sich selbst sehen.

Und Moira.

VII.

Die Ladenglocke bimmelte. Mary wischte sich die Hände flüchtig an ihrer Jeans ab. Kundschaft war jetzt ganz schlecht. Sie hätte besser die Ladentür verriegelt, um im Nebenraum endlich ungestört aufräumen und dabei die Inventur zu Ende bringen zu können.

Dazu ärgerte sie sich über Tante Margaret. Sie hatte außer der Arbeit für ihren geliebten Verschönerungsverein nichts, worum sie sich kümmern musste. Aber statt ihr im Laden zu helfen, war sie lieber im Dorf unterwegs, um »überaus wichtige Gespräche« über den jährlichen Höhepunkt des Vereins, die Gartensafari, zu führen. Die fand aber erst wieder im kommenden Sommer statt. Onkel David war auch keine große Hilfe. Er lebte lieber für seine Spleens und ging ansonsten gerne seiner Frau aus dem Weg.

Heute saß er, wie meist, lieber über seinen geliebten Seekarten, die er sich bei Antiquaren oder in Antik- und Trödelläden nach und nach zusammengekauft hatte. Sein kaufmännisches Interesse an dem Dorfladen war von Beginn an gering gewesen. Er hatte in das Geschäft eingeheiratet und sich nie sonderlich für Nippes, Postkarten und die anderen Dinge interessiert. Außerdem machten ihn die vielen Menschen nervös, die in den Laden kamen. Dabei lief das Geschäft im Grunde lediglich in der Saison einigermaßen erfolgreich, das heißt kostendeckend.

Mary war müde, nicht nur wegen der Arbeit im Laden und der fehlenden Hilfe. Ihr kleines B&B verlangte die größte Aufmerksamkeit. Die Zimmer waren ausgebucht, und sie hatte sich nicht so um ihre Gäste gekümmert, wie sie es von sich verlangte. Auch das hatte sie in den vergangenen Nächten schlecht schlafen lassen.

Im Augenblick war es aber Victorias Tod, der ihr keine Ruhe ließ. Sie wollte immer noch nicht an einen Unfall glauben. Ihre Gedanken kreisten ständig um die Frage, wer sie umgebracht haben könnte. Sie hoffte darauf, dass Simon Jenkins den entscheidenden Hinweis finden würde, der ihre Vermutung bestätigte. Sie hatte bei ihrem letzten Treffen an seinen Fragen, an der Körperhaltung und an seinem Blick gespürt, dass ihn die Sache mehr beschäftigte, als er zu erkennen geben wollte. Besorgt und konzentriert hatte er ausgesehen und wie ein Polizist. Vielleicht hatte sie den besonderen Instinkt in ihm geweckt, den Polizisten angeblich besitzen sollen. Sie war jedenfalls froh, ihn an ihrer Seite zu haben.

Auf dem Weg in den Laden sah sie kurz in den Flurspiegel und fuhr sich durchs Haar. Dabei fiel ihr die Visitenkarte ins Auge, die am Spiegel steckte. Der Sekretär! Sie müsse sich bald entscheiden, hatte Barbara Thompson beim letzten Telefonat gemeint.

Sie seufzte und betrat endlich den Laden.

»Dennis?« Überrascht sah sie den Mann an, der vor der Theke stand.

Wo kam der auf einmal her? Ihr alter Kumpel Dennis! Sie hatte ihn ewig nicht gesehen. Mary schüttelte verwundert den Kopf und hielt ihm freudig die Hand hin.

Dennis Green ergriff sie nur flüchtig, fast schüchtern. »Hm. War auf ein paar Trawlern unterwegs. Nordatlantik. Du weißt schon, Fischfabriken.« Er spie das Wort aus, als hätte er eine Gräte zwischen den Zähnen. »Aber von irgendwas muss der Mensch ja leben. Dann habe ich für 'ne Ölgesellschaft gearbeitet. Offshore. Scheißjob für 'nen Fischer, gibt aber Kohle.« Er reckte sich und sah Mary abwartend an.

»Siehst jedenfalls gut aus. Wohnst du noch in Coverack?«

»Hm. Meine Alten haben mir das Haus hinterlassen.«

»Oh, sie sind gestorben? Das tut mir leid.« Seit ihrer Rückkehr aus Deutschland hatte sie viele Neuigkeiten gehört, aber Dennis und seine Familie waren nie Thema gewesen, wie ihr jetzt auffiel.

»Krebs und Herzinfarkt.« Als würde er Etiketten ablesen. Er fuhr sich mit einer Hand durchs Haar, als wäre ein Windstoß durch den Laden gefahren. »Ging schnell, hat der Arzt gesagt. Beide kurz nacheinander. War da auf See.«

»Wie grausam.« Sie wollte ihn aufmuntern. »Und nun bist du also wieder hier.«

Der große Blonde mit den krausen, kurz geschnittenen Haaren, den breiten Schultern und dem knochigen Körperbau verzog das Gesicht, als habe sie ihn in eine Zitrone beißen lassen. »Stevyn hat mir einen Job auf seinem alten Pott verschafft. Weißt, Bohrplattformen beliefern und so'n Zeugs. Von der Banane bis zum Porno. Ein Monat auf See, ein Monat an Land. Mal sehen. Es geht bald wieder auf Fahrt. Jedenfalls besser, als die See mit Erdöl zu verpesten.«

»Klingt doch nicht schlecht, Dennis. Einen ganzen Monat frei. Dann kannst du fischen gehen, dich um das

Häuschen kümmern.« Sie stützte die Arme auf die Theke und strahlte ihn an.

Sie hatte Dennis zuletzt auf ihrer Abschiedsparty gesehen. Er war damals sturzbetrunken auf dem Klo des Gemeindesaals eingeschlafen. Ein Macho, aber einer von der liebenswerteren Sorte. Manchmal war er eher ein tapsiger Teddybär. Er hatte an dem Abend unbedingt alle anderen unter den Tisch trinken wollen. Dabei hatte er schon das Armdrücken gewonnen. Sie musste lachen bei der Erinnerung. »Was kann ich für dich tun?«

»Du bist wieder hier«, stellte er überflüssigerweise fest.

Mary breitete die Arme aus. »Wie du siehst, live und in Farbe.«

»Schlimme Sache mit Victorias Unfall«, meinte er unbeholfen.

Mary wurde schlagartig ernst. »Das war kein Unfall.«

Dennis runzelte die Stirn und steckte die Hände tief in die Hosentaschen. »Wie meinst du das?«

»Du hast Victoria doch auch gekannt.« Mary musste daran denken, wie sie mit den anderen Kindern durchs Dorf getobt waren und die alten Ladys in ihren Gärten erschreckt hatten. Die Erinnerung trieb ihr die Tränen in die Augen. »Vic wäre niemals so nahe an die Klippen herangegangen. Erinnere dich bloß daran, wie ihr sie aufgezogen habt. Sie sei ein Schisser, ein dummes Mädchen, eine Heulsuse. Ihr ist etwas Schreckliches zugestoßen, da bin ich mir ganz sicher.«

»Die Polizei hat doch bestätigt, dass es ein Unfall war, habe ich gehört. So hart das ist, wir werden uns wohl an den Gedanken gewöhnen müssen, Mary. Ich war auch entsetzt, als ich davon gelesen habe. Ich war gerade vom Bootsschuppen zurück, als ich auf der Straße die Neuigkeit gehört habe.«

Sie schüttelte den Kopf wie ein bockiges Kind. »Victoria war eine fröhliche Frau. Bestimmt auf ihre Art naiv, aber sie hat nie ihre Angst verloren. Du erinnerst dich sicher daran, wie es ihr ging, als ihr Vater starb und ihre Mutter bei Nacht und Nebel abgehauen ist.«

»Ich weiß nicht.« Er sah sich um, als suche er etwas. »Wir werden es wohl nie erfahren. Was sagt ihr Großvater dazu?« Sein Blick wanderte zu ihr zurück.

»Seit Vic tot ist, säuft er nur noch. Ich meine, das hat er auch vorher schon getan.« Mary schüttelte missbilligend den Kopf. »Er wartet darauf, dass er sie endlich unter die Erde bringen kann. Ein armer alter Mann.«

»Das Leben ist ungerecht.«

»Ein Leben lang auf See geschuftet für einen Hungerlohn, der einzige Sohn tot, und damit auch die Hoffnung, dass die Familientradition weiterlebt. Eine kleine Enkelin, und dann fehlt auch noch jede Spur von seiner Schwiegertochter.«

»Gut, dass die Schlampe abgehauen ist. Sie hat uns allen nur Ärger gemacht.«

Mary wusste, was er meinte. Victorias Mutter hatte eines Sonntagnachmittags im Hafen nackt und betrunken im offenen Ruderhaus eines der Schiffe gestanden und sich von den Touristen fotografieren lassen. Der Spuk war erst beendet worden, als ihr Schwiegervater sie von Bord gezerrt hatte. Das war kurz vor ihrem Verschwinden gewesen. Der Schiffseigner hatte an dem Tag seine Tante in Truro besucht und von alledem nichts mitbekommen. Er hatte sich noch wochenlang rechtfertigen müssen, nichts mit der Nacktaktion zu tun, geschweige denn ein Verhältnis mit Vics Mutter gehabt zu haben. Geglaubt hatte ihm kaum jemand.

»Schlimm, ja.« Sie hatte damals die ganze Aufregung zwar nicht verstanden, war den Erzählungen der Erwachsenen aber mit roten Ohren gefolgt.

»Nun hat die arme Seele Ruh.« Das hatte sie schon mal gehört.

»Nein, es ist noch nicht vorbei.«

Er sah sie überrascht an. »Was willst du tun, Mary?«

Sie zuckte mit den Schultern. »Ich habe keine Ahnung.« Sie wollte nicht erwähnen, dass sie auf Jenkins setzte. Es hatte keinen Sinn, im Dorf herumzuerzählen, dass er quasi in ihrem Auftrag ermittelte. Jedenfalls war die Zeit dafür noch nicht reif. Sie wollte weder sich noch ihn zum Gespött der Leute machen, wenn sich am Ende doch herausstellen sollte, dass sie sich alles in ihrer »hysterischen Trauer« eingebildet hatte und es »nur« ein schrecklicher Unfall gewesen war. Außerdem konnte er so seine Erkundigungen ungestört einziehen.

»Manchmal ist es besser, wenn man schnell vergisst, Mary.« Dennis nickte ernst.

»Vielleicht hast du ja recht.« Gedankenverloren schob sie einen Stapel Infoblätter zur anstehenden öffentlichen Sitzung des Vereins »Macht Cadgwith schöner« von der einen auf die andere Seite der Theke, neben den Stapel mit der *Ruan Minor Gazette*. Es gab im Augenblick wohl tatsächlich nichts mehr zu Victorias Tod zu sagen.

»Sag mal, was ganz anderes.« Dennis räusperte sich umständlich. »Jetzt, da du wieder da bist und ich … da dachte ich, wir könnten … wie früher, weißt du …« Er zog die Hände hervor und vergrub sie sogleich wieder in den Taschen seiner groben Cordhose.

Mary sah irritiert auf. Sie glaubte einen rosa Schimmer auf seinem Gesicht zu erkennen. Seine dunklen Augen verschwanden fast ganz unter buschigen Augenbrauen. Die schüchterne Haltung und der Blick hatten etwas, das sie lächeln ließ.

»Ich weiß nicht, ob das eine so gute Idee ist.« Sie ahnte, was er meinte, aber sie wollte nicht mehr nächtelang um die Häuser ziehen. Die Verantwortung für ihre Pension, für den Laden. Außerdem war sie längst aus dem Alter heraus, in dem man eine durchzechte Nacht für die einzig sinnstiftende Wochenendbeschäftigung hielt.

Dennis setzte nach. »Wir könnten was trinken gehen. Im Shipwrights Arms. Das Pub in Helford. Jazz. Sonntagmittag. Oder lieber The Trengilly Wartha Inn drüben in Nancenoy?«

»Geht beides nicht. Sonntag habe ich Dienst im Laden, und außerdem muss ich mich um meine Pension kümmern.« Mary schüttelte eine Spur zu entschieden den Kopf.

»Ach, komm schon. Du findest sicher jemanden, der dich vertreten kann. Nach dem Frühstück sind deine Gäste doch eh weg.« Dennis trat einen Schritt auf sie zu. »Also, abgemacht.«

Sie fühlte sich in die Ecke gedrängt, und dennoch musste sie schmunzeln, als habe sie etwas lange Vermisstes endlich wiedergefunden. So war der alte Dennis. Er hatte sich kein bisschen verändert. Immer gab er die Richtung vor. Ihr Lächeln hielt aber nicht lange an. Sie kannte auch seine andere Seite, wenn er einen Schluck zu viel gehabt hatte.

Sie schüttelte erneut den Kopf und wurde wieder ernst. »Es geht nicht. Ehrlich.«

»Dann treffen wir uns eben heute Abend.« Er zögerte einen Augenblick. »In Coverack hat ein neuer Laden aufgemacht. Ich hole dich um sieben ab.« Dennis nickte zufrieden. »Wird dir gefallen. Französischer Wein und so.«

»Ich war lange weg, Dennis.«

»Was hat das damit zu tun?« Er kratzte sich am Kopf. Er sah tatsächlich verlegen aus. »Verstehe ich nicht. Ich war auch lange weg. Vielleicht zu lange.«

»So meine ich das nicht. Ich habe mich verändert.«

»Unsinn. Du bist immer noch die alte Mary. Starrköpfig wie 'n alter Käpt'n. Immer das eigene Ding machen.« Er grinste. »Und immer 'n bisschen kratzbürstig. Fand ich damals schon so klasse. Stört mich nicht, hat mich nie gestört. Im Gegenteil.« Sein Grinsen wurde breiter.

»Ich weiß.« Sie sah auf den Ständer mit den Ansichtskarten mit den Cadgwith-Motiven und holte tief Luft. »Du kannst doch nicht einfach herkommen und so tun, als sei ich«, sie suchte nach einem passenden Vergleich, »als sei ich ein Paket, das du nur aus dem Regal ziehen musst. Oder ein Seesack, den du mal zur Aufbewahrung abgestellt hast und nun abholen willst.«

Dennis zuckte mit den Schultern und legte den Kopf ein

wenig schief. »Warum soll ich umständlich drum herumreden? Ich sag, wie's ist, und fertig. Zack. Der ganze andere Quatsch ist nichts für mich.«

Mary holte erneut tief Luft. »Wir werden weder heute noch am Sonntag irgendwo hingehen. Du bist und bleibst ein netter, aber auch ein – verzeih – grober Klotz. Du hast nicht mal gefragt, wie es mir geht. Und ich meine nicht die Sache mit Vic.«

»Und? Wie geht's dir?« Er steckte erwartungsvoll die Hände in die Hosentaschen.

»Nein, so geht das nicht, Dennis. Du kommst hier so mir nichts, dir nichts reingeschneit und meinst, dir gehört die Welt.«

Mary mochte ihn. Und doch: Dennis war einer der Gründe, warum sie – vor Urzeiten, wie ihr jetzt schien – aus Cadgwith fort war. Er hatte sich damals einen Spaß daraus gemacht, ihr bei jeder Gelegenheit nachzusteigen. Vor seinen Freunden hatte er in jenem Sommer damit geprahlt, dass sie »fällig« sei, noch bevor die Herbststürme beginnen würden.

Er mochte ein gutmütiger Kerl sein, aber im Grunde war er wie sein Vater. Der war einer der größten Raufbolde in der Gegend gewesen. Schon damals war es so: Wenn Dennis nicht mit seinem Boot draußen war, saß er im Pub und ertränkte seinen Frust über das karge Dasein als Fischer.

Mary hatte ihm seine linkischen Anmachversuche damals nicht wirklich übel nehmen können, aber sie hatten ihr gezeigt, was ihr drohte, wenn sie in Cadgwith blieb. Denn auch die übrigen Jungs waren alles andere als

Feingeister gewesen. Zunächst hatte ihr das imponiert: mit rauen Kerlen unterwegs zu sein und als eine von ihnen akzeptiert zu werden. Später aber war sie zuerst gelangweilt, dann hatte sie die Art, die sie zum endgültigen Lebensstil erhoben hatten, nur noch abgestoßen.

»Nun, was ist? Frag ich noch mal: Wie geht es dir?«

»Gut.« Die Antwort fiel etwas harsch aus.

»Dann ist's ja gut. Ich wusste doch, dass ich mir keine Sorgen machen muss.«

Sie spürte, wie sie mit jedem Wort von Dennis wütender wurde. *Am besten, er verschwindet jetzt, ich platze sonst*, dachte sie und sah hinüber zur Tür. Sie war mit einem Mal nicht mehr sicher, ob sie sich freute, ihn wiedergetroffen zu haben.

»Wenig los heute, nicht? Die meisten Touris sind schon wieder übern Kanal. Wo sie hingehören, wenn du mich fragst. Ich habe den Eindruck, dass jedes Jahr mehr kommen. Habe gehört, dass immer öfter welche unsere Häuser wollen. Irgendwann haben wir keine Heimat mehr, nur noch Ferienwohnungen.« Sein Blick irrte im Laden umher, als suche er immer noch eine Stelle in den Regalen oder an den Postkartenständern, an denen er seine Unsicherheit anheften konnte.

Jetzt bloß keine Diskussion über Heimat und Überfremdung, Fangquoten und EU-Austritt. Sie hatte ihrer Tante versprochen, mit der Inventur der Postkarten, Landkarten und Bücher bis zum Abend fertig zu sein. Er hielt sie nur auf. »Davon habe ich keine Ahnung.«

Dennis ließ sich von ihrer abweisenden Haltung nicht beeindrucken. »Du bist jetzt so eine Kunstexpertin, sagen die Leute. Hm. Ich kannte mal einen, der hat hier an der Küste nach dem Schatz von diesem Stevenson gegraben. Angeblich hat der seinen Roman hier in der Gegend geschrieben, und angeblich tauchen einige Orte als Kulisse in dem Buch auf. Hab's nie gelesen, nur davon gehört. Bin nich' für so'n Zeug. Jedenfalls, der Typ war mal einen Sommer lang hier. Hat ständig im Pub rumgehangen und alle möglichen Leute ausgefragt. Komischer Kauz. Aber die Idee von diesem Stevenson hat mir gefallen. Wir sind doch alle Piraten tief in unserem Herzen.«

Mary hätte fast losgelacht. Auch das passte zu Dennis. Pub-Folklore war schon immer sein großes Thema gewesen.

»Yep.« Warum verschwand er nicht einfach?

»Bist sogar ein Doktor.« Er hob achtungsvoll die Brauen.

»Hm.«

»Worum ging's bei deiner Forschung?« Er hatte es wohl immer noch nicht verstanden.

»Dix, Klee, Nolde, Kandinsky. Expressionismus.«

»Hm. Die Typen kenn ich nicht.« Er sah aus dem Fenster und wirkte ratlos.

»Sei mir bitte nicht böse, Dennis, aber ich muss ...«

»Verstehe.« Er nickte, offenbar froh, dass er nicht weiter über Fremdwörter wie Expressionismus reden oder nachdenken musste. »Wie gesagt, überleg's dir mit Sonntag. Wird bestimmt gemütlich.«

»Dennis ...«

»Schon gut. Letzte Frage: Läuft deine Pension?«

»Kann nicht klagen.« Sie verkniff sich ein »Warum?«.

»Dann ist's ja gut. Hauptsache, die Ausländer kaufen das Haus nicht.« Er grüßte und ging zur Tür. Dann drehte er sich noch einmal um. »Wird bestimmt gemütlich im Shipwrights Arms. Kein wilder Jazz. Der gute alte.«

Nachdem er gegangen war, machte Mary sich einen Tee und setzte sich für ein paar Minuten auf die schmale Bank vor dem Geschäft. Sie umschloss den Becher mit beiden Händen und blies vorsichtig über den Rand. Eigentlich war es fast schon zu kühl, um draußen zu sitzen. Sie hätte besser die Strickjacke übergezogen.

Trotz ihrer Verärgerung musste sie doch lächeln. Dennis hatte sich tatsächlich kein bisschen verändert, spielte immer noch den verwegenen Draufgänger und Frauenhelden. Dabei war er durch eine schwere Zeit gegangen – die er sich aber selbst zuzuschreiben hatte.

Mary konnte sich nicht mehr an alle Details erinnern. Die Vorfälle hatten sich ereignet, als sie schon nicht mehr in Cadgwith war. Sie wusste nur so viel: Dennis hatte sein Schiff verloren, weil er bei der Fischereibehörde aufgefallen war. Irgendwas mit falschen Netzen. Oder hatte er Fisch verkauft, der unter Schutz stand? Es gab immer wieder Fischer, die auf verschiedene Weise und mit unsauberen Mitteln versuchten, die geltenden Bestimmungen zu umgehen, um mehr Fisch verkaufen zu können. Sie sahen sich dabei im Recht. Sie führten ein hartes Leben, und fast jeder konnte ein paar Nebeneinkünfte gut gebrauchen. Manche machten sich sogar einen Spaß daraus, die staatlichen Behörden an der Nase herumzuführen – wobei das über die Jahre immer schwieriger geworden war.

Wenn Mary sich recht erinnerte, war Dennis damals von einem Kollegen angezeigt worden. Das musste zu der

Zeit im Dorf und in der Gegend für viel Unruhe und Streit gesorgt haben. Und weil Dennis nicht mehr zum Fischen hinausfahren konnte, hatte er den Kredit für sein Schiff nicht mehr bedienen können. So einfach war das.

Wie es aussah, war ihr alter Freund aber auf die Füße gefallen. Der Job auf den Trawlern war zwar reine Knochen- und Fließbandarbeit und wurde nur mäßig bezahlt, aber es war immerhin ein fester Job. Und so war er zumindest auf seinem geliebten Meer unterwegs.

Sie sah die Dorfstraße entlang. Zwei Wanderer waren den Weg von Ruan Minor hinuntergekommen und studierten auf ihre Wanderstöcke gestützt die Speisekarte des Cadgwith Cove Inn. Nach einem kurzen Zwiegespräch betraten sie den kleinen Hof des Pubs und verschwanden aus dem Blickfeld. Erschrocken fiel ihr ein, dass sie für den nächsten Tag neue Gäste erwartete und sie die Zimmer des B&B noch vorbereiten musste. Sie verbrannte sich den Mund, als sie den Tee trank.

Hastig stand sie auf. Die Inventur würde sie auf den nächsten Tag verschieben, oder Tante Margaret musste ihr doch die Arbeit abnehmen.

Über dem Hafen trudelten ein paar Dohlen. Die Möwen hatten sich verzogen.

VIII.

Der Nachmittag war unerwartet warm, obwohl die Sonne schon deutlich an Kraft verloren hatte. Bald würde es zu kalt sein, selbst in der Jacke draußen zu sitzen.

»Ist hier noch frei? Darf ich mich zu Ihnen setzen?« Der Mann hielt ihr lächelnd die Hand hin. »Michael. Ich komme aus Deutschland.«

Barbara Thompson nickte stumm. Im improvisierten Biergarten vor dem Pub waren längst nicht alle Plätze besetzt, er hätte sich also überall sonst niederlassen können. Aber andererseits tat ein wenig Small Talk nicht weh. Mal sehen, was der Deutsche zu erzählen hatte.

Den Mann schien ihre Reserviertheit nicht zu stören. Er ließ sich umstandslos ihr gegenüber nieder, trank einen kräftigen Schluck von seinem frisch gezapften Bier und schob sich die Sonnenbrille aufs Haar.

»Leben Sie in diesem wunderschönen Dorf?«

Sein Englisch ist ja ganz passabel, und einen freundlichen Eindruck macht er auch, dachte Barbara. »Früher, ja.«

»Tolle Gegend.« Der Mann namens Michael warf einen anerkennenden Blick über den asphaltierten Platz, als sei er der Inbegriff von Cornwalls viel gepriesener Schönheit. »Es muss wunderbar sein, hier leben zu können. Diese fantastische Landschaft. Sehr erbaulich.«

Er sagte tatsächlich »erbaulich«. Barbara musste lachen. »Sie sollten im Winter hierherkommen, wenn der Wind durch die Ritzen der Fenster pfeift und Sie die Wohnung nicht richtig warm bekommen.«

»Muss man eben enger zusammenrücken.« Er zwinkerte ihr zu.

»Die Touristen kommen eher nicht im Herbst.« Barbara ließ den Satz wie eine Frage klingen und musterte ihn. Er sah nicht unbedingt aus wie ein Tourist. Der Kleidung nach zu urteilen, war er kein Wanderer, und Surfer waren eher in der Gegend um Land's End zu finden. Vielleicht ein Geschäftsmann, der nach seinen anstrengenden Terminen einen Abstecher in die Natur unternahm.

Oder jemand, der Geschäfte mit der Marine machte. Der nahe Stützpunkt ließ diesen Schluss durchaus zu. Smart sah er ja aus und sportlich. Man könnte auch sagen durchtrainiert. Jedenfalls ließ seine offene Jacke den Blick auf einen breiten Oberkörper zu. Ende dreißig, kaum älter. Auf jeden Fall gut aussehend.

»Bin quasi auf der Durchreise. Ich habe beruflich in der Gegend zu tun«, bestätigte er ahnungslos Barbaras Vermutung. »So viel Natur.« Er lächelte sie an. »Tut meiner Seele gut.«

»Deshalb kommen ja auch jedes Jahr so viele Touristen zu uns.« Wohin mochte diese Unterhaltung führen?

»Ich war schon ein paarmal hier in der Gegend. Es ist vielleicht noch ein wenig früh, aber ich kann mir vorstellen, hier zu leben. Erst muss ich aber meine Schäfchen ins Trockene bringen.«

»Schäfchen?«

»Eine deutsche Redensart. Ich meine natürlich, mein Geld verdient haben.« Er trank erneut einen Schluck und zeigte auf ihr leeres Glas. »Darf ich Sie auf ein Bier einladen?« Er bemerkte ihr Zögern. »Bitte.«

»Aber nur ein halbes. Ich muss noch arbeiten.«

»Aha. Und was, wenn ich fragen darf?«

Barbara hob ihr Glas. »Erzähle ich Ihnen, wenn Sie zurück sind.«

Sie sah ihm hinterher. Interessanter Typ. Und in der Tat, eine verdammt sportliche Figur. Sonnenbank und Fitnessstudio. Sie vertrieb sich die Wartezeit mit prüfenden Blicken auf die Bäuche der Männer, die mit ihren Frauen oder Familien lieber draußen als drinnen im Pub saßen.

»Nun bin ich aber gespannt.« Er stellte ihr Bier ab und setzte sich.

»Barbara Thompson.« Sie hob ihr Glas. »Cheers. Ich betreibe einen kleinen Antikshop drüben in Lizard.«

»Antiquitäten?« Michael verzog anerkennend den Mund. »Aber ist der Markt nicht längst leer gekauft? Ich meine, allein schon die Touristen kaufen doch alles, was nach Empire aussieht. Und erst die Briten. So stolz auf ihr Empire.«

»Sie kennen sich aus?« Wie ein Liebhaber alter Möbel und altem Tafelsilber sah dieser Michael nicht gerade aus, aber man konnte sich ja auch mal täuschen.

»Nicht wirklich. Es ist nur so, ich bin viel unterwegs, habe ein paar englische Bekannte. Da bekommt man die Liebe der Briten zu ihrer Heimat schon mit. Queen, Prinz Charles, William und Kate, Harry, Meghan. Also, ich mag die Briten. Sie sind so …« Er ließ den Satz unvollendet.

Typisch, dachte Barbara Thompson. Die Royals mussten für die Sehnsucht der Deutschen nach der Monarchie herhalten. Das bekam sie immer dann zu spüren, wenn deutsche Touristen mit ihr über die »schönen alten Zeiten« ins Gespräch kommen wollten. Gerade so, als könne sie ihnen mit den Antiquitäten ein Stück vermisste Geschichte zurückgeben.

»Klingt furchtbar kitschig, nicht?« Er winkte ab.

»Das wahre Leben hat mit dem der Königin und ihres Prinzen nichts zu tun. Am wenigsten hier bei uns in Cornwall. Meine Meinung.« Sie trank einen Schluck und sah ihn dabei neugierig an. »Und welches Geschäft betreiben Sie?«

»Ich berate Unternehmen.«

»Oh.«

»Ich arbeite global.«

»Globale Geschäfte. Beratung von Unternehmen. Hier in der Gegend? Hier gibt's doch nur Fisch«, meinte sie belustigt. Die unerwartete Begegnung versprach doch noch interessant zu werden. Barbara lächelte. Der Gedanke an gegrillten Seelachs oder Schellfisch löste in ihr automatisch ein Hungergefühl aus.

»Es ist quasi nur ein Unternehmen, für das ich hier aktiv bin.« Er senkte die Stimme. »Die Marine.«

Kein wirkliches Geheimnis. »Dachte ich mir.«

Er sah ihren neugierigen Blick. »Es klingt jetzt wie ein Klischee, aber ... mehr möchte ich dazu nicht sagen. Es geht um technische Dinge und – im weitesten Sinn – um delikate Fragen der Sicherheit.«

»Ein wichtiger Mann also. Ein Deutscher, der unsere Royal Navy berät. Donnerwetter.« Ihr spöttischer Blick ließ ahnen, was sie in Wirklichkeit dachte. Barbara war wenig beeindruckt. Für sie waren die britischen Streitkräfte nicht mehr als ein notwendiges Übel. Damit hatte sich ihr Patriotismus auch schon erschöpft.

»Ich verstehe schon. Kein Problem.« Er sah sich um, als suche er etwas oder jemanden.

Barbara sah hinauf zum Himmel. Eine breite Wolkenfront hatte sich über die Sonne geschoben. »Es ist kühl geworden.«

Sie rieb sich über die Oberarme. Der Gesprächsfaden war unvermittelt abgerissen, als sei der Wind, der von der Küste herüberwehte, durch zarte Spinnweben gefahren. Der Deutsche hatte offenbar tatsächlich mit geheimen Aufträgen zu tun. Aber vielleicht war er auch nur einer jener Zeitgenossen, die darauf aus waren, sich in Szene zu setzen, und immer dann verschwanden, wenn sie merkten, dass sie mit ihrer Art nicht ankamen.

»Ich muss wieder los. Die Arbeit ruft, wie man bei uns in Deutschland so schön sagt. Mein Job ist noch nicht beendet. Es gibt noch jede Menge wichtiger offener Fragen zu klären.«

Sein verschwörerisches Lächeln geht völlig daneben, dachte Barbara und zog ihre Umhängetasche zu sich.

»Jedenfalls nett, mit Ihnen geplaudert zu haben. Wer weiß, vielleicht entdecke ich doch noch meine Liebe zu englischen Antiquitäten. Wobei mir alter schottischer Whisky bei diesen Temperaturen wesentlich eher zusagen würde.« Michael leerte sein Glas und deutete beim Aufstehen eine Verbeugung an.

»Sie sind jederzeit willkommen.« Barbara bedauerte nun doch die abrupte Wendung des Gesprächs. Das sympathische Lächeln konnte nicht gänzlich gespielt sein.

»Das Leben steckt voller Überraschungen. Ich wünsche Ihnen mit Ihrem Geschäft viel Erfolg.«

Sie sah ihm hinterher, wie er mit forschem Schritt den Biergarten durchquerte und hinter der Hausecke des Old Inn verschwand.

Zeit zu gehen. Barbara leerte ebenfalls ihr Glas. Sie würde daheim eine Kleinigkeit essen und anschließend mit Robin ihre übliche Runde durch die Felder drehen. Später würde sie sich wohl oder übel um die Buchhaltung kümmern müssen. Überdies müsste ihre Internetseite auch endlich aktualisiert und mit den Neuzugängen bestückt werden. Es würde ein langer Abend werden. Auch egal, bei dem Wetter.

Allein der Gedanke an den ungeordneten Haufen Papier, der seit Wochen in ihrem Arbeitszimmer auf sie wartete, ließ ihre Laune kippen. Schon ein erster Überblick hatte ihr vor einigen Tagen klargemacht, dass sie sich bald etwas einfallen lassen musste, damit nicht über kurz oder lang in der Tür ihres kleinen Ladens dauerhaft das Schild »Geschlossen« hing.

Die Touristen, besonders die Holländer und die Deutschen, kamen zwar und kauften auch, aber längst nicht mehr so viele wie noch vor ein paar Jahren. Außerdem war die Miete für ihr Haus im gleichen Zeitraum kontinuierlich gestiegen. Zusammen mit den Rechnungen für Klempner und Dachdecker waren das äußerst unangenehme Entwicklungen. Bisher hatten die guten Verkäufe im Sommer sie stets über den mauen Herbst und Winter gebracht. Bisher.

Wie gut es dagegen Mary getroffen hatte. Das hatte sie ihr erst nicht zugetraut. Nach der Schule war Mary zu

Hause ausgezogen, weil ihr das Leben im Dorf zu eng geworden war. Die Menschen seien zu engstirnig, die Winter viel zu hart, die wenigen noch aktiven Fischer – und damit die potenziellen Heiratskandidaten – ohne Zukunft und zu einfältig, hatte Mary ihr auf ihrer Abschiedsparty halb lachend und halb weinend erzählt.

Barbara erinnerte sich noch gut an die Szene, wie sie Mary zum Bus gebracht und ihr das Versprechen abgenommen hatte, sie möglichst bald nachzuholen. Daraus war nichts geworden. Über Jahre hinweg hatte sie nichts mehr von ihr gehört. Erst kurz nach ihrer Rückkehr hatte Mary sich wieder bei ihr gemeldet. Da hatte sie ihre ehemalige Freundin schon fast vergessen gehabt.

Mary war zurückgekehrt, weil ihre Mutter im Sterben lag, und war geblieben. Ein paar Wochen nach der Beerdigung hatte sie in ihrem Elternhaus, das oben auf einer Flanke der Bucht lag, ein B&B eröffnet und das Angebot ihrer Tante angenommen, im Dorfladen auszuhelfen.

Wenn sie recht überlegte, war das im Grunde früher schon so gewesen: Was Mary anpackte, das gelang ihr auch. Wobei Barbara seit Marys Rückkehr das Gefühl nicht loswurde, dass sie ihr nicht alles erzählt hatte, was sie in ihrer Zeit in Deutschland erlebt hatte. Über einige Stellen in ihrer Biografie ging sie mit einer bemerkenswerten Ungenauigkeit hinweg.

Andererseits, jeder muss zusehen, dass er vorankommt, dachte Barbara mit Blick auf ihr leeres Glas. Ein halbes Pint »für auf den Weg« konnte nicht schaden. Irgendwann würde Mary ihr schon noch den Rest erzählen, sie würde ihre Buchführung in den Griff bekommen und vielleicht irgendwann auch einen Mann kennenlernen, der es nicht nur auf ihr Geld und ihr Bett abgesehen hatte – und ihr Hund Robin würde sich sicher noch eine weitere halbe Stunde gedulden können.

Auf dem Weg zur Theke kam sie im niedrigen Flur des Pubs an einem der Gemälde des Polizeibeamten vorbei, der vor gut einem Jahr in Cadgwith aufgetaucht war. Irgendwann im Sommer musste das gewesen sein. Sie wusste aus dem Dorftratsch, dass seine Gehbehinderung von einem lebensgefährlichen Autounfall herrührte. Eine dramatische Verfolgungsjagd war angeblich aus dem Ruder gelaufen, mit tödlichen Folgen für eine weitere Person, wie voller Sensationslust kolportiert worden war. Sie wusste, dass er in der alten Hütte am Rand des Dorfes hauste und versuchte, als Künstler durchs Leben zu kommen. Sie hatte Jenkins einige Male im Pub gesehen und ein paar Worte mit ihm gewechselt. Sie mochte sein Harmonikaspiel.

Seit er nach Cadgwith gezogen war, hatte er sich sichtlich verändert. Er trug die Haare mittlerweile lang, sein Bart war längst nicht mehr kurz getrimmt. Er trug eine ausgebeulte Arbeitshose, auf der die Farbflecken immer mehr wurden. Außerdem hatte er sich einen Hut zugelegt.

Sie konnte sich denken, was die Leute über Simon Jenkins hinter vorgehaltener Hand tuschelten: Malen ist doch brotlose Kunst. Und was der Krüppel so ganz allein ausgerechnet in der Bucht wollte? Er war nicht mobil, konnte nicht mal allein aufs Meer hinausfahren.

Und doch mischte sich in die Skepsis der Dorfbewohner ein schmaler Anteil Bewunderung. Dass er es allein schaffen wollte … Mut bewunderten sie immer. Mut war die Verheißung im täglichen Kampf der Fischer mit der See.

Ihr gefielen längst nicht alle von Jenkins' Motiven. Zu viel Heimat und Klischee. Aber jedes Mal zog das intensive Blau ihre Aufmerksamkeit auf sich. Diesmal waren es die Umrisse eines Fisches, den Jenkins aufs Papier gebracht hatte. Das Blau fing exakt die Farbe des Meeres und des Himmels ein, wenn die See im Sommer ruhig war und über Tage keine Wolke über der Bucht auftauchte.

Das satte Grün des Küstensaums und das tiefe Blau waren die perfekten Grundtöne, um an diesem Flecken Erde glücklich zu sein, ging es ihr in einem leichten Schwips durch den Kopf.

»Mach mir noch ein halbes Doom, John.« Barbara schob dem Wirt ihr Glas hin. Unversehens überkam sie das Gefühl großer Liebe zu ihrer Heimat.

IX.

Luke hob einen seiner Hummerkörbe vom Pick-up. »Ich habe ihn ein letztes Mal repariert. Wird wohl bald ein neuer fällig.«

»Hattest du mir nicht gesagt, dass du die Plastikdinger gegen Weidenkörbe austauschen willst?« Jenkins saß auf der Bank an der Längsseite des Maschinenhauses und sah seinem Freund beim Abladen zu. Schon bald würde wieder der Motor für die Seilwinde angeworfen werden. Es konnte nicht mehr lange dauern, bis die ersten Boote zurückkamen.

»Hm. Wenn sie nicht so verdammt teuer wären.« Luke setzte sich neben ihn. »Ich fahr heute nicht mehr raus.« Er sah zum Himmel. »Ich mach mal 'n Tag Pause.«

»Sonst kannst doch nicht schnell genug aufs Wasser kommen. Schlechte Laune?«

»Nee.« Luke sah ihn an. »Ist nur so«, er zögerte, »ein entfernter Onkel von mir ist von der Leiter gefallen. Wirbelbruch. Droben in den Yorkshire Dales. Warst du mal in Ingleton?«

»Oh, das tut mir leid. Und nein, war ich noch nicht.«

»Braucht dir nicht leidzutun. Hatte kaum Kontakt zu ihm. Was muss der alte Knacker auch das Hausdach reparieren?«

Jenkins hob die Arme. »Die meisten Unfälle passieren im Haushalt.«

»Hm.« Luke sah auf seine Füße. »Was machen eigentlich deine Wirbel?«

»Alles gut. Hatte heute die volle Dröhnung. Ich kann also nicht besser klagen.« Jenkins spielte mit seinem Stock. Solche Gespräche passten ihm überhaupt nicht.

»Du solltest darüber keine Witze machen.« Luke war echt besorgt. »Ich weiß, dass du nicht gerne drüber sprichst, und ich will den Teufel nicht an die Wand malen. Aber was ist, wenn der Wirbel in deinem Hals verrutscht und die Nerven durchtrennt?«

»Ich weiß nicht, was du meinst.« Jenkins deutete auf das Boot, das sich anschickte, mit Vollgas auf den Strand aufzufahren. »Die *Scorpio*.«

Luke hatte keinen Blick für das Manöver. »Du landest im Rollstuhl, oder schlimmer. Ich will dich nicht verlieren.«

Jenkins legte seine Hand auf Lukes Arm. »Mach dir keinen Kopf. Die Dinge geschehen, oder sie geschehen nicht. Du kannst deinem Schicksal nicht ausweichen.«

»Das klingt mir zu fahrlässig.«

Jenkins stand auf. »Ich geh malen. Bist du übermorgen im Pub? Ich habe Dave getroffen, und der hat mir erzählt, dass Harry Rowland sich angekündigt hat. Wird ein guter Abend werden.«

Luke wollte seinem Freund eine kräftige Schimpftirade hinterherrufen, beließ es aber doch bei stummen Flüchen.

Kopfschüttelnd räumte er seine Hummerkörbe ins Boot. Danach half er beim Ausladen der *Scorpio*. Wenn die anderen Fischer einen ähnlich guten Fang gemacht hatten, würde der Händler mit einem hübschen Sümmchen aus London zurückkehren.

X.

Barbara rückte die viktorianische Vase mit dem Blumenmuster direkt unter eines der Lämpchen der Glasvitrine. So bekam das milchig grüne Glas einen besonderen Glanz. Das gute Stück würde sicher für mehr als fünfzig Pfund weggehen. Die Vase hatte sie von einer alten Dame angenommen, die ihr hin und wieder etwas in den Laden brachte, damit sie es in Kommission verkaufte. Angeblich waren das alles Dinge, die sie nicht mehr brauchte oder die ihr daheim nur Platz wegnahmen. In Wahrheit, das wusste Barbara, besserte die ehemalige Lehrerin damit ihre schmale Haushaltskasse auf.

Ihr fiel ein, dass sie auch noch zu ihrer Nachbarin musste. Sie hatte Chrissy vor drei Tagen bei der Folk Night getroffen. Ein paar Kerzenleuchter stünden zum Verkauf, hatte sie ihr an der Theke erzählt. Gutes Silber angeblich. Sie würde sie nachher anrufen. Man konnte ja nie wissen. Vielleicht waren sie tatsächlich wertvoll. Und nicht selten hatten die Verkäufer noch andere Schätze, die sie loswerden wollten.

Barbara sah sich in ihrem Laden um. Sie würde noch den Satz Stühle aus dem Auto holen und an den Tisch stellen, den sie bereits vor gut zwei Monaten angekauft hatte. Mittlerweile drohte der aber zum Ladenhüter zu werden. Die vier passten zwar nicht exakt zur Epoche des runden Tisches, aber als Ensemble gab sie Tisch und Stühlen größere Chancen auf einen Besitzerwechsel. Außerdem würde sie das Regal mit den Nippesfiguren, die besonders bei den Touristen beliebt waren, aufräumen, danach die Gläser, Schüsseln, Etageren und gläsernen Menagen abstauben. Vielleicht würde sie es auch noch schaffen, die Bilder neu zu arrangieren. So würde es zumindest so aussehen, als habe sich ihr Angebot verändert. Denn nichts war schlimmer fürs Geschäft als ein Laden, der über Wochen oder gar Monate gleich aussah.

Sie wollte gerade die frisch geputzten Sherrygläser neu drapieren, als sie hörte, wie die Ladentür aufschwang. Ein vielversprechendes Geräusch. Vielleicht würde sie den Tag doch noch mit Umsatz abschließen. Neugierig drehte sie sich um.

»Hallo.«

Der Deutsche. Sie hatte seinen Namen vergessen. Wie blöd.

»So sieht man sich wieder.« Er deutete lächelnd auf das Regal mit den Gläsern. »Wie laufen die Geschäfte?«

Barbara ärgerte sich, dass sie die Gummihandschuhe noch nicht abgestreift hatte. Er musste sie für trutschig und putzsüchtig halten. Sie versuchte sich eine Strähne aus dem Gesicht zu streichen, die prompt am Gummi kleben blieb. »Könnte besser gehen.« Musste er ausgerechnet jetzt auftauchen?

»Dachte mir, ich schaue mal vorbei. Ein Antikladen in der Nähe vom Leuchtturm, sehr pittoresk. Die Leute müssten Ihnen doch den Laden einrennen.« Er sah sich neugierig um.

»Denken Sie.« Sie zog die Handschuhe von den Fingern und warf sie in Richtung des Sessels hinter der kurzen Theke. Es sollte lässig aussehen, aber die Gummidinger flogen prompt vorbei.

Er nahm eine silberne Menage mit gläsernen Behältern für Salz, Pfeffer, Öl und Essig in die Hand, die zwischen Stapeln mit Tellern, Kerzenständern und silbernen Bilderrahmen stand. »So etwas hatte meine Großmutter auch.«

»Geben Sie gut auf sie acht. Auf Ihre Großmutter. Und auf die Menage. Diese Dinge sind kaum mehr zu bekommen und sehr teuer.« *Sei jetzt nur nicht zu schnodderig*, dachte sie, *sonst ist er gleich wieder weg.*

»Ich fürchte, sie ist längst verkauft. Meine Schwester hat sich sehr lange um Oma gekümmert und nach der Beerdigung die Wohnung aufgelöst. Keine Ahnung, was aus ihr geworden ist.«

»Ihrer Schwester?«

Er musste lachen. »Aus dem Essig-Öl-Kram. Und dem Rest. Aber warum erzähle ich Ihnen das?« Er stellte die Menage zurück. »Sie haben mich neulich neugierig gemacht.«

»So?«

Er sah ihr geradewegs in die Augen, und zwar tiefer, als sie erwartet hätte. »Ich habe nicht allzu viel Gelegenheit, mich in Ihrem Land umzuschauen, wenn ich auf der Insel bin. Der Terminkalender ist arg voll. Da bleibt oft nicht mehr als ein schnelles Abendessen und ein Bier an der Hotelbar oder im Pub. Der Nachmittag, an dem ich Sie getroffen habe, war eine echte Ausnahme. Die Admiralität hatte plötzlich einen wichtigen anderen Termin und ich unverhofft ein paar Stunden frei.«

Was wollte er? Sein Blick verriet, dass er mehr Interesse an ihr als an ihrem Laden hatte. War das schon flirten? Sie konnte sich kaum mehr an solche Gelegenheiten erinnern. Zu lange her. Sie musste lachen.

»Was ist so komisch?« Irritiert trat er einen Schritt zurück und warf einen Blick in den großen Garderobenspiegel, den Barbara neben der Theke stehen hatte.

»Ich musste nur gerade an etwas denken.« Sie machte eine Handbewegung, als sei ihr das unangenehm. »Nichts Wichtiges, verzeihen Sie.«

»Wollen Sie den Nachmittag mit mir verbringen?« Er räusperte sich verlegen.

Dieser Blick aus dunkelblauen Augen, so schelmisch und vergnügt. *Nein, nein*, ermahnte sie sich, sie hatte nicht vor, ihren Arbeitsplan für einen flirtenden Deutschen aufzugeben. »Ich kann meinen Laden nicht einfach schließen. Wenn doch Kunden kommen?« Sie schüttelte den Kopf.

»Ich bin ganz in der Nähe in einem Hotel untergebracht. Dort bekommt man den besten Cream Tea weit und breit. Und die Aussicht auf das Meer ist fantastisch.«

»Housel Bay Hotel?«

»Sie kennen es? Natürlich kennen Sie es.«

»Ich habe noch jede Menge Arbeit auf meinem Zettel.«

»Papier ist geduldig. Ein deutsches Sprichwort.« Er trat wieder einen Schritt auf sie zu. »Nun?«

»Bei uns heißt es sinngemäß: Papier errötet nicht.«

»Dafür aber Sie.«

Barbara spürte, dass sie nun tatsächlich rot wurde. *Blöde Gans*, schalt sie sich.

»Bitte.«

Nein, sie würde auf keinen Fall den Laden schließen. Schon gar nicht, um mit dem Deutschen, dessen Name ihr immer noch nicht einfallen wollte, Zeit zu verbringen. Wozu sollte das gut sein?

»Okay, Sie haben gewonnen.« Der Satz war schneller draußen, als sie gewollt hatte. Sie sah auf die Uhr. Es war früher Freitagnachmittag. Erfahrungsgemäß kamen die meisten Kunden samstags.

Die Frage, warum sie jetzt neben diesem Mann im Auto saß, hatte sie beiseitegeschoben. Später war noch Zeit genug, sich darüber Gedanken zu machen. In diesem Augenblick wollte sie sich nicht das Gefühl nehmen lassen, am Beginn eines Abenteuers zu stehen. Das Kribbeln im

Bauch hatte sie schon zu lange vermisst. Sie fühlte sich an der Seite von Michael – auf dem Weg zum Auto war ihr der Name Gott sei Dank wieder eingefallen – unerwartet aufgeregt und geradezu jung. Sie war voller Erwartungen, wie damals, als ihr Leben noch überwiegend aus Spontaneität bestanden hatte. Vor sehr langer Zeit.

Es war zu windig, um auf der Terrasse zu sitzen. Aber auch vom Wintergarten aus, der die gesamte Breite des alten Hotels einnahm, hatten sie einen atemberaubenden Blick auf den Atlantik.

Aus verborgenen Lautsprechern erklang Orchester- und Tanzmusik längst vergangener Zeiten. Immer wenn Barbara im Housel Bay Hotel zu Gast war, fühlte sie sich in die Welt ihrer Großeltern zurückversetzt. Dazu trugen auch die Bilder, Schilder und gerahmten Plakate und Zeitungsseiten bei, die in den Gasträumen und auch nebenan in der gediegen eingerichteten Bar hingen. Die Jukebox in einer Ecke des Wintergartens verstärkte den Eindruck umso mehr. Ein Ort wie aus der Zeit gefallen.

»Ich mache mir nicht viel aus Kuchen. Aber Scones, Jam und diese fette Sahne, da mache ich gerne eine Ausnahme. Außerdem sollte man im Ausland immer auch die heimischen Spezialitäten probieren.« Michael sah der Kellnerin hinterher, die ganz in Schwarz gekleidet war.

»Was essen Sie denn so am liebsten? Bestimmt Sauerkraut mit fetten Würsten«, kommentierte sie mit leichtem Spott.

Er wollte schon nicken, besann sich dann aber. »Warum so stachelig? Ich wollte doch nur sagen, dass ich Scones mag. Und außerdem ist der Tee gut.« Er nickte der jungen

Bedienung zu, die für die Scones eindeckte. Eine Polin, dem Akzent nach.

Nachdem sich die Kellnerin zurückgezogen hatte, deutete er auf das Meer, das sich jenseits des abschüssigen Rasens und des sehr schmalen Küstenpfades tief unterhalb der Klippen vor ihnen ausbreitete. »Auf See muss es jetzt nebelig sein. Die Grautöne von Himmel und Meer sind kaum noch zu unterscheiden. An Sommerabenden muss der Sonnenuntergang hier wunderschön sein.«

Barbara trank einen Schluck Tee. »Ich liebe vor allem den Herbst und den Winter. Wenn die Fremden weg sind und man im Dorf nur den Nachbarn begegnet. Die langen Abende und die kurzen Tage. Dann ist selbst Grau eine bunte Farbe. Zu dieser Jahreszeit sind die Sonnenuntergänge fantastisch. Wenn die dunklen Wolken an den Rändern zu brennen scheinen und die Luftschichten in verschiedenem Rot ein letztes Mal auflodern, bevor die Nacht hereinbricht.« Sie geriet ins Schwärmen. Im Augenblick war sie davon überzeugt, dass der Himmel über dem Landstrich The Lizard einzigartig war.

»Sie sind ja eine echte Romantikerin.«

»Aus welcher Gegend Deutschlands kommen Sie eigentlich? Ich weiß ja kaum Ihren Namen und lasse mich doch von Ihnen einladen.« Barbara unterdrückte ein Kichern. Ihr war die Schwärmerei ein wenig peinlich.

»Ich habe lange in Köln gewohnt.« Er zögerte, als suchte er nach den richtigen Worten. »Im Augenblick wohne ich wieder in Düsseldorf.«

»Düsseldorf!«

»Sie kennen die Stadt? Mein halbes Leben habe ich dort verbracht. Der Rhein, das Bier, der weite Blick, der Fußball.«

Barbara schüttelte den Kopf. »Nein, leider nicht. Ich mag den Klang des Namens. Ich kenne von Deutschland nur Bremen. Ich wollte vor Jahren einmal mit Freunden zum Oktoberfest, aber daraus ist nichts geworden. Aber eine Freundin von mir war schon mal in Deutschland. Besser gesagt, sie hat dort eine Zeit lang gelebt.«

»Aha.« Er schob seine Serviette zur Seite und sah sie gespannt an.

»Ja, Mary. Eine gute Freundin von mir. Sie hat auch in Köln gewohnt und gearbeitet. Die Stadt hat ihr sehr gut gefallen.«

»Ja, das glaube ich gerne. Es kommen eine Menge junger Leute in die Stadt.«

»Sie hat Kunstgeschichte studiert. Sogar promoviert. Eine interessante Frau. Ist in ihrem ersten Beruf Schreinerin.« Barbara schnitt behutsam ihr Scone auf, damit es nicht zu sehr bröckelte. »Ist aber schon wieder zurück.«

»Und sie arbeitet hier als Kunsthistorikerin?« In seiner Stimme lagen Zweifel, ob diese Gegend das geeignete Arbeitsumfeld sein könnte.

Barbara musste lachen. »Wenn Sie unter Kunstgeschichte auch die Kultur des Alltags verstehen, dann ja.«

»Das verstehe ich nicht.«

»Sie arbeitet in Cadgwith. Im Dorfladen. Außerdem hat sie aus ihrem Elternhaus ein Bed & Breakfast gemacht. Das hat mit Kunstgeschichte wahrlich nichts zu tun.«

Er nickte versonnen, als würde er in seinem Inneren

eine zarte Melodie hören, die ihm gefiel. Seine Augen hatten ein noch dunkleres Blau angenommen. Er nickte. »Die Gegend hier ist wirklich sehr idyllisch. Ich kann Ihre Freundin verstehen.«

»Ja, ich habe manchmal das Gefühl, wenn ich am Wasser bin oder in einem der Parks, dass ich in einem Paradies lebe. Aber die Idylle kann auch trügen.«

»Das verstehe ich nicht.«

»Die See fordert ihre Opfer.«

»Die alte Seefahrerphilosophie.« Er lächelte. »Sie sollten mal die Jungs von der Royal Navy hören. Besonders, wenn sie abends mit einem Glas Gin in der Offizierslounge sitzen. Wahre Romantiker in Uniform.«

»Das meine ich nicht. In diesem Jahr sind bereits zwei Menschen von den Klippen zu Tode gestürzt. Ein Sechzehnjähriger, der beim Klettern abgerutscht ist. Toby.« Ihr Blick richtete sich für einen Augenblick nach innen. »Und vor ein paar Tagen erst eine Frau aus dem Dorf. Und dann die vielen Wracks, die vor der Küste liegen.«

»O Gott. So ein Unfalltod muss für die Angehörigen ein schweres Schicksal sein. Ich erinnere mich, von der Frau eine Meldung in der Zeitung gelesen zu haben. Wirklich bedauerlich.«

»Meine Freundin ist davon überzeugt, dass es kein Unfall war.«

»Das klingt ja direkt unheimlich.« Er lehnte sich zurück und sah sie abwartend an. »Was sagt die Polizei dazu?«

Barbara zuckte mit den Schultern. »Eindeutig Unfall.«

»Hat Ihre Freundin Beweise?«

»Nein, bis jetzt nicht. Aber sie will nicht aufgeben. Wenn Sie mich fragen, hat sie sich in eine fixe Idee verrannt.«

»Ist sie eine Verwandte der Toten?«

»Das nicht. Sie kannte Victoria aus der Kindheit. Wir alle kannten sie.« Barbara sah auf das Meer hinaus. Ihr ging Marys sture Art nicht aus dem Kopf. Wenn sie doch recht hatte? Sie schüttelte unwillkürlich den Kopf. Es gab keine Beweise für diese Theorie.

»Sie sehen aus, als würden Sie frieren. Der Tod ist immer schwer zu begreifen.« Michael beugte sich unvermittelt vor. »Der Tag ist schon grau genug. Wollen wir die traurigen Gedanken nicht einfach beiseite lassen und uns endlich beim Vornamen nennen?« Michael hob seine Teetasse. »Ist zwar kein Sekt …«

Sie zögerte keine Sekunde. »Ich heiße Barbara.« Sie stieß mit ihrer Tasse leicht gegen seine. »Earl Grey tut's auch.«

»Michael. Oder magst du einen Sekt?« Er sah sich schon nach der Kellnerin um.

»Nein, danke.« *Besser nicht*, fügte sie in Gedanken hinzu.

»Vielleicht später?«

Sie nickte wie abwesend. »Ich musste gerade an Mary denken. Ich habe nicht damit gerechnet, dass sie jemals zurückkommt. Das Dorf war ihr damals zu eng, und sie hatte keine Lust, als Ehefrau zu enden, die auf ihren Mann wartet, der mal wieder nicht den Weg aus dem Pub findet.« Sie biss genussvoll in ihr Scone, das sie erst mit Erdbeermarmelade und dann dick mit Clotted Cream bestrichen hatte – und von dem prompt ein Stück an ihrer Lippe kleben blieb.

»Oh, sorry. Ich hätte nicht so gierig sein sollen.«

Michael reagierte nicht. Stattdessen sah er auf die offene See hinaus. Er schien in der Entfernung etwas ausgemacht zu haben, das seine ganze Aufmerksamkeit erforderte. Barbara war froh, dass er so höflich war und ihr die Gelegenheit gab, die Marmelade abzuwischen. Dann folgte sie seinem Blick, aber sie konnte nichts Außergewöhnliches entdecken.

»Die Flut hat fast ihren höchsten Punkt erreicht. Und der Wind hat zugenommen.« Sie deutete hinaus. »Der Gischtkragen wird immer breiter.«

»Gischtkragen?«

»Sieht doch so aus, so wie sich die Gischt um die Felsen legt. Sieh, wie sie aufspritzt. Ich liebe diese Urgewalten.« Sie betrachtete Michael, der nach wie vor angestrengt aus dem Fenster sah. Er hatte ein schönes Gesicht mit einem markanten Kinn. Ein Mann, der wusste, was er vom Leben wollte. Seine kurzen Haare passten zum kantigen Profil, die vollen Lippen machten das Gesicht eine Spur weicher. Ein Mann, der die Frauen anzog. Sie schätzte ihn auf Anfang vierzig.

»Wenn das Meer tost, möchte ich nicht auf See sein.«

Sie nickte. »Die Gegend ist berüchtigt für ihre Klippen. Ich weiß nicht, wie viele Schiffe hier schon aufgelaufen oder gesunken sind. Wie gesagt, der Meeresgrund muss voller Wracks sein. Früher hat man die Segelschiffe durch falsche Leuchtfeuer absichtlich hergelockt – und dann die Ladung geraubt.«

»Ich habe davon gehört.«

»Wenn mich nicht alles täuscht, wird der Nebel stärker.« Barbara wies mit dem Kopf Richtung Leuchtfeuer. Es ragte auf der anderen Seite der Bucht als flacher weißer Bau empor, auf dem zwei Nebelhörner montiert waren. »Wie lange bist du noch hier?«

»Warum fragst du?« Er beugte sich vor.

»Das wirst du wissen, wenn du in der Nacht nicht schlafen kannst, weil die Nebelhörner unablässig tuten.« Barbara nickte ernst. »Kann einem ganz schön auf die Nerven gehen.«

Er schien ein wenig enttäuscht über die Antwort. »Meine Mission ist quasi abgeschlossen. Ein, zwei Nächte vielleicht noch. Mal sehen, was die Auftraggeber sagen.«

»Müssen ja geheimnisvolle Dinge sein, mit denen du zu tun hast.« Sie wollte nun doch gerne mehr über das wissen, was er mit der Royal Navy zu schaffen hatte. Dass er so ein Geheimnis aus seinem Job machte ... Außerdem wollte sie die leichte Anspannung überspielen, die zwischen ihnen lag wie eine unausgesprochene Fantasie.

Er zuckte mit den Schultern. »Es ist nicht mehr als ein Job, wenn auch ein gut bezahlter.« Nun lächelte er wieder. »Die Scones sind wirklich ausgezeichnet. Weißt du, was ich an diesem alten Kasten besonders mag?« Er wies mit der Hand durch den Raum.

»Die etwas in die Jahre gekommene Einrichtung? Den Hauch Kolonialzeit? Das typisch britisch Konservative? Ich habe nicht die leiseste Ahnung, ehrlich gesagt.« Barbara musste sich beherrschen, nicht auch noch den Rest

Erdbeermarmelade aus dem Porzellanschälchen zu kratzen. Die unverhoffte Teestunde gefiel ihr. So wie ihr Michael gefiel, der in dieser Umgebung so gar nicht wie ein Deutscher wirkte, eher wie ein Schweizer oder Niederländer mit Sinn für britische Traditionen.

»Es ist so, als käme die Musik nicht aus Lautsprechern, sondern tatsächlich aus einem Ballsaal in der Nähe. Als wäre das Hotel eine Zeitkapsel, in der die Vierziger noch lebendig sind. Ich finde, der Big-Band-Sound passt perfekt zu den knarrenden Dielen.«

»Eine schöne Zeit damals, meinst du? Damals war Krieg.« Sie wusste augenblicklich, dass sie damit das Gespräch in eine Sackgasse gelenkt hatte. Vermintes Gelände. John Cleeses Spruch aus *Fawlty Towers* kam ihr in den Sinn: *Don't mention the war.* Sie versuchte sich an einem Lächeln.

»Lange vorbei.« Michael sah wieder hinaus aufs Meer.

»Ich wollte nichts Unangenehmes sagen. Tut mir leid.«

»Keine Ursache. Es ist nur so, liebe Barbara, dass ich mich nicht recht wohlfühle. Ich habe mich offenbar erkältet.« Er hob die Hände, als er sah, dass Barbara etwas sagen wollte. »Das hat nun wirklich nichts mit dir zu tun. Ganz im Gegenteil.«

Sie sah bereits an seiner Miene dass er ihre Hand ergreifen wollte, daher legte sie sie vorsichtshalber in den Schoß. Für ihren ersten gemeinsamen Nachmittag wäre das doch ein wenig zu viel Nähe.

»Ich bringe dich besser wieder zurück.« Er sah auf seine Uhr. »Deinen Laden wirst du um diese Zeit wohl nicht mehr öffnen müssen.«

Barbara war ein wenig enttäuscht über diese allzu plötzliche Entscheidung. Insgeheim hatte sie gehofft, dass der gemeinsame Nachmittag länger dauern würde.

»Oh. Ein wenig werde ich ihn noch geöffnet halten. Ich habe ohnehin noch einen Termin. Ein Kunde will mir ein paar alte Seekarten zeigen. Drüben in Coverack. Ein Fischer ohne eigenes Boot, der lange unterwegs war auf Trawlern und bald wieder rausfährt. Ein netter Kerl. Ich habe das Gefühl, dass er den Hausstand seiner verstorbenen Eltern Stück für Stück auflösen will. Könnte ganz lukrativ werden. Mal sehen, vielleicht ergibt sich daraus ja am Ende noch ein Geschäft. Käme zur rechten Zeit.«

XI.

Simon Jenkins saß in seinem Lehnstuhl. Die Schübe kamen immer dann, wenn das Wetter umschlug. Er würde das Haus heute nicht verlassen können.

Er warf einen Blick auf seine Musikanlage. Zwei Schritte, und doch war der Weg zu weit. Er hatte gestern Nacht vergessen, den CD-Player auszuschalten. Die grün leuchtende Anzeige lockte ihn wie zum Spott, erneut auf Start zu drücken.

Er lehnte den Kopf zurück. *Hendra*. Heimat. Der Titel der CD von Ben Watts. Er hörte sie seit Tagen immer wieder. Die Texte erzählten von den Klippen, schwarzbraun und grün, erzählten vom Licht, das das Land und die See jeden Tag zu einem neuen, anderen Farbenspiel provozierte, das jeden Gemütszustand des Betrachters zu spiegeln schien. Die Natur als Spiegel von Glück oder Versagen.

Was ihn am meisten an Watts Liebeserklärung an Cornwall beeindruckte, war dieser eine einfach klingende Satz. Er hatte nichts mit der Natur da draußen zu tun, aber alles mit Jenkins' Leben: Du kannst Dinge in die hinterste Ecke deiner Gedanken verdrängen, aber du kannst niemals vergessen. *You can push things to the back of your mind. But you can never forget.*

Er zwang seinen Blick von diesem winzigen grünen Punkt weg, der im Halbdunkel so intensiv strahlte, dass er den Raum zu dominieren schien. *Du kannst niemals vergessen.* Der grüne Punkt sandte genau diese Botschaft aus.

Jenkins schloss die Augen. In der Nacht hatte er viel an Moira gedacht. Sie hatten heiraten wollen. Das Hotel in Lower Slaughter in den Cotswolds war gebucht, Hochzeitskleid und Stretchlimo bestellt, die Freunde eingeladen. Zwei Wochen waren es noch bis zu dem Tag gewesen, der ihre Liebe auch offiziell besiegeln sollte.

Er sah aus dem Fenster. Wolken zogen dicht an dicht in schneller Folge über den späten Vormittagshimmel. Ab und an stach die Sonne durch die graue Decke, und ihre hellen Lanzen pickten sich ein paar Stellen aus den Hecken heraus, ließen sie für Augenblicke hellgrün aufleuchten.

Jenkins rückte sich vorsichtig im Sessel zurecht. Er atmete flach. Der Schmerz nahm den Weg vom Becken den Rücken hinauf bis in die Halswirbel, ganz langsam, wie um ihn zu foltern. Keine Einbahnstraße. Es gab auch Tage, an denen er den umgekehrten Weg nahm.

Sein Stock lehnte unerreichbar am Schreibtisch.

Seit jenem verdammten Tag in London stellte er sich die immer gleiche Frage: Welchen Fehler hatte er gemacht? Wie hatte es dazu kommen können, dass ihr Dienstwagen aus der Kurve geflogen und in Flammen aufgegangen war? Er hatte in seiner Ausbildung gelernt, wie man ein Auto auch in extremen Situationen steuert.

In den ersten Wochen nach dem Unfall hatte er sich an nicht viel mehr erinnern können als an blaues, zuckendes Licht, an Feuerbälle aus Schmerzen, die in seinem Körper explodierten, an den einen Moment ungläubigen Staunens, bevor er in tiefes Schwarz fiel. Und an Moiras Gesicht. Ihren Blick, in dem Schmerz, Liebe und Abschied untrennbar ineinander verlaufen waren, konnte und wollte er seither nicht vergessen.

Er hatte nicht an ihrem Begräbnis teilnehmen können. Er hatte buchstäblich nicht einen Schritt aus dem Bett tun können. Die Schmerz- und Beruhigungsmittel hatten zusammen mit den Stimmungsaufhellern dazu beigetragen, dass so etwas wie Trauer gar nicht aufkam. Moira war schlicht von einer Sekunde auf die andere einfach nicht mehr da gewesen. Als er viel später die Wahrheit begriffen hatte, fehlte seiner Liebe der Spiegel.

Er hatte Moira gesucht in allem, was von ihr geblieben war. Im Geruch ihrer Kleider, der schon fast verflogen war, als er endlich das Krankenhaus verlassen konnte. Er hatte sie in seiner Erinnerung gesucht in der Art, wie sie die Schuhe auf dem Weg ins Bad abgestreift hatte, in den wenigen handgeschriebenen Notizzetteln, die unschuldig an der Kühlschranktür klebten, als er in ihrer gemeinsamen Wohnung stand, allein mit sich und dem Geruch, den

Räume annehmen, wenn sie über längere Zeit nicht bewohnt wurden.

Nichts hatte er damals verändern wollen, und doch hatte sich alles von Tag zu Tag verändert – bis er es nicht mehr ausgehalten hatte und in dieses Cottage gezogen war, mit nicht viel mehr als seinen Büchern und den wenigen Andenken an Moira.

Er stöhnte auf und versuchte vergeblich aus dem Lehnstuhl aufzustehen, um das grüne Licht auszuschalten. Am Vorabend hatte er lange in der Pappschachtel mit alten Fotos gekramt. An einer der Aufnahmen war sein Blick hängen geblieben. Ein Bild, aufgenommen vor fünf Jahren in der Lobby des Hyatt auf Bali. Ihr erster langer gemeinsamer Urlaub. Lachend hatte sie im Sessel gesessen und zugesehen, wie er umständlich die richtige Einstellung für die Aufnahme gesucht hatte. Lässig, die Arme auf der Lehne ausgebreitet, hatte sie ihn von unten herauf angesehen.

Unbeschwert und fröhlich hatte sie ausgesehen, das dichte blonde Haar zu dicken Zöpfen geflochten, an den Enden von farbigen Bändern zusammengehalten. Volle Lippen, das ovale Gesicht braun gebrannt, enge Jeans, ein knappes T-Shirt, offene Sandalen. Sie hatte ihm die Zunge herausgestreckt, als sie die Kamera in seiner Hand entdeckt hatte, und ihn zur Eile gemahnt, der Bus zu den Elefanten warte schon. Er wusste nicht mehr den Wochentag und wie die Farm geheißen hatte, auf der die Tiere lebten. Er erinnerte sich nur noch an das überbordende Gefühl von damals, nach einer langen Irrfahrt endlich bei dieser Frau angekommen zu sein.

Das Bild lag zuoberst in der Schachtel, die offen neben dem Sessel stand. Er nahm es heraus und strich mit dem Daumen darüber. Moira. Seine Kollegen hatten ihn um diese schöne Frau beneidet.

Keine drei Jahre später war sie bis zur Unkenntlichkeit verbrannt.

Er hatte es im letzten Augenblick aus dem brennenden Wagen hinausgeschafft. Den Knall der Explosion hatte er noch gehört, Moiras Blick gesehen, dann war er in tiefe schwarze Nacht gefallen. Die Winterkälte des Asphalts hatte er nicht gespürt.

Monate später hatte er zum ersten Mal Fotos von dem Auto gesehen, das nur noch ein Stahlgerippe gewesen war. Zufällig, weil die Kollegen nicht achtgegeben hatten. Sie hatten sie ihm behutsam abnehmen wollen, aber er hatte sie an sich gerissen und war aus dem Büro gestürmt. Später hatte er sie auf dem Schreibtisch zurückgelassen und war nicht mehr an seinen Arbeitsplatz zurückgekehrt.

Seine Brust wurde eng bei der Erinnerung an jene Zeit. Welchen Wert hatten Fotos, wenn die Menschen darauf nicht mehr existierten? Sie bildeten eine Welt ab, in die es kein Zurück gab. Warum also an ihnen festhalten? Er war schon oft kurz davor gewesen, sie zu vernichten, aber er hatte es dann doch nicht fertiggebracht. Es wäre so gewesen, als wenn Moira ein zweites Mal verbrannt wäre.

Moira. Jenkins musste schlucken. Im Griechischen bedeutete der Name so viel wie Los oder Schicksal, im Gälischen Maria. Maria die Unschuldige. *Was habe ich dir angetan?* Simon spürte Tränen aufsteigen, die er nicht zurückhalten konnte.

Er hatte schon ein paarmal daran gedacht, sie zu malen. Aber er hatte es nicht einmal fertiggebracht, die Fotos mit ins Atelier zu nehmen. Schließlich hatte er entschieden, sie aus dem Gedächtnis zu malen, auch um zu prüfen, wie viel er von ihr noch in seinem Inneren bewahrt hatte. Er spürte längst, dass er sich beeilen musste, denn jeder neue Tag entfernte ihn ein Stück mehr von ihr.

Kennengelernt hatten sie sich im Dienst. Moira war überraschend in seine Abteilung versetzt worden. Über Monate hatten sie versucht Verstärkung zu bekommen, aber immer hieß es: kein Geld.

Jenkins hatte damals gerade eine eher unglückliche Beziehung mit einer jungen Anwältin hinter sich und erst einmal die Nase voll von Frauen. Immer war es um ihre Karriere gegangen und darum, dass er nie dann Zeit für sie hatte, wenn sie sich mal nicht durch Aktenberge wühlte.

Stattdessen traf er sich nach Dienstschluss lieber mit seinen Kumpels und Kollegen im Pub. Von ihrer Dienststelle bis zum Duchy Arms war es nicht weit, daher traf man in dem alten und markanten Backsteinkasten immer jemanden von der Met. Der Parkplatz war groß, das Angebot an Biersorten ebenfalls, außerdem konnte man dort Dart und Billard spielen. Meist waren die Polizisten unter sich, Gelegenheit genug, um Tratsch und Gerüchte auszutauschen, den Kopf frei zu bekommen und einfach nur einen netten Abend zu verbringen.

Und dann hatte sie in seinem Büro gestanden. Sie war ungefähr gleich alt, hatte die übliche Polizeikarriere durchlaufen und bisher in Leeds Dienst getan, im Rang eines

Detective Sergeant. Ihre Personalakte war sauber. Seine Frage nach dem Grund für den Wechsel in die »Großstadt« hatte sie mit dem Wunsch nach neuen Herausforderungen beantwortet. Erst als sie sich nähergekommen waren, hatte sie von ihrem wahren Grund erzählt. Ihr Vorgesetzter hatte sie als Freiwild betrachtet und ihr nachgestellt, natürlich versteckt. Angefangen mit netten Komplimenten, dann scheinbar zufälligen Berührungen bei der Durchsicht von Unterlagen, über Einladungen zu entspannten Wochenenden »irgendwo auf dem Land« bis hin zu angeblich zufälligen Treffen vor ihrer Wohnung, die er zum Anlass nahm, »wo man sich doch gerade zufällig über den Weg gelaufen war«, Dienstliches in ihrer Wohnung besprechen zu wollen.

Moira hatte sich zunächst geschmeichelt gefühlt, dass ihr Vorgesetzter sie überhaupt bemerkte. Aber dann war das Ganze recht schnell unangenehm geworden. Sie hatte sich gewehrt, so gut sie konnte, als er aber damit drohte, dass ihre Karriere wohl keine Zukunft hätte, hatte sie sich um die Stelle in London beworben, just in dem Augenblick, als zusätzliche Finanzmittel für die Polizei freigegeben wurden.

Jenkins hatte sich Hals über Kopf in Moira verliebt, wobei er den genauen Zeitpunkt nicht benennen konnte. Ihn fesselte ihr neugieriger und lebensfroher Blick, ihm gefielen ihr überlegtes Handeln im Dienst, ihre Fähigkeit, auch komplexe Zusammenhänge zu erkennen und auf den Punkt zu bringen, ihre Nachdenklichkeit und ihr Weitblick. Und er konnte sich bei ihren gemeinsamen Einsätzen blind auf sie verlassen. Genauso sehr schätzte er ihre Spontaneität in der Freizeit. Manchmal benahm sie sich so übermütig wie ein Kind. Das waren die Momente, die er besonders liebte. Dann fühlte auch er sich frei und unbeschwert. Zwischen ihnen herrschte sehr schnell ein tiefes Verständnis für den anderen, ohne groß Worte zu verlieren. Das lag sicher auch daran, dass jeder die Arbeitsbelastung des Partners einschätzen konnte.

Moira hatte angesichts ihrer Erfahrung aus Leeds Zeit gebraucht, um sich auf Jenkins einzulassen. Sie hatte ihn genau beobachtet und mehr als einmal betont, unabhängig und in eigener Verantwortung leben zu wollen. Das hatte er erst viel später als Schutzmechanismus verstanden. Instinktiv hatte er das Richtige getan, sie gewähren und ihre eigene Entscheidung treffen lassen. Nach einem ausgelassenen Abend in The Duchy Arms war sie einfach mit zu ihm gegangen.

Moira hatte zu Anfang ihrer Beziehung gescherzt, sie könne keine waschechte Irin sein. Ihr blondes Haar beweise, dass es in der Linie ihrer Vorfahren einen »Knick« gegeben habe – ein Geheimnis, das im Schoß ihrer Ahnen verborgen bleiben würde. Aber sie freue sich über diesen Bruch, war er doch ein deutliches Zeichen dafür, dass das Leben nie den geraden Weg ging und nicht planbar war.

Er hatte diesen schon fast philosophischen Zug an ihr geliebt. Sie hatte für die Menschen in ihrer Umgebung oft einen Vergleich oder ein Bild parat, das alle verblüffte. Das machte sie so unvergleichlich. Dazu war sie komisch. Ihr Blick, ihr Lächeln … das Leben war voller Geheimnisse.

Jenkins hatte damals nur einen Wunsch gehabt: dieses Leben mit Moira zu verbringen.

Der Krampf in seinem Rücken ließ ihn aus den Erinnerungen zurückkehren. Er wischte sich mit dem Ärmel übers Gesicht. Als sei es aus dünnem Glas, legte er das Foto vorsichtig zurück zu den anderen – Aufnahmen, die sie zu zweit oder Moira allein zeigten. Alle anderen Fotos hatte er zurückgelassen. Die Aufnahme aus der Hotellobby war ihm die wertvollste. Weil sie den Moment festhielt und das Wissen, dass diese wunderbare Frau nur ihn liebte. Zugleich machte ihm das Foto auf schmerzhafte Weise bewusst, dass diese übermütige Aufbruchstimmung kein Symbol war für den Weg in eine endlos glückliche Zukunft. Es war nicht mehr als ein Schnappschuss kurz vor der Katastrophe.

XII.

»Ich bin sicher, das Bild wird Ihnen noch viel Freude machen.«

Barbara Thompson hielt dem deutschen Paar die Tür auf. Die beiden hatten einen alten Ölschinken gekauft, für einen ordentlichen Preis. Ein dramatisches Motiv, passend zur Gegend: aufgewühlte See, haushohe Wellen, Gischtkämme, Wolkengebirge, in der Mitte ein schmales Schiff mit zerfetzten Segeln.

In Barbaras Augen war es Kitsch, den sie nun aber zu einem guten Preis auf den Kontinent abgeben konnte. Das Paar hatte lange vor dem Bild gestanden und angeregt diskutiert. Sie hatte kaum ein Wort verstanden und sich aus Erfahrung im Hintergrund gehalten.

Zunächst hatte sie wenig Hoffnung gehabt, das alte Bild überhaupt jemals zu verkaufen. Das Genre war nicht einfach, das Schiff eher eine idealistische Darstellung und keine Brigg mit bekanntem Namen. Der Malstil war nicht exklusiv, und der Rahmen war auch nicht aus der Zeit. Vermutlich war das Bild bereits zum Zeitpunkt der Entstehung das allenfalls nett anzusehende, erbauliche Werk eines ambitionierten Hobbykünstlers gewesen. Sie hatte es vom alten Bowdery in Kommission genommen.

Der ehemalige Kapitän war eines Morgens vor ihrem Antikshop aus seinem Vauxhall gestiegen, hatte das Gemälde in den Laden getragen und es ihr knurrend angeboten. Er habe keine Verwendung mehr für den alten Kram. Und dass er gehört habe, sie suche solche Sachen. Mit ihrem Hinweis auf das schwierige Motiv und die anderen Mängel hatte er sich ohne Murren abgefunden und war wieder verschwunden. Das war vor fast drei Jahren gewesen. Seither hatte das Bild wie eine Mahnung direkt gegenüber der Verkaufstheke gehangen. Über die Zeit hatte sie sogar begonnen, es ein wenig zu mögen wie einen alten Bekannten. Aber nun war sie froh, dass der Ladenhüter endlich verkauft war und die neuen Besitzer einen glücklichen Eindruck machten. Der alte Spruch *Jeder Topf findet seinen Deckel* hatte sich mal wieder bestätigt.

»Auf Wiedersehen.« Mehr Deutsch sprach sie nicht.

Barbara bemerkte am Blick der Deutschen, dass sie verblüfft waren, in ihrer Landessprache verabschiedet zu werden. Sofort begannen sie sich angeregt zu unterhalten.

Sie winkte ihnen von der Ladentür aus noch einmal zu. Ihr erschien die Geste einen Tick zu übertrieben. *Aber was soll's*, dachte sie, *der Zweck heiligt die Mittel.*

Zufrieden schloss sie die Tür. Das waren die letzten Kunden für heute. Sie sah auf die kleine Pendeluhr an der Stirnwand des Verkaufsraums. Noch ausreichend Zeit, sich zu Hause ein wenig frisch zu machen.

Sie ließ den Blick zufrieden durch den Raum schweifen. Wieder ein wenig mehr Platz für Neues. Sie würde Bowdery das Geld gleich morgen früh bringen. Sie hatte ohnehin in Cadgwith zu tun. Sie war neugierig, was der alte Griesgram sagen würde. Seit er das Gemälde abgegeben hatte, war er nicht mehr im Laden aufgetaucht, und bei den wenigen Malen, die sie sich bei einem Kirchfest oder einer Charity-Veranstaltung der Dorfgemeinschaft begegnet waren, hatte er nie die Sprache auf die Kommissionsware gebracht. Entweder brauchte er das Geld nicht so dringend, oder er hatte die stoische Art eines Seefahrers auch im Ruhestand beibehalten.

Sie zuckte mit den Schultern. Nicht ihr Thema. Nach ihrer Rückkehr würde sie die beiden Verkaufsräume neu dekorieren. Das hatte sie eigentlich schon lange vor. Sie wollte das Porzellan nicht mehr stapelweise auf den Tischen und Kommoden lagern, sondern die Tische hübsch und aufwendig eindecken wie für eine Abendgesellschaft. Das würde die Kunden eher zum Kauf reizen. Langfristig wollte sie ohnehin von dem angestaubten Trödelcharme des Antikshops weg, hin zu einer mehr gediegenen Atmosphäre – und vor allem wertvollerer Ware. Würden die Geschäfte besser laufen, wäre sie schon längst zweigleisig gefahren, mit einem echten Antiquitätengeschäft und einem zweiten Shop in Mullion oder Porthleven ausschließlich mit Trödel für die Touristen und die Laufkundschaft.

Barbara Thompson ließ den Deckel der kleinen Kassette, die ihr als Kasse diente, mit einem Knall zufallen. Aber zuallererst würde sie endlich ihre Steuererklärung fertig machen und abgeben. Sie verließ den Laden und drehte das Schild *Geschlossen* zur Straße hin. Sorgfältig verriegelte sie das klemmende Schloss.

Die Betreiberin des kleinen Antikladens in Lizard war aufgeregt wie lange nicht mehr. Der unerwartete Besuch, den sie vor einigen Tagen bekommen hatte, hatte sie überrascht. Mit ihm hatte sie am allerwenigsten gerechnet, lag das letzte Treffen doch erst wenige Tage zurück. Und da hatte er kein Wort über die Seekarten verloren.

Das Foto der alten Karte hatte sie sofort neugierig gemacht, und das Angebot, weitere alte Karten anzuschauen und ein exklusives Gebot abzugeben, hatte in ihr den Jagdtrieb ausgelöst, der Antiquitätenhändler ausmacht.

Die Herkunft der angeblich von Hand gefertigten Karten, die sich überdies in einem exquisiten Zustand befänden und reich bebildert seien, war offenbar seriös.

Ein erstes Treffen hatte verschoben werden müssen, aus beruflichen Gründen, wie er ihr am Telefon erklärt hatte. Nun war es endlich so weit. Und sollten die Karten tatsächlich derart vielversprechende Antiquitäten sein und sie sie überdies zum Vorzugspreis erwerben können, wäre Barbara unverhofft einen Teil ihrer finanziellen Sorgen los. Besser konnte es im Augenblick nicht laufen.

Der südlichste Zipfel Englands war ein Paradies für Taucher, die in den Wracks vor Cornwall ungehobene Schätze vermuteten. Zum Teil waren die Schiffe bereits vor Jahrhunderten untergegangen, galten als nationales Kulturgut und durften nicht bewegt werden. Von manchen Seglern kannte man gerade noch die Namen und die Herkunft. Viele Grabsteine auf den Friedhöfen entlang der Küste erzählten vom Schicksal der bedauernswerten Besatzungen. Auch manches Cottage in Cadgwith und anderswo trug den Namen eines untergegangenen Schiffes.

Neben anderen wertvollen Nautika tauchten immer wieder auch Karten berühmter und weniger berühmter Segler, Schoner, Handelsschiffe oder Dreimaster auf, oft überraschend für die Sammlerwelt.

Für Barbara bestand nahezu kein Zweifel, dass sie den Zuschlag bekommen würde. Sie hatte bereits den einen oder anderen potenziellen Käufer im Sinn – wobei sie auch nicht die großen Auktionshäuser in London, Paris oder sogar in Deutschland, in Hamburg oder Frankfurt, außer Acht lassen wollte. Je länger sie darüber nachdachte, desto vielversprechender erschien ihr die Chance auf einen satten Gewinn. So ein Angebot kam nicht alle Tage, und schon gar nicht für eine Händlerin ihrer Preisklasse.

Sie summte vergnügt die Melodie eines alten Folksongs. Wer hätte das noch vor ein paar Tagen geahnt? Sie hatte sich gerade ein paar Nudeln mit Pesto für ihr Abendessen zubereitet, als es an der Tür läutete. Sie hatte sich noch gewundert, wer sie um diese Uhrzeit sprechen wollte, und hatte sich auf dem Weg zur Tür noch schnell die Schürze abgebunden – und dann hatte er vor ihr gestanden, mit einem breiten, zuversichtlichen Lachen.

Auf dem kurzen Heimweg vom Antikshop zu einer der kleinen Nebenstraßen Lizards ging ihr durch den Kopf, was er ihr zu den historischen Karten erzählt hatte. Sie seien absolut echt und garantiert mehr als dreihundert Jahre alt, kein billiger Kram für Touristen oder solcher, den man auf einer der Verkaufsplattformen im Internet ersteigern konnte und der nur zur Dekoration der heimischen Bar taugte.

Es seien Einzelstücke, deren wahren Wert nur echte Sammler und Nautiker zu schätzen wüssten. Er hatte nicht im Detail die Herkunft der Stücke aufgedeckt, weil er sie überraschen wollte. Aber das wenige hatte ihr gereicht.

Sie stand längere Zeit unschlüssig vor ihrem Kleiderschrank, um das richtige Kleid für die Verabredung zu finden. Möglicherweise war sie ja mit einem Abendessen verbunden. Und es war gut möglich, dass sie etwas zu feiern hatten.

Schließlich entschied sie sich für ihr Lieblingskleid, ein leichtes blau-weißes Kleid mit einem schmalen Gürtel. Das aufgedruckte Muster zeigte eine Mischung aus floralen und maritimen Motiven wie Wellen und Brandung, das perfekt zu ihr und zu Cornwall passte. Dazu würde sie eine leichte einfarbige Strickjacke überziehen. Auch wenn sie sich die meiste Zeit in Räumen aufhalten würden, war es eigentlich schon zu kühl für das Sommerkleid. Aber sie hatte das Gefühl, dass es gut für den Anlass geeignet war.

Barbara war keine Expertin für Seekarten, aber sie kannte einige der alten Exemplare, die immer wieder mal auf dem Markt angeboten wurden. Manche von ihnen waren in schlechtem Zustand und kaum verkäuflich. Andere wiederum hatten, kaum aufgetaucht, schnell neue Besitzer gefunden. Bisher waren ihr die Preise meist viel zu hoch erschienen, um mitzubieten. Ab und zu hatte sie in den vergangenen Jahren Karten unterschiedlicher Herkunft und Art angeboten bekommen, aber nie zugeschlagen. Was sie über solche Karten wusste, hatte sie sich angelesen. Aus Neugierde und um auf dem Laufenden zu bleiben, war sie ab und an zu Auktionen gefahren, nicht bis nach London, aber immerhin zu Auktionshäusern in der weiteren Umgebung. Diesmal war es anders. Sie hatte das Gefühl, endlich zugreifen zu können.

Ihre Unruhe wuchs mit jeder Minute, wie stets, wenn sie kurz vor der Begutachtung wertvoller Antiquitäten stand. Diese Art Instinkt hatte sie von ihrer Mutter geerbt. Ihre Eltern hatten ein Geschäft für alte chinesische Kunst betrieben und als ausgewiesene Experten für asiatische Kunst gegolten. Sie erinnerte sich mit Wehmut an die Zeit, in der die beiden das florierende Geschäft betrieben und abends erschöpft, aber zufrieden den Tag beschlossen hatten. Ihr kam das Leuchten in ihren Augen in den Sinn, wenn sie die aus Übersee neu eingetroffene Ware auspackten und die Vasen und das feine Porzellan begutachteten.

Ihre Eltern lebten längst nicht mehr, und sie kümmerte sich viel zu selten um ihr Grab. Wie um das Schicksal zu beschwören, gelobte sie innerlich, sich nach dem erfolgreichen Abschluss des Geschäfts intensiver um die Grabpflege zu kümmern.

Barbara überprüfte mit einem Blick in den Flurspiegel ein letztes Mal ihren neuen Lippenstift, als es läutete. Mit einer schwungvollen Bewegung griff sie nach ihrer Handtasche und öffnete.

Es würde ein spannender und aufregender Abend werden.

»Schön, dass es klappt.«

»Ganz bestimmt.«

XIII.

Das deutsche Pärchen sah sich fragend an. Hatten sie den seltsamen Kauz richtig verstanden, der ihnen zufällig begegnet war, als sie vom Küstenpfad abgebogen waren, und den sie kurz entschlossen nach dem Weg gefragt hatten? Sein Akzent war sehr ausgeprägt. Schulenglisch klang deutlich anders.

Der Deutsche fragte nach.

Langsamer und betont deutlich kam es zurück. »Quer übers Feld. Sind Sie sicher, dass Sie um diese Uhrzeit noch zu der alten Kirche wollen? Da gibt's doch nichts zu sehen außer ein paar verwitterten Steinen. Für meinen Geschmack nur noch ein Haufen wertloser Plunder. Na ja.«

Der Deutsche nickte erleichtert. »Wenn wir uns beeilen, könnten wir noch ein paar Fotos machen.«

»Seien Sie aber vorsichtig. Der Turm von St. John ist ziemlich lädiert, wissen Sie. Die Gemeinde hat kein Geld für eine ordentliche Restaurierung.« Er lachte bei dem Gedanken auf. »Ein paar Enthusiasten kümmern sich um das Gemäuer. Ich würde da freiwillig nicht mehr hingehen. Da ist schon lange keiner mehr gewesen.« Bevor das Paar sich mit einem freundlichen Goodbye abwandte, setzte er hinzu: »Wird noch schweren Regen geben. Längst überfällig.«

Die Frau stieß ihren Begleiter an und setzte sich in Bewegung. »Dann los, Jan-Frederick. Thank you, Sir.« Sie nickte dem Einheimischen zu, der sein schütteres graues Haar zu einem dünnen Pferdeschwanz gebunden hatte und sie ungeniert taxierte.

»Komischer Kauz.« Ihr Freund blieb mitten auf dem Feld stehen und nahm einen Schluck aus seiner Wasserflasche. »Bleiben Sie doch daheim«, äffte er den Engländer nach.

Egal von welcher Seite man sich Cadgwith näherte, der untersetzte Turm der normannischen Kirche war wie eine Landmarke schon von Weitem zu sehen. Und dennoch hatten sie nicht genau gewusst, ob sie vom Küstenpfad die richtige Abzweigung genommen hatten. Die Kirche hatte mittelalterliche Wurzeln und lag erstaunlich weit abseits des Dorfes mitten in den Feldern, die längst abgeerntet waren. Die nächsten Gehöfte duckten sich ein Stückchen entfernt in die Landschaft.

Sie zuckte mit den Schultern. »Engländer. Weiß man doch, alle verschroben.« Sie wies auf den sakralen Bau keine zweihundert Meter vor ihnen. »Schau. Wie eine Insel inmitten der Felder.« Sie drehte sich Richtung Meer.

»Welch ein Anblick muss das für die Seefahrer gewesen sein. Endlich wieder der Heimat nahe.«

»Lass uns schnell drinnen ein paar Bilder machen, Claudia. Das Licht wird immer schlechter. Und so langsam bekomme ich Hunger.«

Seine Freundin blätterte noch im Reiseführer, den sie aus ihrem Rucksack gezogen hatte. »Auch bekannt als ›Kirche des heiligen Kreuzes‹.«

Jan-Frederick war schon auf dem Weg. Sie näherten sich St. John von der Rückseite her und nutzten einen Übersteig, um auf das Gelände zu gelangen. Mit Moos und Flechten bewachsene, zum Teil schief stehende Grabsteine zeugten von der langen Geschichte der Kirchengemeinde. Der Eingang zum kurzen Kirchenschiff lag an der Seite. An einigen Stellen waren die bröseligen Schindeln aus Sandstein nur notdürftig und laienhaft verputzt. Ein eher hilfloser Versuch, das Herabfallen weiterer Dachziegel und das Eindringen von Wasser zu verhindern.

Die Eichentür ließ sich nur schwer öffnen.

»Hab ich mir doch gedacht, es ist schon zu dunkel, um Bilder zu machen. Wir werden ein anderes Mal wiederkommen«, maulte er am Eingang und versuchte seine Augen an das Dunkel zu gewöhnen.

Claudia war neben ihrem Freund stehen geblieben. »So toll sieht das hier nun auch nicht aus. Kein Beinbruch, wenn wir keine Fotos machen. Wir haben mengenweise andere schöne Bilder. Lass uns verschwinden.«

»Warte.«

Er ging auf den Eingang zum Glockenturm zu. Die mit blickdichten Scheiben verglaste Tür war etwas über zwei

Meter hoch und verschloss nur unzureichend den deutlich lichteren Zugang zum Turm. Er drückte zaghaft den Türgriff hinunter. Abgeschlossen. Er trat einen Schritt zurück und hatte so einen freien Blick durch den spitz gemauerten Bogen.

An vielen Stellen war das Mauerwerk mit grünen Flecken übersät. Ein deutlicher Beleg dafür, dass Feuchtigkeit das größte Problem für die Bewahrer des Gemäuers sein musste. Aus einigen Fugen der aus Bruchstein, großen Granitsteinen und Serpentin gemauerten Wände wuchsen Farne. Gegenüber war ein großes, ebenfalls spitz zulaufendes Fenster eingelassen. Aus kleinen Öffnungen in der hölzernen Decke hingen Glockenseile. Wann mochte die Glocke das letzte Mal geläutet worden sein?

Jan-Frederick versuchte gerade die Inschrift einer nach barocker Mode angefertigten steinernen Gedenktafel zu entziffern, als Claudias Schrei durch die Kirche gellte.

Er fuhr erschrocken herum und verstand ihr Entsetzen zunächst nicht. Er sah an den Bankreihen entlang, die durch einen Mittelgang getrennt wurden, konnte aber nichts erkennen außer Staub, der sich wie Mehl überall abgelagert hatte, auf dem Gestühl, dem Boden, den Sparren der gewölbten Holzdecke und in den tiefen Fensternischen. Die kleine Orgel schien sauber und intakt. Die ebenerdig aufgestellte Kanzel, deren Pult von drei polierten Säulchen getragen wurde, war ganz aus Stein, winzig und leer.

Daneben stand Claudia und schrie immer noch. Ihr Entsetzen wurde von den nackten Wänden verstärkt zurückgeworfen.

Augenblicklich begann sein Herz wie wild zu schlagen. Ihm wurde gleichzeitig heiß und kalt. Er sah die Szene so präzise wie durch die Optik seiner Kamera.

Der Altarraum war mit den gleichen dunkelroten Fliesen ausgelegt wie der Rest von St. John.

Er näherte sich langsam. Nur stückchenweise nahm sein Gehirn das Bild wahr.

Die Frau lag auf dem Boden.

Wie aufgebahrt.

Die Hände über der Brust gefaltet wie zum Beten oder Flehen.

Gefesselt.

Ein Kleid.

Die ausgestreckten Beine waren ebenfalls gefesselt.

Mit einem Nylonseil.

Wie eine Opfergabe.

Der Kopf der Frau zeigte Richtung Tür.

Das Gesicht war fahl mit leichten Flecken.

Die Augen geschlossen.

Die Haare sorgsam gekämmt und über die Schultern gelegt.

Sie hätte auch schlafen können.

Links und rechts stand je eine dicke weiße Kerze.

Heruntergebrannt.

Der Körper war auf Farnwedel gebettet.

Er konnte kaum den Blick von der Toten wenden. Eine attraktive Frau. Welch eine absurde Feststellung …

»O Gott.« Claudias Stimme krächzte.

»Nichts anfassen«, befahl er überflüssigerweise. So wie es aussah, steckten sie hier mitten in einem Mordfall. Er nahm seine Freundin bei der Hand und versuchte sie von ihrem Platz wegzuziehen.

»O mein Gott.« Claudia hatte Mühe, die Beine zu bewegen.

»Wir müssen die Polizei verständigen.« Jan-Frederick zog sein Handy hervor und ließ es wieder sinken. »Keine Ahnung, wie die Nummer ist.«

»Halt mich fest!« Claudia klammerte sich an ihn.

»Komm mit nach draußen.« Er fasste ihren Arm fester.

»Sie ist tot«, flüsterte sie und wandte endlich ihr Gesicht ab.

Er warf einen letzten Blick auf die Tote. »Blut kann ich keines sehen. Oder du? Und diese dunklen Flecken am Hals. Sie wurde vielleicht erwürgt. Ich habe noch nie eine Tote gesehen. Ich glaube, mir wird schlecht. Ich brauche Luft.«

Die Tür fiel hinter ihnen mit einem verzögerten Krachen ins Schloss. Die beiden Touristen rannten über das Feld zurück ins Dorf. Schon nach kurzer Zeit ging ihr Atem rasselnd, und die kühle Luft brannte in ihren Lungen. Ihnen kam nicht in den Sinn, eines der nahen Farmhäuser aufzusuchen und von dort Hilfe zu holen. Sie sprachen kaum ein Wort. Ihre Wanderrucksäcke hatten sie in der Kirche zurückgelassen, ohne es zu bemerken. Auf der Straße hinunter zur Bucht begegnete ihnen niemand. Das Dorf lag da wie ausgestorben.

Außer Atem und mit stechendem Schmerz in den Seiten hielten sie den ersten Menschen an, der ihnen in Höhe des Dorfladens entgegenkam. Ein Mann mit Umhängetasche und einem Stock.

»Police.« Mehr brachte Jan-Frederick nicht hervor. Atemlos stemmte er eine Hand in die Hüfte. Das schulterlange Haar klebte in Strähnen an seinem schweißnassen Gesicht.

Eine gute Stunde später wimmelte es von Polizeikräften der Devon and Cornwall Police aus Helston und Einsatzkräften aus Truro. Das Gelände um die Kirche war weiträumig abgesperrt. Simon Jenkins hatte vom Pub aus die Polizei informiert und aus alter Gewohnheit erste Vorgehensweisen vorgeschlagen. Er spürte aber schnell, dass die junge Polizistin am anderen Ende der Leitung nicht sonderlich beeindruckt war und mit einer leicht nervösen Höflichkeit zuhörte. Er war ihr nicht böse. Sie befolgte lediglich ihre Vorschriften im Umgang mit Zeugen oder unbeteiligten Zivilisten. Und er hatte darauf verzichtet, ihr zu erklären, dass er einmal Teil der Metropolitan Police in London gewesen war.

Nun stand er mit Luke an der Absperrung, etwas entfernt von den übrigen Schaulustigen. Von ihrem Standort aus sah die Kirche längst nicht mehr so erhaben aus. Dunst hatte sich auf die Wiese zwischen ihnen und den Ermittlern gelegt. Es begann dunkel zu werden. Von See her trieben Wolken auf das Festland. Es war merklich kühler geworden. Gerade wurde ein Lichtmast eingeschaltet, damit das Team der Spurensicherung besser arbeiten konnte.

»War zuletzt beim Flower Festival hier oben. Bier trinken für den Erhalt von St. John. War das ein Spaß. Man weiß ja, was man der Gemeinschaft schuldig ist. Bedauerlicherweise kann ich nicht so viel trinken, um die alte Kirche allein zu retten. Da muss wohl noch so manches Pint verkauft werden.« Luke lächelte schief.

Jenkins hatte ihn im Pub angetroffen. Passend zum Feierabendbier trug er sein weißes T-Shirt, auf das ein Rabe und *Cornwall in a glass* aufgedruckt war. Die Nachricht über den Fund einer toten Frau hatte ihn elektrisiert, und er hatte Simon gedrängt, mit ihm zur Kirche zu fahren. Obwohl Jenkins nichts vom Gaffen hielt, hatte er sich in Lukes Pick-up mitnehmen lassen. Er wolle sich lediglich »einen Eindruck verschaffen«, hatte Luke ihm versichert.

Auf der kurzen Fahrt zu St. John dachte Jenkins an Victoria Bowdery. Nun gab es innerhalb von nicht einmal zwei Wochen bereits die zweite tote Frau. Hatte Mary nicht erzählt, dass Vic und die anderen Kinder früher gerne in der Kirche und auf dem Friedhof gespielt hatten?

»Hm.«

Das Szenario eines Tatorts war immer das gleiche, ob nun in den Straßenschluchten Londons, in den Absteigen, den besseren Wohnquartieren oder hier an der Küste. Aufmerksam verfolgte Jenkins die Arbeit der Polizisten. Sie machten routiniert ihren Job, beschied er. Einige schritten gebückt in weißen Overalls das Gelände ab, andere suchten mit Stäben und Metalldetektoren nach Beweisstücken. Etwas abseits stand zwischen schiefen Grabsteinen eine kleine Gruppe Männer und Frauen, die angeregt miteinander sprachen. Sie tauschten die Fakten aus und besprachen das weitere Vorgehen. Genauso hatten sie es damals an »ihren« Einsatzorten gemacht.

Jenkins machte unter ihnen den DI aus, der auch schon Vics Tod bearbeitet hatte. Im Inneren der Kirche brannte Licht. Auf dem schmalen Zuweg parkte der Leichenwagen mit offener Heckklappe.

»Hörst du mir überhaupt zu?«

»Sicher.« Was hatte Luke gesagt?

»Und was denkst du?«

»Dass die Polizei ihre Arbeit macht.«

»Endlich mal was los in unserem Kaff. Und das innerhalb so kurzer Zeit gleich das zweite Mal.« Luke schob die Hände in die Hosentaschen wie ein trotziges Kind. Er war nicht zufrieden mit der Antwort. »Du kennst dich doch viel besser aus als ich. Du denkst doch sicher noch mehr. Möchte wissen, wer das Opfer ist.«

»Du wirst es früh genug erfahren.«

»Das lässt dich hier alles kalt, was? Lang gedienter Bulle, abgebrüht und lässig«, feixte Luke halbherzig.

»Du hast ja keine Ahnung.« Jeder andere hätte ihn mit diesem Spruch aufgebracht, einzig Luke durfte sich trauen, solche Sätze rauszuhauen. Ihm das zu verbieten, hätte ohnehin wenig genutzt. Milder fügte Jenkins hinzu: »Ich frage mich gerade, warum ausgerechnet die Kirche.«

»Oho, schau an. Wusste ich es doch. Gib's zu, dein Bullenhirn ist also doch noch nicht eingerostet und arbeitet schon auf Hochtouren. Ich seh's dir an. Wie gesagt, einmal Bulle, immer Bulle. Ist wie 'ne Sucht. Wie das Fischen. Du kommst einfach nicht davon los.«

Luke begleitete seine Analyse mit einem zufriedenen Nicken. Er war seit seiner Kindheit nahezu jeden Tag auf See. Als Spross einer alteingesessenen Fischerfamilie hatte er auch nie etwas anderes tun wollen. Seine Welt bestand aus Reusen, Netzen, dem Meer als zuverlässigem Garant seines bescheidenen Wohlstands und dem dauerhaften Beklagen der EU-Fangquoten. Und nicht zu vergessen dem freitäglichen Singen der Fischer spätabends im Pub.

Er griff das Getratsche der Schaulustigen auf. »Und wenn die Leiche eine Opfergabe ist? Religiöse Spinner gibt es hier in der Gegend jedenfalls genug. So'n Ritual bei Kerzenschein, Beschwörungen von irgendwas. So 'ne Art Teufelsaustreibung. Heilige Scheiße. Das wär's doch.« Luke berauschte sich an seinen eigenen Fantasien und sah wohl schon die fetten Schlagzeilen in den Boulevardblättern.

»Ich habe genug gesehen.« Jenkins hatte überlegt, den DI anzusprechen, den Gedanken aber wieder verworfen. Sie hatten am Tatort nichts zu suchen und auch mit Vics Fall nichts zu tun. Das hatte ihm der Detective Inspector bereits vor Tagen unmissverständlich zu verstehen gegeben, als er ihm kurz nach Abschluss der offiziellen Ermittlungen zufällig im Dorf begegnet war. Jenkins hatte ihn auf die Möglichkeit angesprochen, der Tod der jungen Frau könnte »gewaltsam herbeigeführt« worden sein.

DI Chris Marks hatte zwar mit hochgezogener Augenbraue auf die Formulierung reagiert, die deutlich nach Polizeijargon klang, war aber auf Jenkins' Versuch, mit ihm ins Gespräch zu kommen, nicht weiter eingegangen.

»Wir wissen doch noch gar nichts«, protestierte Luke. »Lass uns doch wenigstens so lange warten, bis sie die Tote raustragen.« Er klang so quengelig wie ein Kind vor einer Dose mit Süßigkeiten.

»Das kann noch Stunden dauern.«

»Wenn wir wissen, wer die Tote ist, wissen wir vielleicht auch, warum die Kirche der Tatort ist«, versuchte er seinen Freund zu locken.

»Das ist nicht gesagt. Außerdem ist doch gar nicht klar, ob die Kirche auch der Tatort ist.«

»Daran habe ich noch gar nicht gedacht.« Luke runzelte die Stirn. Ermittlungsarbeit war eine komplizierte Angelegenheit. »Der Täter ersticht sein Opfer anderswo und bringt es weg, um seine Spuren zu verwischen. Auch eine Möglichkeit, stimmt.«

»Lass uns gehen, Luke.« Jenkins legte ihm die Hand auf die Schulter. »Woher willst du überhaupt wissen, dass ein Messer die Tatwaffe ist?«

»Na ja, werden nicht die meisten erstochen?«

»Dass du mit deinen Messern perfekt umgehen kannst, wenn du Fische ausnimmst, heißt noch lange nicht, dass das auch für Mörder gilt. Ein Messer ist nicht immer die erste Wahl. Komm.«

Luke verzog das Gesicht zu einer säuerlichen Miene. »Haha, veräppeln kann ich mich allein.« Er fühlte sich in seiner Ehre gekränkt. »Ich meine ja nur. Wenn sie kein Blut finden, ist sie mit Sicherheit irgendwo anders umgebracht worden. Das würde deine Überlegung untermauern. Man müsste mal in der Umgebung nach Blutspuren suchen.«

»Du wirst nichts finden.« Wenn Luke recht hatte, wäre der eigentliche Tatort sicher längst wieder sauber und unauffällig, jedenfalls auf den ersten Blick. Der Mord konnte ohnehin überall geschehen sein. Ein Schuppen, ein

Badezimmer, selbst ein Fischerboot auf See käme infrage. »Nun komm endlich. Du wirst die Geschichte sicher in allen Zeitungen und in allen Einzelheiten lesen können.«

»Viel spannender wäre, wenn wir es hier direkt am Ort des Geschehens erfahren.« Luke zückte sein iPhone und machte ein paar Fotos. »Wann passiert hier schon mal so was? Kann mich nicht erinnern.«

Auf dem Weg zu Lukes Wagen kamen ihnen drei Polizeibeamte in Uniform entgegen. Und DI Marks.

»Schau einer an. Sie schon wieder. Wieder auf Mörderjagd?« Der Polizist gab sich keine Mühe, den sarkastischen Unterton in seiner Stimme zu kaschieren.

Simon wollte die vier schon wortlos passieren, aber der nächste Satz des Inspektors ließ ihn innehalten.

»Ich habe gehört, dass Sie ein ehemaliger Kollege sind. Interessant. Was macht ein Detective Sergeant der Londoner Metropolitan Police in dieser gottverlassenen Gegend?«

»Ich lebe hier.« Jenkins spürte einen leichten Druck im Nacken. Die arrogante Art des Polizisten missfiel ihm.

»Warum so einsilbig, mein Freund? Vor Tagen waren Sie doch noch ganz erpicht darauf, mir zu erzählen, dass der Tod von Miss Bowdery auch Mord sein könnte.« Er betonte das Wort *Mord* deutlich und schickte dem Satz ein überhebliches Schnauben hinterher. Er grinste seine Begleiter bedeutungsvoll an, die geflissentlich zurücklächelten.

»Kann aber doch sein«, versuchte Luke Simon beizustehen. Auch ihm war die überhebliche Art des Polizisten nicht entgangen.

Ohne ihn zu beachten, sprach Marks erneut Jenkins an. »Danke, Kollege«, er dehnte das Wort, »dass Sie uns über den Fundort informiert haben. Aber damit ist Ihr ehrenwertes Engagement auch in diesem Fall beendet. Kommen Sie ja nicht auf die Idee, meine Arbeit machen zu wollen. Darauf reagiere ich für gewöhnlich ziemlich ungehalten.« Er sah die Uniformierten beifallheischend an. »Ich hoffe, wir haben uns verstanden, Jenkins.« Er wandte sich an seine Begleiter. »Meine Herren …«

»Und was ist mit den beiden Deutschen?« Luke war wütend.

Marks drehte sich noch einmal um. »Das geht Sie zwar nichts an, Mr. …? Aber nur der Vollständigkeit halber und weil ich heute meinen guten Tag habe: Die Touristen sitzen noch in Helston und geben ihre Aussage zu Protokoll. Guter Mann, ist Ihre Neugierde damit befriedigt?«

Luke schwieg, aber Jenkins ahnte, dass er Mühe hatte, sich zu beherrschen. Mit einem knappen Nicken zog er ihn Richtung Auto.

»Dieses Arschloch. Der perfekte Kandidat zum Kielholen.« Luke ließ sich schwer in den Fahrersitz fallen.

Jenkins schwieg während der Rückfahrt. Die wenigen Sätze des DI hatten ihn getroffen, vor allem aber die selbstgefällige Art des Inspektors.

Je länger er über Marks nachdachte, desto mehr festigte sich sein Entschluss, der Sache auf eigene Faust auf den Grund zu gehen. Außerdem stand er bei Mary im Wort. Es roch ganz danach, dass es eine Verbindung zwischen den Fällen gab und die Kirche ein Teil davon war. Er würde sich zunächst im Umfeld des Freundeskreises umhören, der sich um den Erhalt von St. John kümmerte. Möglicherweise könnte auch Bowdery ein paar Informationen zu der neuen Situation beisteuern. Jenkins hatte bei seinem Besuch ohnehin den Eindruck gewonnen, dass Vics Großvater von der Polizei nicht sonderlich ausgiebig befragt worden war.

Victorias Tod erschien ihm angesichts der Toten in der Kirche in einem neuen Licht.

Er ließ sich am Pub absetzen. Das Lokal war voll. Selbst im Innenhof standen trotz der kühlen Witterung Gäste und unterhielten sich angeregt. Die Nachricht von einem Mord hielt das ganze Dorf in Atem, und das altehrwürdige Pub wurde seiner Aufgabe als Nachrichtenbörse einmal mehr gerecht.

Lukes Einladung auf ein Bier schlug Jenkins allerdings aus. Er musste seine Medizin einnehmen. Mit jedem Schritt wurden die Schmerzen stärker. Auf dem Asphalt klang das gleichmäßige Geräusch des Gehstocks wie das unerbittliche Vorrücken eines übergroßen Uhrzeigers.

XIV.

Mary Morgan saß an ihrem Schreibtisch. Sie liebte das B&B, und sie mochte die Arbeit im Laden, aber sie hasste Buchführung. Rechnungen, Lieferscheine, Bankbelege, handgeschriebene Zettel, sortiert und unsortiert: Sie hatte die lästige Arbeit wieder mal viel zu lange vor sich hergeschoben. Tante Margaret konnte froh sein, dass sie eingewilligt hatte, im Geschäft auszuhelfen. Mittlerweile investierte sie mehr Zeit, als sie ursprünglich vorgehabt hatte. Andererseits konnte sie das Geld gut gebrauchen. Es würde noch eine Zeit lang dauern, bis ihr B&B genug abwarf, um davon leben zu können.

Die ersten Wochen im Dorfladen hatte sie das Einkaufsverhalten der Touristen studiert. Als sie einschätzen konnte, nach was die Kunden verlangten und welcher Nippes als Ladenhüter zu verstauben drohte, hatte sie das Sortiment eigenmächtig umgestellt. Seither erholten sich die Zahlen, und der Laden warf sogar Gewinn ab.

Die Leute fragten vor allem nach Dingen, die aus der Umgebung kamen. Daher gab es für Hungrige Cornish Pasties, die Christine oben in Ruan Minor jeden Tag frisch in den Ofen schob. Außerdem hatte Mary nun mehr Eissorten im Angebot. Bücher von Daphne du Maurier hatte sie ebenso im Regal stehen wie Literatur von Heimatdichtern, zusammen mit Bildbänden über Cornwall sowie Land- und Wanderkarten. Die knallig kitschigen Leuchttürme, Fischkutter aus Plastik oder Schneekugeln mit Möwen hatte sie in eine Ecke ganz hinten im Laden verbannt.

Mary hielt inne und legte den Stapel Rechnungen zur Seite. Die Sorge um das Geschäft und das kauzige, oft genug egoistische Verhalten ihrer Tante waren es nicht allein, was sie ablenkte. Ihre Gedanken kreisten unablässig um Victoria.

Der Mord an der Unbekannten machte alles nur noch schlimmer. Den Abend hatte sie wie viele andere im Pub verbracht in der Hoffnung, Neues zu erfahren. Ohne Erfolg. Erst spät war sie aufgewühlt und müde zu Bett gegangen.

Die Polizei ließ nichts nach außen dringen. Stattdessen stellten die Ermittler Fragen und blieben höflich distanziert. Das hatte die Gerüchteküche geradezu überkochen lassen. Angeblich hatte ein Farmer am Nachmittag verdächtige Bewegungen auf dem Friedhof bemerkt, als er mit dem Traktor vorbeigefahren war. Vermummte Gestalten, die zwischen den Grabsteinen hin und her gehuscht seien. Allerdings handelte es sich bei dem Bauern um einen allseits bekannten Spaßvogel und Gelegenheitstrinker, den auch unter anderen Umständen niemand sonderlich ernst nahm. Aus Mangel an Alternativen wurde seine Version zumindest vorübergehend als Augenzeugenbericht heiß gehandelt. Hinzu kam, wie einige zu wissen glaubten, dass angeblich seit geraumer Zeit in der Gegend eine Art Sekte aktiv war und besonders Kirchen wie St. John für ihre Zusammenkünfte nutzte. Allein bei dem schauerlichen Gedanken an solch okkultes Treiben waren im Pub neue Runden geordert worden. Bei einem Pint oder Glas Whisky ließen sich diese Dinge doch gleich besser diskutieren.

Eine zweite Version wurde ebenfalls in allen denkbaren Details ausgewalzt. Einige wollten nämlich nicht ausschließen, dass der Mord auf das Konto von Tätern ging, die als Touristen getarnt unterwegs waren. In letzter Zeit seien vor allem immer wieder Deutsche aufgefallen. Diese Variante wurde heftig diskutiert, und Mary hatte bemerkt, dass die These besonders von den Brexit-Befürwortern favorisiert wurde.

Menschen konnten sehr dumm und verführbar sein. Mary seufzte und schob die Papiere zusammen. Hatte heute doch keinen Zweck mehr. Ein Tee würde ihr jetzt guttun.

Sie hatte Simon Jenkins im Pub vermisst. Er hätte auf seine ruhige Art für mehr Übersicht und Klarheit gesorgt. Luke hatte ihr von der Begegnung mit DI Marks erzählt, der in Helston ein Lagezentrum eingerichtet hatte, und wie der Inspektor mit seinem Freund umgesprungen war.

Mary schob ein paar Fachzeitschriften über Möbelepochen achtlos zur Seite und machte es sich auf ihrem Sofa bequem. Hoffentlich hatten Jenkins' Ermittlungen Erfolg. Sie war schon ein paarmal kurz davor gewesen, ihn aufzusuchen, um nachzufragen, hatte es dann aber doch nicht getan. Sie wollte nicht aufdringlich erscheinen. Oder schlimmer noch: als hysterisch gelten. Er würde sie sofort informieren, wenn es etwas Neues gab. Und dennoch konnte sie ihre Ungeduld kaum bändigen.

Victoria. Bei dem Gedanken an ihre tote Freundin kamen ihr die Tränen. Das dümmste und gemeinste Gerücht, das sie im Dorf tratschten, war, dass Victoria einmal für ein paar Wochen aus Cadgwith weg gewesen war, um in einer Klinik irgendwo in Devon ihr Kind wegmachen zu lassen. Victoria und schwanger? Was wollten die Menschen ihr noch alles anhängen? Ihr fiel eine typische Szene ein, damals, als sie allesamt noch in der Pubertät gewesen waren. Die Jungs hatten Victoria herumgeschubst und sie eine hohle Nuss geschimpft, waren ihr im Dorf mit obszönen Gesten begegnet. Danach hatte sich eine Traurigkeit auf ihr Gesicht gelegt, die nie mehr ganz verschwunden war.

Simon *musste* den wahren Grund für ihren Tod herausfinden. Dann würde hoffentlich endlich Ruhe sein, im Dorf und in ihrer Seele. Sie hatte Tante Margaret von diesen Gedanken erzählt, aber die hatte nicht einmal zugehört. Als ob Vic nie existiert hätte.

Mary trank von ihrem Tee und stellte den Becher auf dem Boden ab.

Unversehens hatte sie Jenkins' Gesicht vor Augen. Die dichten Wimpern, die dunkelbraunen Augen, seine angenehme dunkle Stimme, die offene Art, die für einen Mann ungewohnt feingliedrigen Hände, zumal für ein Mitglied einer Spezialeinheit der Polizei, brachten eine Saite in ihr zum Klingen, von der sie gar nichts gewusst hatte.

Sie musste lächeln. »Sei kein Backfisch und sieh zu, dass du die Steuer endlich fertig bekommst«, sagte sie halblaut und dachte einen Augenblick lang daran, doch noch die Belege für die Steuererklärung zu sortieren.

Aber sie vertrieb den Gedanken entschieden und stand auf, um ein Glas aus dem Schrank zu nehmen und eine Flasche Rotwein zu öffnen. Sie zündete ein paar Kerzen an und legte eine CD mit einem Klavierkonzert in ihren Player. Warum sollte sie es sich zur Abwechslung nicht einmal gut gehen lassen? Das ungemütliche Herbstwetter verlangte geradezu danach.

Am nächsten Morgen stand sie bereits früh im Laden und war trotz des nasskalten Wetters guter Laune. Sie hatte am Abend noch lange Musik gehört und dann tief und fest geschlafen.

Sie sah auf die Uhr. Christine hatte vor ein paar Tagen angekündigt, dass sie an diesem Morgen eher liefern würde als üblich. Sie müsse mit ihrer Mutter nach Helford zu einer Beerdigung.

Bis Christine mit ihren Cornish Pasties anrückte, wollte Mary endlich den Raum hinter dem Laden aufräumen, der über den Sommer immer mehr einer Rumpelkammer als einem Lager glich. Allerdings war bisher keine Zeit gewesen, gründlich klar Schiff zu machen. Zu viele Kunden und zu viele B&B-Gäste.

Sie war froh, dass die Pension gleich von Beginn an gut gelaufen war. Vor allem die deutschen Gäste liebten den Mix aus altem Cottage und moderner Einrichtung. Mary konnte sich natürlich keinen ihrer geliebten Expressionisten leisten, aber sie hatte über das Internet zwei Künstlerinnen kennengelernt, die Zitate aus dieser Epoche in ihren Arbeiten aufgriffen. Und die passten perfekt in die Zimmer.

Außerdem honorierten die Urlauber, dass sie sich in ihrer Muttersprache verständlich machen konnten. Durch ihre Zeit in Köln war ihr Deutsch einigermaßen passabel. Vor allem genossen die Gäste jedoch die grandiose Aussicht. Wenn das Wetter es zuließ, servierte Mary ihnen das Frühstück im schmalen Vorgarten. Der dicht bewachsene Küstenpfad führte unmittelbar davor vorbei, und die Gäste hatten den Eindruck, direkt auf den Klippen am Abgrund zu sitzen.

Den exklusiven Blick über Cadgwith und die sich in der Ferne verlierende See ließen sich die Touristen einiges kosten. Mary hatte bei der Kalkulation ihrer Preise den Ausblick großzügig mit einberechnet. Entweder war den Gästen der Blick die Summe wert, oder sie brauchte sich gar nicht erst die Mühe zu machen, eine Pension zu führen.

Als sie damit beschäftigt war, Kartons beiseitezuwuchten und Überflüssiges für den Container auszusortieren, das sie bei nächster Gelegenheit zur Müllkippe bringen wollte, hörte sie die Ladenglocke. Christine!

»Komme sofort«, rief sie durch die angelehnte Tür und balancierte einen Karton alter Prospekte durch das Chaos zur Hintertür. »Wenn du es bist, stell die Pasties einfach auf die Theke, Christine.«

Sie stellte das Altpapier draußen ab und eilte zurück.

»So, da bin ich scho…« Mary blieb abrupt stehen, als sei sie vor eine unsichtbare Wand gelaufen.

Vor ihr stand nicht Christine.

»Hallo, Mary.«

Mary Morgan starrte fassungslos auf den üppigen Strauß Herbstblumen, den er ihr lächelnd entgegenhielt.

»Wir haben uns lange nicht gesehen. Und ich dachte … weil du so überraschend abreisen musstest damals, dass …« Er blickte sich suchend um. »Am besten besorgst du erst einmal eine Vase. Wäre schade um die schönen Blumen.«

Marys Nackenmuskeln spannten sich, auf ihren Armen erschien Gänsehaut. Sie hätte mit allem gerechnet, nur nicht damit. Ihr wurde gleichzeitig heiß und kalt.

»Du freust dich. Ich seh's dir an. Schön. Sehr schön.« Er legte den Strauß achtlos auf die Theke und machte Anstalten, sie zu umarmen.

Mary wich einen Schritt zurück.

»Kommt ein bisschen plötzlich. Ich verstehe.« Sein verständnisvoller Blick wirkte dennoch angestrengt. Er trat zur Seite, nahm die Blumen wieder an sich und roch an den Blüten. Dann hielt er ihr den Strauß hin. »Sicher, du musst die Überraschung erst verdauen. Klar. Aber du weißt schon noch, wer ich bin, gell?«

»Michael.« Ihre Stimme rieb schmerzhaft über scharfes Schleifpapier.

»Siehst du.« Er breitete gönnerhaft die Arme aus, als habe er ein Kind vor sich. »Sag jetzt bitte nicht, du hast deinen Michael nicht doll vermisst.« Er strahlte wieder.

»Wie hast du mich …«

»Gefunden? Na, hör mal. Ich werde doch wohl noch wissen, wo meine kleine Mary geboren ist. Außerdem habe ich mich in den vergangenen Tagen ein wenig umgehört. Der Rest war ein Kinderspiel. Kennst mich doch.« Er nahm den Kopf ein Stück zurück und zwinkerte ihr verschwörerisch zu.

»Du … du bist schon länger hier?« Marys Blick flog zur Tür, dann zum Fenster. Die Dorfstraße war leer.

»Ich habe mir extra ein paar Tage freigenommen, um dich zu besuchen, meine liebe Mary. Wirklich ein schöner Ort, dein Cadgwith. Warum waren wir eigentlich nicht schon früher zusammen hier?«

Sein Strahlen ließ nicht erkennen, ob ihn Marys Verhalten irritierte. Er hielt ihr erneut die Blumen entgegen. Die Geste hatte etwas Linkisches.

»Was ist? Willst du mich nicht endlich begrüßen, wie es sich gehört?«

»Michael.«

»Du bist ja völlig aus dem Häuschen.« Er lächelte entzückt.

»Bitte.«

»Bitte was?« Sein freundlicher Tonfall hatte sich kaum merklich verschärft.

»Was willst du?« Das Schleifpapier unter ihren Stimmbändern war noch da.

»Wir waren viel zu lange getrennt, findest du nicht auch?« Er trat einen Schritt vor und drückte ihr die Blumen gegen die Brust. »Aber das ist jetzt nicht mehr wichtig. Was zählt, ist, dass ich endlich angekommen bin. Bei dir. Und in deinem Dorf.« Er sah sich um. »Das ist wirklich dein Laden?« Er drehte am Ständer mit den Ansichtskarten und ließ die Finger über die Motive gleiten. »Keine Kunstgeschichte mehr?«

»Michael, bitte.« Sie legte die Blumen neben sich. Warme Herbstfarben, aber die Blüten verströmten einen Duft, der überraschend welk roch. Die Luft im Laden wurde mit einem Mal stickig.

»Na ja, ist ja wirklich auch nix in so einem Kaff mit Expressionismus und der ganzen anderen Kunst. Ich tippe auf naive Malerei, mehr bringen die Hobby- und Freizeitkünstler nicht zustande.«

»Was willst du?« Mary war unwillkürlich einen weiteren Schritt zurückgewichen. Auf der Dorfstraße war immer noch niemand zu sehen. Sie spürte eine leichte Panik in sich aufsteigen. Ein Phantom … Michael musste ein Phantom sein, eine Einbildung ihrer angeschlagenen psychischen Verfassung.

»Na, Urlaub machen – und zwar in deiner Nähe.« Michael gab dem Ständer Schwung. »Mit dir reden, lachen, essen.« Er machte eine Pause. »Und dich zurückholen. Du gehörst nämlich nicht hierher.« Sein Lächeln war zu einem Grinsen erstarrt.

Mary schüttelte den Kopf, als könnte sie damit die Szene, die sich vor ihr abspielte, einfach löschen. Das konnte nicht sein, was sie gerade gehört hatte. Sie hatte Mühe zu sprechen. »Du weißt, dass das nicht passieren wird. Es ist vorbei. Längst vorbei.«

»Wir haben nicht ›gesprochen‹. Du hast mich vor vollendete Tatsachen gestellt. Du hast mich stehen lassen wie einen dummen Jungen, Mary Morgan. Das hättest du nicht tun sollen.« Er hob die Hand, um ihr über die Wange zu streichen.

Sie wich erschrocken zurück. »Bitte geh.«

»Das habe ich nicht verdient. Wir waren ein Paar, und wir waren glücklich. Du bist so hübsch, Mary. Weißt du das?«

Wo blieb Christine nur mit den Pasties? Mary hatte das Gefühl, dass der Laden auf die wenigen Zentimeter zusammengeschrumpft war, die zwischen ihnen lagen. Er wurde mit jedem weiteren Atemzug kleiner. Die Enge drohte sie zu ersticken. Sie zwang sich, flach zu atmen.

»Du hast sicher noch ein Zimmer frei. Ich würde mich gerne für ein paar Tage in deinem B&B einmieten. Ich zahle natürlich für die Übernachtungen.« Er deutete auf die Blumen. »Und sie brauchen endlich eine Vase.«

Sie wunderte sich, aber statt laut zu schreien, schaffte sie es, geschäftsmäßig zu reagieren. »Ich bin ausgebucht.«

»Schade. Der Blick aus deinen Zimmern auf die Bucht muss großartig sein.«

»Woher ...?«

»Ich wusste gleich, dass du das schönste Haus im Dorf hast.« Er nickte. »Kein Wunder, dass du so begehrt bist.« Er betonte das *du.* »Dann schaue ich mich eben anderweitig um. Werde schon noch was finden. Jetzt im Herbst ist ja keine Hochsaison mehr.« Er wandte sich ab, drehte sich dann aber noch einmal zu ihr um. »Heute Abend im Pub? Ich lade dich zum Essen ein. Soll ja ganz gut sein da.«

Ihre Stimme hatte kaum noch Kraft. »Du solltest nicht bleiben.«

»Ach, ich denke doch. Ein paar Tage werden mir guttun. Die frische Luft, das Meer. Ich habe die See noch nie so faszinierend empfunden wie hier. Das Meer hat direkt etwas Magisches. Ich spüre schon die Veränderung.« Er hob den Kopf. »Du magst doch Fisch?« Er tippte sich an die Stirn. »Wie dumm von mir. Du bist doch hier aufgewachsen. Fisch ist doch euer Grundnahrungsmittel. Und immer frisch. Sagen wir, um sieben?«

Nachdem er gegangen war, klammerte sich Mary an die Theke wie eine Ertrinkende an den Rumpf eines umgekippten Bootes. Der Raum verschwamm vor ihren Augen, ihr Atem ging stoßweise. Niemals würde sie sich mit ihm im Pub treffen.

Niemals.

Michael war zurück in ihrem Leben.

Sie hatte sich also getäuscht. Es war noch nicht vorbei. In den vergangenen Monaten hatte sie so gut wie gar nicht mehr an ihn gedacht. Sie hatte Köln vermisst, ihre Arbeit und die Besuche in den Museen, aber keine Sekunde hatte sie mehr an Michael gedacht. Sie hatte in dem Moment mit diesem Kapitel ihres Lebens abgeschlossen, als die Tür ihrer gemeinsamen Wohnung hinter ihr ins Schloss gefallen war.

Die erste Zeit in Cadgwith hatte sie zum Glück anderes zu tun gehabt, als an ihre gescheiterte Beziehung zu denken. Gott sei Dank. Sie war einfach nur froh gewesen, den Schritt aus diesem Albtraum heraus getan zu haben. Sie hatte sich in Köln zum Schluss wie das Opfer einer permanenten Bespitzelung gefühlt.

Dabei hatte sie Michael einmal geliebt.

Das war das schlimmste Gefühl gewesen: von einem Menschen kontrolliert und unterdrückt zu werden, der vorgegeben hatte, sie ein Leben lang beschützen zu wollen.

Die Rückkehr in die Enge ihres Dorfes war ihr dagegen wie ein Akt der Befreiung vorgekommen. Ein fast absurdes Gefühl. Aber sie hatte es genossen, wie die verlorene Tochter aufgenommen zu werden, hatte die Gespräche auf der Straße, im Laden, mit den Nachbarn in sich aufgesogen wie eine lange entbehrte Köstlichkeit. Sie hatte sich nach einem langen Zeitraum, der sich zum Schluss aussichtslos, kalt, düster und bedrohlich angefühlt hatte, zum ersten Mal wieder lebendig und zu Hause gefühlt.

Und nun das.

Dabei hätte sie es besser wissen müssen. Michael würde nicht so schnell aufgeben. Sie hatte ihm mit ihrer Flucht seinen »wertvollsten Besitz« weggenommen, so hatte er es einmal in einem seiner dunklen Momente und mit leiser Stimme ausgedrückt. Dass er das nicht akzeptieren würde, hätte ihr klar sein müssen. In ihrem Inneren hatte sie es sicher gewusst, aber damals hatte sie nur die offene Tür gesehen und war gerannt.

Was konnte sie tun? Michael würde sich nicht so ohne Weiteres wegschicken lassen. Jemanden um Rat fragen? Tante Margaret würde sie nicht verstehen. Ihr Umzug nach Deutschland war ihr damals vorgekommen wie Verrat an ihrer Schwester und ihrem Schwager. Außerdem war sie ohnehin der Ansicht, dass Mary längst verheiratet sein und Kinder haben sollte.

Sie musste an Simon denken. Nein. Er würde von ihr annehmen, dass sie mit ihrem Leben nicht zurande kam. Erst ihre Sturheit, was Victoria anging, und dann auch noch die Angst vor ihrem ehemaligen Partner. Nein, auf keinen Fall würde sie ihn um Hilfe bitten. Und was konnte er ihr schon raten? Standhaft zu bleiben? Das wusste sie auch so. Sie konnte ihn wohl kaum darum bitten, mit Michael zu sprechen. Sie würde ihm zu viel aus ihrer Vergangenheit erzählen müssen, und ihr Ex-Freund würde sich ohnehin nichts von Simon sagen lassen.

Mary rieb sich mit den Händen durchs Gesicht. Sie musste einen klaren Kopf bekommen und nachdenken. Ruhe bewahren. Mal ernsthaft gedacht: Was war denn schon großartig geschehen? Ihr Ex war aus Köln hergekommen, um ihr zu sagen, dass er sie noch immer liebte. Nicht mehr und nicht weniger.

Sie würde mit Michael reden. Sie *musste* mit ihm sprechen. Ja. Ihm ein allerletztes Mal erklären, warum es zwischen ihnen nicht funktionieren konnte. Das würde er mit dem zeitlichen Abstand begreifen. Ein schweres Stück Arbeit, aber machbar.

Vielleicht war es also gar keine so schlechte Idee, wenn sie sein Angebot annahm und für eine allerletzte Aussprache nutzte. Ihm klarmachen, dass Cadgwith ihre wahre Heimat war. Dass sie mit Freude ihre Arbeit als Kunsthistorikerin und Restauratorin gegen den Laden und das B&B eingetauscht hatte. Und dass in ihrem Leben kein Platz mehr für ihn war. Ja, sie würde mit ihm reden. Aber nicht heute …

Mary ging zum Fenster und sah hinaus. Die Dorfstraße lag immer noch wie ausgestorben da. Nur eine junge Möwe trippelte suchend über den Asphalt. Im Laden gegenüber sortierte Paula McMinn Fischkonserven in ein Regal.

XV.

Gegen Abend stand sie am Ende eines kurzen Spaziergangs auf der Höhe des alten Ausgucks und warf einen Blick über die Bucht. Die Ereignisse des Tages hatten sie verstört, verängstigt und mutlos gemacht. Sie fühlte sich ausgelaugt und müde. Christine hatte die Pasties erst spät gebracht und sich wortreich entschuldigt.

Mary hatte nach Michaels Abgang nicht mehr viel zustande gebracht. Das Aufräumen hatte sie schon bald lustlos abgebrochen, und die Gespräche mit den wenigen Kunden, die nur Kleinigkeiten gekauft hatten, waren nicht dazu geeignet gewesen, sie abzulenken.

Ihr war kalt. Der Himmel wurde von Westen her stetig dunkler. Der frühe Abendschimmer, den sie so sehr liebte, hielt die Felsen, die Möwen und die See in seinem Bann –

als breite sich ein Tuch über die Landschaft. Es war still, die Dünung von hier oben kaum zu hören. Ein Vogelschwarm zog über den Himmel, und in den Cottages am Hafen und den Häusern weiter oben an der Talflanke flackerten Lichter auf.

Wie friedlich.

Sie schlang die Arme um den Oberkörper. Zum ersten Mal an diesem Tag hatte sie das Gefühl, dass Michael nach wie vor weit war weg. Als habe es ihn nie gegeben, als sei die unheilvolle Begegnung im Laden eine Sinnestäuschung gewesen.

Aber tief in sich drin wusste sie es besser.

Die See lag unter ihr wie glatt gespanntes Silberpapier.

Wie trügerisch.

Schon bald würde sie fauchend und tosend an die Felsen schlagen, an den scharfkantigen Klippen zerfetzen, haushohe Brecher bis hinein ins Dorf und an die Mauern der Häuser peitschen und dabei eine Kraft entfesseln, die die Fischer um ihre Boote bangen ließ. Sie würden sie dann ganz hinauf bis auf die Dorfstraße ziehen.

Die See war wie das Leben: rein und zugleich unerbittlich. Nein, das Meer *war* das Leben, Marys Leben und das aller hier an der Küste Cornwalls. Und der Tod. Davon hatte ihr Vater oft erzählt, als sie noch ein Mädchen gewesen war.

Mary wandte sich ab und ging den schmalen Pfad zurück zu ihrem Cottage. Sie sah zum Dach hinauf und rieb sich über die Arme. Das Reet würde in spätestens fünf Jahren erneuert werden müssen. Sie konnte nur hoffen, dass sie bis dahin das Geld dafür beisammenhatte.

Sie musste an Terry Bennetts hämischen Blick denken, als er kurz nach Eröffnung des B&B eines Nachmittags unangemeldet vor ihrer Tür gestanden und ihr ohne große Umschweife ein Angebot für das Cottage gemacht hatte. Nicht ohne, ganz besorgter Nachbar, auf das höchst marode Dach hinzuweisen.

Er würde ihr dennoch ein großzügiges Angebot machen, das sie sicher sehr freuen würde, hatte er mit einem feisten Grinsen erklärt. Dabei wäre sein vielsagender Blick beinahe im Ausschnitt ihres T-Shirts verschwunden. Sie hatte so getan, als bemerke sie es nicht, und Bennetts Angebot höflich, aber bestimmt abgelehnt. *Macht nichts*, hatte er beinahe fröhlich erklärt. Sie solle erst einmal in Ruhe nachdenken, er würde auf jeden Fall wiederkommen. Sie würde sein Angebot am Ende sicher nicht ablehnen können.

Später hatte sie von ihrer Tante erfahren, dass die Bennetts aus Manchester hergezogen waren, dass Terry Bennett Haus um Haus in Cadgwith kaufen wollte und dabei mit Geld förmlich um sich warf.

Mary zog die Schultern hoch. In ihren Gästezimmern brannte kein Licht. Gut. Sie hatte nach diesem Tag keine Lust mehr auf Gespräche über die Sehenswürdigkeiten der Gegend oder das Wetter. In der Küche zog sie den Pullover aus und setzte Teewasser auf.

Später saß sie in ihrem Ohrensessel und blätterte in einem Bildband mit Arbeiten von Emil Nolde. Seine kräftigen und farbenfrohen Bilder hatten so viel gemeinsam mit der üppigen Landschaft, in der sie aufgewachsen war.

Vor allem die Blumenbilder und der »Glühende Abendhimmel« hatten es ihr angetan, dieser 1945 entstandene Farbenrausch, in dem Rot und Orange dominierten. Mary war sicher, dass die Verbindung zwischen Noldes Bildern und ihrer Welt das Meer mit seinen wechselnden Licht- und Farbstimmungen war. Der ewige Quell und die ewige Vergänglichkeit.

In den Bildern des Deutschen steckte Philosophie. Aus der überbordenden Pracht wuchs zugleich die kommende Fäulnis. Eines Tages würde sie noch einmal nach Norddeutschland reisen, um Noldes Werk wieder nahe zu sein.

Dann, wenn Michael endgültig Vergangenheit war und sie ihr B&B für ein paar Tage allein lassen konnte. Vor allem aber, wenn Vics Tod endlich geklärt und wieder Frieden in Cadgwith eingekehrt war. An die unbekannte Tote in der Kirche St. John dachte sie in diesem Augenblick nicht.

Nach einer traumlosen Nacht hatte Mary am Morgen länger als üblich gebraucht, um das Frühstücksgeschirr abzuräumen und die Rechnungen auszustellen. Anschließend hatte sie die Betten abgezogen und die Decken zum Lüften in die offenen Fenster gelegt.

Nun saß sie auf der verwitterten Bank vorm Haus. Sie würde den Laden erst am Nachmittag öffnen. Jetzt um diese Uhrzeit kam sowieso niemand.

Mary legte den Kopf zurück und genoss das helle Licht des späten Vormittags. Sie spürte die Wärme auf der Haut und wie sie immer wieder von einem sanften Luftzug vertrieben wurde. Sie liebte diese Jahreszeit, in der die Natur noch unschlüssig war, wann die ungemütliche Zeit aus Sturm, Nebel und Kälte beginnen sollte.

Im Augenblick erwartete sie keine neuen Gäste. Die beste Zeit also, die vielen Kleinigkeiten zu regeln, die während der Saison liegen geblieben waren. Dennoch blieb sie noch eine Weile vor dem Cottage sitzen. Der Alltag konnte warten.

Sie war mehr als zufrieden. Über Wochen war das B&B nahezu durchgehend ausgebucht gewesen. Es war ein schönes Gefühl, die richtige Entscheidung getroffen zu haben – und durch die meist herzlichen Begegnungen mit den Gästen nicht ganz von der Welt da draußen abgeschnitten zu sein.

In diesem Moment fühlte Mary sich eins mit der Welt und der Natur. Um keinen Preis würde sie diesen Platz hergeben. Hier gehörte sie hin. So fühlte sich Glück an. Sie atmete tief ein.

»Langeweile?«

Mary fuhr auf.

»Habe ich dich erschreckt?«

»Was willst du?«

»So abweisend?« Michael warf einen fragenden Blick auf den Platz neben ihr.

Mary ignorierte ihn. »Was willst du noch?«

»Ich bin in Helston untergekommen und habe gedacht, ich könnte heute mal ein Stück die Küste entlang wandern. Wirklich fantastisch. Die Felsen, die Möwen, das Meer. Gerade früh am Vormittag, wenn die Sonne sich erst langsam zeigt.« Er beschrieb mit der Hand einen weiten Bogen über die Bucht. »Egal von welcher Seite du kommst, Cadgwith ist immer großartig.« Er nahm seinen kleinen Rucksack ab, den er lässig über einer Schulter hängen hatte. »Von Coverack bis hier ist es aber doch ganz schön weit. Bin schon ein paar Stunden unterwegs. Darf ich? Nur kurz?«

Er setzte sich, ohne ihre Antwort abzuwarten.

Als hätte sie zu lange neben einem heißen Ofen gesessen, rückte sie von ihm ab. »Sag, was du willst, und lass mich dann bitte in Ruhe. Endgültig.« Hätte sie doch nur schon mit ihm geredet, dann wäre ihr das hier erspart geblieben. Nun hatte ihr sein plötzliches Auftauchen allen Mut genommen. Sie fühlte sich überrumpelt und hilflos.

Ein Fischerboot näherte sich mit hoher Geschwindigkeit der Bucht und glitt ein Stück den Strand hinauf, bis es abrupt stecken blieb. Ungewöhnlich für diese Uhrzeit. Sofort machten sich von den Felsen aus ein paar Möwen auf den Weg, in der Hoffnung auf Beute. Von hier oben aus wirkte die Szene tatsächlich wie aus einem Puppenspiel.

Ihre Gedanken flogen wild durcheinander. Sie musste Zeit gewinnen und neue Kraft schöpfen. Es musste etwas geschehen.

Mary versuchte Michael zu ignorieren und schaute zu, wie der Fischer aus der Kajüte kletterte und vom Boot sprang, um die Trosse zu holen, mit der er das Boot weiter hochziehen konnte. Sie bemerkte Simon Jenkins, dessen Gestalt sich aus dem Schatten des alten Bootshauses gelöst hatte. Sie wusste von Luke, dass er dem täglichen Schauspiel gerne zusah und ab und zu Skizzen anfertigte, die er dann in seinem Atelier weiter ausarbeitete.

»Dein neuer Freund?«

»Was?« Mary verstand nicht. Die Bemerkung war wie ein Schlag in die Magengrube.

»Na, dieser Krüppel.« Michael wies auf Jenkins, der mit dem Fischer sprach und dabei mit seinem Gehstock auf das Boot zeigte.

Mary war irritiert und wütend zugleich. Simon war kein Krüppel. Er brauchte zum Gehen einen Stock, das war alles. Und außerdem …

»Du wirst ja rot.« Michael lachte meckernd.

»Du hast sie ja nicht mehr alle!« Sie atmete heftig. Mehr brachte sie nicht hervor. Er sollte endlich verschwinden!

»Du bist wirklich süß.« Er kramte in seinem Rucksack. »Ich habe Durst. Hast du einen Tee für mich?«

Mary spürte die plötzliche Hitze auf ihren Wangen. Mit einem Mal war die Angst wieder da, die in ihr keimte, seit er im Laden aufgetaucht war.

Ruhe bewahren, die Gedanken neu aufstellen. »Simon Jenkins ist ein Künstler, der manchmal seine Post im Laden abholt.« Es klang wie eine Rechtfertigung. »Was soll das überhaupt?«

»So, so. Nur ein Kunde, ja?« Michael sah wie gelangweilt über die Bucht, und doch klang seine Stimme messerscharf.

»Besser, du gehst jetzt.« Dieser eine klare Satz brachte sie an den Rand der Erschöpfung.

»Ein Künstler, ja? Du scheinst dich jedenfalls sehr für seine Kunst zu interessieren.« Er zog seine Wanderjacke aus. »Du könntest ruhig ein wenig netter zu mir sein.« Er streckte die Beine aus und hielt das Gesicht in die Sonne. »Tut das gut. Es gibt übrigens deutlich angenehmere Zeitgenossen hier als dich.« Er lächelte sie von der Seite an, als wollte er sie necken. »Ich habe vor ein paar Tagen eine wirklich hübsche und kultivierte Frau getroffen. In einem Pub in Mullion. Sie hat in Lizard einen kleinen Laden und handelt mit Antiquitäten.«

»Ja und?« Sie sammelte sich und tat uninteressiert. Er musste nicht wissen, dass sie Barbara kannte.

»Wir sind sogar ins Housel Bay Hotel zum Cream Tea gegangen.«

Michael schien sie allen Ernstes eifersüchtig machen zu wollen. Schwacher Versuch. Sie überging die Bemerkung einfach, schloss die Augen und lehnte den Kopf zurück.

»In der Sonne ist es noch ganz schön warm, findest du nicht?«

»Geh bitte.« Mary atmete mit einem Mal heftig. Seine körperliche Nähe schnürte ihr die Luft ab. »Los, verschwinde endlich.« In ihr loderte Widerstand auf.

»Oh, oh, oh. Wie ungastlich. Das ist nicht die Mary, die ich kenne. Weißt du noch? Unsere Nächte in Köln?«

»Geh.« Ihre Stimme war jetzt nur noch ein Flüstern. Das Paradies, in dem sie sich gerade noch befunden hatte, wurde mit jedem Atemzug grauer und schmutziger.

»Und nun also dieser Krüppel. Ihr scheint euch tatsächlich zu mögen.«

Erst verstand sie nicht, dann aber traf sie die Erkenntnis mit umso größerer Wucht. »Du beobachtest mich!«

Er nahm ein Fernglas aus seinem Rucksack und hielt es hoch wie eine Trophäe.

»Tolle Erfindung. Damit kann man ganz nahe an Menschen heranrücken, ohne dass man sich großartig bewegen muss. Ich habe euch im Dorf und auf den Klippen gesehen. Willst du mal? Die Schärfeeinstellung haut dich um. Es gibt derzeit nichts Besseres. Armeequalität. Hightech. Made in Britain. In manchem Konflikt bestens bewährt. Hier.«

Mary stieß seine Hand zurück. »Verschwinde aus meinem Leben, hörst du?«

»Was bist du nur so abweisend? Ich glaube, seitdem du aus Köln weg bist, ist dir das Leben nicht bekommen.« Er lachte auf und hob das Fernglas an die Augen. »Schau dir diesen Krüppel an. Was hat er nur mit dem Fischer zu bequatschen?« Er setzte das Fernglas kurz ab. »Yep. Jedes Fältchen. Willst du nicht doch mal? Na ja.« Er hob das Glas erneut an die Augen, während er weitersprach. »Da gibt's noch diesen Luke. Komischer Kauz, findest du nicht?«

»Du spionierst mir tatsächlich nach.« Mary sprang auf. Sie fühlte sich ebenso grau und farblos wie die Natur rings um sie herum. Seit Michael aufgetaucht war, drohte Asche ihr Leben zu ersticken.

»Spionieren? Welch böses Wort. Ich nehme nur Anteil an deinem Leben. Ich will dich verstehen, damit ich wieder für dich da sein kann. Das ist alles.« Er nahm das Fernglas herunter. »Du gehörst hier nicht her, Mary, versteh das doch. Nicht zu diesen einfältigen Fischern, nicht als Putzfrau in dieses B&B, schon gar nicht in diesen lächerlichen Laden. Du gehörst zu mir, Mary.« Er schaute zu ihr auf und lächelte sie an. Nach einer gefühlten Ewigkeit hob er die Hände. »Ich gehe. Für diesmal. Denk darüber nach, was ich dir gesagt habe. Du wirst erkennen, dass ich recht habe.« Er stand auf, verstaute das Fernglas und nahm den Rucksack auf. »Wir sehen uns wieder, und dann sprechen wir noch einmal, okay?«

Wie ein verdorrter Busch stand Mary neben ihrer Bank und sah Michael hinterher, der selbstgefällig den Weg zur Dorfstraße hinuntertrottete. Ihre Augen füllten sich mit Tränen.

Schließlich gab sie sich einen Ruck und ging ins Haus. Die Arbeit würde sie ablenken. Sorgsam schloss sie die Tür hinter sich und lehnte sich im kühlen Flur an die Wand. Hörte dieser Albtraum denn nie auf?

Den Tag erlebte sie wie durch einen Schleier. In der Nacht wachte sie mehrmals auf und war jedes Mal in Schweiß gebadet. Sie hatte stets den gleichen Traum gehabt. Dass eine harte Faust sie unter Wasser zu ziehen versuchte und es ihr nach verzweifeltem Kampf nur mit äußerster Willenskraft gelang, an die rettende Oberfläche zu schwimmen.

XVI.

Jenkins legte missmutig den Pinsel zur Seite und ging hinüber in den schmalen Flur. Er wollte nicht bei der Arbeit gestört werden. Schon der Morgen hatte nicht so begonnen, wie er es gehofft hatte. Die Heizung wollte nicht anspringen, und er musste in der kalten Küche frühstücken. Außerdem hatte er vergessen, Toastbrot und Marmelade zu kaufen, und die Dose für die Teebeutel war leer.

In der Nacht hatte er kaum ein Auge zugetan. In den kurzen Schlafphasen hatte er immer wieder von Moira geträumt. Wenn er ihr Gesicht berühren wollte, ihre

Augen, ihr Haar und ihre lächelnden Lippen, wachte er jedes Mal auf und fasste ins Nichts.

Er hatte sich förmlich an die Staffelei quälen müssen, und dann war er so sehr in die Arbeit versunken, dass er das Geräusch zunächst nur im Unterbewusstsein wahrgenommen hatte. Dann wurde das Klopfen jedoch lauter. Zögernd öffnete er die Tür und blickte auf eine Wand aus Pappe.

»Für Sie.« Die Stimme hinter dem Karton klang dumpf und etwas angestrengt.

»Ah, die neuen Farben. Sehr schön. Hätten aber warten können, bis ich in den Laden komme. Ist doch viel zu schwer. Um ehrlich zu sein, habe ich schon längst bei Ihnen vorbeischauen wollen.«

Wie erfreulich! Mary Morgan. Wie sich die Bilder doch glichen. Erst vor wenigen Tagen hatte sie das erste Mal vor seiner Tür gestanden, auch damals mit einem Paket. Sie schien sich zu seinem persönlichen Postboten zu entwickeln.

»Haben Sie es schon gehört?« Sie schob ihm den Karton ohne Umschweife in die Arme, trat einen Schritt zurück und wischte sich die Hände an der Jeans ab. »Es ist Barbara. Barbara Thompson. Die Tote aus St. John. Ich habe es gerade eben von meiner Tante erfahren.«

»Tee?« Sollte sie sich doch erst einmal setzen. Jenkins fiel ein, dass er keinen mehr hatte. »Oh, sorry, ist aus. Aber kommen Sie.« Er ging ihr voraus in die Küche.

»Ich komme sicher ungelegen.« Ihre Haltung sprach eine völlig andere Sprache. »Ich wollte ja eigentlich nur das Paket abgeben.«

»Nun kommen Sie schon«, rief Jenkins schon aus der Küche.

Sie setzte sich und nahm dankbar ein Glas Wasser an, das er ihr ungefragt hinstellte. »Ich bin fassungslos.«

»Barbara? Sie kannten die Tote?« Jenkins setzte sich zu ihr an den Tisch. Um Marys dunkelblaue Augen lagen Schatten. Sie musste schlecht geschlafen haben. Sie trank einen Schluck und stellte das Glas ab – eine fahrige Bewegung. Mary hatte etwas Verlorenes an sich, wie sie dasaß und nicht wusste, was sie mit ihren Händen tun sollte.

»Sie war eine Freundin von mir. Früher. Zuletzt hat sie mir geholfen, mein B&B einzurichten.« Sie korrigierte sich. »Na ja, ich habe eine paar alte Stücke bei ihr gekauft, die gut in den Frühstücksraum und in die Gästezimmer passen. Nichts Wertvolles, aber sehr dekorativ. Ich habe Barbara gemocht. Eine Frau mit klarem Blick auf die Welt und einem Sinn für schöne Dinge. Wir haben festgestellt, dass wir in vielem die gleichen Ansichten haben.«

Simon nickte. »Das tut mir leid.« Er war Thompson ein paarmal im Pub begegnet. Die Antiquitätenhändlerin war meist zu den Folk Nights herübergekommen. Sie kannte nicht nur viele der Musiker, sondern hatte auch jede Menge Kontakte im Dorf.

»Zwei Tote in so kurzer Zeit.« Ihr Blick irrte ziellos in der Küche umher. »Und beides Frauen, die ich kannte.«

»Ich bin sicher, die Polizei wird den Fall schnell aufklären.«

Seine aufmunternden Worte erreichten sie nicht. »Erst vor ein paar Wochen haben wir uns in Helston getroffen.

Wir haben viel gelacht.« Und als wundere sie sich über die Tatsache, fügte sie hinzu: »Wir haben uns aufgeführt wie damals als Schulfreundinnen. Und nun ist sie tot.«

Er nickte nur.

»Tante Margaret hat es geschildert, als sei sie dabei gewesen. Dass Barbara im Altarraum wie aufgebahrt gelegen hat, mit einer Nylonschur an Händen und Füßen gefesselt, auf einem Bett aus Farnwedeln. Schön soll sie ausgesehen haben, so friedlich. Sie ist wohl erwürgt worden.«

»Woher weiß Ihre Tante das?«

»Keine Ahnung. Vielleicht sind es ja auch nur Gerüchte.«

Simon schwieg erneut.

»Victoria ist tot und nun Barbara. Zwei Frauen aus der Umgebung.« Sie sah ihn an. »Haben Sie schon etwas herausgefunden?« In ihrer Stimme lagen Verzweiflung und Hoffnung. »Es war kein Unfall, nicht? Vic ist doch umgebracht worden?«

Er dachte an das Gespräch mit dem alten Bowdery und dass er ihn noch einmal aufsuchen wollte. »Nein.« Er sah die Enttäuschung in ihren Augen. »Aber ich mache weiter.« Er vermied das Wort »ermitteln«. »Ich rede noch einmal mit Vics Großvater.«

»Sie müssen auch mit den anderen Leuten im Dorf sprechen. Was wird Bowdery schon wissen? Er kommt doch so gut wie nie vor die Tür, seit sein Sohn tot und seine Schwiegertochter abgehauen ist. Das Gerede der Leute. Die Ereignisse damals müssen ihn fast um den Verstand gebracht haben.«

»Woher wissen Sie das so genau?«

»Sie haben recht. Ich war damals nicht hier. Aber meine Eltern haben mir davon erzählt. Nicht viel, aber es reichte, um mir einmal mehr klarzumachen, dass ich nicht hierher gehörte. Das Leben in einem Dorf kann grausam sein.«

Jenkins wollte ihr die Hoffnung nicht nehmen. Er sah ihr direkt in die Augen. »Versprochen, ich gebe nicht auf.«

Ihr Blick wurde eine Spur heller. »Sie tun das nicht nur für mich. Es geht um Vic. Tun Sie's für Victoria.«

Zwei tote Frauen. Angenommen, Mary hatte recht und Victoria war umgebracht worden – wofür es bisher nicht den kleinsten Beweis gab –, dann galt die Polizeiweisheit: Bei Mord gibt es keine Zufälle. Aber darüber wollte er mit Mary nicht spekulieren.

Er sah an ihr vorbei. »Das Licht ändert sich. Wir werden Regen bekommen.«

»In den Nachrichten haben sie gesagt, dass es Sturm gibt.«

»Die Saison ist wohl endgültig vorbei. Ich hoffe, Sie hatten bisher nur nette Gäste.«

Mary nickte ernst.

»Nicht? Sie sehen nicht gerade zufrieden aus.« Jenkins lächelte.

»Nein. Alles gut. Die Gäste waren durchweg großartig. Ich freue mich wirklich, dass ich so viel Glück habe.«

Etwas beschäftigte sie. Er kannte diesen Ausdruck auf ihrem Gesicht aus Verhören, wenn sein Gegenüber noch mit sich rang und sich der innere Konflikt wie in einem Spiegel auf dem Gesicht ablesen ließ. Aber bei ihr würde er nicht weiter nachbohren.

»Tut mir leid, dass ich Ihnen keinen Tee oder Kaffee anbieten kann. Gebäck habe ich auch keins. Ich mache uns ein wenig Musik.« Er ging hinüber ins Wohnzimmer. Nach wenigen Augenblicken wehten ruhige Gitarrenklänge in die Küche hinein.

»Ich mag die Musik von Harry Rowland sehr. Meist sanft, dafür aber umso eindringlicher. Der Junge macht noch Karriere. Es steckt viel Cornwall in den Songs, die Sehnsucht nach einem unverbrauchten Leben. Ich mag, wie er die Liebe zu seiner Frau Rosie besingt.« Er setzte sich wieder zu ihr an den Tisch.

»Ja, Musik.« Sie blickte in ihr leeres Glas. »Das ist Malerei für die Ohren.« Sie sah auf. »Klingt kitschig, nicht?«

»Überhaupt nicht.« Die Metapher gefiel ihm. Ähnlich hatte es auch Luke beschrieben, als sie Harry im Pub hatten spielen hören. Die Gäste hatten andächtig gelauscht, was bei den Folk Nights nicht immer der Fall war.

»Haben Sie noch ein Glas Wasser für mich?«

»Sicher.« Jenkins stand auf und füllte es erneut.

Mary nahm das Glas entgegen und rutschte mit dem Stuhl ein Stück näher an den Tisch. »Oh, immer noch kein Leim?« Sie lächelte fast schelmisch.

Er hob die Schultern und erwiderte ihr Lächeln. »Zu viel zu tun.«

Mary deutete in den Raum. »Schon bei meinem ersten Besuch ist mir aufgefallen, dass hier überall Bücher liegen. Aber ich sehe keine Staffelei. Angesichts der Menge Farben, die Sie bestellen, müssen sie geradezu nonstop arbeiten.«

»Mein Atelier ist im Anbau.« Hoffentlich kam sie nicht auf die Idee, seinen Arbeitsplatz inspizieren zu wollen.

Außer Luke hatte ihn noch niemand an der Staffelei stehen sehen.

»Im Studium haben mich besonders Emil Nolde, Paul Klee und Otto Dix interessiert.«

»Ich bin eher der Praktiker«, gab er zögernd zurück. Wurde das jetzt ein Gespräch über den Expressionismus der Weimarer Zeit?

»Kennen Sie Nolde?«

»Nein.« Diese Frau irritierte ihn auf eine unerwartete Weise. Er wollte nicht unhöflich erscheinen und fügte hinzu: »Ja, doch. Eines seiner Bilder. Vielleicht. Ich meine, ich weiß, wer er ist.«

»Darf ich Ihr Atelier sehen?«

»Nein.«

»Oh.« Sie trank einen Schluck.

»Es ist nicht geheizt.«

»Das macht mir nichts.« In der Küche war es auch nicht gerade heimelig.

»Ihr Laden?«

»Wird schon keiner was klauen. Außerdem passt Paula von gegenüber auf. Paula McMinn.«

»Ich kenne Paula.« Er nickte. Es wäre ihm lieber, sie würde vor Schreck, die Zeit vergessen zu haben, aufspringen und ins Dorf zurückeilen.

»Seien Sie mir bitte nicht böse, aber mein Atelier ist sozusagen mein intimster Bereich.«

»Verstehe.« Sie nickte und deutete auf den Stapel Bücher, der auf dem Stuhl neben ihr lag. »Sie lesen viel. Medizin und Psychologie.«

»Ab und an.«

»Man sagt, die Wohnung ist der Spiegel der Seele.« Mary merkte zu spät, was sie gesagt hatte. »Oh, Verzeihung. Es ist nur ... es gibt nur wenige Menschen hier, die sich mit Literatur und Kunst beschäftigen. Ich liebe Bücher, natürlich ganz besonders über Kunst.«

Er suchte nach einer unverfänglichen Formulierung, um das Gespräch und damit den Besuch zu beenden. Er hatte ihr zugesagt, sich weiter umzuhören. Das musste für jetzt genügen.

»Man sagt im Dorf, Sie nehmen Drogen. Und dass Sie lieber für sich sind.« Mary kicherte unversehens wie ein Mädchen. »Ich habe schon mal daran gedacht, hinter meinem Haus ein paar Pflanzen – Sie wissen schon – zu ziehen. Das Klima hier ist günstig.« Nun grinste sie breit. Es gab in der Gegend einige, die diese gewissen Pflanzen in ihren Gewächshäusern zogen. Die Polizei war weit weg. »Wir hatten in Köln auf dem Balkon ein paar Kübel stehen.«

»Sollen die Leute reden.« Simon gab auf.

»Das ist das Problem.«

»Für mich nicht.« Er schob seinen Becher zur Seite.

»Die Menschen können nicht damit umgehen, wenn jemand in ihr Dorf zieht und sich abschottet. Das Leben hier hat viel damit zu tun, dass sich die Menschen kennen und gegenseitig helfen. Im Leben und draußen auf See kann niemand allein überleben.«

»Ich hätte nicht herkommen sollen, meinen Sie.« Simon griff unwillkürlich nach seinem Stock, den er an den Tisch gelehnt hatte.

»Nein, das meine ich nicht. Aber ein Dorf funktioniert anders als eine Stadt. Dort bietet die Anonymität einen gewissen Schutz. Das geht in so einer kleinen Gemeinschaft wie Cadgwith nicht.«

»Aha.« Als wenn er das nicht wüsste.

»Ich will nicht oberlehrerhaft sein. Als ich zurückkam, dachte ich, genau dort anfangen zu können, wo ich vor fünfzehn Jahren aufgehört habe. Aber ich habe mich getäuscht. Bis auf wenige Ausnahmen sind meine Freunde fortgezogen. Ich hatte keinen Job, nur dieses Haus. Und Nachbarn, die mir schon mit Blicken klargemacht haben, dass ich es nicht leicht haben würde. Nach ihrer Denkart hatte ich sie damals nicht nur verlassen, ich hatte auch all das verraten, was ihnen wichtig ist.« Sie zögerte. »Außerdem bin ich als Studierte und sogar Promovierte zurückgekommen. Das hat sie per se misstrauisch gemacht.«

»Sie hätten nicht herkommen müssen, oder?« Marys Offenheit verstörte ihn einmal mehr.

»Hätte ich nicht. Aber ich hatte in Köln zum Schluss eine schwere Zeit. Ich musste eine Entscheidung treffen. Hinzu kam, dass meine Mutter krank wurde und bald sterben würde. Meinen Vater haben wir schon vor vielen Jahren beerdigt.«

Ihre Augen wurden eine Spur dunkler. Jenkins registrierte die Nuance wie der Maler, der bemerkt, dass sich die aufziehenden Wolken über die Sonne schieben und er auf den plötzlichen Farbwechsel des Meeres reagieren muss. Die Erinnerung an den Tod ihrer Eltern musste sie immer noch sehr schmerzen.

»Da lag die Entscheidung für Cadgwith klar auf der Hand.«

»Denken und Handeln ist eine Sache der Klarheit? Ratio statt Gefühl?« Sie lachte auf. »Gefühle sind nur schwer zu beherrschen. Aber sie sind die Grundlage allen Lebens. Sieht man mal von der biologischen ab.«

»Ist das der wahre Grund, warum Sie damals aus Cornwall weggegangen sind?«

»Gute Frage. Eine schlüssige Antwort habe ich nicht. Aber ich hatte das Gefühl, dass in meinem Leben noch etwas anderes wichtig werden könnte. Es hat mich hinausgezogen in die Welt.« Bei dem Gedanken lachte sie auf. »Und dann bin ich gleich in Deutschland hängen geblieben.«

»Hm.«

»Ich habe mich sofort in Köln verliebt.«

»Nur in die Stadt?« Die Frage war schneller gestellt, als ihm lieb war. Aber nun war es zu spät.

Sie entgegnete nichts, sondern starrte regungslos zu Boden …

Mary stand auf einmal Michaels hämisches Grinsen vor Augen, als er vor ihr im Laden stand.

Sie waren sich das erste Mal auf einer Studentenparty in Köln begegnet, im Mai. Eine Kommilitonin hatte sie zu einer der berüchtigten Feiern der Volkswirtschaftler mitgeschleppt. Michael war ihr gleich aufgefallen – nicht so blasiert und überheblich wie der Rest seiner Clique. Irgendwann waren sie im alten Garten der studentischen Verbindung gelandet und hatten bis in die frühen Morgenstunden bei Rotwein und Kaffee über die Welt und ihre Träume gesprochen. Michael war von ihrer Arbeit als

Schreinerin begeistert gewesen und hatte selbst viel über Kunst und Künstler zu philosophieren gewusst. Sie hatte sich gefreut, auf jemanden zu treffen, der ihre Liebe zum deutschen Expressionismus teilte.

Nach einem halben Jahr zogen sie zusammen. Ein Jahr später bezogen sie in der Südstadt eine große Altbauwohnung. Sie brachten Wochen damit zu, den alten Parkettboden abzuschleifen und die Türen und Türrahmen aufzuarbeiten. Zu ihrer Begeisterung blieb die repräsentative Schiebetür zwischen Wohn- und Esszimmer erhalten. Die großzügigen Räume dekorierten sie mit moderner Kunst. Jeder hatte ein Zimmer für sich, das er nach seinem Geschmack einrichten konnte. Und sie fanden gemeinsame Freunde, mit denen sie viel Zeit verbrachten.

Alles in allem war es überwältigend, einen Hafen gefunden zu haben, in dem sie vor Anker gehen konnte. Und der vor allem so ganz anders war als der in Cadgwith, besonders, was die Menschen betraf. In Köln war sie auf Offenherzigkeit gestoßen, auf Interesse, auf Wärme.

Sie konnte auch heute noch nicht sagen, wann es zwischen ihnen anders geworden war. Es war ein schleichender Prozess gewesen, Kleinigkeiten, die sie gestört hatten, die sie aber nicht als echtes Problem registriert hatte. Diese Aneinanderreihung winziger Details hatte am Ende unweigerlich in die Katastrophe führen müssen. Heute wusste sie das.

In der frühen Phase seiner Veränderung hatte sie sich noch auf seinen Schoß gesetzt und war ihm lachend durchs Haar gefahren, wenn er ein langes Gesicht machte, weil sie abends noch eine Vorlesung oder einen Vortrag hatte. Er hatte dann augenzwinkernd gefordert, dass sie zu Hause blieb. Die Welt um ihn herum sei schlecht, sie könne ihn doch nicht einfach so zurücklassen.

Dann hatte es die Zeit gegeben, in der er eingeschnappt auf dem Sofa gesessen und sie schweigend und mit vorwurfsvollem Blick hatte gehen lassen. Das war die Phase, in der er die Lust verloren hatte, sich mit Freunden zu treffen oder einfach nur durch die Stadt zu bummeln. Stattdessen war er ständig um sie herum gewesen. Er hatte von ihr wissen wollen, wohin sie ging, wen sie traf oder warum sie sich andauernd und absichtlich verspätete.

Sie hatte all das geduldig ertragen, in der Hoffnung, es sei nur eine vorübergehende Erscheinung. Dann waren die Schuldgefühle gekommen, ohne dass sie ihm auch nur den kleinsten Anlass für seine Eifersucht geliefert hätte.

Zum Schluss hatte Michael in jedem Mann – Kommilitonen, Nachbarn, männlichen Gästen am Nebentisch im Restaurant, sogar Fremden auf der Straße – einen Nebenbuhler gesehen. Das war der Punkt gewesen, an dem sie sich völlig aus der Öffentlichkeit zurückgezogen hatte.

Sie litt. Ihren Freunden fiel das nicht auf, denn sie fand immer eine Erklärung: viel fürs Examen lernen oder sich auf die anstehende Promotion vorbereiten. Das Examen schaffte sie nur mit Anstrengung. Zur letzten Prüfung kam Michael mit, um sie im Anschluss ohne Umschweife zurück in ihre Wohnung zu bringen. Keine Feier, nicht einmal ein Glas Sekt in einem Café.

An jenem Nachmittag hatte er ihr die Schlüssel abgenommen. Da wusste sie, dass ihre Beziehung zu Ende war. Er war ein sonniger Frühlingsmorgen gewesen, die Vögel hatten lebensfroh gezwitschert. Michael hatte sie wieder einmal eingesperrt, um dann stundenlang zu verschwinden, da hatte sie es getan. Sie war mit ihrem heimlichen Ersatzschlüssel ausgebüxt, mit nicht mehr als einer Reisetasche und den wichtigsten Papieren in ein Reisebüro gegangen und aus Köln geflüchtet …

»Sie sagen ja nichts. Ich hätte die Frage nicht stellen dürfen. Bitte entschuldigen Sie.«

Jenkins hatte fasziniert ihr Mienenspiel beobachtet. Über Minuten hatte sie wie abwesend vor ihm gesessen und sich an ihr Glas geklammert, als drohte sie in ihren Gedanken zu ertrinken.

Er ertappte sich dabei, dass er die Situation erneut mit den Verhören verglich, die er als ermittelnder DS begleitet hatte. In den Vernehmungen hatte es immer wieder Situationen gegeben, in denen Schweigen effektiver gewesen war als beharrliches Nachfragen. Nichts lenkte einen in den kargen Räumen ab. Die Verdächtigen mussten die Möglichkeit haben, die Situation, die Fragen und die Konsequenzen, die sich aus ihren Antworten ergaben, abzuwägen. Sie durften sich nicht in die Enge gedrängt fühlen.

»Was? Nein, schon gut.« Sie fuhr sich durchs Gesicht, als sei sie aus einem Traum erwacht. »Im Gegenteil. Ich muss mich bei Ihnen entschuldigen, dass ich so unaufmerksam war. Sie haben recht, ich habe mich damals nicht nur in Köln verliebt. Es gab da einen Mann. Aber das ist eine andere Geschichte.« Sie trank ihr Glas leer.

»Wenn Sie mögen, höre ich Ihnen zu.« Seine Stimme glitt sanft über den Küchentisch.

»Ein anderes Mal.« Sie lächelte mühsam. »Ich denke, ich sollte nun gehen.« Sie stand auf. »Danke für das Wasser.« Sie warf einen Blick auf das Paket mit den Farben und lächelte. »Ich habe mich gefragt, wie ein einzelner Künstler nur so viele Farben bestellen kann. Sie suchen sicher nach einer bestimmten Mischung und Farbtemperatur? Ich kann mir gut vorstellen, dass Sie auf Ihren Leinwänden wahre Feuerwerke abbrennen.« Sie wurde unvermittelt ernst. »Wussten Sie, dass im Expressionismus die Farben Rot, Schwarz und Gelb für den Tod stehen? Für Verfall. Und dass die Farbe Blau eine Metapher für die Sehnsucht ist? Paul Klee hat es einmal so ausgedrückt, wenn ich mich recht erinnere, dass er nach der Brücke suche, die vom Sichtbaren zum Unsichtbaren führt. Er hat, glaube ich, mal geschrieben ›Kunst gibt nicht das Sichtbare wieder, sondern macht sichtbar‹.«

Wie nahe sie der Wahrheit kommt, dachte Simon, als er sie an der Tür verabschiedete.

Danach griff er im Atelier zu seinem Skizzenblock und zeichnete mit wenigen, dafür kräftigen Strichen Moiras Gesicht. Er wollte mehrere Studien anfertigen, bevor er an der Staffelei mit der Arbeit an ihrem Porträt begann. Die Leinwand hatte er bereits vor einigen Monaten ausgesucht und vorbereitet, hatte aber den Zeitpunkt der Farbwahl und des ersten Strichs immer wieder hinausgezögert.

Er wusste nun endlich, wie er Moira malen wollte und malen musste.

Den ersten Versuch zerriss er gleich wieder. Aber er ahnte, dass er auf dem richtigen Weg war.

XVII.

St. John lag an der Straße nach Cadgwith, etwa auf halber Strecke zwischen der Straße Richtung Lizard und dem Dorfeingang. Der untersetzt wirkende Turm war für Seefahrer lange Zeit eine der Landmarken zwischen Truro und dem südwestlichsten Zipfel Englands gewesen. In der neugotischen Kathedrale des Verwaltungssitzes der Grafschaft Cornwall gab es ein Gemälde, einer Landkarte ähnlich, auf dem das gut zu erkennen war.

Der beeindruckende Anblick bot sich immer noch, auch wenn der Landstrich mittlerweile von den mächtigen Schüsseln der Radaranlage der Marinebasis dominiert wurde. Zu dieser Jahreszeit wirkte der Natursteinbau geradezu mächtig inmitten der abgeernteten Felder und Hecken. Ein wenig abseits der alten Kirche lagen versteckt ein paar Gehöfte.

Grau und düster bot sich der Bau Jenkins dar, umgeben von niedrigem Buschwerk wie von einer calvinistischen Halskrause. Das in zwei ungleich große Schachteln geteilte Kirchenschiff ließ die absurde Idee aufkommen, man könne es nach Bedarf ineinanderschieben. Ein stetiger Wind ging. Die vier Zinnen des Turms hatten sich fest mit dem grauen Himmel verzahnt. Die bemoosten Grabkreuze und fleckigen Grabplatten standen schief und unordentlich verteilt wie achtlos ausgestreut. Ein paar Dohlen saßen abwartend auf den Grabsteinen oder hüpften durch das Gras auf der Suche nach Nahrung.

Es war purer Zufall, dass Jenkins am Grab von Elizabeth Randle stehen blieb. Zu Füßen des Grabsteins standen Kunstblumen in einer Vase. Die Frau von William Wearne war am 11. März 1890 in Poltescoe gestorben, im Alter von nur 46 Jahren. Er fragte sich, wer sich wohl nach 130 Jahren verpflichtet fühlte, wenigstens auf diese pflegeleichte Weise ihrer zu gedenken.

Jenkins trat in den bogenförmig überdachten Eingang. Dort waren früher die Toten aufgebahrt worden, um sich vor der Beerdigung von ihnen zu verabschieden. Heute hing an der Kirchentür ein Zettel, auf dem die Besucher von St. John gebeten wurden, wegen der Vögel die Eingangstür fest zu verschließen.

Im Inneren war es kühl. Es roch nach feuchtem Mauerwerk. Der ehemals weiße Putz war an vielen Stellen ausgeblüht. Links vom Eingang lehnte zwischen Mauer und Taufbecken ein von Hand gemaltes Schild. Es kündigte in schwarzen Lettern an, dass zum Blumenfestival von St. John Erfrischungen angeboten wurden.

Rechts war eine Kamera in die Wand eingelassen, ähnlich wie an modernen Klingelbrettern. Aber ihr Auge war von einer Staubschicht bedeckt. Sollte sie tatsächlich in Betrieb sein und sollten die Aufzeichnungen gespeichert werden, wäre auf den Aufnahmen wenig zu sehen.

Die Kirche wurde nach wie vor genutzt, offenbar auch für Kindergottesdienste. Das bezeugten handgefertigte kleine Stoffeulen, die auf dem winzigen Orgelsims unterhalb der kümmerlich wenigen Pfeifen aufgereiht waren. Glückliche Gemeinde.

Jenkins nahm eines der Gebetbücher in die Hand, die auf dem steinernen Taufbecken lagen. Das Papier fühlte sich klamm an. Er konnte sich nicht daran erinnern, wann er das letzte Mal in einem Gotteshaus gewesen war. In seiner Erinnerung war die Kirche seiner Kindheit düster. Sauertöpfisch hatte der Pastor von der Kanzel auf die Gemeinde geblickt, als sei ihre weitgehende Vollzähligkeit der sichtbare Beweis, dass die Verderbtheit der vorangegangenen Woche nach kollektiver Buße verlangte.

Jenkins ließ den Blick durch den Kirchenraum schweifen. Nichts deutete mehr darauf hin, dass vor kurzem eine Leiche im Altarraum gelegen hatte. In den Boden eingelassen, gewahrte er eine Platte aus schwarzem Stein, in die die Silhouette eines betenden Paares eingraviert war, er in stattlicher Rüstung und sie in einem langen Umhang. Dazu eine Inschrift, zwei Wappen und zu Füßen des frommen Paares zwei Gruppen Gläubige.

Jenkins drehte sich langsam um die eigene Achse und speicherte jedes Detail ab. Ob wichtig oder unwichtig, würde sich später zeigen. Sehen und einordnen entschied über Erfolg oder Misserfolg von Ermittlungen.

Er war allein den Weg vom Dorf hierhergegangen ohne feste Vorstellung, was er suchte oder zu finden hoffte. Wie zu seiner aktiven Zeit folgte er Eingebungen, ohne sie zu hinterfragen.

Nach allem, was er über sie im Dorf gehört hatte, war die Antiquitätenhändlerin vor rund sieben Jahren nach Lizard gezogen und hatte schon bald darauf ihren Laden eröffnet. Eine beliebte Frau, die faire Preise machte und stets ein offenes Ohr für die Kunden hatte. Daher sei es auch kein Wunder, dass Thompsons Laden zu einer Nachrichtenbörse für das Dorf geworden war. Von einer besonderen Verbindung zu St. John wusste allerdings niemand etwas.

Simon setzte sich in eine vordere Bankreihe. Der Weg hatte ihn angestrengt, er schwitzte in der winddichten Jacke.

Wenn Thompson keine Verbindung zu St. John hatte, weder wegen irgendwelcher Antiquitäten noch durch eine persönliche Beziehung zum Vikar oder einem Mitglied der Kirchengemeinde, warum war sie dann ausgerechnet hier abgelegt worden? Er fragte sich, ob auch DI Marks sich diese Frage stellte. Bestimmt tat er das. Marks mochte im Umgang unangenehm sein, aber er war sicher ein guter Polizist. Dafür sprach allein schon sein Dienstrang. *Blödsinn*, widersprach Jenkins sich selbst. Er hatte in der Met eine Menge Idioten erlebt, die durch Beziehungen, Arschkriecherei oder Rücksichtslosigkeit Karriere gemacht hatten, einige von ihnen auch an ihm vorbei. Er schnaubte verächtlich. Lange her.

Er schloss die Augen. Zwei tote Frauen in so kurzer Zeit. Noch dazu Vics Anruf. Und diese Wahrheit: dass er in Vics Fall versagt hatte. Er hätte den verzweifelten Ton in ihrer Stimme wahrnehmen müssen. Aber er war an jenem Tag zu sehr mit sich selbst beschäftigt gewesen, um aufmerksam zu sein. Hatte er Schuld auf sich geladen?

Er öffnete die Augen und betrachtete das Mosaikfenster hinter der winzigen Kanzel: der gute Hirte. Jesus im roten Mantel, mit Stab und dem Lamm auf der Schulter. War es ein Hinweis, dass die Tote ausgerechnet zu seinen Füßen abgelegt worden war? Hatten die Farne eine Bedeutung? Die Tote auf Farnwedel gebettet: Er erinnerte sich daran, irgendwo gelesen zu haben, dass in der Pflanzensymbolik der Farn für Geheimnis stand.

Jenkins erhob sich. Er machte sich schon viel zu viele Gedanken. Sollte sich doch DI Marks abmühen. Farn als Symbol für Geheimnis! Von hier war der Weg zum Sektierertum und zum Ritualmord nicht weit. Er wollte den Gedanken nicht weiterverfolgen. Er hatte bisher von keiner modernen westlichen Sekte gehört, die Menschenopfer darbrachte. Das gehörte ins Reich der Fantasie.

Sein unwillkürliches Auflachen schepperte durch den Raum.

»Was tun Sie hier?«

Jenkins fuhr herum. Er hatte niemanden kommen gehört.

»Ach, Sie schon wieder. Und ich dachte schon, der Mörder der armen Seele sei zurückgekehrt.« Der Spott war hörbar dick aufgetragen. Jason Holder blieb kurz vor ihm stehen. Zu nahe. Simon trat unwillkürlich einen Schritt zurück.

»Kannten Sie die Tote?«

»Kaum.« Jenkins war versucht, den Stock abwehrend hochzuhalten. Holder hatte die unangenehme Eigenschaft, mit jedem Wort ein Stück näher zu kommen.

»Der Ex-Polizist, der jetzt Künstler sein will. Und nun erweist er sich auch noch als religiös.« Der Hohn in seiner Stimme war kaum mehr zu überbieten. Holder beäugte Jenkins' Stock neugierig, dann sah er hinauf zum Kirchenfenster. »Könnte glatt Ihr Hirte sein.« Holder bekreuzigte sich flüchtig.

»Kannten Sie Barbara Thompson?«

»Die Trödeltante? Nein. Kannte ich nicht. Hab nichts übrig für alten Kram. Nimmt nur Platz weg.« Er machte eine wegwerfende Handbewegung. »Wir hatten eh nie was, immer nur die Arbeit. Alles andere ist unnötiger Tand.«

»Kommen Sie regelmäßig hier hoch?«

»Aye. Sehe nach dem Rechten. Ist 'ne Menge Gesindel unterwegs heutzutage. Wenn Sie wissen, was ich meine. Ja, eine Menge.« Er kratzte sich am Kopf. »Auch Touristen.«

»Ist Ihnen vielleicht etwas verdächtig vorgekommen in den vergangenen Tagen?«

»Haben mich Ihre geschätzten ... Ex-Kollegen auch schon gefragt. Nein, ist mir nicht.« Holder deutete auf die kleine Kamera neben der Eingangstür. »Ist 'ne Attrappe. Für 'ne echte Überwachung ist kein Geld da.«

Daher also das blinde Kameraauge. »Und Sie kennen auch niemanden, der etwas gesehen oder gehört haben könnte?«

»Was geht Sie das an? Sie sind doch gar kein Bulle mehr«, argwöhnte Holder. »Sie können das Herumschnüffeln wohl nicht lassen. Oder arbeiten Sie nebenbei als Privatdetektiv? Wären ja nicht der erste.« Holder schniefte.

Jenkins wollte auf das unfreundliche Geschwätz nicht eingehen. »Es wäre sehr hilfreich, wenn Sie auf meine Frage antworten würden.«

»So förmlich? Steckt wohl noch in Ihnen drin, was? Ja, ich habe jemanden herkommen sehen, ›Herr Inspektor‹. Da habe ich gedacht, mal sehen, was das für ein Kauz ist. Konnte ja nicht ahnen, dass Sie das sind.« Holder kicherte und wies in den Raum. »Hier kommen nur noch die Kinder zum Singen her. Und die alte Jenny wischt kurz durch, wenn mal Gottesdienst ist. Ab und zu kommt ihr Alter her und spielt auf der Orgel. Ziemlich schreckliches Zeug, wenn Sie mich fragen. Und verstimmt ist das verdammte Ding auch noch. Wenn es nach mir ginge, sollte man die Mauern einreißen. Braucht kein Mensch mehr, St. John. Wär'n prima Gelände für'n Ferienpark, aye.«

Ohne weiter auf Jenkins zu achten, drehte er sich auf dem Absatz um und verschwand ebenso plötzlich, wie er aufgetaucht war.

Holder hatte Jenkins neugierig gemacht. Seine brüske Art konnte bedeuten, dass er mehr wusste, als er preisgeben wollte. Er würde sich in Holders Umgebung umhören. Und er würde »die alte Jenny« und ihren Mann aufsuchen. Vielleicht erfuhr er von denen mehr.

Er sah auf die Armbanduhr. Zeit wäre noch. Jenkins ging eine Abmachung mit sich selbst ein. Wenn er den Rückweg ohne große Schmerzen bewältigen konnte, würde er auch noch bei William Bowdery vorbeischauen.

Als er die Kirche verließ, war von Jason Holder nichts mehr zu sehen. Von See her kroch Nebel die Küste hinauf und füllte jede Senke aus. So, wie Luke es vorausgesagt hatte. Jenkins hoffte, dass es alle Boote rechtzeitig zurück in den Hafen geschafft hatten. Die kleinen Kutter fuhren zwar alle mit Radar und Sonar, aber man wusste ja nie. Die Dohlen waren verschwunden. Sie ahnten offenbar die heraufziehende Gefahr.

Bowdery ließ sich Zeit. Jenkins wollte schon umkehren, als die Tür, von der die Farbe in großen Placken abblätterte, doch noch geöffnet wurde.

»Was wollen Sie denn noch?« Bowdery war unrasiert, die Augen rot unterlaufen. Sein Blick war unstet, und der Alte schwankte leicht.

»Darf ich reinkommen?«

Bowdery ließ mit einer übertrieben einladenden Geste die Tür ganz aufschwingen. Die eigene Kraft ließ ihn leicht schwanken. »Raue See heute. Zu trinken hab ich aber nix.«

Im Wohnzimmer hatte sich seit Jenkins' letztem Besuch nichts verändert. Nur die Luft war noch stickiger. Es roch penetrant nach Katzenpisse, aber eine Katze war nirgends zu sehen.

Hustend ließ sich Bowdery in den Sessel fallen, in dem er offenbar bereits vor Jenkins' Ankunft gesessen hatte. Auf der Lehne balancierte ein Aschenbecher mit einer qualmenden Zigarette. Auf dem Boden stand neben einer fast leeren Schnapsflasche ein Glas mit dem Rest einer gelblichen Flüssigkeit.

Der Alte hustete erneut. »Ist Asthma, sagt der Quacksalber in Helston. Verdammter Lügner. Ich weiß es besser.« Er sah Jenkins an, als erwarte er eine Nachfrage.

»Hat man Ihnen schon gesagt, wann Sie Vic beerdigen können?«

»Seit meine kleine Vic tot ist, kommen die Anfälle immer häufiger.« Bowdery sog hörbar an seiner Zigarette, die kurz aufglühte.

»Die Polizei muss Ihnen doch mitgeteilt haben, wann der Leichnam freigegeben wurde.« Der überhitzte Raum machte ihm zu schaffen. Er wehrte sich gegen den Impuls, das Fenster aufzureißen.

»Beerdigung?« Bowdery nahm das Glas hoch, betrachtete die Flüssigkeit und kippte sie in einem Zug. Er verzog das Gesicht und musste wieder husten. »Es gibt keine Beerdigungsfeier.«

Jenkins sah Victorias Großvater ungläubig an.

»Da staunste, was? Vic ist längst bei den Ahnen.« Seine Augen blitzten mit einem Mal auf, und er verzog das Gesicht zu einem Grinsen. »Hab sie schon verbrennen lassen.« Er drückte die Zigarette aus. »Die in Truro haben mir einen Sonderpreis gemacht, sozusagen ein Schnäppchen. War'n Tipp von dem Typen im Treliske Hospital. Guter Mann. Hat den ganzen Tag mit Leichen zu tun. Könnt' ich nich'.« Er hustete erneut. »Is' wie'n Schloss da, Park und alles.«

Bevor er fortfuhr, schüttete er sich das Glas halb voll. Jenkins erkannte den Schriftzug. *Shrubs*. Eine Mischung aus Rum, Zucker und Zitrussaft, populär vor allem im 17. und 18. Jahrhundert, bei Bowdery wohl immer noch hoch im Kurs.

»Passte in 'ne kleine Schachtel, meine Vic.« Ein heftiger Hustenreiz schüttelte ihn. »Wollte sie im Meer verstreuen. Wir kommen alle aus dem Meer.« Er beugte sich vor und wäre fast aus dem Sessel gefallen. »Habe sie aber auf dem Friedhof verstreut. Oben bei St. John. Konnte ja nicht schwimmen, meine Kleine. Und da oben ist sie gerne gewesen. All die schönen Gräber, hat sie gesagt, die alten Namen und die schnörkelige Schrift. Hat Fotos gemacht von den Grabsteinen. Is' auch unsere Geschichte, hat sie gesagt. War so sensibel, meine Kleine.« Über Bowderys Gesicht zuckte ein Lächeln. Er sah Jenkins triumphierend an und ließ sich in den Sessel zurückfallen. Sein Atem ging pfeifend. »Still und leise, nur wir beide. Hab dem Bestatter was zugesteckt, damit er kein Aufsehen macht, wenn ich ihre Asche dem Wind schenke.«

»Sie haben keine Messe lesen lassen, keine Beerdigung ausgerichtet?« Jenkins war sprachlos.

»Damit die dreckigen Heuchler alle an ihrem Grab stehen und sich später im Pub dafür bewundern lassen, dass sie so schöne Krokodilstränen weinen können? Nee, mein Lieber, das hat meine Vic nicht verdient. Nein, das habe ich nicht zulassen wollen. Dass die Drecksäcke noch über den Tod hinaus ihr Andenken mit ihren schmutzigen Blicken besudeln? Nein. Ich habe meine Victoria bis zum Schluss im Arm gehalten und ihre Asche langsam fallen lassen. Der Wind hat sie sich geholt. Den hat sie so geliebt. Meine …« Der Rest ging in einem Schluchzen unter.

Jenkins war nicht gläubig – seine Zeit bei der Londoner Polizei hatte ihres dazu beigetragen –, aber eine gewisse Form von Ehrerbietung bei einem Begräbnis hielt auch er für angebracht. Auf der anderen Seite konnte er den alten Bowdery verstehen.

»Mir ist nichts geblieben von meiner Vic.« Bowdery ließ seinen Tränen freien Lauf. »Außer der Schachtel.« Er deutete auf das Fensterbrett.

»Es gibt doch sicher Fotos«, versuchte Jenkins zu trösten.

»Dreiundachtzig hat Judy im Wohnzimmer Feuer gelegt. Alles verbrannt. Alle Erinnerungen. Mein Junge hätte die falsche Schlange nie in unser Haus bringen dürfen. Judy, die feine Judy. Kam hier reingestöckelt, als gehöre ihr die Welt. Jacob und Judy, Judy und Jacob, das Traumpaar.« Bowderys höhnisches Grinsen riss gequält ab. »Der Rock ging ihr kaum über den Arsch. Und immer andere Männer. Der Teufel mag wissen, wo und ob sie noch lebt. Hat uns nur Unglück gebracht. Ich hoffe, sie ist schon längst da gelandet, wo jetzt meine Vic ist. Falsch – die Schlampe ist beim Teufel gelandet. Oder bei den Fischen.« Er stürzte das Glas Shrubs hinunter und wischte sich über die Wangen. Es klang, als reibe er über Sandpapier.

»Also keine Fotos. Schade. Es wird aber sicher irgendetwas geben, das …«

Bowdery griff nach der Zigarettenpackung. Er traf mit der Flamme des Feuerzeugs die Zigarette nicht, die er sich in den Mundwinkel steckte, so sehr schüttelte ihn der Husten. »Es gibt Fotos auf ihrem Handy.« Er inhalierte tief, als er es schließlich doch geschafft hatte.

»Immerhin.« Jenkins nickte ihm aufmunternd zu.

»Vic hat ständig fotografiert. Alles Mögliche. Ich im Wohnzimmer, im Garten, im Bett. Den Briefträger, die Vögel im Garten. Den Friedhof. Die Sonne. Die Sonne! Können Sie sich das vorstellen? Vic wollte unbedingt jeden Tag die Sonne knipsen. Jeden Tag die Sonne.« Er schüttelte den Kopf über diese unvernünftige Idee. »Man kann doch nicht ständig die Sonne fotografieren. Aber so war sie, meine kleine Vic. Hat immer nur das gemacht, was sie gut fand.« Er sah stolz aus, als er heftig an der Zigarette zog. »Sie war sehr glücklich damit. Wenn ich nur wüsste, wo das verdammte Handy ist. Da steckt unsere Welt drin, hat meine Kleine gesagt. Die Welt passt in dieses kleine Ding in meiner Hand. Die Welt, so wie Victoria sie gesehen hat. Kann's verdammt nicht finden. Hab schon alles abgesucht.« Er machte ächzend Anstalten aufzustehen, ließ es aber, mit einer Handbewegung, die das Wohnzimmer umfasste, genauso gut aber auch die gesamte Welt.

»Vielleicht hat sie es versteckt.«

»Warum sollte sie das tun? Es hat immer im Flur gelegen, auf dem Schränkchen neben dem Spiegel. Damit sie es nicht vergisst, wenn sie hinausgeht. Aber da ist es nicht.«

»Sie kann es aber auch anderswo deponiert haben, ohne dass Sie davon wissen. Weil sie nicht wollte, dass Sie, verzeihen Sie, darin herumschnüffeln. Es kann doch überall sein, in ihrem Schrank, im Korb für die Wäsche oder hinter der Musikanlage. Menschen tun manchmal seltsame Dinge.«

»Aber Vic nicht. Sie hatte feste Rituale, schon als Kind.«

»Es wird sicher wieder auftauchen.« Erst jetzt bemerkte Jenkins, dass sich Bowdery schon eine ganze Weile bemühte, seine Sätze nicht mehr verwaschen klingen zu lassen.

»Ich habe alles abgesucht, wieder und immer wieder. Wegen der Bilder von der Sonne – und wegen dem Leben.«

»Vielleicht ist das Telefon ja bei Victorias Sachen, die die Polizei zurückgebracht hat.«

»Da war nichts. Außer Bonbonpapier. Und die Dinger, die die Frauen brauchen. Sie wissen schon.« Bowdery räusperte sich verlegen.

»Verloren?«

»Alles verloren. Das Handy, die Fotos, die Erinnerung, das Leben. Ach Scheiße.« Bowdery wischte sich erneut über die Augen und schraubte umständlich den Verschluss von der Flasche. »Tut mir leid, dass ich Ihnen nichts zu trinken anbieten kann.« Seine Stimme klang mit einem Mal wieder reichlich verwaschen. Bowderys Konzentration schien nachzulassen. »Aber ihr Bullen seid ja eh immer im Dienst.«

»Ich bin schon lange kein …«

»Vic! Vic!« Bowderys Schrei gellte durch das Wohnzimmer. Er kam so unvermittelt wie das Zersplittern der Flasche auf dem Boden. Jenkins zuckte zusammen. Es hatte keinen Zweck, länger mit Bowdery zu sprechen.

»Eine letzte Frage: Sind Sie manchmal in St. John?«

»Was?« Bowdery hatte Mühe, Jenkins zu fixieren.

»Welche Beziehung haben Sie zu St. John? Sie haben eben erzählt, dass Sie die Asche …«

»Beziehung? Ich habe keine Beziehung. Ach, die Kirche. Ja. Die Sippe meiner Frau liegt dort begraben. Seit 'ner Menge Generationen. Hunderte von Jahren. Wohlsein.« William Bowdery versuchte gleichzeitig an seiner Zigarette zu ziehen und aus dem Glas zu trinken. Dann ließ er sich wieder in den Sessel fallen und schloss die Augen. Er hatte Jenkins offenbar vergessen, denn er begann leise eine Melodie zu pfeifen. Jenkins erkannte *White Cliffs of Dover*: There'll be bluebirds over / The white cliffs of Dover.

Er stand auf. Er hätte den Alten gerne noch gefragt, ob er von einer Sekte wisse, die im Umfeld von St. John ihr

Unwesen trieb. Aber das würde er auf ein anderes Mal verschieben.

Beim Hinausgehen bemerkte er, dass Bowderys Zigarette bis zum Filter heruntergebrannt war. Der Alte ließ nicht erkennen, ob er sich verbrannt hatte. Vielleicht hatte er bewusst auf den Schmerz gewartet, um den anderen nicht spüren zu müssen. Wenigstens für diesen einen Abend nicht mehr.

Kaum hatte Simon das Haus des Fischers verlassen, begann es zu regnen wie aus Kübeln. Auch das hatte Luke vorhergesagt. Der Nebel hatte sich verzogen, ebenso wie die Möwen, Drosseln oder Dohlen, dafür hingen schwarze Wolken tief über der Bucht, als müssten sie sich auf den Klippen abstützen. Es war kalt. Jenkins knöpfte seine Joppe zu und schlug den Kragen hoch. Von Bowderys Haus zu seinem Cottage war es ein ziemliches Stück zu gehen und der etwas abschüssige Weg glitschig. Der Stock war ihm keine große Hilfe.

Zurück im Cottage, nahm er seine Medizin ein. Mit Tee, Brot und einer schnell gebratenen Scholle wechselte er anschließend ins Wohnzimmer. Der Tag war sehr ereignisreich gewesen. Ein guter Grund für die Musik von Wilko Johnson und Roger Daltrey: *Going Back Home*. Der schroffe Blues würde ihm beim Nachdenken helfen. *Sneaking Suspicion*. Er spürte jeden Muskel, als er aufstand und die CD in den Player schob. Erschöpft wie nach einem Marathon, kehrte er zum Sofa zurück und ließ sich mit einem Ächzen nieder.

Welche Bilder hatte Victoria gesehen? Fotos, auf denen ihre Mutter zu sehen war? Allein oder mit jemand anderem? Wenn ja, wer mochte es sein? Und in welcher Umgebung waren sie entstanden? Ihre Mutter und ihr Vater – das wäre nichts, worüber sie hätte erschrocken oder entsetzt sein müssen.

Nacktfotos? Oder Schlimmeres? Jenkins konnte sich so einiges vorstellen. Wenn es sich um eindeutige Situationen handelte, wer genau war auf den Bildern zu sehen? Am Ende gar Bowdery mit seiner Schwiegertochter?

Was war im Haus der Bowderys damals wirklich passiert?

Wo war ihr Smartphone? Und welche Bilder hatte sie darauf gespeichert?

Er lehnte sich zurück. Es war verzwickt. Keine Indizien, keine Spuren. Er hatte kein Recht, im Haus des alten Kapitäns herumzuschnüffeln. Er konnte nicht einfach zu Bowdery gehen und dem Großvater auf den Kopf zusagen, was ihn umtrieb. Und es wäre das Beste, Luke nichts von seinen Vermutungen zu erzählen. Der würde ihn entweder für verrückt erklären oder sofort mit eigenen Erkundigungen beginnen und damit zu viel Staub aufwirbeln. Nein. Je länger er darüber nachdachte, umso abstruser erschien ihm die eigene Theorie.

Da war noch Jason Holder. Der selbst ernannte Aufpasser von St. John wusste mehr, als er hatte sagen wollen. Das spürte Jenkins deutlich.

Gleich morgen würde er das Küsterehepaar aufsuchen.

Luke hatte ihm erzählt, dass zu den Unterstützern der Kirche »der Professor gehört, der zum Harpspielen und Singen ins Pub kommt«. Auch ihm würde er auf den Zahn fühlen.

Aber zuallererst würde er Mary Morgan aufsuchen, um ihr einzugestehen, dass er bei William Bowdery nicht weitergekommen war. Vor allem aber würde er sie bitten, sich umzuhören, ob sich jemand um Bowdery kümmern könnte. So konnte der Alte nicht weitermachen. Ihm fiel ein, dass es einen Hilfsfonds für bedürftige Seeleute gab. Dort konnte man um Hilfe bitten – falls Bowdery sich überhaupt helfen lassen wollte.

Während Jenkins sich durch die CD hörte, bei *I Keep It To Myself* – Ich behalt's für mich – und dem Stück *Everybody's Carrying a Gun* hängen blieb, ging er in Gedanken erneut die Unterhaltung mit Bowdery durch. Er versuchte sich an jeden Satz zu erinnern. Etwas hatte sich in seinem Denken festgesetzt. Ein Wort von Bowdery, ein Blick, etwas zwischen den Zeilen, das er aber nicht in Worte fassen konnte, sosehr er sich auch bemühte.

Schließlich gab er den Versuch auf. Er schaute hinaus und versuchte etwas in der Dunkelheit zu erkennen, aber er sah nur sein verwaschenes Spiegelbild. Regentropfen klatschten hart gegen die Fensterscheiben und vereinigten sich zu Bächen. Jenkins löschte die Stehlampe und zündete ein paar Kerzen an.

Eine innere Unruhe ließ ihn schließlich aufstehen und das Fenster kippen. Aus dem Rauschen des Regens und dem Geruch des nassen Laubs drängten die Erinnerungen nach vorne. Seine Zeit als Detective Sergeant im Stadtbezirk Westminster, die endlos langen und ermüdenden Schichten. Quälende Bilder: Unfälle, schwere Körperverletzung, Vergewaltigung, Totschlag, Mord.

Er sah die Kollegen, die entweder ignorant ihren Dienst

taten – manche korrupt –, und andere, die an ihren Erlebnissen zu zerbrechen drohten. Er sah die Etappen seines Aufstiegs in der Met und die Abordnung zur Sondereinheit, neu aufgestellt zum Schutz von Promis, vor allem ausländischer Politiker. Auch die Fahndung nach international operierenden Banden hatte zu ihren Aufgaben gehört.

Gemeinsam mit Moira hatte er sich freiwillig zur Protection And Search Force PASF gemeldet. Und wie er hatte auch sie das harte Training, geleitet von Angehörigen verschiedener Army-Spezialeinheiten, mit Bravour absolviert.

Eine Zeit lang hatten sie gemeinsam als Bodyguards für ausländische Politiker, Oligarchen und Potentaten gearbeitet, hatten ihren Job konzentriert und mit großer Leidenschaft erledigt.

In seiner Wohnung im Eastend war eine Schublade mit Ansteckern, Wimpeln, Urkunden und anderem Kram vollgestopft gewesen. Die Auszeichnungen hatten ihm nichts bedeutet. Moira hingegen hatte ihre Medaillen sorgfältig aufbewahrt – zur Erinnerung an die schönsten Augenblicke ihres Lebens, wie sie manchmal meinte.

Aufgewachsen auf einer kleinen Farm in Irland, war sie als Teenager aus der ewigen Abfolge von Melken, Hüten, Ausmisten, Felder-Bestellen und Ernten ausgebrochen. Sie hatte früh gespürt, dass sie nicht zur Bäuerin geboren war. Aus Abenteuerlust war sie nach London gekommen und zur Polizei gegangen – und weil sie die Freundinnen und Freunde satthatte, die ihre Freizeit einzig dazu nutzten, in den Pubs der Gegend einen halbwegs akzeptablen Partner für die Zukunft zu finden. In Irland waren die Perspektiven für eine junge Frau damals nicht sonderlich gut gewesen. In der englischen Hauptstadt war sie aufgeblüht, hatte die Clubs genossen, die langen Nächte in Soho, Knightsbridge und anderswo. Die Unrast Londons, die so kreativ und so gefährlich zugleich war, hatte sie angezogen.

Bis zu jenem fatalen Nachmittag.

Es war nebelig gewesen, der Asphalt nass und die Kurve zu eng. Irgendwo in Kensington. Einer ihrer Informanten hatte sie aus seiner Stammkneipe angerufen und gemeint, ihr »Zielobjekt« sei auf dem Weg, die Stadt zu verlassen. Simon hatte sofort handeln müssen, ohne Absprache mit seinem Vorgesetzten. Nach dem kurzen Telefonat hatte er Moira nur zugenickt, und sie hatte sofort Bescheid gewusst. Ohne weitere Fragen zu stellen, war sie zu ihm in den Wagen gestiegen.

Beide hatten gewusst, dass es ein Einsatz mit ungewissem Ausgang war. Er konnte ein paar Stunden dauern, die ganze Nacht oder Tage. Aber das war kein Thema. Das Monster, das seinen Dealern Prämien für jeden neuen Kunden zahlte, sollte nicht davonkommen.

Hinterher war nicht mehr mit letzter Sicherheit zu klären gewesen, ob die Bremsen versagt oder er mit dem Rover die Kurve in zu hohem Tempo genommen hatte. Der Leiter der Met hatte Monate später gemeint, er könne von »Glück reden«, dass niemand sonst zu Schaden gekommen war. Gleich hinter der Kurve lag ein Altenheim.

Glück! Sein Chef hatte dreist und anmaßend von Glück gesprochen. Und davon, dass sie »den meistgesuchten

Drogenboss in Europa so einfach hatten entkommen lassen. Ein mehr als bedauerlicher Umstand.«

Er hatte tatsächlich »bedauerlicher Umstand« gesagt. Das Arschloch hatte doch nur Angst um seine eigene Karriere gehabt. Bei dem Gedanken musste sich Simon aufrichten, weil der Schmerz an seinem Rückgrat wie auf einer leeren Landstraße auf und nieder raste. Vor seinen Augen tanzten das Rot des brennenden Autos und das Blau des Polizeilichts.

Als der Schmerz endlich nachließ, stand er auf und ging doch noch einmal hinüber ins Atelier. Dort knipste er das Deckenlicht an und griff zu seinem Skizzenbuch. Ohne auf die Kälte zu achten, die mit der Zeit durch Hose und Hemd drang, entwarf er in fiebriger Hast eine Skizze nach der anderen von Moiras Gesicht.

Um am Ende doch nur enttäuscht und wütend jedes Blatt vom Block zu reißen und von Neuem zu beginnen. In dieser Nacht gelang es ihm nicht, Moiras einzigartigen Gesichtsausdruck festzuhalten, diese Mischung aus Konzentration auf die Verfolgungsfahrt und liebevollem Blick zu ihm hinüber. Erst im Morgengrauen warf er den Zeichenstift hin.

Er weinte, als er endlich das Licht löschte und ins Schlafzimmer hinüberging.

XVIII.

Hausarbeit. Mary summte eine Melodie. *Part of me*, ein Song von Damian Wilson. Verlust, Abschied und Sehnsucht: *I was tired beyond belief / Reached out just to search for peace / And breathe the water of the deep / Still my body could not find sleep*. Ein ruhiges Lied, eher untypisch für den Hardrocker, der trotz ausgedehnter Tourneen ab und zu unten im Pub auftauchte.

Ich war unglaublich müde, suchte Frieden, sang Wilson. Im Grunde war sie gar nicht traurig. Ganz im Gegenteil. Nach der verregneten und stürmischen Nacht war der Himmel aufgerissen und von einem frischen Blau. Die Sonne schien, die Luft war so klar und kühl, wie sie es nur im Herbst sein konnte. Ein verheißungsvoller Tag, an dem man am liebsten auf dem Küstenpfad unterwegs war mit der Aussicht auf die eine oder andere nette Begegnung, den Möwen beim Nichtstun zusah und den vorbeiziehenden Schiffen eine gute Reise wünschte, die Hände in die Jackentaschen steckte und mit sich und dem Rest der Welt zufrieden war. Das andere existierte gerade nicht.

Sie ließ den Putzeimer an der Tür zum Frühstückszimmer stehen. Es war das frühere Wohnzimmer ihrer Eltern, der einzige Raum, den Mary nach ihrem Entschluss, ein B&B zu eröffnen, völlig neu hatte herrichten müssen. Als Mädchen hatte sie dort ungezählte Stunden am Fenster gesessen und auf die Bucht und die See hinausgeschaut. Damals war ihre Sehnsucht nach der unbekannten Welt jenseits des großen Wassers entstanden.

Unter der niedrigen Zimmerdecke tanzten die Staubpartikel in der Sonne, die durch das große Fenster schien. Mary legte den Lappen beiseite und setzte sich auf die Fensterbank. In den Sommermonaten wurden nahe der Bucht immer wieder mal Delfine, Seehunde und die für Menschen ungefährlichen Riesenhaie gesichtet, dazu kleinere Sardinenschwärme.

So kräftig blau und grün, wie sich die Natur an diesem Vormittag vor ihr ausbreitete, würde es nicht mehr lange sein. Bald würden die Stürme das Meer in die Bucht peitschen. Aber noch kräuselten sich die Wellen nur und trugen wie zum Spaß winzige Schaumkronen.

Zu den Möwen, die über den Felsen im Wind schaukelten, hatten sich ein paar Rabenvögel gesellt, nahmen mit ihren breiten Schwingen den Wind auf und ließen sich tragen.

Der Naturhafen war bis auf die Boote der Freizeitkapitäne und Angler leer. Das gute halbe Dutzend Fischkutter würde erst in ein paar Stunden nach und nach auf den steinigen Strand auflaufen. Mary freute sich wie jedes Mal auf ihre Rückkehr. Von hier aus sahen die Boote mit ihren Ruderhäuschen wie Nussschalen aus. Wenn sie es nicht besser wüsste, würde sie kein Pfund darauf verwetten, dass sie dem Wetter trotzen konnten. Mary mochte besonders die *Scorpio*. Ihr Segel schien viel zu groß für den gedrungenen Rumpf. Sie sah aus wie das Spielzeugboot eines Marionettentheaters.

Mary wusste, dass diese Handvoll Männer, die Nacht für Nacht hinausfuhren, ihren Arbeitsplatz um nichts in der Welt eintauschen würden.

Als sie den Blick vom Horizont abwandte, sah sie Simon Jenkins zum Ufer hinuntergehen. Der Mann mit dem Gehstock. Er trug diesmal seinen Hut, der selbst auf die Entfernung zerknautscht aussah. Sie musste beim Anblick der einsam am Wasser stehenden Gestalt lächeln.

Unversehens durchströmte Mary eine Wärme, die sie schon einmal gespürt hatte – in seinem Haus, beim Gespräch über das Leben und die Kunst. Sie hatte da schon gemerkt, dass sie auf eine verwandte Seele getroffen war.

Sie schob den Gedanken beiseite. Sie hatte geschworen, sich nicht wieder zu verlieben. Daran würde sich nichts ändern. Gleichzeitig spürte sie eine Leichtigkeit, die ihr guttat.

Jenkins, der ehemalige Polizist aus London. Mary beobachtete seine Bewegungen und seinen Gang, aufrecht und stolz, trotz seiner Behinderung. Sie wüsste gerne den Grund, warum er nach Cadgwith gekommen war, um an diesem Ort ein völlig anderes Leben zu führen.

Sie hatte die verschiedensten Gerüchte gehört: dass ihn seine Frau verlassen hatte, er aus dem Dienst entfernt worden war, weil er als Krüppel dienstuntauglich war, dass er als Drogenfahnder selbst abhängig gewesen war. Lauter solches Zeug.

Dummer Dorftratsch. Sie hatte instinktiv gewusst, dass es einen anderen Grund geben musste, wenn jemand derart konsequent mit seinem bisherigen Leben brach.

Simon stand unmittelbar an der Wasserlinie, als wolle er der Natur Einhalt gebieten, unbeugsam und knorrig. Ein Landlord, der gekommen war, um nach dem Rechten zu sehen, den Kragen seiner grünbraunen Joppe hochgeschlagen, in weiten dunklen Hosen, den Hut leicht schräg auf dem Kopf.

Was mochte er in diesem Augenblick denken?

Ein Mann gesellte sich zu ihm. Der Statur nach war es Luke. Die beiden waren häufig zusammen. Luke schien auf seinen Freund einzureden, Jenkins nickte ein paarmal und wies mit dem Gehstock auf das Meer und auf die Häuser, die weiter oben in der Bucht standen.

Mary stand auf und griff zum Wischtuch. Putzen war nicht ihr Ding, aber sie konnte schließlich nicht den ganzen Tag vertrödeln. Bevor es Mittag war, musste das Zimmer hergerichtet sein. Auch die übrigen Räume warteten auf eine ordnende Hand.

Außerdem hatte sie ihrer Tante versprochen, Scones zu backen und ihr vorbeizubringen.

Sie stand in der Küche und hatte gerade das Blech mit den Scones in den Ofen geschoben, als es zaghaft an der Küchentür klopfte.

»Ich bin ein bisschen spät dran.«

Mary fuhr erschrocken herum. Sie hatte niemanden kommen hören. Trotz der unerwarteten Begegnung mit Michael konnte sie sich nicht dazu durchringen, die Haustür abzuschließen. Offene Türen hatten Tradition in Cadgwith – obwohl sich nicht mehr alle daran hielten. Mittlerweile kamen immer mehr Fremde in die Gegend. Vor ihr stand der junge Mann von der Royal Mail.

»Wesley.«

»Ich wollte Sie nicht erschrecken.« Der Postbote hob entschuldigend die Hände und hielt ihr dann einen Brief entgegen. »Ich habe nur ein Schreiben für Sie. Und da der Laden geschlossen hat, dachte ich mir, ich bringe es schnell vorbei.«

Noch bevor Mary etwas sagen konnte, war der hilfsbereite Bote auch schon wieder verschwunden. Neugierig drehte sie den braunen Umschlag in ihren Händen. Kein Absender, aber eindeutig in England abgeschickt. Mit dem Zeigefinger fuhr sie unter die Lasche und riss den Brief erwartungsvoll auf.

In ihm steckte eine Kunstpostkarte, unbeschrieben. Franz Marc, »Blauschwarzer Fuchs«. Eines ihrer Lieblingsmotive. Mary ließ irritiert die Karte sinken. In Köln hatte auf ihrem Schreibtisch eine ähnliche Kopie des Bildes gestanden. Sie hatte sich damals beim Betrachten des Ölgemäldes jedes Mal aufs Neue in dem Farbenspiel verloren.

Aber nun machten ihr die kräftigen Farben Angst.

Sie ließ sich auf den nächstbesten Stuhl sinken. Die Freude, die sie gerade noch beim Backen empfunden hatte, war von einer Sekunde auf die andere einer Enge in der Brust gewichen, die mit jedem Atemzug beklemmender wurde.

Sie versuchte ruhig zu atmen und wehrte sich mit Macht zu akzeptieren, was ihr im Grunde sofort klar war.

Michael!

Ja, nur so konnte es sein. Michael wollte ihr drohen. Das war kein Spaß. Die Karte war eine deutliche Warnung. Und die Aufforderung, zu ihm nach Köln zurückzukehren.

Sie schreckte auf und ging zur Haustür. Aber selbst das

Geräusch, das der Schlüssel verursachte, als er sich im Schloss drehte, konnte sie nicht beruhigen. Sie hatte längst vergessen, dass sie mit der Hausarbeit noch nicht fertig war. Ruhelos wanderte sie durchs Haus in der Hoffnung, irgendwo einen Platz zu finden, der ihr Zuflucht bot. Aber sie fand nichts, weder in den Gästezimmern noch in ihren eigenen Räumen.

Wie auch? Nur Michael wusste von dem kleinen Bild auf ihrem Kölner Schreibtisch. Es gab nur diese eine Erklärung.

Franz Marcs Blauschwarzer Fuchs war der Beweis, dass es ihr unmöglich war, dem Schicksal zu entkommen.

Nein.

Er war nicht ihr Schicksal! Er war eine Bedrohung, so real wie der Mord an Barbara Thompson oder Victorias Sturz von den Klippen.

Sie ging in die Küche, ließ Wasser über ihre Arme laufen und kühlte die heißen Wangen. Das kalte Wasser tat ihrer Haut gut, ihre Gedanken spülte es aber nicht weg.

Mary brauchte frische Luft. Sie öffnete die Tür und setzte sich auf die Bank vor dem Haus. Der Ostwind hatte zugenommen und fuhr ihr kräftig durchs Haar. Es war kühl, obwohl die Sonne schien. Fast trotzig ließ sie den Wind gewähren und schloss die Augen.

XIX.

»Ist doch ganz einfach.« Luke hob sein Pint.

»Wie meinst du das?«

Es war noch zu früh für die Musik, dennoch drängten sich die Zuhörer im Cadgwith Cove Inn. Helen und Garry hatten hinter der Theke alle Hände voll zu tun. Simon und Luke hatten sich auf die Bank zurückgezogen, die wie stets an diesen Abenden den Musikern vorbehalten war.

»Wie ich's sage.« Luke grüßte mit einem flüchtigen Nicken seine Nachbarin Chrissy, die mit ihrem Mann Nick selten einen Musikabend ausließ und auf die Bar zusteuerte. »Nun überleg doch mal, Bulle: Wenn das Mobiltelefon in Bowderys Haus nirgends zu finden ist«, er zählte an seinen Finger ab, »Vic angeblich kein Versteck gehabt hat, ihr Opa nichts davon weiß, dass sie es verloren hat …« Er hob die Augenbrauen und überließ es seinem Freund, den seiner Meinung nach einzig möglichen Schluss zu ziehen.

»Du meinst …?«

»Exakt.« Luke trank einen großen Schluck. Als habe er gerade verkündet, der neue Außenborder für sein Boot sei ein Schnäppchen gewesen.

»Hätte ich auch selbst drauf kommen können.« Jenkins rückte ein wenig zur Seite, damit Dave »Windows« seinen angestammten Platz auf der langen Bank einnehmen konnte.

»Vielleicht bist du ja doch schon zu lange aus dem Job raus.« Luke grinste breit.

Jenkins überhörte die spitze Bemerkung. Luke hatte ja recht. »Angenommen, Victoria hatte ihr Telefon dabei, als sie von den Klippen gestürzt ist, und die Polizei hat nichts gefunden, dann liegt es entweder auf dem Meeresboden, oder es steckt irgendwo in den Klippen fest.«

»Genau.« Luke prostete Dave zu, der von ihrer Unterhaltung nichts mitbekommen und angestrengt in seinen Songtexten gekramt hatte. »Du musst es suchen und finden. Wer weiß, was auf dem Telefon gespeichert ist.« Er beugte sich verschwörerisch zu Jenkins. »Wenn Marys Theorie stimmt und Victoria tatsächlich ermordet wurde, dann finden wir vielleicht Spuren, die der Mörder hinterlassen hat.«

Luke wollte nicht aufgeben. Sein Eifer hatte etwas von Doktor Watson. Jenkins schüttelte dennoch den Kopf. »Das ist Sache der Polizei.« So leicht wollte er sich nicht locken lassen.

»Hast du doch gehört, die hat den Fall längst abgeschlossen.«

Simon überlegte. Luke hatte nicht unrecht. Es gab in der Tat nicht das kleinste Indiz, das ausreichen würde, die ausgeklügelte Maschinerie der – überdies kostspieligen – Spurensuche erneut in Gang zu setzen. Er hätte dazu im Gespräch mit DI Marks keine überzeugenden Argumente. Marks hätte im Gegenteil leichtes Spiel, ihm auf seine herablassende und blasierte Art erneut deutlich zu machen, dass er nichts davon hielt, wenn Unbeteiligte meinten, Polizei spielen zu müssen. Besonders, wenn es sich um ehemalige Kollegen handelte.

Die rüde Art des DI war ihm nur zu vertraut. Solche Typen hatte er bei der Metropolitan zur Genüge erlebt. Diese Mischung aus Arroganz und Rücksichtslosigkeit war vielen das geeignete Schmiermittel auf ihrer Karriereschiene gewesen. Das Schlimme war, dass mit steigendem Dienstgrad die Dichte solcher Charaktere zunahm.

Marks war einer dieser Typen, die ständig unter Strom standen. Und statt zu tun, was ihre Aufgabe gewesen wäre, hatten sie nicht selten schon auf der Fahrt zum Tatort sehr konkrete Vorstellungen vom Ablauf und den Hintergründen der Tat. Genauer hinsehen machte einfach zu viel Arbeit und kostete nur unnötig Zeit. Ungereimtheiten fielen ihnen meist erst dann auf, wenn sie unmittelbar mit der Nase darauf gestoßen wurden. Das Suchen nach Details, die dem Fall die entscheidende Note und Wendung gaben, kam ihnen längst nicht mehr in den Sinn. Merkwürdiges musste schon die Größe eines Scheunentores haben, um ihr Interesse zu wecken. Für Marks war Vics Tod nichts weiter als ein weiterer dummer Unfall, im günstigen Fall ein unnötiger Selbstmord.

»Du sagst ja nichts.«

»Ich klettere da nicht runter.«

»Also findest du meine Idee gut?«

»Jedenfalls ist sie eine Überlegung wert.«

Luke kratzte sich am Kinn. Er konnte die Genugtuung über Simons Entschluss kaum verbergen. »Also, ich wüsste jemanden.«

Warum wunderte ihn das nicht? Luke kannte immer irgendjemanden, der ihm noch einen Gefallen schuldete oder der über ungeahnte Talente verfügte. Wobei manchmal im Dunkeln blieb, worin denn das besondere Talent wirklich bestand.

»Ich denke darüber nach.« Simon wollte es ihm erst einmal nicht zu leicht machen.

»Der ist wirklich gut. Ein Baumkletterer.«

»Baumkletterer? Der muss schon lange arbeitslos sein bei dem Baumbestand hier in der Gegend.«

»Wie witzig. Er ist in Wahrheit Baumchirurg.« Luke schien tatsächlich ein wenig beleidigt. »Ein Ami. Jeff Hipson. Lebt in einem Caravan bei Kennack Sands, die meiste Zeit jedenfalls. Den kann ich fragen. Der ist wirklich gut.« Er nickte. »Wenn einer in den Klippen klarkommt, dann Jeff.«

Da er wusste, dass Luke nicht lockerlassen würde, hob er lediglich eine Augenbraue. »Meinetwegen frag ihn. Aber kein Aufsehen. Ich möchte nicht, dass das halbe Dorf zusieht, wenn dein ›Chirurg‹ da herumturnt.« Vor allem wollte Simon nicht mit der Aktion in Verbindung gebracht werden.

»Keine Sorge.« Luke lehnte sich zufrieden zurück.

»Ich an deiner Stelle wäre nicht so zuversichtlich. Das Gelände ist äußerst unüberschaubar. Da was zu finden, ist wie die Suche im Heuhaufen. Und es ist gefährlich, auch für einen Baumkletterer, mag er noch so geübt sein. Außerdem kann es sein, dass sich längst die Krebse und Hummer über das Telefon hergemacht haben.« Ihn amüsierte Lukes naive Zuversicht einmal mehr. »Deine Euphorie in allen Ehren, es besteht aber immer noch die Möglichkeit, dass Victoria das Telefon nicht dabeihatte.«

»Unsinn, du wirst sehen. Was ist überhaupt los mit dir?« Luke gab ihm einen aufmunternden Klaps auf die Schulter. »Du siehst aus, als hättest du keinen guten Tag gehabt.«

»Hm.« Jenkins begann seine Mundharmonikas zu ordnen. Was sollte er auch sagen? Die Folk Night war nicht die passende Gelegenheit, um über Probleme zu reden. Auch nicht mit Luke.

»Ich fahre morgen Abend raus. Kommst du mit?« Als er Jenkins' fragenden Blick sah, fügte er hinzu: »Ich war schon ein paar Tage nicht bei den Hummerkörben. Wird echt Zeit. Ist keine lange Fahrt. Ich muss die Körbe kontrollieren und ausräumen, sonst fressen sich die kleinen Tierchen am Ende noch gegenseitig auf. Wär' ja nicht das erste Mal.«

»Wir können mein Boot nehmen.«

»Warum eigentlich nicht? Hast du den Motor reparieren lassen?« Die Sache begann unerwartet Fahrt aufzunehmen.

Simon nickte. »War nichts Großes.«

»Also, abgemacht. Wir fahren mit deinem.« Er stieß Simon neckend in die Seite. »Wenn ich auch deinem ollen Kahn nicht wirklich traue. Du hättest ein bisschen mehr auf den Tisch legen sollen für ein anständiges Boot. Wenn es größer wäre, würde ich sagen, hart am Rand eines Seelenverkäufers. Das Ding ist nur noch was für Schönwetter-Fahrten.«

Dass Simon sich beim Kauf des betagten Kahns hatte übers Ohr hauen lassen, war ein *running gag* unter den Fischern. Sie hatten ihm halb belustigt, aber auch mit einer gewissen Bewunderung bei den Renovierungsarbeiten zugesehen.

Er hatte das Boot, die *Kraken*, mit Schnitzereien und aufgemalten Bildern versehen. Derart markant und auffällig, lag es nun wie die übrigen kleinen und großen Fischerboote, Jollen und auch das eine oder andere Ruderboot unten im Hafen und war bei den Touristen ein beliebtes Fotomotiv. Vermutlich, weil sie es für den sichtbaren Beweis für die Legenden aus den Zeiten der Piraten hielten.

»Wenn du meinst, dann …«

»Unsinn, wird schon nichts passieren. Es ist ruhige See angekündigt. Nach längstens einer Stunde sind wir wieder zurück.« Er schlug Simon erneut auf die Schulter. »Ich räum dann mal den Platz, bin ja kein so begnadeter Musiker wie ihr. Geht eh gleich los. Werd nicht lange bleiben, muss noch ein paar Knotenbilder fertig machen. Ein Kneipenbesitzer aus Broadway hat sie bei mir bestellt. Scheinen in den Cotswolds als was echt Exotisches zu gelten, meine Knoten.« Er schüttelte wie ungläubig den Kopf und stand auf.

»Landratten halt«, rief Simon ihm hinterher.

Simon schmunzelte. Luke kannte die Küste in diesem Teil Cornwalls wie seine sprichwörtliche Westentasche. Jeder Felsen, jede von den Gezeiten und der Brandung in die Felsen gefressene Höhle war ihm vertraut. Oft fuhr er aus purer Lust an der Natur und an seiner Heimat an der Küstenlinie entlang, um dann in die eine oder andere Bucht einzubiegen oder um dem besonderen Klang seines Bootsmotors in den tief in den Fels hineinragenden Höhlen zu lauschen.

Er behauptete gerne – vor allem den staunenden Touristen gegenüber –, einige hätten Verbindungen zu Häusern oder zu St. John, die abseits des Dorfes lag. Als Beweise galten ihm die von menschlicher Hand ausgehauenen Nischen in den Felswänden, die angeblich für Kerzen oder Fackeln vorgesehen waren. Es gab diese Nischen tatsächlich, aber ob die Höhlen wirklich in derartige Gänge mündeten, war unbewiesen. Die Vorstellung, dass die Piraten solche Stollen vorangetrieben hatten, um ungesehen ihre Beute an Land zu bringen, war verlockend und romantisch. Es gab geschäftstüchtige Kneipiers, die mit der Fantasie ihrer Gäste spielten. So hieß das Pub in Lamorna »Lamorna Wink«. Mit einem Zwinkern, einem *wink*, hatten Wirte damals darauf aufmerksam gemacht, dass geschmuggelter Brandy eingetroffen war.

Einerseits bewunderte Simon seinen Kumpel. Unbekümmert und mit sich und der Welt im Reinen, lebte Luke sein Leben. Das Meer war Heimat und Arbeitsplatz in einem. Er respektierte die Gefahren, die die See für jeden auch noch so Erfahrenen bereithielt. Und er schätzte die Früchte, die das Meer ihm nach harter Arbeit überließ. Cadgwith war seine Heimat, und es gab aus seiner Sicht keinen Grund, sie zu verlassen. Deshalb litt er, wenn er sie doch einmal – und sei es nur für eine Woche Urlaub, die seine Frau ihm abgerungen hatte – hinter sich lassen musste. Seine Familie bedeutete Luke alles, daher ergab er sich seinem Schicksal, ohne darüber allzu viel Aufhebens zu machen.

Andererseits: Luke lebte in einer geordneten und überschaubaren Welt, die Simon zu eng wäre. Dafür hatte er zu lange unabhängig in London gelebt. Sein Bewegungsradius war durch die Verletzung der Wirbelsäule zwar eingeschränkt, aber nur räumlich. Er hatte bis zu jenem Unfall die überbordende Vielfalt einer Metropole genossen.

Die Zeit im Krankenhaus hatte ihn gelehrt, das Leben der anderen nicht gering zu schätzen. Jeder Einzelne war damit beschäftigt, um seine Existenz zu kämpfen, und das tat im Grunde jeder für sich allein.

»Wer fängt an?« Daves Aufforderung holte ihn in die Welt der Folk Night zurück. Die übliche Runde aus lokalen und regionalen Musikern hatte sich fast komplett eingefunden.

Der Abend verlief anders als erwartet. Die Musiker schienen alle nicht recht bei der Sache. Selbst *Cousin Jack*, eines der von den Gästen stets begeistert mitgesungenen Highlights der Folk Nights, klang verhalten und dünn. Vielleicht hatte der zweite Todesfall bei den Menschen seine Spuren hinterlassen.

Dave J. »Windows« Hearn hatte alle Mühe, mit seinen humorvollen Kommentaren die Musiker und das Publikum einigermaßen bei Laune zu halten. Es war schon spät, und der Abend neigte sich bereits dem Ende zu, als sich Brian Kernow zu der Runde gesellte. Der emeritierte Professor für französische Geschichte war mit seiner Frau erst vor Kurzem nach Ruan Minor gezogen und als guter Harpspieler und Sänger schon bald fester Bestandteil der Folk Nights geworden.

»Hast du einen Augenblick?« Simon nutzte die Gelegenheit, als sie zufällig gemeinsam das Pub verließen. »Es geht um St. John.«

Kernow klemmte sich die kleine Tasche mit den Harps unter den Arm und blieb unter dem Dach des Vorhofs stehen. »Schlimme Sache.« Er hob eine Augenbraue. »Um was geht's? Um den Mord, vermute ich.«

Jenkins nickte.

»Wirklich schlimme Sache. Die Polizei war schon ein paarmal bei uns Vereinsmitgliedern.« Er neigte den grauhaarigen Kopf, als müsse er darüber nachdenken und als würde er sich immer noch wundern. »Wir sind doch nur eine Handvoll Enthusiasten, die sich um den Erhalt des kulturellen und spirituellen Erbes kümmern. Was können wir schon wissen?« Er lächelte.

»Die Polizei geht jeder noch so kleinen Spur nach. Erst recht, wenn die Indizienlage so dünn ist.«

»Ist schon klar. Aber Spur? Von uns hat niemand Barbara Thompson umgebracht. Das haben wir – selbstverständlich unnötigerweise – schon mehrfach beteuert. Aber der Inspektor kommt immer wieder mit neuen Fragen.«

»Das verstehe ich.«

»Du warst ja selber mal bei dem Verein.« Kernow sah auf seine Armbanduhr. »Ich will nicht unhöflich sein, lieber Simon. Es ist schon spät, und ich würde jetzt gerne gehen.« Er deutete auf die Lücke zwischen den Häusern auf der gegenüberliegenden Straßenseite, die den Blick auf einen schmalen Streifen Bucht freigab. »Der Nebel wird dichter. Das macht den Weg hinauf nach Ruan Minor nicht eben angenehmer. Ich hätte meine Maglite mitnehmen sollen. Höchste Zeit, dass wir endlich 'ne echte Straßenbeleuchtung bekommen. Auch so ein Thema, für das wir ein Komitee gründen sollten.« Er sah Jenkins mit offenem Blick an. »Aber ich schweife ab. Also, sag schnell, was kann ich für dich tun?« Er warf erneut einen Blick auf die Uhr.

»Ich frage mich, warum die Tote ausgerechnet in St. John abgelegt wurde.«

»Ich habe nicht die geringste Ahnung. Das habe ich dem Inspektor und seinen Kollegen auch schon gesagt. Mehrfach.«

»Es geht das Gerücht, dass es hier in der Gegend eine Sekte geben soll, die sich, ich sage mal, auf solche alten Gemäuer ›spezialisiert‹ hat, um dort ihre Riten abzuhalten.«

Kernow musste lachen und legte die Tasche mit den Harps auf einen der Tische, die unter dem Hofdach standen. Nun nahm er sich doch Zeit. »Und nun meinst du, wir haben etwas mit dieser Sekte zu tun? Simon.« Er schüttelte ungläubig den Kopf. »Wir mögen in den Augen einiger ein paar Unverbesserliche sein oder auch Spinner, die ihre Zeit damit vergeuden, sich um eine marode Kirche zu kümmern statt um wichtigere Dinge. Damit habe ich kein Problem. Aber das Gerücht, Kontakte zu einer Sekte zu unterhalten, die in unserer Kirche schwarze Messen abhält, das geht nun wirklich zu weit.«

Kernow lächelte zwar, aber in seinen Augen stand eine Spur Zorn. Jenkins war offenbar zu weit gegangen. Oder er hatte genau ins Schwarze getroffen. Er würde es herausfinden. »Ich wollte dir nicht zu nahe treten, Brian. Ich habe lediglich davon gesprochen, was man sich in der Gegend so erzählt.«

»Als ehemaliger Polizist solltest du wissen, dass Gerüchte eine böse Wirkung haben können. Das Einzige, was zählt, sind Fakten. Daran sollte sich die Wissenschaft und auch die Polizei halten. Und du tätest gut daran, wenn du deine alten Grundsätze nicht vergisst. Bist du einfach nur neugierig, oder was treibt dich dazu, mir solche Fragen zu stellen?«

»Ich mache mir nur meine Gedanken.«

»Du solltest deine Kollegen die Arbeit machen lassen. Sie werden den Fall schon noch aufklären.«

»Darf ich dich dennoch fragen, was du über die ganze Sache denkst? Hast du einen Verdacht?«

»Nein. Sollte ich?« Kernow warf einen schnellen Blick auf die Tasche mit den Mundharmonikas.

»Wenn so etwas in ›meiner‹ Kirche passieren würde, käme ich aus dem Grübeln nicht mehr heraus. Was sagen denn die anderen in deinem Komitee?«

»Eine Tote in einer Kirche ablegen – das ist doch absurd. Ich kann es mir nur damit erklären, dass sie gefunden werden sollte. Und ich sage es gleich, damit du nicht auf falsche Ideen kommst: Es gibt niemanden, dem ich Kontakt zu einer Sekte zutraue. Absolut niemanden. Und: Ich kannte Barbara Thompson lediglich vom Sehen.«

»Also machst du dir doch Gedanken.«

Der Nebel schob sich die Bucht hinauf.

»Das klingt eher wie eine Unterstellung. Es ist doch wohl nur natürlich, dass ich mir Gedanken machen. Dennoch habe ich … haben wir keinen blassen Schimmer, wer so etwas tut und was im Kopf dieses Mörders vorgeht.«

»Habt ihr in den vergangenen Tagen oder Wochen etwas Ungewöhnliches im Umfeld der Kirche beobachtet? Leute, die sich sonst nicht um den Bau kümmern, vielleicht.«

»Hör zu, Simon. Ich bin nicht jeden Tag dort. Mir ist nicht bekannt, dass etwas vorgefallen ist, das uns hätte stutzig machen müssen. Alles, was ich weiß, ist, dass wir dringend einen versierten Maurer für die nötigsten Arbeiten brauchen. Und vor allem Geld, um die Kosten tragen zu können. Der Rest interessiert uns nicht. Ohne unser Engagement wird St. John die nächsten Jahre nicht überleben.« Er sah hinaus in den heraufziehenden Dunst. »Das Schlimmste ist allerdings: Die Kirche wurde durch das schändliche Verbrechen entweiht, der heilige Ort besudelt. Eine Kirche ist zwar der Zufluchtsort für die Lebenden und die Toten, dennoch wurde St. John schwerer Schaden zugefügt. Der Weihbischof von Westminster wird kommen müssen.«

»Von diesen Dingen verstehe ich nichts.«

»Das sind die wahren Themen, die uns beschäftigen. Wir stehen in engem Kontakt mit London. Also frag mich jetzt bitte nicht nach irgendwelchen Gerüchten.«

Kernows anfängliche Zugewandtheit hatte sich endgültig ins Gegenteil verkehrt. Er nahm seine Harps wieder an sich und machte damit unmissverständlich klar, dass er das Gespräch für beendet hielt. »Gerüchte. Wir haben nicht das Geringste damit zu tun.« Er schüttelte entschieden den Kopf. »Das ist doch alles dummes Zeug. Komm doch mal zu unseren Sitzungen, dann bekommst du einen Eindruck von unserer Arbeit. Wir können ohnehin jeden

Mitstreiter gebrauchen. Es gibt noch eine Menge zu tun, bis St. John gerettet ist. Als Historiker interessieren mich vor allem der Kirchenbau und die geschichtlichen Zusammenhänge, die zum Bau gerade an dieser Stelle geführt haben.« Mit einem kurzen Nicken verabschiedete er sich. Am Hoftor, in das ein Steuerrad eingearbeitet war, drehte er sich noch einmal um. »Wir treffen uns jeden Donnerstagabend beim Pfarrer.«

Schon nach wenigen Metern hatte ihn der Nebel verschluckt.

Auf der Dorfstraße war es um diese Zeit wie immer still. Der Nebel hätte ohnehin jedes Geräusch geschluckt. Jenkins ging die wenigen Schritte hinunter zur Hafenbucht. Er erkannte kaum die Umrisse der Boote, die diesmal bis weit auf den Kies hinaufgezogen worden waren. Er meinte, zwischen ihnen eine flüchtige Bewegung bemerkt zu haben. Eine Katze oder ein streunender Hund. Ebenso gut konnte es eine Sinnestäuschung gewesen sein, hervorgerufen durch eine größere auflaufende Welle. Aus Gewohnheit ließ er den Blick schweifen, aber zwischen den Schiffen und den Gebäuden blieb es ruhig.

Er stützte sich auf seinen Krückstock. Die Vehemenz, mit der Kernow jeden noch so kleinen Verdacht vom Förderkreis und der Kirchengemeinde abzuwenden versuchte, wunderte ihn nicht. Er wollte nicht als religiöser Fanatiker gelten und auch nicht, dass eines der Gerüchte an ihm haften blieb. Dazu kannte er zu genau die Mechanismen in einem kleinen Dorf wie Cadgwith. Jenkins ärgerte sich nun doch ein wenig, dass er Brian Kernow überhaupt angesprochen hatte. Aber er hatte nicht aus seiner »Bullenhaut«, wie Luke es auf seine herzliche Art formuliert hätte, herausgekonnt.

Je länger er über das Gespräch mit Kernow nachdachte, umso klarer wurde ihm, dass er die alte Jenny aufsuchen musste, die in der Kirche putzte. Vielleicht wusste sie mehr zu berichten.

Auf dem Heimweg ging ihm Lukes Idee nicht aus dem Kopf, diesen ominösen Jeff zu bitten, an der Absturzstelle nach Victorias Mobiltelefon zu suchen. Er bezweifelte, dass die Aktion ohne Aufsehen ablaufen würde, und vor allem hatte er keine Lust, Marks Rede und Antwort stehen zu müssen. Auf der anderen Seite hatte sich Lukes Idee längst in seine Gedanken gegraben. Noch im Dienst, hätte er nicht eine Sekunde gezögert.

Nachdem er seine Medizin eingenommen hatte, saß er noch lange im Wohnzimmer, Eric Claptons *E.C. was here*-LP auf dem Plattenteller, und dachte nach.

Er hatte sich damals nach der schier endlos langen Reha und dem Umzug nach Cadgwith geschworen, nie mehr wie ein Polizist leben und denken zu wollen. Und nun steckte er tiefer in der Sache um Victoria Bowdery drin, als er gewollt hatte. Zu seiner eigenen Überraschung musste er sich eingestehen, dass er das nicht als Widerspruch empfand – ebenso wenig wie seine noch dürftigen Recherchen zum Tod von Barbara Thompson.

Er erneuerte seine Entscheidung: Er würde Mary dabei helfen, wieder zur Ruhe zu kommen, und er würde dem Tod der Antiquitätenhändlerin auf den Grund gehen. Anschließend würde er zu seinem alten Schwur zurückkehren. Durch diesen Gedanken wich die Unruhe einer

Aufbruchstimmung, die fast euphorisch wirkte. Ihn überkam eine angenehme Ruhe.

Simon stand auf und drehte die Langspielplatte um. Nachdem der Slowblues *Have you ever loved a woman* verklungen war, ging er hinüber ins Atelier, um noch ein wenig zu arbeiten.

Nach einer weitgehend traumlosen Nacht wachte Jenkins ungewöhnlich früh auf. Das Frühstück war das erste seit langer Zeit, zu dem er mehr zu sich nahm als einen dünnen Toast und einen Becher Tee. Dann machte er sich auf zu den beiden alten Leuten, die sich als Kirchendiener um St. John kümmerten. Das Ehepaar lebte nicht weit entfernt von seinem Cottage, nur ein Stück den Hügel hinauf.

Simon fühlte sich frisch und ausgeruht. Er hatte keine Schmerzen, obwohl der graue Himmel mit den von Osten schnell hereinziehenden Wolken und das feuchte Wetter anderes erwarten ließen.

Der Besuch bei den Kirchendienern erwies sich als wenig fruchtbar. Das Ehepaar war ihm gegenüber geradezu feindselig. Sie hätten der Polizei bereits alles gesagt. Wenn er mehr wissen wolle, solle er sich doch an die wenden. Mit diesen dürren Worten schlugen sie ihm die Tür vor der Nase zu. Auf sein erneutes Klopfen reagierten sie nicht mehr. Er hatte den Verdacht, dass sie Anweisung hatten, sich nicht zu dem Vorfall in St. John zu äußern.

XX.

Mary schlug vorsichtig den Nagel in die Wand und hängte das gerahmte Foto neben ihren Aga. Ein ungewöhnlicher Ort für ein Foto: neben dem Ofen in der Küche. Sicher galt das für viele Bilder, für dieses Schwarz-Weiß-Foto aber nicht. Es zeigte ihre Mutter in ihrer geliebten geblümten Küchenschürze, wie sie gerade eine Auflaufform in ebendieses Ungetüm von Ofen schob. Mary konnte sich keinen besseren Ort vorstellen. Sie hatte das Foto vor einiger Zeit aus der Kiste hervorgekramt, in der sie die Erinnerungsstücke an ihre Eltern aufbewahrte.

Sie trat einen Schritt zurück und nickte zufrieden. Nun hatte sie ihre Mutter nicht nur in Gedanken stets um sich, wenn sie in der Küche stand und das Frühstück für ihre Gäste vorbereitete.

Von ihrem Vater war nur eine Fotografie erhalten geblieben. Sie zeigte ihn stolz und mit Blick hinaus auf die See am Steuerrad eines Segelschiffes. Es war eine seiner letzten Fahrten gewesen. Bald darauf war er mit genau diesem Schiff in einem Sturm vor der Küste von Falmouth untergegangen. Es hatte eine Vergnügungsfahrt für vermögende Engländer entlang der Küste Cornwalls werden sollen. Der Schiffseigner hatte sich trotz der Wetterwarnung dem Geld der Passagiere ergeben. Nur wenige hatten das Unglück überlebt. Die Frage nach der Schuld hatte lange das Leben ihrer Familie bestimmt. Am Ende war nur die trostlose Gewissheit geblieben, dem Schicksal nicht entkommen zu können.

Das Porträt ihres Vaters hing im Frühstückszimmer, an der Wand gegenüber den Fenstern. So sah es aus, als habe er immer noch die See im Blick. Wenn sie von ihren Gästen auf den »stolzen Seemann« angesprochen wurde, erzählte sie voller Freude von ihm und seinem Leben. Zugleich versetzte ihr die Erinnerung jedes Mal aufs Neue einen Stich, so schmerzlich empfand sie noch immer den Verlust.

Sie räumte den Hammer weg und machte sich fertig, um den Laden pünktlich zu öffnen. Auf dem Pfad hinunter zur Dorfstraße kam ihr Terry Bennett entgegen.

Hätte sie doch nur ein paar Minuten später das Haus verlassen! Sie konnte nicht kehrtmachen, denn das würde wie Schwäche oder Flucht aussehen. Schlimmer noch, sie käme sich lächerlich vor.

»Frau Nachbarin.« Bennett deutete eine galante Verbeugung an und grinste. »Schön, dass ich Sie wieder einmal treffe.«

Mary nickte knapp und wollte sich mit gesenktem Kopf an ihm vorbeidrängen.

Sein joviales Auftreten verdeckte nur mühsam den bedrohlichen Ton hinter seinen Worten. Ein Mann, der in bestimmten Situationen auch vor körperlicher Gewalt nicht zurückschreckte. Ein Wochenendkneipenschläger.

Bennett mochte Ende vierzig, Anfang fünfzig sein. Nicht sehr groß. Sein rundes Gesicht wurde von fleischigen Wangen und einer ausgeprägten Glatze betont. Die wenigen Haare waren einmal hellbraun gewesen und nun grau. Seine ebenfalls grauen Augen wurden von hellen Wimpern umrahmt. Er trug blaue Chinos, darüber ein quer gestreiftes Poloshirt, in dessen offenem Kragen eine goldene Kette zu sehen war. Am Handgelenk trug er eine protzige Uhr und an der linken Hand einen Siegelring. Von seiner Erscheinung her passte er eher an den Tresen eines der mahaghonigetäfelten Pubs auf der Londoner Fleet Street, wo sich die Möchtegerne und Emporkömmlinge der Finanzwelt inmitten der Touristen ihre Aufstiegsgeschichten vorlogen. Sein Lächeln hielt er für das probate Mittel – verbunden mit einem großzügig spendierten Drink –, den Widerstand bei Frauen zu brechen.

»Warum so eilig, junge Frau?« Er breitete die Arme aus. »An einem so herrlichen Tag wie diesem sollten wir die letzten warmen Sonnenstrahlen des Jahres genießen.« Mit seinem massigen Körper versperrte er ihr den Weg.

»Was wollen Sie?« Mary musste stehen bleiben und versuchte nicht zu unfreundlich zu sein. »Ich habe wirklich keine Zeit.«

Er tat, als bemerke er erst jetzt, dass er ihr im Weg stand. »Oh, Verzeihung. Es ist nur so …« Er nahm die Hände herunter, steckte sie in die Hosentaschen und verlagerte sein Gewicht auf die Fußballen. Die Geste wirkte so selbstgefällig wie albern. »Das hier ist sicher nicht der richtige Ort, meine Liebe. Diese Dinge verlangen eher nach entspannter Atmosphäre bei einem Abendessen und einer guten Flasche Wein.« Er nickte, als sei ihm der Fauxpas unangenehm. »Ich hatte bisher nur noch nicht die Gelegenheit, Sie einzuladen. Ein bedauerlicher Fehler.« Er ließ den Blick seiner kleinen Augen ungeniert über ihren Körper gleiten.

Mary zog die Strickjacke, die sie sich in der Eile des Aufbruchs übergeworfen hatte, enger um den Körper und verschränkte die Arme. »Ich wüsste nicht …«

»Oh, ich denke schon, liebe Mary. Ich darf doch Mary sagen?« Er lächelte, aber sein Blick fixierte sie kalt und unbarmherzig wie eine Schwarze Mamba ihre Beute. »Ihr Cottage.« Überflüssigerweise deutete er auf das B&B. »Um der Wahrheit die Ehre zu geben, war ich gerade dabei, es mir noch einmal genauer anzusehen. Das Dach, wir sprachen schon einmal darüber. Es dürfte allerdings nicht das Einzige sein, was einer dringenden Reparatur bedarf.«

»Und ich habe Ihnen schon einmal gesagt, dass das Cottage nicht zum Verkauf steht. Daran hat sich nichts geändert.« Mary machte Anstalten, sich an ihm vorbeizudrängen. Sie hatte das Gefühl, dass seine Körpersprache mit jeder Sekunde bedrohlicher wurde. Der schmale Pfad unterstrich seine Leibesfülle, und Bennetts Haltung nahm ihr immer stärker den Atem.

»Sehen Sie, wie ich sagte: Solche Dinge sollten wir in einer angenehmen Atmosphäre besprechen, damit Sie mein Angebot in aller Ruhe und ungezwungen überdenken können. Wie Sie sicher ahnen, ist es ohnehin sehr großzügig angesichts des Zustands Ihres, nun ja, eher kleinen Häuschens.« Er nahm die Hände wieder aus den Taschen und grinste anzüglich. »Er steht immer noch – den Vertragsentwurf meine ich natürlich, haha –, in meinem Laptop.« Er lachte laut, als habe er einen gelungenen Scherz gemacht. »Was meinen Sie? Ein Abendessen? Nur wir beide. Mit viel Zeit, uns besser kennenzulernen.«

»Geben Sie sich keine Mühe. Ich bleibe dabei.« Wäre der Anlass nicht so ernst, hätte sie über Bennetts pfauenhaften Auftritt laut gelacht. Was bildete sich dieses feiste Ferkel ein? Er mochte mit seinem affigen Gehabe seine kleine Sekretärin in Manchester beeindrucken. »Ich bin nicht interessiert.«

Terry Bennett trat einen Schritt auf sie zu. Seine Augen wurden schmal, und seine Stimme war kaum mehr als ein Flüstern. »Sie machen einen großen Fehler, meine Liebe, einen sehr großen. Ihr Häuschen ist den Boden nicht wert, auf dem es steht. Aber ich zahle Ihnen ein Vermögen für den Schrott – weil … nun … weil ich ein Faible für starke Frauen habe. Eine meiner wenigen Schwächen.« Er trat einen Schritt zurück, als habe er gemerkt, dass er zu weit gegangen war. Aber auch das war nur Gehabe. »Ich lasse den … Schrott abreißen, und Sie werden froh sein, dass Sie ein gutes Geschäft gemacht haben. Sie werden sehen.«

Mary wusste kaum mehr, wohin mit ihrer wachsenden Wut. Bennett sorgte mit seinem großkotzigen Getue seit Monaten für Aufregung im Dorf. Nicht nur, weil er ständig versicherte, in Manchester auf dem Höhepunkt des Neuen Marktes ein Vermögen mit Aktien gemacht zu haben, er ließ auch kaum eine Gelegenheit aus, sich im Pub oder beim Wettfischen, bei Bootsrennen oder anderen Festen im Dorf den Einheimischen anzubiedern und sie mit seinen Sprüchen und mit seinem Geld zu beeindrucken. Vor allem aber ließ er keinen Zweifel daran, dass er in Cagdwith so viele Häuser wie möglich aufkaufen würde, um oberhalb der Klippen eine großzügige Hotelanlage mit Freizeitpark zu bauen.

Den Hafen wollte er – auch als »demütige Verbeugung« vor der Tradition der Fischer – als pittoreskes Freilichtmuseum erhalten und Eintritt nehmen. »Damit dieses verdammte Kaff endlich eine Zukunft hat«, wie er nach einigen Whiskys gerne lauthals kundtat. Er sei der Einzige, der in diesem »Armenhaus Englands« investiere und Arbeitsplätze schaffe. Bisher ernte er zwar nur Undank, aber das werde sich bald ändern. Ihm und seinen Plänen für Cadgwith gehöre die Zukunft.

»Gehen Sie nach Hause und grüßen Sie Ihre Frau von mir.« Mary sah mit Genugtuung an Bennetts Gesichtsfarbe, dass sie einen wunden Punkt getroffen hatte. Es hieß, dass er in Manchester eine Menge Ärger verursacht hatte, weil er die Finger nicht von anderen Frauen lassen konnte – der Grund, warum er ins unverdächtige, beschauliche Cadgwith gezogen war. Es gab allerdings auch das Gerücht, dass er nichts aus der Sache gelernt hatte und in seiner neuen Umgebung bis hinauf nach Truro ebenso jedem Rock hinterherstieg, der ihm Vergnügen versprach.

»Was soll das?« Bennett kniff die Augen zusammen. »Lassen Sie Liz aus dem Spiel.« Er wechselte unvermittelt wieder in einen lockenden Ton. »Liz ist übrigens übers Wochenende bei Verwandten.« In seiner Stimme lag ein Schimmer lüsterner Hoffnung.

»Lassen Sie mich gehen. Ich habe Ihnen nichts mehr zu sagen.« Niemals würde sie ihr Elternhaus verkaufen, schon gar nicht an diesen Wichtigtuer und schmierigen Fatzke. Bennett widerte sie an.

Er trat einen Schritt zur Seite und geriet dabei gefährlich nahe an den Rand der Felsen. Sein Lachen klang vergnügt. »So mag ich Sie. Wild und kratzbürstig. Ich sage immer, Frauen sind nur dann interessant, wenn sie widerspenstig sind. Ich versichere Ihnen, ich gebe nicht auf. Irgendwann werden Sie zu mir kommen und verkaufen … müssen. Aber ob Sie dann noch auf meine Großzügigkeit hoffen können?« Er legte theatralisch eine Hand aufs Herz. »Vermutlich. Ich werde da sein. Noch einer meiner Fehler. Ich kann mutigen Frauen wie Ihnen einfach nicht widerstehen. Aber eines sollten Sie wissen: Ich bekomme immer, was ich will. So oder so.«

Mary drängte sich an ihm vorbei und vermied jeden Körperkontakt. Für den Bruchteil einer Sekunde ging ihr durch den Kopf, was wohl wäre, wenn er durch eine unachtsame Bewegung ihrerseits das Gleichgewicht verlöre? Aber dann war sie auch schon an ihm vorbei. Erleichtert atmete sie durch.

»Lassen Sie mich nur nicht zu lange warten«, rief er ihr hinterher. »Achthunderttausend Pfund. Ich weiß, dass Sie mir nicht widerstehen können. Machen Sie es sich nicht zu schwer. Mit einem Terry Bennett als Freund steht Ihnen die Welt offen.« Und nach einem Augenblick setzte er hinzu: »Ich kenne ganz in der Nähe ein verschwiegenes Lokal, wie geschaffen für den Beginn einer wunderbaren Geschäftsbeziehung.«

Mary spürte seinen Blick in ihrem Rücken und dass er zufrieden war. Achthunderttausend Pfund. Sie wusste, dass er recht hatte. Diese Summe würde sie nicht so einfach vergessen. Terry Bennett machte ihr Angst. Er hatte ihr gerade unverhohlen gedroht. Ein skrupelloser Geschäftsmann. Das hatten diejenigen zu spüren bekommen, die bereits an ihn verkauft hatten – jedenfalls soweit Mary den Erzählungen im Dorf glauben konnte. Bennett sei jemand, der nichts zu verschenken und stets nur den eigenen Nutzen im Fokus habe. Sechs Häuser hatte er angeblich schon gekauft und »vorübergehend und bis zum Baubeginn« wieder vermietet.

Sie musste auf der Hut sein.

Es hatte in der Nacht nicht geregnet. Beste Voraussetzungen also. Lukes Freund Jeff Hipson stieg routiniert in sein Klettergeschirr, das aus breiten Gurten, Karabinerhaken und Ösen bestand. Auf seinem Kopf saß ein weißer Schutzhelm. Nachdem der langhaarige, vollbärtige Baumchirurg den richtigen Sitz seiner Kletterhilfe geprüft hatte, begann er sich abzuseilen. Das Ende des Seils hatte er um einen Felsen gelegt, der groß genug war, sein Gewicht zu halten. Durch straffes Anziehen hatte er das mehrfach geprüft.

Das Ganze erschien Jenkins mehr wie eine Höhenrettung als eine Suchaktion. Jeff hatte am Telefon nicht lange überlegt. Sein Job als Baumkletterer warf gerade nicht allzu viel ab, in den umliegenden Gärten und Parks des National Trust war noch zu viel Publikumsverkehr. Daher war er froh über die Abwechslung.

Die drei waren aus verschiedenen Richtungen gekommen und hatten sich an der Teufelspfanne getroffen. Eine Vorsichtsmaßnahme. Sie wollten im Dorf kein Aufsehen erregen. Dennoch war Jenkins überzeugt, dass ihre Aktion nicht lange unbeobachtet bleiben würde. Es gab immer wieder Mutige, die auch zu dieser Jahreszeit zwischen den

Felsformationen der Klippen nach einem Weg suchten, um am Fuß der Küste zu angeln oder die Aussicht zu genießen.

Allerdings taten sie dies bevorzugt an anderer Stelle. Als einziges Hilfsmittel benutzten die Einheimischen meist einen langen Stab, und den wussten sie so geschickt einzusetzen, dass sie in dem steilen Gelände den Halt nicht verloren. Jenkins hatte einmal einem jungen Mann dabei zugesehen, wie er sich mit dem Angelzeug auf dem Rücken und einem solch langen Stock in der Hand auf dem bewachsenen Hang so behände bewegte wie ein erfahrener Ziegenhirte in den Schweizer Alpen.

Jeff hob noch einmal den Daumen und verschwand dann aus ihrem Blickfeld.

»Du wirst sehen, wenn jemand was findet, dann Jeff.« Luke schraubte seine Thermoskanne auf und goss ihnen beiden Tee ein. Er war gelassen und zuversichtlich.

»Es ist wie mit der Stecknadel.« Simon war immer noch nicht davon überzeugt, dass Lukes Plan Erfolg haben würde. Er hatte zu lange als Polizist gearbeitet, um diese Überzeugung zu teilen.

»Ja, ja, ich merke schon – wie immer der coole Bulle.« Luke nippte an seinem Becher. »Denk doch mal positiv. Meine Mutter hat immer gesagt, wenn du etwas unbedingt willst, musst du nur fest daran glauben. Das hilft.«

»Hm.«

Luke wies über das Meer. »Ist mir zu ruhig.«

»Ja?«

»Als würde die See abwarten. Wie Eltern, die ihre Kinder bei der Eiersuche beobachten.«

»Warten? Auf was?« Jenkins stellte den Becher hinter sich auf die niedrige Böschung. Luke hatte manchmal seltsame Ideen. Er musste gähnen und sog tief die frische Luft ein. Sie war kühl und hinterließ eine leicht salzige Note auf der Zunge.

»Oder als würde sie etwas im Schilde führen. Das weißt du bei der See nie. Hat mein Alter immer gesagt. Trau ihr nie, hat er gesagt. Das ist deine Lebensversicherung. Es wird auf jeden Fall Sturm geben. Spätestens diese Nacht.«

Simon sah hinauf zum Himmel. Wolkenfetzen trieben von Südosten her hoch über die Küste hinweg. Wenn sie sich über die Sonne schoben, änderte sich das Licht.

»Du und dein Seemannsgarn.« Jenkins lächelte und streckte sich vorsichtig.

Für ihn war der Herbst eine farbenfrohe Zeit. Die hohen Hecken entlang der engen Straßen und Wege waren dann in allen nur denkbaren Grün- und Brauntönen gesprenkelt. Schon bald würde der Winter alles nur noch eng und düster erscheinen lassen. Erst im kommenden Frühjahr würden die wilden Blumen wieder dicht an dicht Tupfer in Weiß, Gelb oder Violett auf die grob gewebten grünen Leinwände setzen.

Simon war schon als Kind hier oben gewesen, in den Ferien. In letzter Zeit dachte er oft an die Sommerwochen, die sie in Cadgwith verbracht hatten und die nun schon so lange zurücklagen.

Und wie beim Einsetzen der Ebbe gab sein Gedächtnis nach und nach die Bilder der Vergangenheit frei. Seine Eltern, der Vater in weiten Hosen, gehalten von breiten Hosenträgern, den Fotoapparat in der einen und die unvermeidliche Zigarre in der anderen Hand, der runde Schädel mit dem wenigen Haar und die dicke Hornbrille. Daneben seine Mutter, das Kleid im Stil der Siebzigerjahre, dazu hochtoupiertes Haar, eine Reminiszenz an die Sechziger, Handtasche und Sonnenbrille. Der zufriedene Blick in die Kamera, dazwischen der Kinderwagen. Die Sonne schien, und es war Frühsommer.

Obwohl eine Schwarz-Weiß-Aufnahme, wirkte das Grün des Gartens, der Rasen, die Hecke, frisch. Im Hintergrund stand eine mächtige Pinie. Simon wusste, dass das Haus ganz in der Nähe seines Cottages längst nicht mehr als Feriendomizil vermietet wurde. Der Garten wurde von einer zugewucherten Dornenhecke verdeckt. Ihm fiel ein, dass er seine Eltern nie gefragt hatte, wer das Foto gemacht hatte. Der Vermieter? An ihn konnte er sich kaum mehr erinnern. Nur, dass er die meiste Zeit übellaunig gewesen war, wenn er vorbeikam, um den Rasen zu mähen.

Simon trank einen Schluck und sah hinaus aufs Meer. Die Wolken hatten zugenommen, das Wasser war grau wie Blei. Die spärlich durchscheinende Sonne hatte nicht mehr die Kraft für eine andere Farbe. Ein paar Möwen segelten gelangweilt an den schroffen Felsen entlang. Am Horizont zog behäbig ein Frachter mit hohem Aufbau vorbei. Spektakulärer war es, wenn sich eines der Kreuzfahrtschiffe, mächtig wie ein Wohnblock, auf dem Weg Richtung Southampton an der Küste vorbeischob.

Simon suchte mit den Augen die Linie des Horizonts, die nahezu unsichtbar mit dem niedrigen Himmel verschmolz. Die Wolken hatten die bleierne Farbe des Wassers aufgenommen und unterschieden sich lediglich in Nuancen von der See.

Bei Nebel war die Passage unberechenbar. Jenkins nahm sich zum wiederholten Mal vor, beim Leuchtturm in Lizard nach der exakten nautischen Linie zu fragen, die den Ärmelkanal vom Atlantik trennte. Diffuses konnte er nur schlecht ertragen, besonders heute. Die Unbestimmtheit der Wasserlinie, der verschwommene Horizont und das Durcheinander seiner Gedanken bildeten eine Mischung, die ihn nervös und zunehmend auch unausgeglichen machte.

Das Auflösen der inneren und äußeren Grenzen war zwar ein beliebtes Stilmittel in der Kunst, ihm dagegen machte es Angst. Jedenfalls heute. Solche Tage waren es dann auch, an denen er an seine Eltern dachte wie an ein fremdes Paar, das ihm in der Vergangenheit zufällig begegnet war.

»Was ist los?« Luke sah ihn stirnrunzelnd an. »Jemand zu Hause?«

»Ja?«

»Ich habe bereits zweimal angemerkt, dass Jeff nun doch schon ziemlich lange unterwegs ist.«

»Ach so. Wie stellst du dir das auch vor? Er geht runter und findet auf den ersten Blick das Telefon? Das dauert, wenn er es überhaupt findet. Das musst du dir doch denken können.«

»Bist nicht gut drauf, was? Schmerzen?« Luke sah ihn besorgt an.

»Geht.« Was sollte er auch sagen? Die Gedanken an seine Eltern wollte er lieber für sich behalten.

»Was ist es dann?«

»Ich komme im Augenblick zu selten dazu, an meinen Bildern zu arbeiten«, wich er aus. »Ist ein bisschen wie Segeln. Wenn du es gerne tust und nicht kannst, wirst du unleidlich.«

Luke nickte. »Eine Sucht.«

»So ähnlich.«

Simon wandte den Blick vom Horizont ab und ließ ihn über die Küstenlinie schweifen, die sich zu beiden Seiten schier endlos ausdehnte. Da war aber noch diese andere Sache, die ihn beschäftigte. Seit er mehr mit Mary Morgan zu tun hatte, konnte er sich längere Zeit ohne Schmerzen bewegen. Als habe sich endlich eine Verkrampfung gelöst. Die Medizin nahm er mit weniger Widerwillen ein als sonst. Sogar das Essen schmeckte besser als zu anderen Zeiten. Aber vielleicht gab es da auch gar keinen Zusammenhang. Nein, er wusste, dass er sich etwas vormachte. Seine Recherchen hatten nur einen Grund: Er mochte Mary Morgan. Sehr. Das Gefühl freute ihn – und löste zugleich eine gewisse Unruhe aus.

Er hatte in den vergangenen Tagen mehrere Skizzen von Moiras Gesicht angefertigt. Mal hatte ihm das, mal jenes Detail nicht gefallen, und dennoch war ihm die Arbeit erstaunlich leichtgefallen. Die Gedanken an Moira schmerzten weniger als sonst. Er hatte – selten genug – sogar besser geschlafen. Und er hatte seine Gehhilfe gar nicht vermisst.

»Muss ich mir Sorgen machen?«

»Ich denke, Jeff ist Profi?« Erneut wich er Luke aus.

»Ich meine um dich. Du siehst aus, als wärst du mit

deinen Gedanken irgendwo, nur nicht bei Victorias Telefon.« Luke schüttelte den Kopf. »Du scheinst ja wenig Hoffnung zu haben. Noch Tee?«

Er winkte ab.

Luke reckte den Kopf und schnupperte. »Ich liebe diese Luft, diese Mischung aus Salz und feuchter Erde. Das ist Heimat, Mann. In diesem Jahr hat es ungewöhnlich viel geregnet, findest du nicht?«

»Hm.«

»Ist ja schon gut. Bin schon still.« Luke nahm seinen Becher und trat ein paar Schritte zur Seite, als wolle er damit seine Nachsicht unterstreichen.

Die ganze Nacht über hatte der Wind den Regen über die Bucht getrieben. Erst am frühen Morgen hatte es aufgehört. An den Stellen, wo die Büsche, Gräser und undurchdringlichen Hecken auf dem Küstenpfad eng beieinanderstanden und an manchen Stellen den Weg wie einen grünen Tunnel sogar überwucherten, war die Luft feuchtwarm.

Simon hatte früh das Haus verlassen. Er wollte das Wetter auf seinem Gesicht spüren. Sein Haus und das Atelier waren ihm mit einem Mal zu eng erschienen. Auf dem Weg ins Dorf hatte er die kühle Luft genossen. Im Dorf war noch alles ruhig gewesen. Die Fischerboote waren längst raus, die Hundebesitzer noch nicht unterwegs. Und auch der Dorfladen hatte noch geschlossen.

Er warf einen Blick auf Luke und schloss die Augen.

Mary. Eine interessante Frau. Hätte er ihr Gesicht und ihre Figur skizzieren müssen, wäre es ihm schwergefallen. Der besondere Ausdruck ihrer Augen, die im gleichen

Augenblick spöttisch lächeln, ernst, herausfordernd und dann wieder mit einer Wärme blicken konnten, die ihn in manchen Augenblicken staunen ließ ... Mary war von einer Aura umgeben, die sie wie ein schützender Mantel umgab und doch zugleich zart und verletzlich wirken ließ. Er hatte schon mehr als einmal das Gefühl gehabt, sie beschützen zu müssen.

Ein Gefühl, das er in seinem Leben bisher nur ein einziges Mal gehabt hatte.

Die stimmigen, ausgewogenen Proportionen ihrer Figur, die feinen, dabei klaren Konturen, das kräftige, fast schwarze Haar, das ihr Gesicht je nach Licht fast weiß erscheinen ließ, der Übergang vom Hals in die Schultern – nur auf den ersten Blick eine leichte Aufgabe für einen Künstler. Und doch drängte es ihn, auch sie zu malen.

In ihrem Blick und ihren Bewegungen war etwas, das er mit seinem Stift nicht würde greifen können, jedenfalls nicht in einer ersten Studie. *Wenn das Gesicht eines Menschen so etwas wie eine Landschaft ist*, dachte er, *dann ist ihres ein mystischer Ort.* Schön und geheimnisvoll zugleich.

Mary als Modell. Er lächelte still über sich selbst. Das war ein gestalterisches Thema, das sich leichtfüßig jedem Interpretationsversuch entzog und doch immer wieder einen Maler an den Skizzenblock lockte.

Mary war eine aufrechte, selbstbewusste Frau, ohne dabei auffällig zu sein, auf unaufgeregte Art schön. Jemand, der sich nicht um seine Wirkung scherte.

Simon musste sich eingestehen, dass er die nachlässige Art, wie sie ihre Flanellhemden trug, mochte. Er hatte

Mühe, sie sich im raffinierten Abendkleid einer französischen Haute-Couture-Schneiderei vorzustellen. Es war ihre Vorliebe für einfache Hemden, die sie zupackend und zugleich elegant erscheinen ließ.

Ihm waren bei ihrer ersten Begegnung vor allem die Hände aufgefallen. Stark und doch fein. Die aufgekrempelten Ärmel des Flanellhemdes hatten den Blick auf muskulöse und zugleich feinnervige Unterarme freigegeben. Klare Linien, weit entfernt davon, ins Diffuse zu driften und damit unauflösbar zu werden.

Eine schöne Vorstellung.

»Du denkst an Mary, stimmt's?« Luke hatte sich wieder neben ihn gestellt. Er öffnete seine Jacke und zog ein Päckchen Tabak hervor.

»Quatsch.« Jenkins fühlte sich ertappt. Wo nahm Luke das nur her?

Luke begann eine Zigarette zu drehen. »Morgen Abend spielt Harry Rowland in Bunters Bar in Truro.«

Simon schüttelte den Kopf. »Ist mir zu weit.«

»Was ist los, Mann? Ich fahre, du trinkst. Wo ist das Problem? Lass uns ein bisschen Spaß haben.« Luke zündete die Zigarette an und sog den Rauch tief in die Lungen. »Haben wir schon länger nicht gemacht.«

»Weiß nicht, mal sehen.« Simon tastete nach seinem Stock. Er mochte Luke, aber im Augenblick fühlte er sich von ihm bedrängt.

»Genau das Richtige jetzt. Der Winter wird noch lang genug.« Luke lehnte sich gegen die Böschung und stieß den Rauch genüsslich aus.

»Ich überleg's mir.«

»Okay, verstehe schon. Du willst nicht reden.« Luke machte allerdings keine Anstalten, ihn in Ruhe zu lassen. Wie zufällig zupfte er ein paar Flusen von seinem unvermeidlichen Pullover.

»Ich bin müde. Ich dachte, die Luft würde mir guttun, aber ich komme einfach nicht in die Gänge.«

»Nennt man auch Herbstdepression. Ich kenne das. Hatte mein Großvater auch. Irgendwann ist er daran gestorben.«

Simon warf ihm einen fragenden Seitenblick zu.

Luke lachte. »War'n Witz. Meinen Opa haben die Deutschen an der Somme erwischt. 1. Juli 1916. Einer von zwanzigtausend unserer Jungs, an einem Tag.« Sein Lachen erstarb. »Na ja, kenne den alten Knaben nur vom Foto.«

Nun musste auch Simon lachen.

»Na siehste, geht doch.« Lukes Lachen sah immer ein wenig verhalten aus, als wolle er auf die Wahrheit hinter seinen spaßigen Bemerkungen hinweisen.

»Manchmal kannst du einem echt auf den Wecker gehen.« Er knuffte Luke freundschaftlich.

»Du willst nur nicht hören, dass ich deine Gedanken lesen kann.«

»Hör zu, Mary Morgan ist eine sympathische Frau. Mehr nicht.« Nun war es heraus.

»Aha. Also doch.«

»Genau: aha. Mehr nicht.«

Luke hob grinsend die Hand. »Schon g…«

In diesem Moment erschien Jeffs weißbehelmter Kopf an der Abbruchkante der Klippen. Seine rote Gesichtsfarbe wirkte unter dem Schutzhelm noch intensiver.

»Hab's. Lag ziemlich weit unten, fast an der Wasserlinie. Hatte sich mit der Schutzhülle verfangen. Wäre es nicht in der Felsspalte hängen geblieben, wäre es für immer weg gewesen.«

Er steckte das Mobiltelefon in seine Brusttasche zurück, um die Hände frei zu haben. Ohne auch nur ansatzweise angestrengt zu wirken, zog er sich auf den Pfad. Wegen des feuchten Untergrunds war sein Overall über und über mit Erde bedeckt.

Luke hielt ihm einen Becher Tee hin.

»Ein Bier wär' mir jetzt lieber.« Jeff grinste zufrieden. »Grenzt an ein Wunder, dass ich das Telefon da unten überhaupt gefunden habe. Hatte wohl mehr Glück als die Polizei. Kann ich noch was für euch tun?«

»Hab ich's dir nicht gesagt?« Luke schlug Simon vor Freude auf die Schulter. »Du musst nur fest dran glauben, dann findest du auch Victoria Bowderys Telefon.«

»Wir wissen doch noch gar nicht, ob es ihres ist. Außerdem müssen wir es der Polizei übergeben.«

»Spinnst du?« Luke blieb der Mund offen stehen. Er war ehrlich entsetzt. Er sah eine aufregende Möglichkeit, seinen Alltag ein wenig abenteuerlicher zu gestalten, den Bach runtergehen, kaum dass sich die Chance dazu geboten hatte. Außerdem war er es schließlich gewesen, der die Idee hatte, Jeff auf die Suche zu schicken.

»Für die Polizei ist der Fall doch längst abgeschlossen, sonst hätten die Bullen selbst gesucht. Außerdem haben wir uns die ganze Arbeit gemacht.« Er fühlte sich um seine Ernte betrogen.

»Das ist unsere Pflicht.«

»Unsere Pflicht«, äffte er Jenkins' Tonfall nach. Dann aber besann er sich. »Magst ja recht haben. Mir gehen gerade etwas die Pferde durch. Aber es schadet auch niemandem, wenn wir zuerst herausfinden, was auf dem Handy gespeichert ist. Oder?«

»Es ist ausgeschaltet. Der Akku ist leer«, warf Jeff ein, der geräuschvoll seine Ausrüstung zusammenpackte.

»Das lass mal meine Sorge sein.«

Jenkins sah seinen Freund fragend an.

»Willst du nicht wissen. Und musst du auch nicht.« Luke lächelte verschmitzt. Er war wieder Herr der Situation.

»Luke.« Jenkins wusste, dass er ihn auch diesmal nicht bremsen konnte.

»Okay. Danke, dass du mich machen lässt.« Er ließ das Telefon in der Hosentasche verschwinden. Dann hob er die Kanne. »Die Herren, noch Tee? Oder lieber ein Pint?« Er sah auf die Uhr. »Ist längst Mittagszeit.« Er klatschte vergnügt in die Hände. »Fish 'n' Chips und ein Bier. Die Aussichten sind nicht schlecht, was, Jeff?«

XXI.

»Wir haben ein Telefon gefunden.«

Mary wischte sich die Hände am Küchentuch ab. »Das ist ja großartig.«

»Das heißt noch gar nichts.« Jenkins sah die Hoffnung in ihren Augen und versuchte, nicht zu viel Euphorie aufkommen zu lassen. »Wir wissen nicht, ob es tatsächlich

Vics Handy ist. Und auch nicht, ob darauf irgendwelche Dinge gespeichert sind, die Ihren Verdacht unterstützen. Außerdem ist der Akku leer, und die PIN kennen wir nicht.«

»Aber es gibt doch sicher Mittel und Wege – als ehemaliger Polizist …« Sie hatte offenbar nicht den geringsten Zweifel, dass es sich bei dem Fundstück um Victorias Mobiltelefon handelte. »Weiße Hülle?«

Jenkins nickte. »Zugegeben, es wäre ein Zufall, wenn es nicht Victorias wäre.«

»Sie schaffen das doch, oder? Ich meine, das mit dem Entsperren. Kann doch heute fast jeder.« Sie klang beinahe fröhlich.

Er musste lachen. »So einfach ist das nicht. Aber es gibt sicher einen Weg.« Dass er verpflichtet war, das Telefon bei der Polizei abzuliefern, wollte er zunächst nicht ansprechen. Das konnte warten. Im Grunde hatte Luke ja recht. Ob DI Marks das Telefon jetzt oder erst in ein paar Tagen bekam, machte keinen Unterschied, keinen großen jedenfalls. Und sollten sie nichts im SMS-Speicher oder in der Sprachbox finden, konnten sie das Telefon dem alten Bowdery auch direkt übergeben. Jenkins ging davon aus, dass es keine Spuren gab. Marks und seine Kollegen hätten andernfalls längst in den sozialen Netzwerken Hinweise auf einen möglichen Täter gefunden.

»Danke.« In ihren Augen glitzerten Tränen.

»Es ist im Augenblick nur ein Telefon.«

»Wenn Sie wüssten, wie wichtig es mir ist.« Mary wischte sich über die Augen.

»Victoria bedeutet Ihnen viel.«

»Das tut sie. Aber ich sollte jetzt nicht heulen wie ein Teenager.«

»Ist schon okay.«

»Wollen Sie nicht hereinkommen? Sorry, ich bin so was von unhöflich. War nicht mein Tag heute.« Sie wischte sich erneut über die Augen.

»Sie müssen sich nicht entschuldigen.« Jenkins folgte ihr in den Frühstücksraum der Pension und trat ans Fenster. Der Ausblick auf die Bucht war überwältigend. »Der Blick ist großartig. Würde man das Fenster mit einem Goldrahmen versehen, hätte man ein monumentales Gemälde, das noch dazu ständig die Farben wechselt.« Er räusperte sich. »Entschuldigen Sie meinen Ausflug in den Kitsch. Aber die Landschaft haut mich um.«

Jenkins hatte mit Jeff und Luke den halben Nachmittag im Pub verbracht. Sie hatten über die Gefahren diskutiert, die von den schroffen, unter der Wasseroberfläche liegenden Felsen ausgingen. Die waren schon vielen Segelschiffen zum Verhängnis geworden, wenn der Sturm sie gegen die Küste geschoben hatte. Obwohl nur wenige Gäste im Pub waren, hatten sie halblaut auch die Chancen diskutiert, auf dem Telefon Hinweise auf die Tatumstände zu finden. Ganz auszuschließen war ein Unfall immer noch nicht.

Zwischendurch war Luke mehrfach nach draußen gegangen und hatte vom Hof aus telefoniert. Bei der Rückkehr hatte er jedes Mal bedeutungsvoll genickt, aber nichts weiter gesagt. Simon hatte auch nicht genau wissen wollen, welche Kanäle er da anzapfte, um das Handy entsperren zu lassen. Er hatte beim Abschied lediglich gemeint, er müsse am nächsten Tag dringend nach Penzance. Dort sei er mit einem alten Kumpel verabredet, der ihm noch einen Gefallen schuldig sei.

»Die Idee mit dem Bilderrahmen gefällt mir.« Mary sah hinaus auf die Bucht, die bereits im Schatten lag. Am Horizont waren die grauen Wolken an den Rändern von der untergehenden Sonne rosa bis hellrot eingefärbt. Sie wandte sich um und lächelte Jenkins an. »Es ist vielleicht noch ein wenig früh, aber … darf ich Sie auf ein Glas Wein einladen?«

Er wollte schon ablehnen, denn er hatte im Pub bereits zwei Pints getrunken, aber dann nickte er doch. Er musste zwar seine Medizin noch einnehmen, aber ein Glas würde nicht schaden.

Während Mary Richtung Küche verschwand, setzte sich Jenkins an einen der Tische und sah sich neugierig um. Die Einrichtung trug eindeutig die Handschrift einer Frau mit Sinn für Kunst und Kunsthandwerk. Stühle, Tische, Schränke stammten aus jeweils anderen Epochen. Manches kam eindeutig nicht aus britischen Werkstätten, dennoch harmonierten die Stile miteinander. Eine geschmackvolle bunte Mischung. Die Wandfarbe unterstrich das friedliche Miteinander des Mobiliars und strahlte gleichzeitig Frische und Ruhe aus. Insgesamt wirkte der Raum aufgeräumt und größer, als er in Wirklichkeit war. Marys Gäste mussten sich in dieser Umgebung einfach wohlfühlen.

»Ein paar der Dekostücke habe ich von Barbara. Wie die Pfeffer-, Öl- und Salzmenagerie dort auf dem Sideboard. Auch der alte Ölschinken mit der vom Sturm gepeitschten See ist aus ihrem Geschäft. Vielleicht ein bisschen oversized, aber er passt, finde ich, gut hier hinein.« Mary kam mit zwei Gläsern Rotwein an den Tisch. Sie setzte sich zu ihm. »Arme Barbara. Soweit ich gehört habe, ist die Polizei noch keinen Schritt weiter. Sie ermittelt wohl immer noch in Richtung Ritualmord. Meine Tante – wer auch sonst? – kennt in Truro irgendeinen Kirchenmann. Der hat ihr angeblich gesagt, dass die Polizei alle ähnlichen Fälle untersucht, die es in England in den vergangenen zehn oder zwanzig Jahren gegeben hat. Das sorgt für ziemlich viel Unruhe in Kirchenkreisen.« Sie zuckte mit den Schultern. »Diese scheinheiligen Heiligen. Ich kann nur hoffen, dass Barbaras Mörder bald gefasst wird.« Sie machte eine Pause und sah ihn fragend an. »Und dass wir auch bald sicher wissen, dass Vic in den Tod gestoßen wurde.«

Jenkins wollte den Spekulationen nichts hinzufügen. Stattdessen fragte er: »Sie hatten einen schlechten Tag?«

»Erst einmal: Zum Wohl.« Sie prostete ihm zu.

Der Wein schmeckte fruchtig und frisch und unterstrich auf angenehme Weise das heimelige Ambiente des Raumes. »Ich wollte nicht neugierig erscheinen.«

»Im Grunde ist es nichts.« Es klang, als müsse sie sich selbst Mut zusprechen.

»Aber es beschäftigt Sie.« Jenkins sah sie über sein Glas hinweg an.

»Eine dumme Geschichte.« Sie beschrieb mit der Hand einen weiten Bogen. »Es geht um das Haus.«

»Es ist sehr hübsch. Und größer, als man von außen denkt.« Er trank einen Schluck.

»Aber es muss saniert werden. Dringend. Vor allem das Dach. Das haben Sie sicher auch schon bemerkt. Die Gästezimmer sind in Ordnung, die anderen Räume brauchen aber auch bald mal einen Handwerker. Aber im Augenblick reicht das Geld einfach nicht.«

»Aber Sie sind doch ausgebucht, soweit ich weiß.«

»Schon. Die Gäste lieben mein Cottage. Gleich die erste Saison war ein Erfolg. Das hätte ich nie zu träumen gewagt. Aber es bleibt noch viel zu tun.«

»Wie kann ich Ihnen helfen?«

Mary schüttelte den Kopf. »Ich komme schon klar. Zur Not muss meine Tante einspringen. Geld hat dieser Teil der Verwandtschaft jedenfalls genug. Trotzdem, danke.«

Jenkins nickte stumm.

Sie verstand sein Schweigen als Aufforderung. »Also gut. Von vorne. Ich liebte meine Eltern, und ich liebe dieses Haus. In der ersten Zeit, nachdem ich aus Cadgwith fort war, haben sie kein Wort mit mir gesprochen. In gewissen Dingen waren sie hart. Heute begreife ich sie. Sie konnten nicht verstehen, dass ich fortgegangen bin. Ich hatte eine Linie überschritten, die erst sichtbar wurde, nachdem ich diesen Schritt getan hatte. Sie haben gelitten, das weiß ich, und das Verhältnis zu ihnen war nicht mehr so unbeschwert wie vorher. Bis zum Schluss nicht. Als ich dann zurückkam, wussten die Leute hier im Dorf erst nichts mit mir anzufangen. Dabei war ich doch eine von ihnen. Eigentlich unfassbar. Aber ich war ja auch acht oder neun Jahre weg gewesen. Außerdem war ich ihnen wohl zu ›modern‹ geworden. Neues bringt Unruhe, und das verunsichert sie. Während meiner Abwesenheit haben sie sich alle möglichen Geschichten ausgedacht, was ich drüben in Deutschland so treibe. Einmal hat mich meine Mutter aufgeregt angerufen und gefragt, ob es stimmt, dass ich diese Kathedrale in Köln restauriere. Eine Nachbarin wollte angeblich etwas davon in der Zeitung gelesen haben. Ich, Mary Morgan, als Dombaumeisterin für die katholische Kirche. Ausgerechnet.« Sie lachte bei dem Gedanken.

»Warum nicht?«

Sie tat es mit einer Handbewegung ab. »Die Leute wollten einfach nur lästern. Sie haben all die Geschichten erfunden, weil sie zu ihrer Meinung über mich gepasst haben. Aber ich bin froh und glücklich, dass meine Mutter, wie ich von meiner Tante gehört habe, zu mir gehalten hat. Trotz allem und obwohl wir nie darüber gesprochen haben. Aber sie hat meinen guten Ruf wohl wie eine Löwin verteidigt. Ich kann den Menschen hier im Grunde nicht einmal böse sein. Es braucht eben seine Zeit, bis man sich wieder aneinander gewöhnt.«

Jenkins nickte wissend. Er hatte die gleiche Erfahrung gemacht. Er fühlte sich mittlerweile zu Hause in Cadgwith, auch wenn einige ihn immer noch mal mehr, mal weniger spüren ließen, dass er keiner von ihnen war. Aber das kreidete er ihnen nicht an. Er musste nur Geduld haben. Und Zeit. Und die hatte er.

»Ich bin froh, dass ich das Cottage habe. Obwohl ich mich damals, vor meiner … ja, Flucht gefühlt habe, als würde mich dieses Haus wie eine Zwangsjacke einschnüren.« Sie machte erneut eine ausholende Handbewegung. »Ich habe bisher nur wenig geändert. Das liegt nicht allein am fehlenden Geld, eher daran, dass ich die Erinnerungen an meine Kindheit bewahren will. Ich finde, das Haus hat es außerdem verdient, unverändert zu bleiben, soweit das eben geht. Und es hat verdient, dass es viele Gäste hat. Ich werde das Cottage unter keinen Umständen verkaufen.« Den letzten Satz sprach sie betont deutlich aus.

Jenkins sah sie erstaunt an.

»Terry Bennett. Er will das Haus.«

Er nickte. Bennett galt in der Gegend als Heuschrecke, die nach außen hin jovial und großzügig auftrat und hier und da »für die gute Sache und die Gemeinschaft« ein paar Pfund spendete, um sich als Freund und Förderer des öffentlichen Lebens in Cadgwith und Umgebung zu beweisen. In Wahrheit ging es ihm aber einzig darum, seinen Besitz zu vergrößern. Angeblich, weil er die Region »endlich und verdient ins 21. Jahrhundert führen« und aus dem Dorf einen Freizeitpark machen wollte, »größer und schöner als Clovelly in Devon«. Ein Neureicher mit Hang zur Jagd und ein überaus – das behauptete nicht nur Luke – testosterongesteuerter Zeitgenosse aus Manchester. Ein selbst ernannter Womanizer, der sich für unwiderstehlich hielt. Luke umschrieb ihn so einfach wie drastisch: »Der packt jeder unter den Rock, die nicht bei drei auf dem nächsten Mast ist.« Bisher halte Bennett sich noch von den Ehefrauen der Fischer fern. Sein Glück. Denn ihm sei sicher klar, dass er nicht mehr mit einem blauen Auge davonkommen würde, wenn er versuchen sollte, in ihrem Teich zu wildern. Er halte sich daher lieber an »leichtere Beute«.

»Bennett lässt einfach nicht locker. Ich habe ihm erst heute wieder klarmachen müssen, dass er mein Haus nicht bekommt. Egal, was er mir zahlt.«

»Ist er Ihnen zu nahe getreten?« In ihrem Bericht schwang eine Abscheu mit, die ihn aufhorchen ließ.

Mary lachte. »Ein armes Würstchen. Damit werde ich fertig. Nein«, sie wurde unvermittelt ernst, »es ist etwas anderes an ihm, das mir nicht gefällt.«

»Droht er Ihnen?«

Mary sah hinüber zum Bild ihres Vaters. »Nicht mit Worten. Er achtet peinlich darauf, die Grenze nicht zu überschreiten. Aber dennoch schwingen Andeutungen mit, die mich beunruhigen. Ob er zu Gewalt fähig ist – keine Ahnung. Ich würde mich allerdings nicht wundern, wenn er Frauen gegenüber gewalttätig wäre. Er hat mir deutlich zu verstehen gegeben, dass er am Ende stets bekommt, was er will. Und ich bin sicher, dass er das nicht allein auf Frauen bezogen hat.«

»Er kann Ihnen nichts tun.«

»Er hat achthunderttausend Pfund geboten. Und er weiß ganz genau: Wenn ich meine Raten für den Kredit nicht mehr bedienen kann, werde ich verkaufen müssen. Ich hoffe nur, dass Bennett nicht auf die Idee kommt, meine Verbindlichkeiten aufzukaufen. Für die Bank wäre das nur eine Umbuchung, für mich das Aus.«

Jenkins pfiff leise durch die Zähne. Damit hatte er nicht gerechnet. Eine stolze Summe. »Gibt es denn Probleme?«

»Bisher nicht. Ich weiß allerdings nicht, wie weit Bennetts Kontakte reichen. Noch macht meine Bank in Helston keine Schwierigkeiten. Ich habe aber gehört, dass er mit dem Direktor befreundet sein soll. Schlimm genug.«

»Machen Sie sich keine Sorgen. Ich werde ein Auge auf ihn haben.«

»Danke.« Sie erwiderte seinen aufmunternden Blick.

»Solche Typen bluffen oft nur. Wenn es hart auf hart kommt, bleibt von ihrem Gehabe meist nicht viel übrig. Die Sache mit den bellenden Hunden.« Ihm war klar, dass er sie damit nur unzureichend beruhigen konnte.

Mary trank einen Schluck. »Ich lasse mich schon nicht unterkriegen. Nicht von Typen wie Terry Bennett. Was macht die Kunst? Woran arbeiten Sie gerade?«

Der plötzliche Themenwechsel überraschte ihn. »Das kann ich ehrlicherweise nicht so genau sagen. Ich probiere gerade so einiges.« Er wies hinaus auf die Bucht. »Gestern habe ich ein paar Fischskelette eingesammelt. Bin gespannt, was sie mir im Atelier anzubieten haben.«

Mary wusste, dass Jenkins das stilisierte Fischskelett einer Makrele zu seinem Markenzeichen gemacht hatte. In ihrer Ladenschublade lag eine Visitenkarte mit dem Motiv. Ihre Tante hatte sie dort deponiert.

»Ist das Meer Ihr einziges Thema?«

»Das klingt, als sei es derart beschränkt, dass ich schon bald am Ende meiner Möglichkeiten ankomme.« Er schob lächelnd das Weinglas ein Stück beiseite, als brauche seine Erklärung Platz. »Das Gegenteil ist der Fall. Ich fange gerade erst an, die See, ihre Früchte und Bewohner zu verstehen. Das Zusammenspiel von Sonne, Wetter, Wolken und der Farbe des Wassers – zu jeder Minute ist es anders, kann sich plötzlich ändern. Wenn ich manchmal mit Luke hinausfahre und die See ist glatt und ruhig, erscheint sie mir wie eine wärmende Decke, und ich bin versucht, sie mir umzulegen.« Für einen Augenblick lauschte er seinen Worten nach. »Ich will begreifen, wie das alles zusammenhängt. Und ich will die schönsten Nuancen festhalten. Ich möchte der See ein Gesicht geben.« Er lachte auf, als müsse er sich für den kitschig klingenden Satz entschuldigen. »Das hat aber weiß Gott nichts mit Seefahrerromantik zu tun.« Er holte Luft. »Das Wasser ist der Ursprung, Heilung und Untergang zugleich. Sie können mit Wasser Leben spenden, Feuer löschen, aber auch die Welt zugrunde richten.« Das klang, als habe er die letzten Sätze aus einer Predigt abgeschrieben.

Mary warf einen Blick auf das Foto ihres Vaters. So hatte sie noch nie über das wesentlichste Element ihrer Heimat nachgedacht. Und doch waren ihr Jenkins' Gedanken vertraut. Die Nordsee und der Atlantik waren die Orte, die den Fischern ein gewisses Auskommen sicherten und auch Heimat waren. Und gleichzeitig hatte ihr der Atlantik auf grausame Weise den Vater genommen, damals vor Falmouth. Die Küste Cornwalls war gespickt mit trügerischen Untiefen und spitzen Felsen, die unter der Wasseroberfläche Schiffsrümpfe wie Bajonette aufschlitzen konnten, wenn der Steuermann nicht achtgab.

Hals über Kopf hatte sie damals nach der Nachricht vom Tod ihres Vaters Köln verlassen und war für Wochen nach Hause zurückgekehrt. Michael hatte das akzeptiert. Trotzdem hatte sie das Schicksal nicht wieder an die Seite ihrer Mutter gebracht.

»Ja, so ist das.« Die Worte hörten sich rau an.

»Sie klingen traurig. Habe ich etwas Falsches gesagt?«

Mary hätte gerne seine Hand genommen, stattdessen straffte sie die Schultern. »Nein, das haben Sie nicht. Ich habe an meinen Vater denken müssen. Er ist auf See geblieben. In dem Sinn hat das Meer tatsächlich die Welt vernichtet, die ich bis dahin kannte und in der ich mich so sicher gefühlt habe. Spätestens seither ist nichts mehr so, wie es einmal war.« Sie versuchte sich an einem Lächeln. »Aber vielleicht ist es genau das, was uns das Meer lehrt. Der ewige Wechsel der Gezeiten, die immer gleiche Abfolge von Sturm und Flaute. Das Spiel der Farben von Blau, Türkis, hellem Grün, Grau hin zu ewiger Schwärze. Nichts ist für die Ewigkeit gedacht.«

Jenkins gefielen diese Sätze, sprach Mary doch das aus, was er seit dem brennenden Auto, Moiras Tod, der Zeit in der Klinik, besonders nach dem Aufwachen aus dem künstlichen Koma und dann später in der Reha schmerzlich gelernt hatte: Nichts hatte vor der Natur Bestand.

»Vielleicht können wir den Lauf der Dinge ja doch ein wenig beeinflussen. Das wäre doch ein schöner Traum, oder? Möchten Sie noch ein Glas?«

Jenkins nickte.

Mary kam mit der Flasche zurück und schenkte nach. Ihre Haltung und Gestik wirkten aufgeräumt. »Ich will endlich den alten Küchenschrank restaurieren, den ich mir aus Deutschland habe kommen lassen. Ein Jugendstilstück.«

Sie hat eine unnachahmliche Art, das Thema zu wechseln, dachte Simon. Er hätte gerne noch mehr über ihre

Ansichten zur Welt, zum Leben und besonders zum Meer gehört. »Werden Sie damit viel Arbeit haben?«

»Ich werde zunächst die Farbe entfernen und dann die Holzarbeiten machen. Nichts, was mich vor allzu große Probleme stellen dürfte. Ich muss mir nur noch das eine oder andere Werkzeug besorgen. Zum Glück fehlen an dem Möbel kaum Zierelemente. Ich werde sie leicht ersetzen können.«

»Deutscher Jugendstil?«

»Eine großartige Epoche. Diese überbordende Fülle, Natur als Kunstform. Florale Muster in höchster künstlerischer und handwerklicher Vollendung.« Sie nickte begeistert. »Leichter können Möbelstücke nicht wirken. Das farbige Glas, die Kacheln. Darmstadt, Dresden, Zentren des Jugendstils. Und dann natürlich Wien.« Sie geriet unversehens ins Schwärmen.

Simon freute sich an ihrem Blick, der sich endlich aufgehellt hatte. »Wenn er fertig ist, wird er sicher ein wunderbarer Schrank sein. Extra aus Deutschland herkommen lassen, sagten Sie?«

Ihre Augen wurden wieder eine Spur dunkler. »Ich hatte einen ähnlichen in meiner Kölner Wohnung stehen. Außerdem sind mir die historischen englischen Möbel einfach zu klobig.«

»Warum haben Sie den Schrank nicht mitgenommen?«

»Das ging damals nicht.«

»Verstehe.«

»Außerdem ist es gar nicht so teuer, einen Schrank von Deutschland hierher transportieren zu lassen«, beeilte sie sich zu sagen. »Ich kenne eine Spedition, die auf solche

Transporte spezialisiert ist. Wenn Sie wollen, zeige ich Ihnen das gute Stück.«

»Nein, heute nicht. Ich gehe jetzt besser.« Simon deutete lächelnd auf das Glas. »Ich bin so viel Wein nicht gewohnt, und ich hatte im Pub schon mein Bier.«

»Dann vielleicht später?«

»Ich möchte nicht unhöflich erscheinen«, beeilte er sich zu versichern.

Mary schüttelte den Kopf. »Das tun Sie nicht. Wir sehen uns spätestens, hoffe ich, wenn Sie weitere Neuigkeiten haben. Und bei der Folk Night. Habe ich Ihnen schon gesagt, dass ich Ihr Spiel mag?« Sie hob ihr Glas und lächelte. »Kommen Sie gut heim.«

Auf dem Weg zurück ging ihm das Gespräch nicht aus dem Kopf. Mit Jugendstil hatte er sich bisher nicht beschäftigt. Natürlich kannte er die Epoche, aber erst durch Marys Begeisterung wurde ihm klar, dass diese Kunstrichtung perfekt zu Cornwall passte. Nirgendwo sonst in England konnte er sich eine Gegend vorstellen, die das harmonische und natürliche Äquivalent zum Jugendstil darstellte. Der aus der Distanz so schwerelos erscheinende Schwung, mit der sich das grüne Küstenband der See preisgab, war nicht zu kopieren.

Weiter draußen, auf den Klippen, verstaute eine Gestalt gerade ihr Fernglas. Sie hatte vorläufig genug gesehen. Leise vor sich hin pfeifend ging sie davon und verschwand Richtung Teufelspfanne.

XXII.

»Auf ein Wort.«

Jenkins hörte hinter sich das Zuschlagen einer Autotür und drehte sich um. Er hatte den Streifenwagen nicht kommen hören. DI Chris Marks kam im wehenden Mantel auf ihn zu.

»Ich muss mit Ihnen reden.« Marks hielt es offenbar für unnötig, sich mit Begrüßungsfloskeln aufzuhalten. Ganz zu schweigen davon, dass er ihm die Hand geboten hätte. Marks schien ohnehin an diesem Tag nicht viel Zeit zu haben. Er war unrasiert, und auf seinem Jackett war ein Kaffee- oder Teefleck zu sehen.

Simon war gerade auf dem Weg hinauf zur Teufelspfanne. Die Sonne stand günstig, nur wenige Wolken zeigten sich am Himmel. Er wollte dort oben die besondere Lichtstimmung dieses späten Vormittags einfangen. Das redete er sich jedenfalls ein, seit er das Haus verlassen hatte. In Wahrheit wollte er der Arbeit an Moiras Porträt ausweichen. Das Bild stand nach wie vor auf der Staffelei und wartete auf eine Fortsetzung der Arbeit. Zunächst hatte Jenkins sich an einem neuen Linoldruck versucht. Vergeblich, denn seine Gedanken und sein Blick waren immer wieder zu der verhüllten Leinwand gewandert. Der Entschluss hinauszugehen, um den Kopf frei zu bekommen und im Freien zu arbeiten, diese Flucht, war nur konsequent. Und nun stand DI Marks vor ihm. Jenkins ahnte, was auf ihn zukam.

»So?« Er stützte sich auf seinen Stock, um den Rücken

zu entlasten. Die mobile Staffelei und der Leinenbeutel mit den Malutensilien drückten auf seine Schulter.

»Gehen wir ins Pub?« Marks deutete mit dem Daumen hinter sich. Der Vorschlag des Inspektors klang wie eine Anweisung, die keinen Widerspruch duldete. Er hatte seinen Fahrer im Wagen zurückgelassen.

»Hat das nicht Zeit? Das Licht ist im Augenblick günstig.« Jenkins spürte, wie sich der über Jahre aufgestaute Widerwille gegen arrogante Typen wie Marks zu einem Klumpen zusammenballte und als Lava an die Oberfläche drängte.

»Was ich Ihnen mitzuteilen habe, duldet keinen Aufschub. Also?«

»Ich bin nicht Ihr Laufbursche.« Jenkins machte auf dem Absatz kehrt. »Guten Tag.«

Marks änderte seinen Tonfall. Als hätte er bemerkt, dass Jenkins sich auf diese Weise nicht beeindrucken ließ. »Schon gut, Jenkins. Es dauert nicht lange. Ich möchte das nur nicht auf offener Straße klären. Wir waren ohnehin auf dem Weg zu Ihnen.«

»Sie haben eine Viertelstunde.« Jenkins schlug die Richtung zum Cove Inn ein, ohne weiter auf Marks zu achten.

»Bier? Oder was anderes? Geht auf meine Rechnung. Hilft beim Informationsaustausch.« Marks lächelte kumpelhaft.

Jenkins schüttelte den Kopf.

Der DI gab am Tresen seine Bestellung auf, kam mit einem Pint Otter Bitter an den Tisch zurück und setzte sich.

»Nette Gegend, nettes Pub, wirklich. Diese alten Gemäuer sind großartig, nicht?« Marks ließ den Blick über die Bilder an den Wänden und die wenigen Gäste schweifen, die zu dieser Tageszeit an den niedrigen Tischen saßen und sich leise unterhielten, und trank einen großen Schluck. Seine Augen blieben einen Augenblick zu lange an einer schlanken Frau hängen, die gerade ihren Fleecepullover über den Kopf zog und dabei den Blick auf ihren Bauch freigab.

»Was wollen Sie von mir?«

Marks wischte sich imaginären Schaum von den Lippen und wandte sich widerwillig Jenkins zu. »Sie waren mal Teil der Truppe. Gut. Und Sie sollen einen verdammt guten Job gemacht haben bei der Londoner Met. Hartes Pflaster, etliche Erfolge mit schweren Jungs. Noch besser.« Marks' Nicken sah aus wie das Abstempeln eines Formulars. Er trank einen Schluck und sah erneut hinüber zu der blonden Frau, die in einem Reiseführer blätterte und einen Kaffee vor sich stehen hatte. »Und dann die Sache mit dem Unfall. Grausam, sehr hartes Schicksal. Noch so jung. Kann ich verstehen.« Der DI beugte sich unvermittelt vor. »Jenkins, was ich aber weder verstehe noch akzeptiere, ist, dass jemand hinter meinem Rücken in der Gegend herumschnüffelt und versucht, meine Arbeit zu machen.« Er lehnte sich zurück, als erwarte er eine Antwort. Stattdessen holte er nach ein paar Sekunden zu seinem letzten Schlag aus. »Sie sind kein Polizist mehr. Das sollten Sie längst kapiert haben. Wenn nicht, sage ich Ihnen das jetzt. Lassen Sie also die Finger davon.«

»Oder?« Jenkins war nicht im Mindesten beeindruckt. Wenn Marks ihn mit der Bemerkung über den Unfall hatte verletzen wollen, war ihm das nicht gelungen. Auch wenn die Lava in ihm gefährlich hochkochte.

»Ich hänge Ihnen ganz leicht ein Ermittlungsverfahren an wegen Behinderung der Polizeiarbeit. Dazu genügt ein Anruf. Sie wissen, was das bedeutet. Kann sehr unangenehm werden, gerade auch für einen Ehemaligen.«

»Fertig?« Die Lava stand kurz vor der Eruption.

»Ich war beim alten Bowdery.«

»Und?«

»Sie haben ihn belästigt.«

»Ich habe ihn besucht.«

»Warum?«

»Ich wollte wissen, wie es ihm geht nach dem Tod seiner Enkelin. Er ist quasi ein Nachbar von mir. Hier im Dorf kümmert man sich um den anderen.« Jenkins würde das Spielchen des DI jetzt beenden. Ihm ging dieser »Informationsaustausch« gehörig gegen den Strich. Statt ihn anzuschauen, sah der DI ständig hinüber zur Bar oder studierte angeblich aufmerksam die Bilder an der Wand. Das sollte wohl den Eindruck vermitteln, er sei jederzeit Herr der Lage und kenne den Ausgang ihrer Unterhaltung ohnehin bereits. Wenn er es darauf anlegte, ihn mit seiner Art aus der Reserve zu locken, war der DI auf dem Holzweg.

»Was wollten Sie in Wahrheit von Bowdery? Der alte Herr fühlte sich von Ihnen unter Druck gesetzt. Das hat er glaubhaft geschildert. Sie haben ihn in die Ecke gedrängt und bestimmte Aussagen von ihm hören wollen. Das nennt man Beeinflussung von Zeugen, Jenkins. Erinnern Sie sich?«

Spätestens an diesem Punkt war Jenkins klar, dass er Marks nichts von dem wieder aufgetauchten Handy erzählen würde. Offenbar hatte auch Bowdery das Telefon nicht erwähnt. Und augenscheinlich war ihre Suchaktion tatsächlich unbeobachtet geblieben. DI Chris Marks würde also erst sehr viel später von dem Telefon erfahren, wenn überhaupt.

Jenkins fand es allerdings höchst merkwürdig, dass der Alte das Mobiltelefon nicht erwähnt hatte. Was mochte das Motiv sein? Entweder hatte er im Suff vergessen, dass sie darüber gesprochen hatten, oder er wollte vermeiden, dass die Polizei es irgendwann beschlagnahmte und es auf ewig in der Asservatenkammer verschwand. Oder …

»Ich warte.«

»Ich hab's Ihnen gesagt.«

»Das Küsterehepaar hat sich ebenfalls über Sie beschwert. Sie würden in St. John herumschnüffeln und den heiligen Ort missachten.«

Jenkins zuckte nur mit den Schultern.

»Noch eines: Wir waren heute bei Brian Kernow. Was hat der wohl gesagt? Ich bin sicher, Sie können es sich denken.« Marks machte erneut eine Kunstpause und hob lächelnd das Glas in Richtung der Blondine, die aber nur kurz zurückschaute, uninteressiert und sichtlich gelangweilt. »Der Professor fühlt sich ebenfalls von Ihrer Fragerei belästigt. Er findet das Geschwafel von einer Sekte lächerlich. Also, was soll das, Jenkins?«

»Nennen Sie es Neugier – oder Interesse.«

Marks lachte auf und nickte der Frau augenzwinkernd zu, die sich nun irritiert abwandte und demonstrativ in ihren Reiseführer vertiefte. Marks hielt sich offenbar für unwiderstehlich. Abrupt drehte er sich zu Jenkins hin. »Sie sind raus aus Ihrem Job, kapieren Sie das endlich. Sie sind nicht länger Polizist. Sie behindern auf massive Art und Weise unsere Arbeit.« Nun prostete er Jenkins zu und fuhr leise und mit einem gefährlichen Unterton fort. »Ich kann Ihnen eine Menge Ärger machen. Und ich werde keinen Augenblick zögern, dies zu tun. Verlassen Sie sich drauf. Im Gegenteil, es wäre mir ein Vergnügen.«

Jenkins schwieg. DI Chris Marks war der Prototyp jener Ermittler, derentwegen er am Ende froh gewesen war, nicht länger im Polizeidienst zu sein. Arrogant, selbstgefällig, grob im Umgang und nicht selten auf Streit aus. Als hätten diese Typen mit ihren Dienstausweisen den Freibrief erhalten, sich zu jeder Zeit und ungestraft durch den Dienstalltag zu bewegen wie die Elefanten im Porzellanladen.

Er hatte in seiner Londoner Zeit Kollegen gekannt, die noch einen Schritt weitergegangen waren. Die als besonderer Kick in ihrer Freizeit zum Fußballspiel gegangen waren, um sich mit anderen Hooligans zu prügeln, die das Gefühl der Macht, das sie in Ausübung ihrer Pflicht erfuhren, auch nach Dienstschluss spüren wollten. Und zwar auf die brutale Tour. Junkies waren sie, Junkies der Macht.

Marks beugte sich zu Jenkins und wurde unversehens vertraulich. Jenkins roch den alkoholgeschwängerten Atem des DI. »Wer sagt mir denn, dass du nicht selbst Dreck am Stecken hast? Tauchst immer auf, wenn es eine

Leiche gibt. Willst du sichergehen, immer auf der Höhe der Ermittlungen zu sein? Immer einen Schritt voraus, was, Jenkins? Ich weiß genau, was sie euch in der Drecksspezialeinheit beigebracht haben. Willst wohl besonders gewitzt sein.« Marks ließ sich gegen die Lehne der Bank zurückfallen. »Wie gesagt, den Eindruck könnte man kriegen. Und die nötigen Indizien sind leicht konstruiert, das weißt du. Simon Jenkins, ich kann dir ein solches Feuer unter dem Hintern machen, dass du nicht mehr weißt, wie man einen Pinsel in den Farbtopf taucht.« Marks leerte sein Glas in einem Zug.

Jenkins hatte den Wortschwall mit geschlossenen Augen und regungslos über sich ergehen lassen. Marks konnte nicht ernsthaft an das glauben, was er da gerade von sich gegeben hatte. Er hatte sich aufgeplustert wie ein eitler Pfau. Durch sein demonstratives Schweigen hatte Jenkins ihn genau das spüren lassen, und er wusste, dass er damit eine Schwachstelle getroffen hatte.

»Mich interessiert tatsächlich, ob die Polizei in Truro immer noch von einem Mord im Sektenmilieu ausgeht.«

»Ich habe keine Lust, das zu diskutieren. Kannst aber sicher sein, dass wir unsere Arbeit machen. Und zwar gut.«

»Dann bin ich ja beruhigt.« Jenkins tastete nach seinem Stock und stützte die Hände darauf.

Marks konnte nur mit Mühe seine Wut unterdrücken. »Du bringst Unruhe ins Dorf. Die Leute misstrauen dir. Sie möchten wissen, wo du in der Mordnacht warst. Ist doch komisch, oder? Überall, wo du auftauchst, stellen die Menschen hinterher Fragen. Und sie erzählen, dass du ein komischer Kauz bist. Ein Polizist als Künstler. Ha. Das passt für sie nicht zusammen. Und für mich auch nicht.«

Jenkins schwieg. Er hatte mit Genugtuung zur Kenntnis genommen, dass Marks seine Worte durch die Zähne pressen musste, um nicht loszubrüllen.

Marks wurde nun doch eine Spur leiser. »Denk ja nicht, du seist der Clevere von uns beiden, Jenkins. Lass die Finger von dem Fall! Das hier ist mein Revier, und ich kann räudige Typen wie dich nicht ab, die meinen, ungestraft an meine Bäume pinkeln zu können.« Er stand auf. »Ich sage das nur einmal. Auch Krüppel haben keinen Bonus bei mir.«

Auch diese Beleidigung perlte an Jenkins ab. Marks hatte nicht das Format, ihn zu verletzen. Er blieb sitzen und sah zu, wie Marks das Pub verließ. Dann stand er auf, hängte sich den Jutebeutel um und nahm die Staffelei an sich, die er neben dem Eingang zum Gastraum abgestellt hatte. Er würde nun endlich hinauf zur Teufelspfanne gehen und mit dem Malen beginnen. Vielleicht war ihm das Licht ja gnädig und hatte die Stimmung beibehalten, die ihn vorhin hinausgetrieben hatte. Außerdem konnte er oben auf den Klippen ebenso gut nachdenken wie hier.

Die Frau mit dem Reiseführer hatte Marks' Abgang mit einer hochgezogenen Augenbraue quittiert, um sich dann mit einem stillen Lächeln wieder ihrer Lektüre zu widmen. Im Hinausgehen nickte Jenkins dem Wirt freundlich zu. »Bis Dienstag.«

»Ärger?« Garry deutete mit dem Kopf Richtung Ausgang.

»Nein. Nichts Ernstes. Nur eine freundliche Unterhaltung unter Kollegen. Unter Ex-Kollegen.«

Garry nickte. Er kannte Typen wie diesen DI. Kamen ins Pub und führten sich auf, als wollten sie den Laden kaufen oder die Küche dichtmachen.

XXIII.

Mary verspürte seit dem Morgen eine Unruhe, die stetig wuchs. Sie war wie ein ungebetener Gast plötzlich aufgetaucht und ließ sich weder einordnen noch verdrängen.

Mary hatte am Abend zuvor überraschend doch noch für eine Übernachtung Gäste bekommen, die nun bereits wieder abgereist waren – wie so viele mit der wehmütigen Ankündigung, auf jeden Fall noch einmal herzukommen.

Sie hatte kaum die Tür hinter ihnen ins Schloss fallen lassen und mit dem Abwasch begonnen, als die Unruhe wie aus dem Nichts da gewesen war. Sie hatte sie zunächst verdrängt und damit begonnen, die Zimmer herzurichten. Es lagen zwar keine Buchungen vor, aber es war immer gut, vorbereitet zu sein. Außerdem fühlte sie sich wie befreit und zurück auf null gesetzt, wenn das Cottage aufgeräumt war.

Zu anderen Zeiten wäre sie froh gewesen, das Haus für eine gewisse Dauer wieder für sich allein zu haben. Aber diesmal hatte sie das Gefühl, dass die Unruhe nur auf das letzte Auswringen des Geschirrlappens gewartet hatte, um sich wie frischer Schmutz über ihr Denken zu legen.

Schließlich hatte sie im Frühstücksraum gestanden und es gewusst. Der Grund für ihre Unruhe war das Postkartenmotiv. Sie hatte das Bild am Morgen gesehen. Ein Gast hatte in den Bildbänden geblättert, die für alle frei zugänglich in der Lounge lagen. Das Buch über den Maler Franz Marc hatte der Niederländer ausgerechnet mit der Seite aufgeschlagen zurückgelassen, die das Motiv des Blauschwarzen Fuchses zeigte.

Da sie nun die Quelle für ihre Stimmung kannte, wuchs in ihr ein Plan. Sie würde Dennis bitten, ihr zu helfen. Er würde Michael in die Schranken weisen. Dennis' unverblümte Art war dazu bestens geeignet. Ihr alter Jugendfreund würde den passenden Ton finden, um Michael zum Umdenken zu bewegen.

Je länger Mary darüber nachdachte, desto einleuchtender kam ihr die Idee vor. Eine Melodie von Leonard Cohen vor sich hin summend, stand sie in der Küche zwischen Mehl und Aga, um ein Blech Scones zu backen, die sie vor Tagen Tante Margaret versprochen hatte. *I'm guided by this birthmark on my skin.* Das sorgfältige Mischen der Zutaten hatte etwas Meditatives, das ihr inneres Gleichgewicht wiederherstellte.

Jenkins. Als Ex-Polizist würde sicher auch er wissen, was zu tun wäre. Und er hätte sicher auch seine Möglichkeiten, vielleicht im Zusammenspiel mit Luke. Aber dann verwarf sie den Gedanken wieder. Sie hätte ihm dann von Michael erzählen müssen und davon, dass sie mit ihm die Hölle erlebt hatte. Nein, Jenkins wollte sie nicht in die Sache hineinziehen. Dazu war es noch zu früh.

Nein, sie würde Dennis einweihen. In ihm steckte immer noch der Junge, den sie seit der Kindheit kannte. Auch wenn sie seine jüngsten Avancen nicht ernst nahm und er das sicher nicht völlig verstanden und akzeptiert hatte, so wusste sie doch, dass sie sich auf ihn verlassen konnte.

Dennis würde auf seine Art wissen, was zu tun war. Sosehr ihr unter anderen Umständen sein grobes Wesen auch missfiel, in diesem Fall konnte es nicht schaden, wenn er Michael – natürlich ohne Gewalt, aber unmissverständlich und für alle Zeit – klarmachte, dass er verschwinden müsse und sie in Ruhe zu lassen habe.

Bevor Mary das Haus verließ, um zu Dennis nach Coverack zu fahren, rief sie Tante Margaret an und bat sie, die Scones doch selbst abzuholen. Sie wisse ja, wo der Schlüssel liege. Margaret reagierte ungehalten, denn sie hatte Marys Besuch sicherlich für ein Gespräch über die beiden Todesfälle im Dorf nutzen wollen. Kopfschüttelnd legte Mary auf. Ihre Tante würde sich nie ändern.

»Mary?« Dennis Green stand in der Tür seines Cottages und kratzte sich verlegen den Kopf. Seine Haare sahen aus, als habe er geschlafen. Dann breitete sich ein vorsichtiges Lächeln auf seinem Gesicht aus.

»Hast du Zeit?« Mary hatte den Eindruck, ungelegen zu kommen. Fast bereute sie es, hergekommen zu sein. »Oder soll ich wieder gehen?«

»Komm erst mal rein.« Dennis schüttelte den Kopf. »Kommst den ganzen Weg her, nur um mich das zu fragen und gleich wieder wegzufahren. Verstehe einer die Frauen.«

Mary blieb unschlüssig auf der Schwelle stehen.

»Nun komm schon und erzähl, was los ist.« Er ließ sie einfach stehen und ging voraus in die Küche.

Zögernd folgte sie ihm durch den engen Flur. Seine schlichte Art war wie stets von einer Hemdsärmeligkeit, der sie sich einfach nicht entziehen konnte. Mary warf einen flüchtigen Blick auf die schmale Treppe, die ins Obergeschoss führte. Sie war schon ewig nicht mehr in Dennis' Elternhaus gewesen.

»Willkommen in meinem bescheidenen Reich«, meinte er über die Schulter hinweg, während er eine Blechdose vom Regal nahm und ungefragt Teeblätter in eine Kanne löffelte.

Mary schaute sich um. Ein typischer Junggesellenhaushalt. Überall lagen Zeitungen und Zeitschriften, ein Wäscheständer stand leer neben der Tür, die zum kleinen Garten hinter dem Haus führte. Die einfach verputzten Wände waren vom Alter gelb und hätten längst einen neuen Anstrich gebraucht. An einer Wand hingen ein paar Fotos in schwarzen Rahmen, Aufnahmen seiner Eltern und von großen Segelschiffen. Es roch nach Essen und ungewaschenen Kleidern. Durch die offene Wohnzimmertür hörte sie Feuer im Kamin knistern.

»Setz dich doch.« Dennis kehrte ihr immer noch den Rücken zu.

»Kannst du das Küchenfenster ein wenig öffnen?«

»Was? Ja, sicher.« Ohne nach dem Grund zu fragen, schob er das Fenster ein Stück nach oben. »Das ist das Schöne am Herbst. Die Luft ist immer frisch. Tut gut, nicht?«

Mary warf einen Blick hinaus. Auf der anderen Straßenseite hatte der Dorfladen seine mit bunter Kreide beschriebenen Werbetafeln aufgestellt. Im Hintergrund konnte sie das weit entfernte Ende der weiten Bucht erkennen. Es war gerade Ebbe, und die Boote saßen auf dem Schlick fest. Rechts vom Hafenbecken erkannte sie den Fish-'n'-Chips-Shop, der vor Jahren in die ehemalige Rettungsstation am Hafen gezogen war.

»Hm.«

»Lass mich raten – immer noch keine Milch? Wie kann man nur Tee ohne Milch trinken?«

Mary nickte. Dass sich Dennis daran erinnerte.

»Jetzt erzähl mal in aller Ruhe, worum es überhaupt geht.« Er füllte die Becher und setzte sich zu ihr.

Sie zeigte ihm die Kunstpostkarte, die anonym mit der Post gekommen war. Und sie erzählte von Michael. Die schlimmsten Details verschwieg sie.

Dennis schüttelte den Kopf. »Was für 'ne Geschichte. Der Typ hat nicht mehr alle Tassen im Schrank. Mary, Mary. Klar helfe ich dir.« Er schlug sich mit der Faust in die offene Hand. »Nichts leichter als das.«

»Keine Gewalt.« Sie hob den Zeigefinger.

»Nur ein Gespräch unter Männern. Ich werde gleich zur Sache kommen, und gut ist. Kennst mich doch, kleine Mary.« Er lächelte und nahm ihre Hand. »Die Sache muss dich ziemlich mitnehmen.«

Seine gelassene Art verströmte eine ruhige Überlegenheit, die ihr guttat.

»Wo hält sich der Kerl auf?«

»Vermutlich in Helston. Wo, weiß ich nicht genau. Ein Hotel, nehme ich an.«

»Werde ihn schon auftreiben. Kenne dort ein paar Leute.« Er sah ihren sorgenvollen Blick. »Versprochen, keine Gewalt. Ich weiß, was ich meiner Mary schuldig bin.«

Sie nickte, auch wenn sie nicht ganz sicher war. »Ich weiß doch, ich kann mich auf dich absolut verlassen.«

»Jederzeit. Und in allen Lebenslagen.«

Mary lächelte. Die versteckte Anspielung überhörte sie. »Ich weiß.«

»Wir waren eine verschworene Truppe damals. Weißt du noch? Niemand konnte uns was anhaben. Wir waren die Big Kings of Cadgwith.«

Die alten Geschichten. Sie schüttelte lachend den Kopf. »Das waren wir. Kings of Cadgwith. Du bist verrückt, Dennis Green.«

»Ich denke oft an die Zeit zurück. Wir hatten jede Menge Spaß. Weißt du noch, wie Vic die Glocken von St. John geläutet hat? Alle dachten, irgendwo sei ein Feuer ausgebrochen.« Er hing einen Augenblick den Erinnerungen nach. »Nur schade, dass wir die Zeit nicht anhalten können.«

»Ich weiß nicht, ob das so gut wäre.«

Dennis stand unvermittelt auf. »Ich muss irgendwo noch Kekse haben.« Er begann umständlich im Küchenschrank zu kramen. »Ich hätte schwören können, dass noch welche da sind.« Schließlich drehte er sich zu ihr um. »Die Kekse sind wohl aus. Noch Tee?«

Mary nickte und nahm den Becher in beide Hände. Seine Unbeholfenheit verwischte den Eindruck, den viele von Dennis hatten. Er war im Grunde nicht der grobe

Klotz, der er immer vorgab zu sein. Sie war nun doch froh, hergekommen zu sein. Das vertraute Haus und seine Fürsorge waren wie ein dicker Schal, den sie um sich legen konnte, um sich gegen die Kälte zu schützen.

Nachdem nun das Wichtigste geklärt war, sprachen sie noch eine Weile über das Leben in Coverack, Dennis' Eltern, das Los der Fischer, den Brexit, die Zwänge der EU und immer wieder auch über die gemeinsame Vergangenheit.

»Ich denke, ich mache mich mal so langsam wieder auf den Weg.« Mary stellte den Becher ab. »Danke für den Tee und deine Hilfe.« Sie schob ihm die Kunstpostkarte mit Marcs Fuchs zu. »Kannst sie behalten. War mal mein Lieblingsmotiv. Lange her.«

Er nahm die Karte in die Hand, drehte sie um und las. »Blauschwarzer Fuchs. Hm. Komische Ideen haben Maler. Füchse haben rotbraunes Fell. Na ja, bin kein Experte.« Er lehnte das Bild gegen seinen Becher und sah Mary an. »Ich kümmere mich um Michael, versprochen. Im Radio haben sie gesagt, dass das Wetter in den nächsten Tagen wenig erfreulich sein wird. Als wenn es nicht jetzt schon so wäre.« Er deutete zum Fenster hinaus und stand auf. Es hatte zu regnen begonnen.

Der Wind schob den Regen quer am Fenster vorbei. Die Wolkendecke hatte sich geschlossen und war fast schwarz geworden. Bald würde die Flut einsetzen. Dann würden sich die Boote aus dem Schlick befreien und im Wind schaukeln.

An der Tür hielt Dennis Mary zurück. »Treibholz. Das ist das beste für den Ofen. Vater hat es über Jahre gesammelt. Er hat immer gesagt, man weiß nie, was und wen das Meer an unseren Strand spült. Ein Gutes haben die Stürme. Uns geht nie das Holz aus. Ich muss ihm recht geben. Das ist hartes Holz. Genau das richtige für das Wetter.«

Auf dem Weg zum Auto runzelte Mary immer noch die Stirn. Wurde Dennis am Ende doch wunderlich? Der Tod seiner Eltern schien ihn mehr mitzunehmen, als er zugab. Auch deshalb war sie froh, hergekommen zu sein.

Auf der Rückfahrt wehten heftige Böen vom Meer herüber. Mary hatte Mühe, ihren Morris gegenzusteuern. Vielleicht sollte sie Dennis auch von Bennett erzählen.

Zwei Tage später hatte sich das Wetter wieder geändert. Ein klarer Herbsttag, der Himmel strahlte in einem hellen Blau. Die See wollte nicht nachstehen und hatte eines ihrer besten Kleider übergestreift, ein kräftiges marines Blau, mit weißen Schaumkrönchen dezent abgesetzt. So erschien es jedenfalls Mary, die den frühen Morgen für eine Wanderung den Küstenpfad entlang in Richtung Lizard nutzte. Die dunklen Felsen wirkten nicht so schroff und abweisend wie sonst zu dieser Jahreszeit. Auf den Wiesen glänzte vereinzelt Tau. In der Sonne war es zwar nur mäßig warm, dennoch hatte sie ihre Fleecejacke ausgezogen und um die Hüften gebunden.

Jeder Felsen und jede Biegung, jeder Übersteig erinnerte sie an ihre Kindheit. Mit Freude dachte sie an die Zeit, in der sie als Mädchen mit den Eltern auf dem Küstenpfad unterwegs gewesen war. *Er ist die schmalste Trennlinie zwischen dem Leben da tief unter dir im Wasser und deinem eigenen Leben*, hatte ihr Vater oft erklärt und sie auf die Schönheit der Landschaft aufmerksam gemacht, zugleich aber auch auf die Gefahren, die auf dem oft beängstigend engen Pfad lauerten, der nicht selten unmittelbar an der Abbruchkante entlangführte. Mary hatte sich dann magisch von der Tiefe angezogen gefühlt und sich zugleich gegruselt. Abends in ihrem Bett hatte sie davon geträumt, sich wie eine der Silbermöwen in die Lüfte erheben und die Felsen schwerelos umkreisen zu können.

Sie war derart tief in die Gedanken an ihre Eltern versunken, dass sie die schmale Gestalt zunächst nicht bemerkte, die ein Stück voraus vor einer Staffelei stand und mit einem Pinsel das Meer zu taxieren schien.

»Hi.« Sie freute sich, ihn zu sehen.

»Schöner Tag heute, nicht?« Simon Jenkins deutete mit dem Pinsel auf die See. »Dieses Blau. Möchte mal wissen, wie die Natur das schafft. Immer entdecke ich eine neue Nuance auf ihrer unendlich scheinenden Farbpalette.« Er lachte.

»Ich habe Sie erst gar nicht bemerkt.« Mary verspürte den Wunsch, die Hand auf seinen Arm zu legen. Stattdessen streckte sie ihm die Hand zum Gruß hin.

»Ich finde das Licht großartig.« Er legte umständlich Palette und Pinsel ab und wischte sich über die Oberschenkel. Sein Händeschütteln wirkte etwas linkisch.

»Diesmal keine Fische?« Mary schob die Hände in die Taschen ihrer Jeans und betrachtete mit hochgezogenen Schultern seine Arbeit.

»Wie das Meer durch den Bogen in die Teufelspfanne strömt und sich dabei von hell zu dunkel verfärbt, das vor allem möchte ich festhalten. Die Bewegung des Wassers, so kraftvoll wie unermüdlich. Außerdem finde ich den Kontrast zum stumpfen Grün der Grasmatten schön.« Jenkins nahm die Palette wieder auf und tupfte mit dem Pinsel dunkleres Grün auf die schon ausgemalten Felsenhänge.

Mary betrachtete ihn. Er stand aufrecht vor der Staffelei, als sei er nicht auf einen Stock angewiesen. Die Konzentration auf seine Arbeit ließ ihn die Behinderung offenbar vergessen.

Nicht lange, und er hätte auch sie vergessen, so sehr vertiefte er sich in die Arbeit. »Ist das eine Auftragsarbeit?«

Als er sie ansah, bemerkte sie, wie ernst sein Blick war. Etwas ging zwischen ihnen hin und her. »Ich überlege, für einige Zeit wegzufahren.«

So wie er es sagte, machte es sie traurig.

»Eine Studienreise?« Mary wusste nicht viel von Jenkins. Ob er noch Familie hatte, Freunde, und wo sie lebten.

»Sozusagen«, antwortete er, ohne den Blick von der Leinwand zu nehmen.

Mary verglich das Ergebnis auf der Staffelei mit der Natur. Jenkins war dabei, dem Bild einen impressionistischen Touch zu verpassen. »Bleiben Sie lange weg?«

Ein Schulterzucken war die Antwort.

»Besser, ich störe Sie nicht länger.« Sein Verhalten irritierte sie.

»Ach.« Er warf den Pinsel auf die Palette und legte sie zur Seite.

»Tut mir leid.« Sie wich zurück.

»Was? Nein.« Er sah sie verwundert an. »Es ist nur ... heute will mir nichts gelingen. Sehen Sie sich die Leinwand an: keine Aussage. Nur grüne und blaue Farbe, keine Spannung. Vielleicht tut mir ein wenig Luftveränderung tatsächlich gut. Ich stehe hier schon mehr als zwei Stunden und komme keinen Millimeter voran.«

»Aber es ist doch schön.«

Sie fand die Arbeit tatsächlich schön, obwohl sie noch unfertig war. Die verschiedenen Blau- und Grüntöne, dazwischen das wenige Braun und die kaum angedeuteten Gischtflocken. Jenkins zeigte auf den paar Quadratzentimetern Leinwand die unbezähmbare Natur in ihrer ganzen trügerischen Ruhe. Als würde an der Teufelspfanne im nächsten Augenblick die Hölle losbrechen. Der Pinselstrich erinnerte sie an Bilder von Paula Modersohn-Becker.

»Sie sollten nicht aufgeben. Es ist beeindruckend, wie die Szene aus dem Inneren heraus lebt.« Sie bemerkte seinen abweisenden Blick und räusperte sich verlegen. »Sie haben recht, keine kunstgeschichtliche Interpretation. Okay. Es ist vielleicht noch nicht fertig, aber das Bild ist einfach nur schön.« Sie lächelte ihn zaghaft an. »Das wollte ich Ihnen schon längst sagen: Sie zeigen die wahre Seele der See. Das Unbeherrschbare und doch zugleich wunderbar Wärmende der Natur.« Mary wartete darauf, dass er sie auslachte. »Okay, das war jetzt Kitsch.«

Er lachte nicht. »Ich gehe vielleicht ganz weg von hier.«

Mary nickte und verstand dennoch kein Wort.

»Ich weiß nicht, ob ich tatsächlich hierher gehöre. Ich hätte vielleicht nicht herkommen sollen. Ich muss nachdenken.« Er schob mit dem Fuß einen Stein über den Pfad und sah zu, wie er über den Abhang kullerte und verschwand.

»Manchmal hat man eben einen schlechten Tag.« Sie konnte seine Worte nicht einordnen. Er wollte fort? Ihre Gedanken wirbelten durcheinander. Sie dachte an Victoria. Er hatte doch versprochen, sich zu kümmern. »Aber natürlich gehören Sie hierher.«

»Ich weiß nicht.«

»Was ist passiert?« Nun legte sie doch die Hand auf seinen Arm. Er ließ es erst geschehen und zog ihn dann weg.

»Es hat in Wahrheit nicht nur mit Cadgwith zu tun.«

»Die Leute mögen Sie. Die Fischer.« *Und ich*, fügte sie still hinzu. »Welchen Grund könnte es also geben?« Sie verlieh ihrer Stimme einen aufmunternden Tonfall. »Und denken Sie an die Musik im Pub. Das können Sie doch nicht einfach aufgeben.«

»Wie gesagt, ich muss nachdenken. Und ich fürchte, das kann ich hier nicht.« Jenkins nahm das Bild von der Staffelei. »Ich schenke es Ihnen.« Er hielt es ihr hin. »Nehmen Sie ruhig. Ich erkläre es hiermit für fertig.«

Zögernd nahm Mary die Leinwand an sich. Sie war nun völlig irritiert. Sie kannte niemanden, der ihn als Eindringling sah. Sicher, Tante Margaret hatte ihre eigene Meinung über den »malenden Polizisten«, aber das hatte eher mit ihrer Eitelkeit zu tun. Jenkins galt im Dorf als sympathischer Sonderling, der im Pub Musik machte und merkwürdige blaue Fischbilder malte. Aber wer war auf seine Art nicht sonderlich?

»Es wird lange trocknen müssen. Aber Sie wissen ja, wie Sie mit Kunst umgehen müssen.« Sein ernster Blick war einem leicht spöttischen Lächeln gewichen, denn Mary stand etwas ungelenk mitten auf dem Weg, die Leinwand von sich gestreckt, als ginge von ihr eine unnatürliche Hitze aus.

»Ja.« Es war ein ebenso überflüssiges wie unschlüssiges Ja. Simon Jenkins hatte sie stehen gelassen und war bereits auf dem Rückweg. Dabei setzte er seinen Gehstock kräftig auf. Die Staffelei hatte er sich an einem Lederriemen über die Schulter gehängt. Den Malkasten trug er wie ein fahrender Händler vor dem Bauch.

Sie atmete tief durch und holte ihn mit wenigen Schritten ein. Schweigend gingen sie hintereinander den Küstenpfad zum Dorf zurück. An den ersten Häusern verabschiedete er sich von ihr mit freundlichen Worten und ließ sie zurück. Mary sah ihm hinterher, bis er hinter der Biegung des Weges, der zu seinem Cottage führte, verschwunden war.

Mit keinem Wort hatte er erwähnt, wann er fahren oder ob er überhaupt zurückkommen würde. Grübelnd ging sie heim und lehnte die Leinwand im Wohnzimmer an die Wand. Nachdem sie geduscht und eine Zeit lang in ihrem Lieblingssessel gesessen hatte, den Kopf voller Gedanken, ging sie ins Dorf hinunter, um den Laden zu öffnen.

Jenkins trug die Staffelei ins Atelier und setzte den Malkasten auf die Werkbank. Unschlüssig stand er eine Weile vor seiner zweiten, größeren Staffelei mitten im Raum. Sie war wie immer mit einem Tuch abgehängt. Durch die großen Fenster fiel das Licht hell auf das Leinentuch. Im Grunde war dies der passende Moment, um an Moiras Porträt weiterzuarbeiten.

Er war nach Cadgwith gekommen, um sich frei zu machen von seinen Albträumen. Er wollte hier die Freiheit haben, Moira so zu malen, wie sie in seinem Gedächtnis war und für die Ewigkeit sein sollte. Aber je mehr das Porträt wuchs, desto blasser wurde die Erinnerung an Moira. Er fürchtete sich davor, es nicht vollenden zu können. Technisch würde er es umsetzen können, das wusste er, aber er hatte Angst, dass ihm der wahre und reine Ausdruck ihres Wesens nicht gelingen könnte.

Seit der Begegnung mit Mary spürte er noch etwas anderes: dass er auf jeden Fall in Cadgwith bleiben wollte. Egal, was man über ihn dachte. Er gehörte in dieses Dorf und zu diesen Menschen. Und vielleicht auch zu Mary. Aber darüber würde er noch einmal in Ruhe nachdenken müssen. Vielleicht hätte er ihr gegenüber vorhin nicht so brüsk sein sollen. Er hatte es auch nicht sein wollen, aber dann waren die Worte einfach so aus ihm herausgekommen. Und er wäre sich dumm vorgekommen, wenn er sich entschuldigt hätte. Ach …

Er musste sich konzentrieren und über sein Leben nachdenken. Und über den Bruch, den er gewollt hatte, weil er ihm als einzige Perspektive erschienen war. Ob ihm das in Cadgwith gelingen würde? Die Freiheit, Moira zu malen, wie sie gewesen war? Er musste Gewissheit haben, dass er in Moiras Porträt ihre Schönheit und ihre Träume aufleben lassen und bewahren konnte, dass er das Zeug zu einem wirklichen Künstler hatte. Dass er auch das Meer eines Tages so malen würde, wie es war. Und dass es für ihn ein Leben gab, das frei war von dem Zwang, alles unter Kontrolle behalten zu wollen. Cadgwith würde seine Zukunft sein – oder es würde sein Scheitern symbolisieren.

Deshalb war er Polizist geworden: um der Welt zu zeigen, wie sie besser sein könnte. Und deshalb war er Maler geworden: weil er sich beweisen wollte, dass er die wahre Seele seiner Motive erfassen und abbilden konnte. Der Unfall und Moiras Tod hatten ihm mit entsetzlicher Endgültigkeit gezeigt, dass er als Polizist gescheitert war. Das durfte nicht auch in Cadgwith passieren.

Simon widerstand dem Impuls, das Tuch zu lüften und Moira anzuschauen. Er hätte es wieder nicht ertragen, zu sehen, dass es noch unvollendet war, und zugleich zu wissen, dass er nicht die Kraft hatte, daran weiterzuarbeiten. Er zog sorgfältig die Vorhänge vor die Fenster und schloss das Atelier ab.

XXIV.

Er kann sich nicht sattsehen. Sie ist wunderschön, ihr Haar so weich, die Haut glatt und duftend. Vanille und etwas anderes. Aus der Distanz ist die Sehnsucht umso größer. Er liegt oft auf seinem Bett und stellt sich vor, wie sie lächelnd vor ihm steht, verschämt wie ein Mädchen und zugleich fordernd wie eine erfahrene Frau. Wie sie sich zu ihm beugt. Der Gedanke an die Mischung aus Unschuld und Verlangen bringt ihn fast um den Verstand.

Warum sind Frauen so? Warum sind sie Nymphe und suchen zugleich Schutz? Die verdammte Natur hat das clever eingerichtet.

Sie ist schuld.

Kein Mann kann diesen Signalen widerstehen.

Er lässt das Fernglas für einen Augenblick sinken.

Er liebt sie, seit sie sich das erste Mal gesehen haben. Und sie liebt ihn auch, davon ist er überzeugt. Sie weiß und spürt es doch schon so lange, und das wird sie irgendwann schon noch begreifen. Er darf nur nicht lockerlassen. Sie muss es sich endlich eingestehen. Er hat ihn eben erst wieder in ihrem Blick gesehen, diesen Hunger nach Liebe. Gleich beim Wiedersehen hat er dieses Glitzern in ihren Augen gesehen.

Das kann sie nicht verbergen. Sie mag es leugnen. Wie aussichtslos. Er lacht. Ihre Blicke sprechen eine andere Sprache.

Sollen die Leute doch denken, was sie wollen. Sie gehören zusammen. Das hat er gleich beim ersten Treffen gespürt.

Es hebt erneut das Fernglas und stellt die Optik scharf auf das erleuchtete Fenster. Es gibt Stunden, da spielt er in Gedanken durch, wie es sein wird. Er sieht sie nackt vor sich knien. Mein Gott, wie sehr er es will. Und sie auch. Sie bringt ihn schier um den Verstand, das hat sie von Anfang an gemacht. Er lacht erneut und steckt den Feldstecher weg. Er ist so froh, endlich in ihrer Nähe sein zu können.

In den Momenten, in denen sie sich unbeobachtet fühlt, ist sie besonders schön. So unschuldig. Wann immer er will, kann er sie betrachten. Ohne dass irgendjemand ahnt, dass er von seinem »Ausguck« aus etwas anderes verfolgt als die Dohlen, die Möwen oder auch nur die schleichende Veränderung der Natur. Er geht langsam den Weg entlang.

Er hat Zeit. Viel Zeit.

Er kommt an der Stelle vorbei, dieser Stelle. Victoria. Diese dumme Kuh. Kaum sind sie sich nähergekommen, gurrt sie wie ein Täubchen, flirrt und tanzt um ihn herum wie eine Libelle. Eindeutiger geht es nicht. Sie war auch so eine, die es darauf angelegt hat.

Sie könnte noch leben. Er kickt ärgerlich einen Stein weg. Selbst schuld. Will Spaß und wehrt sich dann. Hat angeblich keine Lust. Vielleicht an einem anderen Tag, hat sie keck gemeint. Dieser unverhohlen geile Blick. Zicke. Was wäre denn schon dabei gewesen? Er hat doch nur ein wenig Spaß gewollt. So wie sie. Gut, er will am liebsten diesen besonderen Spaß. Abschalten für ein paar Minuten, an nichts anderes denken, nur fühlen, schmecken, riechen, eintauchen in die andere Welt. Aber was ist daran verkehrt?

Sich stark fühlen, den Frauen zeigen, wozu sie geschaffen wurden, sie auf das ihnen zustehende Maß zurückstutzen.

Er lächelt über seinen eigenen Scharfsinn. So deutlich hat er das bisher nicht gesehen. Aber so stimmt es, und so wird er es auch in Zukunft sehen. Die Frau hat dem Mann untertan zu sein. So einfach war das. Der Spruch hat ihm immer schon gefallen.

Fällt von den Klippen, einfach so. Dabei hatte er sie kaum berührt. Na ja, vielleicht ja doch. Aber nur wenig, nicht fest. Sie hatte weglaufen wollen und die falsche Richtung genommen. Zack. Das Leben ist eben kein Picknick. Ist eh nicht schade um die Schlampe. Eine wie ihre Mutter, soweit er wusste. Ihm tut nur der Alte leid, der oben in seinem elenden Cottage haust, die Farben verwittert, das Dach morsch. Soweit er das von außen beurteilen kann, aber noch gute Bausubstanz. Pittoresk, die Lage prominent, Fotomotiv für die Touristen. Der National Trust leckt sich sicher schon die Finger.

Bowdery hat sein ganzes Leben lang geschuftet – und wofür? Soweit er weiß, hat der Sohn sich zu Tode gesoffen und die Schwiegertochter sich durchs Dorf gevögelt. Er wird den alten Bowdery aufsuchen. Wegen des Beileids und wegen des Hauses. Der Alte kann da ja nicht ewig leben. Er wird ihm einen Rat geben.

Er macht einen sehr weiten Bogen um Cadgwith, oben über Ruan Minor, dort an der Kapelle der Methodisten den schmalen Trampelpfad runter und später links wieder hoch. Zu oft sollte man ihn im Dorf nicht sehen. Nicht gut. Auf dem Rückweg kommt er an St. John vorbei und bleibt einen Augenblick stehen. Die Konturen der Kirche mit dem normannischen Turm heben sich deutlich vom klaren Nachthimmel ab.

Barbara. Auch selbst schuld. Was spioniert sie ihm auch hinterher? Faselt was von Dokumenten, Cottages, Eigentum und Diebstahl. Dass sie weiß, was er im Schilde führt.

Dabei hatte sie nicht die geringste Ahnung.

Frauen sollten ihre Neugierde im Zaum halten und sich um ihren eigenen Kram kümmern. Von den wirklich wichtigen Dingen des Lebens verstehen sie ohnehin nichts.

Fakt ist, Frauen gehören kontrolliert, ihre Neugierde, ihre Schwatzhaftigkeit und ihre Triebe. Das war immer schon so, schon zu Zeiten seines Vaters und Großvaters. Und das müssen die Weiber von heute auch kapieren.

Ein wenig tut ihm Barbara schon leid. Er hat die Antiquitätenhändlerin gemocht, mehr als er es zunächst hat glauben wollen. Vielleicht hätte aus ihnen ja was werden können, unter anderen Umständen. Aber er hat sie zum Schweigen bringen müssen, sonst wäre alles andere aufgeflogen. Dumm gelaufen für Barbara.

Aber er muss nun achtgeben.

Der Gedanke bringt ihn zum Lächeln. Dass die Bullen an einen Ritualmord glauben, hat er geplant. Dazu waren die Hinweise, die er ihnen präsentiert hat, schlichtweg zu deutlich platziert, selbst für die dummen Bullen der Devon and Cornwall Police-Dienststellen in Helston und Truro. Die Ahnungslosigkeit der Polizei macht ihn auch jetzt wieder stolz. Die Bullen, die sich doch sonst für besonders ausgeschlafen halten. Wenn die wüssten! Er hat sie an der Nase herumgeführt, wie es besser nicht geht.

Eigentlich schade, dass er seinen Triumph mit niemandem teilen kann.

Er reibt sich das Kinn. Wenn er es recht bedenkt, ist es noch nicht zu spät, um nach Helston zu fahren. Dort findet er immer Zuhörer. Er fasst nach seiner Geldbörse und spürt die Aufregung. Die Nacht ist noch jung und voller Verheißungen. Er weiß, wohin er gehen muss. Er spürt mit jedem Schritt, wie seine fröhliche Stimmung ins Ausgelassene wächst.

XXV.

»Ich hab's.« Luke stand vor ihm, die Hände tief in den Taschen der dicken Joppe vergraben. Selbstzufriedener konnte ein Fischer nicht aussehen.

»Und das heißt?« Simon ahnte, was er meinte.

Misstrauisch sah Luke sich erst nach allen Seiten um, dann zog er Victorias Telefon aus der Tasche und hielt es wie eine Trophäe in die Höhe, um es umgehend wieder einzustecken. Eine völlig unnötige Vorsichtsmaßnahme. Selbst jetzt im Herbst schirmten die Hecken den Eingang von Jenkins' Cottage gegen alle neugierigen Blicke ab.

»Tee?« Simon hatte gerade ein paar Probeabzüge seiner neuen Linolschnitte gemacht und die Finger voller Farbe.

»Deine Haare sind blau.« Luke grinste.

Simon warf einen Blick in den Flurspiegel. »Stört dich das?« Er zog einen Lappen aus der Hosentasche und wischte sich die Hände ab.

»Meinetwegen kannst du dich komplett blau anmalen. Oder gelb.« Luke hatte seine Jacke im Flur zurückgelassen und setzte sich umständlich an den Küchentisch. Dabei schob er die aufgeschlagene Ausgabe des *Guardian* zur Seite, in der Jenkins am Abend zuvor geblättert hatte. Mit dem Ärmel fegte er aufwendig ein paar imaginäre Krümel weg und platzierte erst dann Victorias Mobiltelefon auf der Tischplatte wie ein wertvolles Geschenk.

»Und?« Jenkins stellte den Wasserkessel auf den Herd.

»Pete hatte seine Mühe.«

»Pete – wer?«

»Das willst du nicht wissen.« Luke wollte ihn offenbar nicht mit Details belasten.

»Ich weiß nicht, warum ich mich auf diese illegale Nummer überhaupt einlasse«, brummte Simon.

»Weil dir dein Bulleninstinkt sagt, dass uns das hübsche kleine Telefon weiterbringt.« Luke nahm zufrieden zur Kenntnis, wie interessiert Simon das Gerät musterte.

Jenkins schob ihm einen Becher zu und setzte sich zu ihm an den Tisch. »Sag schon.«

»Ich bin kein Experte, die Details kenne ich nicht. Ist ja auch egal. Wichtig ist nur, dass Pete das Ding geknackt hat. Prepaid. Lauter Telefonnummern und SMS.« Er nickte zum Handy hin. »WhatsApp-Chats ohne Ende. Facebook-Kram.«

»Klingt erst mal nicht sonderlich aufregend.«

»Kenn mich mit den Sachen nicht aus. Hab kein Facebook.« Luke trank einen Schluck. »Ich red lieber direkt mit den Leuten.«

Jenkins nahm das Telefon auf. »Wieder gesperrt.« Er sah Luke fragend an. »Marks und seine Leute hätten bestimmt schon reagiert, wenn sie auf Facebook irgendeinen Hinweis gefunden hätten, oder auf Instagram. Mich wundert nur, dass sie nicht nach einem Mobiltelefon suchen. Jeder hat doch heutzutage so ein Ding.«

Sein Freund nahm ihm mit gönnerhaftem Blick das Telefon aus der Hand und tippte den Zifferncode ein. »Vielleicht tun sie's ja, sind aber nicht so schlau wie wir. Oder es ist ihnen lästig. Sie sind doch von der Unfalltheorie überzeugt.« Luke hatte wieder das Jagdfieber gepackt.

»Victoria war kein Kind von Traurigkeit. Sieh dir das mal an. Sie hat mit fünf verschiedenen Männern gleichzeitig gechattet.« Er reichte das Handy zurück.

»Das ist doch schon mal was.«

Luke schüttelte den Kopf. »Sie hat ihnen Fantasienamen gegeben. Loverboy zum Beispiel.« Er musste lachen. »Der Typ ist ziemlich von sich überzeugt. Angeblich einer mit 'nem Dauerständer. Oder: Dunkler Ritter. Aber auch: Prinz der Bucht. Möchte mal wissen, wer dahintersteckt, Prinz der Bucht. Ich hätte nicht gedacht, dass Victoria so ein Luder ist. Klar, alle wussten, dass sie's drauf hat, aber dass es so heftig war? Mannomann.« Es klang ein wenig nach Anerkennung.

Jenkins hob die Augenbrauen. In den Privatsachen fremder Menschen zu schnüffeln, löste in ihm stets ein ungutes Gefühl aus. Er scrollte langsam durch einen Chat. »Unfassbar.« Kopfschüttelnd legte er das Telefon auf den Tisch. »Gibt's auch Fotos?«

Luke nickte. »Jede Menge. Aber immer nur ihr Großvater, Natur und Fotos aus ihrem Zimmer. Keine Männer, schon gar keine Nacktaufnahmen.«

Jenkins war sich nicht sicher, ob Luke das Letztere nicht doch ein wenig bedauerte. »Das heißt, wir haben Nummern, aber keine Klarnamen? Wir werden uns das Telefon genauer anschauen müssen. Vielleicht finden wir doch noch Hinweise, die uns weiterbringen.« Er nahm das Gerät wieder in die Hand. »Im Grunde müssen wir die Telefonnummern lediglich nacheinander anrufen.« Er war versucht, die erste anzutippen. »Wäre ich noch im Dienst, wüsste ich schon, wie ich's anstellen müsste. Wenn du der

Telefongesellschaft mit einem Beschluss kommst, geht manches plötzlich wie von selbst.«

»Habe ich schon versucht.« Luke räusperte sich, und seine Wangen begannen zu glühen. »Anzurufen, meine ich. Geht niemand ran. Wer will schon mit einer Toten telefonieren? Die müssen eine Heidenangst haben, wenn sie Vics Namen oder Nummer auf ihrem Display sehen.«

»Wir werden es trotzdem noch einmal probieren. Vielleicht haben wir ja Glück. Es werden ja nicht alle wissen, dass Vic tot ist. So viel war in den Medien nun auch nicht von der Sache zu lesen.« Simon hatte unversehens das Jagdfieber gepackt. Noch bis vor ein paar Tagen war er davon überzeugt gewesen, dass er sich endgültig davon frei gemacht hatte. »Und wir sollten die Vorwahlen durchsehen. Vielleicht ergibt sich daraus ja ein Hinweis.«

»Gute Idee. Auf den ersten Blick alles Nummern hier aus der Gegend.«

»Oh, der Herr ist unter die Detektive gegangen.« Jenkins klang sarkastischer, als er gewollt hatte.

»Ich bin doch nicht blöd. Im Ernst, ein paar Namen und Telefonnummern kenne ich. Nichts Verdächtiges. Die Chats sind aber natürlich alles Mobilnummern. Und die hat Vic, wie gesagt, mit Fantasienamen belegt, warum auch immer.«

»So kommen wir nicht weiter.«

Jenkins erinnerte sich an einen ähnlichen Fall. Dabei war es um Ermittlungen gegen einen Broker in London gegangen, der seine Geliebte regelrecht abgeschlachtet hatte, weil sie den Fehler begangen hatte, auch mit anderen ins Bett zu steigen.

Der Makler hatte schon lange vor dem Mord im Visier der Fahnder gestanden, denn er hatte jede Menge Insidergeschäfte über sein Handy abgewickelt. Alle »Kunden« standen mit Decknamen in seinem Telefonspeicher. Die Soko hatte mehr Mühe als üblich gehabt, von den Telefonanbietern die Namen der Anschlussinhaber zu bekommen. Eine heikle und zeitaufwendige Sache war das gewesen. Viele hatten die Deals über Prepaid-Karten abgewickelt, die zu allem Übel regelmäßig gewechselt wurden. Am Ende hatten sie nicht alle Kunden des Brokers ausfindig machen können.

»Was denkst du?« Luke leerte seine Tasse.

»Ohne Beschluss werden wir die Inhaber der Nummern nicht identifizieren können. Und den bekommt allein DI Marks.«

»Dann war alles umsonst? Nur tote Fische?«

»Ich fürchte. Aber immerhin haben wir das Telefon. Wir gehen jeden Eintrag noch einmal durch. So schnell sollten wir nicht aufgeben.« Er stand auf. »Lass mir das Telefon hier. Aber heute geht's nicht mehr. Die Linolschnitte warten.«

Luke seufzte. »Wie kannst du jetzt an deine Bilder denken? Das ist für mich so, als würden wir den gesamten Fang über Bord werfen. Verstehe einer die Künstler. Wir müssen dranbleiben, Simon.«

»Tun wir ja. Aber nicht heute.«

»Da ist noch etwas.« Luke räusperte sich.

»Ja?«

»Victoria hat nach ihrer Mutter gesucht.«

»Das heißt?« Simon horchte auf. Wieder der Hinweis

auf Bowderys Schwiegertochter. Langsam zeichnete sich so etwas wie eine Spur ab. Victoria musste es sehr ernst gemeint haben mit ihrem Anruf bei ihm. Aber er wollte Luke immer noch nicht von den Spekulationen erzählen, die er seither angestellt hatte. Er musste erst klarer sehen, bevor er seinem Freund darüber berichtete. Das hatte nichts mit mangelndem Vertrauen zu tun, eher mit den alten Gewohnheiten und Regeln, die zur Grundausbildung der Polizeiarbeit gehörten.

»Jedenfalls lesen sich einige SMS so.« Luke bemerkte Simons plötzlich aufflammendes Interesse. »Sie hat bei den Bekannten herumgefragt, ob sie eine Ahnung haben, wie man ihre Mutter ausfindig machen könnte. Keiner hat ihr helfen können.«

Kein Wunder, dachte Jenkins. *Einer der Nachteile des fehlenden Meldewesens im Vereinigten Königreich.*

»Schien echt verzweifelt, die gute Victoria. Warum wollte sie nach all den Jahren ihre Mutter finden?«

Simon war nun nahe dran, Luke doch zu informieren. »Sie hatte in Cadgwith einen schlechten Ruf. Vielleicht wollte Vic endlich Klarheit haben. Ein Kind ohne Mutter hat keine Vergangenheit.« Womöglich gab Luke sich mit dieser Vermutung ja zufrieden. Jenkins konnte sich durchaus noch eine andere Variante denken. Rache. Ein schwerwiegendes Motiv. Victoria musste unter dem Gerede im Dorf gelitten haben. Vielleicht wollte sie ihre Mutter zur Rechenschaft ziehen für das, was sie ihr mit dem plötzlichen Verschwinden angetan hatte. Sie hatte ihrer Tochter die Chance verwehrt, das Geschwätz und die ganze Tragik, bis hin zur Alkoholsucht ihres Vaters, aufzuarbeiten.

Das erklärte allerdings noch nicht die Umstände ihres Todes.

Luke schien seine Gedanken erraten zu haben. »Sie hat Vic mit dem ganzen Dreck allein gelassen.«

»Keine ihrer Telefonfreundschaften hat ihr Hilfe angeboten?«

Luke schüttelte den Kopf. »Bis auf einen Spinner. Hat ihr angeboten, ›die Alte alle zu machen‹.«

»Wir sollten uns um diesen Anschluss kümmern. Vielleicht steckt mehr dahinter. Zeig mal.« Er studierte aufmerksam den Chat-Verlauf.

»Was meinst du?«

»Es gibt jede Menge Psychopathen, die die Schwächen anderer für ihre Spielchen ausnutzen.«

»Du meinst, sie ist bedroht worden?«

»Möglich.« Er zuckte mit den Schultern. »Wir sollten diesen Chat als Spur betrachten.«

In Jenkins wucherte das Gefühl, in der Sache versagt zu haben, immer weiter.

Nachdem Luke gegangen war, suchte er in seiner CD-Sammlung nach der passenden Musik und ging hinüber ins Atelier. Er hatte dort nur eine kleine Elektroheizung stehen, aber zum Arbeiten reichte das.

Er war froh, sich ablenken zu können.

Die ersten Abzüge waren schon nicht übel: ein Boot, eingeschlossen in einer mit einem groben Korken verschlossenen Flasche. Eine besondere Flaschenpost. Die Enge mochte auf manchen Betrachter klaustrophobisch und beängstigend wirken, zumal der Mast die Form eines Kreuzes hatte. Der Linolschnitt maß fünfzehn mal zwanzig Zentimeter, und für ihn spiegelte die Arbeit den Zustand seiner Seele wider.

Er hatte in den vergangenen Monaten auf den Ausfahrten mit Luke die Freiheit der See lieben gelernt, und doch war ihm nach ihrer Rückkehr in den kleinen Hafen bewusst geworden, dass er seinen Gefühlen und seiner Geschichte nicht entkommen konnte, nicht im religiösen Sinn, wie das Kreuz vermuten lassen könnte, sondern in der Rückschau von Fakten und Ereignissen. Simon Jenkins fühlte sich in sich selbst gefangen, wie in einer Flasche, durch dessen Glas er das Leben sehen, aber nicht berühren konnte. Als er mit der Arbeit an dem Linolschnitt begonnen hatte, war ihm nicht klar gewesen, wohin sie ihn führen würde. Aber so war es gut. Das Schiff in der aufrecht stehenden Flasche hatte jedenfalls nichts mit der üblichen Schifffahrtsfolklore zu tun.

Bevor er einen weiteren Abzug machte, legte er die CD *This Path Tonight* von Graham Nash ein. Der Mann war trotz seines Alters bemerkenswert gut bei Stimme. Ihm gefiel die ruhige Art, mit der Nash über sein Leben nachdachte und unaufdringlich Bilanz zog. Ein Mann, der alles gesehen hatte und sich vor nichts mehr fürchtete. Könnte er das doch auch von sich selbst behaupten, dachte Jenkins und trug mit der Rolle behutsam blaue Farbe auf die Druckvorlage auf.

Unweigerlich kamen die Gedanken an Marys Freundin zurück.

Welchen ihrer Chatpartner hatte Victoria getroffen? Oder war es gar keiner von der ominösen Telefonliste? Gab es noch jemand anderen, den großen Unbekannten, dessen Existenz sie vor allen geheim gehalten hatte? Hatte er ihr von ihrer Mutter erzählt?

Die Einträge in ihrem Handy irritierten ihn. Ihre Worte waren zwar nicht unschuldig, eher neckend, aber frei von harten Sprachbildern. Die der Männer strotzten dagegen vor unverhohlener Gier und Lust. War etwas aus dem Ruder gelaufen oben auf den Klippen, oder war Victoria Opfer eines Mörders geworden, dem es nicht um Sex, sondern um das Töten an sich ging? Und immer wieder diese Frage: Welche Rolle in dem Drama spielte Vics Suche nach ihrer Mutter?

Wo sollte er beginnen? Er könnte die Hilfe eines Linguisten gebrauchen, der sich mit Sprache, ihren Inhalten und dem Sprachverhalten der Nutzer auskannte, vielleicht gar regionale Besonderheiten erkennen konnte. Aber er hatte keinen Zugriff mehr auf derartige Forensikexperten, vor allem nicht, ohne Aufsehen zu erregen. Es gab nur wenige, die infrage kämen, und die Chance, dass DI Marks von seinen Ermittlungen erfahren würde, war groß. Das Risiko wollte er nicht eingehen. Auch um Luke zu schützen, der sich mit seinem Kumpel Pete ebenfalls am Rand der Legalität bewegte. Jenkins würde einen anderen Weg finden müssen, um mit den zahlreichen Einträgen und Verläufen in Victorias Telefon weiterzukommen.

Ihn wunderte, dass die Tote keine Selfies gespeichert oder verschickt hatte und dass es keine Aufnahmen gab, die sie zusammen mit Männern zeigten – und seien es nur Fotos mit Freunden oder Bekannten. Vielleicht hatte der Mörder sie genötigt, die zu löschen. Vielleicht hatte sie es auch selbst getan, aus Angst, jemand könnte die Fotos finden. Ihr Großvater vielleicht. Vic hatte ein enges Verhältnis zu ihrem Opa gehabt und ihn vielleicht schützen wollen.

Jenkins zog das frische Blatt ab und hielt es dicht vor die Augen. Er würde nur noch ein paar winzige Korrekturen an der Vorlage vornehmen müssen, dann war die Arbeit erledigt, und er konnte eine kleine Auflage des Motivs anfertigen.

Und sich wieder Moiras Porträt zuwenden.

Just bei dem Gedanken stimmte Graham Nash leise seinen Song *Back Home* an. Wie passend – und zugleich so erschreckend. Jenkins wechselte hinüber zu der verhüllten Staffelei, und sogleich war da wieder die Angst.

Beim Anblick des halb fertigen Porträts fühlte er sich Moira gleichzeitig nahe und vertraut und doch fremd. Die Gesichtszüge wollten ihm einfach nicht gelingen. Die Augenpartie war entscheidend, die Achse. Wieder und wieder hatte er seine Versuche übermalt und neu angesetzt. Die Qual des Künstlers, und die Qual des Simon Jenkins. Je länger er sich bemühte, umso mehr schob sich ihr Gesicht in den Hintergrund. Er konnte Ausdruck, Blick und Mimik nicht einfangen und für die Ewigkeit bewahren. Das Wissen darum schmerzte ihn mehr als sein Rücken.

Gegen diese Schmerzen gab es Medikamente, aber die innere Qual würde er aushalten müssen, solange er lebte. Das zerbrechliche Boot in der Flasche.

Die unvollkommenen Gesichtszüge, die Moira auf groteske Weise entstellt wirken ließen, brachten sofort die Szenen des schrecklichen Unfalls zurück. Jenkins verharrte vor der Staffelei, unfähig, sich auch nur einen Zentimeter zu lösen. Orangefarbene und rote Flammen stiegen vor seinem inneren Auge auf, Flammen, die in der Tiefe blaue und grüne Töne zeigten, mit gelegentlich züngelndem Violett. Sich aufblähende, wallende und dann wieder zusammensinkende Wolken aus dickem schwarzen Qualm, dazu der Geruch von brennendem Gummi und Plastik, von versengtem Fleisch.

Er würde den Anblick und die damit verbundene Ohnmacht niemals vergessen.

Als er endlich wieder in die Wirklichkeit seines Ateliers zurückkehrte, bemerkte er durch das Fenster einen glutroten Himmel, unterbrochen und überzogen von dunklen Schlieren und Streifen. Kurz darauf begann es zu hageln.

Jenkins warf das Tuch über die Staffelei. Bevor er das Atelier abschloss, schaltete er den CD-Player aus und den Elektroofen ab. Das leise Knacken und Knistern begleitete ihn bis zur Tür. Er schlurfte in die Küche, hielt ein Glas unter den Wasserhahn und trank es leer. Gedankenverloren stützte er sich auf der Spüle ab. Sein Bein schmerzte.

Nachdem er ein zweites Glas Wasser getrunken hatte, stand sein Entschluss fest. Er nahm den Stock und ging zurück ins Atelier. Dort holte er einen der älteren Probeabzüge hervor und schob ihn sorgsam verpackt in seine Umhängetasche.

Der Hagel hatte schon wieder aufgehört. Der Mond warf sein fahles Licht auf die Straße, gerade hell genug, dass man den Weg erkennen konnte. Unten im Dorf wurde es besser. Aus den Fenstern fielen Lichtquadrate auf den feuchten Asphalt. Als die Tür des Pubs geöffnet wurde, schwappten Lachen und Stimmengewirr hinaus auf den kleinen, halb überdachten Innenhof. Simon kannte den Mann nicht, der einen Augenblick stehen blieb, bevor er den Vorhof des Pubs durchquerte. Dem Aussehen nach ein Tourist. Der Unbekannte grüßte freundlich, als er Jenkins passierte.

In den Fenstern im Erdgeschoss brannte noch Licht. Der warme Schein erhellte den unbefestigten Weg, der sich an Marys Cottage vorbei Richtung Poltesco schlängelte. Vom Meer her wehte ein leichter Wind, und der salzige Hauch mischte sich mit dem Geruch der feuchten Erde und wurde von Dunkelheit und Stille noch verstärkt.

Jenkins hoffte, dass es nicht zu spät für einen Besuch war.

»Welch eine Überraschung. Ich habe gerade an Sie gedacht.« Mary Morgan ließ nicht erkennen, ob es für einen Besuch nicht tatsächlich schon zu spät war, und ging ihm voraus ins Wohnzimmer. Sie deutete auf die Sitzgruppe und das kleine Tischchen, die nahe am Fenster standen. »Ich wollte mir gerade ein Glas Wein gönnen. Leisten Sie mir Gesellschaft?« Ohne eine Antwort abzuwarten, rückte sie einen der beiden Sessel zurecht.

Mit so viel unausgesprochener Selbstverständlichkeit hatte Jenkins zu dieser späten Stunde nicht mehr gerechnet. »Warum nicht. Ja.« Er legte Jacke und Umhängetasche ab und setzte sich. Er fühlte sich ein wenig deplatziert und war dennoch voller Erwartung.

Er sah Mary dabei zu, wie sie aus dem antiken Buffetschrank ein zweites Glas nahm. Einmal mehr spürte er, dass sie eine Frau war, die in den alltäglichen Dingen ihre Ruhe fand. Sie trug zu ihren engen Jeans wieder eines dieser weiten Flanellhemden, diesmal offen über einem weißen T-Shirt, dazu Turnschuhe. Ihre Bewegungen waren geschmeidig. Jenkins spürte mit einem Mal seine Müdigkeit.

Lächelnd hob sie das Glas prüfend gegen das Licht, dann goss sie ihm ein und prostete ihm zu.

Er hob den Kopf. »Es riecht herrlich nach Backstube.«

Sie winkte lachend ab. »Das ist noch von heute Nachmittag. Scones für Tante Margaret. Sie macht gerne ein Ritual daraus. Ich habe vergessen zu lüften.«

»Nein. Wie schön. Der Duft erinnert mich an die Kindheit.« Ganze Nachmittage hatte er damals neben seiner Mutter auf der Bank in der kleinen Küche gehockt und ihr beim Backen und Kochen zugesehen.

»Gerüche haben einen starken Einfluss auf Gefühle und Erinnerungen. Sie sehen müde aus.« Nach einer kurzen Pause setzte sie hinzu: »Gibt es Neuigkeiten? Gibt es einen Grund, dass Sie um diese Uhrzeit noch vorbeischauen? Entschuldigen Sie, ich meine natürlich, schön, dass Sie da sind.« Sie bemerkte sein Zögern. »Warten Sie, ich mache uns ein wenig Musik an.«

Kurz darauf schwebten die Klänge von Tanzorchestern der Dreißiger- und Vierzigerjahre angenehm leise durch den Raum. Jenkins meinte gar die schleifenden Schritte auf dem Parkett des Ballsaals zu hören. Ihm kamen Bilder alter Schwarz-Weiß-Filme in den Sinn. Auf ihre Weise passte die Musik perfekt zu seiner Stimmung. Ihn erfasste eine gleichsam ungewohnte wie beruhigende Melancholie, deren Quelle aber nicht allein der Rhythmus der Bläser und Streicher war.

»Die Musik erinnert mich an meine Großmutter. Sie hat sie geliebt. Stundenlang saß sie an ihrem Radio und hörte die alten Schlager.«

Jenkins nickte. Er kannte ähnliche Momente. Das große, unhandliche Radio hatte nach dem Tod seiner Großeltern noch lange in ihrem Keller gestanden.

Er räusperte sich. »Um ehrlich zu sein, bei meinem letzten Besuch habe ich Ihnen zugesagt, ein Auge auf diesen Bennett zu haben. Aber bisher habe ich mein Versprechen nicht eingelöst.«

Sie winkte ab. »Den habe ich längst vergessen. Nein, ich meine in Sachen Vic.« Ihr Blick wurde eine Spur dunkler.

Jenkins räusperte sich erneut. Ihm war bisher nicht aufgefallen, wie stark sich das Blau ihrer Augen von einem Moment auf den anderen verändern konnte. Wie das Meer, das von einer Sekunde auf die andere die Farbe wechselte. Das faszinierte ihn. »In der Tat, es …«

Sie fiel ihm ins Wort und rückte in ihrem Sessel aufgeregt ein Stück vor. »Wirklich?«

Jenkins erzählte ihr davon, auf welchem Weg sie an das Handy gekommen waren und dass Lukes Freund Pete offenbar nicht nur gelernt hatte, Schreibmaschinen zu reparieren. Und davon, dass es zwar eine Menge Chats und SMS gab, aber keine Namen. Nur Alias. Auch Vics Suche nach ihrer Mutter ließ er nicht unerwähnt. Und er schilderte seine Begegnung mit DI Marks.

»Wir sollten die Polizei einschalten.«

»Warum? Die Ermittler haben doch eindeutig gesagt, dass der Fall für sie abgeschlossen ist. Wenn Sie als ehemaliger Polizist schon nichts bei denen erreichen können …« Mary schüttelte den Kopf. »Wäre zu schön gewesen.« Sie sah Jenkins unvermittelt an, in ihrem Blick glomm ein Funke Hoffnung. »Darf ich das Telefon mal sehen? Immerhin bin ich Vics Freundin, und vielleicht fällt mir ja etwas auf.«

»Das ist keine gute Idee, fürchte ich. Sonst werden Sie auch noch in die Sache hineingezogen. Es ist besser, wenn ich das weitere Vorgehen in die Hand nehme.«

»Was heißt das?«

»Ich werde das Telefon DI Marks übergeben.«

»Der dreht Sie und Luke durch den Wolf.« Sie schüttelte den Kopf.

»Das Risiko muss ich eingehen.« Er hob die Hand, als sie widersprechen wollte. »Wenn tatsächlich Hinweise auf den Täter abgespeichert sind, können uns nur die Spezialisten in Truro helfen.«

»Ich möchte aber auf keinen Fall, dass Sie oder Luke in Schwierigkeiten geraten.«

Er sah ihren entsetzten Blick. »Keine Sorge, ich werde mit Marks fertig.« Er klang optimistischer, als er in Wirklichkeit war. So wie er Marks einschätzte, würde der ein ordentliches Fass aufmachen.

Und der DI hätte sogar recht. Schließlich hatten Jenkins und Luke durch ihre Vorgehensweise womöglich wichtige Spuren beseitigt. Schon allein, dass sie den Baumkletterer in den Abhang geschickt hatten … Wer weiß, was dort noch zu finden gewesen wäre und nun durch die Kletterei unbrauchbar war. Aber das hatte er in Kauf nehmen müssen. Außerdem konnte Pete durch seine »Arbeit« alles Mögliche angerichtet haben. Jeder Anwalt der Welt würde vor Gericht behaupten, dass an dem Handy manipuliert worden war und es somit als Beweis nicht mehr taugte.

»Ich bin nicht sicher, dass Sie das selbst glauben.« Mary sah ehrlich besorgt aus.

Ein feines Gespür hat sie, dachte Jenkins. »Wir haben keine Wahl. Ich wundere mich ohnehin schon, dass die Polizei noch nicht bei mir war. Die Aktion mit dem Baumkletterer kann einfach nicht unbeobachtet geblieben sein. Allein schon, wenn ich an Jason Holder denke. Der alte Kauz hat seine Augen doch überall. Vielleicht hat auch einer der Bauern etwas gesehen und sich seine Gedanken gemacht, die er dann irgendwann weitererzählt. Jedenfalls bekommt Marks früher oder später Wind von der Sache, und dann sieht es noch viel düsterer aus. Glauben Sie mir, wir haben jetzt die letzte Gelegenheit, einigermaßen unbeschadet aus der Sache herauszukommen, Luke und ich.« Als er ihren zweifelnden Blick sah, fügte er hinzu: »Ich werde ganz bestimmt einen Weg finden, Luke aus der Sache herauszuhalten.«

»Ich bin mir nicht sicher.«

»Was macht Ihre Arbeit? Hatten Sie nicht vor, einen Schrank aufzuarbeiten?« Simon wollte das Thema wechseln. Er hatte seine Entscheidung getroffen, und es hatte keinen Sinn, weiter das Für und Wider abzuwägen. Am Ende würde es doch nur immer wieder auf das Gleiche hinauslaufen.

»Themenwechsel?«

»Oh, ich wollte Ihnen sicher nicht den Mund verbieten.« Jenkins spürte die Hitze auf seinem Gesicht. Sein Lächeln misslang. »Ich habe gerade den nicht sehr charmanten Versuch unternommen, Sie auf andere Gedanken zu bringen.«

»Geschenkt.« Sie schien sich über seine Verlegenheit zu amüsieren. »Vermutlich haben Sie recht. Sie sind der Bulle.« Sie legte die Hand auf den Mund. »Oh, Verzeihung. Ist mir so rausgerutscht. Was ich sagen wollte: Sie wissen am besten, was zu tun ist. Wenn das Handy nur von Spezialisten untersucht werden kann, dann soll es so sein. Um Victorias willen.« Sie trank einen Schluck und schwieg eine Weile. »Ich kann mir gut vorstellen, dass Vic unter dem Weggang ihrer Mutter gelitten hat. Sie wird sich von ihr verraten gefühlt haben. Das kleine Mädchen, das sich in der rauen Welt der Fischer allein durchbeißen muss.« Sie schwieg wieder.

Jenkins empfand die Stille nicht als unangenehm.

»Um Ihre Frage nach dem Schrank zu beantworten, nein, ich habe noch nicht angefangen. Aber der Winter soll ja lang werden.« Mary lächelte, aber in ihrem Gesicht blieb ein Rest Traurigkeit.

»Es ist schön, wenn man etwas mit den eigenen Händen tun kann.« Jenkins drehte sein Glas in der Hand.

»Sie haben ja nichts mehr.« Schon sprang sie auf und goss ihm nach.

Die Frau irritierte ihn so sehr, dass ihm nur eine eher ungelenke Bemerkung einfiel. »Sie haben es wirklich schön hier.« Sein Kopf war voller Geschichten, die eigentlich herauswollten, und dennoch konnte er nichts anderes tun, als sich zu räuspern. Für Small Talk war er einfach nicht geschaffen.

»Ja, ich bin froh, dass ich nach Hause zurückgekehrt bin. Und Sie? Tragen Sie sich immer noch mit dem Gedanken wegzugehen?«

Jenkins wusste nicht, was er antworten sollte. Dass er das Gefühl hatte, nur in London Moiras Porträt beenden zu können und nicht hier? Dass er aber gleichzeitig wusste, dass er in Cadgwith seine Heimat gefunden hatte? Und dass er die Nähe zu ihr genoss? Vielleicht sogar mehr als das?

»Sie müssen mir nicht antworten. Und sich schon gar nicht rechtfertigen.« Sie hob ihr Glas. »Ich bin sicher, Sie werden die richtige Entscheidung treffen.«

Warum konnten diese blauen Augen direkt in sein Herz sehen?

»Ich kann verstehen, dass Sie aus Cadgwith flüchten wollen. Die Menschen hier können manchmal ganz schön nerven. Aber sie meinen es in aller Regel nicht so.« Sie lächelte.

»Nein. Das ist es nicht. Ich bin ja kein Einsiedler. Ich habe Luke, der mir sehr ans Herz gewachsen ist, und auch die anderen Fischer. Sie haben mich akzeptiert. Das bedeutet mir viel. Und ich habe die Folk Nights im Pub.« Er klang, als müsse er sich Mut machen. Er wog den Kopf hin und her. »Nein, wenn ich ehrlich zu mir selbst bin … nein, ich kann nicht mehr von hier weggehen. Cadgwith ist meine Heimat geworden. Es geht um etwas anderes.«

»Ja?« Die Wärme in ihrer Stimme legte sich um ihn wie eine schützende Decke.

Er hatte das nicht vorgehabt, aber es brach aus ihm heraus, mit einer plötzlichen Macht, die ihn erschreckte. Er erzählte ihr von Moira, von dem Unfall, den sie nicht überlebt hatte. Von seinem Koma. Davon, dass er den Geruch verbrannten Plastiks und verbrannter Haut nie wieder loswerden würde. Er beschrieb sein Leben vor und nach dem Unfall. Er erzählte davon, wie sehr sie sich geliebt hatten und wie sehr Moira die Vorbereitungen für die Hochzeit genossen hatte.

Seine Behinderung hatte er ertragen gelernt, nicht aber den Verlust Moiras. Dass er die Arbeit in der Spezialeinheit nicht vermisste, obwohl er noch eine Rechnung offen hatte, weil ihnen wegen des Unfalls der Drogenboss entkommen war.

Mary hörte ihm schweigend zu. Nur die Veränderungen in ihrem Gesicht – die mal fast schwarzen Augen, dann wieder der vor Schreck geweitete Blick – ließen ihre Anteilnahme erkennen. Nachdem er geendet hatte, war es lange still.

Das Tanzorchester hatte längst aufgehört zu spielen.

»Sie müssen Moira sehr lieben«, durchbrach Mary schließlich das Schweigen.

Simon Jenkins nickte nur. Mary hatte ihn dazu gebracht, sein Innerstes zu öffnen. Er war derart aufgewühlt, dass er am liebsten davongelaufen wäre – oder Mary in den Arm genommen hätte. Beides wäre jetzt nicht gut.

»Danke, dass Sie mir von ihr erzählt haben.«

Danke? Wofür? Jenkins zog die Stirn in Falten.

»Sie vertrauen mir. Das bedeutet mir etwas«, erklärte sie.

»Ich weiß nicht. Ich sollte Sie besser nicht mit diesen Geschichten belästigen. Und ich sollte jetzt gehen. Es ist schon spät.« Jenkins machte Anstalten aufzustehen.

»In Wahrheit bin ich aus Köln geflüchtet. Mein Freund hat mir dort die Hölle auf Erden bereitet.«

Jenkins setzte sich wieder. Die beiden Sätze kamen so schlicht und klar daher, als mache Mary eine Bemerkung über das Wetter. Und doch waren sie von einer Tiefe, die ihn zutiefst bestürzte.

»Michael hat mich bedroht. Er hat mich eingesperrt. Ich saß in meiner eigenen Wohnung eingesperrt wie in einem Gefängnis. Ich habe seine Eifersucht nicht länger ertragen. Ich hatte … Angst um mich. Deshalb bin ich weg aus Köln, mit nicht viel mehr als meiner Handtasche. Ich bin mir vorgekommen wie ein Feigling, der sich davonschleicht, weil ich mich nicht anders wehren konnte. War es der richtige Schritt? Tue ich ihm nicht unrecht? Bin ich undankbar, selbstsüchtig, dumm? Ich habe Rotz und Wasser geheult, wäre um ein Haar umgekehrt. Wie absurd, ich habe mich tatsächlich schuldig gefühlt. Das ist meine Geschichte. Deshalb bin ich jetzt hier. Und deshalb liebe ich das Meer, die Weite und ihr Versprechen von Freiheit. Niemand wird mir dieses Gefühl je wieder nehmen.«

Simon schwieg. Er saß unbeholfen da, fühlte sich hölzern. Und er konnte sie gut verstehen. Marys Offenheit hatte ihn überrumpelt.

»Wenn ich nun darüber nachdenke, hatte ich im Grunde die ganze Zeit über Heimweh. Obwohl mir das Leben in Deutschland gut gefallen hat. Ich habe viel gelernt, viele nette Leute kennengelernt. Für kurze Zeit habe ich mich sogar mit dem Gedanken getragen, für immer in Köln zu bleiben. Aber da war auch dieses Gefühl, tief in mir, dass mein Herz etwas anderes wollte.« Mary stand abrupt auf und startete die CD neu.

»Ich kann Sie gut verstehen.« Jenkins hatte in den ersten Jahren, die er als junger Constable auf den Straßen Londons Dienst getan hatte, viel mit häuslicher Gewalt zu tun gehabt – neben dem ganzen anderen Müll einer aufgeheizten Gesellschaft, der Gewalt, dem Narzissmus, der Selbstüberschätzung, der Unterdrückung und dem Hass. Viele jener Frauen hatten sich mitschuldig gefühlt an dem, was ihnen ihre Partner angetan hatten. »Aber hier sind Sie sicher.«

Mary schwieg.

»Nicht?« Er bemerkte ihre heftig arbeitenden Wangenmuskeln.

»Er ist hier«, flüsterte sie. Wie ein kleines Mädchen, das, starr vor Angst, nicht fortlaufen konnte, saß sie in ihrem Sessel.

»Ihr Freund?«

»Ex-Freund. Michael war hier. An meinem Haus.« Sie flüsterte immer noch.

Simon sah die Verletztheit in jeder Faser ihres Körpers. »Sie müssen die Polizei verständigen.«

»Die kann mir nicht helfen.«

»Wenn er Sie bedroht hat …«

Sie schüttelte den Kopf. »Nicht mit Worten. Die Art, wie er mit mir gesprochen hat, wie er dagestanden und mich angesehen hat. Er muss nicht einmal die Hand heben, um mir wehzutun. Die Polizei wird mir nicht helfen können.« Ihre Hände krampften sich um die Sessellehnen.

»Es gibt Spezialisten für so etwas. Die Polizei hilft auch bei seelischer Gewalt.« Jenkins wusste, dass es schwer sein würde, dem Deutschen etwas nachzuweisen.

»Ich werde schon mit ihm fertig. Dieses …« Mary straffte den Rücken. »Und irgendwann wird er aufgeben und nach Deutschland zurückkehren.«

»Sind Sie sicher? Wenn ich etwas für Sie tun kann …« Eine hilflose Geste. Er dachte an Bennett. Jetzt nur keine Zusicherung, die er doch nicht würde einhalten können.

»Ich bin mir sicher. Und … danke für Ihr Angebot.« Sie holte tief Luft.

»Ich meine es wirklich ernst. Ich kümmere mich auch um Bennett. Sie dürfen nicht von mir denken, dass ich nur rede. Ich kenne eine ehemalige Kollegin in London, Melissa Parker. Sie ist wirklich nett. Als Expertin für Stalker weiß sie sicher Rat. Wollen Sie mir mehr erzählen … über Ihre Zeit in Köln?«

»Sie müssen sich nicht entschuldigen. Alles gut. Aber ich bin müde. Vielleicht ein anderes Mal.«

Jenkins trank den letzten Schluck und sah sie über den Rand seines Glases hinweg an. Marys Gesicht war blass, fast weiß, und ihre Bewegung fahrig, als sie eine Haarsträhne aus der Stirn schob. Sie brauchte jetzt Ruhe, und doch wollte er sie in dieser Verfassung nicht allein lassen. »Sie haben recht. Es ist wirklich spät.« Er zwang sich aufzustehen.

Sie reichte ihm die Hand. Ihr Druck war angenehm fest. Er spürte ihn noch eine ganze Zeit lang.

Auf dem Heimweg machte Jenkins einen Umweg über den Hafen und sah hinaus aufs Meer. Wie jede Nacht würden die Fischer schon bald mit ihren auf den ersten Blick so zerbrechlich wirkenden Booten hinausfahren und die Netze auswerfen. Richtung Falmouth lag ein Frachtschiff vor Anker, wartete vielleicht auf einen Auftrag. Die Positionslichter schimmerten schwach. Der Wind hatte sich gelegt, und das leise Plätschern der auflaufenden Wellen erinnerte ihn an die Abende im Sommer, an denen er mit einem Pint auf der einfachen Bank am Geräteschuppen gesessen und die Wärme der Bruchsteinmauer im Rücken genossen hatte.

Bisher war Mary für ihn eine Frau gewesen, die unbeschwert ihr Leben genoss, mit sich im Reinen war und eins mit ihrer Arbeit im B&B, im Laden und bei der Arbeit mit alten Möbeln. Eine, die ihre Energie aus ihrem Tun und der Umgebung schöpfte.

Er hatte sie darum beneidet. Wie sie zuletzt bei ihm oben auf dem Küstenpfad gestanden hatte! Aufrecht und stolz, als gehöre ihr die Welt. Dennoch hatte er dort eine Winzigkeit gespürt, etwas an ihrer Art zu sprechen, etwas, das nicht zu diesem Bild gepasst hatte.

Nun wusste er, dass auch sie zu kämpfen hatte und sich wehren musste. Terry Bennett und dieser Deutsche. Beide versuchten, jeder auf seine Art, diese Frau zu besitzen. Der eine mit Gewalt, der andere mit Geld, wobei beides verschiedene Begriffe für die gleiche Sache waren. Gegen einen allein würde sie sich zur Wehr setzen können, aber den Forderungen beider Männer konnte sie auf Dauer nicht standhalten.

Was wäre die Alternative? Dass sie fortzog? Aber das wäre wieder dieses Weglaufen, von dem sie vorhin gesprochen hatte. Simon bezweifelte, dass sie das tun würde. Sie hatte sehr entschlossen gewirkt, als sie erzählte, dass der Weggang aus Köln ihre letzte Flucht gewesen war.

Jenkins fasste den Gehstock fester. Er wunderte sich über seinen Impuls, Mary Morgan beschützen zu wollen. Das war mehr, als er für jeden anderen Menschen tun würde. Niemals mehr hatte er jemanden von sich abhängig machen wollen. Für keinen Menschen mehr hatte er Verantwortung übernehmen wollen, außer für sich selbst. Das hatte er sich nach Moiras Tod noch im Krankenhaus geschworen.

Aber Mary war besonders, anders als Moira. Ihm fiel ein, dass immer noch der Linoldruck in seiner Tasche steckte. Er würde ihn ihr im Laden vorbeibringen.

Jenkins sah hinauf zum Himmel. Neumond, umgeben von einem dünnen, wie flüssiges Silber erscheinenden Ring. Luke hatte ihm bei einem ihrer Shrubs-seligen Abende im Pub erzählt, dass die Seeleute früher Angst vor diesem Anblick gehabt hatten, selbst die stolzen Piraten an Cornwalls Küsten. In ihrem Aberglauben hatten sie dieses Naturschauspiel als schlechtes Omen gedeutet, als Vorboten von Sturm und Tod. Und sie hatten angeblich stets recht gehabt.

Luke und seine Piratengeschichten. Simon musste bei dem Gedanken an die Ernsthaftigkeit, mit der er diese Storys erzählte, lächeln.

Mit einem Mal kam Wind auf und brachte kalte Luft mit, eine Ahnung des nahenden Winters. Zurück im Cottage, fand Jenkins lange nicht in den Schlaf. Immer wieder sah er Marys bekümmerten und erschrockenen Blick, darüber schoben sich die verzweifelten, sterbenden Augen Moiras. Er meinte, Hilfeschreie zu hören, und schreckte auf, aber er konnte sie nicht zuordnen. Schließlich stand er schweißgebadet auf, ging in die Küche und setzte sich mit einem Becher Tee an den Tisch.

Er würde Victorias Telefon anonym an die Polizei in Truro schicken. Ein kleiner Umweg. Von dort aus würden sie DI Marks in Helston ins Bild setzen. Jenkins baute auf den Jagdinstinkt des Inspektors. Marks würde die richtigen Schlüsse ziehen und aus Neugier oder aus Pflichtgefühl die Ermittlungen wieder aufnehmen.

Andere mochten das als Feigheit auslegen, aber ein anonym eingeworfener Brief würde Luke und seinen Kumpel Pete schützen. Gleich morgen würde er das Mobiltelefon eintüten und Luke in Helston zur Post bringen lassen. Er würde nicht wissen, was er da transportierte.

XXVI.

»Ich habe gehört, dass Helen und Garry nächstes Jahr ein Open Air organisieren wollen.« Luke hatte einen freien Platz neben Jenkins ergattert und sah ihm interessiert zu, wie er seine Mundharmonikas für die nächste Runde sortierte.

»Ist gut für das Dorf, dass sie das Pub übernommen haben. Seither tut sich tatsächlich allerhand.«

Das Cadgwith Cove Inn war nicht sonderlich voll. Es waren vor allem Einheimische, die während des Sommers kaum auf ein Pint ins Pub kamen, weil sie die Touristen nicht sonderlich mochten.

Draußen pladderten die Regentropfen dicht und schwer auf den Steinboden. Der Wind fing sich unter dem Vordach, trieb den Regen trotz Windfang unter der Tür durch bis hinein in den Flur. Im Gastraum verbreitete das wenige Licht ein Gefühl von Behaglichkeit.

Jenkins nutzte die kurze Pause, um zur Toilette zu gehen, die nur über den schmalen Hinterhof zu erreichen war. Es roch dort nach feuchten Toilettensteinen. Auf dem Rückweg hörte er schon vom Flur aus drinnen eine laute Stimme. Terry Bennett. Der selbst ernannte Farmer und Landbesitzer stand mit gerötetem Gesicht an der Bar und redete lautstark auf den einzigen Taxifahrer des Ortes ein. Bennett schien bereits anderswo getrunken zu haben. Er trug trotz der Wärme im Gastraum eine Wachstuchjacke, die feucht glänzte. Er musste ein ganzes Stück durch den Regen gegangen sein, denn seine hellen Chinos waren an den Beinen dunkel. Aus seinem aufgeknöpften rosafarbenen Poloshirt blitzte eine dicke Goldkette.

»Ich sage dir, Martin, du wirst sehen, wenn meine Pläne erst einmal umgesetzt sind, wird auch dein Taxidienst florieren. Dann hast du nämlich jede Menge potente Kundschaft.« Bennett machte eine Kunstpause. »Und damit meine ich nicht nur …« Er lachte laut, als er sich demonstrativ in den Schritt griff.

»Du machst aus Cadgwith Disneyland. Das tut uns nicht gut, dem Dorf nicht und der Bucht nicht.« Der Taxifahrer mit dem kräftigen Hals und der tiefen Stimme zählte an den Fingern ab: »Die Leute parken die Bucht zu, der Gestank, der Müll, die Natur leidet. Nein, das kann nicht gut gehen. Wir zahlen die Zeche für deinen Profit.«

Terry Bennett nahm einen gehörigen Schluck von seinem doppelten Shrubs, der dunkel im Glas glänzte. »Soweit ich gehört habe, kannst du ein paar zusätzliche Kunden gut gebrauchen, Martin. Also, was spricht dagegen?« Er wandte sich den übrigen Gästen zu. »Ich investiere mein Geld, und ihr profitiert davon! Was ist so schlecht daran? Mehr Fahrgäste für dein Taxi. Jeder hat seinen Traum, nicht wahr, Martin? Wir sind ein freies Land.«

»Was meinst du damit? Du spinnst doch.«

Bennett sah Martin herausfordernd an und zog dabei angriffslustig den Kopf zwischen die Schultern. Es fehlte nicht viel, und er würde sich auf sein Gegenüber stürzen.

Der Alkohol macht ihn leichtsinnig, dachte Jenkins. Er kannte diese Gestik nur zu gut, hatte sie unzählige Male im Dienst erlebt. Terry Bennett war auf Streit aus. Ein bulliger Emporkömmling aus Manchesters düsterster Wohngegend, berstend vor Testosteron, der auf seinem Weg nach oben keinem Streit aus dem Weg gegangen war. Aber er sollte vorsichtig sein. Mit Martin Ellis war nicht zu spaßen.

»Du jagst seit Jahren wie ein kleines Kind deinem Schatz von der Schatzinsel hinterher, machst dich damit in der ganzen Gegend zum Gespött. Vergiss Stevenson.« Als der Angesprochene auffahren wollte, hob Bennett beschwichtigend die Hände. Auf seiner Stirn hatten sich Schweißperlen gebildet. »Wir können gerne ins Geschäft kommen, Martin. Die Touristen lieben diese Geschichten. Mir kommt gerade eine Idee. Wir könnten sogar Stevenson-

Touren organisieren: Auf der Suche nach dem verlorenen Schatz.« Bennett malte mit den Händen das imaginäre Motto in die Luft.

Jenkins sah, wie Martin sich verunsichert umsah. Geld war immer gut, und die Aussicht, endlich seine Vermutungen und »Forschungen« einer breiten Zuhörerschaft präsentieren zu können, sicher sehr verlockend. Andererseits war er nicht dumm und wusste, was die Leute über seine Ideen dachten.

»Vielleicht sollten wir ein paar Wissenschaftler auf die Story ansetzen und untersuchen lassen, ob der sagenhafte Goldschatz nicht doch in einer der Höhlen hier versteckt ist.« Bennett sah triumphierend in die Runde. »Das hätte doch was, Leute, oder?« Als er in die verschlossenen Gesichter der Zuhörer sah, fühlte er sich erst recht angestachelt weiterzureden. »Meine Pläne tun allen gut. Das meint übrigens auch der verehrte Vorstand des Verschönerungsvereins. Ich sag immer, das sind Leute mit Weitblick. Nicht so wie ihr. Die Welt dreht sich. Cornwall ist arm. Da solltet ihr froh sein, wenn einer mit Ideen und mit Geld kommt, und euch nicht wie kleine Scheißer aus Angst vor der Zukunft in eure alten, maroden Cottages verkriechen.« Sein Gesicht glänzte jetzt. »Apropos: Ich stehe tatsächlich kurz davor, den alten Kasten von der Morgan zu übernehmen. Das winzige B&B trägt sich doch nicht.« Er nickte selbstgefällig. »Die hübsche Mary sollte in größeren Dimensionen denken. Das ist doch Häkelromantik, das mit deinem Häuschen, eine totgeborene Idee, habe ich ihr gesagt. Und wisst ihr was? Sie treibt den Preis, das geldgeile Luder. Aber ich will nicht

Terry Bennett heißen, wenn ich sie nicht am Ende doch noch rumkriege. Jeder hat seinen Preis, auch die stolze Mary Morgan.« Er zwinkerte anzüglich. »Mir fehlen nur noch ein paar Grundstücke, dann kann es losgehen, Leute. Ein Terry Bennett lässt sich nicht aufhalten. Nicht von ein paar Ewiggestrigen, die sich gegen die Modernisierung einer ganzen Region stellen.«

Jenkins war Bennetts Tirade vom Eingang aus gefolgt. Nun wollte er nicht länger schweigen und sprach ihn an. »Auch wenn hier nicht der richtige Ort ist, um über diese Dinge zu sprechen: Mary Morgan hat mir eine völlig andere Version erzählt. Es ist ziemlich unfair von Ihnen, sie hier in ein falsches Licht zu rücken, Mr. Bennett. Mary macht eine hervorragende Arbeit, aber auch das gehört nicht hierher. Ich denke, dass wir wieder Musik machen sollten, statt über Ihre halb garen Pläne zu sprechen.«

Bennett drehte sich langsam zu Jenkins um und zog augenblicklich den Kopf kampflustig zwischen die Schultern. Dabei steckte er die Hände in die Hosentaschen. »Schau einer an, wen haben wir denn da?« Er tat, als müsse er ungläubig blinzeln. »Unser malender Bulle. Wie laufen denn die werten Geschäfte? Vermutlich schlecht.« Er lachte meckernd und warf einen langen Blick auf Jenkins' Stock. »Na ja, wie auch immer. Ich bin ja durchaus ein Freund der Polizei, war ich immer schon. Recht und Ordnung, das ist mein Lebensprinzip. Wo kämen wir denn hin, wenn jeder meint, ihm gehöre die Welt, nicht?« Er lachte laut und trat einen Schritt vor. »Sie scheinen sich ja sehr wohlzufühlen im Dorf, wie ich höre. Musizieren, fein – wer's mag. Machen sich mit den Fischern gemein, auch gut. Aber für Sie gilt der gleiche Grundsatz: Sie sollten sich nicht in die Angelegenheiten anderer einmischen.« Er deutete auf Jenkins' Gehhilfe. »Außerdem sind Sie längst nicht mehr im Dienst und nur ein einfacher Bürger.« Er machte eine Pause, um seine Worte sacken zu lassen. »Und was Ihre ›Kunst‹ angeht: Wenn Sie wollen, kümmere ich mich auch um Ihre Bilder. Ich kenne da in Manchester ein paar einflussreiche Leute. Denen könnten Sie mal ein paar von Ihren Bildchen schicken. Die haben immer auch ein Herz für Kunst von Leuten wie Ihnen. Wenn Sie wollen, kaufe ich Ihnen gleich morgen ein paar Bilder ab. Wie gesagt, ich investiere gerne in die Region. Und Kunst ist was fürs Herz.« Er grinste um Zustimmung heischend in die Runde.

Jenkins ließ den beißenden Spott an sich abprallen. Er entnahm den Gesichtern der übrigen Pubbesucher, dass Bennett sich gerade selbst entlarvt hatte.

»Sie sollten jetzt besser gehen.« Jenkins deutete mit dem Stock auf Bennetts Glas. »Ich spendiere Ihnen aber vorher gerne noch ein Glas Wasser. Glauben Sie mir, ich weiß, wie es ist, wenn man sich nicht mehr sicher auf den Beinen fühlt.«

»Was fällt dir ein, du …« Bennett zog die Hände aus den Taschen und ballte die Fäuste. Seine Überheblichkeit war purer Angriffslust gewichen. Mühsam hielt er sich zurück. Mit einem Ex-Bullen wollte er sich in der Öffentlichkeit wohl doch nicht anlegen.

Luke war längst aufgestanden, um sich zwischen Jenkins und Bennett zu stellen, aber Jenkins hielt ihn mit einem Blick zurück.

»Sie können über mich und meine Kunst denken, was Sie wollen, aber lassen Sie Mary Morgan ihren Frieden.« Er erhob die Stimme. »Seid unbesorgt, Leute. Sie wird nicht verkaufen. Dazu ist sie viel zu sehr mit Cadgwith verwachsen. Dieser Mann hier wird mit dem Unfrieden, den er sät, nicht weit kommen.«

Terry Bennett nahm unvermittelt die Fäuste herunter, als habe er in diesem Augenblick eine Entscheidung getroffen. In sein süffisantes Lächeln mischte sich Verachtung und Wut. »Seht euch den verhinderten Romeo an. Ups, wie stark der edle Ritter sein kann. Wir werden sehen, Jenkins, wir sprechen uns noch. Sie sind weder das Sprachrohr des Dorfes noch Mary Morgans Anwalt.«

Er leerte sein Glas und stürmte unvermittelt aus dem Raum.

»Können wir jetzt endlich wieder Musik machen? Spiel uns *Cousin Jack*.« Dave Hearn stieß Paul McMinn an, der neben ihm saß. Der IT-Experte stimmte kurz seine Gitarre nach und sang dann das Lied von der Sehnsucht, jenseits der Mühsal in den Zinn- und Kupferminen am Ende doch noch das Glück zu finden. Ein Song, der wie geschaffen war für eine Region, in der die harte Arbeit in den Minen das karge Leben von Generationen bestimmt hatte.

Schon nach dem ersten Refrain schienen alle den peinlichen Auftritt Bennetts vergessen zu haben. Jenkins nahm sich vor, den aggressiven Burschen nicht mehr aus den Augen zu lassen.

»Ich habe von Ihrem Auftritt gestern Abend im Pub gehört.« Mary hob das Paket auf den Tresen und schob es zu Jenkins. »Das war sehr freundlich von Ihnen. Danke. Aber wie ich schon sagte, ich werde mit dem Kerl schon fertig.«

»Ich bin mir nicht sicher.« Er legte eine Hand auf das braune Packpapier. »Sie sollten sich vor ihm in Acht nehmen.«

»Was kann er mir schon anhaben? Ein bellender Hund, der nicht beißt. Das sagten Sie ja selbst. Bennett ist ein Spinner.«

»Seien Sie dennoch vorsichtig.«

»Keine Sorge.« Sie lächelte und schob eine Haarsträhne hinters Ohr. »Was macht das Handy?«

»Schon verpackt. Luke hat in den nächsten Tagen in Truro zu tun. Er nimmt mich mit.«

»Echt?«

»Ich werfe es dort in einen Briefkasten.« Er sah ihr Stirnrunzeln. »Keine Sorge. Ganz konspirativ. Sie werden keine Fingerabdrücke finden.«

»Hoffen wir das Beste. Wollen Sie einen Tee? Ich warte schon den ganzen Morgen darauf, endlich einen trinken zu können.«

Jenkins nickte. Er war nicht in Eile. In dem Paket waren Farben und ein paar Bücher, die konnten warten.

Mary kam aus dem Raum hinter dem Laden mit zwei dampfenden Bechern zurück, aus denen die Fäden der Teebeutel hingen. »Um ehrlich zu sein, Bennett sorgt für ziemlichen Wirbel. Ich weiß nicht, was er mit Tante Margaret angestellt hat. Sie ist ganz versessen darauf, dass mit seiner Hilfe endlich ›frischer Wind‹ durchs Dorf weht.«

»Nichts wird sich hier tun.« Jenkins nahm das Getränk entgegen. Seit dem Morgen war er auf den Klippen unterwegs gewesen, um den Kopf frei zu bekommen. Dabei war ihm die Kälte des grauen Tages immer tiefer in die Knochen gekrochen. Ein heißer Tee kam da gerade recht.

In der Nacht hatte er sich unruhig im Schlaf gewälzt und Albträume gehabt, an die er sich nach dem Aufwachen nicht mehr erinnern konnte. »Bennett ist ein Blender. So viel Geld hat er nicht, um aus Cadgwith das neue Clovelly zu machen. Die Banken werden schnell wissen, was sie von ihm zu halten haben.«

»Er tut der Stimmung im Dorf nicht gut.«

»Bennett wird schon noch seinen Meister finden, und dann ist wieder Ruhe.«

Mary nickte und nestelte gedankenverloren an der Hanfkordel, mit der das Paket umwickelt war. Sie machte den Eindruck, als wollte sie etwas sagen.

»Was beschäftigt Sie? Nur raus damit.«

Statt zu antworten, kam sie hinter der Theke hervor und drehte das Schild in der Tür um.

»Nanu?«

»Es kommt jetzt über Mittag eh niemand.« Mary atmete tief durch. »Ich war nicht im Pub, weil ich meine Steuerunterlagen sortieren musste. Irgendwann am Abend hatte ich das Gefühl, dass jemand um das Haus schleicht und mich beobachtet. Und dann habe ich an der Tür ein Geräusch gehört, als habe jemand versucht, sie zu öffnen.«

»Das klingt nicht gut.« Ob der angetrunkene Terry Bennett einen Überraschungsbesuch vorgehabt hatte, um sich seiner Unwiderstehlichkeit zu vergewissern?

»Beklemmend, ja. Ich habe schließlich doch nachgesehen. Aber da war nichts und niemand. Nur der Wind und der Regen.« Bei dem Gedanken legte sie ihre Hand auf die Brust. »Ich hatte ein bisschen Panik, um ehrlich zu sein.«

Er kannte solche Situationen. Auch wenn die Ausbilder versucht hatten, ihm die Angst abzutrainieren und durch rational gesteuerte Überlegenheit zu ersetzen, hatte er in den Einsätzen oft das Gefühl gehabt, nicht vollkommen Herr der Lage zu sein. Das waren stets die besonders gefährlichen Augenblicke gewesen. Unsicherheit lenkte ab und konnte tödlich sein.

»Sie sollten die nächste Zeit abends alle Türen und Fenster fest verriegeln.« Er klang so ernst und verbindlich wie ein Sachbearbeiter aus der Abteilung für Prävention.

Mary versuchte den Druck wegzuatmen. »In Köln habe ich mich am Ende wie in einem Käfig gefühlt. Mich in meinem Dorf, in dem ich mich bisher unbeschwert bewegen konnte, selbst einzusperren, das will ich nicht.«

»Es ist sicher nicht für lange. Bennett wird sich nicht trauen, Ihnen zu nahe zu kommen. Und Michael wird ebenfalls schnell merken, dass Sie hier in einer Gemeinschaft leben, die aufeinander achtgibt und keine Eindringlinge duldet. Schon gar nicht welche dieser Art.« Er sah an ihrer Mimik, dass seine Versuche, ihr Zuversicht zu geben, nichts nutzten.

»Bennett kann überaus nett sein zu Fremden, einen aufgeschlossenen, toleranten Eindruck machen, jemand sein, dem man gerne zuhört und mit dem man lachen kann. Ein Abend im Pub, und er hat fünf neue Freunde. Sein wahres Gesicht weiß er gut zu verbergen.«

»Und doch ist er ein Fremder. Die Menschen hier werden wachsam bleiben. Seien Sie auch wachsam, aber machen Sie sich nicht allzu viele Gedanken. Luke und ich sind ja auch noch da.« Jenkins versuchte sich an einem Lächeln, das aber gleich wieder erstarb. Dummer Spruch.

Mary stellte abrupt den Becher ab, und ihre Hände suchten an der Theke Halt. Aus ihrem Gesicht war alle Farbe gewichen.

»Ist Ihnen nicht gut?«

Sie hob die Hand und schüttelte den Kopf. »Es ist nur ... mir ist gerade ein schrecklicher Gedanke gekommen. Michael. Ich weiß nicht, wie weit er in seiner Rage wirklich gehen würde. Ich weiß nur, dass er einmal Barbara erwähnt hat. Sicher ein absurder Verdacht. Bestimmt. Entschuldigung. Ich bin im Augenblick völlig durcheinander. Ich weiß auch nicht. Entschuldigen Sie bitte.«

»Simon. Wollen Sie nicht Simon zu mir sagen?« Er wusste nichts anderes zu erwidern.

»Ich meine, warum sollte Michael Barbara etwas antun?«

Jenkins biss sich auf die Lippe. Er musste in ihren Ohren sehr dumm und plump geklungen haben. Das Angebot war ihm einfach so herausgerutscht, aber es kam zum falschen Zeitpunkt. Unbeholfen fuhr er fort: »Jeder ist an irgendeinem Punkt in seinem Leben zu einem Verbrechen fähig. Das hat mich der Beruf gelehrt. Aber ich kann natürlich nichts zu dem Deutschen sagen.« Er vermied den Vornamen ihres ehemaligen Freundes. Schon als er ihn das erste Mal ausgesprochen hatte, war es ihm vorgekommen, als betrete er einen intimen Bereich, der ihm nicht zustand.

»Ich weiß auch nicht, wie ich darauf komme. Aber auf einmal habe ich diesen schrecklichen Gedanken. Es gibt doch Menschen, die anderen die vertraute Umgebung nehmen – Orte, Freunde –, nur um sie zu zerstören. Oder?«

»Das können nur Psychologen einordnen. Aber ja, ich schließe so etwas nicht aus.«

»Was, wenn er Barbara getötet hat, um mich zu verletzen?« Ihre Gesichtszüge wurden hart.

»Sie sollten nicht spekulieren. Das bringt überhaupt nichts. Was genau hat er denn über Barbara gesagt?« So blass und versteinert hatte er sie noch nie erlebt.

»Dass er einen schönen Nachmittag mit einer interessanten Frau verbracht hat. Er hat nicht gesagt, dass er weiß, dass Barbara und ich uns kennen. Ich habe es auch nicht erwähnt. Aber ich hatte schon das Gefühl, dass er Bescheid wusste.« Sie zögerte. »Und er hat gesagt, er weiß, dass *wir* beide uns kennen, Sie und ich.«

»Was hat er denn genau gesagt?« Der Deutsche kam ihm zu nahe.

Die Antwort war ihr sichtlich unangenehm. »Er hat gefragt, ob wir befreundet sind, also Sie und ich.«

»Das ist doch, ähm, keine unangenehme Frage.« Er lächelte und biss sich zugleich erneut auf die Lippe.

»Er hat es ehrlicherweise etwas anders ausgedrückt.«

»Aha.« Jenkins war gespannt, was jetzt kam.

Sie zögerte erneut. »Wenn ich genau überlege, hat er eben doch nur das gefragt: Ob wir befreundet sind. Sorry.«

»Na dann.«

»Ja.« Sie nahm ihren Becher wieder in die Hand. »Je länger ich darüber nachdenke, umso mehr glaube ich, dass er versucht hat, mit Barbara anzubändeln.«

»Wie kommen Sie darauf?«

»Ich kenne ihn zu gut. Er ist schon in Köln keinem Rock ausgewichen.«

»Ich will Ihnen nicht zu nahe treten, aber vielleicht vergessen Sie die Sache einfach.« Er sah den Protest in ihrem Blick. »Ich meine natürlich nicht Barbaras Tod, nur Ihren Ex-Freund.«

»Sie wollen damit sagen, dass ich überdreht bin?« Sie strich sich eine Strähne aus dem Gesicht und schüttelte langsam den Kopf.

»Um Gottes willen, nein. Es ist nur so, dass ich nicht weiß, wie wir ... sagen wir, verwertbare Anhaltspunkte für Ihre Befürchtungen finden. Die sind sicher berechtigt«, fügte er eilig hinzu. Er war peinlich berührt und fühlte sich wie ein Anfänger in Ermittlungsfragen.

Mary trank den Rest Tee. Sie wusste nicht, wohin mit den Händen, und legte sie zwischen ihre Oberschenkel. »Sie haben ja recht. Ich werde versuchen, die ganze Sache zu vergessen. Wie gesagt, vermutlich geht die Fantasie mit mir durch.«

Jenkins hatte das Gefühl, mit seinen eher hilflosen Beruhigungsversuchen die Situation erst recht an die Wand gefahren zu haben. Mary musste meinen, dass er ihr nicht glaubte und sie für eine überspannte Zicke hielt. »Ich verstehe Sie – wirklich.«

»Aber Sie können nichts tun.«

Ja, so war es wohl. Er schwieg.

Nachdem Jenkins gegangen war, blieb eine seltsame Leere im Laden zurück. Um sich zu beschäftigen, packte Mary die am Vormittag eingetroffenen Wanderführer und Postkarten in die Regale und in die Kartenständer. Sie ärgerte sich. Tante Margaret hatte die Bestellung aufgegeben, ohne mit ihr darüber zu sprechen.

Je mehr sie sortierte, umso wütender wurde sie, nicht allein wegen ihrer Tante, die hinter ihrem Rücken finanziell fragwürdige Entscheidungen traf. Wer um alles in der Welt kaufte mitten im Spätherbst oder im Winter Postkarten mit Sommeransichten Cadgwiths? Soweit sie wusste, würde der Verlag im kommenden Frühjahr eine überarbeitete Neuausgabe der wichtigsten Karten und Reiseführer auf den Markt bringen. Vermutlich hatte ihre Tante bloß Kosten sparen wollen und einen Teil der Restauflage gekauft, damit aber Ladenhüter produziert.

Nein, Mary ärgerte sich vor allem über Jenkins' Verhalten. Sie hatte gehofft, von seinen Erfahrungen als Polizist profitieren zu können. Statt ihr Tipps zu geben, wie sie sich gegen Bennett und Michael wirksam zur Wehr setzen konnte, hatte er ihr das Du angeboten. Zu anderen Zeiten sicher eine liebenswertere Geste, zum jetzigen Zeitpunkt aber völlig überflüssig.

Heftiger als nötig stieß sie die Bücher und Karten in die Regale und Ständer.

Aber vielleicht sollte sie mit ihm nicht zu hart ins Gericht gehen. Was konnte er denn anderes tun, als seine Hilfe anzubieten und Ratschläge zu geben? Sie konnte ja schlecht erwarten, dass er Michael vertrieb. Und Bennett würde sich kaum von Jenkins ins Bockshorn jagen lassen.

Auf dem Heimweg zog sie die Kapuze der Regenjacke in die Stirn. Die dunkelgrauen Wolken hingen tief und schienen die Felsen der Bucht fast zu berühren. Der kalte Wind schob den Regen in Böen über den Asphalt. Sie hastete mit gesenktem Kopf am offenen Maschinenhaus und dem Pub vorbei. Der Regen traf sie mit Wucht von vorne, als sie in den Weg zu ihrem Häuschen einbog.

Sie registrierte daher nicht, dass weiter oben auf den Klippen eine dunkel gekleidete Gestalt im Schatten des längst aufgegebenen Ausgucks für die Sardinenfischer stand und sie beobachtete. Die Gestalt verließ bald lächelnd ihren Platz Richtung Poltesco, um nach kurzer Zeit auf einen Weg abzubiegen, der ein gutes Stück oberhalb von Marys Haus Richtung Ruan Minor führte.

Nachdem Mary die Haustür hinter sich geschlossen und sich aus der angejahrten Wachstuchjacke geschält hatte, wusste sie, dass sie hinaus zu Dennis fahren würde. Er würde sicher auch in Sachen Bennett Rat wissen.

Sie war gerade dabei, im Badezimmer ihre Haare zu trocknen, als sie in der Küche ein Geräusch hörte. Erschrocken hielt sie inne und legte das Handtuch auf den Rand des Waschbeckens. Sie horchte in den Flur hinein und meinte ein Knarzen der Treppenstufen zu hören. Ihr Puls stieg. Unbeweglich harrte sie vor dem Spiegel aus. Das Blut pulsierte ihr in den Schläfen, sie hielt den Atem an. Die Stille im Haus wurde hart wie eine eiserne Klammer.

Es vergingen mehrere Minuten, bevor sie ihre starre Haltung aufgab. Sie konnte schließlich nicht ewig im Badezimmer bleiben. Suchend sah sie sich um, aber außer dem Rasiermesser ihres Vaters, das sie zur Dekoration zusammen mit Pinsel, Seife und Porzellanschälchen auf dem kleinen Waschtisch unter dem Fenster angeordnet hatte, fand sie nichts, das sie als Waffe hätte benutzen können. Mit einem Schritt war sie am Fenster, klappte das Messer auf und sah hinaus. Nichts. Der Stahl der dünnen Klinge blitzte im Licht der Deckenlampe auf.

Auf Zehenspitzen schlich Mary die wenigen Meter bis zur Treppe. Bevor sie um die Ecke bog, holte sie einmal tief Luft und umrundete mit einer entschlossenen Bewegung die Mauerecke.

Nichts.

Sie blieb einen Augenblick unschlüssig am Treppenabgang stehen, dann umschloss sie den Griff des alten Rasiermessers fester. Wenn sie wissen wollte, ob sie sich die Geräusche nur eingebildet hatte, würde sie die Treppe hinuntergehen müssen.

Sie wollte »Hallo« rufen und »Ist da wer?«, aber ihre Stimme war nicht mehr als ein Krächzen.

Stufe um Stufe, das Messer hoch erhoben, stieg sie die Treppe hinab. Sie hatte in den unteren Räumen das Licht brennen lassen. Die Treppe mündete in den schmalen Flur, von dem aus die Küche, das Frühstückszimmer und die Lounge abgingen. Die Türen standen offen. Hineinsehen konnte sie aber erst unten am Fuß der Treppe.

Je weniger Stufen blieben, umso langsamer stieg Mary hinab. Sie wollte vorbereitet sein, sollte der Angreifer aus einem der Zimmer auf sie losstürmen.

Die Küche! Von dort kam ein Geräusch. Etwas schabte leise über die Steinplatten. Was tun? Sie begann zu schwitzen. Mary nahm das Rasiermesser in die andere Hand.

Ihre Handflächen waren feucht. Sie würde auf den Angreifer losgehen und das Messer ohne Rücksicht einsetzen.

Das Schaben hatte aufgehört. Atmete da jemand?

Mit einem Satz sprang sie die letzten beiden Stufen hinunter und stürmte durch den kurzen Flur in die Küche.

»Mary. Wurde aber auch Zeit.«

Sie hielt mitten in der Bewegung inne. Auf einem der Küchenstühle saß Tante Margaret und spielte mit dem Gurt ihrer Handtasche, die sie auf dem Tisch abgesetzt hatte.

»Wozu brauchst du das alte Ding?« Margaret Bishop deutete ohne erkennbare Gefühlsregung auf die Klinge.

»Was …?« Sie klappte das Rasiermesser zusammen.

»Ich war bei den Bennetts. Nette Leute. Und da habe ich mir gedacht, auf dem Rückweg schau ich mal kurz bei dir nach dem Rechten.«

»Wie …?«

»In allen Zimmern brannte Licht, und die Tür war nicht abgeschlossen. Da habe ich mich in die Küche gesetzt, um auf dich zu warten. Dachte mir schon, dass du im Bad bist. Klang jedenfalls so.«

Mary gewann nur mühsam die Fassung wieder. »Du kannst doch nicht so einfach in mein Haus kommen.« Sie steckte das Messer achtlos in ihre Gesäßtasche. Ihr Puls raste immer noch. Sie würde hinterher duschen müssen.

»Dein Haus. Wie das klingt.« Sie nahm ihre Handtasche auf den Schoß. »Dein Vater war mein Bruder. Hast du das schon vergessen? Dort, wo du jetzt schläfst, hatte ich mein Zimmer.«

»Ja … ich meine, nein.«

»Ich könnte einen Tee gebrauchen. Oder was Stärkeres. Hast du Gin im Haus? Bestimmt hast du Gin im Haus. Deine Eltern hatten immer was da.« Sie stand auf und zog ihren Mantel aus.

Nicht jetzt, dachte Mary und seufzte ergeben. Ihr war klar, dass sie ihre Tante nicht so einfach vor die Tür setzen konnte, jedenfalls nicht innerhalb der nächsten Stunde.

»Wir müssen reden. Es geht um diesen Polizisten.«

»Verstehe ich nicht, Tante Margaret. Was ist mit ihm?«

»Du hast also keine Ahnung.« Margaret Bishop schien diese Antwort erwartet zu haben.

»Sag schon.« Mary hielt die Luft an.

»Er könnte sich doch nun wirklich an unserer Gartensafari nächstes Jahr beteiligen. Aber wie ich höre, will er das nicht.«

Mary fühlte sich, als stünde sie unschuldig vor einem Tribunal. Aber immerhin ging es nur um seine Arbeit als Künstler und nicht um mehr. »Er ist sicher noch nicht bereit für eine Ausstellung. Außerdem geht es bei der Gartensafari um Pflanzen, um Blumen und Sträucher, um die Kunst des Gärtnerns und nicht um Bilder.«

»So? Woher willst du das wissen? Wann warst du das letzte Mal auf einer Gartensafari? Und ein guter Gärtner ist ein Künstler. Licht, Schatten, Perspektive, Sichtachsen. Sein Garten ist ein Gemälde mit den Farben der Natur und eine Hymne an das Schöne.« Margaret reckte angriffslustig das Kinn. »Und warum verkauft Jenkins seine Bilder auf den Märkten? Wobei …«

»Was willst du, Tante Margaret?« Mary ahnte längst, dass der Besuch einen ganz anderen Grund hatte. »Simon, ich meine, Simon Jenkins ist niemandem Rechenschaft schuldig, schon gar nicht eurem Verein. Er kann seine Bilder verkaufen, wann und wo er will.«

Margaret warf einen Blick über Herd, Regale und den Küchenschrank. Er sollte abgeklärt wirken, sachlich und ein wenig gelangweilt. »Warum regst du dich so auf?« Sie zupfte bedeutungsvoll die Schleife ihrer Seidenbluse zurecht. »Weißt du, meine Liebe, deine Ma hat mich gebeten, auf dich achtzugeben, kurz bevor sie starb.«

»Ja?« Nun war es also heraus.

»Mein liebes Kind, dass dein Künstler nicht an der Gartensafari interessiert ist und sich nicht mit einer Ausstellung beteiligen will, habe ich inzwischen kapiert. Und du wirst dich jetzt vielleicht wundern – es ist mir auch ziemlich gleichgültig. Wir vom Vorstand wollen ihm mit unserem großzügigen Angebot nur die Hand reichen. Es wäre der erste – und sicher auch der wichtigste – Schritt hinein in unsere Gemeinschaft.«

Wenn ihre Tante »mein liebes Kind« zu ihr sagte, dann war Vorsicht geboten. Genauso wie beim Wort »Gemeinschaft«.

»Er hat sich mit den Fischern angefreundet. Sie akzeptieren ihn. Ein liebenswerter Mensch, frag Luke. Und er macht Musik. Simon Jenkins ist doch längst Teil des Dorfes.«

»Luke.« Ihre Tante sprach den Namen so aus, als würde sie ein Stück verdorbenen Fisch ausspucken. »Luke. Der Nichtsnutz. Simon Jenkins gehört ebenso wenig zu uns wie dieser Fischer, der lieber im Pub herumsitzt, statt einer ehrlichen Arbeit nachzugehen.«

Du solltest deinen Ehemann nicht vergessen, dachte Mary. *Der hält sich auch lieber im Cadgwith Cove Inn auf, als sich um seine Ehe zu kümmern oder um den Shop.* »Oh, ich verstehe endlich. Nur deine Kirche bietet Halt, Glückseligkeit und Heilung. Amen. Es geht dir also in Wahrheit gar nicht um die Kunst!« Mary wurde zunehmend wütend.

»Mein Kind, erhitz dich doch nicht so. Aufregung steht dir nicht. Ich meine es nur gut. Ich will, dass du glücklich wirst. Das habe ich Lydia versprochen.« Beim Gedanken an ihre Schwägerin glitzerte es in ihren Augen.

Wie angeknipst, dachte Mary. *Scheinheiligkeit, dein Name sei Tante Margaret.* Unerträglich.

»Die Leute reden schon.« Margaret fasste den Riemen ihrer Tasche fester.

»Ich weiß sehr wohl, was mir guttut und was nicht. Und lass Ma aus dem Spiel.« Mary begriff erst jetzt und fragte nach. »Was sagen die Leute? Rede nicht um den heißen Brei herum. Und wer sind ›die Leute‹?«

Auf Margarets Lippen erschien ein dünnes Lächeln. »Du scheinst ein Herz für diesen behinderten Polizisten zu haben.«

»Wie soll ich diesen Satz verstehen?« Diese Süffisanz. Margaret brauchte nur dieses Lächeln aufzusetzen, und schon war Mary kurz davor, die Beherrschung zu verlieren. Ihre Tante wusste, welche Knöpfe sie drücken musste. Dass sie auch immer wieder in die Falle tappte. Mary kochte innerlich. Was bildete sich diese Frau ein? Mary würde sie am liebsten hinauswerfen.

Sicher, sie war froh, dass Tante Margaret ihr nach der Rückkehr aus Deutschland geholfen hatte. Die Herrichtung ihres Elternhauses zu einer Frühstückspension hatte Mary viel Zeit gekostet und ihre letzten Ersparnisse aufgebraucht. Dass sie den Shop führen konnte, war ebenfalls ein glücklicher Umstand. So weit, so gut. Aber nun ging Margaret eindeutig zu weit.

»Simon Jenkins kommt doch nicht nur in den Laden, um seine bestellten Leinwände und Farben abzuholen.« Sie schenkte ihrer Nichte einen wissenden Blick, gewissermaßen von Frau zu Frau. »Jedenfalls sieht man euch in letzter Zeit öfter zusammen.«

Da war sie, die hässliche Seite des Dorftratsches. Niemand konnte ihm entkommen. Mary hatte zwar geahnt, dass sich in all den Jahren wenig daran geändert hatte, aber auch gehofft, nicht allzu sehr zum Gesprächsthema zu werden. Zumal sie sich alle Mühe gab, keinen Anlass zu bieten. Dass es Gerede wegen des B&B geben würde, hatte sie einkalkuliert. Da mochte es Neider geben, aber die hatte sie bisher nicht ernst genommen und würde es auch weiterhin nicht tun.

»Und? Was geht das die Leute an?« Mary hatte nicht die geringste Lust, weiter auf das Thema einzugehen, aber nun klang sie doch so, als würde sie sich verteidigen. »Er ist ein Kunde, ein netter. Nicht mehr und nicht weniger.«

»Wie gesagt, nun reg dich doch nicht gleich so auf, mein Kind …«

»Und hör endlich auf, mich ›mein Kind‹ zu nennen. Ich bin längst erwachsen. Überhaupt, was soll das Ganze? Spioniert ihr mir nach, du und dein Verschönerungsverein? Was stört euch? Dass ich am Sonntag nicht in die

Kirche gehe? Dass ich mich mit einem Mann unterhalte, der nicht hier geboren ist? Mein Gott, in welchem Jahrhundert lebst du?« Ihr Geduldsfaden war kurz davor zu reißen.

Margaret Bishop saß mittlerweile mit durchgedrücktem Rücken und steifer Oberlippe auf der Kante des Küchenstuhls. Auf diese Weise hatte sie noch jeden Gefühlssturm durchgestanden, sei es im täglichen Kampf ihrer Ehe oder als Vorsitzende des wichtigsten Vereins im Dorf. »Versteh mich bitte nicht falsch, Mary«, fuhr sie ungerührt fort, »ich mache mir ein wenig Sorgen um dich. Ein behinderter Mann. Gott hat ihm ein schweres Schicksal auferlegt, und ich bete für ihn. Aber ich meine, dass er … nun ja, zu speziell ist, um mit ihm eine Partnerschaft einzugehen.«

»Nun reicht es. Du kennst ihn doch gar nicht. Außerdem, was weißt du schon von mir? Halte dich aus meinem Leben heraus. Simon und ich haben uns nur nett unterhalten. Was muss ich mich da vor dir rechtfertigen? Du hast doch nicht alle Tassen im Schrank. Simon Jenkins ist ein sensibler Mensch, ein guter Künstler, und ich mag die Art, wie er auf die Welt schaut. Ach, was weißt denn du schon von der Kunst …« Sie brach ab.

Das dünne Lächeln erschien wieder auf Margarets Gesicht. »Deine Reaktion zeigt mir, dass ich mit meiner Vermutung nicht falschliege. Weißt du, liebe Mary, ich mag in deinen Augen zwar eine verschrumpelte, meinetwegen auch verbitterte alte Frau sein, aber ich habe auch eine Menge Lebenserfahrung. Also, David und ich …«

»Lass mich damit zufrieden. Ich will nichts mehr hören. Du solltest dich bei mir entschuldigen. Dafür, dass du hier so einen Auftritt hinlegst.« Mary hielt es nicht länger in der Küche. Sie trat ans Fenster und verschränkte die Arme. Die Ebbe hatte ihren niedrigsten Stand erreicht. Das Wasser in der Bucht war dunkelgrau, so grau wie der Schotter aus Kieselsteinen in dem winzigen Hafen. Und so grau und zäh wie die Stimmung in ihrer Küche.

»Ich will nur vermeiden, dass du unglücklich wirst.« Die Stimme ihrer Tante klang mit einem Mal fast zärtlich. »Dieser Mann hat einen schrecklichen Unfall gehabt. Nach allem, was ich weiß, hat er dabei seine Freundin verloren. Simon Jenkins trägt so viel Schlimmes in sich. Ihm das Leben zurückzugeben, das wirst du weder schaffen noch verkraften. Ich bin sicher, dass dieser Mann nicht der Richtige für dich ist. Du wirst nicht glücklich werden. Ich will doch nur dein Bestes, Liebes.«

Mary war entsetzt und stumm. Schließlich drehte sie sich zu ihrer Tante um und sprach in die Stille hinein, flüsternd, kaum hörbar: »Woher weißt du das? Spionierst du auch ihm hinterher? Du bist böse.«

»Versteh mich nicht falsch. Du weißt, dass dein Onkel David in London einen alten Freund im Innenministerium hat. Und der hat ihm davon erzählt. Du weißt doch, wie das ist.«

»Einfach so? Ja?«

»Sie haben vor einiger Zeit telefoniert und dabei – ja, rein zufällig – auch über Simon Jenkins gesprochen. Der Mann war ein paar Jahre lang Mitglied einer Spezialeinheit. Deshalb wusste Davids Freund auch gleich Bescheid.«

»Tante Margaret, ich ertrage das nicht länger. Dass du die Leute ausspionierst …«

»Mein Kind, ich spioniere nicht. Ich beobachte nur sehr genau.«

Mary war außer sich. »Ich fasse es nicht. Du willst ihn loswerden! Simon soll also das Dorf verlassen.« Ihre Gesichtszüge versteinerten.

Margaret Bishop stand auf. »Wie kannst du mir nur so etwas zutrauen? Du solltest dich schämen, Mary Morgan.«

Sie sah ihrer Tante wortlos hinterher, als sie hocherhobenen Hauptes den Raum verließ. Die Empörung war echt. Sollte sie ihr etwa unrecht getan haben?

Mary wusste nicht mehr, was sie denken sollte. Erst diese unheimlichen Geräusche, dann die höchst merkwürdigen Andeutungen und Behauptungen. Sie räumte die unberührten Teetassen vom Tisch und ging dann hinüber in die Lounge.

Die nächste Stunde verbrachte sie damit, ihre Fassung wiederzugewinnen, und mit Nachdenken. Über sich, über ihre Tante und vor allem über Simon. Sie hatte sich entschieden vor den so verletzlich wie tatkräftig wirkenden Mann gestellt. Ihre Tante hatte ausgesprochen, was sie schon seit Längerem spürte: Simon Jenkins war längst nicht mehr nur ein Kunde ihres kleinen Dorfladens.

Schließlich stand sie auf und sah auf die Pendeluhr im Frühstücksraum. Sie würde doch noch nach Coverack fahren, mochte das Wetter auch noch so ungemütlich sein. Sie musste raus aus dem Haus, frische Luft tanken, einen

Freund sehen. Dennis würde Rat wissen. Zuversichtlich zog sie Stiefel und Jacke an und verließ das Cottage.

Sofort zerrte der Wind an ihr. Zum Glück hatte der Regen aufgehört.

XXVII.

Die Nacht war stürmisch, nass und kalt gewesen. Er hatte unruhig geschlafen. Sein Gehirn hatte wahllos Szenen seiner Zeit bei der Met aneinandergereiht und wie ein Zufallsgenerator in einer Endlosschleife abgespult: Blaulicht, konspirative Treffen, Verhöre, Festnahmen, Hausdurchsuchungen, Szenen mit den Kollegen im Pub nach Dienstschluss, Abendessen mit Moira, Szenen unter der Dusche.

Weit vor Sonnenaufgang war Jenkins hinunter zum Hafen gegangen. Er wollte nachschauen, was der Sturm an Treibgut in die Bucht geworfen hatte. Vielleicht war etwas darunter, das er für seine Kunst verwenden konnte. Aber außer große Mengen Seegras und ein wenig Krüppelholz hatte ihm die See an diesem Morgen wenig zu bieten. Daher hatte er sich oben auf den schmalen Felsen, der die beiden Buchten auf natürliche Weise trennte, auf eine der Bänke gesetzt und auf den Tag gewartet.

Der Morgenhimmel hielt ein feuriges Spektakel bereit, das ihm so noch nicht geboten worden war. Die Sonne war noch nicht ganz aufgegangen, da begann schon das ewige Ringen um Leben und Tod. Kormorane tauchten wie Geschosse in die See, um gleich darauf mit ihrer Beute einen sicheren Fressplatz aufzusuchen. Silbermöwen lagen mit Dohlen in unsinnigem Streit.

Über dem nutzlos gewordenen, gemauerten und geteerten Ausguck auf der gegenüberliegenden Felsnase ging schließlich unwirklich groß die Sonne auf und zog ihre rote Farbspur über die See.

Danach kehrte Jenkins in sein Häuschen zurück und frühstückte; dabei blätterte er durch die aktuelle Ausgabe der *Ruan Minor Gazette* und hörte Musik von Led Zeppelin. Laut. *Good Times Bad Times* war eindeutig der beste Einstieg in den Tag. Die passende Musik, um sich wieder an Moiras Porträt zu wagen.

Dann stand er in seinem Atelier und verglich wohl zum hundertsten Mal die Skizzen, die er angefertigt hatte, bevor er auf der Leinwand mit ersten wenigen Linien Moiras Gesichtszüge andeutete, manchmal großflächig, manchmal aber auch nur in Nuancen. Aber das alles zählte noch nicht. Die entscheidenden Pinselstriche standen ihm noch bevor. Und wieder war es, als erschaffe er eine Fratze und kein Gesicht.

Sein letzter Blick auf Moira, bevor der Treibstoff explodiert und die Flammen sie vollständig umgeben hatten, war wertvolle Erinnerung und Fluch zugleich.

Dieser entsetzte, liebevolle und lebensgierige Blick. Moira, von Flammen eingeschlossen, eingeklemmt in ihrem Sitz … Er hatte entschieden, sie nicht naturalistisch zu malen. Aber genau das machte es noch schwerer, diesen einen Augenblick, in dem doch noch alles möglich gewesen war, auf die Leinwand zu bringen.

Er hatte die unterschiedlichsten Grüntöne mit Braun

und Blau, Gelb und Rot gemischt, mit verschiedenen Pinselstärken und Spachtel experimentiert, hatte immer wieder verworfen und neu begonnen und dabei stets diesen Ausdruck in ihren Augen vor sich gehabt: Entsetzen, Staunen, Liebe, Angst, Qual und Abschiednehmen, bevor das Feuer sie für immer auffraß.

Diesen Blick zu malen, der all das in sich vereinte, *musste* ihm einfach irgendwann gelingen – mit wenigen Strichen. Andernfalls würde er niemals mehr ein Bild malen, geschweige denn zur Ruhe kommen. Und die Wunden in seinem Leben würden niemals heilen.

Aber ging das überhaupt? Einen Menschen auf einen winzigen Moment reduzieren? War Mona Lisa tatsächlich das gewesen, was die Menschen seit Jahrhunderten vermuteten? Selbst der Fotografie war es bisher nicht gelungen, einen Menschen in all seinen Facetten in einer einzigen Aufnahme abzubilden.

Die Suche nach der Antwort belastete sein Malen, statt es zu befördern. Jenkins ließ zum wiederholten Mal den Pinsel sinken. Die Last drückte unendlich schwer auf seinen Arm. Er würde das Bild auch heute nicht voranbringen. Er fühlte sich wie in einem Käfig ohne Tür.

Dabei hatte er bisher einen guten Tag gehabt, vor allem was die Schmerzen betraf. Diese hinterhältigen Teufel hatten ihn weitgehend in Ruhe gelassen. Doch nun wurden sie zunehmend stärker. Das lange Stehen an der Staffelei und die Grübelei hatten seine Muskeln hart werden lassen.

Zunächst hatte er es nur unbewusst wahrgenommen, gespürt, dass da etwas war, dass ihn etwas störte. Nun war die Stimme nicht mehr zu überhören.

»Hier arbeiten Sie also.«

Jenkins drehte sich um. In der Tür stand DI Chris Marks.

»Ich darf doch?« Ohne eine Antwort abzuwarten, trat der Ermittler ein.

»Ich werde es nicht verhindern können.« Jenkins legte den Pinsel zur Seite und warf mit einer raschen Bewegung das Tuch über Moiras Porträt.

»Interessantes Bild. Schöne Farben. Soweit ich das beurteilen kann. Kunst ist nicht meine Welt. Vielleicht ein bisschen wild für meinen Geschmack. Wer ist das?«

»Was wollen Sie?« Jenkins wischte die Hände an einem Lappen ab, aber er bekam die Farbreste nur unvollständig von den Fingern. Ärgerlich rieb er heftiger. Marks hatte die Gabe, unerwartet aufzutauchen. An sich ja keine schlechte Eigenschaft für einen Polizisten.

»Ich habe an der Haustür geklopft, aber keine Antwort bekommen. Irgendwie schön, Ihr Atelier. Im Winter aber sicher ziemlich kalt.« Marks deutete auf den eingeschalteten Heizofen.

»Was wollen Sie?«, wiederholte Simon. Er traute dem vertrauensseligen Small Talk nicht.

»Warum so unfreundlich?« DI Marks wanderte neugierig umher, wie ein Labrador, der das unbekannte Terrain erst ausgiebig beschnüffeln musste, bevor er sich setzte. Vor dem Tisch mit den Drucken blieb er stehen.

»Linolschnitt.« Er tippte auf eines der Blätter. »Das kenne ich. Hatten wir in der Schule. War aber nicht mein Ding. Hab mir die Finger aufgeschnitten und meine Schuluniform mit Druckerschwärze versaut.« Er nahm ein Blatt in die Hand und hielt es von sich. »Aha. Blaue Fische. So was lässt sich verkaufen?« Er legte den Druck zurück. »Sieht jedenfalls echt aus, der Fisch. Mit so was verdient man also in Cadgwith Geld.« Marks schüttelte erstaunt den Kopf und wechselte hinüber zu dem großen Metallschrank, in dem Jenkins die fertigen Arbeiten aufbewahrte. Er zog ungefragt eine der flachen Schubladen auf. »Ist ja ein ganzer Schwarm.« Er grinste. »Davon kann man tatsächlich leben? Wer kauft so was?«

»Sie sind sicher nicht gekommen, um mit mir über meine Arbeit zu sprechen. Also?«

»Ganz im Gegenteil, mein Lieber.« Marks wandte sich ihm zu und hob dabei wie zufällig ein klein wenig das Leinentuch über der Staffelei an. Es war eindeutig eine Provokation. »Wir haben den Hinweis bekommen, dass Sie mit Ihrem Kumpel und einem Mann, der, ich zitiere, ›aussah wie ein Bergsteiger‹, an den Klippen unterwegs waren. Das ist an sich nicht verboten. Es gibt in unserem Land eine Menge schräger Vögel, die überaus schräge Sachen unternehmen. Was mich allerdings argwöhnisch macht: Warum ausgerechnet an der Stelle, an der Victoria Bowdery zu Tode gekommen ist? Das sieht für mich ganz so aus, als wären Sie immer noch auf eigene Faust unterwegs, Detective Sergeant Jenkins. O nein, ich muss ja sagen, Ex-Detective. Sie sind ja jetzt Künstler. Also, was hatten Sie dort zu suchen, Mr. Künstler Jenkins? Und kommen Sie mir jetzt nicht mit irgendwelchen faulen Geschichten. Es gibt Zeugen, die Sie da oben beobachtet haben.«

Also doch. Ihre Aktion war natürlich nicht unbemerkt geblieben. Er ging jede Wette ein, dass Jason Holder

Marks' Informant war. Aber er verkniff sich die Frage nach dem Tippgeber. »Wir haben nichts gefunden.« Zu leugnen hatte keinen Zweck.

»Was haben Sie denn gesucht?« DI Marks spielte erneut mit dem Tuch. »Sie wissen doch, die Ermittlungen sind abgeschlossen. Es war ein Unfall. Das bestätigt auch die Rechtsmedizinerin. Die Verletzungen der Frau sind die typischen für so einen Sturz. Hämatome, Knochenbrüche, Hautabschürfungen, das Übliche.«

Welches Spiel trieb Marks? Er musste Victorias Telefon längst bekommen haben. Simon trat einen Schritt auf den DI zu. Außerdem sollte er die Finger von der Staffelei lassen.

»Sie sind längst kein Polizist mehr. Das habe ich Ihnen schon einmal gesagt. Lassen Sie die Toten ruhen und uns unsere Arbeit machen. Das ist die letzte Warnung.« Marks bemerkte Jenkins' Unruhe.

Der war versucht, Marks das Tuch aus der Hand zu reißen.

»Was ist, Jenkins? Darf ich mir das Bild nicht ansehen, nicht mal einen kurzen Blick riskieren? So geheim? Na ja, ihr Künstler, sensible Seelchen.« Marks grinste. »Erst wenn die Kunst vollendet ist, darf das gemeine Volk sie sehen. Der besondere Augenblick, auf den ihr alle wartet.«

»Ich habe Ihnen nichts zu sagen.« Marks hatte nicht das Recht, Moira anzuschauen.

»Hätte mich auch gewundert, Mr. Jenkins.«

Arroganter Bulle. »Ich würde jetzt gerne weiterarbeiten.«

»Wissen Sie, Ihre Kunst und meine Arbeit – da gibt es durchaus Parallelen.«

Jenkins ließ Marks' Hand nicht aus den Augen. Noch eine Bewegung …

»Wir gehen mit unseren Ermittlungsergebnissen doch auch erst dann an die Öffentlichkeit, wenn wir den Fall rund haben. Aber das wissen Sie natürlich.«

Jenkins schwieg. Er würde Marks den Triumph nicht gönnen, ihn aus der Reserve gelockt zu haben.

»Wir versuchen ein möglichst genaues Bild unseres Falls zu zeichnen, die wichtigsten Linien zusammenzuführen, bis daraus ein Abbild der Wirklichkeit entsteht. Manchmal denken wir, das Bild ist komplett, aber manchmal steht auf der Staffelei unserer Ermittlungen das Tat- und Täterbild aus Linien, Pfeilen, Bemerkungen und Bildern über lange Zeit unvollständig vor uns. Wir sind unzufrieden und ahnen, dass wir es noch besser machen müssen. Ein Körnchen mehr Inspiration, und wir könnten Großartiges schaffen. Es gibt aber auch Augenblicke und Situationen, in denen sind wir mit dem Erreichten zufrieden.« Marks ließ das Tuch sinken. »Und manchmal dauert es lange, bis wir die Nuance erkennen, die noch fehlt, um aus dem Bild ein Meisterwerk zu machen. Was wissen Sie über das Mobiltelefon von Victoria Bowdery?«

»Was meinen Sie?« Jetzt hieß es, auf der Hut zu sein.

»Verkaufen Sie mich nicht für dumm. Sie haben ihr Telefon gesucht, es aber nicht gefunden?« DI Chris Marks zog Vics Telefon aus der Tasche seines beigefarbenen Mantels.

»Aha.« Jenkins tat, als wolle er danach greifen.

»Ein, sagen wir, glücklicher Umstand hat es zu uns geführt.« Der Detective Chief Inspector steckte das Handy wieder weg.

Wusste Marks, dass er das Telefon in den Briefkasten der Behörde geworfen hatte, und wollte nun herausfinden, wie weit er, Jenkins, mit seinen Lügen gehen würde? Oder wusste Marks tatsächlich nicht, woher das Telefon so plötzlich gekommen war? Offenbar war es so, dass Jason Holder sie zwar an den Klippen hatte hantieren sehen, aber nicht, was sie zutage gefördert hatten.

»Haben Sie mir das Telefon zugespielt?« Marks machte ein übertrieben nachdenkliches Gesicht. »O nein. Sie hätten es für sich behalten, um Ihre Neugier zu befriedigen. Es zu knacken versucht. Habe ich recht? Jedenfalls würde ich an Ihrer Stelle so handeln.«

Simon schwieg. Sollte Marks doch weiterreden. Der DI wusste nichts. »Prepaid.« Marks klopfte auf seine Manteltasche. »Unsere Spezialisten werden sich ausführlich mit dem Telefon beschäftigen. Was haben Sie auf den Klippen gefunden?«

»Nichts. So ist das manchmal. Das kennen Sie doch auch. Sie haben eine Idee, und die entpuppt sich am Ende als, nun ja, Luftblase. Polizistenalltag.« Er hatte das Telefon tatsächlich so gereinigt, dass nichts auf ihn oder Luke verweisen konnte.

»Ich will nicht ungehobelt erscheinen und sie dumm sterben lassen.« Marks lachte, als habe er einen gelungenen Scherz gemacht. »Also: Wir haben bei der ersten groben Sichtung nur unverfängliche Fotos gefunden. Allerdings scheinen die SMS ganz interessant. Miss Bowdery muss eine Menge Kavaliere gehabt haben. Allerdings nur Alias-Namen. Bisschen Schweinkram, aber nichts, was uns verdächtig erscheint. Jedenfalls nicht im Augenblick.« Er bemerkte Jenkins' fragenden Blick. »Wir werden das checken, wenn Zeit dafür ist. Im Augenblick beschäftigt uns der Mord an Barbara Thompson. Auch das will ich Ihnen nicht verschweigen, sozusagen informell von Kollege zu Kollege: Wir sind keinen entscheidenden Schritt vorangekommen. Noch nicht. Wir gehen einer Reihe von Spuren nach. Die Sektenszene in Cornwall ist größer, als wir dachten. Da sind tatsächlich eine Menge Spinner unterwegs. Es deutet also noch immer alles auf einen Ritualmord hin. Es gibt einige sehr vielversprechende Ansätze. Sie würden staunen. Barbara Thompson muss eine heimliche Liebe zu Okkultem gehabt haben. Jedenfalls behaupten das ein paar ihrer Bekannten. Schwer reinzukommen in die Szene. Eine abgeschottete Welt. Na ja. Thompsons Geschäftsbücher scheinen in Ordnung. Ihr Umfeld ist unverdächtig, soweit wir das bisher ermittelt haben. Aufgebrachte Kunden gibt es auch keine. Alles Wertvolle ist noch da, soweit man von Werten sprechen kann. Sagen die Experten. Ich kenne mich mit Antiquitäten nicht aus.«

Jenkins nahm sich vor, Mary zu fragen. Vielleicht wusste sie ja etwas. Wie sie ihm erzählt hatte, war sie kurz nach Entdeckung der Tat von den Beamten befragt worden, hatte allerdings nur wenig beitragen können.

»Oder haben Sie etwas zu meiner Erbauung und zum Fortgang der Ermittlungen beizutragen?«

Dein sarkastischer Unterton nervt, dachte Jenkins und

schwieg. Er hatte nicht die geringste Lust, darauf einzugehen. Zudem konnte er dem DI nicht nahelegen, sofort mit der Auswertung des Telefons zu beginnen, ohne sich verdächtig zu machen.

»Also nichts?« Marks deutete Jenkins' Schweigen falsch. »Habe ich mir gleich gedacht. Ich hätte mir den Weg hierher sparen können. Aber ich wollte, dass Sie wissen, dass wir Sie auf dem Schirm haben.« Marks' Zeigefinger stach in seine Richtung. »Sie und Ihren Freund Luke. Verhalten Sie sich also entsprechend. Guten Tag.« An der Tür drehte Marks sich noch einmal um. »Wissen Sie, was mich am meisten stutzig macht? Ich sag's Ihnen. Dass dieses Telefon klinisch rein ist, nicht ein Fingerabdruck, keine Hautschuppe, kein eingeklemmtes Haar, nichts. Das Ding hat ein Profi in der Hand gehabt, bevor es bei uns gelandet ist. Man sieht sich.«

Jenkins ignorierte Marks' Abgang. Der DI tappte im Dunkeln, was das Telefon betraf. Gut so. Er ahnte etwas, ja, aber das war einerlei. Wichtig war nur, dass das Telefon nun in den richtigen Händen war. Die Elektronik-Forensiker würden das Ding schon auszuwerten wissen und ihre Schlüsse ziehen. Jenkins hoffte, dass sie doch noch einen Hinweis fänden und ihre Unfalltheorie überdachten. Damit nicht nur der alte Bowdery endlich Ruhe fand, sondern auch Mary Morgan.

Jenkins beschloss endgültig, die Arbeit für den Rest des Tages aufzugeben. Er verließ das Atelier. Zeit für seine Medizin. Marks' Besuch hatte ihn mehr angestrengt als erwartet. Die Schmerzen hatten sich mittlerweile über den ganzen Körper ausgebreitet.

Er setzte sich im Wohnzimmer vorsichtig auf die Couch und stützte sich, so gut es ging, auf seinem Stock ab. Dennoch durchzuckte ihn ein stechender Schmerz. Er versuchte ihn durch stoßweises Atmen zu unterdrücken und streckte sich langsam aus. Er war hungrig, aber er beschloss, erst später zu essen, wenn die Schmerzmittel wirkten.

Gegen Abend erwachte er mit einem bleiernen Gefühl in Beinen und Armen. Minutenlang blieb er regungslos liegen. Der Wind rüttelte an den Fenstern. Die Wolken waren nicht mehr als dünne Fetzen, der Mond schien bleich. Mühsam stand Jenkins auf, nahm in der Küche eine Schlaftablette und spülte sie mit einem Rest aus der Rotweinflasche hinunter, die seit Tagen auf dem Fensterbrett stand. Sein Hungergefühl war verschwunden.

XXVIII.

Am nächsten Morgen waren die Schmerzen bis auf einen erträglichen Rest weg. Über der Bucht hatten sich niedrig hängende Wolken gesammelt – eine kleine Herde in einem Gatter aus Felsen. Sie hatten die gleiche Farbe wie das Laken über Moiras Porträt.

Nach dem Frühstück – ausgedehnt wie schon lange nicht mehr – plante Jenkins seinen Tag. Als Erstes würde er Mary darüber informieren, dass die Polizei nun Vics Telefon in Händen hatte und sie mit einer forensischen Auswertung der gespeicherten Nachrichten und Telefonnummern rechnen konnten. Wobei er davon ausging, dass es noch Wochen dauern würde, bis Ergebnisse vorlagen. Die Abteilung der Devon and Cornwall Police in Truro hatte mit der Aufklärung des Mordes an Barbara alle Hände voll zu tun.

Das aber war letztlich nicht von Bedeutung. Wichtig war, dass es voranging.

Anschließend würde er versuchen, den Aufenthaltsort ihres Ex zu ermitteln. Luke würde ihn dazu zum Housel Bay Hotel in Lizard fahren müssen. Wenn Jenkins sich recht erinnerte, hatte Mary davon gesprochen, dass der Deutsche mit Barbara dort den Nachmittag verbracht hatte. Vielleicht war er nicht das erste Mal dort gewesen, und das Personal wusste etwas über ihn zu berichten. Den Versuch war es wert. Jede Kleinigkeit konnte wichtig sein und sie ein Stück weiterbringen. Ansonsten würde er Lukes andere Kontakte nutzen. Er kannte in Helston nahezu jeden.

Terry Bennett würde er vorerst in Ruhe lassen. Sein Gefühl sagte ihm, dass von dem Großmaul keine wirkliche Gefahr ausging. Ihr Aufeinandertreffen im Pub hatte da sicher ein paar Fronten geklärt.

Als die Wolkendecke an einigen Stellen aufgerissen war und den Blick auf ein helles Blau freigab, machte Jenkins sich auf den Weg. Die Luft war kalt, roch nach nassem Laub und offener See. Er musste höllisch achtgeben, dass er nicht auf den Blättern, die in der Nacht auf den Weg geweht worden waren, ausrutschte. Ein plötzlicher Ausfallschritt konnte fatale Folgen haben. Ihm fiel bei dem Gedanken ein, dass am Vortag der schon vor einem halben Jahr vereinbarte Kontrolltermin in der Londoner Klinik gewesen war. Die Ärzte würden sauer sein. Fuck! Er stieß hart mit dem Stock auf. Er musste dort anrufen.

Auf halbem Weg blieb er stehen. Von dieser Stelle hatte er einen freien Blick vorbei an den Cottages auf die raue See. Ein paar Möwen waren unterwegs. Die meisten saßen wie sauber aufgefädelte dicke Perlen auf den Firsten der Häuser. Am Horizont fuhr ein mit Containern haushoch beladener Frachter Richtung Osten. Die verschiedenfarbenen Blechbehälter zeigten ein Muster aus schmutzigen, hellen und dunklen Farben.

London. Allein der Gedanke, auch nur für ein paar Tage dorthin zurückkehren zu müssen, behagte ihm nicht. Kein Wunder, dass er den Termin vergessen hatte. In Wahrheit wollte er alles, was mit dieser Stadt und seiner Arbeit dort verbunden war, vergessen. Bis zu Moiras Tod hatte er gerne dort gelebt, war in die Vielfalt, die Rastlosigkeit und die atemberaubende Schönheit lustvoll eingetaucht wie ein Schwimmer in einen erfrischenden See. Er hatte die Gefahren seines Jobs nicht geliebt, aber er hatte sich ihnen mit der Zuversicht gestellt, sie allzeit unbeschadet meistern zu können.

Das Leben hatte ihm auf brutale Weise etwas anderes bewiesen.

Sie waren an jenem Tag kurz davor gewesen, einen der größten Drogen- und Waffendealer Europas zu fassen, keinen kleinen Fisch oder Strohmann wie so oft. Der Kopf des Kartells war ihnen ins Netz gegangen. Sie hatten mehr als zwei Jahre ermittelt, unter anderem in Sizilien, auf dem Balkan und in Syrien. Einige, die auspacken wollten, waren urplötzlich von der Bildfläche verschwunden und tauchten nie wieder auf. Einige wurden aus der Themse gefischt oder landeten ohne Kopf auf Schrottplätzen oder in Abbruchhäusern. Tote Spuren und tote Briefkästen bestimmten ihren Tagesablauf.

Das Team hatte ungezählte Rückschläge hinnehmen müssen, in einer wilden Schießerei in London sogar eine Kollegin verloren, ohne dass sie den Täter erwischen konnten. Sie waren mit den Ermittlungen nur millimeterweise vorangekommen.

Das Netz von Hans Lehmann war zu fein gesponnen, Konten zu clever verschleiert, der innere Zirkel seiner Macht hermetisch gegen Eindringlinge abgeriegelt. Selbst die Russen, die sein Geschäft hatten übernehmen wollen und sich mit Lehmanns Leuten blutige Verteilerkämpfe geliefert hatten, konnten seinen Ring nicht knacken.

Jenkins war damals der stellvertretende Einsatzleiter gewesen, an der Schwelle zum DI. Wochen hatte er in der Einsatzzentrale der Spezialeinheit zugebracht, Tag und Nacht, hatte wenig geschlafen. Zum Schluss war er überzeugt gewesen, dass Lehmann einen Maulwurf in der Met platziert haben musste. Die Vermutung wurde durch das eine oder andere Vorkommnis erhärtet, aber die merkwürdigen Zufälle ließen sich stets als unglücklicher Umstand erklären. Die Ungewissheit hatte das gesamte Team verseucht und Misstrauen zwischen den Kollegen gesät. Mit jedem Tag war die Situation unerträglicher geworden.

Da war der Anruf eines Einsatzteams, Lehmann sei gesichtet worden und könne endlich mit konkreten Beweisen konfrontiert und festgenommen werden, allen wie die Erlösung vorgekommen.

Ein echter Zufall hatte sie auf eine heiße Spur gebracht. Oder war es Eitelkeit, Dummheit oder Unachtsamkeit gewesen? Lehmann, Sohn eines ehemaligen deutschen Kriegsgefangenen, der in London hängen geblieben und im Milieu der Docks groß geworden war, hatte erst spät geheiratet. Er hatte eine Tochter, eine verzogene und kratzbürstige Mischung aus Beth Ditto und Lady Gaga. Sie war bei einer groß angelegten Razzia der Kollegen von der Wirtschaftskriminalität in einem Club im Eastend dabei erwischt worden, wie sie auf eigene Rechnung an den Betreiber ein Kilo Kokain verscherbeln wollte. Bei dem ungeplanten Schusswechsel wurde sie durch zwei Schüsse in die Brust schwer verletzt. Lehmann hatte der Polizei danach blutige Rache geschworen, und er hatte die Drohung an das Spezialkommando auf seine Weise übermittelt. Auf den Stufen von St. Pauls hatte einen Tag nach der Razzia ein Mann in Flammen gestanden, wie sich herausstellte, ein Obdachloser, den die Täter zuvor in eine Polizeiuniform gesteckt hatten. Der Tote hatte einen kleinen Rohdiamanten im Mund.

Sie hatten den Hinweis verstanden.

In der Handtasche von Lehmanns Tochter hatten sie nämlich in einer Tabakpackung Rohdiamanten entdeckt. Dass es sich dabei um berüchtigte Blutdiamanten gehandelt hatte, konnten sie allerdings nicht beweisen. Dafür steckte in einem Briefumschlag ein Bündel Banknoten, die nicht nur nummeriert waren und damit nachweislich aus einer Geldübergabe stammten, auf ihnen fanden sich auch Fingerabdrücke, die zweifelsfrei Lehmann zugeordnet werden konnten. Von ihm existierte nämlich ein Satz

Abdrücke in bester Qualität, noch aus der Zeit, als er selbst auf den Straßen der Stadt unterwegs gewesen war und Schutzgelder einkassiert hatte. Eine winzige Unachtsamkeit seiner Sturm-und-Drang-Jahre Ende der Sechziger, die ihm nach mehr als vierzig Jahren endlich zum Verhängnis hätte werden sollen.

Aber es war anders gekommen. Durch ihren Unfall hatte Lehmann entkommen können. Seither war er wie vom Erdboden verschluckt. Und seither wurde Simon Jenkins seine Dämonen nicht mehr los.

Das Geschrei zweier Möwen, die knapp über seinem Kopf Richtung Bucht flogen, holte Jenkins in die Wirklichkeit zurück, und er setzte seinen Weg fort.

Vor Marys Geschäft blieb er stehen und drückte probeweise den Türgriff herunter. Aber die Ladentür blieb zu. Im Schaufenster entdeckte er das Schild *Sorry we're closed.* Im Inneren des Shops war keine Bewegung zu erkennen. Im Zimmer dahinter brannte allerdings Licht.

Jenkins schaute auf die Uhr. Eigentlich noch zu früh für die Mittagspause, aber vielleicht war Mary krank oder hatte überraschend in Helston oder anderswo zu tun. Er würde in ihrem Cottage nachschauen.

»Sieht man dich auch mal wieder?«

Jenkins hatte gerade das Gemeinschaftskühlhaus der Fischer passiert, als er auf Luke stieß.

»Was macht die Kunst?« Er sah Simons gebeugten Rücken. »Schmerzen?«

Jenkins winkte ab. »Ich kann nicht besser klagen. Gut, dass ich dich treffe. Sag, kannst du mich zum Housel Bay Hotel fahren?«

»Cream Tea? Lass mal, das ist was für alte Tanten. Mir ist 'n Pint lieber.« Luke hievte mit einem unterdrückten Fluch eine große blaue Plastiktonne von der improvisierten Ladefläche des Traktors, mit dem die Boote an Land gezogen wurden.

»Keine Sorge. Ich will nur ein paar Dinge klären. Außerdem soll das Bier dort gut sein.«

»Hab noch zu tun. Aber in 'ner Stunde geht's.«

»Kein Problem. Ich will ohnehin vorher zu Mary.« Jenkins erzählte Luke vom Besuch des Inspektors und dass er davon ausging, dass Marks ihnen nicht auf die Schliche kommen würde.

»Der Typ soll froh sein, dass wir seine Arbeit machen.« Luke trauerte immer noch der verpassten Chance hinterher, sich auf eigene Faust an die Überprüfung der gespeicherten Daten zu machen. Eine zweite Tonne folgte der ersten.

»Sieht ganz gut aus.« Jenkins warf einen Blick auf den Fang.

»Nee. Schau dir die verdammten Biester an. Gerade groß genug. Werden nicht viel bringen. Hätte mir den halben Tag auf See sparen können. Hummer, Krabben und Krebse sind derzeit kein Geschäft. Die meisten haben sich eh schon längst auf den Weg in wärmere Gewässer gemacht.«

»Die Natur gibt nur, was sie kann.«

»An dir ist ein Priester verloren gegangen.«

»Ach …«

»Bin mit Nick rausgefahren.« Luke wischte sich die Hände an der Hose ab. »Wollte ihm helfen. Geht ihm nicht besonders. Sein Herz.«

Jenkins nickte. Er wusste, dass es um den alten Fischer nicht sonderlich gut stand. Nick müsse sich schonen, hatte der Arzt gesagt, am besten mit dem Fischen Schluss machen. Mediziner machten es sich manchmal etwas zu leicht. Aber Nick blieb keine andere Wahl. Sein bisschen Erspartes reichte nicht. »Grüß ihn von mir. Bis nachher.«

»Ich warte hier im Auto.«

Der Himmel hatte sich wieder zugezogen, aber Jenkins war zuversichtlich, dass es vorerst nicht regnen würde. Er hoffte, dass Mary ihn zu einem Tee einladen würde. So könnte er vielleicht auf angenehme Weise die Zeit bis zur Fahrt zum Hotel überbrücken. Außerdem ließ ihn die peinliche Situation bei ihrer letzten Begegnung nicht los. Er hatte sich gefühlt wie ein Schuljunge, der in seine Lehrerin verknallt war.

Schon aus der Entfernung sah es so aus, als liege Marys Cottage verlassen da. Jenkins überkam eine Unruhe, die ihm nicht gefiel. Soweit es der Rücken zuließ, beschleunigte er seinen Schritt.

Er betätigte zweimal den bronzenen Türklopfer, der eine Seeschlange darstellte. Keine Reaktion. Er wartete einen Augenblick und klopfte erneut. Ohne Erfolg. Schließlich wandte er sich ab. Mary war sicher in die Stadt gefahren. Er überlegte, sich auf die Bank neben der Tür zu setzen und zu warten, aber es war ja nicht abzusehen, wann Mary zurückkam. Außerdem war es kalt. Der Wind hatte aufgefrischt, und Jenkins spürte auf dem Gesicht, dass er einen feinen Sprühnebel im Gepäck hatte.

Er beschloss, im Pub zu warten.

»Sie haben den ersten starken Frost angekündigt.« Garry räumte gerade ein paar Softdrinks ins Regal.

»Ja, es wird ungemütlicher.« Jenkins setzte sich auf die Bank unter das goldgerahmte Ölbild des respektablen Mannes mit Schnäuzer. Im schwarzen Anzug und mit Pfeife in der Hand sah er seit vielen Jahren mit ruhigem Blick dem Treiben im Pub zu.

»Die Polizei war wieder hier.« Der Landlord stellte ein paar Flaschen Wein auf die Theke und rückte das kleine Schild mit dem Angebot zurecht. Garry entsprach mit seiner sportlichen Figur und den kurz geschnittenen Haaren überhaupt nicht dem landläufigen Bild eines Kneipenbetreibers. Er war bei seinen Gästen äußerst beliebt und tat viel, um den schwierigen Spagat zwischen zeitgemäßer Kneipe und über die Jahrhunderte langsam gereiftem Pub zu schaffen.

»Ich weiß.« Jenkins mochte vor allem den wachen und offenen Blick des Wirtes. Dass Garry ein Herz für Musiker hatte, machte ihn umso sympathischer.

»Angeblich ist Vics Handy aufgetaucht.« Garry war nicht dafür bekannt, dass er sich um Klatsch und Tratsch kümmerte, die neuerliche Anwesenheit der Kriminalpolizei schien ihn allerdings sehr zu beschäftigen.

»Habe ich auch gehört.« Jenkins zog seine Jacke aus.

Er war der einzige Gast. Garry hatte genug geräumt. Eine ungewohnte, dafür wohltuende Stille umgab Simon. Wenn er ins Pub kam, war es normalerweise vollgepackt mit Musikern und Zuhörern, die kaum Bewegungsfreiheit hatten.

»Was hat das zu bedeuten? Du warst doch Polizist ...«

»Vermutlich werden sie es auswerten und Victorias Kontakte registrieren. Mehr nicht. Es sei denn, sie finden Hinweise, die sie stutzig machen.«

»Ich hoffe, das arme Ding findet endlich Ruhe. Wenn ich richtig gehört habe, ist Mary nicht davon überzeugt, dass ihr Tod ein Unfall war.« Garry sah Jenkins' fragenden Blick und hob die Hände. »Weiß nicht mehr, von wem ich das gehört habe. Ich will auch um Gottes willen keine Gerüchte in die Welt setzen. Normalerweise gebe ich ja nichts auf das Geschwätz der Leute, aber in diesem Fall bin ich neugierig. Zwei Todesfälle in so kurzer Zeit, das gibt es auch nicht alle Tage.«

»Sag mal, wo du gerade Mary erwähnst. Du hörst und siehst doch eine Menge. Hat sich in letzter Zeit mal ein Tourist nach ihr erkundigt? Ein Deutscher?«

Garrys Miene ließ nicht erkennen, ob ihm die Frage ungewöhnlich erschien. Nachdenklich stützte er sich auf dem Tresen ab. »Nicht dass ich wüsste. Aber ich bin ja auch nicht immer hier. Müsste ich Helen fragen oder die Aushilfen. Wie du weißt, haben wir hier recht viele deutsche Touristen.« Auch wenn es ihm sichtlich schwerfiel, fragte er nicht nach dem Grund für Jenkins' Frage.

»Nicht so wichtig. War nur eine Idee.« Auch wenn er wusste, dass Garry schweigen konnte – den Wirt ging der Konflikt zwischen Mary und ihrem Ex nichts an.

»Mary war länger nicht im Pub.« Der Satz klang eher wie eine Frage als eine Feststellung.

»Sie hat wohl viel zu tun.«

»So wird es sein.« Garry nahm ein Tuch in die Hand und wischte über die Zapfanlage mit den langen Hebeln.

Dabei sah er auf die Uhr. »Der Bierlieferant ist heute spät dran. Und ich warte auch noch auf eine Lieferung Gemüse.«

»Sag, hast du Mary heute schon gesehen? Auf der Straße? Ich meine, sie muss ja bei dir vorbei, um zu ihrem Laden zu kommen. Zu Hause ist sie nicht, und das Geschäft ist geschlossen. Ich wollte eine dringende Bestellung aufgeben«, schob er als Erklärung hinterher.

Garry nickte nachdenklich. »Nein. Aber ich stehe ja auch nicht die ganze Zeit über in der Tür oder starre durchs Fenster.«

»Oh, ich wollte dir keineswegs Neugier unterstellen.« Simon wusste, dass Garry großen Wert auf seine Neutralität legte.

»Schon gut. Wollte auch nur sagen, dass ich sie nicht gesehen habe. Sie kommt ab und an auf ein kleines Schwätzchen vorbei, bevor sie den Laden aufschließt. Nette Frau.«

»Ist sie.«

»Darf ich dich auch was fragen?« Der Wirt legte den Lappen beiseite.

»Nur zu.«

»Wir haben hier in letzter Zeit eine Menge merkwürdiger Dinge erlebt.«

»Du meinst den Mord an Thompson und Victorias Unfall?«

»Nein. Das ist alles schrecklich genug. Ich habe das Gefühl, dass die Kriminalität in der Gegend zunimmt. In Newlyn ist mal wieder ein Fischer aufgefallen, der die Behörde betrogen haben soll. Falsche Netze, also zu große oder zu kleine Maschen, den falschen Fisch gefangen, außerdem zu viel Fisch illegal verkauft. Und es sind ’ne Menge komischer Leute unterwegs. In Helston steigt die Zahl der Einbrüche und Diebstähle. Selbst am helllichten Tag plündern sie mittlerweile die Autos aus. In oder vor den Pubs nehmen die Schlägereien zu. In Redruth sind sie nachts zu dritt in das Haus einer Rentnerin rein und haben alles Wertvolle mitgenommen. Als die arme Frau die Typen verjagen wollte, haben sie sie fast totgeschlagen. Wird die Welt immer brutaler? Auch bei uns auf dem Land? So was kenne ich eher aus den wirklich großen Städten. Manchester, Leeds, London.«

»Soweit ich das beurteilen kann, ist das meiste Beschaffungskriminalität.«

»Aha.«

»Kleinkriminelle. Drogenabhängige, die die schnelle Beute für schnelles Geld und den schnellen nächsten Kick brauchen. Das Leben wird härter für sie. Cornwall ist da längst nicht mehr die Insel der Glückseligen. Wenn ich nur an Newlyn denke … die Szene dort.«

»Wohin wird das am Ende noch führen? Was können wir tun?« Garry schüttelte den Kopf.

»Da musst du die Politiker fragen. Wir brauchen mehr Polizei, wenn du mich fragst. Den Menschen kommt immer mehr das Sicherheitsgefühl abhanden.«

»Was hältst du – als Fachmann – von der Arbeit deiner Ex-Kollegen? Werden sie den Mord an Barbara aufklären? Willst du ein Pint? Geht aufs Haus.«

Jenkins schüttelte den Kopf. »Bin mit Luke verabredet. Die Polizei hat es nicht einfach. Soweit ich das mitbekommen habe, gibt es noch keine verwertbaren Spuren oder Hinweise. Alles sehr dubios. Eine ziemlich harte Nuss für DI Marks und sein Team. Soweit ich das beurteilen kann, haben sie Barbara Thompsons Umfeld bereits abgeklärt.«

»Ein Ritualmord in unserer Gegend? Die Theorie halte ich, ganz ehrlich, für völlig abwegig. Hab noch nie was davon gehört, dass hier in der Gegend ein Geheimbund oder so was existiert. Jedenfalls nichts Ernsthaftes. Das sind doch Märchen und Räuberpistolen. Du weißt, was passiert, wenn die Leute ein Pint zu viel intus haben.« Er grinste wie zur Entschuldigung, dass seine Zapfhähne daran beteiligt waren.

Jenkins war der gleichen Meinung, aber er behielt seine Einschätzung lieber für sich. Besser, er hielt sich offiziell aus der Sache raus. Er hatte schon Ärger genug. »Die Polizei muss in alle Richtungen ermitteln.«

»Barbara Thompson hat doch mit Antiquitäten gehandelt. Kann es nicht sein, dass sie dabei ihren Mörder getroffen hat? Der wollte sie erst ausrauben und dann den Diebstahl vertuschen. Andererseits hat sie wohl mehr Trödel verkauft als wirklich Wertvolles, eher Sachen für die Touristen.« Garry schien sich nun doch warm zu reden. »Vielleicht war's auch so was wie Rache. Weil sie einer anderen den Ehemann oder Lover ausgespannt hat. Weiß man's?«

»Am Ende werden wir es wissen.«

»Wenn die Ermittler den Mord wirklich aufklären können.« Der Wirt machte ein Gesicht, als hielte er das eher für unwahrscheinlich.

»Soweit ich weiß, hat Marks eine hervorragende Bilanz.« Jenkins stand auf und verabschiedete sich.

Luke wartete bereits im Wagen, als er das Pub verließ. Sein Freund hatte einige Mühe, den betagten Pick-up, in dem es für alle Zeiten nach Fisch und Seetang roch, die Dorfstraße hinauf an den parkenden Wagen vorbeizumanövrieren. Erst weiter oben wurde die Straße breiter.

Auf dem Weg zum Housel Bay Hotel beschwerte er sich ausgiebig über die seit Monaten fallenden Preise für Hummer und Schellfisch. »In Porthleven machen immer mehr Restaurants auf teuer und chic. Aber für unsere Ware wollen sie immer weniger bezahlen. Jeden Tag die gleiche Diskussion. Das ist doch unfair. Wer liefert ihnen denn die besten Argumente für die Preise auf ihren Speisekarten und ihr Ansehen?«

»So ist das Geschäft nun mal.«

»Das ist doch nicht nur ungerecht, das ist scheiße.« Immer wenn Luke aufgebracht war, achtete er nicht auf das Tempo. Am Stand der Tachonadel konnte Jenkins ablesen, wie sehr sich sein Freund aufregte.

»Du kennst doch das Geschäft, Luke. Mal geht es rauf, mal geht es runter. Es kommen auch wieder bessere Zeiten.«

Trotzdem blieb die Geschwindigkeit zu hoch.

»Und wer bezahlt mir den Sprit für mein Boot? Ich kann froh sein, dass ich ein paar Kumpel habe, die auf ihrer Fahrt meine Fangkörbe gleich mit kontrollieren.« Luke schlug mit der Hand aufs Lenkrad. »Und wenn die Hummer in den Körben stecken, sind die Viecher nicht groß und fett genug. Kann sie nur wieder ins Wasser zurückwerfen und auf den nächsten Fang hoffen. Und immer mehr Körbe bleiben leer. Und das liegt nicht nur an der Jahreszeit, wenn du mich fragst.« Er schlug erneut aufs Steuer. »Ich bin einfach zu ehrlich. Andere machen sich über das Einhalten der Regeln und Bestimmungen keine Gedanken und verkaufen alles aus ihren Körben. Die verkaufen alles, was sie fangen.« Er sah Jenkins an. »Es geht das Gerücht, dass wieder einmal schwarze Schafe auf See unterwegs sind.«

»Habe ich auch gehört.«

»Wir brauchen mehr Kontrolle. Ich meine, untereinander. Das kann doch nicht sein, dass diese Typen mit ihren illegalen Methoden uns Ehrlichen die Preise kaputt machen. Dass die Wirte das mitmachen.«

»Moral hört dort auf, wo's ums Geld geht.«

»Du hättest tatsächlich Priester werden sollen«, knurrte Luke und verließ mit einem gewagten Abbiegemanöver die Hauptstraße. »Außerdem, was willst du eigentlich im Housel Bay? Ich kutschier dich in der Gegend rum und sollte doch endlich erfahren, warum.« Er bog Richtung Hotel ab und kurvte durch die engen Sträßchen.

Jenkins berichtete ihm, was Mary erzählt hatte. Dabei ließ er das meiste von dem aus, was ihre Zeit in Köln betraf. Das ging Luke bei aller Freundschaft nichts an.

»So, der Deutsche will ihr also an die Wäsche?«

»Das trifft ungefähr den Kern.«

»Und du hast kein Foto von ihm?«

Jenkins schüttelte den Kopf. »Es wäre ohnehin viel zu auffällig, es überall herumzuzeigen. Ich versuche es lieber zuerst anders.«

»Und dafür brauchst du meine Kontakte in Helston?« Luke machte ein Gesicht, als stünde er bei schwerer See auf der Brücke eines schlingernden Frachters. »Das wird 'ne echte Herausforderung.«

»Du meinst, keine Chance?«

»Wir werden sehen«, antwortete Luke vielsagend und stellte den Wagen vor dem Hotel ab. Auf dem Weg zur Rezeption blieb er stehen. »Hätte ich die Kohle, würde ich glatt hier einziehen. Ist der Blick nicht großartig? Andererseits«, er sah an sich herunter, »wir sind vielleicht ein wenig underdressed für diesen piekfeinen Schuppen.«

Simon musste lachen. »Seit wann stören dich deine Mütze und dein Pullover? Man wird dich schon nicht zum Dienstboteneingang schicken. Nur Mut.«

Das Housel Bay bot eine beeindruckende Kulisse. Tatsächlich musste der erste Hotelbesitzer schon vor rund einhundert Jahren einen Sinn für geschäftstüchtige Dramatik gehabt haben. Der alte Kasten war längsseits oberhalb der Klippen gebaut worden und bot den Gästen von der Terrasse, von der verglasten Veranda und aus den Zimmerfenstern einen atemberaubenden Blick auf die offene See. Der südlichste Punkt Englands. Nicht weit von hier hatten die Pioniere der Telegrafie ihre ersten Erfolge mit einer Verbindung in die USA gefeiert. Die Gäste des Housel Bay Hotel kamen wegen der Aussicht, waren aber nachts gehörig genervt, wenn die beiden Nebelhörner des nahe gelegenen Leuchtturms den Schiffen den Weg wiesen.

»Hm.« Jenkins hatte keinen Blick für die Schönheit der Umgebung. Er war zu sehr mit seinen Fragen beschäftigt.

Sein Instinkt sagte ihm, dass irgendetwas nicht stimmte. Er konnte nur noch nicht sagen, was.

Der Betreiber des Hotels stand hinter dem Tresen der Bar, die wie die Miniaturausgabe eines Pub aus den frühen 1920er-Jahren wirkte. Dazu ein halbdunkler Raum, tiefe Sessel und passende Bilder und gerahmte Zeitungsseiten an den Wänden. Jenkins war kurz nach seiner Ankunft in Cadgwith einmal zum Abendessen hier gewesen. Ihm war die Einrichtung ein wenig zu kolonial, konservativ und plüschig erschienen. Daran hatte auch die bonbonfarbene Musikbox ihren Anteil gehabt, die in einer Ecke der verglasten Veranda stand. Und wie damals klang auch jetzt gedämpfte Orchestermusik der Dreißigerjahren aus den versteckt angebrachten Lautsprecherboxen. Der frühere Besitzer des Housel Bay musste zudem ein besonderes Verhältnis zur Polizei gehabt haben. An einer Wand hing ein alter Schlagstock.

»Ich fürchte, ich kann Ihnen wenig helfen.« Der gegenwärtige Hotelier schüttelte nachdenklich den Kopf. Seine olivfarbene Haut ließ den Schluss zu, dass er indische oder pakistanische Wurzeln hatte. »Wir haben natürlich viele Gäste, darunter sind selbstverständlich auch Deutsche. Aber um ehrlich zu sein, ich kann mich wirklich nicht erinnern, dass der Mann Gast bei uns war.«

Das war auch kein Wunder. Jenkins hatte ihm nur eine vage Beschreibung des Kölners geben können. »Würden Sie denn so freundlich sein und in Ihren Büchern nachschauen, ob in den vergangenen Wochen einer Ihrer Gäste eine Adresse in Köln angegeben hat?« Er hatte da wenig Hoffnung.

»Das entspricht nicht unseren Gepflogenheiten.« Ein Räuspern. Der Hotelbesitzer sah Jenkins argwöhnisch an. »Da Sie nicht von der Polizei sind, möchte ich weiter keine Auskunft geben. Ich kann aber gerne meine Hausdame fragen, ob ihr etwas aufgefallen ist. Einen Augenblick bitte.«

Luke sah ihm hinterher. »Das bringt doch nichts.« Er ließ den Blick über die Batterie Flaschen schweifen, die die Regale hinter der Bar füllte. »Selten so 'ne geschmackvolle Ansammlung Flaschen gesehen. Whisky, Gin. Wir sollten einen Drink nehmen und wieder verschwinden.« Er schnalzte mit der Zunge und deutete auf die Sitzgruppe. »Wollte mich immer schon mal als Krösus fühlen.«

Luke, der Genießer und Gemütsmensch. Jenkins musste trotz seiner Anspannung lächeln. Er wollte auf der Suche nach Michael zwar nicht unnötig Zeit vertrödeln, konnte Lukes Wunsch aber auch nicht ausschlagen. Schließlich hatte der ihn hierhergefahren. »Wenn es deiner Ansicht über die ›feinen Pinkel‹ nicht wider…«

Der Hotelier kam zurück und hob bedauernd die Schultern. »Wie ich schon dachte, auch meine Angestellte kann Ihnen nicht helfen.«

»War nur ein Versuch. Trotzdem danke.« Jenkins legte die Hand auf die Theke. »Wir nehmen zwei Bier. Doom.« Und zu Luke gewandt meinte er: »Lass uns auf der Veranda sitzen. Der Ausblick ist in der Tat grandios.«

Vor der verglasten Veranda bot ihnen die Natur ein beeindruckendes Schauspiel. Der Wind hatte zugenommen, und die Wellen rollten mit Macht gegen die schroffen Felsen, über denen das alte Hotel thronte. Jenkins musste an die vielen Geschichten denken, die sich die Leute erzählten. Er konnte sich beim Anblick der stürmischer werdenden See gut vorstellen, dass die scharfzackigen Klippen einen ausgedehnten Schiffsfriedhof markierten. Besonders Schiffe auf dem Weg in die Irische See hatten nicht selten die Kurve zu eng genommen und waren zu nah an die Küste geraten. In den Pubs der Umgebung hingen jede Menge alter Fotos mit dramatischen Szenen havarierter Segelschiffe.

Luke schien seine Gedanken erraten zu haben. »*Adolf Vinnen*, ein Deutscher. Der Fünfmaster ist im Februar '23 untergegangen, wenn ich mich nicht irre.« Er deutete auf das Bild an der Wand in ihrem Rücken.

»Deutsches Schiff ...« Auf Jenkins' Stirn erschien eine steile Falte. »Wo mag dieser Deutsche wohl stecken?«

»Ich verstehe immer noch nicht, warum ausgerechnet die Leute hier ihn kennen sollen.«

»Mein Bauchgefühl.« Jenkins sah hinaus. Das bizarre Spiel aus Blau, Grau, Gischt und dem wechselnden Licht faszinierte ihn einmal mehr.

»Dein Bauchgefühl?« Luke kratzte sich am Kinn.

»Er muss Spuren hinterlassen haben. Was weiß ich? Ein besonderer Anorak, eine ungewöhnliche Frisur, sein schlechtes Englisch. Irgendwas.« Es waren oft Kleinigkeiten, an die sich die Menschen erinnerten und die am Ende entscheidend waren. Die winzigen Details, ein Blick, eine sich wie ein Tick wiederholende Geste, die das Puzzle komplett machten. Simon musste nur lange genug suchen und seinen Sinnen trauen.

»Mein Bauchgefühl sagt mir, dass ich noch ein Pint …«

»Darf ich Sie kurz stören?« Der Hotelier war an ihren Tisch getreten, und sein Gesicht verriet, dass er mit einer Sensation aufzuwarten gedachte. »Als ich Sie hier sitzen sah, ist mir doch noch etwas eingefallen.« Er senkte die Stimme, obwohl sie schon die ganze Zeit über allein auf der Veranda waren. »Die Antiquitätenhändlerin war kurz vor ihrem Tod zum Essen bei uns. Mit einem Mann. Einem blonden. Er könnte auf Ihre Beschreibung passen. Die beiden haben genau hier gesessen, wo Sie gerade sitzen.« Er nickte eilfertig und erwartete Beifall.

Luke sah Simon an und hob anerkennend sein fast leeres Glas.

Jenkins wiederholte die Beschreibung des Deutschen, von dem er nur den Vornamen kannte.

Der Hotelier nickte. »Ja. Das könnte er in der Tat sein. Sie haben lange hier gesessen.« Er räusperte sich. Es sollte verlegen wirken. »Ich will ganz bestimmt nicht den Eindruck erwecken, ich würde meine Gäste ausspionieren, aber ich erinnere mich, dass es zwischen den beiden zu knistern schien. Wenn Sie verstehen, was ich meine.«

»Haben Sie das der Polizei erzählt?« Jenkins' innere Unruhe wuchs. »Woher kennen Sie Barbara Thompson?«

»Viele kennen sie. Miss Thompson war eine beliebte Frau und Händlerin. Ich habe ein paarmal bei ihr gekauft. Und für eine Einheimische war sie relativ oft hier, mit Freunden oder Geschäftspartnern. Aber um Ihre Frage zu beantworten: Die Polizei war nicht bei mir.« Er warf sich ein wenig in die Brust.

»Warum sind Sie nicht zur Polizei gegangen?«

»Ich hatte keine Veranlassung dazu. Ich hatte den Abend längst vergessen, bis Sie aufgekre…, bis Sie kamen.« Er sah Luke herausfordernd an.

»Wir wollen Sie nicht kritisieren.« Jenkins stand auf. »Im Gegenteil. Sie haben uns sehr geholfen.«

Zurück im Auto, begann Luke zu schimpfen. »Hast du gesehen, wie mich der Kerl angesehen hat? Als wäre es unter seiner Würde, sich mit mir zu unterhalten. Der hält mich glatt für einen Trottel. Wer hält denn seinen Laden am Laufen? Wenn wir Fischer nicht wären, könnte er sein Lokal zumachen. Du siehst das doch überall: Wenn die Produkte nicht stimmen, machen die Wirte irgendwann dicht. Die Gäste lassen sich nicht auf Dauer verarschen.«

»Das sagtest du bereits, das mit der Ehre der Fischer. Also doch lieber nicht in der Bar sitzen und sich als Krösus fühlen?« Jenkins musste achtgeben, dass Luke sich nicht aufgezogen fühlte.

»Ich sitze lieber im Cove Inn und höre eurer Musik zu. Das ist wenigstens echt. Sollen die feinen Pinkel doch unter sich bleiben.« Luke bog auf die Straße Richtung Cadgwith ein und sah hinauf zum Himmel. »Guck dir das an, da hat sich ganz schön was zusammengebraut.«

Die Wolken lieferten sich tief über der Küstenlinie eine wilde Verfolgungsjagd. Der Wind wurde stärker. Als würden plötzlich Eimer über sie ausgeschüttet, klatschte der Regen gegen die Windschutzscheibe. Die Scheibenwischer hatten schwer zu kämpfen. Es wurde zusehends dunkler.

Was hatte der Deutsche mit der toten Antiquitätenhändlerin zu tun? Gab es da einen Zusammenhang, oder war die Begegnung der beiden nur Zufall gewesen? Oder hatten sie ein Geschäft abgeschlossen? Simon fragte sich, ob Marks davon wusste. Aber vermutlich war es so, wie die Bemerkung des Hoteliers vermuten ließ: Niemand hatte die Begebenheit im Hotel mit dem Mord in Verbindung gebracht. Ein deutscher Tourist war im Zusammenhang mit einem Ritualmord eher unverdächtig.

Jenkins dachte an Mary. Wenn es eine wie auch immer geartete Verbindung zwischen Thompson und diesem Michael gab, was bedeutete das dann für sie? Er begann sich Sorgen zu machen.

In Cadgwith wollte er sich am Pub absetzen lassen, aber Luke bestand darauf, mit ihm zu Marys Cottage zu gehen. Der Wind hatte sich mittlerweile zu einem regelrechten Sturm ausgeweitet. Der Regen hatte zwar aufgehört, dafür fegte sie der Wind fast von den Füßen, als sie den schmalen Pfad erreichten.

Das Haus lag im Dunkeln. Jenkins ließ den Türklopfer ein paarmal gegen die Tür fallen, aber nichts geschah. Rütteln an der Klinke war zwecklos. Die Tür blieb verschlossen. Jenkins sah Luke an, der aber nur fragend die Schultern hob.

»Ich geh nach hinten. Vielleicht hat sie nur nichts gehört bei dem Sturm.« Jenkins musste gegen den Wind anschreien. Ohne eine Antwort abzuwarten, ging er zur Rückseite des kleinen Hauses. Er wusste, dass Mary dort in einem Anbau ihre Werkzeuge und ein paar Möbel aufbewahrte. Die Außentür war nicht verschlossen, wie er vermutet hatte. Von dem Anbau führte eine zweite Tür ins Haus. Er drehte den Knauf, und die Tür schwang auf. Er nickte zufrieden. Mary hatte ihm erzählt, dass sie ihr Haus selten abschloss, wie die wenigsten hier im Ort.

Im Inneren war vom Tosen des Sturms nur ein fernes Sausen zu hören.

Jenkins suchte nach dem Lichtschalter. Bevor er ihn betätigte, rief er Marys Namen. Aber es kam keine Antwort.

Instinktiv, als bewege er sich an einem Tatort, arbeitete er sich im Erdgeschoss langsam von Raum zu Raum.

In der Küche verströmte der alte Herd eine angenehme Wärme. Der Duft von Gebackenem hing noch in der Luft. Das erinnerte ihn daran, dass Mary nicht nur ihre Gäste mit Gebäck verwöhnte, sondern auch Tante und Onkel mit Scones und Kuchen versorgte.

In den Räumen schien die Zeit wie eingefroren, als hätten die Bewohner gerade erst das Haus verlassen. Auf dem Tisch im Wohnzimmer standen zwei Teegedecke. Eine Zeitung lag gefaltet in einem Sessel. Die Zeiger der Wanduhr waren stehen geblieben. Erneut fiel ihm auf, wie sicher Marys Geschmack auf dem schmalen Grat zwischen englischer Tradition, den Erwartungen der Gäste an britische Lebensart und dem kontinentalen Verständnis von Gemütlichkeit balancierte. Die obere Etage vermittelte den gleichen Eindruck.

»Sieh an, der alte Morgan mit Sharkey. Mann, waren die jung damals.« Luke war ihm gefolgt und hatte im Wohnzimmer ein Foto entdeckt, auf dem Marys Vater mit einem Freund zu sehen war. »Wusstest du, dass er mal The Old Cellars geführt hat? Erst Keller für Sardinenfässer, heute ein ›Restaurant‹.« Seine Betonung machte deutlich, dass er das Lokal gerne den Touristen überließ und lieber ins Pub nebenan ging.

Jenkins kam gerade die Treppe herunter. Er hatte kein Ohr für Lukes alte Geschichten. Seine Sorge war bei jedem Schritt durchs Haus gewachsen. »Hier stimmt etwas nicht. Jedes Zimmer scheint mir zu sagen: Such sie! Wir sollten ihre Tante fragen.«

»Du willst freiwillig zu der alten Schreckschraube?« Luke teilte Jenkins' Unruhe nicht. »Mary wird in der Nachbarschaft sein und bei einem Tee oder einem Wein darauf warten, dass der Sturm nachlässt. So würde ich das machen.« Er rückte das Foto mit den beiden Seeleuten ein kleines Stück zurecht. »Nun ist der alte Sharkey auch schon mehr als zwei Jahre tot. Kinder, wie die Zeit vergeht.«

Jenkins ging zur Haustür und konnte auch dort keine Spuren eines Einbruchs entdecken. Mary hatte entweder das Haus verlassen, um Nachbarn oder Freunde zu besuchen oder um Besorgungen zu machen, oder ... Er wollte nicht weiterdenken. »Ich habe ihren Wagen nicht gesehen.«

»Siehst du, sie ist sicher nach Helston gefahren.« Luke war ihm in den Flur gefolgt.

Möglich war das. Aber etwas in diesem Haus sagte ihm, dass Mary in Gefahr war. Und er wusste mit einem Mal, was es war: Die Stille glich jener, die sich nach dem Tod der Bewohner schnell in einem Haus breitmachte.

»Hier stimmt etwas nicht. Nicht, dass ihr etwas passiert ist.«

»Du siehst Gespenster, Simon. Mary macht keinen Unsinn. Es wird nichts passiert sein. Außerdem, wer sollte ihr etwas tun? Sie sitzt sicher lachend mit Freunden zusammen und hat die Zeit vergessen. Lass das Mädchen doch mal über die Stränge schlagen. Das Sommergeschäft war hart genug. Du wirst sehen, wir sitzen gleich im Pub beim Bier, und die Tür geht auf, und Mary steht auf der Schwelle.«

Jenkins wischte den Gedanken beiseite. Er musste an Terry Bennett denken. Er hatte Mary offen gedroht. Was, wenn er bei ihr gewesen und sie aus dem Haus geflohen war? Aber er verwarf den Gedanken gleich wieder. In dem Fall wäre Mary sicher zu ihm gekommen oder hätte sich zu einem ihrer Freunde im Dorf oder sogar zu ihrer Tante geflüchtet.

So oder so, Luke hatte sicher recht. Mary saß irgendwo und wartete darauf, dass sie nach Hause zurückkehren konnte. Er beschloss dennoch, Terry Bennett aufzusuchen und ihn noch einmal eindringlich zu warnen, die Finger von Mary und ihrem Cottage zu lassen.

Zuvor würde er Margaret Bishop aufsuchen. Vielleicht gab es tatsächlich eine harmlose Erklärung für das leere Haus, und er machte sich hier gerade zum Narren.

»Lass uns gehen.«

Jenkins nickte. Nachdem sie die hintere Tür sorgfältig verschlossen hatten, verließen sie Marys Cottage durch den Vorderausgang. Mit einem letzten Seitenblick bemerkte Jenkins, dass Mary wenigstens Stiefel und Regenjacke angezogen hatte.

»Der Künstler. Welche Ehre. Kann ich etwas für Sie tun? Das würde mich freuen. Tee? Nehmen Sie doch Platz.

Mein Mann ist zu einer seiner wichtigen Sitzungen. Na ja. Aber Sie sind sicher nicht seinetwegen gekommen.« Margaret Bishop ließ Jenkins gar nicht erst zu Wort kommen, und während sie sprach, setzte sie auch schon den Kessel auf. »Das Wasser müsste eigentlich noch heiß sein.«

Jenkins überhörte den Spott in ihrer Stimme und setzte sich. Er würde den Besuch kurz halten. Luke war gar nicht erst mitgekommen, sondern an der Abzweigung zu Bishops Haus auf ein »letztes Pint« in Richtung Pub abgebogen. Er hatte schon gewusst, warum.

»Ich deute Ihre Anwesenheit so, dass Sie sich nun doch entschlossen haben, den Kontakt zu uns zu suchen. Gut, gut. Sogar sehr gut.« Trotz der geblümten Küchenschürze war Margaret Bishop jetzt ganz die Erste Vorsitzende des Cadgwither Verschönerungsvereins Primrose von 1954.

»Können Sie mir bitte sagen, wo Mary ist?«

»Wir haben uns überlegt, dass Sie nächstes Jahr zu unserer Gartensafari in der alten Holzkirche ausstellen können. Der Raum ist nicht sonderlich groß, vielleicht ein wenig muffig, um ehrlich zu sein. Aber leicht zu lüften. Und: Der Weg von Ihrem ›Atelier‹ ist ja nicht weit.« Ihre Schürze konnte kaum den Ruck kaschieren, der mit der Verkündigung ihrer Entscheidung einherging. »Das haben wir angesichts Ihrer, ja, körperlichen Einschränkung so entschieden. Außerdem ist der Kirchenbau ein ungewöhnlicher und damit umso interessanterer Ort für Ihre Bilder …« Sie unterbrach unvermittelt ihren Redefluss. »Mary? Was ist mit ihr?« Sie klang ungehalten, und in ihrer Stimme lag zugleich ein anklagendes »Hab ich es doch gewusst«.

»Ich kann Mary nirgends finden. Haben Sie eine Idee, wo sie sein könnte?« Er schob den Impuls beiseite, auf Bishops unverschämtes Verhalten mit deutlichen Worten zu reagieren.

»Wenn Ihnen das so wichtig ist.« Sie goss heißes Wasser in zwei Tassen, in denen bereits Teebeutel steckten. »Dann lassen Sie mich einmal nachdenken.« Sie setzte sich mit deutlich bemühter Anteilnahme.

Jenkins zählte innerlich bis drei. Er wurde das Gefühl nicht los, dass sie es genoss, ihn in ihren Fängen zu haben und nicht so schnell wieder freigeben zu müssen. Sie setzte offensichtlich darauf, seine Zusage für die Ausstellung mit der »Belohnung« zu versüßen, dass sie ihm Marys Aufenthaltsort verriet.

Aber er ließ sich nicht auf dieses leicht durchschaubare Spiel ein. Er wartete einfach ab. Als ihr das endlich klar war, schob Margaret Bishop pikiert das Teegeschirr beiseite und teilte Jenkins mit säuerlicher Miene mit, sie wisse nicht, wo sich ihre Nichte aufhalten könnte. Mary habe zwar die versprochenen Scones vorbeigebracht und auch einige Abrechnungen aus dem Dorfladen, aber das sei bereits am Vortag gewesen. Seither habe sie sie nicht mehr gesehen.

»Mary ist erwachsen und kann tun, was sie will.«

»Sicher. Natürlich.« Das Ganze wurde nur noch undurchsichtiger. »Hat sie nicht eine Freundin in Leeds? Ich meine, sie hat einmal davon gesprochen. Kann sie dorthin gefahren sein?«

Margaret Bishop zuckte mit den Schultern.

Er musste weitersuchen. Er sah auf die Uhr. Zu spät,

um Bennett aufzusuchen. Das würde er gleich am nächsten Morgen erledigen.

»Wo Sie gerade hier sind.« Bishop ließ keinen Zweifel, dass sie bestimmte, wer wann ihr Haus verließ. »Ich habe verstanden, dass Sie kein Interesse an unserer Gemeinschaft haben. Ist mir mittlerweile auch völlig egal. Wir finden sicherlich einen mehr als adäquaten Ersatz. Wer mir allerdings nicht egal ist, ist meine Nichte. Ich habe den Eindruck, dass Sie sich ein wenig zu intensiv um sie kümmern.«

»Wie meinen Sie das?« Unfassbar, diese Frau. Was bildete sie sich ein?

»Nun, mein Mann und ich sind die einzigen Verwandten, die Mary noch hat. Und ich habe ihrer Mutter auf dem Totenbett versprochen, mich um sie zu kümmern. Und das tue ich mit allen Mitteln.«

»Ich verstehe immer noch nicht.« Er war nun tatsächlich kurz davor, aus der Haut zu fahren.

»Mary ist ein liebevolles Mädchen, das Glück und Liebe verdient hat – wenn Sie verstehen, was ich meine.«

Jenkins glaubte seinen Ohren nicht zu trauen. Margaret Bishop gab ihm zu verstehen, dass er sich von Mary fernhalten sollte.

»Ich habe Sie sehr gut verstanden. Und ich versichere Ihnen, ich kann sehr wohl einschätzen, was Sie von mir halten …« Nur noch ein einziges Wort! Er kochte innerlich.

»Sie sollten sich nicht so aufregen. Bleiben Sie doch realistisch. Sie sind hierhergekommen, um wegen irgendetwas in Ihrer Vergangenheit Frieden zu finden. Jedenfalls ist es das, was ich im Dorf höre. Was das ist, interessiert mich nicht. Allerdings finde ich es höchst befremdlich, dass Sie zu Leuten wie uns keinen Kontakt suchen. Fischer – ich bitte Sie. Außerdem ist ein Künstler«, sie musterte ihn von oben bis unten, »wahrlich nicht das, was ich meiner Nichte zumuten möchte. Zumal …«

Sie beendete den Satz nicht, aber Simon wusste genau, worauf sie anspielte. Margaret Bishop hielt sich wohl für die Herrscherin über Moral, Zucht, Sauberkeit und Ordnung in Cadgwith. Nur mühsam hielt er die Wut über die Arroganz dieser Frau im Zaum. Er würde ein anderes Mal schon noch Gelegenheit für ein paar klare Worte finden. Jetzt ging es allein um Mary.

»Ich habe nun andere Dinge zu bedenken.« Jenkins klang so steif, wie sich sein Rücken anfühlte. Er stand auf und nahm seinen Stock. »Danke für den Tee. Guten Tag.«

Margaret Bishop sah ihm hinterher. Sie ärgerte sich, dass Jenkins sich von ihren Worten nicht hatte beeindrucken lassen. Ein harter Brocken. Sie würde stärkere Geschütze auffahren müssen. Ihr gingen die Worte ihres Mannes durch den Kopf. David hatte ihr schon mehrfach bedeutet, sie solle Mary in Ruhe lassen und nicht ständig über Simon Jenkins herziehen. Der ehemalige Polizeibeamte habe alles Recht, in Cadgwith zu leben. Ob ihr das nun in ihrer verletzten Eitelkeit passe oder nicht.

Sie schnaubte verächtlich. Pah! Was wusste David schon? Sie hatte lediglich das Glück und die Zukunft ihrer kleinen Mary im Sinn. Und ihrem vertrottelten Ehemann hatte sie schon mehrfach gesagt, dass ein gehbehinderter Mann keine Perspektive für eine junge Unternehmerin war. Und schon gar nicht für das Renommee ihrer Familie.

XXIX.

Es war eiskalt, sie spürte Arme und Beine kaum noch. Es war wieder Flut. Bisher war sie vor den Wellen sicher gewesen, wenn aber der Sturm zunahm und das Wasser weiter stieg, würde sie unweigerlich ertrinken.

Hätte er ihr nur nicht das Smartphone abgenommen. Obwohl, genutzt hätte es ihr nichts. Sie wusste, dass in der Gegend Mobiltelefone kaum Empfang hatten. Aber das Display hätte ihr wenigstens für kurze Zeit ein wenig Licht gespendet.

Trotz ihrer Jacke würde sie es in der Kälte nicht lange aushalten. Sie war hungrig. Um ihren Durst wenigstens ein bisschen stillen zu können, hatte sie sich mühsam auf die Seite gerollt und den feuchten Felsen abgeleckt. Zum Glück tropfte stetig Kondenswasser von der Decke.

Er hatte ihr den Mund nicht zugebunden. Wozu auch? Hier würde sie niemand hören. Dazu war die See zu laut. Außerdem war der Wanderweg hoch über ihr viel zu weit weg. Zu dieser Jahreszeit verirrte sich ohnehin kaum noch jemand in die Gegend.

Sie hatte längst aufgegeben, an ihren Fesseln zu zerren. Sie schnitten tief ins Fleisch. Die wund geriebenen Gelenke schmerzten. Das Einzige, woran sie sich erinnerte, war das Hinübergleiten in die Ohnmacht. Sie hatte etwas getrunken, von dem sie das Bewusstsein verloren hatte. Schemenhaft erinnerte sie sich daran, dass er sie dabei ruhig und lauernd angesehen hatte wie eine Muräne, die in ihrem nassen Loch geduldig auf Beute wartete.

Wenn sie nur wüsste, was er vorhatte. Sie in diesem Loch krepieren lassen? Die See würde ihm über kurz oder lang die Arbeit abnehmen. Oder lag sie hier, weil es der sicherste Ort war, um seine Beute zu verstecken? In diesem Fall würde er wiederkommen.

Und dann?

Sie legte den Kopf zurück. Beute. Was hatte er mit ihr vor?

Zuerst war sie voller Panik gewesen, als sie aufgewacht war und realisiert hatte, wohin er sie geschleppt hatte. Dann war sie vor Erschöpfung weggedämmert, bis die Kälte sie erneut geweckt hatte.

Das Gefühl, alles nur geträumt zu haben, wich augenblicklich der erstickenden Erkenntnis, dass sie nicht in ihrem Bett lag.

Wie lange war sie schon an diesem feuchten, dunklen Ort? Ein paar Stunden? Tage? Das Tageslicht reichte kaum bis zu den ersten Metern der Höhle. Es war ohnehin so grau und trüb, dass es kaum einen Unterschied machte.

Kühl wie eine Wissenschaftlerin hatte sie erst ihre Lage analysiert, die Relativität ihrer Situation zu berechnen versucht, damit begonnen, Auswege und Konsequenzen durchzuspielen. Aber schon die einfache Frage, wie lange sie bereits an diesem Ort war, konnte sie nicht beantworten. Geschweige denn abschätzen, wann und wo der

Höhepunkt der Flut war – und was das für sie bedeutete. Unvermittelt begann sie zu zittern.

Es war nicht die Kälte. Es war die Angst, die mit brutaler Macht in ihr aufwallte und schier unerträglich wurde.

Sie war seine Beute.

Sie zog die Beine nahe an die Brust, um der Kälte so wenig Angriffsfläche wie möglich zu bieten. Sie wollte die Hoffnung nicht aufgeben, dass sie schon nach ihr suchten.

Ihre Psyche spielte Ebbe und Flut.

Ihr Schrei gellte durch den Raum, wurde als vielfaches Echo von den Felsen zurückgeworfen – und verwehte.

Draußen schrie eine Möwe.

XXX.

»Warum bist du nicht mehr ins Pub gekommen? Ich habe auf dich gewartet.«

»Ich musste mich ausruhen. Tee? Oder zur Abwechslung lieber mal einen Kaffee?« Jenkins hielt die Kanne hoch.

Luke setzte sich umstandslos. »Du machst dir viel zu viele Gedanken.«

»Meinst du?« Er löffelte Teeblätter in den Becher und goss heißes Wasser dazu. »Ich war heute Morgen schon an ihrem Haus. Sie ist immer noch nicht da.«

»Sie hat sicher bei einer Freundin übernachtet.«

»Bei einer Freundin?«

»Was meinst du denn?« Luke grinste.

»Mir ist es ernst, Luke. Mary ist verschwunden. Das ist kein gutes Zeichen.« Er ließ den Tee einen Moment ziehen.

»Was hat die Alte dir erzählt?«

»Nichts.«

»War klar. Sie mag dich nicht.«

»Die Frau ist mir egal.«

»Schlechtes Bauchgefühl?«

»Ganz schlechtes.«

»Okay. Ich habe im Pub rumgefragt. Dachte mir, es ist vielleicht besser, wenn ich das mache. Niemand hat Mary gestern gesehen. Aber das muss nichts heißen, Mann. Sie hat in der Nebensaison ihren Laden ja auch nicht mehr jeden Tag auf.«

»Hm.«

»Was denkst du?«

»Genau das.« Jenkins goss den Tee in zwei Becher und schob einen Luke zu. Er wusste, worauf sein Freund anspielte. »Wen können wir noch fragen?«

»Wolltest du nicht zu Bennett?«

»Gleich.« Er nickte. »Weißt du von einer Freundin Marys in Leeds?«

»Leeds?« Luke verzog den Mund. »Keine Ahnung. So gut kenne ich Mary nicht.«

»Wen hätte sie sonst noch treffen können? Wohin ist sie gefahren? Ich glaube nicht, dass sie irgendwo in der Nähe übernachtet hat. Mit ihrem Auto hätte sie jederzeit zurückkommen können. Egal, wie stürmisch es war.«

»Apropos. Ich habe gehört, dass es die Kaimauer in Mullion getroffen hat. Sie war eh ein bisschen marode.

Aber jetzt hat die See ein gehöriges Stück von ihr abgeknabbert.«

Jenkins hörte nicht hin. Unmöglich, dass ein Mensch einfach so verschwand. Natürlich konnte sie in Leeds oder sonst wo bei einer Freundin sein. Oder einem Freund. Auch das. Aber sie hätte ihm sicher gesagt, wenn sie für ein paar Tage verreist wäre. Und auch ihrer Tante. Und am Dorfladen hing auch kein Hinweis, dass er für länger geschlossen war. Nein, ihr Verschwinden musste einen anderen Grund haben. Ihm gefielen die Umstände nicht.

»Sollen wir Marks informieren?« Luke trank mit großen Schlucken seinen Becher leer. Er sah nach Aufbruch aus.

»DI Marks? Und was soll ich ihm sagen? Dass ich eine Frau vermisse, ein Verbrechen nicht ausschließe? Nein, Luke, er wird mich auslachen und mir klarmachen, dass ich ihn nicht mit dummen Ideen von der Arbeit abhalten soll. Wenn er gut drauf ist, wird er mir höflich zu verstehen geben, dass ich das Prozedere bei Vermisstensachen doch noch kenne und dass die meisten Vermissten nach wenigen Tagen wieder auftauchen. Außerdem bin ich kein Angehöriger. Nein, Luke, Marks ist die falsche Adresse.« *Jedenfalls noch*, fügte er stumm hinzu.

Luke setzte sich wieder. »Dann weiß ich auch nicht weiter.«

»Ich werde Bennett einen Besuch abstatten.« Obwohl er den Gedanken, dass Bennett etwas mit Marys Verschwinden zu tun haben könnte, im Grunde absurd fand. Ihm auf den Zahn zu fühlen, konnte aber nicht schaden. Wenigstens als Warnung.

Simon fuhr sich durchs Haar. Vermutlich war er einfach nur überspannt und machte sich unnötig Gedanken. Mary stand längst wieder im Laden, und es gab eine einfache Erklärung dafür, warum sie bisher nicht erreichbar gewesen war.

Zu schön, die Vorstellung.

Nein. Er musste herausfinden, ob es diese Freundin in Leeds tatsächlich gab. Oder hatte Mary sie ihm nur präsentiert, um abtauchen zu können, ohne sich erklären zu müssen? Er schüttelte den Kopf. Ein abwegiger Gedanke.

»Wer könnte wissen, ob es diese Frau in Leeds gibt?«

Luke zuckte mit den Schultern. »Ehrlich? Ich habe keine Ahnung. Erst seit den Morden und erst seit du und Mary mehr Kontakt habt, habe ich sie wieder auf dem Radar. Ich bin ab und an in ihrem Laden, und wir haben uns im Pub über Musik und Gott und die Welt unterhalten. Aber was sie so privat umtreibt, wen sie kennt und mit wem sie zusammen ist – keine Ahnung. Sie war ja auch lange weg. Und sie ist eine Studierte. Dr. Mary Morgan. Über Fische und Krebse wollte ich mich mit ihr nicht immer unterhalten. Ich habe ihren Vater gekannt und Sharkey, aber das ist auch schon alles. Na ja, und ich kenne natürlich ihre Tante und deren lächerliches Anhängsel von Ehemann. Aber die halten sich ja auch für was Besseres.«

»Mist.«

»Mensch, da fällt mir ein …« Luke schlug mit der Hand auf den Tisch. Es klatschte, als habe er eine frisch gefangene Scholle auf das Holz geworfen. »Wir könnten Dennis fragen. Dennis Green. Der gehörte zu ihrer Clique, als sie noch als Teens und Twens die Gegend unsicher gemacht haben.«

»Dennis Green?« Jenkins hatte den Namen noch nie gehört.

»Er war lange weg, auf irgend so einem Pott. Nun ist er wieder an Land, soviel ich gehört habe. Vielleicht weiß er was. Er wohnt draußen in Coverack, hat ein Häuschen dort. Netter Kerl. Ja, der könnte was wissen.«

»Hast du seine Telefonnummer?«

»Nee. Sollte aber kein Problem sein.« Luke zog sein Smartphone hervor und tippte eine Nummer ein. »Wenn ich richtigliege, müsste Pete sie haben. Hoffe ich jedenfalls.« Schon hielt er sich das Telefon ans Ohr. Erwartungsvoll hörte er auf das Freizeichen und nickte Jenkins zuversichtlich zu. Aber sein Kumpel meldete sich nicht.

»Probier's später noch mal. Ich gehe jetzt rüber zu den Bennetts.«

Luke steckte das Mobiltelefon weg und grinste. »Großartig. Ich kann es kaum erwarten, die Hackfresse von dem Angeber zu sehen. Seine Frau soll ja ein ziemlicher Feger sein.«

»Ich gehe allein.« Jenkins stand auf und räumte die Tassen auf die Anrichte. Er wollte Luke nicht unnötig in eine Auseinandersetzung mit Bennett verwickeln. Es reichte, wenn er sich den Zorn des Angebers zuzog.

»Ich hätte aber Spaß daran.« Luke machte ein beleidigtes Gesicht. »Aber na gut, ich habe ohnehin noch zu tun. Ich fahr rüber nach Porthleven, einen Kumpel besuchen.«

»Pete, der das Telefon geknackt hat?«

»Brauchst gar nicht so misstrauisch zu gucken. Nee, es ist ein anderer. George. Er arbeitet als Koch im Harbour Inn. Ich habe ihm ein paar von meinen DVDs versprochen. Ich bin mit der Lieferung längst überfällig.« Luke stand auf. »Ich versuche außerdem weiter Dennis zu erreichen.«

Nachdem Luke gegangen war, blieb Jenkins noch eine Weile in der Küche sitzen und überlegte. Womit sollte er Terry Bennett konfrontieren? In Wahrheit hatte er keinen triftigen Grund, ihn aufzusuchen. Die Frage nach Mary würde ihn vermutlich nur dazu anstacheln, sich erneut über seine Rolle als Wohltäter von Dorf und Region auszulassen.

Schließlich stand er auf und machte sich fertig. Egal, er würde Bennett auf den Zahn fühlen. Bevor er das Haus verließ, nahm er seine Medizin.

Liz Bennett machte den Eindruck, als ärgere sie sich, auf Jenkins' Klingeln reagiert zu haben.

»Haben Sie einen Augenblick Zeit? Ich habe nur ein paar Fragen an Sie.« Er fühlte sich ein wenig unwohl. Früher hatte er in solchen Augenblicken den Dienstausweis gezückt, aber hier und heute war er nur noch ein Ex-Bulle, der sein Geld mit Linoldrucken und anderen Bildern zu verdienen versuchte. Und der auf das Wohlwollen seines Gegenübers angewiesen war.

»Um ehrlich zu sein …« Einer plötzlichen Eingebung folgend, öffnete sie die Tür mit einem Schwung ganz. »Warum nicht. Ich bekomme selten Besuch.« Sie taxierte ihn interessiert. Plötzlich schien Liz Bennett den unerwarteten Besuch zu genießen, statt misstrauisch zu werden. Sie wirkte auf Jenkins völlig arglos.

»Es dauert wirklich nur einen Augenblick. Und in Wahrheit möchte ich Ihren Mann sprechen.«

»Terry?« Sie zog die Stirn in Falten, als müsse sie sich daran erinnern, ob sie einen Mann dieses Namens kannte. Gleichzeitig verzog sie enttäuscht die Mundwinkel, weil der Besuch nicht ihr galt.

Liz Bennett führte ihn in ein großzügiges Wohnzimmer, dessen Stirnwand von einem großen offenen Kamin beherrscht wurde. An den Wänden hingen neben einigen impressionistischen Landschaftsszenen mehrere Porträts sehr ernst und gewichtig dreinblickender Männer. Die Herren hatten irgendwann im Laufe des 19. Jahrhunderts ihren Malern Modell gesessen. Jenkins tippte auf den Höhepunkt der Industrialisierung. Er ging jede Wette ein, dass ihr einziger Zweck in diesem Raum darin bestand, den heutigen Besitzern eine Aura von Wohlstand und Tradition zu verleihen.

Das Panoramafenster bot einen atemberaubenden Blick über die Bucht. Wie ein perfekt komponiertes Gemälde lagen die Klippen und die See, deren Farbe gegenwärtig mit dem Dunkel der Wolken verschmolzen war, vor ihm. Fehlte nur noch der goldene Barockrahmen. Er fühlte sich an Marys Wohnzimmer erinnert.

»Darf ich Ihnen etwas zu trinken anbieten? Gin?« Ohne eine Antwort abzuwarten, goss sie gut zwei Fingerbreit in ein Glas, das sie offenbar schon benutzt hatte.

»Danke, nein. Wie gesagt, ich würde gerne kurz ein paar Worte mit Ihrem Mann wechseln.«

»Sie sind also der ehemalige Polizist mit dem kaputten Bein.« Sie nickte zufrieden. Liz Bennett setzte sich ihm gegenüber und warf wie beiläufig einen Blick auf den Stock, den er an das Sofa gelehnt hatte.

Er überhörte ihre Bemerkung. »Wie gesagt, Ihr Mann …«

»Ist nicht da.« Sie trank einen großen Schluck. »Seit zwei Tagen nicht.«

»Sie vermissen ihn?« Jenkins wurde unruhig.

»Vermissen?« Sie lachte auf. »Schon lange nicht mehr, junger Mann. Aber es ist wahr. Angeblich wollte er gestern Morgen einen Investor treffen und spätestens am Nachmittag wieder zurück sein. Leeds, glaube ich. Oder war es Exeter? Na ja, kann auch London gewesen sein.«

»Darf ich fragen, wo er ist?«

»Vermutlich bei einer seiner Huren.« Die Antwort klang so lapidar, als habe er sie lediglich nach der Tageszeit gefragt. Sie leerte ihr Glas mit einem Schluck und sah ihm direkt in die Augen. »Schockiert Sie das?« Sie zupfte an ihrer Bluse.

»Nun. Ich hatte gedacht, dass …«

»Was haben Sie gedacht? Dass Terry den ganzen Tag hier hockt und über seinen Bauplänen brütet?« Sie lachte erneut auf. »Die hat er längst fertig. Angeblich ist er andauernd mit irgendwelchen Investoren verabredet. Er denkt, ich bin blöd. In Wahrheit treibt er sich mit einem seiner Weiber rum.« Sie fasste an ihre Kette und fuhr mit den Fingern über die einzelnen Perlen wie über einen Rosenkranz. »Ist mir egal. Nur …«

»Ja?«

»Terry soll diese Morgan in Ruhe lassen. Ein hübsches Ding, aber eine Kratzbürste. Und mutig. Das gibt nur Ärger, Terry Darling, habe ich ihm gesagt …« Liz Bennett griff zur Ginflasche, die auf dem Tischchen neben ihrem Sessel stand, und goss sich noch einmal ein. Dann sah sie Jenkins abwartend an. »Er sollte auf mich hören. Aber das hat er schon in Manchester nicht getan.«

Manchester? »Um ehrlich zu sein, geht es tatsächlich um Mary Morgan.«

»Sind Sie so was wie ihr Anwalt? Im Nebenerwerb? Sie sehen nicht so aus. Anwälte tragen Maßanzüge.« Sie lächelte bei der Vorstellung. »Ich kann Ihnen sagen: Was Terry will, das kriegt er auch. Das olle Cottage ist quasi schon gekauft. Terry kauft alles, was er will.«

Vermutlich auch dich, dachte Simon. »Die Geschäfte Ihres Mannes gehen mich nichts an. Ich weiß allerdings, dass Mary, ich meine Mrs. Morgan, nicht verkaufen wird. Ich bin gekommen, weil ich mir Sorgen um sie ... um Mrs. Morgan mache. Niemand weiß, wo sie ist.«

»Und deshalb kommen Sie hierher? Mein Mann und sie? Ha. Niemals.« Sie trank erneut von ihrem Gin. »Vielleicht sind Sie ja selbst scharf auf Mary Morgan, Sie armer Bulle.« Sie nickte in Richtung seines Beins, das er von sich gestreckt hatte. »Andererseits, es soll ja Frauen mit einem ausgeprägten Helfersyndrom geben.«

Auch das überhörte er. Jenkins fokussierte sich auf die Neuigkeit. Auch Terry Bennett war verschwunden. Er konnte tatsächlich mit irgendwelchen Frauen unterwegs sein – oder nur mit einer. Mit Mary. Er hatte sie bedroht, entführt und hielt sie nun versteckt. Nein. Jenkins verwarf den Gedanken wieder. Das klang zu einfach.

Sie deutete auf das Fenster. »Sie glauben gar nicht, wie oft er hier steht und in die Richtung glotzt, in der ihr

Haus steht. Ich kann dann sehen, wie die Gier in ihm arbeitet. Am Ende nimmt er sich, was er will. Er war schon immer so.« Sie lehnte sich zurück und schloss die Augen. »Aber Terry hat in Cadgwith nur Gutes im Sinn. Ehrlich. Seine Ideen bringen die ganze Region nach vorne. Schauen Sie sich doch nur die Schiffe im Hafen an. Die Touristen finden sie hübsch pittoresk und lassen sich vor ihnen ablichten. In Wahrheit sind die Boote Schrott und viel zu klein, um mit ihnen wirtschaftlich zu arbeiten. Wie oft schon habe ich das gedacht, wenn ich wieder mal nicht schlafen konnte und hier am Fenster stand und sie hinausfahren sah. Bei jedem Wetter.« Sie schwieg, als müsse sie sich darauf konzentrieren, dass sie Besuch hatte. Oder als stünde sie in diesem Moment am Fenster und sähe die Fischer ihre Boote klarmachen. Dann fuhr sie fort, die Augen geschlossen. »Man mag zu Terry stehen, wie man will, aber er kann allen helfen. Wirklich. Er braucht dazu ihren Grund und Boden, dann wird am Ende aus diesem gottverdammten Flecken Erde tatsächlich so was wie ein Paradies. Allen würde es besser gehen, allen. Aber es ist wie in Manchester. Die Menschen haben dummerweise kein Vertrauen in seine Visionen. Terry hat recht. Er ist ein Arschloch, aber er hat recht. Wenn er nicht bald vorankommt, wird es zu spät sein. Geld kennt keine Heimat. Die ewige alte Weisheit. Die Investoren werden weiterziehen.« Sie öffnete die Augen. »Mein Gott, wie oft habe ich das schon gehört. Ich könnte Terrys Vortrag auswendig herbeten. Er hat gute Ideen, aber er hat einen Fehler. Je mehr Geld im Spiel ist, desto jähzorniger wird er.«

Jenkins ließ sie reden. Ihre Stimme war klar, auch ihre Haltung ließ nicht erkennen, ob sie schon zu viel Alkohol getrunken hatte. Aber er sah es in ihren Augen: Angst. Die Angst, dass ihr Mann in der Tat nicht bei einer Besprechung war. Und dass er sie eines Tages verlassen würde.

Liz Bennett war etwa Mitte vierzig. Ihre schmalen Gesichtszüge ließen eine sensible Frau vermuten, die über wenig physische Kraft verfügte. Ihre Haut war wie Milch oder Perlmutt, beinahe durchscheinend, die Augen grün. Eine kultivierte Erscheinung. Jenkins' Gehirn speicherte die Informationen automatisch.

Dabei wirkte Mrs. Bennett alles andere als ätherisch oder schwach, eher wie eine Muschel ohne Meer. Der helle Pullover aus Cashmere und die beigefarbene Hose passten perfekt zu ihrem kurz geschnittenen dunkelbraunen Haar.

»Terry war schon immer ein Weiberheld. Das hat er von seinem Vater. Hafenarbeiter, arm wie eine Kirchenmaus. Ein Dreckskerl, ständig Weibergeschichten. Wenn er besoffen war – und er war oft besoffen –, hat er seine Frau geschlagen. Nicht, dass Terry das mit mir gemacht hat. Das traut er sich nicht. Aber der Apfel fällt nicht weit vom … Sie wissen schon.« Sie machte eine verächtliche Handbewegung.

Jenkins spürte, dass er so nicht weiterkam. Er verplemperte seine Zeit und würde warten müssen, bis Terry Bennett wieder auftauchte.

»Sie hat in Deutschland gearbeitet, nicht? Schreinerin und Kunsthistorikerin. Das Ideal, Geist und Körper im

Einklang. Sagt mein Yogalehrer. Phil, der sanfte Phil.« Für einen Augenblick schweiften ihre Gedanken ab. Sie lächelte. Dann besann sie sich wieder. »Mein Gott, was gäbe ich darum, so zu sein wie Mary Morgan.« Sie trank das Glas in einem Zug leer.

Er betrachtete sie wie ein Maler sein Motiv, als würde er Maß nehmen. Proportionen, Perspektiven, Fluchtlinien. Jenkins konnte sich nicht daran erinnern, sie jemals im Dorf, geschweige denn im Pub gesehen zu haben. Ein blasser einsamer Vogel hoch oben in der Bucht, in einem rostigen Käfig. Bennett musste ihr eine Menge über Mary erzählt haben.

»Warum fragen Sie mich nicht, was mich immer noch bei ihm hält?« Sie wischte sich über den Mund. »Sie mögen mich nicht, stimmt's?«

»Hören Sie. Es ist besser, wenn ich jetzt ...«

»Ich weiß nicht, wo Terry ist. Aber ich weiß, dass er sich von einer Frau nichts sagen lässt. Suchen Sie ihn.« Ihr Lachen klang eine Spur gehässig. »Vielleicht finden Sie dann ja auch Ihre Mary. Gott gebe, dass es nicht so ist.«

Was erlebte er hier gerade? Den Hilferuf einer am Leben verzweifelten Frau? Oder wusste sie Bescheid? Hatte Liz Bennett etwas beobachtet, das sie zutiefst beunruhigte und den Hass auf ihren Terry anstachelte? Klagte sie gerade ihren Mann an? Jenkins beschloss, dass es eher das tragische Gehabe einer alkoholkranken Frau war und sie ihn als Kulisse für ihr Schmierentheater nutzte. Sie tat ihm leid, und gleichzeitig stieß sie ihn ab.

»Warum bleiben Sie bei Ihrem Mann?«

»Nun hat er doch gefragt.« Ihre Stimme schlingerte unsicher in ein spöttisches Lächeln hinein. »Ich sag's Ihnen. Damit Sie das klar sehen. Ich bin mit Terry auf ewig verbunden. Bis dass der Tod uns scheidet. Verstehen Sie? Bis in den Tod.«

»Nein. Sie können jederzeit gehen.« Jenkins stand auf. Bevor die Frau vollends in Selbstmitleid versank, wollte er das Haus verlassen haben.

»Das ist nicht so einfach, wie du denkst. Im Leben zweier Menschen gibt es manchmal Dinge, die stärker sind als die Angst. Das kennst du sicher auch.«

»Was heißt das?«

Sie legte ihren Finger auf den Mund. Er bemerkte, dass ihr Lippenstift nicht makellos war. »Das geht dich nichts an. Wir sind aneinander gefesselt. Terry und Liz, Liz und Terry. Zwei Schicksalsgenossen auf einem sinkenden Schiff. Die See wird uns verschlingen.« Sie horchte in sich hinein, dann nickte sie. »Nenn es Liebe.«

»Reichen Sie die Scheidung ein.« Ihm war zunehmend unbehaglich zumute.

»Es gibt dieses feste Band, das ist stärker als der Tod. Außerdem: Warum sollte ich gehen?« Sie deutete erneut in den Raum. »Mein Reich, mein Zuhause, meine Burg.« Ein wehmütiges Lächeln erschien auf ihren Lippen und in ihren Augen. Sie wischte es mit einer fahrigen Bewegung der Hände weg. »Wissen Sie, ich war nicht immer so. Ich habe auch meine Träume gehabt. Ein junges Ding mit Flausen im Kopf. Hübsch, ja, das auch. Habe mich in den smarten und gut aussehenden Banker verliebt, der am Anfang einer großen Karriere stand. Aber ich habe bald gemerkt, dass Terrys Welt anders funktioniert, als ich mir das vorgestellt habe. Der Zeitpunkt ist längst verpasst, an dem ich die Abzweigung hätte nehmen können. Nun ist es zu spät. Vielleicht habe ich auch nur seine Karriere geliebt. Egal.« Die nächste ausholende Handbewegung. »Ich liebe diesen Blick auf das Meer. Das ist das Beste, was ich mir mit meinem Stillhalten kaufen konnte. Und das werde ich niemals wieder hergeben. Und wenn ich dafür Terry noch hundert Jahre ertragen müsste.« Sie lachte laut auf. »Ich bin froh, wenn er nicht da ist. Dann habe ich meine Ruhe. Und gegen die Einsamkeit habe ich meinen Tröster. Gin ist eine fantastische Erfindung, ein wahrer Freund, der mir Träume schenkt. Was gibt es Schöneres, als zu träumen?« Sie sah Jenkins lauernd an. »Wovon träumen Sie? Du verstehst mich, oder? Sie müssen mich verstehen. Ich bin ein guter Mensch.« Liz Bennett fasste nach ihrer Perlenkette wie nach einer eisern klirrenden Fessel und als müsste sie sich ihres Besitzes vergewissern. Dann sah sie ihm erneut direkt in die Augen. »Was ist Ihr Geheimnis? Was ist dein Schicksal, einsamer Polizist?«

Jenkins wollte ihr darauf nicht antworten.

»Terry hat mir erzählt, Sie haben in London einen Unfall gehabt. Eine schreckliche Sache. Ihre Freundin ist dabei tot geblieben. Und nun malen Sie also.«

Woher wusste Bennett von dem Unfall? Er hatte bisher nur Luke und Mary von Moira erzählt. Bennett musste Erkundigungen über ihn eingeholt haben. Er hatte sicher auch in London Kontakte. Ein wichtiger Finanzplatz, Umschlagplatz für allerlei Gerüchte. Die wichtigste Währung in diesem Dschungel. Man kannte sich, man half sich, und man suchte seinen Vorteil. So lief das im Bankenviertel. Was wusste Bennett sonst noch über ihn? Und woher wusste Liz so viel über Mary?

»Kann ich die Bilder mal sehen? Vielleicht kaufe ich Ihnen eins ab. Ich finde, man sollte die lokale Kunstszene nicht gering schätzen.«

Sie war ihm beim letzten Satz so nahe gekommen, dass er ihre Gin-Fahne riechen konnte. Er deutete auf die Ölgemälde. »Ich finde, dass diese Bilder viel besser zu Ihnen passen.«

Sie drehte sich um. »Diese Vogelscheuchen? Ich bitte Sie.« Sie lachte meckernd. »Terry hat sie beim Einzug von dieser toten Antiquitätenhändlerin gekauft. Er meint, dass sie uns so etwas wie einen gesellschaftlichen Status geben. Sehr seriös, fast adelig. Dabei haben wir bisher nicht eine Party gegeben. Es ist, wenn ich es recht bedenke, als ob sich das Dorf von uns fernhält. Wie wenn man sich vor einer Erkältung schützen will. Terry hat sogar ein Boot gekauft. Ein Boot! Mit Segel und Motor. Eines, wie sie alle hier fahren. Dabei hasst Terry das Wasser. Ist das nicht seltsam? Sein Vater war Hafenarbeiter, und Terry kann nicht mal schwimmen.« Liz Bennett wedelte unvermittelt mit der Hand in Richtung der Bilder. »Ihr seid hässlich, hört ihr? Fratzen. So erbärmlich hässlich. Wie die Krähen auf dem Friedhof. Verschwindet.« Sie wandte sich an Jenkins. »Aber Krähen sind schlau, nicht? Sie beobachten einen, und man weiß nie, was sie im nächsten Augenblick tun werden.« Ihre Stimme wurde unvermittelt leise. »Ihr seid Gespenster, elende Gespenster.«

An der Tür drehte Jenkins sich noch einmal um. »Sie wissen nicht doch zufällig, wo Mary Morgan sein könnte?«

»Guten Tag, Herr Inspektor.« Sie lächelte ihn an. »Und besuchen Sie mich doch bald mal wieder. Ich plaudere gerne mit dir. Und … viel Glück.« Sie schloss hinter ihm die Tür.

Sie hatte tatsächlich Inspektor gesagt. Jenkins schüttelte den Kopf. Lächerlich. Nachdem er Bennetts Grundstück verlassen hatte, blieb er auf dem schmalen Weg stehen und atmete die frische Luft tief ein. Der Besuch hinterließ in ihm ein ungutes Gefühl. Was war in Manchester passiert, dass die beiden nach Cornwall gezogen waren? Wo war Terry Bennett, und was hatte sein Verschwinden mit Mary zu tun? Es gab sicher eine einfache Erklärung, wenn es stimmte, was er gerade gehört hatte. Bennett würde nach seinem Zug durch die Gemeinde und einer Nacht mit seiner Geliebten bald wieder auftauchen.

Die Bennetts hatten das Haus gekauft, ehe es endgültig zur Ruine verkommen wäre. Luke hatte ihm einmal erzählt, das eineinhalbgeschossige Haus habe über Jahre verwaist oben auf den Klippen gestanden. Im Laufe der Zeit war das Grundstück immer stärker verwildert. Im Dorf hatten sie es als Mahnung und Sinnbild ihrer eigenen Zukunft gesehen, leer und ohne Aussicht auf Veränderung. Ein wohlhabender Großgrundbesitzer hatte zuvor darin gewohnt, bis er sein Vermögen bis auf ein paar Pfund fürs Taxi an der Börse und in den Casinos an der Küste verspielt hatte. Eines Morgens hatte ihn die Zugehfrau tot im Schlafzimmer gefunden. Schlaganfall.

Und dann war eines Tages Bennett aufgetaucht und hatte das »Zu verkaufen«-Schild eines Immobilienmaklers in Helston mit zufriedenem Schwung aus dem Boden gezogen. Seither thronte das aus Bruchstein gebaute Haus wieder im alten Glanz über der Bucht.

Jenkins dachte noch an Bennetts Frau, als er bereits seine Haustür aufschloss.

Obwohl er Hunger hatte, legte er sich sofort ins Bett. Die Schmerzen.

Er wollte immer noch nicht glauben, dass Bennett Nachforschungen über ihn angestellt hatte. War das die Paranoia eines Geschäftsmannes, der über alles Bescheid wissen wollte? Was war für Bennett so wichtig, dass er selbst über den Unfall und Moiras Tod Bescheid wissen musste? Hatte er gar Kontakte zur Londoner Unterwelt? Das Gespenst Lehmann tauchte in seinen Gedanken auf. Seine Fantasie arbeitete wieder einmal auf Hochtouren.

Selbstüberschätzung und Macht, das war der Antrieb. Terry Bennett folgte dem alten Spruch *Wissen ist Macht*. Die Frage war nur, wie weit würde er gehen, um seine Macht und damit sein Gesicht nicht zu verlieren?

Jenkins lag noch lange wach. Er hörte zu, wie der Wind den Regen in Böen gegen die Scheiben trieb, prasselnd wie Gischt. Das Geräusch verfolgte ihn bis in den Schlaf.

Der Morgen war noch grau, als er aufschreckte. In seinem Traum hatte er erstickenden Rauch und Flammen gesehen. Farben und Leinwand waren vor seinen Augen verbrannt, ohne dass er die Kraft gehabt hätte, die Flammen zu löschen.

Er wusste nicht, wie lange er schon am Frühstückstisch saß und versuchte, mit seinem Körper und seinen Sinnen in den Tag zu kommen. Er wurde die Schuldgefühle nicht los.

Schließlich schob er die Hände über den Tisch, als wollte er sich strecken, und lehnte sich dann zurück. Eine entschlossene Geste. Als er aufstehen wollte, jagte der Schmerz wie ein Blitz durch seinen Körper. Vorsichtig setzte er sich wieder, atmete stoßweise ein und aus, bis er die Muskeln wieder spürte. Zaghaft machte er erneut einen Versuch, auf die Beine zu kommen. Er musste ins Dorf. Ganz langsam zog er sich an der Tischkante hoch. Endlich stand er, wenn auch unsicher. Er würde stärkere Tabletten brauchen. Er war ein Junkie wider Willen, aber er wusste auch, dass die Ärzte ihm keine Opiate verschreiben würden.

In der blau gestrichenen Tür des Dorfladens hing immer noch der Hinweis *Sorry we're closed*. Simon legte das Gesicht an die Scheibe und schirmte es mit den Händen ab, um etwas zu erkennen. Nichts.

»Ich wundere mich auch schon. Sonst sagt Mary frühzeitig Bescheid, wenn sie keine Pasties braucht. Na ja, sind um diese Jahreszeit ja eh nicht so viele.«

Jenkins drehte sich um. Neben ihm stand die Aushilfe von Leggy's Pasties Shop. Unschlüssig hielt ihm die junge Frau den Korb hin.

»Sie hat nicht angerufen?«

»Soweit ich weiß, nein. Ist Miss Morgan krank?« Im gleichen Atemzug öffnete sie den Korb. »Wollen Sie eins von den Pasties? Sind noch warm.«

»Gute Idee.« Jenkins griff nach seinem Portemonnaie. Der Duft nach Gemüse und frisch ausgebackenem Teig ließ augenblicklich seinen Magen knurren.

»Nein, ist umsonst. Ich kann sie sowieso nicht mehr verkaufen. Meine Chefin wird nichts dagegen haben.« Die unerwartete Samariterin deutete auf das Pub. »Die haben ihre Bestellung bereits bekommen.« Sie reichte ihm eine prall gefüllte Papiertüte, die schon ein wenig fettig war.

»Das Angebot kommt zum richtigen Zeitpunkt. Danke. Und Sie haben auch keine Ahnung, wo Mary stecken könnte?«

Sie setzte den Korb ab und steckte die Hände in ihre wattierte Jacke. »Nee.« Sie schüttelte den Kopf. »Aber so genau kenn ich sie ja auch nich'. Bin ja noch nich' lange hier.« Sie schniefte, sah ihn an und legte dabei den Kopf etwas schief. »Jetzt, wo Sie's sagen, fällt's mir ein. Ich habe sie wegfahren sehen.«

»Wann?« Endlich eine erste Spur.

Die junge Frau zog die Nase kraus, ihr fülliges Gesicht wurde dadurch noch runder. »Weiß nich'. Vor drei Tagen. Kann sein.«

»Vor drei Tagen? Wann genau? Vormittags? Abends? In der Nacht?«

»Mann, Sie waren sicher mal Bulle, oder?« Sie zog eine Hand hervor und kratzte sich am Kopf. Das helle Blau auf ihren Fingernägeln war ebenso abgestoßen wie die Farbe der Ladentür. »Das hört man gleich. Nee. Also, weiß nich', Mann.«

»Geht es nicht ein bisschen genauer?« Jenkins hatte die

Tüte in seiner Hand längst vergessen. Die Kleine war sicher nicht viel älter als zwanzig. So misstrauisch, wie sie ihn ansah, wusste er, dass sie schon mal in Konflikt mit dem Gesetz geraten war. Begegnungen mit der Polizei vergaß man nicht so leicht.

Die junge Frau trat von einem Bein aufs andere und sah die Dorfstraße mit raschem Blick hinauf und hinunter, als stünde auf den Bruchsteinmauern des Maschinenhauses und der grauen Fassade des gegenüberliegenden Restaurants The Old Cellars die Antwort. »Muss am Nachmittag gewesen sein.« Sie hob den Korb auf. »Ich muss los. Meine Chefin wartet sicher schon.«

»War sie allein im Auto?«

Sie zuckte mit den Schultern. »Hab ich nich' drauf geachtet. Warum?«

»Eine Frage noch: In welche Richtung ist sie weggefahren?«

»Na, da entlang. Ich kam gerade von meiner Tante.« Sie deutete erst die Dorfstraße entlang, die im weiteren Verlauf nahe St. John Richtung Landstraße führte, dann zeigte sie hinter sich auf den Souvenir- und Kunstgewerbeladen, zu dem eine steile Holztreppe hinaufführte, der aber noch geschlossen war. »Hab ein bisschen bei der Inventur geholfen.«

»Aha.«

»Guten Appetit.« Ohne weiter auf ihn zu achten, drehte sie sich um und ließ ihn stehen.

Mary hatte also schon vor drei Tagen Cadgwith verlassen. Die Frage war nur: in welche Richtung? War jemand zu ihr in den Wagen gestiegen und hatte sie bedroht?

Jenkins sah die Tüte mit dem Pasty an und steckte sie in seine Jackentasche. Später.

An Marys Cottage war alles unverändert, der Parkplatz leer, die Haustür verschlossen. Sein Klopfen verhallte wie gehabt ungehört. Die Tür auf der Rückseite war verschlossen, so wie er sie verlassen hatte. Keine Spur von Mary.

Konnte eine Frau einfach so verschwinden, ohne dass jemand etwas bemerkt hatte? Selbst in so einem kleinen Dorf? In ihm nagte die unbestimmte Angst, es möglicherweise nie zu erfahren. Er würde noch einmal ihre Tante aufsuchen, und er würde den Bennetts so lange auf den Geist gehen, bis er mit der Antwort zufrieden war.

XXXI.

»Lass mich gehen. Bitte.«

Er stellte ihr wortlos einen Teller mit Pasties und eine Flasche Wasser hin. Dann legte er ein paar Decken neben sie und lockerte ihre Fesseln. Er betrachtete sie eine Weile stumm und entfernte sich dann wieder.

»Hilfe!« Ihr Schrei gellte durch die Höhle und wurde zum vielstimmigen Crescendo. »Du verdammtes Arschloch! Hilfe!«

Dann war es wieder still. Nur ein leises Plätschern war zu hören, wenn die Ruderblätter ins Wasser eintauchten. In der Ferne wurde ein Außenbordmotor angeworfen, der leise stotterte, bis er durchzog.

Mit beiden Händen griff sie nach einem der Pasties und biss hinein.

Er hätte ihre Hände auch völlig losbinden können. Flucht war unmöglich. Die See war eiskalt. Wenn sie versuchte, über das Wasser zu entkommen, würde sie nur ein paar Minuten überleben. Dazu kam die unberechenbare Strömung, so unberechenbar wie ihr Peiniger. Außerdem boten die tückischen Felsen keinen Halt, glatt und steil aufragend. Er hatte sie in einen nassen Käfig gesperrt. Die Gitterstäbe waren die Wellen, ebenso wie Ebbe und Flut. Das perfekte Verlies.

Es wurde schnell dunkel. So gut es mit den gefesselten Händen ging, warf sie sich die Decken über.

Aber die Kälte blieb.

Irgendwann schreckte sie auf. Ein Geräusch, das vorher nicht da gewesen war. Oder war es nur Einbildung? Ein Seehund? Endlich Rettung?

Nichts.

Sie trank einen Schluck. Hunger hatte sie keinen und auch keine Hoffnung mehr.

Welchen Sinn hatte es, dass er ihr Essen und zu trinken brachte? Barmherzigkeit war das nicht, eher eiskalte Berechnung. Er wollte sie langsam sterben lassen.

Warum?

Sie wimmerte.

Wie eine Spinne, die ihre Beute umsponnen hatte, um sie später zu fressen, hielt er sie gefangen. Und die See war auf seiner Seite.

XXXII.

Erst nach seiner Rückkehr bemerkte Jenkins, dass er das Handy auf der Küchenanrichte liegen gelassen hatte. Wie dumm. Luke hatte bereits viermal versucht, ihn zu erreichen. Jenkins warf einen Blick auf das Pasty, das er neben den Wasserkocher gelegt hatte. Erst Luke. Essen konnte er danach.

Sein Freund meldete sich bereits beim ersten Klingelton.

»Und?«

»Keine Ahnung, um ehrlich zu sein.«

»Dieser Green wusste also auch nichts?«

»Ich hab ihn nicht erreicht. Pete hatte nur die alte Festnetznummer von Dennis' Eltern. Vielleicht ist er ja wieder auf See. Oder er war im Pub.«

Noch eine kalte Spur, dachte Jenkins. Mist. »Versuch's weiter bitte.« Er biss in das Pasty.

»Ich muss ohnehin nach Coverack. Willst du mir auf der Fahrt nicht Gesellschaft leisten? Der gute Paul braucht Nachschub für seinen Fish-'n'-Chips-Shop. War'n echt kluger Schachzug von dem Schlitzohr. Seit er in den alten Schuppen für die Rettungsboote gezogen ist, brummt die Bude. Die Leute lieben ihn und seine Fritteuse. Ich gönn's ihm von Herzen. Wir könnten bei der Gelegenheit mal nachsehen, was mit Dennis ist.«

Jenkins konnte sich zwar nicht vorstellen, was das bringen sollte, aber es war allemal besser, als untätig im Haus zu hocken und zu warten. Und deutlich angenehmer, als im kalten Atelier um die Staffelei herumzuschleichen. Dennoch …

»Soll ich dich abholen?« Luke schien voller Tatendrang.

»Mir geht's nicht gut.« Und er war müde.

»Oh. Deine Tabletten?«

»Habe ich längst eingenommen.«

»Dann leg dich hin. Ich komm auch allein zurecht.«

»Hol mich ab.« Er trank ein Glas Wasser, das er sich gerade eingeschüttet hatte. Wenn er sich ins Bett legte, würde er wohl nie mehr aufstehen können.

»Sicher?«

»Sicher.«

»Okay. In einer Stunde.«

Auf ihrem Weg nach Coverack streiften sie das Gelände der Marinebasis. Jenkins fragte sich nicht zum ersten Mal, welchen Teil der Erde die riesige Satellitenanlage wohl gerade im Blick haben mochte. Er sah hinauf zum Himmel. Schon seit Tagen war es ruhig über dem Lizard. Die Marineflieger hatten offenbar übungsfreie Zeit.

Wobei sich das jeden Augenblick ändern konnte. Bei dem stürmischen Wetter gerieten immer wieder Schiffe in Seenot. Das war vor mehr als hundert Jahren so gewesen, und das würde auch in den kommenden hundert Jahren so sein, trotz ausgefeilter Technik. Bei aller Schönheit war die Küste so gefährlich wie eines der mythischen Seeungeheuer, deren Bilder aus den Köpfen der Menschen nicht wegzukriegen waren. Modernste Nautik hin oder her, die Felsen unter der Meeresoberfläche blieben unberechenbar. Die Natur ließ sich nicht in Computerprogramme zwängen.

»Wann ist in der Gegend das letzte Schiff gesunken?«

»Ich kann mich nur an den französischen Kutter erinnern. Schlimme Sache. Muss gut ein Dutzend Jahre her sein. Vor Lizard Point. Fünf der Jungs sind damals in ihr nasses Grab gefahren.« Luke bekreuzigte sich.

»Jungs?«

»Kameraden.« Luke sah ihn verständnislos an. »Solltest du längst wissen. Wir Seeleute sind alle Kameraden.«

»Hm. Sag mal, was weißt du eigentlich über Bennett?«

»Dass er ein Arschloch ist«, bemerkte Luke knapp, setzte den Blinker und bog Richtung Coverack ab.

»Nein, ich meine, außerdem.« Jenkins sah hinaus auf die vorbeiziehende Landschaft. In dem dünnen Kiefernwäldchen neben der Straße standen ein paar bemooste Mauern, die noch aus der Zeit stammten, als die deutsche Marine und Luftwaffe die Küste Englands bedroht hatten. Die Ruinen gehörten zu einem riesigen Frühwarnsystem.

»Weißt du doch auch: Er ist aus Manchester hergezogen und sieht sich als so was wie ein potenter Entwicklungshelfer. Mit seiner Kohle will er unsere Heimat zu einem Disneypark machen. So großkotzig er auftritt, so wenig sieht man seine Frau. Ich jedenfalls habe sie nur mal kurz im Auto vorbeifahren sehen. Du hast sie doch getroffen. Wie ist sie? Auch so'n neureiches Ekel? So eine Hach-ich-brauch-noch-nen-neuen-Hut-für-Ascot-Tante?« Luke verzog den Mund. Mit aufgetakelten Frauen, die nicht einmal einen Besen halten konnten, ohne sich den Rücken zu verrenken, konnte er nichts anfangen.

Tja, was war Liz Bennett? »Ich glaube, sie leidet.«

»Würde mich nicht wundern«, knurrte Luke.

»Hast du schon mal mit Bennett gesprochen?«

»Nur das Nötigste. Unten im Hafen, als sie ihm sein Boot geliefert haben. Du weißt, eines der alten Holzboote. Hat es von einem Fischer in Helford gekauft und dann vom Kiel auf restaurieren lassen. Als könnte er sich damit Tradition kaufen. Bennett hat mich gefragt, wie das mit dem Segel gehen soll. Er wollte mir den Unterricht auch fürstlich bezahlen. So ein Spinner. Kauft sich ein Boot und weiß nicht damit umzugehen. Ich habe ihm ein paar Tipps gegeben. Am Ende hat er dann doch den Motor angeworfen und ist aus der Bucht gefahren. Mann, Mann. Typischer Freizeitskipper. Keine Ahnung, aber auf dicke Hose machen.« Bei dem Gedanken schüttelte er heftig den Kopf.

»Er hat dich nicht ausgehorcht?«

»Ausgehorcht?«

»Er weiß über London Bescheid. Und über … ach, vergiss es.«

Luke sah ihn fragend an.

»Vergiss es einfach.«

»Ich habe jedenfalls nicht gequatscht.« Luke war keine Spur beleidigt. »Keine Ahnung, woher er das weiß. Möglich, dass er bei der Met ein paar Leute kennt. Außerdem stand dein Fall lange Zeit dick in der Zeitung: ›Präsident‹ des Kartells entkommt – Drama bei der Verfolgungsjagd. Hast du jedenfalls so erzählt. Hab dann auch mal was gegoogelt, damals.« Ein Seitenblick auf Jenkins genügte ihm. »Ich hör ja schon auf.«

Die *Daily Mail* und all die anderen Boulevardblätter hatten damals ihre fetten Schlagzeilen gehabt.

Der Präsident … es gab kein verwertbares Foto von ihm. Sie hatten nicht mehr als vage Beschreibungen gehabt. Der unbekannte Führer eines Kartells, das angeblich in London sein Hauptquartier hatte und in ganz Großbritannien aktiv war. Menschenhandel, Waffen, Drogen, das ganze Programm. Vermutlich sogar darüber hinaus. Die *Sun* hatte behauptet, die Wurzeln der Organisation lägen in Belfast.

In den Zeitungen hatte weitgehend nur Schwachsinn gestanden. Er wusste es besser. Sie waren ganz nahe an Lehmann dran gewesen, aber eben nicht nahe genug.

In Gedanken hatte er Moira unzählige Male geschworen, sie zu rächen und Lehmann zur Strecke zu bringen, aber er würde dazu keine Gelegenheit mehr haben.

»Alles in Ordnung? Ich wollte dich nicht runterziehen.«

»Schon gut.« Jenkins sah erneut hinaus. »Ich verstehe nur nicht, warum Bennett sich für mich interessiert.«

»Vielleicht will er nur wissen, mit wem er es zu tun hat. Kennst du deine Feinde, ihre Tricks und ihre Waffen, kannst du sie leichter besiegen. Das ist im Boxen so, und das ist im wahren Leben oder auf See nicht anders. Und auch nicht auf den Finanzmärkten, kann ich mir vorstellen.«

»Du hast mir noch nicht allzu viel über Dennis Green erzählt.«

»Netter Kerl. Ich mag ihn. Hat vor etlichen Jahren mal Mist gebaut. Da ist er weiß Gott nicht der Einzige. Harter Hund, Fischer halt. Seither verdient er sein Geld meist auf Trawlern oder Bohrinseln. Rauer Bursche, aber mit Herz. War schon als Kind ein Wilder.«

»Hm.«

»Du wirst sehen. Harte Schale, weicher Kern. Hatte echt kein einfaches Leben. Wenn ich mich recht erinnere, waren seine Eltern kalt wie tote Fische. Arme Leute. Ich glaube, er hat nicht allzu viel Liebe abbekommen.« Luke schwieg einen Augenblick. »Keiner, der im Pub auf Streit aus war, aber er ist auch keiner Faust ausgewichen. Und einer, der jeder Kellnerin schöne Augen macht.«

»Klingt wie ein Angeber und Frauenheld.«

»Ach was. Dennis ist halt Dennis. Wenn er einen zu viel getrunken hat, hört er sich gerne reden. Mehr ist das nicht. Er ist harmlos.«

»Er hat Mist gebaut?«

Luke schwieg eine Weile, als müsse er erst seine Erinnerungen zusammenkratzen. »Ist jetzt gut fünfzehn Jahre her. So ungefähr jedenfalls. Hat damals die Lizenz verloren und musste sein Schiff verkaufen. Hatte ziemlichen Ärger mit der Fischereibehörde.«

»Du klingst, als wolltest du ihn in Schutz nehmen. Dabei hast du zuletzt noch über die schwarzen Schafe in der Branche gewettert.«

»Du weißt doch, wie das ist. Das ewig gleiche Thema: Wenn du in diesen Zeiten allein vom Fischfang leben musst, ist die Versuchung groß, ich sage mal, die Gesetze und Verordnungen … nicht allzu ernst zu nehmen.«

»Das heißt?« Warum nur redete Luke um den heißen Brei herum?

»Die Netze. Er hat nicht immer nur das gefangen, was erlaubt war. Hab ich dir doch erklärt: Je nach Maschengröße fängst du die oder die Sorte. Hat viel an den Behörden vorbei verkauft. Viele haben es so gemacht – und einige machen das heute noch.« Luke sah Simons dunklen Blick. »Okay, es ging im Grunde um illegale Fangmethoden. Es geht das Gerücht, dass einer aus der Gegend ihn angezeigt hat.«

»Gerücht?«

»Jedenfalls kam irgendwann die Aufsicht mit ihrem Boot längsseits, und das war's dann.«

»Und wer hat ihn angezeigt?«

Luke zuckte mit den Schultern. »Keine Ahnung. Ist ja auch schon lange her. Und ist auch egal. Es gab Gerüchte, aber auf die hab ich nichts gegeben. Dennis war dann für ein paar Jahre von der Bildfläche verschwunden. Es hieß damals, dass er bei einem Schiff der Russen angeheuert hat. Monatelang auf See und der ganze Mist. Kann man verstehen. Mit seinem Boot war ja auch seine Existenz von heute auf morgen futsch. Und dann sind ein paar Jahre später auch noch seine Eltern gestorben. Hat lange leer gestanden, das Haus. Aber wie gesagt, Dennis ist ein netter Kerl. Seine Freiheit geht ihm über alles. Wirst sehen.«

Sie waren mittlerweile den Hügel hinunter in die weit auseinandergezogene Bucht gefahren, und Luke steuerte den Pick-up über die schmale Uferstraße, an deren Ende der alte Dorfkern lag. Die Ebbe war auf dem Scheitelpunkt. Bis auf ein paar kleinere Fischerboote und Segler, die fest vertäut im Schlick festsaßen, war der Hafen von Coverack leer. Nur wenige Fußgänger waren auf der Uferpromenade unterwegs. In dicken Jacken trotzten sie tapfer der Kälte des Nachmittags und dem aufziehenden Nebel. Ihnen folgten abwartend ein paar Möwen auf der Suche nach Nahrung. Nicht mehr lange, und es würde dunkel werden.

Luke hielt vor einem kleinen Haus mit tief gezogenem Reetdach. Die ehemals weiß gestrichenen Wände waren grau und die hölzernen Fensterläden in einer Farbe gestrichen, die an Schiffspech erinnerte.

»Da wären wir. Greens Elternhaus.« Luke wies mit dem Kopf auf das Gebäude, dem ein kleiner Grünstreifen als Vorgarten diente. »Bin gespannt. Hab ihn länger nicht gesehen.« Nachdem er ausgestiegen war, kontrollierte er die Kisten auf der Ladefläche seines Wagens. »Paul muss noch ein wenig auf seine Schollen und den Schellfisch warten. Ich freu mich, Dennis zu sehen.« Auf dem Weg zum Haus zurrte er seine Hose zurecht. Luke sah unternehmungslustig aus. »Sieht ganz danach aus, dass er zu Hause ist.«

Er hatte gerade die Hand gehoben, um den von der Witterung angelaufenen Türklopfer zu betätigen, als sich die Tür wie von selbst öffnete.

»Luke.« Green schien nicht im Mindesten erstaunt, den Fischer vor seiner Tür zu sehen. Dagegen bedachte er Jenkins mit einem neugierigen und misstrauischen Blick.

»Is' kalt. Ein Becher Heißes wär' jetzt gut.« Luke ließ keinen Zweifel, dass er an Dennis vorbei ins Haus treten wollte.

»Du weißt ja, mein Haus ist auch dein Haus. Kommt rein.« Dennis Green gab umstandslos den Weg frei. »Hab gerade den Kessel aufgesetzt.«

Im Wohnzimmer brannte im offenen Kamin ein Feuer. Das Holz knisterte, ab und an stoben Funken durch die

Esse. Es roch nach Holz und Tabak. Eine Wanduhr tickte. Die Bezüge der Polstermöbel waren abgenutzt, aber sauber, registrierte Jenkins auf den ersten Blick. Auf dem Tisch stand ein leerer Becher neben einer aufgeschlagenen Zeitschrift für Fischereibedarf. An den Wänden hingen Ölgemälde mit Seeszenen. Über einem Sessel hing eine alte Seekarte mit den Umrissen von Cornwall. Wenn die echt war, mutmaßte Jenkins, stammte sie mindestens aus dem 17. Jahrhundert und kostete unter Sammlern ein kleines Vermögen.

»Ist so was wie meine Lebensversicherung.« Dennis Green kam mit der Teekanne und drei Bechern ins Zimmer. Er hatte Jenkins' Interesse bemerkt.

»Demnach ist sie echt?« Jenkins nickte anerkennend.

»Hätte sie schon längst verkaufen können, aber die Haie wollten nicht genug zahlen. Die Antikhändler in London meinen, wir hier in Cornwall sind dumme Fischer.« Er schenkte ihnen ein und grinste verschwörerisch mit Blick auf die Seekarte. »Soll einem Vorfahren gehört haben, der sich gut mit den Piraten der Gegend verstanden hat. Vielleicht war er ja auch selber einer. Wundern würde mich das nicht. Gibt aber leider keine Beweise. Sollte mal Ahnenforschung betreiben.« Er setzte sich zu ihnen an den Tisch und hob seinen Becher. »Die Karte ist genauer als alle anderen aus der Zeit. Hätten mehr Kapitäne sie gehabt, wären nicht so viele Schiffe vor der Küste gesunken.« Er sah hinauf zur Zimmerdecke. »Vor hundertzwanzig Jahren ist die Kate fast abgebrannt. Alle Papiere weg. Nur die Karte ist geblieben und ein paar andere. Die liegen oben in 'ner Truhe, wohlverwahrt.«

Jenkins deutete auf die Ölbilder. »Die müssten auch eine Stange Geld bringen.«

Green nickte nur achtlos. »Ballast.«

»Aber immerhin Familienerbe. Und wertvoll.«

»Kennen Sie sich damit aus? Handeln Sie mit so was? Sie sind kein Fischer. Können Sie alles kaufen.« Er beschrieb mit der Hand einen Kreis.

Bevor Jenkins etwas sagen konnte, antwortete Luke für ihn. »Er ist Künstler. Einer mit Ahnung. Für 'ne Landratte ganz gut im Fischen. Und ein ehemaliger Bu…, ich meine, Polizist aus London. So was wie ein Spezialagent.«

Jenkins schüttelte den Kopf. Lukes Art der Übertreibung.

»Wie lange haben wir uns nicht gesehen, Luke?« Green hatte nur einen kurzen, abschätzenden, aber freundlichen Seitenblick auf Jenkins geworfen.

»Vier Jahre müssen das jetzt sein. Du bist ja ständig unterwegs. Wie läuft's denn?«

»Viel passiert in der Zeit. Weißt ja, wie das ist. Mal läuft's gut, dann wieder nicht. Ich komm schon klar.«

Luke nickte. »Sag mal, hast du Mary in letzter Zeit mal gesehen?«

»Klar. Sie war vor ein paar Tagen bei mir. Kann auch gut 'ne Woche her sein.« Er nickte nachdenklich. »Hat mich um Rat gefragt. Schlimme Sache mit Victoria. Sie meint, dass es kein Unfall war. Seither hab ich sie nicht mehr gesehen. Warum fragst du?«

»Sie ist verschwunden. Den dritten Tag schon.« Jenkins sah Greens ungläubigen Blick. »Wie vom Erdboden verschluckt.«

Luke fiel ihm ins Wort. »Wir haben schon überall gesucht. Ihr Auto ist weg, niemand hat sie gesehen, ihre Tante weiß nichts. Ihr Handy ist ausgeschaltet. Es gibt niemanden, den wir noch fragen könnten. Wir haben gedacht, dass du vielleicht was gehört oder gesehen hast.«

»Mary weg? Vielleicht macht sie Urlaub?« Green drehte nachdenklich seine Tasse hin und her und schüttelte den Kopf. »Ich bin noch nicht lange wieder zurück. Ich war kurz vor ihrem Besuch bei mir in ihrem Laden. Sie sah wirklich urlaubsreif aus.«

»Das hätte sie sicher angekündigt, einen Urlaub.« Luke schüttelte den Kopf. »Nein.« Er warf einen Seitenblick zu Jenkins. »Wir glauben, dass ihr etwas passiert sein könnte. Du weißt sicher von dem Mord an Barbara Thompson. Erst Victoria, dann Barbara ...«

»Schreckliche Sache. Ich habe Barbara gekannt. Wir haben vor Jahren einmal Geschäfte gemacht. Sie hat ein bisschen Trödel gekauft, Kram von meinen Eltern.« Er deutete auf die Seekarte. »Wollte sie ihr schon anbieten, aber dann hat man sie tot in der Kirche gefunden. Wer tut so etwas?«

»Die Polizei geht von einem Ritualmord aus. Na ja.« Luke trank einen Schluck. War Green derjenige, der Barbara Thompson als Letzter lebend gesehen hatte? Wäre interessant zu wissen.

»Ritualmord? So ein Blödsinn.«

»Wie kommen Sie darauf?« Jenkins horchte auf.

»Märchen.« Green winkte ab. »Schauergeschichten. Also, ich glaub an so was nich'.«

»Wie können Sie so sicher sein?«

»Hier gibt's zwar jede Menge religiöser Spinner, meine Alten waren auch nicht ohne, aber ein Ritualmord?« Dennis Green lachte ungläubig und schüttelte entschieden den Kopf. »Schwarze Messen oder was?«

Luke nickte. »Vielleicht hängen die beiden Taten zusammen, und Barbaras Tod sollte nur wie ein Ritualmord aussehen.«

Green schüttelte den Kopf und sah von Luke zu Jenkins. »Hat die Polizei überhaupt schon eine Spur? Was denken Sie? Sie waren doch mal Bulle.«

»Nein. Soweit wir wissen, hat die Polizei nichts in der Hand.« Luke sah Jenkins an. »Wir – wenn ich so sagen darf – ermitteln ein bisschen auf eigene Faust. Mary war nämlich auch bei uns. Sie hat auch uns um Hilfe gebeten. Simon hat Erfahrung damit, wie das geht.«

»Du unterstützt die Polizei?« Green sah Jenkins ungläubig und zugleich misstrauisch an.

»Das wäre zu viel gesagt. Um ehrlich zu sein, sollten wir uns aus der Sache raushalten. Und ... die Polizei hat recht. Wir können nichts tun, und wir sollten nichts tun. Ich würde anstelle des ermittelnden Chief Inspectors ebenso entscheiden.« Simon nickte.

Luke warf Green einen verschwörerischen Blick zu. »Auf der anderen Seite kann es ja nicht schaden, wenn wir uns mal ein bisschen umhören.«

»Ich bin dabei. Wie kann ich euch helfen? Ich kenne Mary doch noch aus der Schule. Du weißt, ich war damals mehr in Cadgwith als zu Hause. Wir haben eine Menge Spaß gehabt und viel erlebt.« Er lächelte bei dem Gedanken. »Und eine Menge Scheiß gemacht. Mann, wilde Zeiten. Noch Tee? Oder lieber einen Gin oder Whisky?« Er sah zur Wanduhr. »Wäre nicht einmal zu früh. Hab was Feines im Schrank. Zollfrei.«

Jenkins schüttelte den Kopf, was Luke verärgert das Gesicht verziehen und trotzig antworten ließ: »Wenn der Whisky nicht zu torfig ist. Bin schließlich nicht im Dienst. Und mit einem Schluck kann ich immer noch Auto fahren. Da fällt mir ein, Paul wartet drüben. Also wirklich nur einen Schluck – diesmal.«

»Uns würde schon helfen, wenn du die Augen offen halten würdest.« Auch Jenkins war nun ins Du verfallen.

»Ich frag mich schon die ganze Zeit, wer sonst noch etwas wissen könnte. Unsere Mary kann doch nicht einfach so von der Bildfläche verschwinden.« Green holte aus dem Schrank zwei Gläser, in die er je einen Fingerbreit gelbgoldene Flüssigkeit goss. »Man denkt als Erstes daran, ob sie Feinde hat. Aber das geht ja kaum. Sie war ja genauso wie ich lange Jahre nicht zu Hause. Und gegen den Laden der alten Bishop kann niemand etwas haben. Und gegen das B&B auch nicht. Mary tut doch 'ne Menge fürs Dorf. Neider gibt's zwar überall, die lassen aber wegen solcher Kleinigkeiten niemanden verschwinden. Cheers.«

»Wir haben auch schon überlegt, dass, wenn ihr jemand was Böses will, es nur einer sein kann, der nicht aus dem Dorf kommt.« Luke trank einen Schluck und leckte sich die Lippen. Feines Zeug.

Green nickte nachdenklich. »Hm. Soweit ich gehört habe, gibt es seit einiger Zeit so 'nen neureichen Pinkel, der den ganzen Ort aufkaufen will. Vielleicht sollten wir dem mal auf den Zahn fühlen.«

Jenkins zog erstaunt die Augenbrauen zusammen. »Wie kommst du ausgerechnet auf Bennett?«

»Heißt er so? Okay. Ich hab's neulich drüben im Pub vom Paris Hotel gehört.« Green zeigte mit dem Daumen Richtung Hafen. »Die ganze Gegend spricht davon. Angeblich fehlen dem Typen nur noch ein paar Grundstücke, um loslegen zu können. Disneyland in Cornwall. Es gibt 'ne Menge Neider hier im Dorf. Ein bisschen mehr Geld in der Kasse kann jeder gebrauchen. Und sie diskutieren sich einen Wolf, wo man denn so was bei uns bauen könnte. Wenn ich recht überlege und es stimmt, was die Leute sich erzählen, fehlt dem Typen noch Marys Cottage.«

Luke nickte. »So soll es tatsächlich sein. Simon hat Bennett auf den Zahn fühlen wollen, aber der Typ ist verschwunden. Angeblich auf Geschäftsreise. Aber er könnte in Wahrheit bei einer seiner Huren untergetaucht sein – das vermutet jedenfalls seine Frau. Er ist ebenfalls seit ein paar Tagen nicht mehr in Cadgwith gesehen worden.«

Green zwinkerte Luke anzüglich zu. »Solche Geschäftsreisen sollen ja weit verbreitet sein.«

Luke trank sein Whiskyglas leer. »Deine Scherze bringen uns nicht weiter. Ich weiß ja, dass du wenig anbrennen lässt. Fakt ist, dass Bennett und Mary verschwunden sind.«

»Oh, ich bin deutlich ruhiger geworden, wenn es das ist, was du meinst.« Green wurde schlagartig ernst. Er sah in sein Glas. »Du meinst, er hat sie in seiner Gewalt? Das wird er sich nicht trauen. Wenn das rauskommt, wären alle seine schönen Pläne für'n Arsch. Aber vielleicht sind sie ja auch einvernehmlich zusammen. Kenn sich einer mit den Weibern aus.«

Sie diskutierten noch eine ganze Weile die verschiedenen Möglichkeiten und Theorien, kamen aber zu keinem Ergebnis. Simon hatte das Gefühl, dass sie sich die Fahrt hätten sparen können.

Schließlich stand Luke auf. »Wir müssen los. Wenn Paul nicht bald seinen Fisch kriegt, bestellt er demnächst Scholle und Konsorten bei jemand anderem.«

»Der Laden läuft gut. Hätte ich nicht gedacht.«

»Wär' das nichts für dich, Dennis?«

»Fish-'n'-Chips-Shop? Den ganzen Tag an der Fritteuse? Nee, Luke, ich brauch frischen Wind um die Nase und kein Frittenöl. Vielleicht gehe ich ja ganz weg von hier.« Auch er stand auf und begleitete sie zur Tür.

»Wohin?«

Green zuckte mit den Achseln. »Was weiß ich. Nur weit genug weg von hier. Neuseeland vielleicht.« Er deutete durch die offene Tür. »Sieh dich doch um, Luke. Hier hat keiner eine Zukunft. Die paar Touristen, davon kann doch keiner leben.«

»Und das Haus?« Luke blieb stehen. »Wär' eine gute Lage für ein B&B.«

Green lachte auf. Es klang verbittert. »Ich mit Schürze in der Küche? Full English Breakfast, die Herrschaften?« Er winkelte den Arm an und deutete eine Verbeugung an. »Nee. Das geht nur mit einer Frau. Und siehst du hier eine? Nee, Luke, ich verkauf den ganzen Krempel und bin dann weg.«

Luke wog den Kopf hin und her. »Wär' wirklich schade um das Haus. Du bist doch 'n gesunder, kräftiger Kerl. Dass noch keine angebissen hat …« Luke grinste.

»Würde Bennett hier investieren wollen, ich wäre bereit.« Green sah hinauf zum Himmel. »Und was die Mädels von heute betrifft, die sind mir zu modern. Wollen bei allem mitreden. Nee, dann wär's ganz vorbei mit der Ruhe.« Er sah, dass Luke widersprechen wollte, und grinste. »Ist nicht ernst gemeint. Ist nur so, bisher ist noch nicht die Richtige in die Bucht gesegelt. Außerdem kriegst du in Helston alles, was dein Herz begehrt. Und nicht nur die in Uniform.«

Luke verzog abwägend die Mundwinkel. Die Gegend war ein echter Heiratsmarkt. Dafür sorgte allein schon das weibliche Personal des Marinestützpunkts. »Wie auch immer, wenn du was hörst, melde dich bitte sofort.«

Es war spät geworden. Bis Luke mit Paul abgerechnet und seinen üblichen Plausch gehalten hatte, würde noch einige Zeit vergehen. Jenkins mochte das Gefühl nicht, Zeit zu verplempern. Er hatte anfangs noch gehofft, Mary habe einfach nur vergessen, von ihren Plänen zu erzählen. Stattdessen ahnte er immer deutlicher, dass sich eine unheilvolle Entwicklung anbahnte, die nicht aufzuhalten war. Wenn er nur wüsste, was da in seinem Unterbewusstsein arbeitete, aber nicht den Weg an die Oberfläche fand.

»Komischer Vogel.« Luke saß wieder hinter dem Steuer und machte einen unzufriedenen und unentschlossenen Eindruck.

»Was ist?«

»Nichts. Ich habe gerade nur gedacht, ein Pint im Paris Hotel wäre nicht schlecht. Paul hat bar bezahlt und gleich die nächste Bestellung aufgegeben.« Er startete den Motor. »Du brauchst nicht so zu gucken, Inspektor. Mir ist gerade eingefallen, dass ich ja schon den Whisky hatte. Dennis ist ein feiner Kerl, aber er hat tatsächlich kein Glück mit den Frauen. Ist auch kein Wunder. Das Dasein als Fischer ist nicht eben einfach. Welche Frau ist schon gerne die meiste Zeit allein? Und dann immer die Angst, dass der Mann auf See bleibt.« Luke lenkte den Wagen zurück auf die Uferstraße. »Dennis hatte mal 'ne Freundin. Hätte was werden können, aber seine Mutter hat die Frau nicht gemocht. Sie sei kein Umgang für ihn. War 'ne kluge Bürohilfe bei einem Makler in Helston, hat Dennis mal erzählt. Ständig hatten die beiden Frauen Zoff. Die Kleine hat ihn dann am Ende sitzen gelassen und ist, wenn ich mich recht erinnere, nach Manchester gezogen. Ich habe sie damals verstanden. Wer erträgt schon freiwillig den ständigen Krach mit der Schwiegermutter?«

»Wenn er clever ist und seine Antiquitäten erst verkauft und dann sein Haus, hat er schon ein hübsches Sümmchen sicher. Allein die Seekarten. In London zahlen sie dafür ein Vermögen. Seit die Saudis in der Stadt sind und die Oligarchen, boomt der Handel mit Erinnerungsstücken an unsere ach so glorreiche britische Vergangenheit.« Jenkins dachte an den Einsatz, bei dem er Moira kennengelernt hatte. Gemeinsam hatten sie den Mord an einem Russen bearbeitet, der in den Jahren der Perestroika Millionen mit dubiosen Geschäften gemacht hatte und am Ende bei den russischen Machthabern in Ungnade gefallen und nach England umgesiedelt war. Sein Haus in Kensington war britischer ausgestattet gewesen als alle anderen Herrenhäuser, die Jenkins bis dato gesehen hatte. Dieser Russe hatte kurze Zeit unter Personenschutz gestanden, aber das hatte ihn nicht vor dem Gift geschützt, an dem er gestorben war.

»Meine Oma selig hat in den Fünfzigern viel von solchem Kram weggeworfen. Wegen der modernen Zeiten. War dumm. Die Familie ärgert sich noch heute über ihre Aufräumwut.« Luke setzte den Blinker.

Eine Zeit lang hing jeder seinen Gedanken nach. Als sie in die Nebenstraße Richtung Cadgwith abbogen, brach Luke das Schweigen.

»Das ist ja schlimmer, als ’ne rostige Stecknadel in ’nem verdammten Heuhaufen suchen zu müssen. Oder ’ne Seegurke dingfest zu machen. Mary verschwindet doch nicht einfach so.«

»Ich weiß es einfach nicht.«

»Du warst doch Bulle. Euch fällt doch immer was ein. Das hat man euch doch so eingetrichtert, oder?«

Jenkins schwieg. Es gab schlichtweg keine Spur, die sie aufnehmen konnten. Er würde wohl doch DI Marks anrufen müssen, auch wenn er nicht glaubte, dass der mehr Erfolg haben würde. Eine offizielle Ermittlung war aber immerhin eine Option.

»Was denkst du?«

»Was ist eigentlich mit dem Deutschen? Hast du bei deinen Freunden in Helston etwas in Erfahrung bringen können?«

»Bis jetzt nicht.«

XXXIII.

Jenkins saß auf einer der Bänke auf dem Felsvorsprung zwischen dem kleinen Naturhafen und der steinigen Bucht, die im Sommer von den Urlaubern mangels Alternative zum Baden genutzt wurde.

Das Wetter war überraschend mild, und er hatte die Gelegenheit nutzen wollen, ein paar Farbstudien zu betreiben. Die grün und braun bemoosten Felsen hatten es ihm angetan. Mit ihren Rissen, Schichtungen und Spalten boten sie einen interessanten Kontrast zu dem fast wolkenlosen hellblauen Himmel. Die See hatte ebenfalls ihr hellblaues Kleid übergestreift, das lediglich eine winzige Spur ins Grau changierte. Wie bei einem Aquarell flossen am Horizont Meer und Himmel untrennbar ineinander.

Container- oder Kreuzfahrtschiffe waren nicht zu sehen, und für die Rückkehr der Fischerboote war es noch zu früh.

Ohne auf seine Umgebung zu achten, mischte Jenkins immer wieder die Farben neu in unterschiedlicher Intensität und trug sie auf eine kleine Leinwand auf, um dann die Stimmigkeit mit der Wirklichkeit abzugleichen. Und genauso oft setzte er neu an. Die Natur um ihn herum sah so einfach und überschaubar aus, und dennoch wollte es ihm nicht gelingen, sie zu seiner Zufriedenheit abzubilden.

Er fühlte sich wie Sisyphos.

Die Erinnerung an den ersten gemeinsamen Einsatz mit Moira hatte ihn am Vorabend wieder vor die Staffelei getrieben. Aber er hatte es nicht einmal geschafft, die Farben auf der Palette aufzufrischen, geschweige denn, einen Strich zu setzen. Er hatte einen Stuhl vor Moiras Porträt gezogen, hatte auf das halb fertige Bild gestarrt und endlich geweint.

Erst spät war er vom Atelier hinüber ins Wohnzimmer gegangen. Er hatte Musik aufgelegt, um sich abzulenken. Harte Rockmusik. Aber die war er schnell leid geworden. Der treibende Rhythmus von Bass und Schlagzeug und die lauten Gitarren waren ihm wie das Kreischen und Bersten erschienen, als ihr Dienstwagen von der Fahrbahn abgekommen und nach dem Überschlag auf dem Dach über die Straße gerutscht war. Er hatte wie ein Junkie auf Entzug nach Alkohol gesucht und schließlich Schmerztabletten genommen, um schlafen zu können.

Aber das Gefühl von rastloser Hilflosigkeit war geblieben, die Nacht über und auch nach dem Aufwachen. Auch jetzt noch fühlte er sich niedergedrückt.

Er hätte Victorias Mobiltelefon nicht abgeben, sondern die darauf hinterlassenen Hinweise selbst noch einmal sichten, bewerten und verfolgen sollen. Und er hätte sich mehr um den Mord an Barbara Thompson kümmern müssen, statt sich von DI Marks abschrecken zu lassen.

Was aber viel schwerer wog: Er konnte Marys Verschwinden nicht erklären. Jedes Mal, wenn er glaubte, einen Schritt vorangekommen zu sein, wurde ihm bewusst, dass ihn seine Ermittlungen – welch unpassende Bezeichnung für diese stümperhaften Bemühungen – im Gegenteil einen großen Schritt zurückwarfen.

Ihre Tante wusste nichts, ihr Umfeld im Dorf nicht, geschweige denn Green. Wie auch? Green war viel zu selten in der Gegend, um auf dem Laufenden zu sein, was in Cadgwith passierte. Terry Bennett war verschwunden, und von dem Deutschen fehlte ebenfalls jede Spur. Es war, als habe er mit der konsequenten Abkehr von seinem früheren Leben auch den Instinkt verloren, der Teil seiner Arbeit und seines Erfolgs gewesen war.

Jenkins fühlte sich wie ein Fisch auf dem Trockenen. Der Gedanke ließ ihn noch verbissener die Farben mischen.

»Warum suchen Sie mich?«

Jenkins fuhr herum, stieß mit der Palette gegen den Gehstock, den er an die Bank gelehnt hatte und der nun klappernd zu Boden fiel.

»Sind Sie überrascht?«

Vor ihm stand der Deutsche und sah auf ihn herab. »Grau und Blau? Grün und Braun?« Er machte eine geringschätzige Handbewegung. »Was ist das? Kubismus? Expressionismus? Für mich sind das Farbkleckserеien. Hat mich nie interessiert. Mary würde das natürlich ganz anders sehen. Wo ist sie eigentlich?«

»Woher …«

»Ihr netter Freund hat sich allzu auffällig benommen. Hat in den Pubs in Helston lauthals verkündet, dass er einen ganz bestimmten Deutschen sucht, blond und blauäuig, der sich dazu noch nicht allzu lange in der Gegend aufhält und sich ganz besonders für alles interessiert, was einen Rock trägt. Die Wände in den Pubs haben Ohren, um das Klischee zu bemühen, Mr. Jenkins. Oder sollte ich lieber Inspektor Jenkins sagen?«

Simon erhob sich. Ihm behagte nicht, dass der Deutsche über ihm stand. »Sagen Sie mir, wo Mary ist.«

Michael sah sich amüsiert um. »So ein Dorf ist doch überschaubar. Da geht man nicht einfach verloren. Um der Wahrheit die Ehre zu geben, ich habe gedacht, Sie könnten mir sagen, wo ich Mary finde. Sie sind doch dick befreundet. Oder sollte ich sogar annehmen müssen, ein Paar? Das würde mir nicht gefallen. Ich bin nämlich hier, um Mary zurückzuholen nach Köln. Denn da gehört sie hin. Das hier«, er beschrieb mit der Hand einen Halbkreis, »das ist doch der Arsch der Welt. Jedenfalls für einen Menschen mit Marys Intelligenz. Sie gehört mir, Jenkins. Verstanden?«

Der Deutsche sprach ein gutes Englisch. »Woher wissen Sie, wer ich bin?« Er musste sie beobachtet haben. Wie konnte er sonst wissen, dass er Mary kannte? Die Fantasie war offenbar mit ihm durchgegangen. Er und Mary ein Paar? Davon konnte keine Rede sein.

»Ich habe so meine Quellen. Also, warum lassen Sie mich auf diese stümperhafte Art suchen?«

Der Blonde hatte sich nun breitbeinig und angriffslustig vor ihm aufgebaut. Jenkins stand mit dem Rücken zum Wasser, keine zwei Schritte vom Abgrund. Der Felsen fiel an dieser Stelle steil zum Meer ab.

»Sie kannten Barbara Thompson.« Jenkins ging in die Offensive.

»Was soll das jetzt werden? Etwa ein Verhör?« Er lachte auf.

»Warum waren Sie mit ihr im Housel Bay Hotel?«

»Das geht dich nichts an. Was willst du von mir, du Krüppel?«

Jenkins riss sich zusammen. Er war in der deutlich schlechteren Position. Nicht, dass er Angst hatte, der Mann würde ihn vom Felsen stoßen, aber er konnte ihn bis an den Rand drängen. Er versuchte, ruhig zu bleiben.

»Sie wissen, dass sie tot ist?«

»Was hat das mit mir zu tun?«

»Sie waren einen Abend vor ihrem Tod mit ihr essen.«

»Noch mal, was willst du von mir?« Lauernd stand er da.

»Das ist doch seltsam, oder? Das müsste doch auch der Polizei in Ihrem schönen Deutschland zu denken geben. Sie waren offenbar der Letzte, der sie lebend gesehen hat. Damit sind Sie ein wichtiger Zeuge.«

»Warum war dann die Polizei noch nicht bei mir?«, kam es höhnisch zurück. »Hör zu, du Witzfigur, lenk nicht davon ab, was ich dir gesagt habe: Lass deine Finger von Mary. Und sag mir endlich, wo ich sie finde.«

Jenkins bückte sich vorsichtig, um den Stock aufzuheben. Dabei sah er, dass Michael versucht war, ihn mit dem Fuß beiseitezuschieben. »Mich interessiert mehr, was Sie mit Barbara Thompson zu schaffen hatten.«

»Das geht dich gar nichts an.«

»Ich glaube nicht, dass Sie nicht wissen, wo Mary ist.«

Michael lachte auf. »Nun hört sich ja alles auf.«

»Sie haben richtig gehört. Ich glaube, dass Sie ganz genau wissen, wo sie ist.«

»Pass auf, was du sagst.« Er machte einen Schritt auf Jenkins zu.

Simon blieb ungerührt auf seinem Stock gestützt stehen. Zur Not taugte der Gehstock auch als Waffe.

»Mary ist seit Tagen verschwunden.«

»Pass auf, was du sagst.« Michael deutete auf den Abgrund. »Wer hier abstürzt, ist nicht mehr zu retten.«

Ein lächerlicher Satz und eine ebenso lächerliche Geste. Jenkins verkniff sich ein Lachen. »Wie Victoria.«

»Wie wer?«

»Victoria Bowdery. Sie starb nach einem Sturz von den Klippen.«

»Wie Toby. Steht auf der Plakette«, höhnte der Deutsche und wies auf die Bank, die die Bewohner des Dorfes nach dem tödlichen Sturz des Sechzehnjährigen aufgestellt hatten.

»Mary glaubt, dass sie gestoßen wurde.«

Michaels Lachen klang beinahe irre. »Was habe ich damit zu tun? Du bist doch krank im Hirn.« Er tippte sich an die Stirn.

Seine Entrüstung war echt. Er kannte Barbara, aber sicher nicht Victoria. Dennoch … »Es ist doch merkwürdig, dass Barbara zu Tode kommt und auch Marys Freundin Victoria. Und dass Mary nun verschwunden ist. Und Sie sowohl Mary als auch Barbara kennen beziehungsweise kannten.«

»Ich kann deinen verschwurbelten Gedanken nicht ganz folgen. Verdächtigst du mich, Mary entführt zu haben? Weil sie denkt, ich hätte was mit den beiden Todesfällen zu tun? Dass ich Spuren verwischen und eine Mitwisserin verschwinden lassen will?«

»So könnte es sein.«

»Hör zu, du Idiot, ich habe es dir schon gesagt, ich bin gekommen, um meine Mary aus diesem gottverlassenen

Nest herauszuholen. Mit den Todesfällen habe ich nichts zu tun.«

»Die Polizei wird sich sicher gerne mit Ihnen darüber unterhalten.«

»Willst du mich anzeigen, du Hund, damit du bei Mary freie Bahn hast? Fein ausgedacht.« Michael tat zwei weitere Schritte und stand Jenkins nun Auge in Auge gegenüber. »Das werde ich nicht zulassen, du ...« Er hob die Hand.

Jenkins wich nicht zurück, sondern sah seinem Gegner gerade und unverwandt in die Augen.

»Ich werde sie finden. Und sie wird mir am Ende zustimmen. Ihr Platz ist an meiner Seite. Was kannst du ihr schon bieten? Nichts.«

Er schwieg einige Sekunden. Zu hören waren nur das Geschrei einer Möwe und die Wellen, die gegen die Felsen schlugen. Dann drehte der Deutsche sich abrupt um und verließ den schmalen Felsvorsprung. Er war bereits einige Meter entfernt, als er sich noch einmal umdrehte.

»Ich komme wieder, verlass dich darauf.« Er deutete auf die Leinwand. »Und deine Farbkleckse sind lächerliches Geschmiere. Hörst du? Nichts als Geschmiere.«

Jenkins sah ihm hinterher. Er atmete erst dann tief durch, als er ihn auf der Dorfstraße Richtung Ruan Minor verschwinden sah. Durch die starre Haltung hatten sich seine Muskeln verspannt, und er spürte den Schmerz ins Bein hineinkriechen. Umständlich packte er die Malutensilien zusammen.

Im Cottage war es überraschend kalt. Die Heizung musste ausgefallen sein, unmittelbar nachdem er das Haus verlassen hatte. Luke hatte ihm schon vor ein paar

Tagen versprochen nachzusehen. Verärgert trug er Brennholz aus dem Schuppen ins Wohnzimmer. Es würde eine Zeit dauern, bis der Ofen den Raum erträglich warm gemacht hatte. Er fluchte. Heute war ein gebrauchter Tag.

Er überlegte gerade, ob er nicht noch einmal ins Atelier hinübergehen und weiter an den Linolschnitten arbeiten sollte, als das Telefon klingelte.

»Jenkins. Ich soll Sie zurückrufen. Ich habe nicht viel Zeit.«

Er schob seinen Ärger über den arroganten Ton des DI in den Hintergrund. »Danke, dass Sie sich bei mir melden, Detective Inspector. Mary Morgan ist verschwunden.«

»Was heißt ›verschwunden‹?«

»Ich kann sie nirgends finden.«

»Deshalb rufen Sie mich an? Die Dame wird schon wieder auftauchen.«

Schwierige Beziehungen gehörten eindeutig nicht zu seinem Aufgabenbereich. Simon hörte an der Stimme des DI, dass er einen lästigen Querulanten möglichst schnell abwimmeln wollte.

»Mary Morgan ist seit fast fünf Tagen weg.«

»Seit fünf Tagen. Ich brauche Ihnen wohl nicht zu sagen, dass die meisten Vermissten …«

»Nein, müssen Sie nicht. Ich weiß, was bei Vermisstenfällen zu erwarten und zu tun ist. Glauben Sie mir, ich habe alle Möglichkeiten in Betracht gezogen. Sie bleibt verschwunden.« Der nächste Satz fiel ihm nicht leicht. »Ich brauche Ihre Hilfe.«

»Warum sollte sie verschwinden? Hat Mary Morgan vor jemandem Angst? Wird sie bedroht? Vermutlich gibt es eine ganz einfache Erklärung, und sie will lediglich ein paar Tage Ruhe.« Jenkins' Hilflosigkeit gefiel ihm hörbar.

»Hören Sie, wenn ich nicht das Gefühl hätte, dass etwas nicht stimmt, würde ich Sie nicht belästigen.«

»Ahhh, der alte Bulleninstinkt. Sie können immer noch nicht loslassen, Jenkins.«

»Es geht hier nicht um mich und meine Befindlichkeit. Es geht darum, dass eine Frau aus dem Dorf verschwunden ist. Wegen der beiden toten Frauen sollten jetzt bei Ihnen alle Alarmglocken läuten.«

»Überlassen Sie das ruhig mir zu entscheiden, wann sich bei mir welche Alarmglocken melden.« Marks holte hörbar Luft. »Und hören Sie endlich auf, die Fälle der beiden Frauen in einen Topf zu werfen. Es gibt nicht den geringsten Hinweis darauf, dass sie zusammengehören.«

»Was ist mit Victorias Mobiltelefon?«

»Was soll damit sein?«

»Es könnte Hinweise auf die Tat enthalten. Victoria war kein Kind von Traurigkeit.«

»Ich wiederhole mich gerne: Der Fall ist ab-ge-schlossen. Wann begreifen Sie das endlich, Jenkins?«

Er hätte sich denken können, dass er von Marks keine Hilfe bekommen würde. Simon ärgerte sich umso mehr, dass er und Luke die gespeicherten Telefonnummern auf die Schnelle nicht hatten zuordnen können.

»Sie verschwenden Ihre Zeit, Jenkins. Sie sollten sich lieber um Ihre Malerei kümmern und das Leben an der frischen Luft genießen.«

DI Marks hatte recht. Er würde nichts erreichen. Er musste das endlich akzeptieren.

»Sie haben schon genug für die Krone getan.«

Jenkins wollte nicht länger zuhören. Marks redete in einem Ton, als habe er einen Idioten vor sich. Der nächste Satz war eine Qual für ihn. »Suchen Sie Mary Morgan. Bitte.«

»Lieber Mann, sie taucht schon wieder auf. Ich kann ja verstehen, dass Sie sich Sorgen machen. Eine hübsche Frau, klug dazu, nach allem, was ich gehört habe. Wenn man einen Menschen ins Herz geschlossen hat, ist es schwer zu verstehen, wenn er Dinge tut, die man nicht begreift oder in die man nicht eingeweiht ist.« Er hätte auch Seelsorger werden können.

»Sie hat niemandem eine Nachricht hinterlassen.«

»Vielleicht ist sie längst in Deutschland.«

»Was soll sie dort?«

»Sie hat doch lange dort gelebt. In Köln, nicht?«

»Sie hat keinen Grund, dort zu sein. Das weiß ich.«

»Hat sie Ihnen das gesagt, ja? Interessant. Woher wissen Sie, dass sie die Wahrheit sagt? Gerade als Ehemaliger sollten Sie wissen, dass Aussagen mit Vorsicht zu genießen sind, gerade von denen, denen Sie sofort geneigt sind zu vertrauen. Grundkurs Ermittlungen, Jenkins.«

Simon spürte, dass er rot wurde vor Zorn. Marks hatte die Gabe, ihn jedes Mal auf die Palme zu bringen. »Marks …«

»DI Marks, wenn schon.«

Arschloch! Er schluckte.

»Ich schicke einen Beamten raus.« Marks' Entscheidung klang wie ein Gähnen.

Jenkins legte auf, ohne etwas zu erwidern.

Zwei Stunden später saß er im Wohnzimmer vor einer halb leeren Flasche weißen Rum. Er hatte sie nach längerem Suchen auf dem untersten Regal im Wohnzimmer gefunden. Ein Geschenk der Kollegen bei der Met. Sie hatten es gut gemeint, aber er hatte damals wegen der Medikamente keinen Alkohol trinken dürfen. Seine Vernunft sagte ihm, dass er auch jetzt besser darauf verzichten sollte, aber das Gefühl von Niederlage und Ohnmacht war stärker als die Angst vor einem gefährlichen Cocktail.

Das Zimmer war mittlerweile überhitzt, aber das störte ihn nicht. Der Geruch nach verbranntem Holz gab ihm das flüchtige Gefühl von Geborgenheit. In seiner Kindheit hatte in jedem Zimmer ein Kohleofen gestanden.

Die Schmerzen hatten zum Glück nachgelassen. Dafür rasten seine Gedanken. Den Kopf in die Hände gestützt, starrte Jenkins auf das Label der Rumflasche. Er musste sich konzentrieren, um das Muster erkennen zu können.

Ohne es zu bemerken, sprach er leise mit sich selbst. Was tat er hier in Cadgwith? Hatte er allen Ernstes gedacht, in diesem Nest seiner Vergangenheit entkommen zu können? Ha. Und seinen Schuldgefühlen? Mit einer achtlosen Bewegung wischte er den Gehstock von der Tischkante. Das polternde Geräusch, mit dem er gegen den Ofen fiel, ließ ihn nicht einmal aufschauen.

Er hatte weder seine Arbeit bei der Met ordentlich zu Ende bringen können noch Moira retten. Oder Victoria.

Moira!

Der Schrei ließ ihn aufhorchen, als habe nicht er ihn ausgestoßen. Moira. Das Wohnzimmer war leer, bis auf die Möbel, die Bücher, die Hitze und den rauchigen Geruch des Ofens.

Und bis auf die Bilder.

Die Bilder! Nichts brachte er zustande. Er war nicht fähig, ihnen Kraft oder auch nur den Hauch einer Aussage zu verleihen. Kunsthandwerk. Jenkins wischte den Gedanken mit einer unwirschen Handbewegung vom Tisch. Nicht mehr als gefällige Urlaubserinnerungen für ignorante Touristen. Nicht die Zeit wert, die er auf sie verwendete. Und wieder und wieder der schmerzhafte Gedanke, wie lächerlich doch seine kümmerlichen Versuche waren, den überbordenden Reichtum an Farben, Pflanzen und Tieren an dieser Küste mit Farbe und Pinsel zu begreifen und festzuhalten. Die Natur entglitt ihm bei jedem neuen Anlauf.

Er hatte geglaubt, neu beginnen zu können, ausgerechnet in Cadgwith, diesem Nest am Ende Englands. Weit, weit weg von London, weit weg von Lehmann. Viel zu weit weg von Moira.

In Luke hatte er einen Freund gefunden, den nichts von dem bewegte, was seine Londoner Kollegen und Freunde beschäftigte. Luke waren Image und Stellung egal, eine ehrliche Haut. Für ihn zählten allein die See und der Frieden, den er jeden Tag aufs Neue mit ihr schließen musste. Die See als Versicherung seines Überlebens als Fischer, die See als Quelle auch seines inneren Reichtums und seiner Gelassenheit. Luke war Teil der Natur und ihr zugleich ausgeliefert. Und genau das war das Elixier, das ihn jeden neuen Tag mit Freude willkommen heißen ließ.

Jenkins wünschte sich im Augenblick mehr denn je, diese Stufe der Erkenntnis erreichen zu können: *Du bist Teil der Natur, und du bist nichts ohne sie.* Ja, das war die wichtigste Stufe der Erkenntnis im Leben.

Diese Einstellung zum Dasein war die unverbrüchliche Philosophie, die das Dorf zusammenhielt. Auch Mary dachte und handelte so. Sie schöpfte aus ihrer Umgebung die Kraft für den Tag. Jenkins bewunderte den Mut, mit dem sie den Neuanfang gewagt hatte, und er beneidete die Leichtigkeit, mit der sie ihre Arbeit meisterte. Genauso wie sie den Anfeindungen eines Terry Bennett begegnete.

Mary. Er hatte Angst, ihr nicht helfen zu können. Er durfte nicht scheitern. Er war auf dem besten Weg, sich in sie zu verlieben.

Er stützte sich auf und erhob sich schwerfällig. Mit unsicheren Fingern schob er die CD in den Schacht der kleinen Anlage und setzte sich wieder. Er musste jetzt dringend Beth Hart hören: *Good day to cry*.

Laut.

Und noch lauter.

Die Boxen verzerrten.

Stay with me baby / and save me from the grave / and I don't need no doctor / to keep me alive / it's a good day to cry / a good day to cry.

Über Moiras Bild in seinem Kopf hatte sich längst ein anderes geschoben.

Er hatte sich in Mary Morgan verliebt.

Er lachte. Welch eine Vorstellung.

Er musste diesen Gedanken loswerden, um jeden Preis. Das schwor er sich.

Am nächsten Morgen wachte Jenkins im Schlafzimmer auf. Er lag angezogen auf dem Bett. Mühsam öffnete er die Augen. Das Letzte, woran er sich erinnerte, war, dass er mit dem Rest in der Rumflasche ins Atelier gegangen war und das Laken von Moiras Porträt gerissen hatte.

Dann Filmriss.

Seine Zunge klebte am Gaumen. Er musste das pelzige Gefühl ertragen, denn er konnte sich nicht bewegen. Allmählich nahm er das Heulen des Sturms wahr, der über der Bucht tobte. Kein guter Tag. Er schloss die Augen und fiel erneut in einen unruhigen Schlaf.

Am Nachmittag schaffte er es endlich aufzustehen. In der Küche fand er die leere Rumflasche. Er trank ein Glas Wasser in wenigen Zügen, dann ein zweites und ein drittes.

Der Sturm hatte mittlerweile ein wenig nachgelassen, und er beschloss, in die Bucht zu gehen. Er brauchte dringend frische Luft zum Atmen, zum Leben. Aber erst etwas essen. Der Blick in den Kühlschrank sagte ihm, dass er das nicht zu Hause tun würde. Die erleuchteten Fächer waren bis auf ein Glas Mixed Pickles und ein angefangenes Päckchen Butter leer.

Jenkins sah auf den Kalender neben der Küchentür. Dienstag. Folk Night. Er fühlte sich schwach, er hatte Schmerzen, aber er würde ins Pub gehen, Fish 'n' Chips essen und dann mit den anderen Musik machen. Er brauchte einen freien Kopf.

Auf der schmalen Felszunge, die die Bucht in zwei Hälften teilte, war es stürmischer, als er angenommen hatte. In der beginnenden Dunkelheit schoss die Gischt wie Granatfeuer in Fontänen an den nun fast schwarzen Felsen empor. Der Wind riss die weißen Spitzen fort. Weiter östlich im Ärmelkanal musste die Hölle los sein.

Jenkins hatte die Besatzungen der Lebensrettungsboote vor Augen, die entlang der Küste stationiert und in ständiger Bereitschaft waren. Hoffentlich mussten die braven Männer in der Nacht nicht raus auf die kochende See, um bei einer Havarie zu helfen.

Sie hatten im Pub gerade die erste Runde Musik gespielt, als Stevyn Collins sich zu ihm auf die lange Bank setzte.

An diesem Abend war es ruhiger als sonst. Vermutlich lag es am Sturm, dass nur die einheimischen Musiker gekommen waren. Den Fiddlern, Gitarristen oder Whistle-Spielern, die sonst im Cove Inn anzutreffen waren, war das Wetter wohl zu ungemütlich. Oder sie waren in einem der Pubs in Helston, in denen es neuerdings auch regelmäßige Musikabende gab.

»Cheers. Auf das Leben, auf die Liebe und auf Cornwall.« Collins hob sein Glas, in dem goldgelber Whisky oder Rum schimmerte.

Jenkins erwiderte den Trinkspruch mit einem Kopfnicken.

»Keinen Durst?«, fragte der ehemalige Kapitän eines Versorgungsschiffes, das die Bohrinseln in der Nordsee anfuhr, und deutete auf Jenkins' leeres Glas.

»Heute nur Wasser. Der Abend gestern war etwas … wie soll ich sagen … unruhig.«

Collins grinste. »Unruhig? Das Wetter ist unruhig. Aber sonst gibt es keinen Grund im Leben, einen ordentlichen Schluck auszulassen. Den Grundsatz scheinst du befolgt zu haben, wie ich dir ansehe.«

Wie recht er hatte. Jenkins fühlte sich immer noch mies. Allein der Gedanke an Alkohol war schon zu viel.

Er hob eine Augenbraue. Stevyn hatte eine interessante Einstellung zum Trinken. Wobei er mitnichten Alkoholiker war. Vielmehr speiste sich seine Philosophie des Trinkens aus den vielen Jahren auf See und den Eindrücken, die er auf seinen Fahrten gesammelt hatte. Dabei war er gelassener geworden, was die Turbulenzen seines Lebens und die anderer betraf. Bei einem guten Schluck ließen sich alle Probleme leichter lösen, war seine Devise.

Den Seemann konnte wenig aus der Ruhe bringen. Das hatte Jenkins schon bei seiner ersten Begegnung mit dem sympathischen Dicken gespürt, der seinem Auftreten und seiner Kleidung nach genauso gut einem Charles-Dickens-Roman hätte entsprungen sein können. Collins verbrachte seinen Ruhestand mit seiner Frau nicht weit von Cadgwith in einem beschaulichen Cottage.

»Ich habe das Brotbacken angefangen. Ab der nächsten Saison können die Leute frisches Brot bei mir kaufen. Aus gesundem Vollkornmehl selbstverständlich. Mehrere Sorten.« Es war mehr eine Feststellung als der Versuch einer Unterhaltung.

»Klingt gut. Wo hast du das gelernt?«

»Auf See lernst du als Käpt'n 'ne Menge. Die ersten Brote sind schon ganz gut gelungen. Kannst eins haben. Komm einfach vorbei.«

»Mach ich.« Jenkins fuhr mit den Fingern über seine Mundharmonikas. Er würde in der zweiten Runde *Little Red Rooster* spielen. Mit Harry. Der hatte als Einziger von auswärts den Weg ins Pub gefunden, ein Besessener in

Sachen Gitarre. Der junge Musiker stand kurz vor seinem Examen an der Musikakademie in Truro. Im Augenblick sprach und lachte er am Tresen mit ein paar Gästen.

»Ich hab's mal probiert.« Collins deutete auf die kleinen Instrumente, die Jenkins in seiner Harp-Tasche sortiert hatte. »Auf See hat man Zeit. Aber ich hab kein Talent dafür. Klang schrecklich. Die Crew wäre fast über Bord gegangen. Freiwillig.« Er grinste bei dem Gedanken.

»Dafür kannst du singen.« Er mochte besonders Collins' A-cappella-Version des Animals-Klassiker *House of the rising sun*.

»Ich habe gehört, dass Mary verschwunden ist.« Stevyn Collins sah ihn über den Rand seines Glases aufmerksam an, bevor er einen kleinen Schluck nahm.

Jenkins nickte.

»Ungewöhnlich, nicht?« Der prüfende Blick blieb in seinem Gesicht hängen.

»Ja«, antwortete Jenkins betont einsilbig.

»Ich habe auch gehört, dass du sie suchst.«

»Die Polizei schickt jemanden vorbei. Der Sergeant, nehme ich an, wird sich dann um alles kümmern.«

»Du magst Mary, nicht wahr?«

Jenkins sah hinüber zur Bar, an der auch Dave stand, der an anderen Tagen längst das Kommando zum Weiterspielen gegeben hätte. Aber diesmal schien er die Zeit zu vergessen.

»Ein feiner Mensch. Ich kenne Mary seit ihrer Geburt. Feine Familie, die Morgans. Allesamt.« Collins nickte.

Was sollte Simon sagen? »Mary macht einen guten Job.«

»Das tut sie, das tut sie.« Collins strich sich nachdenklich über den Backenbart. »Verschwindet einfach so. Das will mir nicht in den Kopf.«

»Hm.«

»Du hast doch sicher eine Vermutung, Detective Sergeant.«

»Das mit dem DS ist lange vorbei.«

»Das ist wie Radfahren. Oder Fischen. Auf seinen Instinkt zu hören, verlernt man nie.«

»Die Polizei wird sich kümmern.«

»Warum setzt du dann alles daran, herauszubekommen, was mit ihr ist? Du traust den Kollegen nicht, stimmt's?«

Simon rutschte auf der Bank unruhig ein Stück zur Seite. »Es ist nur so, dass es mir nicht schnell genug geht. Wenn jemand vermisst wird, ist das Zeitfenster denkbar knapp, um die Person zu finden. Das ist der Grund.«

»Ah, der Bulle in dir hat sich geregt. Immerhin. Klingt gut. Weiter so.«

»Hör zu, Stevyn, ich mache mir Sorgen. Wir haben hier in der Gegend zwei Morde.«

»Ich weiß. Du glaubst, sie hängen zusammen, und es gibt eine Verbindung zu Mary?«

Jenkins nickte. Genau das dachte er.

»Dann tu was.«

»Was soll ich denn deiner Meinung nach …«

»Leute. Es geht weiter.« Dave setzte sich zu ihnen, stellte sein Bier auf das niedrige Tischchen vor sich und klatschte in die Hände. »Wie wär's, Harry?«, rief er zur Bar hinüber. »Wie ich sehe, hat unser junger Freund hier«, er deutete auf Simon, »schon seine Harp in D in der Hand. Das untrügliche Zeichen, dass wir jetzt *Little Red Rooster* hören werden.«

Harry Rowland nickte seinen Gesprächspartnern zu und schlenderte mit seinem Pint in der Hand lässig zu den Musikern. »Kein Problem.«

XXXIV.

»Haben Sie einen Tee für mich?«

Mit allem hätte er gerechnet, aber nicht mit ihr. Liz Bennett stand vor der Tür. Die Frau des Unternehmers trug eine dick gefütterte Winterjacke mit pelzbesetzter Kapuze und schien dennoch zu frieren.

»Habe ich«, antwortete Jenkins und ließ sich sein Erstaunen nicht anmerken. »Ich wollte zwar gerade ins Atelier, aber für einen Tee habe ich sicher Zeit.«

»Ich will Sie nicht lange aufhalten. Künstler mögen es nicht, wenn man sie an ihrer Arbeit hindert.« Sie schenkte ihm ein dankbares Lächeln und folgte ihm in die Küche.

»Hier leben Sie also.« Als wolle sie bei ihm einziehen, zog sie ungefragt die Jacke aus, hängte sie über die Lehne des nächstbesten Stuhls und setzte sich. Augenblicklich begann sie in einem Bildband über Paula Modersohn-Becker zu blättern, der aufgeschlagen auf dem Küchentisch lag. »Die Gesichter sind mir zu grob gemalt. Das können Sie sicher besser.«

Jenkins verzichtete auf eine Antwort, stattdessen löffelte er Teeblätter in eine Kanne. Small Talk war nicht sein Ding.

»In der Schule habe ich noch gerne gemalt. Aber dann …« Sie zuckte mit den Schultern. »Die Bilder sahen aus wie das da.« Sie tippte auf ein Selbstporträt der Malerin mit Kamelienzweig. »Die gleichen riesigen Augen. Aber die Haut, rot, wie entzündet. Schuppenflechte. Und die Ränder um die Augen. Malen konnte die wirklich nicht. Finden Sie das schön?« Sie plapperte arglos wie ein Kind und lachte übergangslos. »Augen fand ich immer schon toll. Wenn man nur lange genug in sie hineinsieht, kann man in ihnen verloren gehen. In allen Augen.« Unvermittelt verfiel sie in Schweigen, das nur vom gelegentlichen geräuschvollen Umblättern der Seiten unterbrochen wurde.

Was sie wohl von ihm wollte? Liz Bennett schien immerhin nüchtern zu sein.

»Ohne.« Sie hob die Hand, als er ihr den Becher vorsetzte und ihr die Milchflasche anbot.

Er setzte sich ihr gegenüber und nippte abwartend an seinem Becher.

»Sie wollen sicher wissen, warum ich gekommen bin.« Statt ihn anzusehen, ließ sie den Blick mit unverhohlener Neugierde schweifen.

Jenkins schwieg.

»Nun«, begann sie nach einigem Zögern, »ich habe seit Ihrem Besuch viel nachgedacht. Über Terry und über mich und warum wir hierhergezogen sind. Terry hat faszinierende blaugraue Augen. In die habe ich mich sofort verliebt. Und weil er so gerissen ist. Mit seinem Charme und mit harter Arbeit hat er viel erreicht, privat und im Beruf. Er hat deshalb so viel Erfolg, weil er einen Blick hat, der die Menschen anzieht. Sie vertrauen ihm fast blind. Verstehen Sie, was ich meine?«

Er schwieg abwartend. Was wollte sie ihm sagen? Ein Plädoyer für ihren Mann halten?

»Ist auch egal. Jedenfalls hat er vor Jahren viel Geld gemacht, als der Neue Markt so richtig abging. Wir waren schnell reich, sehr reich. Terry war damals selten zu Hause. Seine Geschäfte, wissen Sie. Ich habe nicht großartig nachgefragt. Hauptsache, die Zahlen auf dem Konto wurden größer. Als klar war, dass wir keine Kinder bekommen würden, war mir das auch egal. Wenn er einmal Zeit für mich hatte, war er der charmanteste Mensch auf der Welt. Ich habe diese Augenblicke genossen.« Sie schwieg und hörte einen Moment lang in sich hinein. Dann fuhr sie fort. »Wissen Sie, ich wollte mein Leben unbeschwert genießen. Ich habe schon als kleines Mädchen gelernt, dass Erfolg und Geld wehtun können. Mein Vater war selten zu Hause. War auch gut so.« Sie fuhr sich mit einer fahrigen Geste übers Gesicht. »Wenn er daheim war, war er meist besoffen und hat meine Mutter geschlagen. Aber sie hat ihn nicht verlassen, verstehen Sie? Sie hat genau gewusst, dass dann ihre Stellung in der Gesellschaft weg gewesen wäre. Sie hat mir mal gesagt: Kindchen, Glück kannst du nicht kaufen. Das passiert, oder es passiert nicht. Was du aber für Geld kaufen kannst, hilft dir, den Rest zu ertragen. Ich bin durch diese Schule gegangen. Meine Mutter hat mich nie belogen.« Ihr kurzes Lachen klang bitter. »Lange her. Warum ich Ihnen das erzähle?« Sie sah sich erneut um. »Gibt's bei Ihnen auch was anderes als Tee?«

»Nicht jetzt.«

Sie leckte sich enttäuscht die Lippen. »Wissen Sie, ich hasse Moralapostel. Sie sollten ihr Leben genießen, statt ihrem Traum auf ewig erfolglos nachzulaufen.« Sie strich mit dem Finger nachdenklich über die Abbildung einer in dunklen Farben gemalten Landschaft, durch die sich eine Art Graben oder kleiner Fluss schlängelte. »Das Leben ist wie dieses Bild. Moorkanal mit Torfkähnen: Die ganze Mühsal lohnt nicht. Im Gegenteil, je mehr man gräbt, umso stinkender ist der Schlick, und umso größer ist die Gefahr, auf ewig darin zu versinken.«

Jenkins sah erstaunt auf.

»Ja, so ist das. Irgendwann habe ich verstanden, dass Terry keine weiße Weste hat. Dass er sich mit den falschen Leuten eingelassen hat. Dass unser Geld nicht sauber ist.« Sie sah ihn herausfordernd an.

Er tat ihr den Gefallen. »Er war in unsaubere Geschäfte verwickelt?«

»Er hat mir gegenüber alles abgestritten. Er habe sich nichts zuschulden kommen lassen. Die Börsenaufsicht habe keine Beweise. Eine Verleumdungskampagne seiner Konkurrenten. Und so weiter, bla, bla, bla. Der Neue Markt sei voll von zwielichtigen Investoren und falschen Versprechungen.« Sie bewegte ihre Hände, als würde sie ein Gedicht deklamieren.

»Ist es zur Anklage gekommen? Oder hat man ihn … und damit auch Sie sozusagen aus der Stadt gejagt?« Jenkins kannte aus seiner Zeit bei der Met eine Reihe ähnlicher Fälle. Und in die meisten war seiner Überzeugung nach Lehmann verwickelt gewesen.

»Nicht ganz, Simon.« Sie legte überraschend eine Hand auf seinen Arm. »Irgendwann stand die Polizei vor der Tür. Ein DI und sein Sergeant. Sie haben Terry mitgenommen.«

Jenkins hob erstaunt eine Augenbraue.

»Sie hatten drei Tage zuvor eine billige Nutte gefunden. Alte Industrieanlage, aufgeschlitzt, in einer öligen Pfütze in einem ranzigen Hinterhof. Die Geliebte eines von Terrys unseligen Kumpels, verschwunden nach einer wilden Party, auf der auch Terry war. Und mein feiner Ehemann hatte kein Alibi für die Tatzeit«, setzte sie voller Sarkasmus hinzu.

»Aber er ist nicht angeklagt worden?«

»Sie haben ihn mehrfach verhört, aber sie haben ihm nichts nachweisen können. Keinem von denen haben sie etwas anhängen können. Zu clever, zu gute Anwälte.«

»Was denken Sie?«

Ihre Augen wurden schmal. »Das ist doch egal, oder?«

»Sie haben recht. Geht mich nichts an.« *Aber erzählen wirst du es mir doch*, setzte er still hinzu.

»Keine Ahnung«, fuhr sie fort, als habe es Jenkins' Worte nicht gegeben. »Terry ist zu allem fähig. Er hat vor mir auf den Knien gelegen und gebettelt, dass ich ihm glaube. Aber weder damals noch heute hatte und habe ich ein Gefühl dafür, was gelogen ist und was die Wahrheit.« Sie zögerte fortzufahren. »Ich weiß nur, Terry ist ein Dreckskerl, und er kann brutal und unberechenbar sein, wenn ihm was nicht passt oder er sein Ziel nicht auf andere Weise erreichen kann. Keine Ahnung, was auf diesem Dreckshinterhof passiert ist und ob Terry dabei war oder sogar selbst zugestochen hat. Ich hatte noch Wochen nach dem Vorfall den Geschmack von Blut auf den Lippen, wenn er in meiner Nähe war. Ehrlich. Haben Sie nicht doch einen kleinen …?« Sie sah sich suchend um.

»Sind Sie deshalb aus Manchester weg?« Es kostete ihn Mühe, neutral zu wirken.

»Ich habe das Getuschel und die Blicke nicht länger ertragen. Das schadenfrohe Mitleid meiner sogenannten Freundinnen, der verletzende Tratsch derer, die sich noch Tage zuvor unsere Freunde genannt haben – ich habe das alles nicht länger aushalten können.« Sie sah Jenkins direkt in die Augen. »Die Vorstellung, ich könnte mit einem Mörder unter einem Dach leben – widerlich. Aber sie macht mir keine Angst. Ich habe keine Angst. Terry wird mir nichts tun, solange ich sein Spiel mitspiele. Hier in der Bucht habe ich das erste Mal das Gefühl, neu anfangen zu können. Ich fühle sogar so etwas wie Glück. Glück – nach all den Jahren und nach all dem Dreck. Dieses Fleckchen Erde, die Luft, das Wasser, so rein …«

»Und nun?«

»Was und nun? Dieses Schwein macht alles kaputt. Mein Mann ist nicht da. Keine Ahnung, wo er sich wieder herumtreibt. Ist mir am Ende auch egal. Aber es tut weh.« Ihre Gesichtszüge wurden hart. »Ich mach's wie meine Mutter, ich zahle meinen Preis. Nur …«

»Ja?«

»Was ist, wenn er die Nutte in Manchester umgebracht hat? Und auch die beiden Frauen hier in Cadgwith? Wissen Sie, was ich gerade wieder schmecke?«

Er konnte es sich vorstellen.

»Hast du keinen Rum im Haus? Oder Whisky. Egal was, ich will jetzt Alkohol.«

Jenkins schüttelte den Kopf.

»Dann geh wenigstens mit mir ins Bett.« Sie langte über den Tisch und versuchte seine Wange zu streicheln. »Mach mir die Freude.«

Simon wich zurück.

»Bin ich dir zu alt? Ja, ich bin dir zu alt.« Sie lachte meckernd. »Ist auch egal. Ich steh eh nicht auf Künstler. Aber du stehst auf diese Mary, stimmt's? Hat sie dich schon rangelassen, Simon, oder philosophiert ihr wie die Eunuchen nur über Kunst? Du kannst nicht duschen, ohne nass zu werden.« Sie schlug den Bildband mit einer entschiedenen Bewegung zu und schob ihn über den Tisch. »Gespräche über Bilder toter Maler, wie überaus erotisch.« Da war wieder der sarkastische Ton in ihrer Stimme. Er passte zu den nun härter gewordenen Gesichtszügen. »Macht nichts. Ich hab genug zu saufen im Kühlschrank. Das ist es: Du säufst dich weg und schaust dabei in Ruhe der ach so heilen Welt zu, wie sie ihren eigenen Untergang zelebriert. Die Aussicht auf die Bucht bei Sturm ist durch nichts zu ersetzen. Das Feuer knistert heimelig im Kamin, und draußen tobt das Verderben. Was kann gemütlicher sein?«

»Halten Sie Ihren Mann tatsächlich für fähig, einen Mord zu begehen?« Jenkins hatte ihr Selbstmitleid satt.

Sie stand auf und zog ihre Jacke achtlos von der Lehne. »Terry ist ein Monster. Warum sollte er also vor deiner Mary haltmachen, wenn sie ihm im Weg steht? Das ist es doch, was du wissen willst, kleiner armer Künstler.«

»Ich bringe Sie zur Tür.«

»Zeigst du mir dein Atelier?« Sie versuchte sich an ihn zu schmiegen.

»Besser nicht.«

Er sah Liz Bennett hinterher, wie sie mit übergezogener Kapuze den Weg zurück ins Dorf nahm. Fast sah es so aus, als schlenderte sie über einen extravaganten Boulevard. Eine einsame, verbitterte Frau voller Ängste. Angst davor, dass ihr Mann ein Mörder war, und Angst davor, dass sie nicht von ihm loskam.

Er ging hinüber zum Atelier, schloss die Tür auf und schaltete das Licht ein. Was er sah, verschlug ihm den Atem.

Überall auf dem Boden verteilt lagen Blätter, alte oder frisch abgezogene Linolschnitte in Blau, Rot oder Schwarz. Fische, Boote, Hafenansichten. Alle in Fetzen gerissen.

In der ersten Sekunde dachte er an einen Einbruch. Dann dämmerte ihm: Er selbst hatte hier gewütet. In jener Nacht vor zwei Tagen, in der er sich so maßlos betrunken hatte. Seither war er nicht mehr hier gewesen. Achtlos stieg er über das selbst angerichtete Chaos hinweg und zog mit einem Ruck das Tuch von der Staffelei. Wenigstens das hatte er im Suff geschafft: am Ende seiner Zerstörungsorgie ihr Antlitz wieder zu verhüllen.

An Moiras Porträt hatte sich nichts verändert. Wenigstens das Bild hatte er nicht angegriffen oder, weit schlimmer noch, zerstört. Aber es wollte sich kein Gefühl der Erleichterung einstellen. Ihr Gesicht wirkte ebenso seelenlos wie vor Tagen. Er hätte es im Delirium genauso gut zerstören können. Es hätte nichts geändert.

Müde, traurig und ratlos verhängte er das Bild wieder.

»Die Tür war offen. Da habe ich mir gedacht, ich schaue mal rein.«

Er fuhr herum. Die tiefe Stimme gehörte Stevyn Collins. Sein mächtiger Bauch wurde von einer schweren schwarzen Jacke gehalten, aus deren Kragen eins seiner groben Leinenhemden ragte. »Hab im Pub gedacht, wird Zeit, dass ich dich in deinem Atelier besuchen komme. Du sahst nicht gerade glücklich aus. Schaffenskrise? Habe ja schon 'ne Menge von deiner Kunst gehört. Sollst ja viel arbeiten, erzählen sie sich. Immer draußen und mit irgendeinem Bild beschäftigt. Die Natur hat's dir wohl wirklich angetan.« Er runzelte die Stirn und deutete auf den Boden. »Was ist denn hier passiert? Ist hier ein Sturm durchgefegt?«

»Lass uns ins Haus gehen.« Jenkins war es peinlich, dass Collins das Ergebnis seiner Zerstörungswut sah. Aber er wollte ihm den Grund dafür nicht erklären. Umso mehr fragte er sich, warum der pensionierte Kapitän hier war.

Kurz nachdem Jenkins ins Dorf gezogen war, war Collins in Pension gegangen. Sie hatten sich bisher immer nur auf der Straße oder im Pub getroffen. In den Gesprächen war es dann meist um Musik gegangen und über die Arbeit auf See. Collins galt als einer der wenigen, die die alte Fischertradition bewahren wollten. Wenn er gut gelaunt war, erzählte er den Touristen viel über das Leben im Dorf, sodass sie ihn in ihrer Ahnungslosigkeit nicht selten für den Bürgermeister hielten. Statt dieses Missverständnis aufzuklären, genoss er mit diebischer Freude die besondere Aufmerksamkeit. Sie hatten hinterher manches Mal über die ehrfürchtige Leichtgläubigkeit der Sommerfrischler gelacht.

Im Wohnzimmer legte Jenkins eine gebrannte CD mit Songs der Cadgwith Singers ein.

»Hab leider nichts zu trinken im Haus außer Tee.«

Stevyn Collins winkte ab. »Habe eben noch mit Debbie zusammengesessen.«

»Nun, was verschafft mir die Ehre deines Besuchs?«

»Erzähl mir lieber, wie es dir geht, Simon.« Collins lehnte sich im Sofa entspannt zurück und faltete die Hände über dem Bauch.

»Alles gut so weit. Mein Rücken und mein Bein sagen mir, dass das Wetter noch ungemütlicher wird. Wenn die kaputten Knochen mitmachen würden, könnte es mir nicht besser gehen.« Er hoffte, dass Collins ihm die Lüge abnahm.

»Das ist sicher nicht einfach, gerade in der nasskalten Jahreszeit. Aber das ist ja nicht alles. Du machst dir nicht nur Sorgen um Mary. Luke hat mir bestätigt, dass du außerdem versuchst, die Sache mit Barbara und Victoria aufzuklären. Sozusagen in geheimer Mission. Als ich die Sauerei in deinem Atelier gesehen habe, war mir endgültig klar, dass hier etwas aus dem Ruder läuft. Ich war zu lange auf See und zu lange für meine Crew verantwortlich, als dass ich nicht erkennen könnte, wenn es jemandem nicht gut geht oder eine Sache gewaltig zum Himmel stinkt. Wenn ich dir also helfen kann … Mittlerweile machen sich eine ganze Reihe Leute Sorgen um Mary.« Collins sah ihn fragend an.

Stevyn hatte recht. »Liz Bennett war eben bei mir.«

»So? Hm. Ich habe mich schon gewundert. Als ich herkam, stand sie nicht weit von hier am Hang und starrte zwischen den Häusern hinaus auf die See. Komischer Ort für eine Meditation in Pumps, habe ich gedacht. Aber vielleicht braucht auch ein Luxusweib mal das Gefühl, zum Dorf der einfachen Leute dazuzugehören. Sitzt ja ansonsten oben in ihrem Protzpalast wie eine Königin. Sie hat nicht einmal gegrüßt, als ich an ihr vorbeigegangen bin.«

»Gegen ihren Mann wurde in Manchester wegen Mordverdacht ermittelt. Jedenfalls eine Zeit lang.«

»Oh.« Collins nickte. »Ich hatte schon so eine Ahnung, dass er ein schlimmer Finger ist. Aber das ...«

Jenkins hatte keine Skrupel, ihm zu erzählen, was Bennett über ihr Leben, ihre Ehe und die Vorfälle preisgegeben hatte. Und dass sie keine Garantie dafür abgeben würde, dass Terry nichts mit Marys Verschwinden zu tun hatte.

»Ich weiß wohl, dass er sich gerne mit anderen Frauen herumtreibt. Ich habe ihn schon ein paarmal in Pubs und Restaurants in Truro gesehen. Er hat offenbar einen Schlag bei den Weibern. Sie haben an ihm gehangen, als gäbe es auf dieser Welt keine anderen Männer. Nicht dass ich neidisch wäre, ich liebe meine Debbie. Aber es war schon offensichtlich, dass er nicht nur wegen geschäftlicher Dinge mit ihnen unterwegs war.« Er lachte bei dem Gedanken und schüttelte dann ernst den Kopf. »Hast du nicht Kontakte zu ehemaligen Kollegen in Manchester? Wäre doch ein Leichtes für dich, dort mal den Namen Terry Bennett fallen zu lassen.«

Darüber hatte er auch schon nachgedacht. Und in der Tat, er kannte einen ehemaligen Detective Sergeant, der von London nach Manchester gewechselt war, um dort Detective Inspector zu werden. Er würde ihn anrufen. »Ich habe da eine Idee.«

»Gut. Sonst wüsste ich nämlich nicht, was wir noch tun könnten. Wenn Mary tatsächlich in Gefahr ist, kommt es auf jede Stunde an. Luke hat mir erzählt, dass die Polizei den Fall nicht gerade ganz oben auf ihrer Agenda hat.«

»So ist es wohl.«

»Dann müssen wir die Sache selbst in die Hand nehmen. Wir müssen als Erstes Bennett auftreiben. Hast du schon mit allen gesprochen, mit denen Mary Kontakt hat? Dumme Frage, sicher hast du das schon.«

Jenkins nickte und erzählte ihm von seiner Begegnung mit dem Deutschen. »Aber angeblich weiß er von nichts. Luke will ihn im Auge behalten, so eine Art Rundumüberwachung.« Er lächelte. »Nein, niemand hat eine Ahnung oder Idee, wo sie stecken könnte. Weder ihre Tante noch sonst jemand im Dorf. Selbst Dennis Green hat keine Ahnung.«

»Dennis?«

»Dennis Green. Luke meinte, sie haben früher zur selben Clique gehört, als Jugendliche. War einen Versuch wert. Aber auch er hat keine Ahnung. Wie auch? Er ist ja noch nicht lange zurück. War zuletzt wohl auf einer der Bohrinseln.«

Collins schmunzelte. »Die Clique, ja. Ein wilder Haufen damals. Die Cadgwith-Gang. Passte kein Blatt Papier zwischen die Mitglieder. Verschworener Haufen, damals.

Nicht jeder wurde aufgenommen. Dennis durfte mitmachen, obwohl er aus Coverack kam. Aber da er die meiste Zeit in Cadgwith war – er hat sich mit seinen Eltern nicht verstanden und hat meist bei seinem Onkel gewohnt …« Er runzelte die Stirn. »Dass die beiden nach all den Jahren noch Kontakt haben.«

»Wundert dich das?«

»Ein bisschen schon. Nach all dem, was passiert ist.«

»Was heißt das?«

»Dennis war nicht nur in seiner Jugend ein Hallodri. Er hat das Boot, das er von seinem Vater bekommen hat, verloren.«

»Ich weiß, Luke hat davon erzählt.«

»Hat er dir auch erzählt, wer dafür verantwortlich war, dass er seine Fischereilizenz und damit das Boot verloren hat?«

XXXV.

»Ich spüre meine Beine nicht mehr. Meine Arme. Es ist so kalt. Und ich habe Angst. Ich will nicht ertrinken. Warum tust du das? Warum kommst du immer wieder her und bringst mir Essen? Das Wasser steigt immer höher. Willst du, dass die See dir die Arbeit abnimmt? Bitte, bring es zu Ende. Jetzt. Ich kann nicht mehr. Bitte, erlöse mich. Bitte.« Die letzten Sätze waren nicht mehr als ein Hauchen. Es sollte endlich aufhören. Die Schmerzen, mehr noch die Enttäuschung über ihn. Darüber, sich getäuscht zu haben in ihm und seinen Beteuerungen.

Er hatte ihr die Fesseln längst so weit gelöst, dass sie wenigstens umherkriechen und essen konnte. Sie hatte bis dahin vergeblich versucht, die Nylonseile durchzuscheuern. Die Kanten der Felsen in ihrem nassen Gefängnis waren nicht scharf genug.

Sie hatte nicht die Kraft, sich auf ihn zu werfen und sich zu befreien. Sie würde an diesem Ort sterben.

Früher oder später.

Er hatte ihr ebenso schweigend zugehört wie in den Tagen zuvor. Er verzog auch diesmal keine Miene. Sein Blick blieb dunkel. Hörte er sie nicht? Seine Augen verrieten, dass er nicht in dieser Welt lebte, nicht mehr. Das musste so sein. Mary wusste keinen Rat.

Seine Bewegungen waren steif und roboterhaft.

»Rede endlich mit mir! Warum das alles? Hörst du nicht? Warum das alles?« Ihr Lachen war bitter und schwach. »Bald hast du erreicht, was du willst. Freut dich das? Dass du Macht hast? Ist es das, was du willst? Macht über mich? Endlich Macht über mich? Über Frauen?«

Statt zu antworten, warf er wieder ein Bündel Decken in ihre Richtung. Dann verschwand er so wortlos, wie er gekommen war.

Eine endgültige Geste.

Das Geräusch des kleinen Außenbordmotors fraß sich in die Stille und wurde vielfach von den Wänden zurückgeworfen.

XXXVI.

Jenkins vergaß mit einem Schlag das Chaos in seinem Atelier und in seinem Kopf. »Marys Vater hat Dennis angezeigt?« Die Sache nahm gerade eine interessante Wendung.

»Es waren im Grunde alle Fischer im Dorf daran beteiligt. Marys Vater hat lediglich konsequent umgesetzt, was alle gedacht und was alle gewollt haben. Dennis hat immer wieder mal mit den falschen, also verbotenen Netzen gefischt. Er wollte möglichst schnell viel Geld verdienen. Und er hat sich einen Dreck um die Gesetze und Bestimmungen geschert. Er hat seinen illegalen Fang immer unter der Hand verkauft, ein lukratives Geschäft für die Fish-'n'-Chips-Shops und die Restaurants. Die ehrlichen Fischer haben geschäumt. Nicht dass sie immer legal gearbeitet haben, aber Dennis hat als Erster in großem Stil betrogen und damit die anderen um ihren Verdienst gebracht.« Collins nickte beim Gedanken an die Vorfälle. »Das war damals ein ziemlicher Skandal.«

»Wann war das?«

»Oh, das ist schon lange her. Da war Mary schon mit ihrer Lehre fertig, wenn ich mich recht erinnere. Ja, sie muss damals schon auf dem Kontinent gewesen sein. Ungefähr ein Jahr später ist dann ihr Vater gestorben. Der alte Ben war ein durch und durch ehrlicher und aufrichtiger Fischer. Ein mutiger Mann. Er hat Greens Umtriebe nicht tolerieren wollen, weil er damit die ganze Branche in Verruf gebracht hat. Die Endabnehmer haben schön die Schnauze gehalten, um sich ihre Quelle nicht zuzuschütten.«

Jenkins' Gedanken überschlugen sich. »Hat Mary davon gewusst?«

Stevyn Collins wog den bärtigen Schädel hin und her. »Ich vermute, nein. Wie gesagt, sie war da schon fort aus Cornwall. Außerdem hatte sie damals nicht gerade den besten Kontakt nach Hause. Vor allem ihr Vater nahm ihr krumm, dass sie ihren eigenen Weg gehen wollte. Ich weiß noch sehr genau, dass Ben darüber ziemlich zornig war. Er war eben einer vom alten Schlag. Gott hab ihn selig.«

»Hm.« In Simon wuchsen Fragen und Befürchtungen, die ihm gar nicht gefielen. »Was denkst du? Dass Dennis etwas mit Marys Verschwinden zu tun hat?«

Collins schüttelte energisch den Kopf. »Nein, auf keinen Fall. Nein, nein. Dennis mag ein Hitzkopf und früher auch eine unehrliche Haut gewesen sein, wenn es um seinen Vorteil ging. Aber Mary etwas antun? Mit Netzen betrügen, ist die eine Sache. Aber so ein Verbrechen? Niemals. Wenn ich mich recht erinnere, war er damals total in sie verknallt. Im Pub hat es dann geheißen, Mary sei vor allem wegen ihm weg. Sie hatte wohl sein ständiges Nachsteigen satt.« Ein flüchtiges Lächeln huschte über Collins' Gesicht, dann rieb er sich nachdenklich über den Bart. »War ziemlich viel für den armen Ben, damals.«

»Ich weiß nicht. Wenn es stimmt, was du mir erzählst, könnte es durchaus auch um späte Rache gehen.«

»Das ist alles so lange her. Ich weiß nicht, fünfzehn Jahre? Vielleicht auch mehr. Nee, ich sehe da kein Motiv.

Mary ist doch nicht verantwortlich für sein Schicksal. Warum sollte Dennis ihr etwas antun? Er würde sie sicher immer noch vom Fleck weg heiraten, wenn er könnte. Ich glaube eher, dass Bennett dahintersteckt. Wie er Mary angestarrt hat, wenn sie mal im Pub war. Der geile Bock. Und bei der Vorgeschichte in Manchester ...«

»Mag sein.« Jenkins war nicht überzeugt.

»Bennett ist hinter jedem Rock her. Nimmt, was er kriegen kann. Ich sag noch einmal: Manchester. Nach allem, was man so hört ...«

»Ich werde meinen Kontaktmann anrufen.« Dennoch glaubte er nicht, dass Stevyn mit seinem Verdacht recht haben könnte. Die Kollegen in Manchester hätten Bennett damals niemals laufen lassen, wenn an der Sache etwas dran gewesen wäre. »Mir geht der Deutsche nicht aus dem Kopf. Ich traue ihm eine Menge zu.« Simon hatte den Hass vor Augen, mit dem Michael ihm begegnet war.

»Er verschleppt Mary nach Deutschland? Wie soll das denn gehen? Gegen ihren Willen kommt er mit ihr weder durch den Tunnel noch auf eine Fähre. Geschweige denn mit dem Flieger.«

»Wer weiß, vielleicht hat er Kontakte zu Schiffseignern, die ihn gegen Geld mitnehmen und keine Fragen stellen.«

»Was macht er eigentlich hier bei uns?«

»Arbeitet angeblich für die Royal Navy, irgendwas mit IT. Mit Sicherheitsstufe. Hat er Mary erzählt.«

»Na ja, in dem Fall kann es tatsächlich sein, dass er Leute kennt, die Dinge tun, ohne zu fragen. Auch den Kanal queren und an einer einsamen Stelle an Frankreichs Küste an Land gehen. Soll es alles schon gegeben haben.«

»Mary hat Angst. Ihr Ex ist in Köln mehrfach gewalttätig geworden. Ich traue ihm daher alles zu.«

Die Neuigkeit ließ Collins' Augenbrauen ein Stück höher wandern. »Und nun? Wir können doch jetzt nicht einfach hier sitzen und nichts tun.«

»Ich will erst abwarten, was Luke herausfindet. Und ich werde noch einmal zu Green rausfahren. Für alle Fälle.«

»Die Polizei kann nicht länger die Hände in den Schoß legen. Ich kümmere mich persönlich darum. Wir haben keine Zeit zu verlieren.« Collins stand mit entschlossener Miene auf. »Was ist nun mit all deinen Bildern? Warum hast du sie zerstört?«

»Schaffenskrise, lieber Stevyn. Das hast du schon richtig eingeschätzt. Manchmal muss man sich von vertrauten und auch lieb gewonnenen Dingen trennen, um einen Neubeginn zu wagen. Die Linolschnitte waren nicht wirklich gelungen.« Er lächelte dünn, denn er glaubte seinen eigenen Worten nicht.

Collins hob die Augenbrauen. »Von Kunst verstehe ich nicht allzu viel. Mir reicht es, wenn Debbie mich einmal im Jahr zu der Ausstellung des Verschönerungsvereins schleppt.« Der Kapitän im Ruhestand schüttelte sich demonstrativ. »Wenn ich die Matronen in ihren albernen bunten Kleidern schon sehe. Kein Schal zu lang, kein Hut zu groß, und dann immer dieses hochintellektuelle Naserümpfen beim Blick auf die Bilder der Nachbarin. Und erst das Preiskomitee. Unfassbar.«

Nun musste Simon schmunzeln. Stevyn, gefangen im Kreise der Hüterinnen von Kultur und Anstand. »Ganz so schlimm ist es ja nun doch nicht. Aber du hast recht, ich habe nicht die geringste Lust, an einer Ausstellung von Werken überdrehter Hobbymalerinnen teilzunehmen, und ich will nicht mit meinen Arbeiten Teil der jährlichen Gartensafari sein. Sollen die Damenkränzchen sich doch gegenseitig mit ihren herausgeputzten Gärten, Kuchen ›nach Geheimrezept von Tante Margret‹ und Landschaftsbildern überbieten.«

An der Tür blieb Collins stehen. »Hoffentlich geht es Mary gut, und wir machen uns umsonst Sorgen.«

»Wir werden sehen.«

»Je länger ich darüber nachdenke, desto mulmiger wird mir, Simon. Ehrlich.«

Simon ging es ebenso.

Am nächsten Tag stand Jenkins am Hafen und sah auf die See hinaus, die an diesem Morgen glatt und ruhig vor ihm lag. Das Wasser war sogar weniger grau als in den vergangenen Tagen. Es glitzerte müde im spärlichen Sonnenlicht. Ein friedliches Bild, dachte er. Welch ein Gegensatz zum Leben der Menschen.

Seit Collins' Besuch hatte sich ein Gedanke in seinem Hinterkopf eingenistet, den er nicht fassen konnte. Stevyn hatte unbeabsichtigt etwas Auffälliges gesagt, eine Kleinigkeit, einen Nebensatz. Wenn er nur wüsste, was es war. Es wollte ihm nicht in den Sinn kommen.

Kurz nachdem er aufgestanden war, hatte ein Detective Sergeant aus Helston an seine Tür geklopft. Der junge Polizist hatte ernst und konzentriert seine Angaben zum Verschwinden von Mary aufgenommen und notiert. Der Ermittler hatte ihm mit seiner etwas hölzernen Art allerdings nur wenig Hoffnung gemacht, dass sie »Erfolg mit ihren Ermittlungen« haben würden. Er müsse Geduld haben. Die Polizei würde selbstverständlich alles tun, um »die Sache« aufzuklären. Die ganzen Floskeln eben, die man in solchen Momenten als Polizist von sich gab. Der DS hatte nichts gesagt, was Jenkins in der gleichen Situation nicht auch geäußert hätte. Der Mann tat seine Pflicht. Das war ihm nicht vorzuwerfen. Aber er machte auch nicht den Anschein, mehr tun zu wollen.

Mehr noch: Einen Zusammenhang, »direkt oder indirekt«, mit den beiden Todesfällen sähen sie noch immer nicht. Er werde DI Marks »aber gerne noch einmal auf die Sache ansprechen«.

Der Sergeant hatte sich kurz darauf verabschiedet, um noch ein paar »Erkundigungen bei den Leuten im Dorf« einzuholen, wie er mit gespielter Zuversicht ankündigte.

Augenblicke später hatte auch Jenkins das Haus verlassen.

Er schob sich an einem Wagen und blauen Wannen vorbei, die achtlos im Weg standen, und wechselte von seinem Platz hinunter zur Wasserlinie.

Ebbe.

Nachdenklich rückte er mit dem Gehstock die Reste eines Fischskeletts zur Seite, das sich im angeschwemmten Tang und Seegras verfangen hatte. Sosehr er sich auch bemühte, ihm wollte nicht einfallen, was Collins gesagt hatte. Er wusste nur, dass es irgendwas mit Green zu tun haben musste.

Jenkins hörte in seinem Rücken Schritte auf dem groben Kies. Der zielstrebigen Art nach konnte es nur Luke sein.

»Ich konnte mir schon denken, wo du bist, als ich dich zu Hause nicht angetroffen habe.« Luke deutete auf die Gräten. »Die Möwen haben wieder mal ganze Arbeit geleistet. Hätte ich nur Flügel, dann brauchte ich mich nicht so sehr um mein Essen zu kümmern.«

»Du warst nicht im Pub.«

»Ich brauchte mal 'ne Pause von eurem Gedudel«, feixte Luke. »Nee, im Ernst. Hast du das schon vergessen? Ich habe dem Deutschen an den Hacken geklebt. Interessanter Typ.« Er gähnte. »Treibt sich nächtelang herum, trinkt ein paar Bier im Blue Anchor in Helston und fährt dann in der Gegend rum. Als sei er auf der Suche nach irgendwas. Vielleicht wollte er aber auch lediglich Verfolger abhängen. Aber er hat nicht mit mir gerechnet.« Er grinste selbstzufrieden übers ganze Gesicht und streckte sich. »Wie gesagt, interessanter Typ.«

»Okay, Dr. Watson, spuck's schon aus.« Jenkins schniefte und zog seine Jacke enger um den Körper. Es war zwar windstill, dafür kroch die Kälte, die von der See hereinkam, an ihm empor. Außerdem plagten ihn seit besagter Nacht im Atelier heftige Kopfschmerzen, die einfach nicht verschwinden wollten.

Er sah hinauf zum Himmel. Das Einheitsgrau der Wolken sah aus, als würde es bald Schnee geben. Wäre zwar äußerst ungewöhnlich für die Jahreszeit und die Gegend, aber ihn wunderte in diesen Zeiten nichts mehr.

»Der Deutsche könnte Frauen haben, sage ich dir. Aber er sieht sie nicht einmal an. Zum Beispiel die beiden Rothaarigen, die im Blue Anchor mit ihm reden wollten. Richtige Granaten, mit dem Zünder an der richtigen Stelle, wenn du verstehst, was ich meine. Als sei er auf irgendwas fixiert.« Luke grinste und stellte sich neben Jenkins. »Stattdessen hat er den Wirt ständig nach den Wettervorhersagen gefragt. Als warte er auf eine bestimmte Lage. Vorgestern bin ich ihm lange hinterhergefahren. Er war erst in Coverack, dann in Helford. In Helston schließlich hat er bei Tesco dünne Seile gekauft. Möchte mal wissen, was er damit will.«

»Das ist alles?« Jenkins spürte mit einem Mal ein Kratzen im Hals.

»Er geht auf dem Küstenpfad stets die gleiche Strecke, immer das Stück zwischen Cadgwith und Church Cove. Ich habe mittlerweile das Gefühl, er sucht einen Weg, um irgendwo dort runter ans Wasser zu kommen.« Luke zuckte mit den Schultern. »Auf jeden Fall macht er sich in meinen Augen ziemlich verdächtig.«

»Gegen Bennett wurde in Manchester wegen Mordverdacht ermittelt. Eine Prostituierte.«

»Was?« Luke zog seine Wollmütze ab, rieb sich übers Stoppelhaar und setzte sie wieder auf. Das untrügliche Zeichen dafür, dass er sich überfordert fühlte.

Jenkins erzählte ihm in kurzen Sätzen von der Begegnung mit Liz Bennett.

»Krass.«

»Wir müssen ihn finden, und zwar schnell.« Jenkins stützte sich hart auf seinen Gehstock.

»Wenn er sich mit Weibern herumtreibt, kann er das überall tun. In Truro genauso wie in London oder in Manchester. Wo sollen wir Bennett suchen?«

»Das ist das Problem.«

Hinter ihnen knirschte erneut der Kies.

»Gut, gut, dass ich euch treffe.« Nigel Legge tauchte neben ihnen auf. Hellblauer Rollkragenpullover, an den Ärmeln aufgerollt, Dreitagebart, einen Becher Tee in der Hand.

Jenkins schätzte den Fischer, der sein Geld nicht nur mit dem Fang von Krabben und Hummern oder Bootstouren verdiente, sondern auch mit Fangkörben für Hummer, die er aus Weidenzweigen nach alter Tradition herstellte, unter anderem als Requisiten für Filmproduktionen. Ein kreativer Kopf, sehr entspannt und zurückhaltend, ein schlanker Mann mit kurzem grauen Haar und stahlblauen Augen.

»Ich habe vom Streit mit Bennett gehört. Welch ein Spinner.«

»Mindestens«, pflichtete Luke ihm bei.

»Denkt, er könnte uns mit seiner Kohle beeindrucken. Wir sind hier nicht in London. Sehr gut, dass Mary ihm die Stirn bietet.« Er trank einen Schluck und warf einen Blick auf die Häuser, die oben auf den Felsen stumm die Bucht einrahmten. »Wir brauchen niemanden, der uns sagt, was gut für uns ist. Da kann er sich noch so sehr abmühen, dazugehören zu wollen. Meint der wirklich, dass er mit seinem Boot die Eintrittskarte fürs Dorf gekauft hat? Mich jedenfalls beeindruckt das nicht. Selbst wenn er ganz selbstbewusst bei rauer See den Motor anwirft und vor der Bucht herumgurkt. Das ist nicht Mut, das ist absolut sträflicher Leichtsinn. Ich habe jedenfalls keine Lust, ihn irgendwann aus dem Wasser fischen zu müssen. Möchte mal wissen, wer der Witzfigur eingeflüstert hat, dass er mit dem winzigen Außenborder gegen die

Wellen ankommt. Für derartigen Leichtsinn habe ich null Verständnis. Wer sich in Gefahr begibt, kommt darin um.«

»Wann hast du ihn das letzte Mal gesehen?« Jenkins horchte auf. Er hatte Nigel noch nie zuvor einen derart langen Monolog halten hören.

»Wenn ich recht überlege, ist das schon ein paar Tage her. Der Typ muss zuvor sein Boot aus Helford herübergeholt haben. Ich habe noch gedacht: Was will er um diese Uhrzeit noch auf dem Wasser? Die See war zwar ruhig, aber sie hatten für den Abend Sturm angekündigt. Sein Problem, habe ich gedacht.« Bei dem Gedanken zuckte er auch im Nachhinein noch mit den Schultern.

»Wann war das genau?«

»Sag ich doch, ist ein paar Tage her. Weiß es nicht mehr. Könnte Samstag gewesen sein.«

Typisch Nigel, dachte Jenkins. *Lässt die Welt sich in Ruhe drehen und erwartet, dass sie ihn im Gegenzug machen lässt.* »Hm. Hast du mit ihm gesprochen?«

»Warum sollte ich? Es gibt nichts, worüber sich mit ihm zu sprechen lohnt. Soll er sein Ding machen, aber mich dabei in Ruhe lassen.«

»In welche Richtung ist er gefahren?«

Legge zeigte nach Westen. »Richtung Church Cove. Ich habe noch gedacht, mit seiner Nussschale wird er doch wohl nicht auf die offene See hinaus wollen. Na ja.« Er trank erneut von seinem Tee.

»Hast du ihn zurückkommen sehen?«

»Ob ich auf ihn gewartet habe, meinst du? Wie gesagt, ein Spinner.« Er wechselte das Thema, stieß Luke in die

Seite. »Worum es mir eigentlich geht: Deine drei Körbe sind längst fertig.«

»Kann ich sie noch eine Weile bei dir stehen lassen? Hab im Augenblick einfach keine Zeit.«

»So lange du willst. Bis Church Cove ist's ja keine Weltreise.« Nigel Legge wandte sich zum Gehen. »Sieht nach Schnee aus, nicht? Wird aber nichts werden, viel zu früh. Seltsam, diese Natur. Sie verändert sich. Nichts ist mehr wie früher.«

Luke sah ihm anerkennend hinterher. »Der ruht dermaßen in sich selbst. Das muss vom Körbeflechten kommen. Vielleicht sollte ich es auch mal versuchen.«

»Bennett fährt mit seinem Boot raus, obwohl er Angst hat vor der See – sagt seine Frau. Das ist doch merkwürdig.« Jenkins hielt sich lieber an die Fakten.

»Vielleicht therapiert er sich selbst. Oder er markiert den harten Hund und hofft, dass man ihn dabei beobachtet.«

»Bennett? Ich weiß nicht. Da steckt mehr dahinter.«

»Was nun?« Luke sah seinen Freund an. »Den Deutschen jagen?« Unternehmungslustig rieb er sich die Hände.

So wie Luke das sagte, hätte es auch die Aufforderung zu einer Seeschlacht im Atlantik sein können.

»Wir sollten noch mal zu Green fahren.«

»Warum?«

»Wenn ich das nur wüsste. Es ist mehr ein Gefühl.«

»Wie? Ich denke, du bist … du warst ein Bulle. Da geht man doch nicht nach Gefühl, nur nach Fakten. Oder sehe ich das falsch?«

»Frag nicht. Komm einfach. Mir will etwas nicht aus dem Kopf. Aber ich weiß nicht, was.«

»Kenn ich. Das Gefühl habe ich immer, wenn meine Frau mir einen Auftrag gibt und ich mich nach fünf Minuten nicht mehr erinnern kann, was es war.«

»Hast du Zeit?« Ihm war nicht nach Scherzen zumute.

»Klar.«

Auf dem Weg nach Coverack versuchte Simon seinen Kontaktmann bei der Polizei in Manchester zu erreichen, hatte aber kein Glück. Er erfuhr von dem diensthabenden Constable am Telefon lediglich, dass der ehemalige Kollege gerade dienstlich unterwegs war. Er würde später noch einmal anrufen müssen.

Coverack schien wie ausgestorben. Auch nach mehrmaligem Klopfen wurde ihnen bei Green nicht geöffnet. Intuitiv drehte Jenkins am Türknauf. Die Tür schwang geschmeidig auf.

»Das ist doch Einbruch.« In Lukes Stimme verschmolzen Bewunderung und Abenteuerlust.

»Vielleicht hat er uns nur nicht gehört.«

Luke sah die Straße entlang. »Keine Ahnung, welchen Wagen er momentan fährt. Sonst wüssten wir, ob er zu Hause ist.«

Jenkins war bereits den Flur hinuntergegangen und stand vor der steilen Treppe ins Obergeschoss. »Dennis?«

Er bekam keine Antwort.

»Sicher steht er drüben im Paris mit seinen Kumpels an der Bar und schwadroniert von den alten Zeiten.« Luke fühlte sich sichtlich unwohl. »Besser, ich geh mal kurz rüber.«

»Tu das. Ich warte hier.« Jenkins hatte die Hand bereits am Treppengeländer.

»Du willst wirklich?« Luke ließ die Schultern kreisen. So kannte er Jenkins gar nicht.

»Nun geh schon.« Jenkins sah, dass es Luke nicht wohl war bei dem Gedanken. »Ist ja nur um die Ecke.«

Nachdem Luke verschwunden war, ging Jenkins zunächst den Flur hindurch bis in die Küche. Natürlich hatte er kein Recht, einfach so in Greens Haus einzudringen, aber irgendetwas trieb ihn an, mehr eine Eingebung als ein geplantes Handeln. Instinkt und Sorge.

Die Zeit lief ihm davon.

Die Küche war einfach eingerichtet. Das hatte er bereits bei ihrem ersten Besuch mit einem flüchtigen Blick registriert. Eine in die Jahre gekommene Anrichte mit Spüle, daneben der Ofen.

Entweder hatten Greens Eltern keinen sonderlichen Wert auf Gemütlichkeit gelegt, oder Green hatte nach ihrem Tod alles Persönliche und alle Erinnerungen entfernt.

Über dem Herd und der abgenutzten Anrichte hingen einige Küchenutensilien. Töpfe, eine Halterung für Schneebesen und Schöpflöffel. Im Ausguss der Spüle stapelten sich benutzte Teller. Es roch nach Essen, Gas und nach abgestandener Luft. Auf dem Küchentisch lagen einige Ausgaben der *Sun*. Die fette, übergroße Schlagzeile zu irgendeinem »Skandal« im Buckingham Palace dominierte die Seite. Neben dem Boulevardblatt stand ein Becher mit eingetrockneten Resten. Die Küche eines Mannes, der allein lebte und wenig Wert auf Ordnung legte.

Im Wohnzimmer hatte sich seit ihrem letzten Besuch nichts verändert, bis auf ein paar leere Bierdosen und einen vollen Aschenbecher auf dem Wohnzimmertisch. Wie ärmlich doch das Zimmer eingerichtet war, wie kalt und ungemütlich es wirkte.

Jenkins bemerkte die alte Seekarte und betrachtete sie genauer. Für die damaligen Verhältnisse war sie in der Tat sehr detailliert gezeichnet. Das Pergament war außerdem in einem hervorragenden Zustand. Er vermochte den Wert der Karte nicht einzuschätzen, wenn er jedoch das eingezeichnete Wappen richtig deutete, musste die Karte einst einem Admiral der Krone gehört haben oder gar aus königlichem Besitz stammen. Auf welch verschlungenem Pfad mochte sie zu Greens Vorfahren gelangt sein? Vielleicht war tatsächlich einer von ihnen beim Kapern eines Schiffes der stolzen Royal Navy dabei gewesen. Sammler würden sicher ein Vermögen für die Karte auf den Tisch blättern.

Als er sich noch einmal im schmalen Flur umschaute, ehe er die oberen Räume inspizieren wollte, fiel ihm auf, dass auf einer der Wände ein heller Fleck zu sehen war. Dort hatte einmal ein Bild gehangen.

Die beiden Räume und das Bad in der oberen Etage waren unauffällig. Auf der Ablage unter dem Spiegel im Badezimmer befanden sich lediglich Utensilien für die Körperpflege. Das Bett war längere Zeit nicht gemacht worden. In einer Ecke stand ein offener Seesack. Jenkins sah hinein und einer großbusigen nackten Frau ins stark geschminkte Gesicht. Das Pornoheft mit russischem Titel sah aus, als sei es bereits längere Zeit in Greens Besitz.

Eines der beiden Schlafzimmer war leer. Auch dort waren zwei helle Flecken an den Stellen, wo einst Bilder gehangen hatten. Green hatte augenscheinlich bereits einige Sachen verkauft oder verschenkt.

Zurück im Flur, ging er zu der schmalen Tür, die unter der Treppe einen Verschlag markierte. Sie war ebenfalls nicht verriegelt. Vorsichtig öffnete er den Zugang. Im Halbdunkel sah er, dass an zwei Wänden Ölzeug hing. Er bückte sich. Auf dem Boden standen neben einem Paar Gummistiefel ein paar Kanister mit undefinierbarem Inhalt und einige verschlossene große Dosen. Auf einem Regal standen einige Konserven – Bohnen in Tomatensoße, Fertigsuppen, Büchsen mit Corned Beef – und Klopapier. In einer Ecke lag ein blaues Nylonseil, sauber aufgerollt wie ein Tau. Das unspektakuläre Sammelsurium eines allein lebenden Fischers. Achselzuckend schloss Jenkins die Tür wieder.

Dieses Haus war ungemütlich und kalt, kein Sehnsuchtsort für einen einsamen Seefahrer. Kein Wunder, dass es seinen Besitzer immer wieder hinaus auf See zog. Jenkins konnte nachvollziehen, dass Green sich mit dem Gedanken trug, das Haus zu verkaufen und wegzugehen.

»Im Pub ist er auch nicht.« Luke klopfte gegen den Türrahmen und trat ins Halbdunkel des Flurs. »Hast du was gefunden?«

Jenkins sah ihn an. »Typischer Männerhaushalt. Oder wie die Behausung eines Menschen, der die meiste Zeit woanders ist.«

»Ich habe Paul vom Fish-'n'-Chips-Shop gefragt, ob er was weiß. Und er meint, er habe beobachtet, wie Dennis in seinem alten Boot hinausgefahren ist. Kann noch nicht so lange her sein.« Luke sah über die Bucht und suchte mit den Augen den Horizont ab. »Er wird sicher bald zurückkommen. Wir könnten im Paris auf ihn warten.«

»Lass uns zurückfahren. Die Umgebung deprimiert mich.« Er knuffte Luke freundschaftlich in die Seite. »Dein Pint kannst du genauso gut im Cove Inn trinken.«

»Wenn du meinst.« Luke steckte die Hände tief in die Taschen seiner Joppe. Eine Geste der Enttäuschung. »Denk aber bloß nicht, ich hätte immer nur mein Bier im Sinn.«

Jenkins schüttelte amüsiert den Kopf und sah Luke dabei zu, wie er die Ladefläche des Pick-up kontrollierte. Das tat er automatisch und ohne nachzudenken. Reine Routine, selbst jetzt, wo außer ein paar leeren Kisten und einer Rolle Tau nichts von Bedeutung darauflag.

XXXVII.

»Simon Jenkins.« Der Detective Inspector war kein bisschen überrascht. »Was kann ich für dich tun? Du lebst immer noch in Cadgwith?«

Die Stimme klang auch übers Telefon so rau wie ehedem, und das lag nicht allein an seinem schottischen Akzent. Simon erinnerte sich, dass sein Kollege ein starker Raucher war. Er sah die gelben Wände in dem Büro in Manchester und den kalten Rauch auf den Aktenordnern förmlich vor sich. »Yep. Und du? Manchester ist ein anderes Pflaster als London, was?«

»Das kannst du wohl annehmen. Ich möchte jedenfalls nicht mehr tauschen. Fühle mich hier zu Hause. Aber ruhiger als in London? Auf keinen Fall. Arbeit ist genug da. Manchester entwickelt sich nicht nur wirtschaftlich, auch die Zahl der Delikte nimmt zu. Vor allem das organisierte Verbrechen prosperiert, um es mal so zu sagen. Parallel zum Aufschwung.«

Jamie Archer klang, als würde er aus einer Powerpoint-Präsentation zitieren und dabei an der Zigarette nuckeln. Jenkins fiel ein, dass sein ehemaliger Kollege sozusagen als Willkommensgeschenk in seiner neuen Dienststelle den Mord an einer norwegisch-russischen Konzertpianistin hatte aufklären müssen.

»Ich rufe dich an, weil ich …«

»Ich kann mir schon denken, was du wissen willst.«

»Aha?«

»Es geht um Terry Bennett, richtig? Du kannst auch nicht aus deiner Haut. Ich muss ja nicht betonen, dass ich dir eigentlich keine Auskunft geben darf. Du bist ja nicht mehr dabei.« Das Nuckeln wurde stärker. »Aber der alten Zeiten wegen, und weil du es bist.«

»Woher weißt du, dass es um Bennett geht?«

»Du kennst DI Marks?«

»Nur zu gut«, brummte Jenkins verdrießlich. Marks war natürlich auch auf die Idee mit Manchester gekommen.

»Er hat sich nach ihm erkundigt. Er meint, Bennett könnte in einen Fall bei euch unten in Cadgwith verwickelt sein.«

»*Ein* Fall?«

»Marks ermittelt in einem Mordfall. Das weißt du doch?«

»Sicher.«

»Ich habe mir die alten Ermittlungsakten in Sachen Bennett kommen lassen. Der Mord an einer Prostituierten. Konnte damals nicht aufgeklärt werden. War ja auch vor meiner Zeit.« Er lachte. »Jedenfalls stand dieser Bennett damals unter dem dringenden Verdacht, an dem Tötungsdelikt zumindest indirekt beteiligt gewesen zu sein. Aber die Kollegen haben ihm nichts nachweisen können.«

»So?« Das war exakt das, was er auch von Liz Bennett gehört hatte. »Bennett muss einflussreiche Freunde gehabt haben.« *Vielleicht hat er sie immer noch*, fügte er still hinzu.

»Die Kollegen schienen nahe dran zu sein, aber dann hat ihn der Vorsitzende einer Unternehmervereinigung entlastet. Bennett sei zum fraglichen Zeitpunkt mit ihm auf einer Tagung in London gewesen. Das haben unsere Ermittler nicht widerlegen können. Wobei der damalige Chefermittler immer noch der Überzeugung ist, dass das Hotelpersonal geschmiert war. Aber alle haben dichtgehalten. Bennett ist kurz darauf mit seiner Frau weg aus Manchester.«

»Dubios.«

»Das kann man wohl sagen. Aber so ist das. Der Fall liegt bei der Abteilung für kalte Fälle.« Jamie Archer hustete und räusperte sich. »Da liegt er gut.«

»Lass gut sein, Jamie. Irgendwann kriegt jeder das, was er verdient. Auch ein Terry Bennett. Vielleicht ergibt sich hier bei uns was.«

»Dann weißt du mehr als Marks. Der DI klang jedenfalls nicht sonderlich zuversichtlich. Was hältst du von Bennett?«

Jenkins schilderte Archer seine Sicht der Dinge. »Kannst du die Augen offen halten? Vielleicht treibt er sich in Manchester rum und sucht den Kontakt zu seinen alten Freunden. Ich würde das so tun, wenn ich Bennett wäre.«

»Natürlich. Mache ich gerne. Du hast eben so merkwürdig geklungen, als ich von *dem* Fall gesprochen habe – was ist los?«

Jenkins berichtete ihm auch von Victoria und Mary. »Ich gehe mittlerweile immer stärker davon aus, dass er Mary Morgan in seiner Gewalt hat.«

»Die Indizien erscheinen mir auf den ersten Blick allerdings ein wenig dünn. Oder?«

»Das ist sicher aus der Entfernung betrachtet so. Ich bin allerdings völlig anderer Meinung.« *Nun komm schon*, dachte Jenkins, *tu was. Floskeln bringen mich nicht weiter.*

»Was sagt Marks dazu?«

»Um ehrlich zu sein, er argumentiert ähnlich wie du.«

»Aber dein Bauch sagt etwas völlig anderes, stimmt's? Ich kenn dich doch. Das war schon in London so, ich erinnere mich noch gut. Dein Bauchgefühl war in vielen Fällen unschlagbar und legendär. Wir hatten bei der Met damals eine wahnsinnstolle Zeit zusammen. Wen haben wir nicht alles zur Strecke gebracht? Ich erinnere mich da vor allem an den Fall des …«

»Du hältst mich auf dem Laufenden?«

»Sicher, Simon.«

»Großartig.« *Na, hoffentlich.*

Nachdem Jenkins aufgelegt hatte, musste er sich hinlegen. Ein Nackenwirbel machte schon seit dem frühen

Morgen Probleme. Auf dem Weg ins Wohnzimmer blieb ihm fast die Luft weg. Vorsichtig ließ er sich in die Polster sinken, den Stock als Stütze benutzend. Kaum lag er, als er sich fluchend und unter großen Schmerzen wieder aufrichten musste. Er hatte die Medikamente am Morgen mit in die Küche genommen. Der Weg dahin erschien ihm wie eine Odyssee.

Als er endlich wieder lag, versuchte er die Muskulatur zu entspannen. Es durfte es nicht zu einem der großen Schmerzschübe kommen lassen, sonst würde er auf Tage hinaus nicht weiterermitteln können.

Ob am Ende Mary doch nach Deutschland zurückgekehrt war, ohne ihm etwas zu sagen? Das konnte und mochte er sich nicht vorstellen. Warum sollte sie an den Ort ihrer schlimmen Erfahrungen zurückkehren? Sie hatte so vehement davon gesprochen, dass sie in Cadgwith ihren Frieden und auch ihr Zuhause wiedergefunden hatte. Dass sie auf keinen Fall wieder aufgeben würde. Ihr Ex-Freund hatte ihr zwar Druck gemacht, aber sie hatte ihm, Simon, versichert, dass sie mit ihm schon fertigwerden würde. Und der Mut, mit dem sie Terry Bennett begegnet war, schien auch nicht der Mut der Verzweiflung gewesen zu sein.

Warum also hätte sie Cornwall verlassen sollen? DI Marks lag falsch mit seiner Vermutung.

Versteckt zwischen den Attacken, die der verletzte Wirbel auslöste, hatte sich ein anderer Schmerz eingenistet, mehr eine Art Nervosität, die immer stärker Besitz von ihm ergriff. Das beklemmende Gefühl, einen lieben Menschen nicht erreichen zu können. Herzklopfen, Herzrasen. Nicht zu wissen, ob er dieses Lächeln, diesen Blick, diese Geste je wiedersehen würde. Simon spürte eine Verlustangst, die ganz anders war als jene, die er kannte, wenn er an Moira dachte. Diese besondere Angst war schmerzvoller, weil sie Ausdruck der Sorge um einen lebendigen Menschen war.

Er versuchte seinen Rücken zu entlasten. Der Schmerz ließ ihn aufstöhnen. Er würde alles daransetzen, Mary zu finden. Und zugleich fürchtete er, Moira vergessen zu können. Ein noch heftigerer Schmerz durchfuhr ihn, nicht körperlich. Er ging quer durch seine Seele. Ein Vorzeichen, das ihm den Endpunkt seines bisherigen Lebens voraussagte.

Er schloss die Augen und schlief endlich ein.

Im Traum saß er im Steuerhaus eines Fischerbootes, das vor der Küste in einen Sturm geraten war. Er war gefährlich nahe an die Felsen geraten. Dicht unter der Wasseroberfläche drohten scharfkantige Klippen. Der Kahn war alt und viel zu schwach für den Sturm. Er würde nicht mehr lange halten. Die abgenutzte Technik ächzte, der Motor stotterte unter der Gewalt des Meeres. Und doch blieb ihm keine Wahl. Er musste die Höhle erreichen und dort das Ende des Sturms abwarten, der immer mehr zum Orkan wurde. Er musste, denn auch der Sprit ging zur Neige.

Er schaute erschrocken zu Luke. Sein Freund saß gelassen am Heck des winzigen Bootes und beobachtete kopfschüttelnd und mit verschränkten Armen Jenkins' Versuche, das Boot auf Kurs zu halten. Er schien es geradezu zu genießen, dass die Natur mit ihnen spielte.

Warum half Luke ihm nicht? Warum sagte er nichts? Wenn jemand einen Weg aus dieser Hölle wusste, dann doch Luke. Aber er setzte das Wissen und seine Kraft nicht ein, um sie zu retten. Es schien, als wollte er ihm eine Lektion erteilen. Jenkins schrie in den Sturm hinein, verlangte nach Anweisungen und Rat, aber seine Worte wurden weggerissen wie die Bojen und Leinen, an denen tief unten am Grund der See die Hummerkörbe in ruhigem Wasser lagen.

Seine Kräfte ließen nach. Schließlich ließ er die Arme sinken und setzte sich längsseits vor dem Steuerhaus auf die schmale Bank. Er wollte sich ergeben. Sollte der Wind doch seine Arbeit tun. Er würde untergehen, an diesem Tag, jetzt, an dieser Stelle auf See. Er hatte das nicht gewollt, aber er hatte der urgewaltigen Natur nichts entgegenzusetzen. Mochte sie ihn in die Tiefe ziehen.

Luke saß immer noch achtern, aufrecht und hatte die Arme verschränkt. Er schien zu lächeln.

Eine ausufernde, fast todeserwartende Ruhe überkam Jenkins, und er beobachtete fasziniert das Schauspiel. Die in wechselnden Perspektiven und von Augenblick zu Augenblick mal grünen, türkisen, mal tiefblauen Wellen türmten sich so wuchtig, majestätisch und bedrohlich auf wie scharfkantiger Bergkristall, wie in der Bewegung erstarrte Klumpen flüssigen Glases, das Ganze eingefasst von tosender weißer Gischt. Die Sonne ließ das schäumende Wasser glitzern wie unter Kunstlicht. Das perfekte Bild, die wahrhaft göttliche Komposition, nach der er so lange gesucht hatte – lockend, aufreizend, verheißungsvoll, begehrend und doch auch tödlich.

»Meine Güte.«

Jenkins öffnete träge die Augen und schloss sie sofort wieder. Das Licht der Deckenlampe blendete ihn.

»Mann, Simon, wie lange liegst du schon hier?«

Jenkins tastete vorsichtig über den Rand des Sofas. Alles trocken. »Wie spät ist es?«

»Längst Frühstückszeit.« Er hörte Luke lachen.

»Ich habe geschlafen wie ein Stein.« Schmerz und Horror. In ihm wütete ein Kater wie nach einer durchzechten Nacht. »Vielleicht war die Dosis doch zu hoch.« Langsam dämmerte ihm, dass er geträumt hatte. Aber er hatte nicht die leiseste Ahnung, was es gewesen war. Die Bilder in seinem Kopf waren verschwunden. Er schwitzte am ganzen Körper.

»Schmerzen?«

Er nickte.

»Ich mach dir Frühstück.«

Bevor Jenkins etwas sagen konnte, war Luke auch schon Richtung Küche verschwunden.

Nachdem er ausgiebig geduscht hatte, frühstückten sie gemeinsam. Simon erzählte Luke, was er von dem ehemaligen Kollegen in Manchester erfahren hatte.

»Hat Marks nun doch endlich kapiert, dass er aus dem Quark kommen muss.« Luke schob seinen Teller beiseite wie ein dickes Ausrufezeichen und rieb sich zufrieden über den Bauch. »Ist doch schon mal was.«

»Jamie klang aber nicht so, als verfolge Marks eine heiße Spur. Wahrscheinlich eine reine Routineabfrage, vor allem wohl, damit man ihm später nicht vorwerfen kann, nicht allen Fragen nachgegangen zu sein.« Seine eigene

Antwort überzeugte ihn nicht. Vielleicht wollte er auch nur glauben, dass Marks nicht mehr tat als nötig.

»Also sind wir immer noch keinen Schritt weiter?«

Simon fuhr sich durchs Gesicht. »Fürchte schon.«

»Und nun? Abwarten, dass Marks doch etwas tut?«

Er schüttelte den Kopf. »Wir haben etwas übersehen, ich weiß das. Aber ich weiß verdammt noch mal nicht, was es ist. Wir müssen uns noch einmal bei Mary umsehen. Vielleicht finden wir dort einen Hinweis.«

»Schade, dass wir nicht an die Ermittlungsakten im Fall Barbara Thompson herankommen. Wir würden sicher Schwachstellen finden«, fabulierte Luke hoffnungsvoll und mit seinem typischen Enthusiasmus, »und ich würde Marks gerne mit der Nase in das Adressbuch in Victorias Handy drücken.« Er sah auf seine Uhr. »Muss nachher noch ein paar Kisten Makrelen ausliefern. Die übliche Tour über Coverack. Kannst mitkommen. Aber bis dahin sollten wir noch mal alle Fakten durchgehen.«

Coverack? Der Name des Dorfes brachte etwas in ihm zum Schwingen. Aber was? Es war wie verhext. Vielleicht war er auch nur überspannt. »Wir müssen uns darauf konzentrieren, Mary zu finden. Um die anderen Fälle muss sich Marks kümmern.«

»Du hast recht. Ich habe übrigens gehört, dass Green einen Käufer für sein Haus gefunden haben soll.«

»Aha.«

»Ein Deutscher mit ziemlich viel Geld. Haben sie sich im Paris erzählt. Sind alle dagegen, zu viele Ausländer im Land und im Dorf. England den Engländern, der ganze Brexit-Kram. Na ja, du kennst das. Jedenfalls hat mir der

Wirt erzählt, dass er ein Bild von Green gekauft hat. Auch das mögen die Leute nämlich nicht – dass Dennis Antiquitäten an Ausländer verkauft. Wenn schon, dann sollte er das Zeug an einen lokalen Händler geben.«

»Aber er ist doch ein freier Mensch. Er kann die Objekte dann doch genauso gut an Ausländer verkaufen.«

Luke zuckte mit den Schultern. »Was weiß denn ich? Keine Ahnung, was in deren Schädeln vorgeht.« Ihm fiel etwas ein. »Was, wenn Barbara Antiquitäten an diesen Deutschen verkaufen wollte und sie sich deshalb im Housel Bay Hotel getroffen haben? Wäre doch möglich.«

»Und?«

»Sie haben sich nicht einigen können, und der Deutsche hat sie, zack, umgebracht, um mit den Antiquitäten abzuhauen.« Luke war mit einem Mal sicher, der Lösung dieses Falls ganz nahe zu sein.

»Wegen ein paar Kerzenleuchtern oder Bilderrahmen begeht man keinen Mord.« Jenkins schüttelte den Kopf. Er wusste es natürlich besser. Menschen hatten schon für weit weniger ihr Leben lassen müssen.

»Kommt auf den Wert der Sachen an.«

»Hm.«

»Alte Seekarten zum Beispiel.« Luke steigerte sich zunehmend in seine Rolle als Ermittler hinein. »Denk nur an die Karten, die Dennis unter die Leute bringen will. Das Pergamentzeugs ist Gold wert.«

»Das ist jetzt ziemlich weit herge…« Jenkins unterbrach sich. »Moment mal. Und wenn Barbara mit Green in Verhandlungen stand?« Er stand unvermittelt auf. »Komm.«

»Was ist?«

»Frag nicht.« Jenkins hatte bereits Stock und Jacke in der Hand. »Wir müssen zu deinem Wagen.«

Luke verstand nicht. »Wir haben doch noch Zeit. Die Boote sind noch nicht zurück. Ohne Fang keine Auslieferung.«

»Nun komm schon, Luke. Wir haben keine Zeit zu verlieren.«

XXXVIII.

»Bitte nimm mich mit.« Ihre Stimme war kaum mehr als ein dünnes Krächzen.

Er schwieg lange, bevor er antwortete. »Das kann ich nicht.«

»Warum?«, flüsterte sie. Die Frage hämmerte unablässig in ihrem Kopf. Sie fühlte ihren Körper längst nicht mehr. Das Atmen fiel ihr zunehmend schwer, obwohl die Luft in ihrem Gefängnis frisch war. Aber die Kälte und die Feuchtigkeit ... Sie hustete.

»Zu viel ist passiert.« Er klang beinahe bedauernd.

»Was? Was ist passiert? Was habe ich getan? Was habe ich *dir* getan?« Ihre Hoffnung schwand mit jedem seiner Worte, mit jeder seiner Bewegungen.

Er schob ihr einen Beutel mit Lebensmitteln und Wasser zu und schwieg.

»Wozu ist das gut?« Sie stützte sich mühsam auf und schob den Leinensack von sich. Ihre Bemühung war kraftlos. Sie fühlte sich elend. »Du gibst mir zu essen. Statt mich zu töten, hältst du mich wie ein Tier im Zoo. Warum tust du das?« Sie ließ sich zurückfallen. »Sag.«

»Sei still.«

»Dann töte mich. Quäl mich nicht länger. Mach's endlich. Oder bist du zu feige?« Sie lachte höhnisch auf und hustete erneut. »Oh, der große starke Mann ist in Wahrheit ein feiger Kerl. Hätte ich mir denken können. Vor anderen groß tun, aber wenn es darauf ankommt, dann bist du ein Wicht, ein Nichts, ein Niemand. Los, bringen wir es hinter uns.« Ihr Blick flackerte. Sie konnte sich kaum aufrecht halten, aber ihr Stolz war ungebrochen.

Es sah für einen Moment so aus, als hätte sie mit ihrer Provokation Erfolg und er wolle sich auf sie stürzen und mit bloßen Händen erwürgen. Aber er hielt in der Bewegung inne. »Ich kann das nicht.«

»Du Feigling.«

»Du kannst mich noch so sehr provozieren, ich werde dich nicht töten.« Er ballte die Fäuste.

»Was ist es dann? Willst du mich leiden sehen, bis du eines Tages wieder einmal mit deinem Boot festmachst, um meinen toten Körper anzustarren? Willst du diesen Triumph? Dass ich nicht so stark bin, die Natur zu besiegen? Ich sage dir was«, ein trockenes Husten unterbrach ihren Redefluss, »ich bin stärker als das.«

»Ich liebe dich.«

Sie war nicht ein bisschen überrascht und lehnte sich zurück. Sie atmete lang aus. »Dann lass mich gehen.«

»Das kann ich nicht.«

Mary sah ein Glitzern in seinen Augen. »Warum? Was habe ich dir getan?«

Statt zu antworten, stand er auf, ging zum Boot und schob es ins Wasser zurück, eine so müde wie entschlossene Geste. Das Tuckern des Motors wurde vielfach von den schwarzen glänzenden Wänden zurückgeworfen. Es klang wie Hohn in ihren Ohren.

Das kurze Intermezzo hatte sie mehr angestrengt, als sie Kraft hatte. Sie legte den Kopf auf die Decke, die den harten Untergrund aber nicht bequemer machte. Ihr blieb nichts, als auf das nächste Tosen und Brausen in der Höhle zu warten, wenn die Wellen in die Halle schossen und sich an den Wänden krachend brachen.

Es war jedes Mal ein unheimliches Grollen, wenn draußen erst der Wind auffrischte und sich dann zu einem gewaltigen Brausen auftürmte. Es zischte, fauchte, winselte, zog alle Register. Ein furchtbares Inferno für ihre geschundene Seele. Die gesamte Höhle war dann nass.

Der Lärm machte ihr keine Angst mehr. Sie hatte sich bisher stets in die äußerste Ecke verkrochen und jeden Augenblick damit gerechnet, dass der Sog sie auf die offene See hinauszog und die brodelnden Strudel sie unter Wasser drückten. Aber nun war sie beinahe gelöst. Ihre Gedanken kreisten nicht mehr. Sollte es doch endlich zu Ende sein.

Mary zog die feuchten Decken enger um ihren Leib. Sie hatte weder Hunger noch Durst. Sie wollte nur noch schlafen. Sie war zu schwach, um bis zur Wasserlinie zu kriechen und sich von der See aufnehmen zu lassen.

XXXIX.

»Kannst du mir bitte mal verraten, warum du so hetzt?« Luke kam seinem Freund kaum hinterher.

»Ich muss etwas überprüfen.« Entschlossen setzte Jenkins seinen Gehstock ein. Das Tock-Tock klang wie ein Statement. Hier kam jemand, der zu allem bereit war.

»Im Dorf?«

»An deinem Auto.«

»An meinem Auto?«

»Du wirst schon sehen.«

Ohne auf Stevyn Collins zu achten, der an der offenen Tür zum Gemeinschaftskühlhaus der Fischer mit dem Wirt des Pubs sprach und ihnen erstaunt hinterhersah, steuerte Jenkins geradewegs auf Lukes Wagen zu, der neben dem Maschinenhaus parkte.

»Ich wusste es.«

»Was? Sag endlich, was los ist.«

»Woher hast du das?« Jenkins hielt ihm ein Ende des Taus entgegen, das nachlässig aufgerollt auf der Ladefläche des Transporters lag.

»Das weißt du doch.« Luke schüttelte den Kopf. »Ich kaufe da ein, wo alle Fischer ihr Zeugs kaufen.«

»Blau und dünn.«

»Ja. Blau. Sag mal, was soll das? Verträgst du heute deine Pillen nicht?«

Er überhörte die Bemerkung. »Das habe ich schon einmal gesehen.«

Luke nickte. »Sicher schon hundert Mal. Und du hast

es schon mindestens ebenso oft benutzt. Immer, wenn wir draußen auf See waren. Das Seil habe ich seit mindestens zehn Jahren, Simon.«

»Das gleiche habe ich bei Green gesehen. In dem Verschlag unter seiner Treppe.«

»Ja und? Habe ich doch gesagt: Alle Fischer kaufen am gleichen Ort. Gibt ja in der Gegend keinen anderen Händler für Fischereibedarf.«

»Denk doch weiter.« Jenkins warf das Tauende verärgert auf die Ladefläche zurück. Verdammt, warum kam ihm der Gedanke erst jetzt? »Und erinnere dich.«

»Gerne.« Sein Tonfall ließ keinen Zweifel, dass er etwas anderes dachte.

»Was haben die Leute erzählt, als Barbara gefunden wurde? Dass die Leiche mit einem blauen Seil gefesselt war.«

»Echt?« Lukes Überraschung war nicht gespielt. Aber gleich gewann sein Pragmatismus wieder die Oberhand. »Das sagt doch noch nichts.«

»Doch, Luke. Entweder ist der Täter einer der Fischer hier, oder es ist jemand, der Zugang zu solchen Seilen hat.«

»Aha. Geklaut, meinst du?« Lukes Begeisterung hielt sich in Grenzen. Diese Seile konnte man überall kaufen.

»Wenn man bedenkt, dass Barbara Thompson mit Antiquitäten gehandelt hat, und wenn man bedenkt, dass Dennis Green seinen Haushalt auflöst, die wertvollsten Dinge verkauft, dann lässt sich doch einiges vermuten.«

»Green hat die Antiquitätenhändlerin auf dem Gewissen?« Luke sah ihn skeptisch an. »Soweit ich weiß, gehört er keiner Sekte an.«

»Red keinen Unsinn, Luke. Gebrauche deinen Verstand. Die Indizien lassen eigentlich keinen anderen Schluss zu.«

»Marks soll ihn verhaften?« Luke blieb skeptisch. »Ich glaube eher, dass der Deutsche mit dem Fall zu tun hat.« Er stutzte. »Er hat doch gerade erst im Supermarkt neues Seil gekauft. Oder Terry Bennett. Mann, wenn ich recht überlege: Hast du nicht erzählt, dass das Arschloch zu Hause jede Menge alten Kram stehen und an den Wänden hängen hat und auch viel bei Thompson gekauft hat? Und dann hat er nicht nur olle Ölbilder gewollt, sondern auch 'ne schnelle Nummer mit der Händlerin. Klar, und die hat ihn abblitzen lassen. Und dann, peng«, er schlug die Faust in die offene Hand, »kommt es zum Kampf. Er bringt sie um, verschnürt sie ordentlich zum Paket und legt sie in der alten Kirche ab.«

»Luke.«

Aber der ließ sich nicht beirren. »Inszeniert einen Ritualmord, um eine falsche Spur zu legen. Clever gemacht. Alle Welt denkt nun, allen voran DI Marks mit seinen Bullen, das ist ein bestialischer Mord, um den Satan zu besänftigen. Mann, ich fass es nicht.«

»Luke!«

»Kann doch sein. Oder nicht?« In Lukes Augen blitzte es, bevor er seine Betriebstemperatur widerwillig auf Normalmaß zurückfuhr. »Okay, ich frage meine Kumpels noch einmal, ob es auch wirklich ein blaues Seil war. Das ist ja ein Ding. Die Bullen müssen Bennett suchen und festnehmen. Am besten den Deutschen gleich mit.«

»Wir haben lediglich Indizien. Damit kann ich Marks nicht kommen.«

»Du machst mich wahnsinnig. Und jetzt?« Die Beweise lagen doch quasi auf der Hand.

»Wir fahren zu Green.«

»Ich höre immer nur Green.« Stevyn Collins war unbemerkt zu ihnen gestoßen und hatte die letzten Sätze mit angehört. »Ein Mörder?«

Luke warf Jenkins einen verschwörerischen Blick zu. »Wir haben da so eine Theorie. Aber nix, was man herumerzählen sollte.«

»Ich hab jedenfalls genug gehört. Lasst ihn in Frieden. Er hat sicher niemandem etwas getan.« Er strich sich über den Backenbart und schob seinen mächtigen Bauch vor. »Aber so ist das im Leben. Hat man einmal einen Fehltritt gemacht, ist man für den Rest des Lebens gezeichnet. Warum können die Menschen nicht einfach mal vergessen?«

»Du meinst die Sache mit der Lizenz?« Jenkins runzelte die Stirn.

»Papperlapapp. Das ist nun wirklich Schnee von gestern. Das meine ich nicht.«

»Du machst Andeutungen, Stevyn.« Jenkins sah den alten Kapitän aufmerksam an.

»Mache ich das?«

»Klingt so.«

»Lassen wir die Vergangenheit ruhen. Jeder hat eine zweite Chance verdient. Jeder von uns. Du, Luke, ich, Green. Vielleicht sogar auch Bennett. Der Rest ist Zeitverschwendung. Ich geh ins Pub. Kommt jemand mit?«

»Es wäre mir lieber, du sagst uns, was du meinst.«

»Oho, der Ermittler. Kommst du mir gleich mit dem

Satz: Sie behindern die Ermittlungen, wenn Sie schweigen. Das kann Sie teuer zu stehen kommen. Beihilfe. Bier, die Herren?« Sein Sarkasmus war zäh wie Schiffspech.

»Lieber kein Bier.« Luke schüttelte den Kopf.

»Nun?«

Collins sah sich um, als müsste er sich vergewissern, dass niemand sonst in Hörweite war. Sein Gesichtsausdruck war mit einem Mal ernst und besorgt. »Es ist nicht meine Art, über andere zu reden, schon gar nicht, wenn es unangenehme Dinge sind. Aber in deinem Fall, Simon, mache ich eine Ausnahme, weil du die Sache sicher richtig einordnen wirst.«

Luke sah Collins gespannt an.

Der nickte ihm zu. »Du erinnerst dich vielleicht.« Collins warf erneut einen Blick hinter sich. »Nun, das Ganze liegt schon lange zurück. Das muss so etwa ein Jahr, nachdem Dennis seine Lizenz verloren hat, gewesen sein. Auf einem Stadtfest in Helston, Flora Day.«

Collins erzählte, dass Green nicht nur seinen beruflichen Absturz hatte hinnehmen müssen, er war auch gesellschaftlich »abgeglitten«. Durch seine Betrügereien im Dorf geächtet, war er auf die schiefe Bahn geraten. Auf jenem Stadtfest hatte er in der Nacht in einer Seitenstraße einer Frau aufgelauert, mit der er zuvor im Pub getrunken hatte. Die Bankangestellte hatte sich wehren und die Polizei rufen können.

»Er ist wegen versuchter Vergewaltigung zu dreieinhalb Jahren verurteilt worden. Nach zwei Jahren ist er wieder freigekommen.«

»Dann stimmt es also, was man sich damals erzählt hat.

Dass Dennis wegen einer Sache mit einer Frau aus der Gegend verschwunden ist.« Luke nickte bei dem Gedanken nachdenklich. Greens Verschwinden hatte damals tagelang für Gesprächsstoff in den Familien, im Pub, auf der Straße und im Dorfladen gesorgt. Die Gerüchteküche war beinahe übergekocht, denn tatsächlich wusste niemand Genaues zu berichten. Und in Coverack hatte niemand gewagt, Dennis' Eltern anzusprechen. Zum einen, weil sie sich die Peinlichkeit ersparen wollten, und zum anderen wusste jeder, dass Greens Vater im Streit keine Freunde kannte und kräftig zuschlagen konnte, wenn ihm etwas nicht passte.

»Du weißt mehr, als du sagen willst.«

»Lass gut sein, Simon. Alles lange her. Dennis hat seine Strafe abgesessen und schon vor langer Zeit eine zweite Chance verdient. Aber es ist auch diesmal wie so oft: einmal Knastbruder, immer verdächtig.« Er zog eine Dose Schnupftabak hervor und genehmigte sich eine Prise.

Jenkins war die Schlussfolgerung zu einfach. »Kann ja sein, aber ich habe meine Zweifel. Erzähl mir mehr von ihm.«

»Da gibt es nicht mehr viel zu erzählen. Lass es mich so sagen: ein Macho und ein Verlierer, vor allem, wenn es um die Weiber geht. Ein tragischer Frauenheld. Hat im Pub immer tüchtig Sprüche geklopft, er sei nicht für die Ehe geschaffen, Frauen machten immer alles unnötig kompliziert. Seine ›Bedürfnisse‹ befriedige er anders. Frauen seien für ihn nicht mehr als ein hübsches Spielzeug für den ›Zeitvertreib nach Feierabend‹.«

»Aha.« Jenkins ahnte, was Collins meinte.

»Und was willst du nun tun?« Collins sah auf seine Schnupftabakdose. »Verhaften kannst du ihn ja nicht.« Er schüttelte den Kopf und schob die Dose in seine Hosentasche zurück.

»Ich will ihm lediglich ein paar Fragen stellen.« Collins' Verhalten erschien Jenkins höchst merkwürdig. Entweder wollte Stevyn Dennis Green ganz bewusst aus der Schusslinie nehmen, oder er wusste es tatsächlich nicht besser. Erst Lukes Ideen, nun Collins' Verhalten. Je länger er darüber nachdachte, umso mehr war er davon überzeugt, dass er Green aufsuchen musste. »Es ist doch merkwürdig: Marys Vater sorgt dafür, dass Green seine Lizenz verliert, und nun verschwindet Mary.«

Zudem hatte Green die gleiche Sorte Seil zu Hause in seinem Verschlag, mit der die Antiquitätenhändlerin gefesselt und vermutlich getötet worden war. Und er hatte bereits eine Menge alten Kram verkauft. Sicher, das konnte alles Zufall sein – oder eben nicht. Wie dumm, dass er nicht einfach ein Stück von dem Seil abschneiden und von den Kriminaltechnikern mit dem in der Kirche vergleichen lassen konnte.

»Ich bleibe dabei: Das eine hat nichts mit dem anderen zu tun. Ihr lauft einem Gespenst hinterher. Glaubt mir.« Collins legte zum Gruß zwei Finger an die Stirn. »Viel Glück bei eurer Jagd. Ich gehe jetzt auf ein Bier.«

Luke sah Collins hinterher. »Wenn ich recht überlege, klingt alles plausibel. Er hat recht, jeder hat das Anrecht auf eine zweite Chance. Wir sollten fair bleiben. Ich bin wohl etwas über das Ziel hinausgeschossen. Ich meine, Seil und so.«

»Wir bleiben fair.« Jenkins drehte sich um. »Komm. Wir fragen Green.« Er spürte ein Kribbeln im Nacken, das er nur allzu gut kannte.

Luke hob zwar die Augenbrauen, folgte ihm aber ohne Widerspruch.

Dennis Green öffnete schon nach dem ersten Klopfen. »Aha. Ihr schon wieder. Was verschafft mir die Ehre?«

»Wir haben nur ein paar Fragen.« Luke wippte auf den Fußballen nervös vor und zurück.

»Ein paar Fragen?« Green machte diesmal keine Anstalten, sie hineinzubitten. »Worum geht's denn?« Er klang mit einem Mal misstrauisch.

»Du hast doch erzählt, dass du Barbara ein paar alte Sachen verkauft hast.«

»Ja und? Willst du jetzt auch ›ein paar alte Sachen‹ bei mir abstauben?«

»Wir würden gerne wissen, was Barbara gekauft hat.«

»Ich verstehe nicht. Was geht euch das an?« Green stellte sich so in die Tür, dass kein Zweifel mehr bestand: Er würde die beiden nicht ins Haus lassen. »Ich habe nichts mehr hier, was dich, deine Frau oder deinen Freund hier zum Kaufen reizen könnte, Luke.« Green ignorierte Jenkins. Sein Lächeln hatte alle Freundlichkeit verloren.

»Schon gut«, versuchte Simon die Situation zu entschärfen. »Im Grunde geht es darum, dass wir wissen möchten, ob du mit Barbara über den Verkauf der wertvollen Seekarten verhandelt hast.«

»Was geht das dich an?«

Jenkins schwieg. Was sollte er antworten? Er hatte auf die Schnelle keine Idee. Schlechte Vorbereitung.

»Wir haben einen Interessenten in London.« Luke kam Jenkins zuvor und strahlte übers ganze Gesicht. Das hielt er offenbar für eine wirklich gute Erklärung.

»Was macht ihr euch Gedanken über meine Seekarten und mein Geld? Das stinkt doch. Was wollt ihr wirklich?« Green schob angriffslustig das Kinn vor. Sein Gesicht wurde dadurch noch kantiger. Die grünen Augen waren kalt wie die See.

Sie hatten sich in der Tat in eine ziemlich dumme Lage hineinmanövriert, dachte Jenkins. Er hätte sich mit Luke vorher besser absprechen sollen.

»Dumme Idee. Du hast recht. Schon gut. Wir waren gerade in der Nähe, und da dachten wir ...« Luke zuckte mit den Schultern.

»Hm.«

»Wenn du also noch ein paar von deinen Sachen loswerden willst«, Luke hatte sich bereits zum Gehen gewandt, »lass es uns wissen. Wir haben beste Kontakte. Nichts für ungut.«

Green sah ihnen mürrisch hinterher.

»Wir haben uns benommen wie die Anfänger, stimmt's?« Luke schlug verärgert die Autotür zu und warf krachend den ersten Gang rein. »Ich hab's vermasselt.«

»Wir haben ihn aufgescheucht. Wenn er tatsächlich Dreck am Stecken hat, ist er spätestens jetzt vorgewarnt.« Auch Simon ärgerte sich, aber er wollte Luke keine Vorwürfe machen.

Dann musste er doch noch lächeln. Gar nicht so dumm.

Wenn sie Dennis Green aufgescheucht hatten, würde er sich regen. Und zwar bald. Sie brauchten also nur abzuwarten. Dann würde sich zeigen, ob Luke mit seinen Vermutungen am Ende doch recht hatte. So würde sein Kumpel nicht das Gesicht verlieren – und er würde Green vielleicht von seiner Liste streichen können.

»Was ist so komisch?« Luke schaltete den Scheibenwischer ein.

»Vielleicht war unser kurzer Besuch ja doch nicht so ganz umsonst.«

»Heißt?«

»Abwarten.«

Sein »Wenn du meinst« klang nicht sonderlich überzeugt.

Jenkins rieb die Hände aneinander. Ihm war kalt. Die Heizung in Lukes Auto funktionierte schon lange nicht mehr. »Ich glaube, ich werde heute Abend länger im Atelier arbeiten. Ich habe wieder Lust auf Neues. Nun ja, und ich habe noch ein paar Dinge aufzuarbeiten.«

»Hattest du nicht vor, heute Abend ins Blue Anchor zu gehen?«

Jenkins zog die Brauen zusammen und warf einen Blick auf die flache, monoton graubraune Landschaft draußen, die kaum erkennen ließ, dass sie sich in ihr bewegten. Alles blieb auf eigenartige Weise statisch, als warte die Natur ab, dass etwas passierte.

»Ich bleibe lieber daheim. In den vergangenen Tagen ist viel zu viel liegen geblieben. Außerdem will ich ein paar neue Farben und Malgründe ausprobieren. Noch mehr tote Fische als Druckstock. Natural Art, verstehst du?«

Luke verstand nicht.

Jenkins konnte sich seine plötzliche Zuversicht selbst nicht erklären. Etwas hatte sich in seinem Inneren bewegt. Darauf kam es an. Er würde schon noch erfahren, wohin ihn seine Arbeit treiben würde.

»Gut, dann fahre ich eben allein nach Helston.« Luke schob die Mütze ein Stück zurück und kratzte sich. »Na ja, vielleicht sollte ich Gill mitnehmen. Wir haben in letzter Zeit nicht viel voneinander gehabt. Sie kann ohnehin ein bisschen Abwechslung gebrauchen, wenn ich es mir recht überlege.«

»Aha?«

»Sie kränkelt in letzter Zeit ein wenig. Bin ich gar nicht gewohnt von ihr. Aber das Wetter ist dieses Jahr auch besonders unberechenbar. Mal noch so warm, dass man ohne Jacke geht, dann wieder beißend kalt. Wie soll man da gesund bleiben?«

»Stimmt.«

Jenkins stand im Atelier am Arbeitstisch. Vor ihm lag eine kleine Leinwand, daneben eine Tube Blau. Er war versucht, die Fläche ausschließlich mit dieser Farbe zu bemalen. Er hatte schon öfter diesen Impuls verspürt, aber den Gedanken jedes Mal verworfen. Seit Yves Kleins Arbeit war dieses Thema durch. Es würde ein dummer und lächerlicher Abklatsch der berühmten ultramarinblauen Arbeiten des Franzosen sein, und er fürchtete nichts mehr, denn als Hobbykünstler abgetan zu werden.

Jenkins warf einen Blick auf die verhängte Staffelei. Er würde auch heute Abend das Tuch nicht vom Bild nehmen, und auch nicht in Zukunft. Er würde das Porträt nicht zu Ende bringen, es nicht beenden können. Denn es war nicht zu vollenden. Er verlor Moira mit jedem Tag ein Stück mehr. Das war die grausame Wirklichkeit. Es tat weh, das erkennen und akzeptieren zu müssen, aber er musste sich der Wirklichkeit endlich stellen. Dann doch lieber das unvollendete Bild als Symbol des Seins. Das Leben blieb immer unvollendet.

Er fuhr sich mit beiden Händen durchs Gesicht. Moira. Die Liebe seines Lebens und im Augenblick ihres Todes. Sein Talent und sein kümmerliches Leben würden nicht ausreichen, diesen Blick festzuhalten.

Das Leben war unberechenbar.

Jenkins trank einen Schluck von seinem Tee.

»Wusste ich es doch.«

Jenkins fuhr herum.

Im Licht der Deckenlampe glänzten die blonden Haare des Deutschen wie flüssiges Gold.

»Was wollen Sie?« Seine Nackenhaare stellten sich auf. Er tastete nach seinem Stock.

»Sag mir endlich, wo Mary steckt.«

»Ich habe keine Ahnung.«

»Du treibst ein falsches Spiel mit mir.« Der Blonde trat ins Atelier. »Wenn du meinst, ihr beide könnt mich verarschen, dann habt ihr euch getäuscht. Also, wo ist sie?«

Ein Auftritt wie in einem billigen Heimatfilm. Fehlte nur noch die melodramatische Musik.

»Mary ist seit fast einer Woche verschwunden. Mehr weiß ich nicht.« Jenkins war auf der Hut. Seine Hand hatte den Griff des Gehstocks gefunden.

»Ich finde sie, sag ihr das.« Der Mann namens Michael verschränkte die Arme.

»Schön, dann sind wir schon zwei.«

»Du sollst mich nicht für blöd halten, du …« Er machte einen Schritt auf ihn zu.

Warum glaubte er ihm nicht? »Hören Sie zu …«

»Nein, du hörst mir zu.« Die Augen des anderen wurden zu schmalen Schlitzen. »Erst schnüffelst du mir nach, behauptest, ich hätte mit Marys Verschwinden zu tun, sogar mit dem Mord an Barbara! Du willst doch nur ablenken. Pah!«

Jenkins blieb abwartend am Tisch stehen und sah zu, wie der Blonde durch das Atelier schritt, als suche er zwischen den leeren Leinwänden, die an den Wänden lehnten, den bereits gerahmten Linolschnitten, halb fertigen Arbeiten, den angebrochenen, knittrigen, verdrehten, leer gedrückten oder noch verschlossenen Farbtuben, zwischen der Ansammlung verschiedener Farbtöpfe und anderem Zubehör eine Spur seiner ehemaligen Partnerin.

Vor der abgedeckten Staffelei beendete er seine Runde und hob den Kopf. »Ich gehe dir nicht auf den Leim.«

»Ich habe nichts zu verbergen. Ich will Ihnen …« So wie sich Michael vor ihm aufführte, hatte Jenkins starke Zweifel, dass er etwas mit dem Tod der Antiquitätenhändlerin, geschweige denn etwas mit Marys Verschwinden zu tun hatte. Um Spuren zu verwischen oder auf andere Art von sich abzulenken, würde er nicht so ein Theater aufführen.

»Du hast nichts zu verbergen? Aha. Und was ist das?« Er deutete mit dem Daumen auf die Staffelei.

»Das ist nichts. Das ist nur …«

Bevor er weitersprechen konnte, lachte der Blonde auf. »Ein Porträt von Mary? Willst du mir das sagen?« Mit einem Ruck riss er das Tuch weg.

»Nicht.«

Aber es war zu spät.

»Was ist das denn für ein Geschmiere?« Michael lachte immer noch. »Rot, Blau, Orange, Schwarz, Braun. Was soll das? Bist du irre?« Er trat einen Schritt zurück. »Was soll das sein? Eine Landschaft? Eine Figur? Etwa ein Gesicht? Du bist irre. Und ich dachte schon, deine neue Freundin hat vor dir posiert.«

»Das ist …« Jenkins spürte die aufsteigende Hitze in seinen Adern.

»Dreck«, vollendete Michael und stieß mit einer einfachen Handbewegung die Staffelei um. Mit einem hässlichen, schmatzenden Geräusch kippte die Leinwand mit der Vorderseite voran auf den Boden. Die Staffelei flog scheppernd um.

»Nein!« Mit einem Schrei warf sich Simon gegen Michaels breite Brust.

Der trat einen Schritt zurück. »Och, der arme Künstler.« Trotz des mitleidigen Tons glitzerte Hass in seinen Augen. »Hat er etwa Angst um sein Geschmiere? Der Arme. Das tut mir leid.« Er trat wieder einen Schritt vor und stieß Jenkins vor die Brust. »Wage es nicht, Simon Jenkins, mich noch einmal anzufassen.«

Mit hängenden Armen, keuchend und wehrlos stand Jenkins vor ihm. Seinen Stock hatte er fallen lassen. Ihr Bild lag am Boden. Moira! Das durfte nicht sein. Er wusste, dass der Staub sich längst in die noch nicht abgetrocknete Farbe gedrückt hatte. Er fühlte sich ohnmächtig.

Der Deutsche machte Anstalten, die Leinwand mit dem Fuß wegzustoßen.

Das war zu viel. Simon hob die Hände und versetzte dem anderen einen kräftigen Stoß. Der Schmerz schoss durch seinen Rücken, als er erneut zum Schlag ausholte.

Michael lachte nur und wich leichtfüßig zurück. »Ich habe keine Angst vor einem Krüppel. Sag Mary, dass ich wiederkomme.« Ansatzlos drehte er sich um und verließ das Atelier.

Für einen Augenblick blieb Jenkins wie betäubt stehen. Er war unfähig, in die Hocke zu gehen, um das Bild aufzuheben. Stattdessen gab er sich einen Ruck und stürzte dem Deutschen ohne Stock hinterher.

Er stolperte in die Dunkelheit hinein und wusste im ersten Augenblick nicht, wohin. Um ihn herum war alles schwarz. Auf dem Weg war nichts zu erkennen. Oder wartete Michael bereits hinter der nächsten Hecke auf ihn? Ohne weiter nachzudenken, humpelte er, so schnell er das ohne die Gehhilfe konnte, bis auf den Weg, der ins Dorf führte. Die Schmerzen trieben ihm die Tränen in die Augen. Sosehr er auch versuchte, in der Dunkelheit etwas zu erkennen, der Deutsche blieb unsichtbar.

Die Rückenschmerzen nahmen ihm den Atem. Er winselte. In der Bucht war es stockdunkel. Die dichten Wolken hatten schon am Tag den Himmel wie mit einem grauen Tuch verhängt, das alles Licht schluckte. Jetzt war nicht ein Stern zu sehen.

Simon blieb stehen und horchte in die Nacht hinein, aber es war allein das gleichmäßige Rauschen der See zu hören. Keine Schritte, kein hastiges Laufen. Es ging nur ein leichter Wind. Als ein paar Stimmen vom Hof des Pubs herüberwehten, drehte Jenkins sich um. Garry musste längst Last Order ausgerufen haben.

Ihm war kalt. Er musste sich setzen und nachdenken über den Deutschen. Aber zuerst würde er Moiras Bild bergen und auf Schäden untersuchen. Er hoffte inständig, dass sie nicht gravierend waren.

Er war kaum in sein Atelier gehumpelt, als ihn der kurze, hart ausgeführte Schlag traf. Er sank an der Tür zu Boden. Wie durch einen Nebel hörte er ein paar undeutliche Wortfetzen. Sie klangen wie: »Das soll dir eine letzte Warnung sein.«

Den Rest hörte er schon nicht mehr.

XL.

»Autsch.«

»Dich hat's ja anständig erwischt, Jesses.« Luke wrang das Küchentuch aus und tupfte mit dem Lappen erneut vorsichtig über Simons Hinterkopf.

»Nicht so fest.«

»Wir müssen die Polizei verständigen.«

Jenkins versuchte den Kopf zu schütteln. Der Schmerz nahm ihm den Atem. »Keine Polizei.«

»Wir müssen den Deutschen anzeigen.«

»Das regeln wir anders.«

Luke biss sich auf die Lippe.

Keine Polizei in Cadgwith – das von allen von alters her akzeptierte Verhalten. Aber auch in diesem Fall? Dieser Michael hätte seinen Freund auch totschlagen können. Die Beule an Simons Kopf ließ keinen Zweifel, dass er es ernst gemeint hatte.

»DI Marks sollte es wissen.«

Jenkins bewegte vorsichtig den Kopf. »Nein. Er würde nur voller Genugtuung – und zu Recht – sagen, dass es die gerechte Strafe für unsere eigenmächtigen Ermittlungen ist.«

»Unsinn. Marks ist ein Idiot, aber in dem Fall wird er sicher ermitteln.«

»Nein.«

»Wie du willst.« Er drückte das Tuch eine Spur fester auf Simons Kopf.

»Au. Sei vorsichtig!«

»Was willst du nun tun, du Sturkopf?«

»Wir werden zu ihm gehen.«

»Marks?«

»Michael.«

»Was willst du von ihm? Dass er sich entschuldigt?«

»Nein. Ja. Ich will, dass er sich dafür entschuldigt, mein Atelier verwüstet zu haben.« Vom Frevel an Moiras Porträt ganz zu schweigen.

»Meine Güte. Und was bringt das? Setz mal wieder deinen Verstand ein, wenn er denn noch da sein sollte. Das Bild steht wieder auf der Staffelei, ich habe es sogar wieder abgehängt. Und wie ich das einschätze, ist ihm nicht viel passiert. Das bekommst du wieder hin.«

»Das verstehst du nicht.«

»Das kapier ich auch nicht. Ich weiß nur, dass du von Glück reden kannst, dass ich nach Harrys Konzert noch einmal nach dir sehen wollte. Ob du noch in deinem Atelier mit den Farben herumpanschst. Und um dir zu sagen, dass du einen großartigen Auftritt verpasst hast. Und dass ich ohne Gill zum Blue Anchor gefahren bin, weil sie Kopfschmerzen hatte.« Vor lauter Sorge um seinen Freund brachte er kaum einen zusammenhängenden Satz heraus.

»Ich bin froh, dass du mich gefunden hast, Luke. Danke. Ich habe bestimmt schon eine halbe Stunde dort gelegen.«

»Na ja. Du hättest tot sein können.«

»Ist ja gut. Au.«

Simon hielt ihm dennoch seinen Kopf hin. Luke hatte ihm seine Tabletten gegeben, sodass der Schädel nicht mehr ganz so stark schmerzte. Und auch der Rücken hatte die heftigen Bewegungen besser verkraftet, als er befürchtet hatte.

Er warf einen Blick auf den Gehstock. »Ich will aufstehen. Gib ihn mir bitte.«

»Du machst erst mal gar nichts.«

»Wir müssen nach Helston, bevor er verschwindet.«

»Der läuft uns schon nicht weg. Und wenn er tatsächlich etwas mit dem Verschwinden von Mary zu tun haben sollte, werden wir das herausfinden.« Luke versuchte Simon sanft in die Kissen zurückzudrücken.

»Mir geht es gut. Echt. Es ist nur eine Beule.« Jenkins versuchte sich aufzurichten und sank dann wieder zurück. »Okay. Du hast recht. Wir warten. Eine Stunde.«

Luke schüttelte den Kopf. »Ich mach uns erst mal einen Tee.«

»Ein Krankenschwesterhäubchen stände dir nicht schlecht.«

Luke quittierte die Bemerkung mit einem schiefen Grinsen und dem angedeuteten Wackeln seines Hinterteils.

Sie mussten nicht lange suchen. Intuitiv steuerte Luke eine freie Parklücke schräg gegenüber dem Blue Anchor an. Das historische Pub lag am unteren Ende der Coinagehall Street, wie eingeklemmt zwischen den höheren und deutlich jüngeren Steinhäusern. Der mit Reet gedeckte Bau mit den weißen, mit Blau abgesetzten Fenstern in der Bruchsteinfassade stammte aus dem 15. Jahrhundert, hatte Luke mal erzählt.

Am Abend zuvor war dort Harry Rowland von seinen Fans gefeiert worden. Nun um die Mittagszeit saßen unter der niedrigen Balkendecke lediglich ein paar Gäste. So vertraut, wie sie miteinander sprachen, waren es Stammgäste. Den Deutschen entdeckten sie in der Nische vor dem Kamin.

Luke ließ den Blick schweifen. Welch eine Szene, wie gemacht für einen Showdown. Über der gemauerten Esse hingen auf dem Sturz aus Eichenholz zwei alte Flinten, dazu ein Colt. Michael saß in einem alten Stuhl mit Armlehne, vor sich ein halb leeres Bierglas auf einem zum Tisch umfunktionierten Fass.

Wie in einem Western mit Clint Eastwood. Es hätte nicht verwundert, wenn der Deutsche Stiefel und Sporen getragen hätte.

»Was wollt ihr?« Michael hatte die beiden längst kommen sehen. »Mir endlich sagen, wo meine Mary ist?« Er hob spöttisch die Augenbrauen, dann griff er zu seinem Glas. »Nun, Künstler, was hast du mir zu sagen?«

»Die Frage ist eher, was du uns zu sagen hast.« Luke baute sich vor dem anderen auf und klemmte seine Daumen in den Hosenbund.

»Hast du den Zwerg zur Verstärkung mitgebracht?« Er setzte das Glas hart auf die runde Tischplatte. Dann erst bemerkte er das Pflaster, das Luke mehr schlecht als recht auf Jenkins' Hinterkopf geklebt hatte. Er grinste schadenfroh. »Bist wohl vom Boot gefallen.«

»Wir sind gekommen, damit du dich entschuldigst.« Luke nahm an, dass er in Simons Namen sprechen sollte, denn der hielt sich auffällig zurück. »Deine dummen Witze kannst du dir sparen.«

»Ist das dein Anwalt, he?« Michael deutete mit dem Daumen auf Luke. »Was willst du? Ich soll mich entschuldigen? Wofür? Ich bin fertig mit dir.«

»Ich könnte Sie anzeigen.« Simon stützte sich auf seinen Stock. Ihm war mit einem Mal schwindelig, und er war kurzatmig. Die Fahrt hatte ihn angestrengt. Vielleicht hätte er doch auf Luke hören sollen. Gleichzeitig verspürte er Wut. Am liebsten würde er Michael aus seinem Stuhl prügeln, aber er wusste, dass das nichts ändern würde.

»Warum?« Der Deutsche schien wirklich erstaunt. »Dass ich versehentlich gegen deine Staffelei gestoßen bin? Ich bin nur ein wenig gestolpert, musst du doch gesehen haben. War keine Absicht.«

Er schien sich zu amüsieren. Taxierend hob er eine Augenbraue und sog hörbar Luft durch die Nase. Ein etwas zu kurz geratener Fischer mit raspelkurzem Haar unter einer alten Mütze und Dreitagebart, daneben eine tragische Gestalt, die sich mühsam an einem Stock festhielt. Sie konnten ihm nichts anhaben. Zwei harmlose Witzfiguren wie aus einem Karl-May-Klassiker.

»Und was ist das?« Luke deutete auf Simons Kopf. »Ich tippe mal, jeder Richter würde sofort auf Körperverletzung entscheiden – der schwereren Art. Das war ein brutaler Angriff.«

»He, was soll das? Dein Freund macht wohl Witze.« Er sah Jenkins erstaunt an, dann zog er die Stirn kraus. »Was wollt ihr mir unterschieben?« Er schob den Stuhl ein Stück zurück. Er lag auf der Lauer wie ein Puma, bereit zum Sprung.

»Dass du wütend bist, weil Mary dich verlassen hat, ist die eine Sache. Dass du denkst, wir wüssten, wo sie ist, geschenkt. Aber dass du in Kauf nimmst, dass mein Freund stirbt, das ist ein ganz anderes Kaliber.« Luke stand kurz davor, den Mann aus seinem Stuhl zu zerren.

Die Gespräche an der Theke waren längst verstummt. Der Wirt hatte das Polieren der Gläser eingestellt und beobachtete aufmerksam die Szene am Kamin. Dabei schielte er nach dem alten Baseballschläger, den er für alle Fälle griffbereit unter dem Tresen aufbewahrte.

Für einen Augenblick war es still in dem Raum, der im Lauf der Jahrhunderte nicht immer nur ausgelassenes Lachen gehört hatte. Die abgenutzten Wände schienen geradezu auf die Eskalation zu warten.

»Ich lass mir nichts anhängen.« Michael griff zu seinem Glas, trank es leer und wischte sich über den Mund. »Jetzt verschwindet einfach.« Er sah Jenkins an. »Ich habe dir keine verpasst. Ich vergreife mich nicht an Krüppeln.« Eine verächtliche Handbewegung folgte.

»Mary hat etwas völlig anderes erzählt.« Jenkins' Worte zerschnitten die Stille wie ein scharf geschliffenes Messer.

Im Hintergrund war Stühlerücken zu hören.

Das Gesicht des Blonden lief rot an. »Du weißt gar nichts, kranker Mann, gar nichts. Es geht dich auch nichts an.« Er stand kurz davor, aufzuspringen.

»Wenn du keine Argumente mehr hast, schlägst du zu.« Simon war jetzt ganz ruhig.

»Es geht dich nichts an, verstanden?« Das Rot im Gesicht des Deutschen wurde noch eine Spur dunkler. Jenkins sah, dass die Knöchel weiß wurden, so hart ballte sein Gegenüber die Fäuste.

»Du hast Mary eingesperrt, sie geschlagen. Warum solltest du es nicht auch diesmal getan haben? Das gleiche Tatmuster. Mit deinen Auftritten versuchst du falsche Spuren zu legen. Das ist das, was ich denke.« Die Sätze klangen wie aus einem Protokoll.

Jenkins war trotz seiner äußerlichen Ruhe auf der Hut. Der Mann konnte jeden Augenblick aus seinem Stuhl auffahren und ihn angreifen. Er durfte den Bogen nicht überspannen, sonst würde es zu einer Schlägerei kommen, mit unabsehbaren Folgen.

Michaels Stimme war jetzt flach und kalt. »Hat sie das gesagt, ja? Geschlagen? Ich habe versucht, ihr klarzumachen, was gut für sie ist. Dass sie es bei mir besser hat als anderswo. Aber sie hat nicht auf mich hören wollen. Sie hat sich mit anderen Männern abgegeben. Ich habe ihr lediglich eine kleine Lektion erteilt, das ist alles. Eine Frau muss wissen, wo sie hingehört. Geschlagen! Ich schlage keine Frau.«

»Du hast Mary eingesperrt und sie geschlagen.« Simon sah auf Michaels Hände. Er mochte sich nicht vorstellen, was sie mit Mary gemacht hatten.

»Glaub ihr kein Wort.« Der Blick wurde lauernd. »Sie ist immer nur auf ihren Vorteil aus. Eine Schlampe, in mancherlei Hinsicht.« Er hob sein leeres Glas und deutete einen Trinkspruch an. »Sie wird dir schaden, wenn du ihr keine Grenzen setzt. Achte auf meine Worte. Sag ihr, dass ich sie zurückhaben will, dass sie mir gehört. Zu ihrem eigenen Besten. Sag ihr das.«

»Nun is' genug, Männer. Besser, ihr geht jetzt, oder ich rufe die Polizei. In meinem Laden gibt es keine Schlägerei«, schaltete sich der Wirt ein, der sich hinter der Theke zu seiner vollen Größe aufgerichtet hatte. Sein fast kahler Schädel wirkte dadurch noch kantiger.

Die Gäste nickten zustimmend und standen auf. Sie waren zwar nicht gemeint und neugierig, was die drei Typen da zu bereden hatten, aber sie wollten auf keinen Fall in einen handfesten Streit hineingezogen werden. Aus sicherer Entfernung warfen sie an der Tür einen letzten Blick auf die seltsamen Streithähne und verschwanden.

»Schon gut. Es wird nichts passieren.« Jenkins hob beschwichtigend die Hand. Sein Tonfall klang wie der eines Detectives, der mit all seiner Erfahrung garantierte, dass er die Situation im Griff hatte.

»Mary gehört mir«, zischte Michael unter Jenkins' hartem Blick. »Und ich sage es noch einmal: Ich habe dich nicht angefasst.«

»Wenn du es nicht warst, wer dann?« Luke wippte vor lauter Nervosität schon seit geraumer Zeit auf den Fußballen vor und zurück.

Der andere sah Luke an. »Setzt langsam dein Verstand wieder ein? Ich war's jedenfalls nicht.« Sein Gesichtsausdruck ließ keinen Zweifel daran, dass er der verpassten Gelegenheit hinterhertrauerte.

»Als ich dir nachgegangen bin, warst du wie vom Erdboden verschluckt. Hattest du dich hinter einer Hecke versteckt?«

»Jenkins, noch mal: Ich war's nicht. Ich bin ins Dorf runter, um mich im Pub bei einem Bier abzukühlen.« Er schnaubte erneut. »Was rede ich da? Ich habe keinen Grund, mich zu rechtfertigen oder wegen irgendwas zu entschuldigen. Und jetzt lasst mich in Ruhe. Oder bringt mir Mary.«

Luke schüttelte den Kopf über so viel dumme Arroganz und Engstirnigkeit. Der Deutsche merkte offenbar nicht, in welchen Schwierigkeiten er steckte.

»Ist dir niemand begegnet?«

»Der Wirt hatte bereits Last Order ausgegeben. Im Hof standen noch ein paar Leute.«

»Das meine ich nicht. Auf dem Weg ins Dorf, ist dir jemand begegnet?« Jenkins wollte ihn nicht einfach vom Haken lassen.

»Nur ein paar Betrunkene, die etwas wackelig auf dem Heimweg waren.« Michael grinste bei dem Gedanken.

»Sonst niemand?«

»Nein.«

»Hast du jemanden erkannt?«

»Wen soll ich in dem Kaff schon kennen, außer Mary – und euch?« Sein Blick war geringschätzig. »So wohl fühle ich mich hier nicht, dass ich auf der verzweifelten Suche nach einem Kumpel bin.«

»Hätte ja sein können.«

»Da waren nur so'n Dicker und der große blonde Fischer mit der gelben Jacke.«

»Im Pub? Oder draußen? Sag schon. In welche Richtung waren sie unterwegs?«

»Sie hätten beide in deinen Weg einbiegen können, wenn du das meinst. Aber ich habe nicht weiter darauf geachtet.«

»Waren sie gemeinsam unterwegs?«

Michael schüttelte den Kopf.

Hinter der Theke atmete der Wirt hörbar aus. Mit einem Seitenblick sah Simon, dass der Landlord wieder damit begonnen hatte, Gläser zu polieren.

»Ein großer Blonder mit gelbem Ölzeug? Hat er was gesagt?« Luke warf Simon einen undefinierbaren Blick zu.

»Und der Dicke – weißt du seinen Namen?«

»Weiß ich nicht«, antwortete Michael lustlos.

»Überleg. Wie sah er aus?«

»Eher wie so ein feiner Pinkel. Wenn ich jetzt darüber nachdenke, ja, den habe ich mal im Pub erlebt, wenn du's genau wissen willst. Du kannst aber auch penetrant sein, Bulle. Ihr seid hier ja genauso neurotisch wie bei uns. Der Typ hat damals große Reden geschwungen. Dass er mit seiner Kohle die Region nach vorne bringen wird. Aber ich habe nicht hingehört. Jedenfalls hat er für mächtig Diskussionsstoff gesorgt. War wohl jemand, der sich regelmäßig im Pub vollaufen lässt. Typ Wichigtuer, Goldkette, das Hemd zu eng für die Wampe. Reicht das, oder willst du mich mit aufs Revier nehmen? Ach nee, die Zeiten sind ja vorbei.«

Terry Bennett! Jenkins fragte noch einmal nach.

Michael nickte. »Yes, Mr. Wichtig.«

Der Neureiche. Bennett also hatte ihn niedergeschlagen. Jenkins versuchte sich an die Situation zu erinnern, aber auch diesmal waberten nur Schmerz und Nebel durch seine Gedanken. Im Fallen hatte er einen Schatten bemerkt, den eines einzelnen Mannes.

»Und er war in Richtung meines Cottages unterwegs?«

»Hörst du nicht zu, Jenkins?«

Luke warf seinem Freund einen vielsagenden Blick zu. Auch er war davon überzeugt, dass Michael Terry Bennett gesehen hatte. Er war also wieder da. Was, wenn er tatsächlich Mary in seiner Gewalt hatte, oder, schlimmer noch, gehabt hatte?

Lebte sie noch? Eine Woche war eine verdammt lange Zeit. Bei dem Gedanken zogen sich Simons Eingeweide zusammen.

»Und der Fischer?«

»So ein Allerweltstyp. Schien granatenvoll. Erst kam er geradewegs auf mich zu, dann, im nächsten Augenblick, dachte ich, der fällt mir gleich vor die Füße. Jedenfalls brauchte er die ganze Breite des Weges, um auf Kurs zu bleiben.«

»Beschreibung?«

»Spar dir deinen Bullenton. Weiß ich nicht mehr.«

»Versuch's.«

»Wie die Typen halt so aussehen hier: ausgebeulte Hose, Gummistiefel, grober Pullover, offene Jacke. Bisschen knochig vielleicht. Jetzt reicht's. Hör auf mit der Fragerei. Ist das eigentlich schwierig, sich an so 'nem Stock festzuhalten?«

Jenkins überhörte die Geschmacklosigkeit. »Blond?«

»Und ungekämmt.«

Jenkins kannte niemanden, zu dem die Beschreibung passte. Andererseits passte sie auf jeden, so ungenau, wie sie war.

»Lange blonde Haare?«

»Was soll das alles? Ich denke, ich soll derjenige sein, der dir das Ding verpasst hat – oder glaubt ihr mir endlich?«

Jenkins' Kopfschmerzen waren in den vergangenen Minuten stärker geworden. Das Blut hämmerte gegen die Wundränder. Ihm wurde übel. Er musste an die frische Luft, sonst würde er dem Deutschen noch zeigen, was er mit seinem Gehstock so alles anstellen konnte. Besser, Luke fuhr ihn heim.

»Ich will lediglich andere Möglichkeiten ausschließen.«

Michael hob erstaunt die Augenbrauen.

»Lass uns gehen«, wandte Simon sich an Luke.

Er ertrug das wilde Pochen hinter seiner Stirn und an den Schläfen kaum noch. Als stünde eine Eiterblase kurz vor dem Platzen. Er konnte keinen klaren Gedanken mehr fassen.

Luke sah ihn erstaunt an und deutete auf Michael. »Er war's. Und du lässt ihn einfach in Ruhe? Das verstehe ich nicht. Oder meinst du, dass …?«

»Komm.« Jenkins wandte sich zum Gehen.

»Er könnte sich wenigstens entschuldigen.«

»Komm.«

»Und was ist mit Mary? Wenn er doch …?«

»Ich muss hier raus.« Jenkins dachte schon nicht mehr an Michael.

Nachdem die beiden gegangen waren, stand Michael auf und trat an die Theke. »Zieh mir noch ein Pint, bitte.«

»Was war das denn gerade?« Der Wirt nahm ein Glas, hielt es unter den Hahn und zog am Pumpenschwengel.

»Keine Ahnung. Ein paar Spinner halt.«

Der Wirt setzte das volle Glas auf das schmale Tuch aus Frottee, das auf dem Tresen lag. »Eins ist mal klar, mein Freund, das will ich hier nicht mehr erleben.«

»Cheers.« Der Deutsche hob sein Glas. Das war gerade noch mal gut gegangen.

»Was tun? Denkst du auch, dass Bennett dich überfallen hat?« Luke sah ihn mit sorgenvoller Miene an. Jenkins musste große Schmerzen haben.

»Wir dürfen keine Zeit verlieren. Komm.« Er versuchte aufzustehen, sank aber sofort wieder auf den Stuhl zurück.

»Du gehst nirgendwo hin. Sieh dich doch an. Du bist so kalkweiß im Gesicht wie'n Fischgerippe nach 'ner ausgedehnten Möwensause und kippst gleich vom Stuhl. Ich verstehe echt nicht, warum du nicht zum Arzt willst.«

»Die Beule wird mich schon nicht umbringen. Außerdem, du hast es gehört: Bennett ist zurück.«

Luke schüttelte den Kopf. »Wenn, dann gehe ich allein.«

»Und was willst du ihm sagen? Etwa: Guten Tag, Mr. Bennett, Sie haben meinen Freund angegriffen und Mary in Ihrer Gewalt? Würden Sie mich bitte zu ihr bringen und anschließend zur Polizeistation begleiten?«

»Klar.«

»Luke, das wird nicht gehen. Wenn er Mary in seiner Gewalt oder ihr etwas angetan hat, ist er damit gewarnt. Wir müssen ihn beobachten, zusehen, dass er einen Fehler macht, und ihn dann überwältigen. Wenn er sie versteckt hält, wird er uns zu Mary führen, ohne dass er es merkt.« *Wenn sie denn überhaupt noch lebt*, fügte er stumm hinzu.

»Wir sollen uns auf die Lauer legen?« Luke klang, als hielte er das für die schlechteste Option.

»Anders wird es nicht gehen.«

Luke holte tief Luft, bevor er den Satz aussprach. »Wir könnten DI Marks informieren. Ich sag's ja nicht gerne, aber wir brauchen seine Hilfe.«

»Ich will das erst allein versuchen. Na ja, zusammen mit dir natürlich.«

»Du bist ein unverbesserlicher Sturkopf, Simon.« Natürlich sah Luke die Polizei lieber von hinten, aber diesmal …

Die Diskussion ging noch eine ganze Weile hin und her, ohne dass sie zu einem Ergebnis kamen. Schließlich bequemte sich Jenkins doch noch, sich ins Bett zu legen.

Zu den massiven Kopfschmerzen hatten sich längst heftige Rückenbeschwerden gesellt. Er musste sich wohl oder übel eingestehen, dass sie an diesem Tag nichts mehr erreichen würden. Wenigstens hatte Luke ihm versprochen, doch noch eine Weile in der Nähe von Bennetts Haus Posten zu beziehen. Seiner Gill ging es nicht gut, und er würde sich um sie kümmern müssen.

Luke war kaum fort, da fiel Jenkins auch schon in einen tiefen und traumlosen Schlaf.

Irgendwann in der Nacht schreckte er auf. Ein lautes Geräusch hatte ihn geweckt. Aufrecht im Bett sitzend, hielt er den Atem an. Minutenlang saß er so da und atmete flach, aber nichts weiter geschah. Er war sicher, dass jemand ums Haus schlich. Er tastete nach seinem Gehstock und nahm ihn in beide Hände. Vorsichtig stand er auf und ging in die Küche.

Im Haus war es ruhig. Totenstill. Nicht einmal die Dielen knarrten. Nichts bewegte sich. Nur der Wasserhahn tropfte gelegentlich und schickte ein leises Ploppen durch den Raum.

Der Mond schien fahl durchs Küchenfenster. Die schmale Sichel wurde immer wieder verdeckt von schnell treibenden Wolken. Ihre ausgefransten Ränder hatten dann einen hellen Saum. Es würde bald wieder Sturm geben.

Jenkins ging durchs Haus und prüfte die Schlösser. Alle Türen waren abgeschlossen und unversehrt, auch das Atelier war verriegelt. Er musste sich getäuscht haben. Vermutlich hatte ihm ein Traum einen Streich gespielt.

Schließlich legte er sich wieder ins Bett. Das Pochen in seinem Kopf war zurückgekehrt.

Er konnte nicht wieder einschlafen. Die Gedanken kreisten unablässig um das, was Michael ihnen gesagt hatte. Jenkins war sich nun ganz sicher, dass der Deutsche nichts mit Marys Verschwinden zu tun hatte. Er hätte sich sonst völlig anders verhalten, wäre längst aus der Gegend verschwunden und nach Deutschland zurückgekehrt. Und außerdem: Wo hätte er Mary gefangen halten können? Er war nicht von hier, kannte sich daher nicht gut genug aus, um ein brauchbares Versteck oder Gefängnis zu finden, geschweige denn unterhalten zu können. Was auch nicht zu vernachlässigen war: Er hätte längst versucht, sie außer Landes zu bringen. Dazu gab es auch heute noch Möglichkeiten genug. Fischer, die Wege kannten …

Es sei denn, Michael hatte Mary sofort getötet – aus Wut darüber, dass sie ihn verlassen hatte. Vielleicht war auch Lust im Spiel gewesen. Die Lust zu töten.

Aber das konnte er sich nicht vorstellen.

Jenkins' Gedanken blieben an der Beschreibung der beiden Männer hängen, denen Michael angeblich begegnet war. Der eine war Bennett, daran bestand kein Zweifel. Der andere konnte ein Besucher von außerhalb sein, der trotz seines bedenklichen Zustands noch Auto fahren wollte. Ein Stück hinter seinem Haus lag der öffentliche Parkplatz, mehr ein Rasenstück auf zwei Ebenen, begrenzt von jungen Bäumen. Wer dort parkte, nahm unweigerlich den Weg, der in Höhe seines Cottages hinunter ins Dorf führte. Und es war keineswegs ungewöhnlich, zu keiner Jahreszeit, dass Pubbesucher betrunken Auto fuhren. Sie konnten sicher sein, nachts so gut wie nie auf eine Polizeistreife zu treffen.

Luke und er mussten vorsichtig vorgehen, um Bennett nicht unnötig aufzuscheuchen. Das war zwar angesichts des unwegsamen Küstengeländes und der wenigen Straßen nicht ganz einfach, aber es gab entlang der Zufahrtswege zu Bennetts Haus durchaus ein paar Stellen, die sich für eine Observation eigneten. Unauffällige Lücken in den Hecken entlang der Strecken, von wo aus sie das Haus ebenso im Auge behalten konnten wie die Ein- und Ausfahrten aus der Bucht.

Selbst wenn Lukes Pick-up eindeutig zu erkennen sein würde, wäre er dennoch unauffällig. Luke war ständig mit seinem Wagen in der Gegend unterwegs. Da war es völlig unverdächtig, wenn das Fahrzeug eine Zeit lang irgendwo verlassen stand. Sie mussten nur achtgeben und den Kopf runternehmen, wenn jemand vorbeikam.

Wo nur hatte sich Bennett in den vergangenen Tagen aufgehalten? Was hatte er seiner Frau erzählt? Er wäre gerne dabei gewesen, als Bennett die Haustür geöffnet hatte. Aber vielleicht hatte seine Frau gleichgültig reagiert, weil er es ihr sowieso nicht sagen würde. Sicher hatte sie längst ihre eigene Wahrheit über ihn herausgefunden.

Mary.

Er hoffte inständig, dass sie noch lebte. Abgesehen von Moira hatte er noch nie zuvor in seinem Leben eine derart tiefe Zuneigung für einen anderen Menschen empfunden.

Simon drehte sich auf den Rücken und starrte an die Decke, die er in der Dunkelheit kaum wahrnahm. Eine schwarze Wand wie eine drohende Gewitterfront, so hatte er es schon als Kind empfunden, wenn er nachts wach geworden war und allein in seinem Zimmer lag. Dann stellte er sich vor, dass sich das schwere Wetter immer tiefer bis auf seine Brust senkte.

Er fragte sich, ob sich in den vergangenen Tagen jemand um Marys Haus gekümmert hatte, vielleicht ihre Tante Margaret. Ein nachlässig verriegelter Fensterladen konnte bei Sturm fatale Folgen haben. Das Dach war nicht mehr das beste. Es musste regelmäßig kontrolliert werden.

Seltsam, dachte er, bevor er endlich einschlief, welche Gedanken sich bei Nacht zusammenspinnen.

XLI.

»Da ist er.« Luke deutete auf den SUV, der langsam über den schmalen unbefestigten Weg rumpelte und Richtung Bucht einbog. Dann startete er den Motor seines Pick-ups.

Simon legte die Hand auf Lukes Arm. »Mach wieder aus. Bennett wird uns sonst noch bemerken. Warten wir ab und beobachten, was er macht. Wenn er Cadgwith verlässt, werden wir das mitbekommen und können ihm immer noch folgen.«

Sie standen oberhalb von Bennetts Anwesen. Von hier hatten sie den besten Blick. Luke hatte ihn wecken müssen, und nach einem hastigen Frühstück waren sie losgefahren. Den Anruf bei Marys Tante hatte er auf später verschoben. Die Beule auf seinem Kopf war zwar nicht wesentlich kleiner geworden, dafür schmerzte sie dankenswerterweise kaum noch.

»Er fährt in den Hafen hinunter.« Luke wies nach vorne.

»Wir sind Idioten. Er will zu seinem Boot.« Simon schlug mit der Hand auf das Armaturenbrett. »Mist.«

Luke startete erneut den Motor.

»Schalte ihn aus. Spätestens im Hafen wird er uns bemerken. Macht alles keinen Sinn. Er kann uns alle möglichen Storys auftischen.«

Sein Freund drehte den Zündschlüssel zurück. Er fühlte sich um eine aufregende Verfolgungsjagd betrogen. »Na prima. Und jetzt? Wir sitzen hier oben, und der schippert lustig pfeifend davon.«

»Ist jetzt so. Nicht zu ändern.« Jenkins ärgerte sich, dass er die Möglichkeit, Bennett könnte sein Boot nutzen, völlig außer Acht gelassen hatte.

Luke zog sein Mobiltelefon aus der Kapuzenjacke und wählte eine Nummer. Als er Jenkins' fragenden Blick sah, blitzten seine Augen listig. »Martin Ellis. Um diese Zeit kontrolliert er meist seine Hummerkörbe in Höhe Church Cove. Vielleicht kann er Bennett unauffällig beobachten.« Schon nach ein paar Augenblicken nahm er enttäuscht das Telefon vom Ohr. »Mist. Besetzt.«

Inzwischen hatte Bennett seinen Wagen am Hafen dreist vor dem Maschinenhaus geparkt, ohne Rücksicht auf die freie Lage des Seilzugs, mit dem die Fischerboote auf den Strand gezogen wurden. Luke und Jenkins beobachteten, wie Bennett in aller Seelenruhe einen unförmigen Leinensack zu seinem Boot wuchtete und dann die nötigen Vorkehrungen traf, um es zu Wasser zu lassen. Ein paar Möwen hatten ihre Sitzplätze auf den Felsen verlassen und umkreisten ihn neugierig. Er war allein im Hafen, und auch sonst war niemand auf der Dorfstraße unterwegs oder oben auf der Felsnase, die den Hafen vom steinigen Strand trennte. Der Unternehmer hatte sich für seinen Ausflug ruhiges Wetter ausgesucht. Die See lag träge vor der Küste, selbst die Wolken schienen darauf zu warten, dass sich etwas tat.

Bennett legte nacheinander ein paar Plastikrohre unter den Kiel und zog das Boot darüber ins Wasser. Auf diese Weise konnte er vermeiden, dass das Gewicht des Bootes den Kiel in den Kies drückte und es damit unbeweglich wurde. Seine Schaluppe war zwar nicht groß, aber schwer.

Luke beobachtete, wie Bennett den Außenbordmotor startete und das Boot langsam in den Wind drehte, und wählte erneut die Nummer seines Kumpels. Währenddessen hielt Bennett tatsächlich Kurs auf die Bucht von Church Cove.

»Mann. Jetzt geht Martin nicht ran. Oder er hat keinen Empfang. Hätte ich nur Funk im Auto.« Unzufrieden warf er das Telefon aufs Armaturenbrett.

»Wir fahren zu seiner Frau. Vielleicht sagt sie uns, was ihr Mann vorhat.«

»Wenn du meinst.« Luke sah in den Rückspiegel und startete den Motor. Immerhin besser als nichts.

»Mein Mann ist nicht da.« Liz Bennett öffnete die Tür mit einem Glas Wein in der Hand. »Kommen Sie. Möchten Sie auch eins?« Sie führte Luke und Jenkins ins Wohnzimmer und hob lockend das Glas. »Ich habe noch genug von dem guten Zeug im Kühlschrank.« Als die beiden verneinten, trank sie einen Schluck und setzte sich. »Ich weiß, was Sie jetzt denken. Alkohol schon am Vormittag. Was muss die Frau Probleme haben. Aber wissen Sie was? Das ist mir scheißegal.« Sie legte die Faust an den Mund und unterdrückte ein leichtes Rülpsen. »Sorry.« Sie sah die beiden erstaunt an, als wäre sie überrascht, dass die beiden Männer so urplötzlich in ihrem Wohnzimmer saßen. »Nun? Was kann ich für Sie tun?«

»Ihr Mann ist wieder zu Hause?«

»Terry? Sicher.« Sie schien sich an seinen Namen erinnern zu müssen und daran, dass er ihr Ehemann war.

»Hat er Ihnen gesagt, wo er war?« Jenkins bemerkte die Unruhe in ihrem Blick, als sie sich nach der Weinflasche umsah, die sie jedoch offensichtlich in der Küche stehen gelassen hatte.

»Geschäfte.« Ihr Blick wurde noch unruhiger, und sie stand auf. »Moment.«

Es dauerte eine Weile, bis sie zurück ins Wohnzimmer kam.

»Geschäfte? Er war fast eine Woche weg.« Jenkins sah sie aufmunternd an. Liz Bennett trug diesmal einen sandfarbenen Hosenanzug mit einer ebenso unauffälligen Bluse und offene, mit weißem Fell besetzte Hausschuhe. Er fragte sich, ob sie diese Kleidung bewusst gewählt hatte. Sie wirkte auf ihn, als wollte sie mit der luxuriösen Einrichtung verschmelzen und damit unsichtbar sein.

»Ach, schon so lange? Ist mir tatsächlich gar nicht so lang vorgekommen. Terry«, sie spielte mit ihrem Weinglas, »hat große Geschäfte abgewickelt. In Manchester und London. Deshalb war er so lange fort. Die Verhandlungen duldeten keinen Aufschub. So ist er, mein lieber Terry, immer hat er unsere Zukunft im Auge. Ich muss ihn ein wenig in Schutz nehmen. Jedes Geschäft macht uns reicher. Gut, nicht?« Sie trank einen kräftigen Schluck.

Das glaubt sie nicht im Ernst, dachte Jenkins. Aber er wollte den Selbstbetrug nicht kommentieren. »Ihnen ist nichts aufgefallen am Verhalten Ihres Mannes?«

»Warum fragen Sie das?« Sie reagierte mit erstauntem Blick. Ihr schien erst jetzt klar zu werden, dass es sich hier nicht um einen Nachbarschaftsbesuch handelte. »Sie klingen wie ein Polizist. Klar, Sie waren ja mal einer. Und jetzt sind Sie der Künstler. Sicher, ich weiß das natürlich.« Sie runzelte die Stirn. »Und Sie mit der Mütze, Sie sind sein Freund. Terry hat mir schon von Ihnen erzählt, ja.« Sie trank erneut einen Schluck. »Gibt es einen Anlass für Ihre Frage?« Immerhin schaffte sie es, den Faden nicht zu verlieren.

»Sie erinnern sich vielleicht. Wir haben ein paar Fragen an Ihren Mann.«

»Erinnern? Ja, sicher, ich erinnere mich.« Sie fuhr sich übers Gesicht. »Sie wollen Ihr Cottage verkaufen, nicht? Ich fürchte, da kommen Sie zu spät. Soweit ich weiß, hat Terry schon alles beisammen. Aber ich setze Sie gerne auf die Liste. Aber, was rede ich da, ich sollte mich aus seinen Geschäften heraushalten. Ich weiß ja nicht einmal, wo diese verdammte Liste ist.«

»Nein, wir wollen nichts verkaufen. Ist Ihr Mann mit dem Boot rausgefahren?« Luke ging das Verhalten der sichtlich angetrunkenen Frau auf die Nerven.

»Sie sind der Künstler, nicht?«

Luke zog die Stirn in Falten.

»Kommen Sie bei Gelegenheit doch mal mit einem Ihrer Bilder zu mir. Ich glaube, wir finden dafür sicher noch ein nettes Plätzchen.« Sie warf ihm einen koketten Blick zu, als habe sie gerade großzügig eine Zehn-Pence-Münze in die Büchse eines Bettlers geworfen.

»Sie verstehen mich falsch …«

»Lass gut sein, Luke.« Jenkins hatte ein Déjà-vu. Liz Bennett hatte ihm beim ersten Besuch Ähnliches vorgeschwafelt.

»Wir haben ein großes Herz für Kunst.« Sie deutete auf die Ölgemälde. »Alt oder modern, Hauptsache, die Bilder leben, sage ich immer.« Dabei warf sie den Werken einen tadelnden Blick zu, als wollte sie sich bei den Porträtierten darüber beschweren, dass sie sie so ernst aus ihren schweren goldenen Rahmen ansahen.

Auch wenn er die Antwort bereits wusste, startete Jenkins einen letzten Versuch. Er musste mit der Frau ins Gespräch kommen. »Sind das nicht Ihre Vorfahren?«

Liz Bennett lachte so plötzlich auf, dass Luke erschrocken zusammenfuhr. Er warf Jenkins einen Blick zu, der keinen Zweifel ließ, was er von der Frau hielt.

»Meine Vorfahren?« Sie prustete. »Ich komme aus den Docks. *Das* ist die Wahrheit. Von meinen Vorfahren gibt es nicht einmal mehr einen Brief. Gott weiß, ob sie überhaupt schreiben konnten.« Mit großen Schlucken trank sie das Glas leer. »Und es gibt nicht mal mehr ein verdammtes Foto.«

Jenkins stand auf. Sie verschwendeten ihre Zeit.

»Bleibt doch noch was, Jungs. Machen wir es uns gemütlich. Terry wird den ganzen Tag wegbleiben. Ich könnte ein bisschen Unterhaltung gebrauchen. Wird bestimmt lustig.« Sie lehnte sich auffordernd zurück, verrucht und erfahren.

»Hat Ihr Mann Mary Morgan in seiner Gewalt?« Luke war sitzen geblieben.

»Mary Morgan? Wer ist … natürlich, Mary Morgan. Die Kratzbürste, die ihr Häuschen nicht verkaufen will. Aber was reden Sie da?« Liz Bennett ließ nicht erkennen, ob sie die Frage schockierte. Ebenso gut hätte Luke nach der Uhrzeit fragen können.

»Wir halten es für möglich, dass Ihr Mann etwas mit dem Verschwinden von Miss Morgan zu tun hat.«

»Haben Sie mich das nicht schon einmal gefragt? Oder war es der da?« Sie zeigte ungeniert auf Jenkins. »Lächerlich. Wer sagt das? Mein Mann hat niemanden in der Gewalt. Er ist ein guter Junge. Die einzige Frau, die er in der Gewalt hat, bin ich. Haha. Scherz. So, und nun gehen Sie.« Sie stand auf, schwankte und ließ sich wieder in das Sofapolster fallen. »Ups. Gehen Sie. Sie finden sicher allein hinaus. Ich bin müde und muss mich ausruhen.«

Sie standen schon an der Tür, als sie sie zurückrief. »Terry ist nur mal kurz rausgefahren, sich frischen Wind um die Nase wehen lassen. Nach all den Sitzungen, sagt er. Energie tanken. Mit der Morgan hat er nichts zu tun. Das könnt ihr mir glauben. Er hat 'ne Menge Scheiß gebaut, aber das macht er nich'. Hört ihr? Das macht er nich'. Fragt ihn doch selbst. Er kann nicht lange fort sein.«

Als sie die Tür hinter sich zuzogen, hörten sie nur noch ein undeutliches Murmeln.

»Mann, ist die blau.« An der Zufahrt zum Grundstück der Bennetts überquerte Luke den breiten Weg und trat nahe an die Steilküste heran.

»Ich möchte nicht in ihrer Haut stecken. Die Frau ist doch lebendig begraben und hat keine Kraft für einen Schlussstrich.« Jenkins sog die frische Luft tief in die Lungen.

Luke sah hinunter und zuckte mit den Schultern. »Jeder ist für sein Glück selbst verantwortlich. Was machen wir nun?«

»Versuche bitte Martin noch mal zu erreichen.« Jenkins bezweifelte zwar, dass sie das weiterbringen würde, aber einen Versuch war es wert.

Luke wählte die Nummer. »Martin.« Luke nickte Jenkins zu. Na endlich. »Martin, ich brauch mal dringend deine Hilfe.« Mit wenigen Worten erklärte er seinem Kumpel, worum es ging. »Okay, halt die Augen offen. Melde dich.« Zufrieden trennte Luke die Verbindung. »Martin hat Bennett gesehen. Der war wohl Richtung Lizard unterwegs. Martin bleibt noch ein bisschen draußen, obwohl er eigentlich längst zurück sein wollte. Guter Kumpel.« Luke verstaute das Telefon zufrieden in seiner Hosentasche. »Das Wetter ist viel zu schön.« Er deutete über die Bucht. »Gestern sah es noch nach Sturm aus. Kannst dich heutzutage nicht mal mehr aufs Wetter verlassen.«

Von ihrem Standort aus hatten sie einen weiten Blick auf die Küstenlinie. Als habe der Maler mit sattem Strich die Konturen festgelegt, zog sich das Küstenband mal in sanften, mal in unerwartet ausufernden Schwüngen bis zum Horizont. Fast übermütig.

Die See lag in einem hellen Grau zu ihren Füßen, flach wie ein lasiertes Brett. Die Natur ließ ein behagliches Gefühl von Ruhe und Gelassenheit aufkommen. Einzig ein paar in der Luftströmung schaukelnde Möwen brachten Bewegung ins Bild.

Jenkins dachte daran, dass er schon viel zu lange nicht mehr mit seiner Staffelei draußen gewesen war. »Fahr heim. Wir können nun doch nichts tun außer warten. Auf Martin kann man sich doch verlassen?«

»Hundert Pro. Er ruft mich an.«

»Dann warten wir ab, was er uns zu erzählen hat.«

»Um ehrlich zu sein, wäre mir das ganz recht. Gill braucht mich. Ich muss ihr ein bisschen im Haushalt helfen.« Die letzten Worte vernuschelte er beinahe.

Jenkins klopfte ihm auf die Schulter. »Dann los. Ich würde dich zu gerne in deiner Küchenschürze sehen.«

»Witzig. Hältst du mich etwa für ein Weichei? Bloß weil ich meiner Frau helfe? Und das sogar gerne«, setzte Luke knurrend hinzu.

»Ich nutze die Zeit und schau mal nach Marys Haus. Ruf mich an, wenn du was hörst.« Er musste innerlich lachen. Es gab Fischer im Dorf, die genau das über Luke denken würden. In ihrer Vorstellung von Arbeitsteilung halfen Männer ihren Frauen nicht im Haushalt, sie hatten schließlich auf See schon genug zu tun.

»Mach das.« Luke nickte und ging nachdenklich zu seinem Wagen zurück.

Das nur auf den ersten Blick kleine Haus lag verlassen da. In dem amerikanischen Briefkasten, der am Wegrand stand, steckten ein paar Zeitungen und Post. Margaret Bishop war seit Marys Verschwinden also nicht im Haus gewesen.

Äußerlich hatte sich seit seinem letzten Besuch nichts verändert. Die weiß gestrichene Fassade war intakt, alle Fenster geschlossen. Das Reetdach zeigte seine bekannten Altersgebrechen, war aber dicht, soweit er das von außen beurteilen konnte. Unter dem Türklopfer steckte ein Zettel, den er wegnahm. Es war die Mitteilung eines Wanderers, der vor verschlossener Tür gestanden hatte und nachfragen wollte, ob das B&B um Weihnachten herum geöffnet habe. Jenkins steckte den Zettel in den Briefkasten.

Er warf durch die Fenster einen Blick ins Innere. Alles war an seinem Platz, nichts war verändert worden.

Es war gerade diese Unversehrtheit, die ihn beunruhigte.

Langsam ging Jenkins ums Haus herum. Auch der Schuppen zeigte keine Einbruchspuren. Er hob die Plane hoch, unter der Mary im überdachten Übergang zum Haupthaus den noch nicht aufgearbeiteten Schrank stehen hatte. Eine Maus hatte den Platz als trockenen Unterschlupf genutzt, denn er fand ein paar ihrer Hinterlassenschaften. Er deckte den betagten Weichholzschrank wieder ab und sah sich weiter um. Ein paar Stauden in großen Tontöpfen, eine alte Zinkbadewanne, ein paar Eimer, ein Reisigbesen, der an der Wand lehnte. Eine Idylle, bereit, gemalt zu werden.

Jenkins sah an der Rückwand des Hauses empor und fokussierte seinen Blick auf eines der Fenster. Hatte sich dort oben etwas bewegt? Er blieb stehen und wartete. Nichts. Eine Sinnestäuschung. Er trat an die Hintertür. Als er an ihr rüttelte, bemerkte er, dass das Schloss nicht richtig verriegelt war. Jemand hatte die Tür mit Gewalt aufgedrückt und zur Tarnung wieder leicht gegen den Rahmen geschoben.

In diese alten Häuser einzubrechen, war keine Kunst, aber Mary hatte ja nichts von seinen Bedenken hören wollen. Es war ein Leichtes, diese Schlösser zu überwinden.

Jenkins kniff die Augen zusammen. Hatte er sich nicht vielleicht doch getäuscht? Und funktionierte das Schloss womöglich schon länger nicht mehr? Mary hatte vehement behauptet, keine Angst vor Eindringlingen zu haben. Sie fühle sich sicher im Dorf.

Die Fenster im Obergeschoss sahen ungerührt auf ihn herab. Es bewegte sich nichts. Dennoch hatte er das Gefühl, nicht allein zu sein.

Kurz entschlossen legte er die Hand auf den Türknauf und schob die Eichentür auf. Sie bewegte sich geräuschlos in den Angeln. Der Anflug eines Lächelns erschien auf seinen Lippen. Die Schreinerin in Mary hätte ein Quietschen der Tür niemals akzeptiert. Die Scharniere waren bestens geölt.

Der halbdunkle Flur war ungeheizt und kalt. Simon wäre beinahe über Marys Gummistiefel gestolpert. Er blieb stehen und lauschte. Im Wohnzimmer tickte die Wanduhr und machte die Stille hörbar.

Simon ging von Zimmer zu Zimmer. In den verlassenen Räumen hatte sich der Geruch von Staub mit dem vagen Duft von Gebäck und Essen gemischt. In der Küche stand in der Spüle benutztes Frühstücksgeschirr, ein Strauß Herbstblumen welkte auf dem Küchentisch. Auf Marys

Schreibtisch ließ Simon seine Finger durch die Papiere gleiten. Neben einigen Rechnungen, Lieferscheinen und zwei Ausgaben von Fachzeitschriften für das Restaurierungshandwerk befand sich auch das Angebot eines Dachdeckers.

In der flachen Schale einer Jakobsmuschel hatte Mary eine hübsche Halskette aus Lapislazuli abgelegt. Ihr Anblick verstärkte Jenkins' Unbehagen, unerlaubt in Marys Intimsphäre zu schnüffeln.

Abrupt hielt er in der Bewegung inne. Im Zimmer über ihm hatte eine Bodendiele geknarrt. Gespannt hielt er den Atem an und fasste den Gehstock fester.

Er war nicht allein im Haus.

Vorsichtig tastete er sich in den Flur zurück bis zur Treppe. Dort blieb er stehen. Ohne Luke an seiner Seite wäre Weitergehen ein zu großes Wagnis. Er sollte stattdessen besser verschwinden und auf seinen Freund warten. Was aber, wenn sich lediglich das alte Holz entspannt und so dieses Geräusch verursacht hatte? Das kam in alten Häusern dauernd vor. Man hatte das Gefühl, jemand schlich durchs Haus – und wenn man nachschaute, waren es nur die Dielen, die sich bewegt hatten.

Nein, er würde hinaufgehen und nachsehen. Mit seinem Stock würde er einem Einbrecher schon gebührend begegnen können. In seiner Zeit als DS in London hatte er ganz andere Situationen gemeistert.

Aber das war vor dem Unfall gewesen.

Er zögerte.

Wartete weiter.

Nein. Er musste wissen, ob er allein war.

Kurzerhand wischte er alle Bedenken beiseite. Sein Instinkt sagte ihm, dass er das Richtige tat.

Stufe für Stufe erklomm er die schmale Treppe. Der dicke Teppich auf den Brettern verschluckte die Geräusche seiner tastenden Schritte.

Als Jenkins die erste Etage erreicht hatte, standen ihm Schweißperlen auf der Stirn. Er verharrte einen Moment, bevor er die Räume inspizierte. Die Türen zu den Zimmern standen offen. Tageslicht fiel bis in den Flur.

Abrupt umrundete er den Türpfosten und stand im ersten Zimmer.

Nichts.

Ein aufgeräumter Raum. Bereit, den neuen Gast aufzunehmen.

Auch im zweiten Zimmer war niemand.

Als Jenkins in den Flur zurückkehrte, meinte er ein unterdrücktes Atmen zu hören. Es kam aus der Richtung von Marys Privaträumen. Dort stand die Tür mit dem Porzellanschild *Privat* offen. Sie führte in einen zweiten kleinen Flur, von dem weitere Zimmer abgingen.

An die Wand gelehnt, schob er sich vor, bis er schließlich an der Tür stand.

Er verharrte eine Weile und bog dann in den Flur. Jenkins meinte einen Schatten zu sehen, der aus Marys Badezimmer fiel.

Er hörte ein hartes Rascheln.

»Lass uns das Versteckspielen beenden.«

Er bekam keine Antwort und bewegte sich mit erhobenem Stock einen weiteren Schritt vorwärts. Er fluchte innerlich, dass er nicht doch Luke gerufen hatte.

Aber nun war es zu spät.

»Lass uns die Sache abkürzen.«

Nichts.

Jenkins schob sich weiter vor.

Gerade als er die Tür zu Marys Bad mit Wucht aufstoßen wollte, stürmte eine Gestalt auf ihn zu. Sie stieß ihn gegen die Brust, entriss ihm den Stock und schlug mit einer kurzen, harten Bewegung auf ihn ein. Simon versuchte seine Hände schützend über den Kopf zu bekommen, aber da lag er schon am Boden, eingekeilt zwischen der Wand und den Beinen des Angreifers.

Jenkins traf ein Faustschlag ins Gesicht, der ihm die Tränen in die Augen trieb. Blut rann aus der Nase und lief ihm in den Mund. Die Gestalt nahm er nur schemenhaft wahr. Ein Schleier aus grauem Schmerz hatte sich über seine Augen gelegt.

Aber für den Bruchteil einer Sekunde erkannte er den Mann, der nun mit beiden Fäusten auf ihn eintrommelte.

Die Schläge trafen ihn schwer.

»Hast du immer noch nicht genug? Mary gehört mir, hörst du?«, war das Letzte, was Simon Jenkins wahrnahm.

Dann Dunkelheit.

Luke Hollis konnte seine Unruhe nicht länger verbergen. »Ich muss noch mal los.«

Seine Frau sah ihn fragend an.

»Sei nicht böse, Schatz, aber die Sache mit Bennett lässt mir keine Ruhe. Martin hat sich noch nicht gemeldet. Mag sein, dass er direkt Simon angerufen hat. Aber der meldet sich auch nicht.«

Gill nickte. Sie wusste, dass sie ihren Mann nicht würde aufhalten können. »Pass auf dich auf.«

Luke verabschiedete sich mit einem Kuss auf die Stirn. »Ich bin bald zurück.«

Zunächst fuhr er hinunter zum Hafen. Bennetts Boot war nirgends zu sehen. Stattdessen traf er Martin Ellis.

»Tut mir leid, habe ihn nicht mehr gesehen.« Ellis stand an seinen Van gelehnt und rauchte eine Zigarette. »Ein guter Fang.« Er deutete auf seinen Wagen. »Hatte jede Menge zu tun. Die Hummer haben genau die richtige Größe und werden mir ein hübsches Sümmchen einbringen. Werden wohl für dieses Jahr die letzten sein. Habe echt Glück. Viele haben sicher schon mit der Wanderung begonnen. Auf ein Neues im nächsten Jahr.« Er zog an seiner Zigarette. »Hab mich nicht darum kümmern können, wer sonst noch auf dem Wasser war.«

Luke wunderte sich. Eigentlich hätte Bennett Martin auf dem Rückweg nach Cadgwith passieren müssen. Beide waren zu nahe an der Küste unterwegs gewesen, um sich zu verpassen. Wo mochte Bennett geblieben sein? Entweder war er in Lizard an Land gegangen und mit dem Bus zurückgefahren – aber warum? –, oder Martin hatte ihn über seine Arbeit mit den Hummerkörben tatsächlich nicht bemerkt. War schon 'ne merkwürdige Sache.

Luke zuckte mit den Schultern.

»Was Bennett betrifft: Stimmt das, was die Leute sich erzählen? Dass er im Frühjahr die ersten Häuser abreißen lässt? Angeblich soll er schon alle Genehmigungen und das Geld zusammenhaben.«

»Wer sagt das?«

»Margaret Bishop.«

»Woher will sie das wissen?«

Ellis hob die Achseln. »Hab sie gestern im Dorf getroffen. Angeblich hat sie es von Bennetts Frau gehört.«

Bennetts Frau? *Was wird die bei ihrem Alkoholpegel schon erzählt haben?*, dachte Luke. »Du musst nicht alles glauben, was die Leute so tratschen.«

»Margaret war ganz euphorisch. Endlich kommt Cadgwith voran. Sie hat schon überlegt, ob sie Bennett nicht in den Vorstand des Verschönerungsvereins holen soll, weil er unser aller Zukunft im Blick hat. Dass der Mann ausgerechnet in Cadgwith seine Zelte aufgeschlagen habe, sei ein Wink des Schicksals.«

»Das nimmst du ernst?«

Ellis grinste schief. »Luke, kennst sie doch, die olle Schaluppe. Die lebende Kittelschürze ist eine Zier der Cadgwither Gesellschaft. Und was ich von Bennett halte, weißt du.«

Luke musste bei dem Gedanken ebenfalls grinsen. Margaret Bishop trug eine mindestens ebenso harte Betonfrisur wie weiland Margaret Thatcher. Und sie führte in den eigenen vier Wänden und im Verschönerungsverein – was im Grunde nur zwei verschiedene Begriffe für dieselbe Sache waren – ein ebenso betonhartes Regiment. Ihr David ließ ab und an ein paar Bemerkungen in dieser Richtung los, wenn er sich im Pub mit seinem letzten Bier am Tresen festhielt. Armer Kerl.

Er wurde wieder ernst. »Simon ist dir auch nicht zufällig begegnet?«

Ellis schüttelte den Kopf und zertrat seine Zigarette. »Keine Seele. Der Hafen ist wie ausgestorben. Die Jungs bleiben heute allesamt wohl länger draußen. Sollte ich Simon gesehen haben?«

»Ich dachte nur.«

»Nee, kann ich leider nicht mit dienen. Komische Sache, nicht?«

»Was?«

»Dass ich Bennett nicht gesehen habe.« Ellis suchte in der Öljacke nach seinen Zigaretten und steckte sich eine neue an. »Er wird aber wohl bald hier eintrudeln. Sonst geht ihm der Sprit aus.«

»Vielleicht ist er in Lizard an Land gegangen.«

»Ah.« Ellis' Blick hellte sich auf. »Besuch bei Samantha. Und seine Frau soll nichts mitbekommen.«

Luke hob die Augenbrauen.

»Bennett soll was mit der Schwester von Joseph haben. Erzählen sie sich dort. Joseph behauptet, dass das nicht stimmt. Na ja, muss ja jeder selbst wissen.«

»Joseph aus dem Andenkenladen?«

»Genau der. Hat mir auch erzählt, dass er den Laden verkaufen und wieder anheuern will. Dummen Touristen rote Telefonzellen aus Ton oder kitschige Ansichten von Lizard Point zu verkaufen, mache ihn depressiv.«

»Ist er nicht zu alt, um noch mal zur See zu fahren?« Der neueste Dorfklatsch war doch glatt an Luke vorbeigegangen.

»Warum sollte er zu alt sein? Solange er sich nicht auf einer Bohrinsel knechten muss. Dennis Green will doch auch wieder weg. Hat er mir erzählt.«

Luke wurde hellhörig. »Aha.«

»Erzählt er, seit er zurück ist. Hat mir eben noch gesteckt, dass er sein Haus so gut wie verkauft hat. Machte dabei aber keinen wirklich glücklichen Eindruck.«

»Eben?« Luke schossen tausend Gedanken durch den Kopf.

»Ja, kam vom Parklatz herunter. Hab mich noch gewundert. Normalerweise parkt er doch direkt hier.« Ellis deutete mit dem Daumen hinter sich.

»Hat er gesagt, wohin er wollte?«

»Nee. Warum fragst du?« Martin betrachtete seine Zigarette, bevor er die Asche abschnippte.

»Nur so.« Luke wollte lieber für sich behalten, dass sie ein Auge auf Green hatten. Schon in früheren Zeiten hatten Ellis und Green häufig zusammengehockt.

»Ich zieh dann mal los. Meinen Tierchen ihr neues Zuhause zeigen.« Martin Ellis zog ein letztes Mal an seiner Zigarette. Diesmal drückte er die Kippe am Spiegel des Vans aus, ein mit sich und der Welt zufriedener Menschenfreund.

»Ist er eigentlich noch hier?«

»Dennis?«

Luke nickte.

»Keine Ahnung. Habe nur gesehen, dass er den Weg hoch ist.« Ellis zeigte in Richtung Marys Cottage. »Wenn ich es nun recht bedenke, schon komisch. Aber vielleicht hat Dennis das Wandern für sich entdeckt. Jetzt sind ja kaum noch Touris unterwegs und machen den Küstenpfad zur Rennstrecke. Beste Gelegenheit, um in Ruhe nachzudenken.«

Martin lachte dröhnend, schlug Luke auf die Schulter, stieg in seinen verbeulten Van und fuhr die ahnungslosen Hummer ihrem traurigen Schicksal entgegen.

Luke sah dem Wagen hinterher und schüttelte den Kopf. Eine unbekümmerte Frohnatur. Er schätzte Ellis vor allem wegen seiner unbedingten Hilfsbereitschaft. Martin fackelte nicht lange, sondern packte mit an. Fragen stellte er später oder gar nicht.

Luke überlegte, was er tun sollte. Bennett war noch nicht wieder aufgetaucht. Selbst wenn er jetzt in diesem Augenblick käme, was sollte er ihn fragen, womit ihn konfrontieren? Er sah die Dorfstraße entlang. Er würde Simon aufsuchen, und sie würden einen neuen Schlachtplan aufstellen. Für einen Augenblick überlegte er, ob er nicht doch auf Greens Rückkehr warten sollte.

Aber dann entschied er sich anders.

Auf dem Weg zu Jenkins' Cottage machte er einen Umweg über den Parkplatz. Greens Wagen stand nicht mehr dort. Zwei Gemeindearbeiter waren gerade dabei, ihr Werkzeug einzupacken. Sie hatten die Bäume und Büsche beschnitten. Äste und Laub warteten in mehreren Haufen darauf, entsorgt zu werden.

Luke klopfte am Cottage, aber Simon öffnete nicht. Durch das Küchenfenster war keine Bewegung zu erkennen. Er ging hinüber zum Atelier und fuhr mit der Hand über den Türsturz. Dort fand er den Ersatzschlüssel. Simon hatte ihm das Versteck verraten, falls es einmal nötig sein sollte, dass er ihn brauchte. Was genau er damals damit gemeint hatte, hatte er nicht gesagt, aber Luke wusste es auch so. Deshalb trug er auch immer die

Telefonnummern der Krankenstation in Helston, des Royal Cornwall Hospital in Truro bei sich, und die Nummer der Luftrettung.

Im Haus war es still. Simon war nicht zu Hause. Ob er noch in Marys Cottage beschäftigt war? Luke schloss sorgfältig ab und deponierte den Schlüssel wieder in seinem Versteck.

Auf dem Weg ins Dorf blieb er auf der Hälfte der Strecke kurz stehen. Das machte er meist selbst dann, wenn er in Eile war, denn von hier aus hatte man den besten Blick. Die kleine Bucht mit ihren reetgedeckten Häusern, der öde aussehende Naturhafen, den die Ebbe gerade verlassen hatte, die Felszunge mit den vier Bänken, die schmutzig grau daliegende Nordsee, auf der ein Containerschiff Richtung Atlantik fuhr.

Das war seine Heimat. Die See und das Land.

Wie er sie liebte.

Selbst bei diesem Spätherbstwetter fühlte Luke sich seinem Dorf nirgendwo näher als hier oben. Und einmal mehr spürte er, dass keine zehn Pferde ihn jemals von hier wegbringen würden. Zum Glück brauchte auch Gill die Natur und die Menschen hier wie die Luft zum Atmen. Sie konnten sich nicht vorstellen, für einen Tag anderswo zu leben. Luke war mit Gill einmal für zehn Tage an der Costa Brava gewesen, aber sie hatten beide schnell festgestellt, dass sie Spanien allzu gerne ihren Landsleuten überließen.

Luke lächelte versonnen, als er seinen Weg fortsetzte. In dieser Ecke der Welt lebten ein paar Menschen, auf deren Gesellschaft er niemals mehr verzichten mochte. Dazu gehörten neben seiner Familie vor allem auch Simon und Mary.

Er erinnerte sich noch gut daran, wie Simon in Cadgwith angekommen war – blass, die Haare kurz, trotz seiner Gehhilfe mit krummem Rücken. Wie Simon ihn auf der Straße angesprochen hatte, ob er keine Handwerker wüsste, die sein gemietetes Cottage ein bisschen wohnlicher machen konnten. Und welch gespanntes Gesicht er gemacht hatte, als er ihm seine ersten Gehversuche als Künstler gezeigt hatte. Schüchtern und unsicher.

Na ja, hatte er damals gedacht, war ja ein patenter Kerl, ehrlich und an der Bluesharp ganz ordentlich. Aber in Sachen Kunst würde der Ex-Bulle noch manche »Gehhilfe« brauchen.

Diese Einschätzung hatte sich aber schnell geändert. Luke kannte keinen anderen, der sich so intensiv mit dem Licht, der Natur, den sich ständig ändernden Stimmungen und Farben, der unbändigen See und ihren Gezeiten wie auch Farbschattierungen beschäftigte wie Simon. Er freute sich für seinen Freund, dass er mit der Kunst in kurzer Zeit solche Fortschritte gemacht hatte und unter den Einheimischen wie unter den Touristen eine stetig wachsende Fangemeinde fand.

Er hatte schon früh gespürt, dass sich in Simon und Mary zwei verwandte Seelen getroffen hatten. Umso schmerzhafter war nun, dass Mary verschwunden war und mit jedem Tag die Angst wuchs, sie nicht mehr lebend wiederzufinden.

Luke traf eine Entscheidung.

Er würde Marks informieren.

Gill hatte ohnehin schon ein paarmal gefragt, warum er nicht aus eigenen Stücken die Polizei informierte. *Am Ende musst du Simon vor sich selbst schützen*, hatte sie mit warmer Stimme gesagt und ihm einen Klaps gegeben. Und sie hatte recht. Natürlich. In manchen Dingen war Simon ein Sturkopf und handelte wider besseres Wissen. Aber das mochte daran liegen, dass er es während der Jahre bei der Londoner Metropolitan Police gewohnt gewesen war, eigene Wege zu gehen. Nun kam hinzu, dass Simon sich beweisen wollte, dass er Herr über seine Behinderung war. Luke konnte ihn gut verstehen, aber dennoch …

Als er an Hafen und Pub vorbeiging und den Weg hinauf zu Marys Haus einschlug, versetzte ihm der Anblick des Cottages urplötzlich einen Schlag, der ihn schmerzte – ein beklemmendes Gefühl, das mit jedem Stritt stärker wurde, so wie die Stille der Natur, mit der sich ein Unwetter ankündigte und ohne dass er dessen Richtung oder Stärke bestimmen konnte.

Er war kaum in den schmalen Weg eingebogen, da sah er es: Die Tür zu Marys Cottage stand sperrangelweit offen.

Luke beschleunigte seine Schritte.

Er schaute in die Küche, ins Frühstücks- und Wohnzimmer. Keine Spur von Simon. Im Obergeschoss war er ebenfalls nicht. Luke kontrollierte die Gästezimmer. Nichts. Als er in den Flur zu Marys Privaträumen einbog, blieb er wie angewurzelt stehen.

Simon saß auf dem Boden und lehnte mit dem Rücken an der Wand, den Kopf zur Seite geneigt, die Arme hingen schlaff herab. Er schien nicht mehr zu atmen.

»Simon?« Luke hockte sich neben ihn und fühlte seinen Puls an der Halsschlagader.

Ein Stöhnen war die Antwort.

»Was ist passiert?«

Jenkins hob kraftlos eine Hand und ließ sie wieder fallen. »Geht gleich … wieder.« Seine Stimme war nicht mehr als ein leises Krächzen. »Hilf mir hoch. Wo ist mein Stock?« Seine Hände tasteten über den Boden.

»Was ist passiert? Sag.« Luke versuchte seinen Freund hochzuziehen. Als Simon aufstöhnte, ließ er ihn vorsichtig zurücksinken.

»Green.« Es war nicht mehr als ein Ausatmen.

»Green? Bist du sicher? Oder doch Bennett?«

Jenkins sog die Luft ein, als müsse er für die Antwort alle Kraft sammeln, die ihm noch geblieben war.

»Simon?«

»Hol mir Wasser, bitte«, flüsterte er.

Luke stand auf und flog förmlich die Treppe hinunter. Mit einem Glas Wasser kam er wenige Augenblicke später zurück.

Simon hatte sich in der Zwischenzeit aufgerichtet und lehnte krumm und schwer atmend an der Wand.

Lukes Hand zitterte, als er ihm den Becher an den Mund hielt. »Du musst ins Krankenhaus.«

Simon trank so gierig, dass ein Teil auf seinen Pullover floss. »Er hat Mary. Wir müssen ihm nach.«

»Du musst gar nichts. Du brauchst einen Arzt. Sofort.«

Simon schüttelte stöhnend den Kopf. »Ich bin gleich wieder okay.« Er legte den Kopf in den Nacken. »Er hat Mary. Ich muss zu ihr, bevor es zu spät ist.«

Luke floss der Schweiß aus allen Poren. »Sieh dich doch an, Simon. Du kannst ihn nicht verfolgen. Ich bringe dich in die Klinik. Den Rest erledigt die Polizei. Komm.«

Er stützte Simon und geleitete ihn zur Treppe. Es würde ein schweres Stück Arbeit werden, ihn ins Auto zu bekommen. Aber noch bevor sie die Stufen erreicht hatten, blieb Simon stehen, und eine Hand krallte sich in Lukes Oberarm.

»Ich bringe das ohne Marks zu Ende.« Sein Gesicht war kalkweiß, und die Stimme zitterte.

»Du bist wahnsinnig, Simon. Was soll das? Wem willst du was beweisen? Dir? Mir? Der ganzen Polizei? Marks ist ein Spinner, aber er hat die komplette Bullerei in seinem Rücken. Er wird wissen, was zu tun ist. Du kannst in deinem Zustand nicht mal eine Ratte aufhalten, Simon.«

Jenkins stöhnte auf, als er einen Fuß vorschob. Er biss die Zähne zusammen. Mühsam presste er hervor: »Bring mich zum Wagen. Dann gönn ich uns eine Pause. Versprochen. Und dann jagen wir das Schwein. Wir haben nicht viel Zeit.«

»Wir? Bist du jetzt völlig übergeschnappt? Du siehst aus, als hättest du sämtliche Knochen gebrochen, und tust so, als könntest du die Welt retten. Meine Güte, Simon.« War es das, was sie ihm in der Spezialeinheit beigebracht hatten? Über die eigene Grenze gehen und bis an den Abgrund?

Simon atmete tief durch. »Lass uns gehen. Nein, warte. Ich habe in meiner Jackentasche ein paar Pillen für den Notfall. Ich brauche noch ein Glas Wasser. Die Tabletten wirken schnell.«

Luke sah ihn an. In seinem schmerzverzerrten Gesicht steckte tatsächlich auch ein Grinsen. Simon würde nicht auf ihn hören. Das wusste er jetzt.

»Für irgendwas müssen die Pillen ja gut sein. Komm.«

Ohne auf Lukes Unterstützung zu warten, ergriff Simon den Handlauf der Treppe und zog sich langsam, aber bestimmt Stufe um Stufe hinunter bis in die Küche. Dort setzte er sich an den Tisch und wartete so lange, bis die Wirkung der Schmerzmittel einsetzte.

Zu lange.

Viel zu lange.

XLII.

»Ich komme nicht mehr.«

Er setzte den Korb mit Essen ab. Als er sah, dass sie aufstehen wollte, zog er ein Messer unter seiner Jacke hervor, ein großes, dünnes und scharfes, das die Fischer auf ihren Booten benutzten, wenn sie noch auf See damit begannen, den Fang mit wenigen präzise gesetzten Schnitten für die Weiterverarbeitung an Land vorzubereiten.

»Bleib, wo du bist, Mary.«

Sie sank zurück. »Ist mir egal. Stich mich ab, jetzt gleich. Bringen wir es hinter uns. Lass mich hier nicht krepieren. Wenn du mich liebst, dann mach ein Ende. Jetzt.«

Sie flüsterte nur noch.

Ihre Zunge war geschwollen, die Lippen aufgeplatzt, Füße und Arme taub, die Kleidung klamm. Ihre Augen hatten Mühe, ihn zu fokussieren. Die Tage in der Einsamkeit und Dunkelheit, in der Feuchtigkeit und Kälte dieser Höhle, die endlosen Gedanken und Fragen nach dem Warum, die Ausweglosigkeit und die Angst, die Flut könnte sie fortreißen und ertränken, hatten ihre Kräfte aufgebraucht. Sie hatte längst die Kontrolle über ihren Willen verloren.

Die ersten Stunden und Tage hatte sie damit zugebracht, nach Wegen aus ihrem nassen Gefängnis zu suchen. Mary waren die Legenden und Gerüchte von den geheimen Gängen in den Sinn gekommen. Sie hatte die Höhle zu erkunden versucht, so gut dies in ihrer Lage möglich gewesen war. Sie war bis in den letzten Winkel gekrochen, aber sie hatte nichts gefunden, keinen Ausweg, nicht die kleinste Spalte mit Aussicht auf Flucht. Im Gegenteil, sie hatte in ihrer Verzweiflung lediglich alle Kräfte aufgebraucht.

Zuerst hatte sie das Essen nicht angerührt, das er ihr zurückgelassen hatte. Sie hatte verhungern wollen, weil ihr das der einzige Weg aus dieser Hölle schien und weil der Tod ihre eigene Entscheidung sein sollte. Es wäre ihre letzte und einzige Genugtuung gewesen. Die Macht, dass er ihr den Tod vorgab, wollte sie ihm nicht gönnen.

Aber sie hatte schließlich jedes Mal die Pasties, oder was er sonst noch in ihr Grab mitgebracht hatte, verschlungen, weil sie den Hunger nicht länger hatte ertragen können.

»Ich werde dich nicht töten. Aber ich komme nicht mehr zurück. Ich gehe fort.«

»Dann verschwinde endlich, du Schwein«, hauchte sie. »Aber sag mir vorher, warum?« Sie schloss die Lider. Die

Augen hatten sich längst an das Halbdunkel gewöhnt, aber es strengte sie an, ihren Peiniger anzusehen. »Bitte.«

Seine Taschenlampe blitzte auf. Sie öffnete und schloss erschrocken die Augen.

Er hielt einen Zettel in der Hand.

»Ich habe diese Sätze gefunden. Zufällig. Sie standen in einer zerlesenen Illustrierten in einer der Messen an Bord eines Trawlers. Vor langer Zeit. Hab vergessen, wann. Ein Gedicht. Es stand in einem Artikel über eine Künstlerin. Die Zeilen hat angeblich ein Deutscher verfasst. Ich habe die Seite herausgerissen, das Gedicht hat mich an dich erinnert. Ich hatte es immer bei mir – all die Jahre auf See. Weiß auch nicht.« Er lachte unsicher, als könne er es tatsächlich selbst nicht glauben.

»Hör auf.«

Er blieb unbeirrt. »Das Schöne ist nichts als des Schrecklichen Anfang, den wir gerade noch ertragen.« Er räusperte sich, bevor er weitersprach. Er war es nicht gewohnt, laut vorzulesen. »Und wir bewundern es so, weil es gelassen verschmäht, uns zu zerstören.«

»Was soll das?« Mary hatte nicht mal mehr Durst.

»Das bist du, Mary. Das ist mir in den Nächten auf See klar geworden. Wenn ich in meiner Koje lag nach einer langen Schicht, habe ich das Blatt hervorgeholt und immer wieder diese Zeilen gelesen. Dann warst du mir ganz nah. Möchte mal wissen, wer dieser Rilke war. Der muss gelitten haben. Der Schmerz und die Sehnsucht müssen groß gewesen sein. Und die Liebe.« Er räusperte sich erneut. »Ich hab's ja nicht so mit Gedichten oder Kultur, aber ich hätte mir Mühe geben können, Mary, echte Mühe.« Seine

Stimme nahm einen fast kindlichen Ton an. »Als ich ein Junge war, habe ich viel in den Büchern gelesen, die Mom in ihrem Schrank aufbewahrte. ›Zur Erbauung‹, wie sie gesagt hat. Hatten viel mit Heiligen zu tun. Aber auch schöne Geschichten waren das. Vater hat das Zeug nie angerührt.«

»Geh.«

»Warum?« Er knipste die Lampe aus. In der Dunkelheit klang seine Stimme erst brüchig und dann mit einem Mal hart und kalt. »Warum wolltest du nie mit mir zusammen sein?« Er lachte auf. »Ich habe dich geliebt, von Anfang an. Wir hätten eine großartige Zukunft haben können, Kinder sogar. Aber dein Vater hat alles kaputt gemacht.« Sein Ton wurde höhnisch. »Dein Vater, der ach so aufrechte Fischer. Ein Verräter war er.«

Sie hörte ein Ausspucken. »Hör auf und verschwinde endlich.« In ihrem Kopf formten sich die Zeilen eines alten Kinderliedes. *Wenn die leuchtende Sonne fort ist / Wenn sie auf nichts scheint / Dann zeigst du dein kleines Licht / Funkel, funkel die ganze Nacht.* Sie wollte die Melodie summen, aber sie hatte keine Kraft mehr.

»Ich habe dich trotzdem geliebt.« Sein Stöhnen klang wie ein Winseln. »Wir hätten glücklich sein können. Und du ...« Er hielt inne. »Du hättest ein wenig Schuld abtragen können. Ja, ganz richtig gehört. Wiedergutmachen, was dein Vater an mir verbrochen hat. Er hätte damals wie die anderen einfach nur still sein müssen. Ich habe doch niemandem geschadet. Das bisschen Fisch, das ich dem Meer mit meinen Händen abgerungen habe – mit meinen eigenen Methoden. Ich habe niemandem etwas weggenommen. Ich habe den Fischern nicht geschadet. Sie haben immer alle ihre Fänge verkauft. Sie hätten es mir nachmachen sollen. Das Angebot bestimmt den Preis. Es ist doch genug für alle da. Wir hätten den Bürokraten ein Schnippchen geschlagen, hätten wir nur zusammengehalten. Wir haben es doch immer so gehalten: Die Polizei und die Krone sind weit weg.«

»Bist du endlich fertig?« Ihre Stimme war tonlos. Schuld? Welche Schuld?

»Ich hätte weiter auf See arbeiten können. Stolz, wie jeder andere im Dorf, als Berufsfischer mit eigenem Boot. Dein ach so ehrenwerter Alter hat mich um mein finanzielles Glück gebracht und dafür gesorgt, dass ich geächtet wurde. Und dass ich all die Dinge getan habe, die danach passiert sind.« Er ließ offen, was er meinte.

Mary atmete flach und hoffte darauf, dass er endlich still sein würde. Ihr Kopf schmerzte. Sie wollte schlafen, ewig schlafen. Aber er ließ ihr keine Chance, er hatte sich in Rage geredet.

»Warum hast du mich abgelehnt, mir nicht ein wenig Zuneigung geschenkt? Ein kleines bisschen. Warum hast du nicht auch nur ein wenig anerkennen können, was ich für dich empfinde? Warum hast du auf deinen Vater gehört? Du hättest es gut bei mir gehabt. Stattdessen hast du dich mit dem Deutschen ins Bett gelegt. Und machst nun mit diesem ›Künstler‹ rum.« Er holte Luft. »Dieser Krüppel. Ich bin der einzige Mann, den du brauchst und den du verdienst. Ich hätte dich vor all den Dingen bewahren können, die du erlebt hast. Aber du willst nicht auf mich hören. Du hast mich verraten, und du hast deine

Heimat verraten, Mary. Du gehörst hierher. Und du gehörst mir, und das weißt du.«

»Du bist krank«, krächzte sie kraftlos. »Aus uns wäre nie etwas geworden. Und das hat nichts mit meinem Vater zu tun. Nichts. Geh endlich.«

»Du bist schön, beängstigend schön. Aber ich kann dich nicht halten, ich weiß.«

Mary glaubte in der Dunkelheit sein Nicken zu erkennen.

»Ich kann dir nichts tun. Aber es soll dich auch niemand anderer anfassen dürfen. Wenn ich fortgehe, weiß ich, dass du für immer in mir bist.«

»Verkehrte Logik«, hauchte Mary. »Aber das zählt nicht mehr.« Warum ließ er sie nicht endlich zurück?

»Ich bin nicht schuld.« Er machte eine lange Pause. »Und ich gehe jetzt. Es tut mir leid, Mary.«

Mary schloss die Augen. Sie wollte ihn anspucken, aber sie hatte keinen Speichel mehr.

»Du wirst einschlafen.« Er knipste für einen Augenblick die Lampe an. »Du bist so schön. Warum musstest du so grausam zu mir sein?« Er schaltete die Lampe wieder aus. »Aber ich habe meine Lektion längst gelernt.« Er lachte traurig auf. »So seid ihr Frauen. Ohne unsere harte Hand seid ihr nichts. Es ist wirklich schade, dass du das auf diese Weise lernen musst.«

»Fahr zur Hölle, Dennis.« Unter Aufbietung aller Kräfte schleuderte sie eine Flasche Wasser hinter ihm her.

Sie landete nicht einmal vor seinen Füßen.

In ihrem Kopf summte stumm die Melodie: *Funkel, funkel die ganze Nacht. Twinkle, twinkle, little Star.*

Ihr Schrei hallte noch nach, als er den Motor anwarf und das Boot langsam zum Ausgang der Höhle steuerte.

Die See war deutlich unruhiger geworden. Sturm kam auf. Gut so. Das Wetter spielte ihm in die Karten.

XLIII.

Luke hatte schließlich nachgegeben. Mit einigen längeren Pausen waren sie zurück ins Dorf und zu seinem Auto gegangen.

Nun standen sie mit dem Pick-up im Hafen von Coverack, mit Blick auf die Bucht. Sie hatten gehofft, Green in seinem Cottage abfangen zu können, aber er war nicht dort gewesen. Auf ihre Fragen hatten sie von den Nachbarn nur Achselzucken erhalten. Erst Paul, der Betreiber des Fish-'n'-Chips-Shops im Hafen, hatte ihnen Auskunft gegeben: Green war mit dem Boot Richtung Lizard gefahren.

»Wie lange sollen wir noch warten?« Luke sah auf die Uhr. »Bei dem Wetter ist er sicher irgendwo an Land gegangen, und wir sitzen hier vergeblich rum.«

»Wir warten.« Jenkins klang unglaublich müde.

»Du machst mir Sorgen.«

»Ist nur die Medizin. Sie macht mich müde. Dazu der wenige Schlaf. Mehr ist nicht. Nicht so schlimm, Luke. Hauptsache, wir finden Mary.« Er setzte sich aufrecht.

»Hoffentlich hast du recht und Green kommt zurück.« Luke hatte den Ruck bemerkt, der durch Simons Körper ging.

»Wer so unbekümmert mit seinem kleinen Boot unterwegs ist, kann nicht auf der Flucht sein. Nein, Green wird sich sicher fühlen. Davon bin ich überzeugt.«

»Oder er ist größenwahnsinnig.« Luke trommelte mit den Fingern auf dem Armaturenbrett. Unnötiges Warten machte ihn überaus nervös. Untätigkeit war nicht sein Ding.

»In seinem Haus habe ich keine Hinweise entdeckt, dass er es für immer verlassen hat.«

»Woran hast du das erkannt?«

»Seine Kreditkarte lag auf dem Sofa.«

»Er kann sie verloren haben. Oder er weiß, dass man ihn verfolgen kann, wenn er sie benutzt, und hat sie ganz bewusst zurückgelassen.«

»Sein Seesack steht noch im Schlafzimmer.« Simon hustete.

Luke nickte. Das war ein Argument. Kein Seemann ließ ohne Not sein wichtigstes Gepäckstück zurück.

»Außerdem ist er gepackt. Er wird ihn noch brauchen.« Jenkins starrte angestrengt durch die Windschutzscheibe.

»Warten wir also.« Luke lehnte sich zurück und schloss die Augen. Aber seine Gelassenheit war nur gespielt. Simon lag mehr neben ihm, als dass er saß. Sein Gesicht war blass, fast wächsern, die Stirn schweißnass. Er gehörte ins Krankenhaus. Er mutete sich zu viel zu, da halfen auch die Schmerzhemmer nicht. Wenn das mal gut ging.

»Dreieinhalb Jahre Haft wegen versuchter Vergewaltigung, kam jedoch nach zwei Jahren wieder frei. Er hat nach einem Stadtfest einer Frau aufgelauert. Mit der hatte er zuvor im Pub ausgiebig gefeiert. Eine Bankangestellte. Die Frau wehrte sich und alarmierte die Polizei.«

»Green? Woher weißt du das?«

»Hat ein Kumpel für mich recherchiert.« Luke wünschte, er hätte den Mund gehalten. Simon schwitzte zusehends heftiger. Aber er hatte die Nachricht nicht länger für sich behalten können.

»Seit wann weißt du das und von wem?«

»Gestern Abend.«

»Weiter.«

»Nichts weiter. Derselbe, der Vics Telefon geknackt hat.« Luke mochte Simon sehr, aber es gab ein paar Dinge in seinem Leben, die er selbst dem ehemaligen Polizisten nicht erzählen würde. In Wahrheit hatte er nicht nur mit seinem Kumpel in Newlyn telefoniert, sondern auch mit DI Marks. Aber das würde er Simon jetzt gewiss nicht sagen.

Draußen auf See musste der Wind ganz ordentlich blasen, dachte er beim Blick auf die dunklen Wolken. Luke beneidete seine Freunde nicht. Ein später Abend im Pub wäre jetzt allemal besser, als in Ölzeug und Gummistiefeln auf dem nassen Deck eines schwankenden Bootes mit kalten Händen Netze einzuholen.

Die folgende halbe Stunde verbrachten sie weitgehend schweigend. Jeder hing seinen Gedanken nach. Jenkins fielen immer wieder die Augen zu.

Zu hören war nur das Geräusch des Gebläses. Völlig nutzlos. Da die Heizung so gut wie nicht funktionierte, wurde es zunehmend ungemütlich im Wagen.

»Da ist er.«

Luke schreckte hoch. Er war eingenickt.

Jenkins deutete durch die Windschutzscheibe. Green kam in einem Bogen direkt auf sie zu, in voller Fahrt. Der Bug seines Bootes klatschte im Rhythmus der Wellen auf und ab.

»Besser kann es nicht sein. Er fährt uns direkt in die Arme. Einfacher Fang.« Luke nickte grimmig. Bei einem Wal würde er nun seine Harpune klarmachen. Sie durften keine Zeit verlieren. Er spürte, dass Marys Rettung nahe war.

Und dann beging er einen folgenschweren Fehler.

Ohne auf Jenkins zu achten, stieg er aus und ging die zwei Schritte bis zur Kante der Kaimauer.

Es dauerte nur Sekunden, bis Green begriff.

Mit einer harten Bewegung des Steuerruders riss er das Boot gegen die Wellen. Zuerst sah es so aus, als würde die See es in Stücke reißen, aber dann lag es für den Bruchteil einer Sekunde ruhig auf dem schäumenden Wasser. Als sei nichts geschehen, bewegte es sich zurück in Richtung Lizard.

»Scheiße.« Jenkins tauchte keuchend neben Luke auf. »Was und warum um alles in …«

»Keine Ahnung.« Luke riss sich die Mütze vom Kopf.

»Der ist weg.«

»Warte …« Luke war schon auf dem Weg zum Imbiss. »Pauls Boot.«

Simon starrte Greens Boot hinterher, das in der weiten Bucht wie eine Nussschale wirkte, die den harten Wellen nichts entgegenzusetzen hatte. Mit seiner Flucht hatten sie die letzte Chance vertan, Mary lebend zu finden. Ohnmächtig vor Zorn schloss er die Augen.

»Simon, komm!«

Jenkins drehte sich um. Luke stand am anderen Ende der Kaimauer und schwenkte irgendetwas. Oder hatte er nur den Arm gehoben? Instinktiv humpelte Jenkins darauf zu.

»Paul hat gesagt, dass er es heil zurückhaben will.« Luke grinste wild. »Das wird er. Hoffe ich.« Er half Jenkins ins Boot und startete den Außenbordmotor. Er musste die Starterschnur mehrfach ziehen, dann sprang der Motor endlich stotternd an. »Ich hoffe, es ist noch genug Sprit im Tank.«

Kaum hatten sie den schützenden Hafenbereich verlassen, packte sie die See mit aller Macht. Der kleine Motor hatte Mühe, das alte Holzboot auf Kurs zu halten. Es hüpfte hart auf und ab. Die beiden Verfolger mussten sich an den rutschigen Holzsitzen festkrallen, um nicht über Bord zu gehen.

Jenkins deutete voraus. Seine Müdigkeit war verflogen. »Den kriegen wir nicht mehr.« Er musste schreien, um gehört zu werden.

»Abwarten.« Luke hielt sich dicht unter der Küste. Mit stoischer Ruhe hielt er die Ruderpinne fest im Griff und sah über den Bug hinaus.

Der Wind blies ihnen hart ins Gesicht und verschluckte das Motorengeräusch, das sich hilflos gegen die nassen schwarzen Felsen warf.

Der Abstand zu Green verringerte sich um keinen Meter. Jenkins spürte jeden Schlag des Rumpfs auf das Wasser hart im Rücken. Er biss die Zähne zusammen, aber jeder neue Stoß nahm ihm einmal mehr den Atem.

Obwohl nur Minuten vergangen waren, hatte er das Gefühl, schon Stunden auf See zu sein. Die turmhoch aufragende Küste zog düster und drohend zu ihrer Rechten vorbei. Es sah aus, als würden sich die Felsen jeden Augenblick auf sie stürzen, so nahe waren sie ihnen. Jenkins hoffte, dass sie nicht auf einen der Felsen auffuhren, die mit ihren scharfkantigen Zacken dicht unter der Wasseroberfläche lauerten. Er musste sich auf Lukes Erfahrung verlassen, der diesen gefährlichen Küstenstreifen seit Kindesbeinen kannte.

In der einbrechenden Dunkelheit, die von den schweren grauen Regenwolken noch verstärkt wurde, war Greens Boot nur noch als winzige Bewegung weit voraus zu erkennen.

Simons Kleidung war längst klatschnass. Er fror. Nur mit Mühe behielt er das kleine Boot voraus im Blick. Bis Cadgwith war es nicht mehr weit. Wenn Green es bis dorthin schaffte, konnte er einen Wagen kapern und verschwinden. Dann hätten sie endgültig verloren.

»Er ist weg!« Lukes Worte wurden vom Wind fortgerissen.

»Was?«, brüllte Jenkins zurück. Die peitschende Gischt schlug über die Bordwand.

Luke deutete nach vorne. »Wir haben ihn verloren!«

Jenkins verstand ihn zwar nicht, deutete aber seine Gestik und Mimik richtig. Greens Boot war aus dem Blickfeld verschwunden.

»Schneller, schneller!«, trieb er seinen Freund an. Völlig unnötig. Luke tat auch so, was er konnte. »Hoffentlich reicht der Sprit!«

Plötzlich wurde es still, obwohl der Wind fauchte. Erst verstand Simon nicht, warum, dann wusste er es. Der Motor stand still.

»Was ist?«

»Der Scheißmotor.« Luke deutete auf den Außenborder.

Das Boot war von nun an der sprichwörtliche Spielball der Wellen. Wenn sie nicht augenblicklich Fahrt aufnahmen, würde die See das gefährlich schwankende Boot in Stücke reißen oder sie gegen die Felsen werfen. Es ging nun nicht mehr um Green oder Mary, es ging um ihr Leben.

Verzweifelt schraubte Luke den Tankdeckel ab. Paul hatte ihn gewarnt. Er hatte das Boot schon länger nicht benutzt und es längst winterfest machen wollen.

Er nickte. Genug Treibstoff! Luke verschloss den Tank und zog an der Anlasserschnur. Nichts. Er zog erneut, aber der Motor tat keinen Mucks. Das Boot geriet indessen bedrohlich nahe an die Felsen. Jenkins nahm eines der langen Ruder in die Hand, um das Boot bei Gefahr von den schroffen Wänden abzuhalten. Um sie herum brodelte und kochte die See.

Luke zog die Leitung zur Zündkerze ab und schraubte die Kerze los. Halb stand, halb saß er im schwankenden Boot und versuchte, mit dem Oberkörper die Bewegungen auszugleichen. Er arbeitete konzentriert, ohne auf Simon oder die Umgebung zu achten. Er rieb die Zündkerze über den Ärmel seiner Jacke, um sie zu trocknen. Dann öffnete er die Jacke und wiederholte die Prozedur an seinem Pullover. Von seinen Bewegungen ging eine seltsame Ruhe aus, als würde er in Trance arbeiten.

Schließlich schraubte er die Zündkerze wieder ein und schloss die Verbindung. Er holte kurz Atem, dann zog er an der Schnur.

Nichts.

Er zog erneut.

Nichts.

Simon konnte sehen, dass er fluchte.

Luke zog erneut.

Nur ein kurzes Aufblubbern, das kaum zu hören war.

Luke ließ erschöpft und enttäuscht die Arme hängen.

Immer und immer wieder versuchte er den Motor anzuwerfen, und immer in der Angst, dass die Schnur reißen könnte. Ein verdammt dünner Faden, der über Leben und Tod entschied. Vor einigen Jahren war an genau dieser Stelle ein sehr erfahrener Fischer ertrunken. Die Leine eines Hummerkorbs hatte sich an seinem Fuß verfangen und ihn über Bord gerissen. Seither hieß die Stelle Jim's Rock.

Simon stand schließlich auf, um es seinerseits zu versuchen. Aber Lukes ausgestreckter Arm hielt ihn zurück. Er hätte die kurze Distanz sowieso nicht stehend überbrücken können. Die Wellen hätten ihm keine Chance gelassen. Er wäre über Bord gegangen.

Luke warf einen verzweifelten Blick zum Himmel, bevor er erneut zog. Ein letzter Versuch. Seine Bewegungen waren fast zärtlich.

Erst spürte Jenkins nichts, dann aber – nach einer gefühlten Ewigkeit – kam das kaum wahrnehmbare Vibrieren unter seinen Füßen. Das Boot nahm wieder Fahrt auf, soweit dies in der tosenden See überhaupt möglich war.

In Lukes grimmigem Blick stand ein Anflug von Stolz und Genugtuung.

Jenkins konnte nicht einmal erleichtert aufatmen. Sie fuhren zwar wieder, aber sie hatten nichts erreicht. Nichts! Sie hatten wertvolle Zeit verloren, sicher mehr als eine halbe Stunde. Resigniert kauerte er im Boot. Alles umsonst, Mary war sicher längst tot. Mary, Mary!

Der Regen prasselte in dicken Tropfen auf sie nieder. Sie liefen wie Tränen über seine Wangen, aber er spürte sie nicht.

»Da ist er!« Luke fuchtelte mit dem Arm.

Simon blickte auf. Er war so tief in Gedanken versunken, dass er erst nicht verstand, was Luke ihm zurief.

Sie hatten den Hafen von Cadgwith erreicht.

Aber das konnte nicht sein.

Green kam ihnen entgegen.

Sie näherten sich von zwei Seiten der Bucht.

Er kam ihnen entgegen! Nahezu direkt auf sie zu. Erst jetzt wurde ihm das Absurde der Szene bewusst. Er war ein ganzes Stück an der Bucht vorbeigefahren und hatte gewendet. Wollte er sie etwa rammen?

»Dennis!«, schrie Luke. Sein Rufen wurde vom harten Wind zerrissen. Die Gedanken hämmerten in seinem Kopf. Wollte er nun doch zu Fuß fliehen? Richtung Lizard? Oder Richtung Nordosten? Hatte er irgendwo an einem Feldweg einen Wagen stehen?

Nein. Es musste einen anderen Grund geben.

»Er entkommt uns!« Simon sah, dass Green in den Hafen einbog und deutlich früher als sie in Cadgwith an Land gehen würde.

Luke schüttelte den Kopf, sagte aber nichts. Stattdessen hielt er das Ruder weiterhin fest im Griff. Der Motor würde hoffentlich die letzten Meter noch halten.

Green ging tatsächlich früher an Land als seine Verfolger. Er sprang wenige Meter vor dem Ufer aus dem Boot und versuchte, es auf den Kies zu ziehen. Als das nicht gelang, überließ er es einfach seinem Schicksal.

Als er sich zu den Verfolgern umsah, konnte Jenkins für einen Augenblick sein Gesicht sehen. Die kurzen blonden Haare standen wirr vom Kopf ab, der wilde Blick verriet, dass er fest entschlossen war, ihnen zu entkommen.

Schon rannte er den kurzen Weg zur Dorfstraße hoch und wandte sich nach links.

In diesem Augenblick setzte auch Luke das Boot aufs Ufer auf.

Jenkins zögerte keinen Augenblick und sprang von Bord. Der Schmerz durchzuckte ihn mit solcher Wucht, dass er auf dem Kies einknickte und zu Boden ging. Er stemmte sich mit Macht dagegen, ohnmächtig zu werden. Keuchend richtete er sich auf.

»Alles klar?« Luke war neben ihm.

»Ich sollte mehr Sport machen.«

Den Gehstock ließ er liegen. Er rappelte sich auf und humpelte über das Hafengelände, um Greens Verfolgung aufzunehmen.

»Warte, lass mich erst das Boot sichern. Er kann uns nicht entkommen«, rief Luke ihm hinterher.

Aber Jenkins winkte nur ab und war bereits an der Ecke des Kühlhauses. Als er sich umdrehte, sah er, wie Luke fluchend versuchte, das Boot vollständig auf den Kies zu ziehen.

Er war nun schon ein ganzes Stück voraus. Auf der Dorfstraße stieß Luke auf Collins, der ihn verwundert ansah, dann aber ohne viele Worte begriff, was zu tun war.

Jenkins folgte Green mehr humpelnd als gehend. Er war viel zu langsam, um den Flüchtigen einholen zu können.

So gut es eben ging, folgte er dem schmalen Pfad, vorbei an der Teufelspfanne, die ihrem Namen gerade alle Ehre machte. Tief unter ihm schäumte das Wasser, das sich im Kessel der ehemaligen Höhle gesammelt hatte, und spritzte wie heißes Fett in der Pfanne.

Ein Gedanke schoss blitzartig durch seinen Kopf. Nun ahnte, nein, wusste er, wo er Mary suchen musste.

Hastig humpelte er weiter. Er hatte Green aus den Augen verloren und hoffte, dass er weiter in Richtung Lizard lief und nicht in einen der Wege abbog, die von der Küste wegführten.

Dann sah er ihn.

Green stand auf dem Küstenpfad, exakt an der Stelle, an der Victoria in die Tiefe gestürzt war.

Seine Gestalt hob sich deutlich von der Umgebung ab. Die Öljacke leuchtete gelb vor dem Hintergrund der schwarzen Wolken.

Jenkins näherte sich nun langsamer. Er war am Ende seiner Kräfte, und er wollte sicher sein, dass Green ihn nicht unvermittelt angriff.

»Bleib stehen, Jenkins.« Greens Stimme klang rau durch den Wind, der jetzt merklich nachgelassen hatte.

Simon blieb stehen.

»Ich habe gedacht, du bist tot.« Greens dunkle Stimme klang tatsächlich verwundert. »Auch egal.«

»Wo ist Mary?« Er versuchte zu Atem zu kommen.

»Du liebst sie, nicht?« Greens Haltung versteifte sich, ein strahlend gelber Fels inmitten dunkler Herbstfarben, gelb und gefährlich.

»Wo ist sie?«

»Du wirst es nicht erfahren. Niemals.«

»Green!« Er trat einen Schritt näher.

»Bleib, wo du bist.« Der gelbe Fels bewegte sich gefährlich nahe auf den Abgrund zu.

»Sag mir, wo sie ist und ob sie noch lebt.«

Green antwortete nicht, sondern richtete den Blick hinaus auf die See. Durch sein blondes Haar fuhr der Wind. Unter anderen Umständen wäre seine Haltung die eines stolzen Seemanns gewesen.

»Green.«

Schweigen.

»Dennis. Bitte.« Jenkins traute sich nicht, einen Schritt näher zu kommen. In der Entfernung hörte er das plötzliche, lang gezogene Tuten der Nebelhörner der Leuchtturmanlage.

Es schien, als horche Green auf das Warnsignal wie auf einen lang ersehnten Ton. Leicht neigte er den Kopf, als würde es ihn locken.

Von nun an überlagerten die Signalhörner in regelmäßigen Intervallen die Szenerie.

Jenkins hielt Greens Schweigen nicht länger aus. »Bitte.«

Endlich drehte Dennis Green sich zu ihm um. »Was wollt ihr alle von mir? Ich will doch nur glücklich sein.

Jeder hat ein Recht auf ein bisschen Glück im Leben. Oder?«

Jenkins antwortete nicht. Er wusste nur zu gut, was jetzt kam. Wie oft schon hatte er in seiner Londoner Zeit solche Mitleid heischenden Sätze gehört?

»Ich liebe Mary. Schon als wir noch Kinder waren und uns im Hafen getroffen haben. Der Junge und das Mädchen. Später erst recht, als wir im Haus ihrer Eltern oder hinten auf dem Felsen Schallplatten gehört haben.« Er unterbrach sich und fuhr sich durchs Haar. Er wand sich unter der schmerzhaften Erinnerung an diese Zeit.

»Meine Alten waren dagegen, dass ich ständig in Cadgwith herumhing. Statt zu feiern, sollte ich lieber auf See sein, um das Leben meiner Alten zu leben.« Er schluckte. »Aber sie haben nie danach gefragt, welches Leben ich in Wirklichkeit führen wollte.« Er sah Jenkins fast flehentlich an, als wollte er ein bestätigendes Kopfnicken von ihm.

Aber Simon tat ihm den Gefallen nicht.

»Ich habe meine Eltern dafür gehasst!« Er schrie den Satz unvermittelt in die Dunkelheit hinaus. Dann sprach er leise weiter. »Marys Vater hat es gewusst. Er hat gesehen, dass ich nicht zum Seemann tauge, und er hat es mir gesagt. Mary hat zu alledem geschwiegen. Dann habe ich es allen beweisen wollen.«

Nun nickte Jenkins.

»Ich bin hinausgefahren, jeden Tag. Obwohl ich es gehasst habe. Ich wollte ein guter Junge sein und ein guter Freund für Mary.« Er hob den Kopf gegen den Himmel. »Aber ich habe viel zu spät erkannt, dass Mary keinen

Seemann wollte. Warum hat sie mir das nie gesagt? Warum? Ich hab's kapiert, als es längst zu spät war. Jenkins, du bist doch Bulle. Warum?«

Jenkins sah ihn schweigend an.

»Und dann hat Marys Alter mein Leben ganz zerstört. Wegen ein paar lächerlichen Makrelen, Schollen, Krebsen und Hummern mehr im Netz.« Er schnaufte. »Ich habe damals gedacht, wenn ich schon auf diese Scheißsee hinausmuss, soll es sich wenigstens lohnen.« Er schnaufte erneut, diesmal verächtlich. »Und dann sind sie mit ihrem beschissenen Ehrenkodex gekommen: Das macht ein wahrer Fischer nicht, schon gar nicht einer von uns. Ha! Scheiß drauf. Was nützt mir die Ehre, wenn ich kein Geld in der Tasche habe? Sie haben mich kaltgestellt. Ich musste das Boot verkaufen. Dabei waren sie gewiss nicht die ehrbaren Männer, für die sie sich ausgaben.« Er schwieg einen Moment. »Meine Alten haben mich rausgeworfen.«

»Was ist mit Mary?«

»Die Geschichte ist noch nicht zu Ende, Jenkins.« Green sah ihm nun direkt in die Augen. »Ich bestimme die Richtung, klar?«

Ein kalter gelber Fels.

Jenkins vermied jeden Ausdruck in seinem Gesicht. Green sollte nichts in seinen Augen lesen können, was ihn zu einer Kurzschlusshandlung verleiten könnte. Sie waren jetzt in einem gefährlichen Stadium. Im Hintergrund hörte er Luke. Hoffentlich hielt er Abstand.

»Luke. Der brave Luke. Verschwinde.« Green schickte ihm ein höhnisches Lachen entgegen.

»Ich ...«

Jenkins hörte, dass sein Freund sich schnaufend näherte.

»Verschwinde! Du hast hier nichts verloren. Das ist allein eine Sache zwischen mir und ihm.«

»Tu, was er sagt, Luke«, rief Jenkins ihm über die Schulter zu.

»Aber ...«

»Bitte.«

Er hörte, wie Luke sich schließlich zurückzog.

»Braves Hündchen«, höhnte Green.

»Lebt Mary?«

»Meine Alten haben mich regelrecht enterbt. Sie wollten nach dieser Schande nicht länger mit mir unter einem Dach leben.« Er lachte auf. »Dabei hat mein Alter jede Gelegenheit für seinen eigenen Profit genutzt. Geschmuggelt hat er, alles Mögliche. Die Queen ist weit, hat er immer gesagt.«

»Wo ist Mary, Mann?«

»Ich habe gedacht, ich könnte alles hinter mir lassen, neu anfangen. Aber ich war weder auf Land zu gebrauchen noch auf See. Also bin ich schließlich wieder zur See gefahren, um zu vergessen.«

»Bitte, Dennis.« Jenkins' Flehen war echt.

»Warum bist du hergekommen, Bulle? Hättest du dir nicht eine andere Gegend aussuchen können für dein kümmerliches Leben? Warum muss es ausgerechnet Cadgwith sein? Als ich von der Bohrinsel abgeheuert und gehört habe, dass Mary wieder hier ist, da ... da habe ich gespürt, dass es wieder so schön wie früher sein würde. Und dass ich einen Neuanfang wagen könnte. Wir beide hätten gut zusammengepasst. Aber da warst du.«

»Ich …«

»Ist nicht mehr wichtig. Ist alles nicht mehr wichtig.« Green blickte wieder auf die See hinaus. »Das Leben schreibt seine eigenen Geschichten. Daran können wir gar nichts ändern. Das immerhin habe ich gelernt.«

»Lebt Mary?«

»Mary, Mary, Mary«, äffte Green ihn nach. »Ist das alles, worum es geht?« Er lachte auf. »Ich will dir mal was sagen – ach, lassen wir das, Jenkins. Du kannst sowieso nichts ändern.«

»Was heißt das? Ist sie tot?«

Green senkte die Stimme. »Ja. Sie ist tot. Mary lebt nicht mehr. Sie hat aufgehört zu existieren.«

»Green!«

»Keinen Schritt weiter. Oder ich springe.«

»Du elende Ratte.« Mehr brachte Simon nicht hervor. Er begann zu zittern, seine Beine drohten endgültig den Dienst zu versagen. Hätte er nur nicht seinen Stock liegen lassen.

Green sagte nichts und sah nur stur geradeaus.

Jenkins spürte den Impuls, sich auf ihn zu werfen und ihn über die Klippe zu stürzen. Sie würden gemeinsam fallen. Aber dazu fehlte ihm die Kraft. Green würde leichtes Spiel haben und ihn abschütteln wie ein lästiges Insekt.

Er würde allein in den Tod stürzen.

Aber er wollte leben.

»Ich habe Mary nicht töten können.« Es war nicht mehr als ein Flüstern.

Jenkins' Augen wurden zu schmalen Schlitzen. Was kam jetzt noch?

»Ich habe sie entführt, weil ich nicht mehr mit ansehen konnte, wie ihr umeinander herumgeschlichen seid, geredet und zusammen gelacht habt. Ich wollte, dass das aufhört. Als ich sie in das Versteck gebracht habe, wusste ich, dass es keinen Weg zurück gibt. Dass ich sie töten muss. Aber … ich konnte nicht. Ich … konnte sie nicht töten. Ich liebe sie. Hörst du, Jenkins, ich liebe Mary. Und ich bin der Einzige, der das Recht dazu hat.«

»Wo ist sie?«

»Jedes Mal, wenn ich in meiner Koje lag, habe ich sie vor mir gesehen. Und dass ich ein Ende machen muss. Aber ich kann es nicht. Ich habe gehofft, dass sie von allein stirbt oder die See mir die Arbeit abnimmt.«

»Die See?«

»Aber auch das wollte ich nicht. Was sollte ich nur tun?« Er legte die Hände vors Gesicht.

Jenkins kannte den wehleidigen Ton der Täter, die in ihrer Selbstliebe nicht sich, sondern andere, sogar das Opfer, für ihre Tat verantwortlich machten. Eine billige Entschuldigung und ein jämmerlicher Versuch, Absolution zu erhalten. Green widerte ihn an. Aber er musste behutsam vorgehen. Mary lebte vielleicht noch. Die Frage war nur, in welchem Zustand sie war.

»Kannst du das nicht verstehen? Dass man sich in eine Lage hineinmanövriert, aus der es kein Zurück gibt?«

Jenkins zwang sich zu einem verständnisvollen Lächeln. Green war nicht anders als all die kriminellen Gestalten, mit denen er es als Ermittler zu tun gehabt hatte.

»Hilf mir, Bulle. Bitte.« Green hatte die Hände vom Gesicht genommen und sah ihn an.

»Sag, wo sie ist. Und stell dich. Die Polizei hat eine Menge Fragen an dich. Zu Victoria und zu Barbara.«

»Niemals. Eher sterbe ich hier.«

»Niemand kann seinem Schicksal entgehen. Du hast eben davon gesprochen, dass das Leben seine eigenen Geschichten schreibt.«

»Die arme Victoria. Ja, Vic. Die kleine Vic. Hat Fotos ihrer Mutter gefunden. Posiert darauf nackt im Hafen, eine Menge Gaffer um sie herum. Nichts, was man über seine Mutter erfahren will. Sie hat sich bei mir ausweinen wollen, die gute Victoria. Du hast recht, Bulle. Niemand entgeht seinem Schicksal.« Er richtete sich zu seiner vollen Größe auf. »Geh weg, Jenkins, und lass mich allein. Schreib weiter an deiner eigenen Geschichte.«

»Sag, wo Mary ist, und ich gehe.«

Erstaunt sah Green ihn an. »So einfach soll das sein? Niemals.« Er atmete schwer. »Ja, ich habe Vic hier fallen sehen. Aber das war ein Unfall. Sie hat mit mir gestritten. Sie hat mir von den Bildern erzählt, und ich wollte doch nur ein bisschen Zärtlichkeit. Nach all der Zeit auf See. Weißt du, wie es ist, wenn man im Knast sitzt und keine Frau hat? Das ist auch auf einer Bohrinsel nicht anders. Da bist du eingesperrt, immer nur der verdammte Job. Ich dachte, dass Vic das versteht. Sie kommt doch auch aus einer Seemannsfamilie. Aber sie hat mich weggestoßen, wollte alles ihrem Großvater erzählen. Auch einer der ach so ehrbaren Fischer, die mich damals angezeigt haben. Als ich sie gepackt habe, um sie zur Vernunft zu bringen, ist sie ausgerutscht. Es war ein Unfall. Das arme Ding. Ich habe sie wirklich gemocht.«

Green wollte sich jetzt alles von der Seele reden. *Bleib ruhig, nur nicht falsch reagieren*, beschwor Jenkins sich. *Lass ihn reden. Lass ihn reden.* Und doch fragte er nach Barbara.

»Barbara? Von ihr wollte ich nichts. Nur, dass sie ein paar Sachen kauft oder für mich verkauft. Aber sie hat nicht gewollt. Sie ist an dem Abend zu mir gekommen, hat die alten Seekarten begutachtet und mir auf den Kopf zugesagt, dass sie geklaut sind. Vor mehr als zwanzig Jahren schon, aus einem Landhaus nahe Truro. Und dass die Polizei schon damals meinen Vater in Verdacht hatte, weil er den Eigentümer mit Fisch beliefert hat, aber sie ihm nichts nachweisen konnten. Die dumme Barbara wollte zur Polizei gehen. Das konnte ich doch nicht zulassen. Auf keinen Fall. Ich wollte die Karten verhökern und den anderen Kram, damit ich anderswo neu anfangen kann. In Neuseeland.« Er kicherte plötzlich. »Es war am Ende ganz einfach. Sie war so überrascht, dass sie sich kaum gewehrt hat. Ich habe es dann aussehen lassen wie einen Ritualmord. Hat ja auch gut geklappt.« Wieder klang so etwas wie Stolz durch.

Jenkins hatte so konzentriert zugehört, dass er erst jetzt das Rotorengeräusch eines Helikopters wahrnahm, der in niedriger Höhe über sie hinweg Richtung Lizard flog. Der Strahl des eingeschalteten Suchscheinwerfers zitterte kurz über den Küstenpfad. Er konnte an der Farbe und Beschriftung erkennen, dass der Hubschrauber zur nahen Marinebasis gehörte.

»Hast du die gerufen? Suchen sie mich?« Green deutete nach oben. Er lachte wild, dann wurde seine Miene übergangslos friedlich, als sei ihm in diesem Augenblick etwas bewusst geworden.

Jenkins verschwendete keine weitere Aufmerksamkeit auf das plötzliche Auftauchen des Marinefliegers, der ebenso schnell wieder verschwand, wie er aufgetaucht war.

Er hielt stattdessen Green fest im Blick. »Bitte, Dennis. Sag mir jetzt, wo Mary ist. Bitte. Komm, erleichtere dein Gewissen. Du wirst sehen, es hilft.«

Dennis Green tat einen Schritt auf ihn zu. Breitbeinig stand er da, der gelbe Fels in der Brandung, unerschütterlich. Sein Lächeln sah beinahe glücklich aus.

»Nein. Mary gehört mir.«

Nur diese vier Worte. Dann drehte Green sich um und trat ruhig über die Abbruchkante.

Lautlos verschwand das gelbe Etwas im Nichts.

Jenkins' Schrei gellte weit über die Bucht.

Dann sank er in sich zusammen.

XLIV.

»Simon?«

Jenkins antwortete nicht. Sein Atem ging rasselnd.

»Es wird alles gut.«

Was wusste Luke schon?

»Du wirst sehen.« Sein Freund reichte ihm einen dampfenden Becher und zog wie eine Krankenschwester fürsorglich die Decke enger um seine Schultern.

»Mary muss in einer der Höhlen liegen.«

»Wir finden sie.«

»Sie ist tot.« Seine Stimme war schwach.

Darauf wusste Luke nichts zu antworten.

Die beiden Freunde saßen auf der vom Wetter rissigen Bank vor dem Maschinenhaus. Der Regen hatte aufgehört. Luke hatte aus dem Pub die Decke und Tee besorgt.

»Der Arzt kommt gleich noch einmal zu dir.«

Simon versuchte vergeblich aufzustehen. »Ich brauche keinen Arzt. Wir müssen sie suchen.«

»Ist gut, Simon.« Luke legte ihm sacht die Hand auf die Schulter.

»Aber ich muss.«

»Komm, trink deinen Tee.«

Vor ihnen stand eine Reihe Polizeiwagen des Distrikts und eine Ambulanz mit offener Tür. Die aufblitzenden Lichter der Fahrzeuge tauchten den betonierten Platz, die umliegenden Gebäude, die See und die Menschen in ein zuckendes grelles Blau.

Ein paar Schaulustige standen in respektvoller Entfernung und unterhielten sich. Zwei von ihnen hielten Pintgläser in der Hand. Der unerwartete Polizeieinsatz war spektakulärer als jedes Gespräch im Pub über Fangquoten, Rugby oder den Brexit.

Jenkins hatte zunächst nur eine oberflächliche Untersuchung durch den Notarzt akzeptiert. Als sie ihn in den Rettungswagen verfrachten wollten, hätte er sich beinahe auf die Sanitäter gestürzt. Nur durch Lukes Eingreifen war die Situation nicht eskaliert. Seither saß Simon auf der Bank.

»Mary. Wir müssen Mary finden«, murmelte er kaum

hörbar. Sein Tonfall ließ keinen Zweifel, dass er längst alle Hoffnung aufgegeben hatte.

»Wir werden sie finden.« Luke warf einen Blick auf die Szenerie. Wären nicht die Polizeilichter, hätte man meinen können, über dem Hafen läge die Ruhe vor dem Sturm. Der Wind hatte sich gelegt, und die See war ruhig. Die Möwen hatten sich verzogen und beobachteten von ihren Schlafplätzen aus stoisch und abwartend das ungewohnte Treiben in ihrem Revier. Ganz selten erhob sich eine und drehte eine müde Runde.

Selbst die Natur schien gespannt darauf zu warten, dass das Unerwartete endlich eintraf.

Aus der Gruppe Uniformierter, die an der Wasserlinie standen, löste sich eine Gestalt und kam auf Luke und Simon zu. Es war DI Chris Marks. Vor den beiden blieb er stehen und schlug den Kragen seines Mantels hoch. Er ließ nicht erkennen, was er von dem Großaufgebot an Polizei und Rettungskräften hielt.

»Geht's?« In seiner Stimme schwang Anteilnahme mit. Aber sein Blick ließ keinen Zweifel daran, was er von dem Alleingang der beiden hielt.

Simon reagierte nicht und starrte stattdessen weiter zu Boden. Der Beton zu seinen Füßen war ein Nichts, monochrom, mit zuckenden Farbwechseln Nichts, was ihn anstrengte, eine Fläche, an der sich seine Seele reiben und gleichsam erholen konnte.

Das war alles, was er tun konnte: die graue Grundierung der steinernen Leinwand zu seinen Füßen anstarren. Keine Linien suchen, kein Relief entdecken, nur Staub und Schmutz identifizieren.

Und vergessen.

Grau.

Nicht einmal das Gesicht von Moira fand auf der Fläche Halt.

Nicht einmal das.

Grau.

Die Farbe seiner Welt.

»Sie haben Green gefunden.« Der Satz klang so nüchtern, als quittiere Marks eine Bestellung.

»Aha.« Luke sah Simon an.

Der schwieg immer noch.

»Sie bringen ihn gleich rein.« Marks sprach zu Luke wie zu einem nahen Angehörigen von Jenkins.

»Hm.«

»Er war leicht zu finden. Das Ölzeug leuchtete wie eine Boje. Aber es hat ein bisschen gedauert, bis sie ihn aus den Felsen herausgepult haben.«

»Ich habe alles mit angehört. Das, was er gesagt hat. Oben auf dem Felsen.«

»Es war gut, dass Sie mich angerufen haben.«

»Aber …« Luke wollte protestieren, dass nicht er, sondern Stevyn Collins die Einsatzkräfte informiert hatte. Dann fiel ihm ein, welchen Anruf Marks gemeint hatte.

»Wir sind noch einmal alles durchgegangen. Wir hätten uns schon viel früher mit Green beschäftigen müssen.«

Luke registrierte die unausgesprochene Entschuldigung. Statt zu triumphieren, nickte er bloß.

Ihre Aufmerksamkeit wurde durch die Ankunft eines großen Schlauchbootes der Polizei abgelenkt, das mit einem Knirschen auf den Kies aufsetzte.

Das Geräusch brachte neues Leben in Jenkins. »Mary. Ist es Mary?« Wie ein Blinder tastete er nach Lukes Arm.

Marks zog das Funkgerät hervor, das in seiner Manteltasche quäkte. »Die Kollegen bringen Green.« Ohne weiter auf Luke und Jenkins zu achten, ging der DI zum Wasser zurück, um den Abtransport der Leiche zu überwachen. Die Beamten legten Green in seinem nutzlos gewordenen Ölzeug in einen Leichensack und schafften ihn fort.

Auf Luke wirkte die Szene, als hätten die Beamten Unrat aus dem Wasser gefischt. Simon starrte ausdruckslos auf den Abtransport des Mannes, der drei Frauen auf dem Gewissen hatte. Green hatte drei Menschenleben ausgelöscht, und das nur, weil er mit seinem eigenen Leben nicht zurechtkam.

Mit einem plötzlichen Ruck stand Simon Jenkins auf und unterdrückte ein Stöhnen. »Wir müssen los. Ich weiß jetzt, wo wir Mary finden. Sie ist in einer der Höhlen zwischen hier und Lizard.«

Luke sah den fiebrigen Glanz in den Augen seines Freundes. »Es ist vorbei, Simon. Es ist vorbei.«

»Mary!« Der unvermittelte Schrei ließ die Umstehenden zusammenzucken. Mit ausgestreckter Hand sank Simon zusammen. Er hatte seine letzten Kraftreserven aufgebraucht.

Nachdem Greens Körper weggebracht worden war, legte sich erneut eine Stille über den Hafen, diesmal noch tiefer als vor der Ankunft der Leiche. Die Menschen wirkten wie eingefroren in ihren Bewegungen. Der Himmel war aufgebrochen, und zwischen den unbeweglichen Wolken waren ein paar Sterne zu sehen. Im Laufe der nächsten Stunden würde der Himmel ganz aufklaren.

Es würde eine eiskalte Nacht werden.

Die Stille war so absolut, dass das Knarzen und Rauschen des altertümlichen Sprechfunkgeräts wie aus tausend Lautsprechern dröhnte.

Sie hatten nicht bemerkt, dass Marks wieder neben ihnen stand, diesmal mit einem dampfenden Becher in der Hand. Der DI zog fluchend mit der anderen Hand das Funkgerät aus der Tasche und lauschte angestrengt. Nach einer gefühlten Ewigkeit nahm er das Gerät vom Ohr und steckte es wieder ein.

Er legte sanft die Hand auf Jenkins' Schulter. »Wir haben sie gefunden.«

Jenkins zuckte unter der Berührung zusammen wie unter einem schweren Schlag.

»Sie lebt. Mary Morgan ist sehr schwach, aber sie lebt. Sie ist bereits auf dem Weg in die Klinik.«

Simon schüttelte den Kopf.

DI Marks wandte sich an Luke. »Wir haben großes Glück gehabt. Heute Morgen haben wir Greens Mobilfunkdaten auswerten können. Der Mitarbeiter der Betreibergesellschaft verdient einen Orden. Wir müssen einen guten Tag erwischt haben, dass er uns so schnell mit den Informationen versorgt hat.«

Luke sah Marks fragend an. Was hatte das Ganze mit Greens Telefon zu tun?

»Wir haben bei der Auswertung festgestellt, dass sich Greens Mobiltelefon in der letzten Zeit häufig in einen Knotenpunkt zwischen Cadgwith und Lizard eingewählt hat. Das legt den Schluss nahe, dass er immer wieder den gleichen Ort aufgesucht hat. Einer meiner Detective Sergeants kennt die Gegend. Er hat als Kind in der Nachbarschaft des Housel Bay Hotel gewohnt. Und wie Kinder so sind, waren sie dauernd auf Entdeckungstour. Er hat uns bestätigt, dass es in der Gegend des Mobilfunkmasts keine geeigneten Verstecke gibt außer ein paar Höhlen, die aber von Land aus nur schwer oder gar nicht zu erreichen sind. Ich werde den Kollegen für eine Beförderung vorschlagen.«

»Verstehe.« Luke nickte. Simon hatte also recht gehabt.

DI Marks suchte in seiner Manteltasche nach seinen Zigaretten und steckte sich eine an. Dann hielt er Luke die Schachtel hin. Aber der winkte ab.

»Die Jungs vom Royal Navy Air Service in Culdrose waren sofort bereit zu helfen. Ihre Merlin-Hubschrauber haben Wärmebildkameras an Bord. Es war schwierig, aber sie haben Mrs. Morgan gefunden. Den Rest haben meine Männer erledigt.«

Luke sah auf Simon herab. Er konnte nicht erkennen, ob der ein Wort von dem verstanden hatte, was der DI ihnen gesagt hatte.

Epilog

Die Höhle lag nicht weit entfernt von Church Cove. Sie war tatsächlich nur vom Meer aus zu erreichen. Mary Morgan erholte sich nur langsam von den Strapazen. Dem Arzt im West Cornwall Hospital in Penzance erzählte sie, dass ihr Überlebenswille allein aus der Zuversicht heraus gespeist gewesen war, dass einer der Cadgwither Fischer sie finden würde, sie aber zum Schluss jede Hoffnung aufgegeben hatte. Dennis Green sei kurz vor ihrer Rettung noch einmal in der Höhle gewesen, habe nur dagestanden und sie angestarrt. Das sei für sie der schlimmste Augenblick in den Tagen ihrer Gefangenschaft gewesen.

Auch Simon brauchte lange, um wieder auf die Beine zu kommen. Ein paar Tage hatte er in seinem Bett verbracht. Er hatte sich geweigert, sich im Krankenhaus behandeln zu lassen. Luke und Gill päppelten ihn auf wie ein aus dem Nest gefallenen Möwenjunges. Immer wieder hatten sie ihm aufs Neue davon berichten müssen, wie es Mary ging und dass sie tatsächlich wieder ganz gesund werden würde.

Simon hatte gerade Luke anrufen wollen, um ihn zu bitten, ihn ins Hospital von Penzance zu fahren, als es an der Tür klopfte.

Es war Mary. Und sie sah aus wie eine höfliche Nachbarin, die sich nicht sicher war, ob sie ihn bitten könnte, ihr mit einer Tasse Mehl auszuhelfen. Jenkins bat sie ebenso schüchtern in die Küche.

Er machte ihnen schweigend Tee. Sein Herz pochte bis zum Hals. Auch Mary sagte nichts und blätterte stattdessen in einem Bildband, der auf dem Küchentisch lag. Es war der gleiche, den auch Liz Bennett in der Hand gehalten hatte.

»Was macht das Malen?« Mary sah ihn über den Rand des Bechers hinweg fragend an.

»Ich bin in letzter Zeit nicht oft dazu gekommen.« Er räusperte sich.

»Ah.« Sie nickte nachdenklich und trank einen Schluck.

»Mary? Ich …«

»Ja?«

»Ach, nichts.« Er hob seinen Becher und trank.

»Ich werde den Winter nutzen, um endlich den alten Schrank im Schuppen wieder herzurichten.« Sie schlug das Buch zu.

»Gute Idee.« Er nickte.

»Und ich habe mich entschlossen, Vics Großvater öfter zu besuchen. Jemand muss auf ihn achtgeben, jetzt, da Vic nicht mehr da ist. Er und sein Haus könnten, nun ja, ein bisschen Aufmerksamkeit vertragen.«

»Wenn du Hilfe brauchst …«

»Sicher.«

»Tante Margaret möchte mir den Laden überschreiben. Ich bin ganz überrascht. Die Arbeit im Verschönerungsverein nimmt sie mehr und mehr in Beschlag, sagt sie. Und Onkel David wolle ebenfalls nicht mehr jeden Tag hinter der

Theke stehen. Als ob er das je getan hätte! Typisch Tante Margaret: Kaum hat sie mitbekommen, dass es mir wieder besser geht, liegt sie mir auch schon mit Bennetts Plänen in den Ohren. Und dass Cadgwith die Chance nutzen muss.«

»Und?«

Sie sah auf ihre Hände. »Ich weiß nicht. Bennett ist wie ein Geschwür.«

»Ich meine den Laden.«

»Ich weiß noch nicht.«

»Das B&B?«

Sie nickte. »Das ist alles viel Arbeit. Aber mal sehen. Das Dorf braucht einen Mittelpunkt neben dem Pub. Der Laden ist schon wichtig.« Sie lächelte bei dem Gedanken.

»Lass dir Zeit.«

»Klar.« Sie trank erneut einen Schluck.

»Möchtest du noch einen?«

»Gerne. Aber lieber ein Glas Wein.«

»Oh, ich weiß nicht, ob ich …«

»Kein Problem. War nur eine Idee. Ich nehme auch gerne noch einen Tee. Wirklich.«

Aber Simon war bereits auf dem Weg ins Atelier. Keine Minute später war er zurück und schwenkte eine Flasche Bordeaux. »Meine ganz, ganz eiserne Reserve.«

Als sie mit dem Rotwein anstießen, hatte jeder das Gefühl, der andere wolle etwas sagen. Deshalb blieb der Klang ihrer Gläser vorerst das einzige Geräusch in Jenkins' Küche.

Schließlich brach Simon das Schweigen.

»Ich möchte dir etwas zeigen.«

Mary sah erstaunt auf. »Gerne.«

»Im Atelier.«

Mary folgte ihm und blieb an der Tür erwartungsvoll stehen.

Simon ging hinüber zur Staffelei und zog wortlos das Tuch von Moiras Porträt. Eine fast schüchterne Geste.

»Unglaublich.« Mary trat unwillkürlich einen Schritt näher.

»Nein.« Simon drehte sich zu ihr um.

»Doch. Allein diese Farben. Schau dir das an. Das ist, das ist …« Ihr fehlten die Worte.

»Es ist schlecht. Es ist nichts.« Er ärgerte sich, dass er dem Impuls nachgegeben hatte, Mary das Bild zu zeigen. Sie war die Erste, die das unfertige Gemälde zu Gesicht bekam. Neben seiner Überzeugung, dass die Arbeit nicht vorzeigewürdig war, hatte er das plötzliche Gefühl, Moiras Vertrauen missbraucht zu haben.

»Aber nein, es ist gut. Diese Farben, dieser Ausdruck von Liebe, Vergänglichkeit, Verzweiflung – und Tod. In einem Blick. Das ist große Kunst. Wer ist das?«

»Mary, ich …«

»Du brauchst dich nicht zu schämen. Es ist großartig. Diese Explosion der Farben. Wie ein Rausch.« Sie war jetzt ganz nahe an die Staffelei getreten.

»Moira«, flüsterte er. »Es ist Moira.«

Marys Miene wurde ernst. Sie nahm die Hand zurück, mit der sie versucht war, das Bild zu berühren. »Verstehe.«

Er wurde mutiger. »Es ist so … mir will der eine Strich nicht gelingen, der alles erklärt. Ich werde es vernichten.«

Mary schüttelte den Kopf. »Es ist gut, wie es ist.«

In seinen Augen standen Tränen. »Nichts ist gut, Mary.

Ich konnte sie nicht retten. Immer wenn ich den Pinsel ansetze, lösen sich alle Konturen auf und werden zu farbigen Flächen, die am Ende ineinanderlaufen.«

Marys Stimme wurde sanft. »Ich habe in meinem Studium eine Menge gelernt, was mir nichts bedeutet. Thesen und Theorien zur Kunstgeschichte. Ich habe viel über Maler und Malerinnen erfahren, über ihren Stil, ihre Motive und ihre Qualen im Schaffensprozess.« Sie machte eine Pause. »Eine Frau hat mich besonders beeindruckt. Nicht allein durch ihr Werk, sondern wie sie Kunst versteht. Vanessa Bell.«

Er runzelte die Stirn. Der Name klang vertraut, aber er wusste ihn dennoch nicht einzuordnen.

»Sie ist 1961 gestorben und hat mehr als einhundert Bilder hinterlassen. Stillleben, Landschaften, Porträts. Wahre Farbexplosionen. Ihr Mann war Kunstkritiker und hat es einmal so formuliert: Ihre Kunst sei so etwas wie emotionale Wahrheit, entstanden aus dem Zusammenklang von Farbe und Form.« Sie lächelte ihn an. »Das gilt ganz besonders auch für Moiras Porträt.«

Simon fand keine Worte und stand mit hängenden Schultern vor der Staffelei.

Mary nahm ihm den Atem.

»Simon.« Mary trat dicht vor ihn.

»Tag, ihr beiden. Genug gearbeitet.«

Luke stand grinsend im Türrahmen, wie immer im dicken Pullover und mit Wollmütze. Er hielt zwei feucht glänzende Makrelen an den Kiemen hoch. In der anderen Hand hielt er zwei Flaschen Rotwein.

Mein Dank geht zunächst an

Julia Berry von der Helston Police Station, an PD Dr. med. Benno Hartung vom Institut für Rechtsmedizin, Universitätsklinikum Düsseldorf, und zum Thema Segeln an Wolfgang Meyer, Jork. Ihr Sachverstand hat wesentlich zur Schlüssigkeit der Handlung beigetragen.

Aber darum geht es mir an dieser Stelle nicht allein: Cornwall war über viele Jahre nicht so mein Ding. Zu viel Betrieb, zu viel kitschige Romantik – dachte ich. Und dann hat mich der Zufall doch in diese Gegend verschlagen. Nein, es war eine glückliche Fügung des Schicksals. Schon bei meinem ersten Blick von den Klippen auf dieses Dorf und diese Bucht in der südwestlichsten Ecke Englands wusste ich, meine Seele ist angekommen.

Ich habe in Cadgwith und Ruan Minor Menschen getroffen, die ihre Heimat lieben. Menschen, die mit dem ihnen eigenen Humor auf die Welt, auf England, vor allem auf ihr Cornwall schauen und auf ihr keltisches Erbe. Kelten und Piraten! Menschen, die kreativ sind, die zusammenstehen, nicht nur im Pub, und die ihr Gegenüber ohne viel Federlesen annehmen. Das tut gut.

Mut gemacht hat mir vor allem meine Lektorin Magdalena Heer sowie die Lektorinnen Lisa Krämer und Monika Kempf. Und das von der ersten Idee an über das Exposé bis hin zum Manuskript. Ohne ihre Kreativität, Empathie und Professionalität hätte ich diesen Roman weder schreiben noch veröffentlichen können. Mein Lektor Ralf Reiter hat mich in vielen textlichen Belangen gelassen, kompetent und auf Augenhöhe beraten. Ich bin glücklich, denn das gesamte Penguin-Team macht einen großartigen Job.

Sollten sich dennoch Fehler in mein Manuskript eingeschlichen haben, bin ich der allein Verantwortliche.

An dieser Stelle möchte ich besonders erwähnen: Torsten, Ramona, Nils, Enrica und Ronja Linder. Ihr Lieben, ihr wisst, warum.

Natürlich gehören ihre Namen hierhin, denn sie haben ihren ganz eigenen Anteil an diesem Roman: Simon Bradley, Lorraine Taz Bradley, Mary Keeley, Brian Jenkins, der unnachahmliche Jan Morgan, Jocelyn Morgan, Linda Wilkinson, Luke Stephens, Debbie und Stevyn Collins, Paula und Paul McMinn, Dave J. Hearn. Dave steht an dieser Stelle stellvertretend für die Musikerinnen und Musiker der wöchentlichen Folk Night. Nicht zu vergessen Jeremy Wootliff, Helen und Garry Holmes die das Cadgwith Cove Inn betreiben, sowie Moira und Tim (+) Hurst.

Sandra Meier hat sich als Erstleserin zur Verfügung gestellt. Ich bewundere ihren Mut – und sie spricht immer noch mit mir.

Aber vor allen anderen: Was wäre ich ohne die Unterstützung und den Optimismus meiner Familie. Danke euch!

Ruan Minor, Frühjahr 2021